文化藝術出版社
Culture and Art Publishing House

名 家 · 名 篇 · 名 译

法国经典中篇小说

主编 | 盛宁　选编 | 冯季庆

THE WORLD

-

CLASSICAL

-

NOVELLAS

序言

盛　宁

　　十年前，我们曾选编过一套《世界经典短篇小说》，我在那套书的序言里说到，随着现代生活节奏的不断加快，加之各种新兴科技手段和媒体形式的介入，人们在这个世界上的生存方式，包括我们对所处世界的整个认识方式，都已发生了极大的变化。变化带来的负面影响之一，就是一些曾有过辉煌显赫历史的艺术形式无可挽回地式微衰落了，尽管我们费尽心力去抢救，它们仍不以人的意志为转移地飞离我们普通人的日常视野，沦为仅供少数人观赏把玩的"藏品"。于是"文学已经衰亡"，"纸介印刷物必将被数字出版物取代"一类的哀歌，彼落此起地响彻文坛。

　　这些说法所引发的悲观情绪很快蔓延到了学界。记得那年美国著名的文学批评家 J. 希利斯·米勒曾来华讲演，他很坦诚地诉说了自己五味杂陈的内心感受，那篇讲稿后来在美国著名学刊《辨析》上发表，他又将讲话稿的标题改为"废墟上的文学研究"，其悲悼之情溢于言表。

　　转眼十年过去。情况又发生了什么变化呢？在千千万万令人眼花缭乱的事件中，移动通讯手段的革命性更新拔得头筹。手机的普及，特别是集通讯、浏览、搜索等功能为一体的 iPhone 的问世，将 2010 年推入所谓的"微博"年。据最新统计，中国网民规模现已达到 4.85 亿，"微博"用户的数量则爆发增长到近 2 亿，成为用户增长最快的互联网应用模式。"微博"突如其来的出现，且规模如此之大，它立刻给大众阅读习惯带来了谁也不曾料到的冲击。几乎就在一夜之间，这种带有"娱乐化"、"碎片化"特点的资讯消费形式，变成了时下最流行的大众阅读方式。所谓"娱乐化"，就是阅读活动除实现资讯传递的目的外，还带有一种搞笑逗乐的"狂欢"色彩；而所谓的"碎片化"，则是指人们在快节奏的日常生活中，利用各种活动的间隙或空当来完成阅读，使阅读一改过去那种连续、专注的特点，而变成一种时断时续、见缝插针式的消遣。

这样的一种阅读形式，对需要长时间静坐默读的长篇小说来说，显然是要排斥的。而从这个角度想下去，传统意义上的文学似乎很快就没有了自己的位置。但实际情况却并没有糟到这般田地。说来也颇值得玩味，据美国全国文学艺术基金会历年的调查报告，自上个世纪80年代起，美国青年和成人中阅读文学作品的读者比例接连二十多年持续下滑，17岁年龄段中完全不读文学书的人数，2004年比1984年足足翻了一番，达到了百分之二十左右；然而，2009年的调查报告称，由于各级教育机构的努力，18～24岁年龄段阅读文学书籍的人数竟在2008年出现了拐点，首次大幅度回升，增加了三百多万人。而中国的情况非但不像文学消亡论者所描述的那么悲观，甚至比上述美国报道更令人鼓舞。仅就最近十年的情况统计看，纸介印刷读物并未显出"退市"的意思，非但没有，这些年的全国图书出版总量还一直保持着10%左右的年增率，其中文学读物年增率也达到了9%。仅以2009年为例，文学类图书出版总数达25万种（其中初版新书为18万种），总码洋8.3亿元，居然还高于经济类的图书。尤其值得注意的是，再版文学书竟占了文学出版总量的四分之一，而据从事文学图书出版的人士说，再版书基本属于文学经典名著一类的"长销书"，也就是说，文学经典名著仍占据四分之一左右的文学类图书市场。

这一串数据有点枯燥，但至少可说明两点：其一，"文学"没有消亡。所谓"消亡"一说，实在是个伪命题。因为"文学"本是个后设的、集合性概念，它是对某一类你认为应该命名为"文学"的文字的界定，既然它的内涵是人为的，流变的，它能不断吐故纳新，所以也就谈不上消亡。而最终会消亡的，只是某个具体的文学形式（体裁、文类），这种文学形式由于存在条件的变化或丧失，则可能发生嬗变或消亡，但没准什么时候它又会重新萌生，中外文学史上可找到许多这样的实例。

其二，以往被笼统看待的大众读者群，现已按接受教育的层次、专业兴趣和审美品味等进一步分化为一个个"小众"读者群。这也就是说，尽管有相当数量的读者投靠新兴媒体，转而采取了网上浏览、微博短信一类新的阅读方式，但这个世界上仍还有相当数量的读者（其中也包括一部分网民读者）保持着通过纸介读物来获取知讯的传统阅读习惯，更何况网上读库中也搜罗了大量的纸介读物的电子版。对于这些电子版读物的读者来说，读物载体发生了变化，读物的内容却未变。由此看来，我们说文学类读物至今仍拥有相当大的读者群也没有什么不对。而每年有一大批文学经典或名著的再版，则说明新生代年轻人中仍有大批喜爱文学的读者，而新生代读者群的逐年更新则为文学经典的传承提供了保证。

正是基于这样的考虑——文学经典仍有不小的市场，新生代读者对文学经典仍有相当大的需求，我们也就满怀信心地选编了这套"外国经典中篇小说"丛书。有读者或许会问，你们将选本称之为"经典"，那你们心目中的"经典"应该是怎样一个标准呢？坦率地说，有关"经典"的定义确实是众说纷纭，要找一个大家都认可的界定还真有点困难。在我所看到的有关"经典"的各种界说中，我最欣赏的是意大利著名作家卡尔维诺对"经典"所作十几条定义中的两条："一部经典作品是一本每次重读都像初读那样带来发现的书；一部经典作品是一本即使我们初读也好像是在重温的书。"前一条定义强调了经典常读常新的特点——经典必须经得起重读，因为它涵义隽永，因此总能新意迭出，让读者获得新的发现；而后一条定义则强调，经典提供的经验必须具有某种普遍、永恒的价值。它所讲述的道理，你也许在别处也曾听说过，但是你读后会发现，你原先所听说的那些道理，其实是由这部经典文本首先说出，而且它比任何后来者都表述得更加全面，更加深刻。

不过严格说来，卡尔维诺的定义或许更是一种对思想理论经典的概括，文学经典恐怕还另有一些自己的特性：它无意直接提出具有永恒意义的理论命题，它更擅长的是在想象的层面，通过故事的叙述和人物的刻画来表现带有普遍性的人类生存经验。因此，衡量和判断一部作品能否跻身于文学经典，最基本的一条必须要讲一个好故事，再就是要看作品是否塑造了扣人魂魄、令人过目不忘的人物形象。除此之外，文学还有另一个与其他类别不同的特点：它是一门语言的艺术。文学的"文"，既是"人文"的"文"，又是"语文"的"文"。古语说："言而无文，行之不远"。文学语言不仅是反映生活的语言，更应该是高于生活、能为生活效仿的语言。在这个意义上，文学经典还必须在语言上具有示范的作用。我们现在的这个选本不是小说原作，而是译作。因此对译文的讲究、推敲，它是否忠于原作，能否再现原作的艺术风格，也就成了我们挑选作品时很重要、很实际的关注。

写到这里，读者或许会觉得我对眼下文学的处境并无太大的忧虑，甚至还隐隐流露出一点激动或亢奋。其实，恰恰相反。尽管从出版数字看文学似乎还有不小的市场，然而我深知，文学在当今社会所发挥的作用，文学对读者所产生的影响，则与过去完全不可同日而语。这其中的道理很简单，我指的是，与广播、电视、电影、流行音乐、特别是现在的互联网这些媒体相比，今天的"文学"在影响人的精神面貌、价值观方面，在向人们的头脑中灌输想象这个世界的各种参照方面，已再也不能像过去那样发挥一种主导性的作用了。也正是在这个意义上，我们说文学已被彻底地边缘化了，这已是毋庸争辩的一个事实。这与文学是否还占有一定的市场实际上毫无关系，因为两者说的根本不是同一个层面的意思。

文学之所以会边缘化，其原因也不难找。主要就是因为"文学"在今天的商业社会中再也不能快速地带来直接的财富，因而遭到了冷落，说得再直白一点，就是"无用"。这些年，不止一次有从事文学研究的青年学者跟我说，他们为申请出国留学基金而去面试时，有些从事自然科学的专家评审官，往往提的第一个问题就是"你这搞文学的，出去有什么用？"毫无疑问，"文学"在他们眼里，就像人身上的阑尾一样，一无所用！然而，他们怎不想想，人之所以为"人"，除了四肢五官以外，更主要是因为人具有任何其他动物都不具有的复杂的思想和崇高的精神！人的气质、禀赋、情怀、修养，人对于真、善、美的洞察力、鉴别力、感悟力，以及人所特有的复杂的语言表达力，等等，所有这些决定人之所以为"人"的素质和能力，都不是从娘胎里带来，而是需要通过后天的陶冶和训练才能习得。而就在人习得上述素质和能力的过程中，"文学"不仅在发挥作用，而且发挥的是一种不可替代的作用。

文学究竟有用无用，有什么用？不妨再听一听两位诺贝尔文学奖的得主是怎么说的。早在1933年，T. S. 艾略特在《诗的作用和批评的作用》一文中说："一个不再关心其文学传承的民族就会变得野蛮；一个民族如果停止了生产文学，它的思想和感受力就会止步不前。一个民族的诗歌……代表了它的意识的最高点，代表了它最强大的力量，也代表了它最为纤细敏锐的感受力。"很显然，在艾略特看来，"文学"是衡量一个民族文明程度高低的标识，而一个不再关心自己文学传承的民族，停止了文学生产，就会变得野蛮，变得粗鄙，而当下严酷的社会现实已一再为此提供了有力的佐证。

1987年诺贝尔文学奖得主约瑟夫·布罗茨基似乎对今日的现状则早就有预见，他在授奖仪式上致答辞时指出，"……尽管我们能够谴责对文学的践踏和压制——对于作家的迫害，文字审查，焚书等，然而，当不读书这种最糟的事情真的来临时，我们则毫无办法了。如若这不读书的罪过是由某个人犯下，那他将终生受到惩罚；如这个罪过是由一个民族犯下，这个民族将为此受到历史的惩罚。"布罗茨基认为，文学总是在不断地创造一种审美的现实，因此它往往是超前的——赶在"进步"之前，赶在"历史"之前。因此他认为，人们在选择自己的领袖时，最好应该先了解一下他们的文学阅读经验，对那些执掌我们未来命运的人，我们应首先问一问他们对司汤达、狄更斯、陀思妥耶夫斯基是什么态度，而不是他们的施政纲领，这样的话，这个世界上的痛苦就会减少许多。

布罗茨基这番话，或许有点让人觉得过于书生气。但我想他的本意并不是要让文学家去从政，充任各国的领导人。他其实只是在用他诗人的方式，来解释文学对于铸造一个人的心灵会起到怎样的作用。我们都知道，司汤达、狄更斯、陀思妥耶夫斯基也好，任何其他文学大师也好，他们并不提供解决社会问题的具体方案，即使退一万步说他们提出了某种方案，生活在特定现实中的我们也不可能去照抄照搬，如法炮制。那么，文学的作用到底是什么呢？我认为，真正能够称得起是"文学"的，它的最大的作用就是它会提问——提出各种对我们具有挑战性、能迫使我们进行思考的问题。所以文学作品能否成为经典，看来还应该加上一条，那就是它的提问是否具有这样一种独特的价值。从这个意义上说，文学的作用就是搭建起一个思想平台，让我们在这个平台上对人性、对道德、对历史、对公民社会、对各种智识性的问题展开论辩，而最难能可贵的是，这种论辩还包括了对我们自身的反省。通过这样的论辩，我们从中找到自己所认为是正确的答案。

　　关于我们这套丛书所选作品在思想内容上还有什么具体的社会意义，在写作风格和写作技巧上又如何出类拔萃等等，这里就没有必要再一一介绍了，我们还是请读者自己来品尝一下"开卷有益"的乐趣吧。因为我们相信，只要你翻开这套丛书中的任何一本，阅读其中的任何一篇，你都会从中发现一个与你的生活全然不同的世界，它一定会唤起你强烈的求知欲望，而当你阅读了这些作品之后，如果你对所读作品的作者及相关背景还有遏制不住的兴趣，那你完全可以从任何一部文学百科全书或名著导读中，毫不费力地找到所需要的信息。而现在，作为读者的你，只需迈出这关键的第一步：打开丛书，开始阅读吧。

2011 年 8 月 2 日识于蓝旗营

目录

柯隆巴

[法国] 普罗斯佩·梅里美　著
　　　余中先　译

　　普罗斯佩·梅里美（Prosper Merimée，1803—1870），法国小说家、戏剧家。其父为画家兼艺术史家，并任职于美术学院。梅里美爱好绘画，懂得多种语言，喜爱旅行。在文学史上，他尤以中短篇小说著称，其中，《柯隆巴》（1840）、《卡尔曼情变断魂录》（通译《卡门》，1845）都是家喻户晓的名篇。《柯隆巴》讲述了一个科西嘉家族世代复仇的故事。作家写作时参考了口头传说、历史文献和司法档案等许多资料。"家族仇杀"是一古老风俗，美丽聪明的女主人公柯隆巴鼓动哥哥奥尔索回乡报杀父之仇，尽管奥尔索已受文明熏陶，不愿让"以血还血"的家族仇杀延续，但还是在受到仇家袭击时复仇成功。小说中，奥尔索的女友、英国文明社会的千金小姐与大自然的女儿柯隆巴在性格上形成鲜明对照，作者在描述科西嘉的种种风俗、习惯的同时，把同情和赞美放在了野姑娘柯隆巴身上。《卡尔曼情变断魂录》讲述了美丽迷人而又桀骜不驯的吉普赛女郎卡尔曼从事走私的冒险经历，她与军官唐·何塞的情缘、情变及双双源自性格、认知不同而演绎的爱情、人生悲剧，凄美动人。

你若想报仇雪恨，请放心，她一人就已足够。

——尼奥罗地方的哀歌①

一

181X 年 10 月上旬，英国军队的卓越军官，爱尔兰爵士托马斯·内维尔上校，从意大利游历归来后到达马赛，和他女儿一起下榻在波沃旅馆。热情洋溢的游客们的赞不绝口产生了一种反作用，而为显得与众不同，今天许多的旅游者拿贺拉斯的勿惊叹任何事物②为信条。上校的独生女儿莉迪娅小姐就是这一不满的游客阶层中的一员。《耶稣变容图》③ 在她看来平庸无奇，维苏威的火山爆发只不过比伯明翰工厂的烟囱稍稍崇高一点。总之，她对意大利的老大不满，是这个国家缺乏地方色彩，缺乏个性。这句话的意思，你怎么解释都行，早几年我还十分明白，现今却已不再清楚了。一开始，莉迪娅小姐自庆在阿尔卑斯山的那一边发现了在她之前还没有人见过的东西，以为她可以"和雅士端人"谈论它们，就像汝尔丹先生所说的那样④。但是，很快地，她发现到处都已被她的同胞占先，要想见识任何的陌异之物，都已近乎绝望，于是转而投身于反对派的阵营中。确实，令人难堪的是，你根本不可能提到意大利的名胜奇观，而不听到别人问你："您肯定知道某地方某宫殿中那幅拉斐尔的杰作吧？这真是意大利最最漂亮的东西啊。"而这恰恰是你忽略而没有见到的。由于把一切都看遍太费时间，最简单的便是一棍子下去惩罚一切。

在波沃旅馆，莉迪娅小姐遇到了一件令人沮丧的窝囊事。她带回来一幅漂亮的速写，画的是塞尼城佩拉斯吉式城门或曰蛮石城门⑤，她以为这城门一定被众画家忘记了。却不料，她在马赛遇到的弗朗西丝·芬维奇夫人给她

---

① 原文为科西嘉方言。这篇小说中，作者使用了不少当地方言，原文中均用斜体字排印。中译本则以楷体字标明，下文中遇到这种情况，不再一一注明。

② 原文为拉丁文，见贺拉斯（公元前 65—前 8，拉丁诗人）《书信集》（Ⅱ，6）。

③ 《耶稣变容图》为拉斐尔的画作，现存梵蒂冈博物馆。

④ 汝尔丹先生为莫里哀剧作《贵人迷》中的主人公，关于和"雅士端人"谈天说地一说，见该剧第三幕第三场。

⑤ 塞尼城位于罗马和那不勒斯之间。佩拉斯吉人是古代希腊人对前希腊民族的称呼，他们的建筑往往用一些大块石头造成，故有"蛮石"建筑一说。

看她的纪念册，在一首十四行诗和一朵枯萎的花儿之间，出现了那座城门，用大量的锡耶纳黄褐色着色。莉迪娅小姐把塞尼城门的画给了她的女仆，对佩拉斯吉建筑丧失了一切尊重。

这一忧烦也为内维尔上校所分享，自从妻子去世后，他看待万事万物无不借用莉迪娅小姐的眼光。对他而言，意大利的最大过错就是惹烦了他的女儿，由此，它便是世界上最最讨厌的国家。他对绘画和雕塑倒是没有什么坏话可说的，这点不假；不过他可以断定的是，在这个国家中，狩猎是最最苦的差事，要想打几只恶毒的红山鹑，他不得不在罗马的乡野，顶着烈日跑上十里地。

来到马赛后的第二天，他邀请以前的副官艾利斯上尉吃晚餐，后者刚刚在科西嘉待了六个星期。上尉绘声绘色地对莉迪娅小姐讲述了一个绿林好汉的故事，它跟人们在从罗马到那不勒斯路上常常对她讲的那些盗贼故事，没有丝毫相似之处。饭后吃甜点时，只剩下了两个男人，还有几瓶波尔多葡萄酒，他们谈起了狩猎。上校得知，科西嘉是打猎的好地方，猎物之美、种类之广、数量之多，没有任何国家能比得上。

"那里能见到大量的野猪，"艾利斯上尉说道，"必须学会把它们跟家猪分辨开来，它们跟家猪惊人地相像；要知道，假如你打死了家养的猪，牧猪人就会来找你的麻烦。他们会从被他们叫做丛林的小树林中钻出来，一个个武装到牙齿，让你赔他们的猪，还会耻笑你。你还会遇到岩羊，这是一种你在别的地方看不到的十分奇特的动物，是上佳的猎物，不过十分难打。还有鹿、黄鹿、野鸡、小山鹑，各种各样的猎物，在科西嘉遍地都是，永远也数不清。上校，假如您喜爱打猎，到科西嘉去吧；在那里，就像我的一个旅店主说的，您可以开枪打所有可能的猎物，从斑鸠一直到人。"

喝茶时，上尉又讲了一个横向族间仇杀的故事①，比第一个故事更古怪，使莉迪娅小姐重又入了迷，上尉还给她叙述了当地奇特而又野蛮的风貌，居民们的独特性格，他们的殷勤好客，以及他们的原始习惯，终于使她对科西嘉产生了热烈的迷恋。最后，他把一把漂亮的小匕首放在她的脚边，其引人之处倒不是它的形状，也不是它镶嵌着的黄铜，而在于它的来历。这是一个著名的强盗转让给艾利斯上尉的，他担保说，它曾经刺进过四个人的身躯。莉迪娅小姐把它插在腰带上，放在床头柜上，睡觉之前两次把它从鞘套中抽

---

① 这是以仇家或近或远的旁系亲属为对象的复仇。——原注。

出来。而上校，则梦见他杀死了一头岩羊，羊的主人让他赔钱，他心甘情愿地付钱，因为，这是一种十分奇怪的动物，身体很像一头野猪，但却长着鹿的角和野鸡的尾巴。

"听艾利斯讲，科西嘉有着令人艳羡的猎物，"跟他女儿单独吃午饭时，上校说道，"若不是那里路途遥远，我倒很愿意在那地方待上半个月。"

"好啊！"莉迪娅小姐答道，"我们为什么不去科西嘉呢？您去狩猎的时候，我可以画画嘛；要是我能把艾利斯上尉对我说起过的那个岩洞画到我的画册中，我真不知道会有多高兴呢，听说，波拿巴小时候在那里读过书。"

上校表达的愿望得到女儿的赞同，这兴许还是头一次。这一出乎意料的协调一致令他很兴奋，然而，他毕竟还算通情达理，便提出一些异议，但却刺激起了莉迪娅小姐的任性。他说起那地方的荒凉，说起一个女人去那里游历的困难，但一切均归于无用：她什么都不怕；她最喜欢骑马旅行；野营露宿对她来说就如同过节；她甚至威胁说要去小亚细亚走一圈。总之，她应答如流，因为还没有一个英格兰女子去过科西嘉，所以她非去不可。等她回到圣詹姆斯广场①，把她的画册拿出来炫耀时，那是何等的幸福啊！"我亲爱的，您为什么把这张美妙的画翻过去了？""哦，这没有什么。那是我照着一个著名的科西嘉强盗的样子，画的一幅速写，他给我们当过向导。""怎么！您还到过科西嘉？……"

那时，从法国到科西嘉，还没有蒸汽机轮船通航，他们四处打听有没有帆船驶往莉迪娅小姐打算勘探的那个岛。当天，上校给巴黎写信，退掉他预订的套房，并同一条准备开往阿雅克修②的科西嘉双桅帆船的船主商谈妥当。船上有两个将就的房间。他们把食物装上船。船主担保说，他的一个老水手是个高明的厨师，做得一手普罗旺斯鱼汤，谁也比不上。他还承诺说，小姐一定会觉得很舒适，旅途会风平浪静。

此外，依照女儿的意愿，上校规定船主不再搭载任何乘客，而且还得沿着海岛的滩岸航行，以便能够饱览群山的美景。

二

到了起航那一天，一切都已收拾停当，从早上起就装上了船：双桅帆船

---

① 圣詹姆斯广场为伦敦一地，位于王宫前。
② 阿雅克修为科西嘉一城市，现在是科西嘉的省会。

必须等到晚上起风时才能出发。在等船的时间里，上校跟他女儿一起在卡那维艾尔大街上散步，船主赶来，请求他同意在船上捎带一个乘客，此人是他大儿子的教父的叔伯兄弟，有紧急要事，要回故乡科西嘉去，但却找不到搭乘的船只。

"这是一个可爱的小伙子，"马泰船长补充道，"是个军人，在近卫军轻步兵部队中当军官，假如'那一位'① 还当皇帝的话，他就将是上校了。"

"既然是一个军人……"上校说道，还没等他说出，"我很同意他和我们一起走……"莉迪娅小姐就用英语喊了起来：

"一个步兵军官！……"因为她父亲在骑兵部队中服役，她对任何别的兵种全都冷眼相顾，"兴许还是一个没有受过教育的人，他也许会晕船，他会把我们渡海的乐趣全都毁掉的！"

船主一句英语都听不懂，但是看到莉迪娅小姐撅起美丽的小嘴，他似乎明白了她在说什么，便开始分三点赞扬起他的亲戚来，最后担保说，他是一个正儿八经的男子，出身于伍长②家庭，一点儿也不会妨碍上校先生的，因为他，船主本人，会负责把他安置在一个角落里，别人是发现不了他的存在的。

上校和内维尔小姐觉得很奇怪，在科西嘉竟然还有这样的家庭，一代代父子相传都当伍长的；但是，由于他们虔诚地以为，所谓的伍长是指步兵班的伍长，他们于是断定，他肯定是个可怜的穷鬼，船主是出于怜悯把他带上了船。若他真是一个军官，那他们就不得不与他应酬一番，但对一个伍长，就没有什么可拘束的了，只要他那班士兵不在这里，枪上上了刺刀，逼迫你去你不想去的地方，他就只是个无足轻重的人物。

"您的亲戚晕船吗？"内维尔小姐语气生硬地问道。

"从不晕船，小姐。在海上同在陆地上一样，他的心坚如磐石。"

"那好！您可以把他带来。"她说。

"您可以把他带来。"上校重复道，说完，他们继续散步。

约莫傍晚五点钟，马泰船长前来找他们，让他们上双桅帆船。在港口，船长的小划艇附近，他们看到一个高大的年轻人，身穿一件蓝色礼服，纽扣一直扣到下巴，脸晒得黧黑，眼睛又长又大，黑色的眼珠炯炯有神，一副爽

---

① "那一位"指拿破仑。

② 作者本人在他另一部小说《马铁奥·法尔科内》中对"伍长"（caporal）一词有过解释。"伍长在科西嘉原指村民反抗领主时起义的头领，后称呼有财产、有亲戚、有被保护人，在村镇中行使一定影响和长官职权的人。"参见前注。

直而又机敏的样子。从他耸肩膀的方式上，从他弯卷的小胡子上，很容易看出他是一个军人；因为在那个时代，小胡子还没有开始在街上流行，国民自卫军还没有把近卫军的举止习惯引入到所有的家庭中。

见到上校时，年轻人摘下鸭舌帽，语言得当地、不卑不亢地感谢他提供的方便。

"很高兴能为您帮忙，我的小伙子。"上校说，友好地向他点了点头。然后，他上了划艇。

"您那位英国人，他倒毫无顾忌。"青年人用意大利语低声地对船主说。

船主把食指放在左眼下面，两边的嘴角向下一拉。懂得暗号的人都明白，这是在说，英国人懂意大利语，那是一个怪人。青年人微微一笑，指了指脑门，算是回答了马泰的手势，意思是，所有的英国人头脑中都有一些乖戾的东西。随后，他坐到船主身边，仔细地但又不算鲁莽地注视着他漂亮的女旅伴。

"这些法国士兵，全都很有气派，"上校用英语对他女儿说，"所以，他们很容易被提升为军官。"

然后，他用法语对年轻人说：

"请告诉我，勇敢的人，您曾在哪个部队中服役？"

青年用胳膊肘轻轻捅了一下他叔伯兄弟的教子的父亲，抑制住一个嘲讽的微笑，回答说，他曾经在近卫军的轻步兵部队中，眼下，他离开了第七轻步兵团。

"您参加过滑铁卢战役吗？您还很年轻呀。"

"对不起，上校，这是我参加的唯一一次战役。"

"它可是一仗顶两仗啊。"上校说。

年轻的科西嘉人咬紧了嘴唇。

"爸爸，"莉迪娅小姐用英语说，"问问他，科西嘉人是不是非常爱戴他们的波拿巴？"

还没等上校把这问题翻译成法语，年轻人便以一口相当好的英语回答，尽管带着浓重的口音：

"您知道，小姐，没有人在故乡能成先知。我们这些拿破仑的同胞，我们也许不如法国人那么爱戴他。至于我，尽管我的家族跟他的家族早年曾是仇敌，我仍爱戴他、崇拜他。"

"您能说英语！"上校叫了起来。

"说得很糟糕，这一点您一听就能发现。"

莉迪娅小姐尽管对他无拘无束的腔调有些不悦，但一想到在一个伍长和一个皇帝之间竟然还存在着一种个人的敌意，便忍不住笑了出来。她似乎已经在想象中品尝到了科西嘉奇特风俗的滋味，她打算把这一点写进她的日记。

"或许您在英国当过俘虏？"上校问道。

"不，我的上校。我是在法国学的英语，还在我小的时候，是跟贵国的一个俘虏学的。"

随后，他对内维尔小姐说道：

"马泰对我说，您刚从意大利归来。小姐，您一定会说一口纯正的托斯卡纳语；我怕您听不懂我们的方言，会有一些小小的不便。"

"我女儿听得懂所有的意大利方言，"上校回答道，"她有语言的天赋。这一点她不像我。"

"那么，小姐听得懂这一首科西嘉民歌吗？这是一个牧羊人对一个牧羊女说的话：

纵然我走进了神圣而又神圣的天堂，
要是我找不到你，我也会离去。"

莉迪娅小姐听得明白，觉得所引的歌词颇为放肆，而且伴随着吟诵的目光更加肆无忌惮，她顿时脸涨得通红："我懂①。"

"您是不是用六个月的假期回家探亲②？"上校问道。

"不，我的上校。他们让我领半饷③，或许是因为我参加过滑铁卢战役，而且还是拿破仑的同乡。我回家了，就像歌谣中唱的那样，希望成为泡影，囊中空空如洗。"

他抬头凝望天空，长吁一声。

上校把手伸进口袋，掏出一枚金币来，想寻找一句话，好有礼貌地把金币塞到他可怜敌手的手中。

"我也一样，"他说，语气十分轻松，"他们也叫我领半饷，但是……您拿的半饷恐怕都不够买烟抽的。这个您拿着，伍长。"

---

① 原文为意大利语。
② 以前在军队某些部门中服役的人可以有六个月时间的休假。
③ 滑铁卢战役后，复辟王朝对帝国军队的军官实施过发放半饷的措施，这里相当于退伍。

他试图把金币塞到年轻人紧握着放在小划艇船舷上的手中。

年轻的科西嘉人涨红了脸，站起身来，紧咬着嘴唇，似乎正准备报之于狂怒，猛然间又脸色一变，放声大笑起来。上校手里捏着金币，惊得瞠目结舌。

"上校，"复归平静后，青年人说道，"请允许我给您两点忠告：第一，永远不要送钱给一个科西嘉人，因为，我的同乡中会有人相当不讲礼地把钱扔到您脸上；第二，不要把对方根本不需要的头衔加在他们头上。您称呼我为伍长①，而我是中尉。当然，这里头的差别不很大，但是……"

"中尉，"托马斯爵士叫了起来，"中尉！但是船老板对我说，您是个伍长，而且令尊大人以及府上祖辈历代男子都是伍长。"

听到这些话，年轻人笑得越发起劲，越发开心了，笑得身体一直往后仰去，连船主和两个水手也齐声欢笑起来。

"对不起，上校，"年轻人终于说道，"这场误会实在精彩，到现在我才算弄明白。确实，我的家族以世代拥有众多伍长为荣；但是，我们科西嘉伍长的衣服上从来就没有军衔饰条。在基督纪元1100年左右，有些村镇举旗反抗山区贵族老爷的专制，选出一些头领，称之为伍长。在我们的岛上，凡是祖辈当过这种护民官的，我们都引以为荣。"

"对不起，先生！"上校大声叫道，"万分抱歉。既然您明白了我误会的原因，我希望您能多加原谅。"

他向他伸出了手。

"这是对我小小傲慢的公正惩罚，上校，"年轻人说道，始终在笑着，并真诚地握着英国人的手，"我一点儿都不怨您。既然我的朋友马泰把我介绍得那么不清楚，请允许我再自我介绍一下：我叫奥尔索·德拉·雷比亚，领取半饷的中尉，从这两条漂亮的猎狗来看，我推测，您是来科西嘉打猎的，如若果真如此，我倒很高兴让您见识一下我们的丛林和我们的山岭……但愿我还没有把它们给忘了。"他说着，叹了一口气。

这时，划艇已经到了双桅帆船跟前。中尉把手伸给莉迪娅小姐，然后又帮助上校爬上甲板。到了船上，托马斯爵士依然沉浸在他的误会产生的尴尬中，不知道如何才能让一个公元1100年以来的世家子弟忘记自己的失礼，他不等征求女儿的同意，便请求他共进晚餐，并又一次表示道歉，又一次握手致意。莉迪娅小姐微微皱起了眉头，但是，到后来，等她弄明白伍长是怎

---

① "伍长"（caporal）一词在不同情景下，还可以有"下士"、"班长"的意思。

么一回事之后，总算没有发火；她的客人并不令她讨厌，她甚至开始在他身上发现了某种我说不上来的贵族气质，只不过他过于率直，过于快活，不像一个小说中的主人公。

"德拉·雷比亚中尉，"上校对他说，手中端着一杯马德拉酒①，用英国人的方式向他致意，"我在西班牙见到过许多您的同胞；他们都是闻名遐迩的阻击兵军团的人。"

"是的，许多人永远留在了西班牙。"年轻的中尉神情严肃地说。

"我永远也忘不了一个科西嘉营在比托里亚战役②中的行动，"上校继续说道，"我当然还记得，"他又补充了一句，同时揉了揉胸脯。"整整一天里，他们躲在花园的树篱后放冷枪，打死了我们不知多少人，还有马。最后，他们决定突围，便会合在一起，一溜烟地跑了。我们希望能在平原上报复他们一下，但是我的那些怪人……请原谅，中尉，我的意思是说，那些英雄好汉，排成了方阵，怎么也无法把他们打散。在方阵中心，这情景现在依旧浮现在我的眼前，有一个军官骑在小黑马上；守护在鹰旗旁，抽着他的雪茄烟，就像在咖啡馆中那般自在。有时候，仿佛为了挑逗我们，他们还奏起军乐……我派头两队骑兵向他们发起冲锋……好家伙！非但没有突破方阵，我的龙骑兵反倒拐向了斜肋，随后又向后转，溃乱地退败回来，不止一匹马上没有了主人……又是一阵阵见鬼的军乐吹奏个不停！当掩卷了营队的尘埃消散落定，我又看见军官守定在鹰旗旁，仍旧抽着他的雪茄。我顿时大怒，亲自带队作最后一次冲锋。这时，他们的枪因为打得太久，积满了污垢，都打不响了，但是士兵们排成了六行，刺刀对准了马鼻子，几乎可以说，这是一道铜墙铁壁。我吼叫着，我激励着我的龙骑兵，我夹紧马肚子催马飞进。这时，我说到的那个军官终于扔掉了他的雪茄，对他手下的一个人指了一下我。我听到一声呼叫，像是打那个白头发的！当时我正好戴着一顶有白翎毛的帽子③。我来不及听到下文，因为，一颗流弹穿透了我的胸脯。真是一个棒极了的营队，德拉·雷比亚先生，后来，有人告诉我，这是第十八轻步兵团的第一号营队，全都是科西嘉人。"

"是的，"奥尔索说，在听故事期间，他的眼睛一直闪闪发亮，"他们完

---

① 马德拉酒是出产于大西洋葡属马德拉岛的一种加度葡萄酒。

② 比托里亚是西班牙巴斯克地方的一个城市，比托里亚战役发生于 1813 年 6 月 21 日，由惠灵顿指挥的英、西、葡联军在此大败法军。

③ 作者可能把"帽子"（cappello）和"头发"（capello）弄混淆了。

成了撤退，带回了他们的鹰旗；但是有三分之二的勇士今天安息在了比托里亚平原上。"

"顺便问一下，兴许您知道指挥战斗的那个军官的姓名吧？"

"他便是家父。他那时是第十八军团的少校，由于在那悲壮的一天中的表现而擢升为上校。"

"原来是令尊大人！毫无疑问，实在是一员勇将！我真想有机会再见见他，我会认出他来的，我敢肯定。他还健在吧？"

"不，上校……"年轻人说道，脸色稍稍有些变白。

"他参加过滑铁卢之战吗？"

"是的，上校，但是，他并没有福气战死在沙场……他死在科西嘉，已经有两年了……我的老天！这大海是多么的美丽！我已经有十年没有见过地中海了。"

他话锋一转："小姐，您是不是觉得地中海比大西洋还要美丽？"

"我觉得它颜色太蓝了……海浪也缺乏崇高的气魄。"

"您喜爱野性的美吗，小姐？如果是这样的话，我相信，科西嘉一定会让您喜欢的。"

"小女喜欢任何异乎寻常的东西，"上校说，"所以，意大利不太令她满意。"

"对意大利，"奥尔索说，"我只熟悉比萨，我在那地方读过一段时间的中学；但是，每当我想到圣公墓，想到大教堂，想到斜塔……我就不能不充满敬仰之情，尤其是圣公墓。您可能还记得奥尔卡尼亚①的《死神》……它就栩栩如生地印刻在我的脑海中，我相信我能够把它描画出来。"

莉迪娅小姐担心中尉先生会来一大段热情洋溢的赞美词，便打着哈欠说：

"是的，确实很美。对不起，父亲，我有点头疼，我要回舱室休息去了。"

她吻了一下她父亲的额角，对奥尔索庄重地点了点头，便消失了。于是，两个男人谈起了狩猎和战争。

他们得知，在滑铁卢他们曾面对面地打过仗，很可能还相互开过枪。于是，他们的相处由此越发融洽。在轮番地批评了一通拿破仑、惠灵顿、布吕歇尔②之后，他们一起开口捕猎黄鹿、野猪和岩羊。末了，夜色已深，最后

---

① 安德烈亚·奥尔卡尼亚（约1308—约1368），意大利佛罗伦萨画派的著名画家。他曾为比萨圣公墓的走廊创作题为《死神之胜利》的壁画。

② 布吕歇尔（1742—1819），普鲁士陆军元帅，在拿破仑战争中，曾和惠灵顿一起对抗拿破仑。

一瓶波尔多葡萄酒也喝了个干净,上校又一次握了握中尉的手,祝他晚安,并希望能够把这次开始得那么可笑的认识继续发展下去。他们分了手,各自都去睡觉。

<h1 style="text-align:center">三</h1>

　　夜色柔美,月光在海面上跳跃荡漾,帆船凭借微微的和风,平缓地航行着。莉迪娅小姐全无睡意,只是因为有一个渎神之人的存在,才妨碍了她领略那一片激情,在大海上,在月光下,每一个人,只要他心中有一颗诗意的种子,都会体会到那一份激动。等到她认定,那毫无诗意的年轻中尉肯定已经酣睡后,她悄悄起了床,披上一件皮大衣,唤醒了她的贴身女仆,一起来到甲板上。四下里静无一人,只有一个水手守在舵位上。水手用科西嘉方言唱着一首哀歌之类的曲子,曲调粗犷,呆板一律。在夜深人静之际,这一奇特的音乐显现出它的魅力。可惜的是,那水手到底在唱些什么,莉迪娅小姐并不能听懂多少。在众多的陈词滥调当中,一种有力的诗意强烈地刺激着她的好奇心;但是,不一会儿,听到最精彩的时候,忽然又蹦出了几个方言词汇,意思莫名其妙地逃逸而去。然而,她还是听明白了,他唱的是一件凶杀案。对凶手的诅咒,对复仇的警告,对死者的赞扬,所有这一切全都乱糟糟地混成一团。她记住了几句歌词;在此,我尝试着把它们翻译如下:

　　……枪炮也好,刺刀也好——都不能使他的面容变色,——战场上泰然自若——就像夏日的天空,——他是猎隼,鹰的朋友,——对朋友他是沙漠中的蜜糖,——对敌人,他是怒吼的海涛。——比太阳还要高,——比月亮更温柔。——法兰西的敌人从来等不到他,——家乡的杀手——从他背后下手,——就像比托罗杀害桑皮埃罗·科尔索①。——他们从来不敢正面看他。——……把我赢得的十字勋章——挂在我床前的墙上。——红的是它的绶带。——更红的是我的衬

---

　　① 参看菲里皮尼,第11卷。——比托罗这一名字至今仍为科西嘉人所不齿。它与叛徒是同义词。——原注。
　　桑皮埃罗·科尔索是科西嘉独立的英雄,他在争取从热那亚统治下解放科西嘉的斗争中受挫,他的妻子瓦妮娜·多纳诺试图同热那亚参议院谈判,为他求情,他认为她背叛了他的事业,便把她扼死了。瓦妮娜的兄弟为她报仇,设法使他中了埋伏,被他早先的一个伙伴比托罗所杀。

衫。——给我的儿子，给我远在他乡的儿子，——保留好我的十字勋章和我血淋淋的衬衫。——他将看到上面有两个洞。——为了每一个洞，要在另一件衬衫上打上一个洞。——但是，这样，就算报仇雪恨了吗？——我要那只开枪的手，——那只瞄准的眼睛，——那颗起歹念的心……

水手突然停了下来。

"为什么您不再唱下去了，我的朋友？"内维尔小姐问道。

水手的头动了一动，示意有一个人从双桅帆船的舱门中出来了：原来是奥尔索，他来欣赏月色。

"把您的哀歌唱完吧，"莉迪娅小姐说，"我十分喜欢听。"

水手向她俯下身子，低声说道："我对任何人都不给林贝可。"

"不给什么？您说什么……？"

水手不作回答，开始吹起口哨。

"我撞见您在欣赏我们地中海的景色，内维尔小姐，"奥尔索一边说，一边走近她，"在别的地方，您一定看不到这样明媚的月色吧。"

"我并没有在赏月，我正全神贯注地在研究科西嘉语呢。这个水手正唱着一首最最悲怆的哀歌，唱到精彩的关头却突然停了。"

水手弯下腰，似乎在仔细地察看罗盘，却使劲地扯了扯内维尔小姐的皮袄。很显然，他的哀歌是不能在奥尔索中尉面前唱的。

"你刚才在唱什么呢，保罗·弗朗塞？"奥尔索问，"是一首东岸丧歌，还是一首西岸丧歌①？小姐听得懂，想听你唱完。"

"我忘了词了，奥尔斯·安东。"水手说。随即，他尖着嗓子，大声地唱起一首圣母颂来。

莉迪娅小姐心不在焉地听着颂歌，不再催逼唱歌人了，但心中却拿定主意，过一会儿一定把那谜一般的词弄清楚。她的贴身女仆，尽管是佛罗伦萨

---

① 当一个人死后，尤其当他被人杀害后，人们要把他的遗体放在一张桌子上，家中的女子，如果没有女眷，则由女友们，或者由富有诗歌天才的著名的外来女子，在众人面前即兴用当地方言演唱诗体的哀歌。这种女子被称为 voceratrici（哭丧歌女），或者按照科西嘉的发音，称作 buceratrici；而哀歌，在东海岸叫做 vocero，buceru，buceratu；在西海岸则叫做 ballata。vocero 一词，以及派生词 vocerar，voceratrice，都来源于拉丁文 vociferare。有时候，许多妇女轮流即兴演唱，死者的妻子或女儿常常亲自唱挽歌。——原注。

人，却并不比她的主人更懂科西嘉方言，她同样也迫不及待想知道个究竟；于是，不等女主人来得及用胳膊肘来警告，她就已凑近奥尔索，问道："上尉先生，给人一个林贝可①是什么意思？"

"林贝可！"奥尔索说，"这可是给一个科西嘉人的最最致命的侮辱：它的意思是，指责他不报仇雪恨。谁对您说起林贝可的？"

"那是昨天，在马赛，"莉迪娅小姐急忙抢着说，"双桅帆船的船主说起过这个词。"

"他说到谁了？"奥尔索急迫地问道。

"噢！他给我们讲了一个古老的故事……是什么时代的呢？……噢，对了，我想是在瓦妮娜·多纳诺的时代。"

"小姐，我这么猜想，瓦妮娜之死恐怕使得您不怎么喜爱我们的英雄，勇敢的桑皮埃罗吧？"

"可是，您难道觉得这行为十分英勇吗？"

"按当时的野蛮风俗，他的罪孽可以得到谅解；更何况，桑皮埃罗正跟热那亚人展开一场殊死的斗争：假如他不惩罚那个试图和热那亚人谈判的女人，他的同胞们又怎么能信任他呢？"

"瓦妮娜没有得到丈夫的允许便出发去谈判，"水手说道，"桑皮埃罗完全应该扭断她的脖子。"

"可是，"莉迪娅小姐说，"她是为了拯救她的丈夫，是出于对丈夫的爱，才去向热那亚人求情的呀。"

"为他求情，就是对他的侮辱！"奥尔索叫了起来。

"而亲手杀死她，"内维尔小姐继续说道，"他可真是一个恶魔！"

"您要知道，是她自己要求死在他手中的。小姐，在您看来，奥赛罗是不是也是个恶魔呢？"

"两者的差别多大啊！奥赛罗是嫉妒，桑皮埃罗只不过是虚荣。"

"而嫉妒不同样也是一种虚荣吗？那是爱的虚荣，您恐怕会因为他的动机而原谅他吧？"

莉迪娅小姐向他瞥去充满尊严的一眼，便转身去问水手，船什么时候能

① Rimbeccare 在意大利语中，意思为反诘、反驳、拒绝。在科西嘉方言中，它意味着：当众做出侮辱性的斥责。——对一个被害者的儿子说，他不报杀父之仇，这就是给他一个 rimbecco（林贝可）。林贝可是对还没有以鲜血洗清侮辱的人的一种催促。——热那亚统治者的法律曾在科西嘉十分严厉地惩罚给人以林贝可的人。——原注。

到港口。

"后天吧," 他说,"要是一直顺风的话。"

"我真想现在就看到阿雅克修,这条船让我厌烦透了。"

她站起身,挽着贴身女仆的胳膊,在上甲板上走了几步。奥尔索一动不动地待在船舵旁,不知道他究竟应该和她一起散散步呢,还是停止这一场似乎使她厌烦了的谈话。

"多美丽的姑娘啊,凭圣母马利亚的血起誓!" 水手说道,"假如我床上的跳蚤都像她那个样子,它们就是咬我,我也绝不会抱怨的。"①

莉迪娅小姐兴许听到了对她美貌的这一天真赞美,她有些气恼,因为她几乎当即就回舱室去了。不一会儿,奥尔索也回去了。等他一离开上甲板,女仆又走上甲板,经过对水手的一番询问,给她的女主人带回了如下的消息:被奥尔索的上场所打断了的是一首西岸丧歌,为德拉·雷比亚上校的死而作。死者正是奥尔索的父亲,两年前被人杀害。水手毫不怀疑,奥尔索返回科西嘉,为的是报仇雪恨,这是他的原话。他敢肯定,用不了多久,人们就将在皮耶特拉内拉村看到新鲜肉了,这一尽人皆知的成语翻译过来的意思就是,奥尔索老爷打算杀死两个或者三个杀害他父亲的嫌疑人,实际上,这些人曾经因此案而遭到司法部门的追究,但却由于有法官、律师、官员和宪警做后盾,而被宣布为清白无辜。

"在科西嘉,没有什么公正可言," 水手补充说,"与其信任王家法院的一个推事,而不如寄希望于一把好枪。当你有了一个仇敌后,你就得在三个S中挑选一个②。"

这些令人感兴趣的消息以一种明显的方式,改变了莉迪娅小姐对德拉·雷比亚中尉的态度和心境。从这一刻起,在这位充满浪漫想象的英国女子心中,他便成了一个人物。他那种满不在乎的神态,那种直率而又愉快的语调,早先怎么也不能被她看上眼,现在却平添了几分价值,因为,一个生机勃勃的心灵正需要有深深的城府,才能使任何的感情都深藏在心,一丝一毫

---

① 关于这段话,可参照《堂·吉诃德》第 1 卷第 30 章桑丘·潘沙的话:"莫非这样的王后还嫌赖吗?我简直像被满床的跳蚤咬得浑身痒痒了!"

② 这是当地人的一种表达法,三个 S 即 schiopetto,   stiletto,   strada 这三个词:枪、刀、逃。——原注。

都不外露。在她看来，奥尔索就像是菲耶斯基①之类的人，在轻浮的外表底下，掩藏着远大的抱负；尽管杀死几个坏家伙远比不上解放祖国来得壮美，但一次漂亮的复仇终归是漂亮的。再者说，女人们总愿意一个英雄不是政治家。只是在这时，内维尔小姐才注意到，年轻的中尉有大大的眼睛、雪白的牙齿，身材挺拔，有教养，也懂处世之道。

第二天，她和他聊了很多，他的谈话令人颇感兴趣。她问了许多关于他家乡的问题，他也娓娓道来。他从很年幼时就离开了科西嘉，先是去读中学，然后读军校，科西嘉留在他心中的形象被蒙上一层诗意的色彩。他兴致勃勃地谈着它的崇山峻岭，它的高树密林，还有它的居民们奇异的风俗习惯。很可以想象，在他的叙述中，复仇一词出现了不止一次，因为，说到科西嘉人，就不能不对他们那尽人皆知的激情表示指责，或表示赞同。奥尔索对他的同胞世代永无止息的仇恨行为，采取了一种一般性的谴责，这让内维尔小姐颇为吃惊。然而，他对农民的复仇表示谅解，认为报仇就是穷人之间的决斗。

"这一点是千真万确的，"他说，"只是在作出一种合乎规则的挑战之后，人们才彼此动手仇杀。'你小心提防吧，我也会提防的。'这就是敌对双方在动手暗害对方之前，要交换的祝圣般的话语。在我们家乡，暗杀的案件比别的地方要多得多，"他补充说，"但是，在这些罪孽中，你永远也找不出一桩是出于卑鄙的动机。确实，我们有很多谋杀者，但却没有一个窃贼。"

当他说到复仇和谋杀这些词的时候，莉迪娅小姐目不转睛地注视着他，但在他脸上却看不到一丝一毫激动的痕迹。既然她已经断定，他具有喜怒皆不形于色的必要毅力，除了她以外，谁都摸不透他的内心，她便继续坚决地相信，德拉·雷比亚上校的阴魂用不了等多久就可以得到复仇的满足。

双桅帆船已经看见了科西嘉。船主一一道出沿岸主要景点的名称，尽管莉迪娅小姐对它们一概毫无所知，她仍然很高兴得知它们的名称。再也没有比无名的风景更令人厌倦的了。有时候，上校的望远镜中会出现某个岛民，身穿棕褐色的呢子服，背着一杆枪，骑在一匹小马上，在陡峭的山坡上疾行。莉迪娅小姐把眼前的每一个人，都看成是一个强盗，或者是一个去为亡父报仇的人。但是，奥尔索却认定，那是某个住在附近村镇的平和的居民，

---

① 菲耶斯基（约1523—1547），热那亚贵族，他试图推翻多里亚的统治曾是多种文学作品的题材，其中以席勒的剧本《菲耶斯基的密谋》最为有名。据说，他与多里亚家族有世仇。

正出门忙着自己的事情；他背枪不是因为需要，而是为了派头，为了时髦，就如同一个花花公子外出，必然要带上优雅的手杖那样。虽然作为武器，长枪不如匕首那么高贵，那么有诗意，莉迪娅小姐依然认为，对一个男人来说，它还是比一柄手杖更加优雅，她回想起，拜伦勋爵笔下的所有英雄都死于枪弹，而不是死于传统的短刃。

经过三天的航行，他们来到了桑基内群岛跟前，阿雅克修湾壮观的全景一览无余地展现在我们的旅游者眼前。人们很有理由把它和那不勒斯湾相比；正当双桅帆船缓缓驶入港口，一片着了火的丛林冒出滚滚的浓烟，烟雾笼罩了吉拉托山峰，使人联想起维苏威火山，更增添了两个海湾的相似性。若要使两者完全相似，还需要一支阿提拉①的军队，把那不勒斯的四郊扫荡一番；因为，阿雅克修的四周是一片死寂和荒凉。这里不像那不勒斯，看不到从卡斯泰尔拉马尔到米塞那海岬②到处都有的那些优雅的园林景观，在阿雅克修港湾的四周，人们只能见到黑黢黢的丛林，在丛林后面，则是光秃秃的山岭。没有一幢别墅，没有一栋住房。只是在城市周围的高地上，三三两两的有一些孤零零的白色建筑，从绿荫的背景上突现出来；那是一些家族的灵堂和坟墓。在这片风景中，一切都具有一种庄严而又凄惨的美。

城市的外貌，尤其是在那一时节，更增添了由四郊的荒凉给人造成的印象。大街上没有一丝动静，人们只能碰到很少几个游手好闲的人，而且总是那么几个。除了几个来城里售卖食品的农妇，就没有什么女人了。在这里，根本听不到在意大利城市中习以为常的高声说话、嬉笑、唱歌。偶尔，在散步场大树的阴影下，十几个武装的农人在玩纸牌，或者在一旁观看。他们不叫不喊，也不争吵；如若赌到怒火升起，便能听到手枪的响声，这永远是威胁的前奏曲。科西嘉人自然是严肃而又沉默的。到晚上，会有一些人出来纳凉，但是林荫大道上的散步者则几乎都是外乡人。岛民们总是留在自己的家门口；每个人都像是一只老鹰，待在自家的巢窝边窥伺着。

四

在登上科西嘉岛后的两天中，莉迪娅小姐参观了拿破仑出生的房子，并

---

① 阿提拉（？—453），匈奴王，曾以武力征服欧洲的东、西罗马帝国。
② 卡斯泰尔拉马尔在那不勒斯湾南面，米塞那海岬在那不勒斯湾的西面。

用多少符合道德标准的方法弄到了一点点糊墙纸①，在这之后，她心中便感到一种深切的忧愁，这种感觉必然会滋生于任何外乡人的心中，只要他无法适应所在异乡的不爱交际的习惯，他就仿佛受到绝对孤独的惩罚。她有些后悔当初的心血来潮；但若是立即就离开，则又会损坏她无畏旅游者的美名。于是，莉迪娅小姐耐下心来，尽其所能地打发时光。在作出这一宽宏大量的决定之后，她去准备了铅笔和颜料，勾画了几幅海湾的风景，为一个脸晒得黑黑的老农画了一张肖像，这个前来卖甜瓜的老人，像是大陆上的菜农，长着一把白胡子，那神情活像是一个凶神恶煞。所有这一切还不至于激起足够的兴致，她便决定让那位伍长的后裔回心转意，这事情并不很难，因为奥尔索本来就不急于归返家乡，倒像是很高兴在阿雅克修自得其乐，尽管他在此没有见任何人。此外，莉迪娅小姐心中制定了一个崇高的计划，要使这头山乡之熊文明化，叫他放弃使他返回故乡之岛的可怖谋划。自从她开始认真观察他以来，她对自己说，让这样一个年轻人走向灭亡，未免太可惜了。对她来说，让一个科西嘉人转变信念，将是一件无比荣耀的事。

我们这几位游客的日子是这样度过的：上午，上校和奥尔索去打猎；莉迪娅小姐画画，或者给女友们写信，以便能在她的信上写上日期和地点：阿雅克修。六点钟左右，带着猎物回来；大家吃晚餐，莉迪娅小姐唱歌，上校打瞌睡，两个年轻人聊天一直聊到深夜。

不知是为了护照上哪个手续问题，内维尔上校不得不到省政府走一趟；省长正烦闷得要死，他的大多数同僚也都闷得慌，听说来了一个有钱的英国人，不仅属于上流社会，而且还有一个漂亮的女儿，全都很兴奋；于是省长极其周到地接待了他，千口万口地答应尽量提供方便，并且在不几天后，还亲自登门回访了上校。

当时，上校刚好离开饭桌，正舒舒服服地瘫坐在沙发上，准备打一个瞌睡；他女儿在一架破烂的钢琴前，一面弹一面唱；奥尔索在旁边翻着乐谱，同时偷偷看着演奏者的肩膀和金黄的头发。仆人通报省长来到；钢琴声戛然而止，上校站起来，揉了揉眼睛，把女儿介绍给省长。

"我就用不着对您介绍德拉·雷比亚先生了吧，"他说道，"您一定认识他吧？"

"先生就是德拉·雷比亚上校的公子吧？"省长问道，神态略微发窘。

---

① 据说，拿破仑死于有毒的糊墙纸，但显然不是在科西嘉。

"正是在下，先生。"奥尔索答道。

"我曾有幸认识令尊大人。"

老一套的寒暄应酬很快即告结束。上校忍不住地连打哈欠；按照奥尔索的自由主义者的本性，他根本就不屑于同当局的官吏打交道；只有莉迪娅小姐一人在维持着交谈。从省长这方面来说，他竭力不让谈话冷场，很显然，他很高兴能跟一位了解欧洲社会全部名流的女子，谈论巴黎和上流社会。谈话当中，他不时以一种异常好奇的眼光观察着奥尔索。

"您是在大陆上认识德拉·雷比亚先生的吗？"他问莉迪娅小姐。

莉迪娅小姐有些窘迫地回答，她是在前来科西嘉的帆船上才认识他的。

"这是一个非常庄重得体的青年，"省长低声说道，接着，他用压得更低的嗓音问，"他有没有对您说过，他是抱定什么意图返回科西嘉的？"

莉迪娅立即神色庄严地说："我根本就没有问过他这个问题，不信您可以问他自己。"

省长沉默无语，但过了一会儿，他听到奥尔索用英语对上校说了几句什么，便对他说："先生，看起来，您好像到过很多地方，您可能忘记了科西嘉……还有它的风俗了吧。"

"没错，我离开家乡的时候，年纪还很小。"

"您始终还在军队中吗？"

"我领半饷了，先生。"

"我在猜想，您在法国军队中待的时间太长了，恐怕已经全盘法国化了吧，先生。"

他说最后这句话时，语气明显有些夸张。提醒一下科西嘉人，说他们属于一个大国家，这可不是在出奇地讨好他们。他们愿意单独自成一族，而这一愿望，他们也确实证明得相当好，以至于人们都承认这一点。

奥尔索有些被刺痛了，反驳道："省长先生，您认为一个科西嘉人需要在法国军队中服役，才能出人头地吗？"

"不是的，当然不是的，"省长说道，"这根本就不是我的想法；我要说的只是本地的某些风俗，其中一些并不像一个行政长官想看到的那样。"他特别强调了一下风俗这个词，脸上尽可能地显出一副严峻无比的表情。不一会儿后，他便起身告辞，离去之前得到莉迪娅小姐的允诺，她将到省长官邸去看望他的夫人。

等他走远以后，莉迪娅小姐说道："我只有到科西嘉来，才能知道省长到底是怎么回事。这一位看来还算讨人喜欢。"

"我嘛，"奥尔索说，"我却不敢苟同，我觉得此人很怪，他言语夸张，行径诡秘。"

上校已经昏昏沉沉地处于半睡之中；莉迪娅小姐朝他这里投来一瞥后，压低了嗓音说道："而我，我觉得，他并不像您所说的那么诡秘，因为我认为，我明白了他的意思。"

"您当然是一个眼光敏锐的人，内维尔小姐；假如，您在他刚才说的话里头看到了一些精辟的思想，那肯定是您自己添加进去的。"

"我认为，您刚说的，是马斯卡里叶侯爵说过的一句话①，德拉·雷比亚先生；但是……您是不是想要我证明一下我的洞察力？我可是会一点巫术的，一个人，我只要看到过两次，我就能知道他心里在想什么。"

"我的老天！您真让我害怕。假如您真的能猜透我的想法，我不知道我是应该高兴，还是应该悲哀……"

"德拉·雷比亚先生，"莉迪娅小姐的脸红了，继续说道，"我们认识才只有几天；但是在海上，还有，在野蛮人的国度——请您原谅我这么说，我希望……——在野蛮人的国度，人们比在上流社会更容易成为朋友……所以，假如我像一个朋友那样，对您谈起稍稍属于私人范围的、外人通常不应该过问的事情，请您不要见怪。"

"噢！不要用这个词，内维尔小姐，换了另一个词②，我会更加开心。"

"那么好吧！先生，我应该告诉您，我本没有特意打听您的秘密，我只是偶然听说了一部分，它们实在让我难过。先生，我知道了您府上遭受的不幸，人们常常对我讲起贵乡同胞有仇必报的性格，以及他们复仇的方式……省长影射的不正是这个吗？"

"莉迪娅小姐兴许以为……"奥尔索的脸色变得跟死人一样的苍白。

"不，德拉·雷比亚先生，"她打断了他的话头，"我知道您是一个有荣誉感的绅士。您亲口对我说过，在贵乡，现在只有老百姓还在干族间仇杀……您还把它称为某种形式的决斗……"

"您认为我有朝一日可能成为一个杀人凶手吗？"

———————————

① 马斯卡里叶侯爵是莫里哀喜剧中的人物，这句话见《可笑的女才子》第九场："想要在我们家看到声望，肯定是您把它带进来的。"不过，实际上这不是马斯卡里叶说的，而是女才子喀豆说的。

② 这个词指"外人"，另一个词指"朋友"。

"既然我跟您说起了这个，奥尔索先生，您应该看到，我对您并没有怀疑，我之所以跟您说，"她低下眼睛，继续说道，"是因为我明白，您回到家乡后，或许会被野蛮的偏见包围。当您得知，有人钦佩您有勇气抵抗它们时，您会轻松许多的。"她说着，站了起来，"好了，我们不再谈这些讨厌的事情了：我的头都谈得疼了，再说，时间也太晚了。您不会怪我的吧？让我们以英国人的方式，说一声晚安吧。"她向他伸出手去。

奥尔索神情严肃、满腔激动地紧握住她的手。

"小姐，"他说，"您可知道，有些时候，故乡的本能在我的身上觉醒。有时，当我想起可怜的先父……可怖的念头就萦绕在我的心头。多亏您，我算是永远地解脱了。谢谢您，谢谢！"

他还要说下去，但莉迪娅小姐把一个茶匙掉在了地上，响声惊醒了上校。

"德拉·雷比亚，明天五点出发打猎！一定准时。"

"好的，我的上校。"

五

第二天，狩猎者们即将返回的时分，内维尔小姐和贴身女仆一起从海边散步归来，正要回到旅馆的时候，她注意到一个身穿黑色服装的年轻女子，骑在一匹矮小但却壮实的马上进了城。她身后跟着一个农人模样的人，同样也骑着马，穿着棕呢的外套，两肘处已经磨破，肩上斜挂着一个葫芦，腰带上插着一支手枪；他手中拿着一杆长枪，枪托安倚在一个绑在马鞍架上的皮套子中；总之，从整个打扮来看，活像一个情节剧中的强盗，或者是出门远游的科西嘉市民。那女子引人注目的美色首先吸引了内维尔小姐的注意。她看来约莫二十来岁，高个子，肤色白皙，深蓝色的眼睛，嘴唇粉红，洁白的牙齿如同晶亮的珐琅。在她的表情中，人们可以同时看出高傲、不安和忧愁。她的脑袋上蒙着一条叫美纱罗的黑色面纱，是由热那亚人引进到科西嘉的，十分适合于妇女们披戴。她那栗色的头发梳成长长的辫子，像头巾一样盘绕在头上。她的衣着十分整洁，但又朴素至极。

内维尔小姐有的是时间，可以仔细地打量她，因为披美纱罗的年轻女子在街上停了下来，在向一个人打听着什么，从她的眼神来看，探问的是一件很要紧的事；随后，得到了回答之后，她扬起冬青枝条，朝坐骑抽了一鞭子，马儿大步小跑起来，一直跑到托马斯·内维尔爵士和奥尔索下榻的旅馆门口，才停下步来。女郎和旅店主交谈了几句话之后，灵巧地从马背上跳下来，坐到了大门旁一条石头凳上，她的随从则牵着马去了马厩。穿着巴黎人服装的莉迪娅小姐从她身边走过时，这个陌生女子连眼皮都没有抬一下。一刻钟以后，她打开窗户时，看到披美纱罗的女郎依然坐在原先的地方，依然一动不动。很快，上校和奥尔索打猎归来，到了旅馆。这时候，旅店主过去对身着孝服的小姐说了几句话，用手指头给她指了指年轻的德拉·雷比亚。那女子的脸红了起来，激动地站起身子，向前走了几步，然后猛然停住，仿佛惊呆了似的一动也不动。奥尔索就在她的身边，好奇地打量着她。

"您就是，"她声音激动地说，"奥尔索·安东尼奥·德拉·雷比亚吗？我是柯隆巴。"

"柯隆巴！"奥尔索喊了起来。

他一把将她搂在怀里，温柔地亲吻她，这让上校和他女儿十分惊讶；因为在英格兰，人们是从不在街道上拥抱的。

"我的哥哥，"柯隆巴说，"我没有得到您的许可就来了，还请您能原谅；不过，我从朋友那里听说，您已经来了，能看到您，对我来说，真是莫大的宽慰啊……"

奥尔索又把她拥抱了一下；然后，转身朝向上校说：

"这是我的妹妹，要是她不自我介绍，我根本就认不出她来了。柯隆巴，这位是托马斯·内维尔上校爵士。上校，请您原谅，今天，我恐怕不能陪您吃晚饭了……我妹妹……"

"哎！我亲爱的，您要到什么鬼地方去吃晚饭呢？"上校大声地嚷嚷道，"您很清楚，在这见鬼的旅店中，只准备了一顿晚餐，那是给我们的。小姐若能赏光和我们共同进餐，小女一定会十分高兴。"

柯隆巴朝她哥哥瞧了一眼，他倒是没有再推让。大家一起进入旅馆最大的一间房间，它除了用作上校的客厅，还是大家的餐厅。德拉·雷比亚小姐被介绍给内维尔小姐，她向她行了一个深深的屈膝礼，但却没有说一句话。人们看得出，她十分惊慌，兴许是生平头一回和外国的上流社会人士待在一起。不过，在她的行为举止中，倒是一点土气也没有。她身上的奇异特点弥补了手足无措。也正是由于这一点，她很讨内维尔小姐喜欢；因为旅馆的客房已经被上校一行占满，再也没有空余的房间，莉迪娅小姐便把自己的屈尊或者好奇大大发展了一步，居然在她自己的房间里为德拉·雷比亚小姐又搭了一张床。

柯隆巴结结巴巴地说了几句感谢的话，便匆匆忙忙地跟随内维尔小姐的贴身女仆去梳洗了，在太阳底下风尘仆仆地骑马走了一天，稍稍梳洗一番是绝对必要的。

等梳洗后回到客厅，走到猎人们刚刚放在一个角落里的上校的猎枪前，她停住了脚步。

"好漂亮的武器!"她说，"哥哥，那是您的吗?"

"不，这是上校的英国枪。不仅好用，而且漂亮。"

"我真希望，"柯隆巴说，"您也有一把这样的枪。"

"这三支枪里当然有一支应该属于德拉·雷比亚，"上校高声说，"他使得相当出色。今天，他开了十四枪，枪枪命中!"

当即，就展开了一场慷慨的赠送战，你推我让，争着客气，最后奥尔索终于被说服，答应收下礼物，这使他妹妹大为满意，从她脸上的表情很容易看出，刚才还是满脸的严肃，现在却一下子闪耀出孩童般的欢乐。

"您挑选吧，我亲爱的。"上校说道，奥尔索表示不同意。

"那么好吧! 就请令妹小姐代为挑选好了。"

柯隆巴不等人说第二遍，便毫不推让地选了装饰最为朴素的一支，但那是一支曼顿①制造的优质枪，大口径的。

"这一支，"她说，"一定能打得很准。"

她的哥哥忙不迭地答谢，正好这时候晚餐准备好了，才算把他们从客套中拉到饭桌上来。柯隆巴一开始还扭捏了一阵不肯就座，直到她哥哥对她使了一个眼色，才作罢休。看到她在饭前像个虔诚的天主教徒那样画十字，莉迪娅小姐心中欣喜得很。

"好啊，"她自言自语道，"原来，这就是原始的习俗。"她告诫自己，对科西嘉古老风俗的这一位年轻代表，一定要多加有趣的观察。而奥尔索，则明显地显出坐立不安的神态，想必是担心他妹妹说出或者做出什么太显土气的事情。但是柯隆巴不断地观察着他的做法，按照他的样子调整着自己的一切行为。有时，她带着某种奇特的忧郁表情紧紧地凝视着他；而这时候，假如奥尔索的眼神遇到了她的眼神，一定是他先把目光移开，似乎他有意要避开他妹妹从内心里向他提出的而他自己也十分清楚的问题。大家说着法

---

① 约瑟夫·曼顿是英国一个著名的武器制造商。

语，因为上校的意大利语说得很糟糕。柯隆巴听得懂法语，甚至当她不得不和主人交谈时，还能发音准确地应付几句。

上校注意到两兄妹之间的拘束，晚饭后，便秉着他爽直的本性，问奥尔索是不是愿意单独地跟柯隆巴小姐谈谈，他可以跟女儿到隔壁房间去待一会儿。但是，奥尔索急忙谢绝，说他们有的是时间可以在皮耶特拉内拉交谈。皮耶特拉内拉是他要在那里居住的村子的名字。

于是，上校坐在沙发中他习惯的位子上，内维尔小姐试图挑起话头，让美丽的柯隆巴开口说话，但一连换了好几个话题都没能成功，便有些失望，只得请奥尔索为她朗读一段但丁的诗歌；但丁是她最喜爱的诗人。奥尔索选择了《地狱篇》中的一段，即描写弗朗切丝卡·达·里米尼的那一段插曲，开始读了起来，尽量把这些庄美的三句诗念得抑扬顿挫。诗句精彩地描述了一男一女共同阅读爱情故事的危险。随着他的朗读，柯隆巴越来越靠近桌子，抬起她原先低着的头，她的双眸睁大，射出一道奇异的火①光；脸色一会儿通红，一会儿苍白，身子在椅子上抽搐起来。意大利人的身心结构多么令人惊叹，他们根本就不用一个学究来指出诗歌的美，他们一听就明白！

这段诗歌读完后，她叫喊起来：“这有多么美啊！哥哥，这诗是谁写的?”

奥尔索有些为难，内维尔小姐赶紧微笑着回答，说是一个已经死了好几百年的佛罗伦萨诗人写的。

“当我们回到皮耶特拉内拉后，”奥尔索说，“我教你读但丁的诗吧。”

“我的天，这诗有多美啊！”柯隆巴反复道；随后，她把已经记住的三四段诗背诵了出来，起初声音很低，后来越背越激奋，竟大声朗诵起来，而且比她哥哥刚才念的更富有感情。

莉迪娅小姐惊讶不已：“您看来非常喜欢诗歌，”她说，“我真羡慕您的运气，您一开始读的就是但丁的诗歌。”

“您瞧，内维尔小姐，”奥尔索说，“但丁的诗有多么大的力量，竟然把一个只会念《天主经》的小小的野姑娘都感动了……噢，不对，我弄错了，我想起来了，柯隆巴可是个内行。她从小起就喜欢舞文弄诗的，家父曾写信告诉我，她是皮耶特拉内拉村和方圆十里地内最有名的哭丧歌女。”

---

① 见但丁《神曲·地狱篇》第五首：弗朗切丝卡违心地嫁给贵族里米尼家的简西托，因嫌丈夫貌丑，遂与小叔子保罗私通，被丈夫杀死。据说她是与保罗一起阅读骑士朗丝罗的爱情故事时与保罗共坠爱河的。

柯隆巴向她哥哥投去恳求的一瞥。内维尔小姐曾听人说起过,在科西嘉,有不少能即兴做诗的丧歌女,巴不得能亲耳听一听。因此,她苦苦地恳请柯隆巴为她略显一番身手。奥尔索有些懊悔,悔不该提起妹妹的诗歌才华,这时就居间调停,帮着妹妹说话。他竭力起誓,说再没有什么比科西嘉的西岸丧歌更枯燥无味的了,还说在读了但丁诗歌之后再来听科西嘉的诗歌,简直是在丢他故乡的丑,等等。但是,他再赌咒也没有用,这只能激发内维尔小姐的任性,最后,他只好对他妹妹说:"好吧!随便唱它一段什么吧,但不要太长啦。"

柯隆巴叹了一口气,认真凝视了桌子上的台毯一分钟,然后,抬头看着房梁;最后,她把一只手搭在眼睛上,好像那些鸟儿,以为自己看不见自己了,别人也就看不见自己似的,放下心来。她用一种怯生生的嗓音唱起了,或者不如说朗诵起了下面这首夜曲:

少女与斑尾林鸽

在高山背后遥远的地方,有一个山谷,——那里的太阳每天只露一会儿脸;——在那山谷中,有一座阴暗的小房,——门槛上杂草丛生。——门扉、窗户全都始终关得紧紧。——房顶上从不飘出炊烟。——但是,到了中午,当太阳光临此地,——一扇窗户便会打开,——孤女坐在纺车前纺纱:——她一边纺纱,一边唱着——一首忧郁的歌谣;——但却没有任何别的歌与她和唱。——有一天,那是春天里的一天,——一只斑尾林鸽落脚在附近的一棵树上,——听到了姑娘的歌声。——它说:年轻的姑娘,并不只有你一个人在哭泣:——一只残忍的凶鹰夺走了我的伴侣。——斑尾林鸽,请指给我看那只强盗之鹰:——哪怕它飞得同云彩一样高,——我也要把它打落在地。——可是我,可怜的姑娘,谁能把我的兄弟还给我,——我那如今远在他乡的兄弟?——年轻的姑娘,告诉我您的兄弟在何方,——我的翅膀将把我带往他的身旁。

"真是一只有教养的斑尾林鸽!"奥尔索高声叫道,激动地拥抱了他的妹妹,而他假装出来的嬉笑腔调则与这激动形成鲜明的对照。

"您的歌谣真有魅力,"莉迪娅小姐说,"我想让您把它写在我的纪念册上。我要将它翻译成英语,我要为它谱上曲调。"

诚实的上校一个字都听不懂，却也跟在女儿之后一味地夸奖。随后，他补充道："小姐，您说到的那只斑尾林鸽，是不是我们今天吃的那种烤得扁扁的鸟儿？"

内维尔小姐拿来了她的纪念册，当她看到即兴唱诗的姑娘抄写歌词时，用了一种奇异的方式来安排纸页，实在吃惊不小。诗句不是单独成行排列，而是把各句上下连在同一行，只要纸的宽度足够，就一直一行写到头，以至于它完全不符合人们熟悉的"一句一短行，长短不一样，前后都留空"的写诗格式。柯隆巴小姐拼写时的随心所欲，也引起了内维尔小姐的注意，而且不止一次逗得她忍俊不禁，而奥尔索作为兄长的自尊心却颇受伤害。

睡觉的时刻到了，两个年轻姑娘回到了她们的房间。在卧室里，当莉迪娅小姐摘下项链、耳环、手镯之际，她注意到她那个同伴从裙子里掏出某种长长的东西，像是一个裙撑，但形状却大不一样。柯隆巴小心翼翼地、几乎有些偷偷摸摸地把它塞在她放在桌子上的美纱罗底下；然后，她跪在地上，虔诚地做晚祷。两分钟以后，她已经上了床。

莉迪娅天性好奇，脱衣服时又像英国女子那样慢慢腾腾，便凑到桌子跟前，假装寻找一枚别针什么的，翻开美纱罗，发现一把相当长的匕首，非常别致地镶嵌着螺钿和银丝，做工十分精细。这是爱好者眼中无比值钱的一件古老武器。

"小姐们，"内维尔小姐微微一笑，说道，"怎么喜欢把这小小的工具带在怀中，是这里的习惯吗？"

"不得不如此啊，"柯隆巴叹了一口气，回答说，"这里的坏人实在太多了！"

"您真的有勇气这样给他来一下吗？"

内维尔小姐把匕首拿在手中，做了一个刺杀动作，像在戏台上表演的那样，从上往下戳。

"是的，假如有这个必要，"柯隆巴的嗓音柔柔的，富有音乐性，"比如说，为了自卫，或者为保护我的朋友……不过，这匕首可不是这么个握法，假如您的敌手向后一躲闪，这样，您会伤了自己的。"

说着，她坐起身来，"瞧，要这样握，刀口向上。人们说，这样才能置人于死地。不需要使用这种武器的人可真有福啊！"

她叹息了一声，一头倒在枕头上，闭上了眼睛。再也找不到一张比她更美丽、更高贵、更纯洁无瑕的脸了。菲迪亚斯如果现在要雕刻密涅瓦的像①，根本用不着再去找别的模特儿。

六

正是为了遵循贺拉斯的教诲，我从事情的一半②开始投入于叙述。既然现在万籁俱寂，美丽的柯隆巴也好，上校也好，他的女儿也好，全都沉睡了，我就趁此机会，把某些要点告诉我的读者，他若是想更深地进入到这真实的故事之中，便不能不掌握这些要点。我们已经知道，德拉·雷比亚上校，即奥尔索的父亲，是被人杀害的。然而，一个人在科西嘉被杀，跟在法国被杀是不同的，在法国，可能因为苦役船上的逃犯想不出更好的办法偷你的银钱财宝，才来谋财害命；而在科西嘉，则是仇敌的凶杀。但是结仇的原因，则常常一言难尽。许多家族只是出于陈旧的习惯而相互仇恨，而仇恨的最初缘由往往已经消失得无影无踪。

德拉·雷比亚上校所属的家族跟好多家都有世仇，尤其是跟巴里齐尼家族。有人说，早在16世纪的时候，德拉·雷比亚家的一个男人引诱了巴里齐尼家的一个女子，后来被受辱小姐家的一个亲人用匕首刺死。而另外有些人的说法却尽然不同，说是德拉·雷比亚家的一个女子被诱惑，巴里齐尼家的男人被杀死。无论真相如何，事实毕竟如一句老话所说，两家之间鲜血流来流去。不过，与传统的习惯相反，这桩凶杀案并没有引起别的仇杀，因为德拉·雷比亚家和巴里齐尼家两家都受到热那亚政府当局的迫害，家中的年轻人都逃亡国外，接连好几个时代，两个家族中都没有刚强勇猛的复仇代表。

到了上个世纪末，德拉·雷比亚家一个在那不勒斯当军官的男子，有一次在赌场中跟几个军人吵架，对方破口大骂，谩骂中称他为科西嘉的羊倌；他拔出剑来，但是一人难抵三条汉子，眼看渐渐不支，幸亏这时一个在场赌钱的外国人跳将出来，大喝一声："我也是科西嘉人！"毅然拔刀相助。那个外国人原来是巴里齐尼家的一个后代，他并不认识他的同胞。等到彼此互通

---

① 菲迪亚斯（活动时期约前490—前430），希腊雅典雕塑家。密涅瓦是罗马神话中的智慧女神。

② 拉丁诗人贺拉斯的美学著作《诗艺》中说，史诗诗人总是从故事的一半处开始讲述，似乎听众已经知道故事情节似的。

家门之后，两人均以礼相见，并起誓永结生死之交。

在大陆上，科西嘉人很容易相互友好交往，而在故乡的岛上，却完全相反。在眼下这个情景中，人们就看得非常真切：德拉·雷比亚家的人和巴里齐尼家的人留在意大利时，一直是亲密的朋友；但是，一旦回到科西嘉，他们彼此便很少见面了，尽管两人都住在同一个村庄中。当他们去世时，人们说，这二位已经有五六年没有说过话了。他们的儿子，同样这般地生活，按照岛上人的说法，如同标签一样①。一个叫吉尔福乔，是个军人，也就是奥尔索的父亲；另一个叫久迪切·巴里齐尼，是个律师。他们各自都当上了族长，由于职业不同，彼此离得很远，几乎没有机会互相见面，也没有机会听到别人谈到对方。

大约是在 1809 年，有一天，久迪切在巴斯蒂亚城读到一份报纸，报上报道了吉尔福乔上尉刚获得一枚勋章的消息，他读后对身边的人说，这消息并不让他惊奇，因为某某将军是他们家的后台。这句话传到了在维也纳的吉尔福乔耳中，他便对他的一个同胞说，等他回到科西嘉后，他将会看到久迪切成为富翁，因为这家伙从败诉的官司中得到的钱比从胜诉的官司中赢得的钱还要多。谁也不知道这话影射的究竟是什么，是说律师背叛了他的当事人呢，还是仅仅限于这样一个平庸的事实，一项糟糕的官司要比好的官司更能使搞法律的人获益。不管怎么说，巴里齐尼律师闻知了这句俏皮话，并一直牢记心头。1812 年，他竞选当他那个镇的镇长，而且极有希望大功告成，不料某某将军写信给省长，推荐了吉尔福乔夫人家的一个亲戚；省长急忙迎合将军的意愿，而巴里齐尼毫不怀疑，一定是吉尔福乔从中捣了鬼。1814 年，拿破仑皇帝倒台之后，将军推荐的那个镇长被指控为波拿巴党人而丢官，由巴里齐尼接替职位。后来，在百日政变中，又轮到巴里齐尼镇长被撤职；但是，这阵风暴之后，他又在盛大的仪式上重新接掌了镇长的官印和户籍簿册。

从此之后，他一路吉星高照。而德拉·雷比亚上校却被迫领了半饷，回到了老家皮耶特拉内拉村，不得不对付一系列没完没了的暗中刁难：一会儿说他的马撞坏了镇长先生家的篱笆，传讯他去赔偿；一会儿镇长又借口要修复教堂的路面，叫人抬走了一块镌刻有德拉·雷比亚家族徽章，并且覆盖在他家某成员坟墓上的破石板。如果有山羊吃了上校家的青苗，这些畜生的主

---

① 这是源自意大利的说法，意思是"各自留在自己的位子上，不向对方迈出一步"。

人总归能获得镇长的保护；德拉·雷比亚家的两个老主顾，兼管着皮耶特拉内拉村邮政所的杂货店老板和充当村警的老残废军人，接连被撤职，而代之以巴里齐尼家的宠信。

上校的妻子死了，临死时留下遗嘱，希望能安葬在她生前爱去散步的一个小树林中；而镇长立即声称，她只能埋葬在村镇的墓地中，说他没有获得当局的允许可以让人单独另建一个坟墓。怒不可遏的上校宣称，他可以等着这一允许，但在此之前，他妻子将先行安葬在她选定的地方，并且，他叫人在那里挖了一个坑。而镇长也叫人在公墓中挖了一个坑，并召来了宪警，声称这是为了维护法律的威严。到了下葬那一天，双方的人马全都到场，一时间里，人们忧心忡忡，担心为争夺德拉·雷比亚夫人的遗体，双方会大打出手。死者亲属带来了四十来个全副武装的农人，强迫本堂神甫出了教堂之后就走向树林子；另一方面，镇长则带着两个儿子，以及他的亲信和宪警，闻讯赶来阻止。当他来到现场，责令送葬队伍倒退回去时，他招来了一片嘘声和威吓声；对手的人数比他们要多得多，而且似乎决心坚定。看到他过来，好几支长枪把子弹压上了膛；人们甚至说，有一个羊倌已经瞄准了他。但是，上校抬起了枪口，说道："没有我的命令，谁也不许开枪！"镇长像巴奴日一样，"天生就怕挨打"①，他拒绝应战，便同手下人一起溜之大吉。于是，送葬队列开始前进，而且故意兜了一个大圈子，好从镇公所门口经过。在游行中，一个混在队伍中的白痴竟然肆无忌惮地高呼："皇帝万岁！"有两三个声音呼应了一阵。这些雷比亚派分子越来越亢奋，居然提议杀死镇长家的一头牛，因为这该死的牛挡了他们的路。幸亏上校出面，才阻拦了这一暴行。

可以想象，一份报告随之炮制出笼，镇长用他最优美的文笔，向省长打了一个报告，在报告中，他尽情描绘了神圣的和人类的法律如何被践踏于脚下，他这个镇长的威严，以及本堂神甫的威严，是如何遭到蔑视和侮辱，德拉·雷比亚上校如何成为了一起波拿巴党徒阴谋的领头人，他企图改变王位继承的顺序，挑唆公民相互械斗。这样的罪孽，按照刑法法典第 86 和第 91 款，是要受惩罚的。

诉状的这种肆意夸大，反而影响了它的效果。上校也写信给省长，给王家检察官；他妻子的一个亲戚跟在岛上的一个众议员有姻亲关系，后者则是

---

① 巴奴日为拉伯雷小说《巨人传》中人物，此言参见该书第二部《庞大固埃》第 22 章。

王家法院院长的一个堂兄弟。靠着这些关系的保护，阴谋之说烟消云散，德拉·雷比亚夫人安息在了树林中，只有那个白痴被判处了十五天的监禁。

巴里齐尼律师对这桩官司的结果大为不满，便调转炮口，从另一侧进攻。他搜寻出另一份陈旧的证书，依靠这份证书，开始跟上校争夺起某一条推动着一个磨坊的溪流的所有权来。一场官司便打上了，而且持续了很长时间。快到一年时，法院终于要开庭判决了，从种种表面征象来看，案子有利于上校，可是突然，巴里齐尼先生把一封信递到了王家检察官的手里。信是由一个叫阿戈斯蒂尼的著名强盗写的，他威胁镇长，要他撤回诉讼，否则就要放火杀人。众所周知，在科西嘉，强盗的保护是深受人们欢迎的，而为了帮助朋友，强盗们也频繁地插手私人之间的争执。镇长利用了这封信，而却不料又出现了一件意外之事，把事情弄得更为复杂。强盗阿戈斯蒂尼写信给检察官，说是有人仿造他的笔迹，是在毁坏他的人品，使人以为他的影响威望是可以收买的。他在信的末尾这样写道："假如我找到那个冒名顶替者，我必定严厉惩处之，以儆效尤。"

事实明摆着，阿戈斯蒂尼根本就没有给镇长写恐吓信；德拉·雷比亚家和巴里齐尼家彼此没完没了地指责对方作伪证。双方都发出威胁，司法当局竟然不知道罪人到底在哪一方了。

在此期间，吉尔福乔上校被人暗杀了。根据法院卷宗的记录，事情经过是这样的：18××年8月2日，天色已晚，一个叫玛德莱娜·皮耶特里的女人带着麦子去皮耶特拉内拉村，听到附近很近的地方打了两下枪，似乎是在一条去村子的低洼路上发出的枪声，离她所在的地方约莫有一百五十步远。紧接着，她看见一个男人低着身子从葡萄园的小路上跑过，朝村庄方向而去。这个男人曾停下了一会儿，回身张望；但是，由于距离太远，皮耶特里家的女人没看清他的脸，更何况，他的嘴上还衔着一片葡萄叶，几乎遮住了整张脸。他向女证人没看见的一个同伙做了一个手势，然后便消失在葡萄园里。

皮耶特里家的女人放下麦子，顺着小路跑去，发现德拉·雷比亚上校躺在血泊中，身上中了两枪，但仍还在喘着气。他的身边是他那把长枪，子弹上了膛，似乎当他准备防备正面过来的一个敌人时，却被身后的另一个敌人开枪打中。他喘着粗气，试图挣脱死神的魔掌，但却一句话都说不出来。据医生后来的解释，这是因为他的肺被打穿了的缘故。鲜血堵住了他的喉咙，又慢慢地流出来，像是一团红色的泡沫。皮耶特里家的女人使劲想把他扶起来，问他几句。她看得很清楚，他想开口说，但他无法让她明白在说什么。她注意到他想把手伸到衣服口袋中去，便赶紧从口袋中掏出一个夹有记事本的皮夹子，打开来递到他面前。受伤者拿起皮夹子中的铅笔，想要写什么。事实上，证人看到他费力地画了好几个字母；无奈她不认字，不明白其中的意思。上校用尽力气写好字，便把皮夹子交到皮耶特里家女人手里。他紧紧地握住她的手，用一种奇特的神情看着她，按照女证人的说法，他仿佛要对她说："这很重要，这是杀害我的凶手的名字！"

皮耶特里家的女人赶往村庄的时候，遇见了镇长巴里齐尼先生和他的儿子文琴泰罗。这时，天色几乎全黑了。她把所看见的事情叙述了一番。镇长接过皮夹子，跑到镇公所，披挂好他的职权肩带，叫来了他的秘书，还有宪警。玛德莱娜·皮耶特里单独和年轻的文琴泰罗待在一起，她向年轻人建议赶紧去救上校，兴许他还有一口气呢。但是文琴泰罗回答说，假如他去靠近一个曾是他家仇敌的人，人们必定会指控他杀死了他。没过一会儿，镇长回来了，发现上校已经死了。他让人抬走了尸体，并写了报告。

在这种场合下，巴里齐尼先生心中不免有些惊慌，不过惊慌归惊慌，他还是赶紧查封上校的皮夹子，并在自己职权的范围内开始了种种缉查；但没有发现任何重要的线索。当预审法官来到时，人们打开了皮夹子，在一张血迹斑斑的纸上，人们看到几个字母，出自一只有气无力的手，字迹歪斜，但还能辨认出来。上面写道："阿戈斯蒂……"法官毫不怀疑，认为上校的意思是想指出，杀人凶手是阿戈斯蒂尼。

可是，柯隆巴·德拉·雷比亚被法官叫来后，要求检查一下那只皮夹子。经过好一阵子的仔细翻看，她伸出手来指向镇长，高声叫道："凶手就是他！"这时，她尽管沉浸于万分的悲痛之中，但还是以一种惊人的精确和明晰，说出她的理由。她叙述说，几天前，她父亲收到儿子的一封信，读后便把信烧了，但在烧信之前，他用铅笔把奥尔索的地址抄写在了皮夹子上，因为奥尔索刚刚换了驻地。然而，在皮夹子里，这一地址现在不见了。柯隆巴由此得出结论，镇长把写有地址的那张纸页撕了，而那张纸很可能就是她父亲写下凶手名字的那一张；柯隆巴断定，镇长用阿戈斯蒂尼的名字代替了那个凶手的名字。法官发现，写着名字的那个小本本果然缺了一页；但是，很快，他又注意到，皮夹子中其他的记事本上也同样缺页，许多证人都说，上校有个习惯，当他想点雪茄时，往往从皮夹子中的小本子上撕下一页来，很可能他不小心把抄了地址的那张纸也点了雪茄。另外，有人证实，镇长从皮耶特里家的女人那里接过皮夹子后，天已经全黑了，他不可能读本子上的字。他又被证明是立即赶往镇公所的，中间一会儿都没有停顿，在镇公所，有宪警队长在一旁，看到他点亮一盏灯，把皮夹子放进一个信封中，当着队长的面把信封封了口。

宪警队长作完他的证言后，柯隆巴早已控制不住自己，她扑倒在他的膝前，恳求他以他身上最神圣的东西起誓，说清楚他是否让镇长独自待了一小会儿。宪警队长显然是被姑娘的激昂感动了，犹豫再三之后，他承认说，他曾经到隔壁房间去寻找一张大纸，不过他的逗留没有超过一分钟，而且，当他摸索着在抽屉中找纸的时候，镇长一直在跟他说着话。此外，他还证明，等他回转时，那只血淋淋的皮夹子一直放在桌子上原来的地方，即镇长进门时随手扔到的那个地方。

巴里齐尼先生态度十分平静。他说，他可以原谅德拉·雷比亚小姐的行为，并且很愿意屈尊来证实自己的无辜。他提出证明，说自己整个傍晚始终待在村庄里，当案件发生时，他的儿子文琴泰罗正和他一起在镇公所的门前。临了他还说，他的另一个儿子奥尔兰杜乔那天正好感冒发烧，一直躺在床上没离开过。他出示了家中所有的枪，没有一把在最近打响过。他补充说，他一看到那个皮夹子，就立即明白了它的重要性；他把它封了，并交到他副手的手里，因为他预料到，由于他和上校关系紧张，很可能遭到怀疑。最后，他提醒人们说，阿戈斯蒂尼曾威胁过，要杀死冒他的名写信的人，由此暗示，那个卑劣的家伙可能怀疑到了上校的头上，把他杀了。按照强盗们的习俗，为类似的动机而作一次如此的复仇，不是没有先例的。

德拉·雷比亚上校死后的第五天，阿戈斯蒂尼遭遇上了一个宪警巡逻队，经过一场殊死的搏斗后，终于被打死。人们在他身上找到一封柯隆巴写给他的信，她在信中恳求他公开说清楚，他到底是不是人们所指控的凶犯。由于那强盗没有作出回答，于是人们普遍地认为，他是没有勇气对一个姑娘说，是他杀死了她的父亲。然而，那些声称很了解阿戈斯蒂尼性格的人却在私下里说，假如他杀死了上校，一定会大夸其口的。另一个以布兰多拉乔的名字而闻名的强盗，回复了柯隆巴一个声明，在声明中，他以名誉担保他伙伴的清白。但是他所援引的唯一证明，仅仅是阿戈斯蒂尼从未向他说起过，他自己怀疑上校。

结果是，巴里齐尼一家没有受到追究；预审法官对镇长赞不绝口，后者还为自己的漂亮行为添了一顶桂冠，他撤销了先前为了跟德拉·雷比亚上校争夺小溪流的所有权而提起的诉讼。

柯隆巴按照当地习俗，在她父亲的尸体前，当着众多亲友的面，即兴作了一首丧歌。她在歌中尽情发泄了她对巴里齐尼家族全部的仇恨，明确指责他们行凶杀人，同时还威胁他们，她的兄弟必定要报此仇。莉迪娅小姐听水手唱的，正是这一首被传唱得如此著名的丧歌。闻知父亲的死讯，当时驻扎在法国北部的奥尔索便提出请假，但没有获得批准。开始，接着他妹妹的一封来信后，他认定凶手是巴里齐尼家的人，但是很快，他收到了所有预审卷宗的抄件，还有一封法官的私人信件，这使他几乎认定，强盗阿戈斯蒂尼是唯一的罪人。柯隆巴每三个月给他写一封信，不断地向他重复自己的怀疑，并把这些怀疑叫做证据。这些指控使他胸腔中科西嘉人的热血不由自主地沸腾起来，有时候，他差不多就要分享他妹妹的偏见了。然而，他每次给她写信，他都要重复，说她的引证没有丝毫坚实的基础，不值得相信。他甚至禁止她再向他提起这事，不过，他的禁令始终归于无用。两年时间就这么过去了，最后，他退伍领了半饷。这时，他想返归故乡，并不是为了向他认定无辜的人们复仇，而是为了把妹妹嫁了，把他的小小产业卖了，只要它还值得上几个钱，可以供他去大陆上生活。

七

兴许是妹妹的来到以更大的力量唤醒了奥尔索心中对故居的思恋，兴许是在他的文明人朋友面前，他为柯隆巴那野性十足的服装和行为感到难堪，第二天，他就宣布了离开阿雅克修、返归皮耶特拉内拉村的计划。但同时，他又请上校答应，等上校去巴斯蒂亚的时候，一定到他简陋的宅所小住几日，他自己也允诺上校，届时一定跟他一起去猎黄鹿、野鸡、野猪等等。

出发的前一天，奥尔索没有去打猎，却提议沿着海湾散散步。和莉迪娅小姐挽着胳膊走，他可以自由自在地谈话，因为柯隆巴留在城里，要采购一些物品，而上校时不时地要离开他们一会儿，去打海鸥和鲣鸟，这让过路人大为吃惊，他们弄不明白，他竟然会为那些微不足道的猎物浪费火药。

他们沿着去希腊人礼拜堂的路走着，从礼拜堂望去，可以看到港湾最美丽的景色；但是，他们对此不屑一顾。

"莉迪娅小姐，"经过一阵长得令人难堪的沉默之后，奥尔索开口说，"坦率地说，您觉得舍妹怎么样？"

"我很喜欢她，"内维尔小姐回答说，接着又微笑着补上一句，"甚至还超过了喜欢您，因为她是真正的科西嘉人，而您，您是一个过于文明化了的野蛮人。"

"过于文明化了！……可是！自从我的脚重新踏上这个海岛后，我不由自主感到，我又变成了野蛮人。千百个可怕的念头折腾着我，在我的心中激荡……在一头钻入我的荒野之前，我需要跟您稍微谈一谈。"

"先生，做人必须有勇气；看看令妹的忍耐力，她给您做了榜样。"

"啊！您可别受骗。别相信她的忍耐力。她还没有跟我说过一个字，但是，在她的每一道目光中，我都读到了她所期待于我的东西。"

"那么，她到底期待您什么呢？"

"噢！什么都没有……仅仅只是要我试一试，看令尊大人的枪打起人来是不是跟打山鹑同样行。"

"居然有这样的想法！而您竟然能猜到它！可是，刚才您还承认，她什么都没有对您说。可见您真是可恶。"

"假如她不想复仇，她一开始就会对我讲起家父；而她没有这样做。她本该说出她认定杀害了家父的那些人的名字……不过我知道，她是弄错了人。可是呢，不！一句话都没有。您瞧，我们这些科西嘉人，这就是我们民族的狡猾之处。舍妹明白，她还没有把我完全控制在她手中，因而不想在我还能一走了之的时候惊吓了我。一旦当她把我指引到悬崖的边上，我的头脑一发热，她就会把我推入深渊。"

这时，奥尔索对内维尔小姐讲述了他父亲之死的一些细节，并说，把重要的证据集中在一起分析，可以认定，凶手就是阿戈斯蒂尼。

"什么都不能说服柯隆巴，"他接着说，"这从她最后的一封信中可以看得很清楚。她赌咒要巴里齐尼家偿命。唔……内维尔小姐，您看，我对您有多么的信任……要不是由于她的野蛮教育使她带有一种成见，认为复仇的责任责无旁贷地落到我的头上，因为我将是我们家族的一家之主，而且我的荣辱成败维系于此，巴里齐尼家的人兴许早就不在这个世上了。"

"实际上，德拉·雷比亚先生，"内维尔小姐说，"您是在侮蔑令妹。"

"不，您自己这样说过的……她是科西嘉人……她的想法跟他们所有人的想法一样。您知道我昨天为什么那么忧愁吗？"

"不知道，不过最近一段时间里，您的情绪糟糕得要命……在我们刚认识的头几天里，您要可爱得多。"

"其实正相反，昨天，我要比平日更开心、更幸福。我见您待舍妹那么友善、那么宽容！……我同上校一起坐船回来。您知道一个撑船的船夫用他见鬼的土话对我说什么来的？他说：'奥尔斯·安东，您杀死了好多猎物，但您会发现，奥尔兰杜乔·巴里齐尼是比您更强的猎手。'"

"好吧！这话又有什么可怕的呢？您真的那么期望当一个精干的猎手吗？"

"可是，您难道没有看出来，这可恶的家伙是在说我没有勇气杀死奥尔兰杜乔吗？"

"您知道，德拉·雷比亚先生，您叫我害怕。你们岛上的空气似乎并不仅仅让人发烧，而且还使人发疯。幸亏我们很快就要离开它了。"

"走之前不要忘了来我们皮耶特拉内拉村啊。这是您亲口答应了舍妹的。"

"假如我们不信守这一诺言，我们难道也会遭到某种报复吗？"

"您还记得令尊先生有一天给我们讲过的故事吧？那些印第安人曾威胁外国公司的总督，如果不满足他们的请求，他们就绝食饿死。"

"这就是说，您就将绝食而死吗？我很怀疑。您只要一天不吃，柯隆巴小姐随后就会给您端来一份令人大开胃口的波露秋①，您就会放弃绝食计划。"

"您的玩笑开得太残忍了，内维尔小姐；您应该对我宽容一些。您看，我现在一个人在这里。只有您在阻止着我变疯，就像您说的那样。您是我的守护天使，而现在……"

"现在，"莉迪娅小姐口吻严峻地说，"为了支持这一太容易摇摆的理智，您有着男子汉和战士的尊严，而且还有……"她一边转过身子，去摘一朵花，一边继续说道，"您对您守护天使的回忆，假如这一点对您有所作用的话。"

"啊！内维尔小姐，我真不敢想象，您真的对我还有一点意思……"

"听着，德拉·雷比亚先生，"内维尔小姐稍稍有些激动地说，"既然您是个孩子，我就把您当做孩子对待。当我还是一个小姑娘的时候，家母给了我一串我梦寐以求的项链，但是她对我说：'每次你戴上这串项链时，你就要记住，你还不懂法语。'这样，项链在我的眼中稍微失去了一点价值。对

---

① 这是一种加奶油煮的奶酪，是科西嘉民族的风味菜。——原注。

我来说，它好像成了一种谴责；但我还是佩戴着它，而我也学会了法语。您看见这枚戒指了吗？这是一枚埃及圣甲虫像①，请注意，它是在一座金字塔中找到的。瞧这个怪异的形象，您兴许会以为是一只瓶子，它的意思是人的生命。在我们国家，有不少人认为古埃及的象形文字十分有意思。这一个图像，就是紧接着的那个，那是一面盾牌和一条执着长矛的胳膊：意思是战斗、搏斗。由此，两个字的连接便构成了这句我觉得相当美的格言：生命就是战斗。请不要以为我能流利地翻译象形文字。这是一个博学的学者对我解释的。拿着，我把我这个圣甲虫像给您。什么时候您有了科西嘉的坏念头，您就瞧一瞧我的护身符，就对您自己说，必须胜利地摆脱邪恶的激情引我们投入的搏斗。您看，说实在的，我还真会说教。"

"我会想念您的，内维尔小姐，我会对自己说……"

"对您自己说，您有一个女朋友，假如她得知您被吊死，她会……十分……悲伤。此外，这样也会使您的祖先伍长先生们感到痛心。"说完，她哈哈笑着，挣脱了奥尔索的臂膀，向她父亲跑去。"爸爸，让那些可怜的鸟儿安静一会儿吧，来跟我们一起到拿破仑的岩洞中去做诗。"

八

离别中总有着某种庄严，即便是短暂分手时。奥尔索和他妹妹要在一大早动身，头天晚上，他已经向莉迪娅小姐告了别，因为他不希望她特意为他而破了睡懒觉的习惯。他们的道别冷淡而又严肃。自从在海边的那场谈话后，莉迪娅小姐害怕对奥尔索表露出过分明显的关心，而奥尔索这方面，他则始终在心中记着她的玩笑，尤其是她轻松的口吻。有那么一时间，在英国姑娘的行为举止中，他以为看出了一种正在滋生着的爱的情感；而现在，他又被她的玩笑搞得手足无措，他对自己说，他在她眼中只是一个普通的熟人而已，而且很快就将被忘却。出发那天早上，他正坐着同上校一起喝咖啡时，突然看到莉迪娅小姐走了进来，身后跟着他的妹妹，这时，他真是万分惊讶。她五点钟就起了床，而这对一个英国女子，尤其对内维尔小姐来说，需要做出很大的努力。他不禁有些得意扬扬起来。

"我很抱歉，这么早就把您给吵醒了，"奥尔索说道，"我想，肯定是舍

---

① 所谓的圣甲虫像是指雕有埃及圣甲虫的宝石戒指。

妹弄醒了您，尽管我嘱咐过她，不要妨碍您，您一定该骂我们了吧。也许您希望我已经被吊死了？"

"不，"莉迪娅小姐低声用意大利语说道，显然是不想让她父亲听到，"您一定为我无辜的玩笑而烦我了吧，我可不愿让您对您的女仆带走糟糕的印象。你们科西嘉人，真是一帮可怕的人！再见吧，我希望不久后还能见面。"说完，她向他伸出手去。

奥尔索的回答仅仅只是一声叹息。柯隆巴走近他的身边，把他拉到一个窗台旁，把她藏在美纱罗底下的一件东西露给他看，压低了声音跟他说了一会儿话。

"舍妹想送您一件特殊的礼物，小姐，"奥尔索对内维尔小姐说，"可我们科西嘉人没什么好东西可给……只有我们的感情……是时间所不能抹却的。舍妹对我说，您曾好奇地看过这把匕首。这是家中的一件古物。早先它大概挂在那些伍长中某一位的腰上，而我应把认识您的荣耀归功于那些伍长。柯隆巴认为它是那么的珍贵，以至于她要先征求我的同意才把它送给您，而我，我不知道该怎样回答她才好，因为我怕您会取笑我们的。"

"这把匕首真漂亮，"莉迪娅小姐说，"不过，它是你们家的宝贝，我不能接受。"

"这不是家父的匕首，"柯隆巴大声叫喊道，"它是泰奥多尔国王①赐给家母的一个祖上的。假如小姐肯接受，那对我们将是非常愉快的事。"

"您瞧，莉迪娅小姐，"奥尔索说，"不要小看了国王的匕首啊。"

对一个收藏家来说，泰奥多尔国王的遗物比起最有权势的君王的遗物来，不知要珍贵多少倍。诱惑是如此的强烈，莉迪娅小姐仿佛已经看到这柄武器放在圣詹姆斯广场她家中的一张漆桌上，产生出惊人的效果。

"但是，"她拿起匕首，像是想接受但又有些犹豫的样子，向柯隆巴露出一丝最最可爱的微笑，说道，"亲爱的柯隆巴小姐……我不能……我不敢让您这样随身没有武器就上路。"

"我哥哥和我在一起，"柯隆巴自豪地说，"我们有令尊大人赠送的好枪。奥尔索，您装了子弹没有？"

莉迪娅小姐收下了匕首，而柯隆巴，为了祛除送武器给朋友的危险，向

---

① 泰奥多尔（1694—1756），德国冒险家，又称纳霍夫男爵，曾于1736年鼓动科西嘉人反对热那亚的统治，自立为王，号称泰奥多尔一世。但八个月后就逃亡英国。

莉迪娅小姐要了一个苏①算是卖价，因为当地人相信，把锋利的武器赠送给人是有危险的。

终于该动身了。奥尔索再一次握了握内维尔小姐的手。柯隆巴拥抱了她，然后把她粉红的嘴唇送到上校的脸上，上校被这科西嘉的礼节弄得惊喜交加。莉迪娅小姐靠在客厅的窗前，看着兄妹俩上了马。柯隆巴的眼睛里闪烁着一种带有狡猾意味的欣喜光芒，而莉迪娅小姐还从来没有注意到过。这个高大、强健的女人，一味地执迷于她那野蛮人的荣誉观念，额头上散发着骄傲的光，弯弯的嘴唇露出嘲讽的微笑，她正带着这个武装的年轻男子，仿佛要去参加一次充满艰险的远征。这使莉迪娅想起了奥尔索的恐惧，她似乎看见了他的灾星引导着他走向灭亡。已经骑在马上的奥尔索抬起了头，看到了她。兴许是猜出了她的想法，兴许是向她作一次最后的告别，他拿起那枚已经穿在一根细线上的埃及戒指，放到嘴唇上吻了一吻。莉迪娅小姐红着脸离开了窗户；随后几乎立即又返回窗前，看着那两个科西嘉人骑着小马离开，向着山岭方向飞奔而去。

半个钟头后，上校用望远镜指给她看，他们正沿着海湾深处走着，她看到奥尔索不断地回头向城市眺望。最后，他终于消失在昔日的沼泽地，今天已经变成美丽的苗圃的后面。

莉迪娅小姐在镜子面前打量自己，发现自己脸色煞白。

"这个年轻人会怎么想我呢？"她自忖道，"我自己又会怎么想他呢？我为什么要想他呢？……一个旅途遇识的人！……我到科西嘉做什么来了？……噢！我根本不爱他……不，不，再者说，这是不可能的……还有柯隆巴……我难道会成为一个哭丧歌女的嫂嫂！她还随身带着一把大匕首！"这时，她发现自己手中正拿着泰奥多尔国王的那把匕首。她赶紧把它扔到梳妆台上。"柯隆巴在伦敦，到阿尔马克去跳舞②！……我的天哪，那里将出现什么样的明星③啊！……也许她还会风行一时呢……他爱我，我敢肯定……这是一个小说中的人物，我中断了他的冒险生涯……但是，他当真要按科西嘉方式为他

---

① 苏为法国的辅币，相当五生丁，即二十分之一法郎。

② 阿尔马克是伦敦的一处高级会堂，由苏格兰人麦科尔于1763年创办，贵族阶级常常在此举办节日舞会。

③ 在那个时代的英国，人们用这个词来称呼那些以某种独特表现来吸引众人注意的时髦人物。——原注。

父亲复仇吗？……这是某种介乎于康拉德①和花花公子之间的人物……我把他变成了一个纯粹的花花公子，一个穿着科西嘉服装的花花公子！……"

她躺倒在床上想睡觉，但却怎么也睡不着。我不想在此继续描述她的独白，反正在她的独白中，她说了不止一百次，说德拉·雷比亚先生在她心中什么都不是，过去不是，现在不是，将来也还不是。

九

与此同时，奥尔索跟他的妹妹正在路途中。最开始，马儿急速的奔驰妨碍了他们间的交谈；但是，当过于陡峭的上坡路迫使马匹放慢脚步时，他们就很方便地谈起了他们刚刚离开的朋友。柯隆巴热情满怀地说到了内维尔小姐的美丽动人，说到了她金色的头发和她优雅的风度。随后她问，上校是不是真像他显现的那么富有，莉迪娅小姐是不是独生女。

"这倒真是一门好亲，"她说道，"看起来，她父亲对您十分友好……"见奥尔索没有回答，她继续道："我们家早先也很富有，现在仍是岛上最受尊敬的人家。那些头领②全都是杂种。只有在伍长的家庭中才有真正的贵族，您知道，奥尔索，您是岛上最初一批伍长的后代。您知道我们家原先是山那边的③，是内战迫使我们家移居到了这一边。奥尔索，要是我换了您，我是不会犹豫的，我会向上校提亲要娶内维尔小姐。……（奥尔索耸了耸肩膀）我将用她的陪嫁买下法尔塞塔树林和我们家山坡下面的葡萄园。我将用琢石建造一栋漂亮的房子，我要把古老的石塔升高一层楼，就是在漂亮老爷亨利伯爵④的时代，桑布库乔⑤杀死了那么多摩尔人的那个石塔。"

---

① 康拉德是拜伦的《海盗》（1814）中主人公的名字，他是希腊群岛上的一个海盗首领，被土耳其帕夏萨义德抓获，萨义德之妾爱上他，要帮助他杀死萨义德，但被他拒绝。

② 在科西嘉，人们把封建领主的后代称为头领。在头领家庭和伍长家庭之间，经常发生贵族称号的争夺。——原注。

③ 山那边指东海岸。这一常用的表达法依据说话人位置的不同而意思有异。——科西嘉从北到南被一条山脉分为两半边。——原注。

④ 见菲里皮尼，第2卷。——漂亮老爷亨利约死于公元1000年，据说他死时，人们听到天空中有歌声，唱着以下带有预言性的词句：

漂亮老爷亨利伯爵死了；
科西嘉的事情越来越糟。　——原注

⑤ 在科西嘉的传说中，有两个民族独立英雄的名字都叫桑布库乔，其中一个生活在1000年前后，另一个生活在15世纪。从上文来看，当是指前一人。

"柯隆巴，你疯了！"奥尔索说着便策马飞奔。

"您是男子汉，奥尔斯·安东，您比一个女人家更懂得应该做什么。我真想知道那个英国人对我们的这门亲事有什么反对意见。在英国有伍长吗？……"

兄妹俩就这样一路聊着，不知不觉已走了很长一段路。眼下来到一个小村庄，离伯科尼亚诺不远，他们停下来，准备到一个世交的朋友家吃饭、过夜。他们受到了科西嘉式的殷勤礼待，只有亲身经历过的人才能领略这一款待的珍贵。第二天，曾经做过德拉·雷比亚夫人的教父的这家主人，一直把他们送到离家一里远的地方。

"您看见了这片森林和小丛林了吧，"临别时，他对奥尔索说，"一个惹出事情来的男人，可以在里头平平安安地活上十年，也不会有宪警或者巡逻队来找他。这片树林靠近比扎沃纳森林；只要你在伯科尼亚诺或附近地方有朋友，你就什么都不缺。您有一杆好枪，一定打得很远吧。圣母马利亚！多大的口径啊！用这把枪来打野猪就太小意思了。"

奥尔索冷冷地回答说，他的枪是英国造的，打铅弹打得很远。他们互相拥抱了一下，然后分手各自走自己的路。

说话间，我们的旅人离皮耶特拉内拉只剩下很短的一段路了。他们走到一个必经的峡谷口时，发现前方有七八个持枪的人，有的坐在石头上，有的躺在草地上，还有的站立着，似乎在放哨。他们的坐骑在不远处啃食青草。柯隆巴从一个很大的、科西嘉人出门必带的皮口袋中拿出一个望远镜，用它打量了他们一番。

"是我们的人！"她欢快地高叫起来，"皮耶鲁乔事情办得不错。"

"他们是谁？"奥尔索问。

"是我们的牧羊倌，"她回答道，"前天晚上，我派皮耶鲁乔出发，来找这帮勇士，让他们护送您回家。您回皮耶特拉内拉时不能没有保驾的人，而且，您应该知道，巴里齐尼家的人什么事情都做得出来。"

"柯隆巴，"奥尔索语气严厉地说，"我对你恳求过多少次，不要再对我说起巴里齐尼家的人，也不要再提起你那些没有根据的猜疑。我绝不会干这种可笑的事情，让这帮无赖家伙陪着我回到家乡，你事先也不跟我打个招呼，就把他们召集起来，真叫我生气。"

"哥哥，您忘记了您的家乡。您的冒失已经使您面临着危险，现在，必须由我来保护您的安全。我不得不这样做。"

这时，羊倌们发现了他们，纷纷跑去骑上马，朝他们飞驰而来。

"奥尔斯·安东万岁！"一个身体十分健壮的白胡子老人叫喊着，尽管天气炎热，他却还穿着一件带有风帽的大袖子外套，是科西嘉呢绒的衣料，比他那群山羊的毛还要厚。"他跟他父亲简直就是一个模子里倒出来的，只是他更高大、更强壮。多么漂亮的枪啊！大家都会谈论这把枪的，奥尔斯·安东。"

"奥尔斯·安东万岁！"其他所有的羊倌齐声呼应，"我们知道，他最终总要回来的！"

"啊！奥尔斯·安东，"一个脸色褐红如土砖的高大汉子说，"假如您的父亲能在这里看到您归来，真不知道他该会有多么高兴！可爱的人啊！假如他当初相信我的话，假如他让我去办久迪切的那件事……您今天恐怕还能够看见他。这个正直的人！他没有相信我的话，现在，他应该知道，我说的有道理了。"

"好了！"白胡子老人接过话茬，"让久迪切再等待一些日子也损失不了什么。"

"奥尔斯·安东万岁！"

伴随着这一片呼喊的，是十几声冲天而鸣的枪响。

奥尔索被这帮子骑在马上的人围在中央，情绪十分恶劣。他们同时地大声嚷嚷，争先恐后地跟他握手，一时间，他简直无法让他们听他说话。最后，他摆出一个头领的样子，像训斥关禁闭的人那样，沉下脸来，对他们开口说话：

"我的朋友们，我十分感谢你们向我以及向我父亲表示的深厚情谊；但是，我想，我希望，任何人都不要对我建议什么。我知道我应该做什么。"

"他说得对，他说得对！"羊倌们叫嚷起来，"您知道，您有事尽可以来找我们。"

"好的，我会的。但是，现在，我谁都不需要，我的家没有任何危险的威胁。你们都回去吧，去放牧你们的羊群吧。我认得回皮耶特拉内拉的路，我不需要别人来当向导。"

"什么都不要怕，奥尔斯·安东，"那个老人说，"他们今天不敢出来。公猫回来了，耗子就钻洞。"

"老白毛，你才是公猫呢！"奥尔索说，"你叫什么名字？"

"怎么！您连我都不认识啦？奥尔斯·安东，我以前经常带您骑在我那头爱咬人的骡子上来的！您不认识波罗·格里弗了吗？您看一看，我这条好汉，我的灵魂和肉体全都属于德拉·雷比亚家族。只要您说一句话，当您的长枪一开口，我这把老火枪，老得跟它主人一样老的火枪，是决不会沉默的。相信我吧，奥尔斯·安东。"

"很好，很好；不过，真见鬼！请你们都走开，好让我们继续赶路！"

羊倌们终于离开他们，飞奔着朝村庄驰去；但是，时不时地，每到路途上的一个制高点，他们总要停下来，似乎是在检查有没有暗中的埋伏，而且，他们始终与奥尔索兄妹保持着不太远的距离，以便一旦需要，就飞速赶来支援。波罗·格里弗老头对他的同伴说：

"我了解他，我了解他。他不说他想做什么，但是他会去做。他跟他父亲简直就是一个模子里倒出来的。好吧！你尽管说你不记恨任何人好了！你对圣女内加①起了誓了。太好啦！我嘛，我看镇长的皮还抵不上一个无花果呢。不出一个月，他的皮都不能再用来做皮囊了。"

就这样，在这一队尖兵的引导下，德拉·雷比亚加的后代进了他的村，回到了他的祖先伍长们的老宅子。许久以来一直群龙无首的雷比亚派分子，聚集在一起欢迎他的到来，而村中坚守中立的居民都站在自己家的门口，看着他走过。而巴里齐尼派分子则待在他们的家中，从门缝中向外窥望。

皮耶特拉内拉镇如同所有的科西嘉村庄一样，建造得十分不规则；要想看到一条街道，必须到马伯夫先生建造的卡尔热斯才行②。房屋稀稀拉拉地分散而建，完全不在一条直线上，它们坐落在一个小高地的顶头上，或者还不如说，在山腰的一个平台上。在村镇的中央，耸立着一棵苍翠的巨橡，大树旁有一个花岗岩的水槽，由一根木头管子从附近的泉眼引来清水。这一公用生活设施的建筑，原来是德拉·雷比亚家和巴里齐尼家共同出资建造的，但是，如果人们想从这里头寻找两家昔日里和睦相处的标记，那可是大错特错了。恰恰相反，这是他们两家彼此嫉妒的作品。

以前，德拉·雷比亚上校曾经给他那个村镇的参议会捐献过一小笔钱，用于建造一个水泉；巴里齐尼律师知道后，赶紧也捐出一笔数目差不多的钱，全靠这一慷慨的竞争，皮耶特拉内拉村才有了它的饮水泉。在碧绿的大橡树和水池子旁边，有一大片空地，人们称为广场，到了傍晚，无所事事的闲人们总是聚集在这里。有时候，人们在这里玩纸牌，一年一度的狂欢节

---

① 这位圣女在日历上没有专门的本名日。对圣女内加发誓等于故意否定一切。——原注。
② 马伯夫侯爵（1712—1786），科西嘉由热那亚人归还法国后的第一任总督。卡尔热斯在科西嘉岛的西海岸。

上，人们在这里跳舞。在广场的两端，遥遥相对地矗立着两栋高而狭的房屋，都是用花岗岩和页岩建造的。这便是德拉·雷比亚和巴里齐尼两家敌对的堡塔。它们的结构是一样的，它们的高度是相同的。人们看到，这两家的敌对状态始终维持不变，并不受家道盛衰命运沉浮的影响。

我们或许有必要在此解释一番，堡塔这个词指的究竟是什么东西。这是一种方形的高楼，差不多有四十来尺①高，要是在别的地方，人们就干脆称之为鸽子窝。它的门很狭窄，开在离地八尺高的地方，要从一条很陡的梯子上去，方可入门。在门的上方，是一扇带有阳台的窗，这种阳台在窗户下凿挖出来，活像一个带堞眼的突廊，它有助于埋伏兵马，安全地击杀冒失的来犯者。在窗与门之间，人们可以看到两个粗粗雕刻而成的盾形徽章。一个在过去刻着热那亚的十字架，但是今天已经完全被砸掉了，根本不可辨认，只有靠考古学家去考察了。在另一个盾形纹章上，雕刻着堡塔拥有者家族的徽章。此外，要想把上面的装饰说得齐全，还要补充一句：纹章上也好，窗户的框架上也好，都有枪弹留下的痕迹。这样，你对科西嘉中世纪的一座宅邸，就会有一个完整的概念。我还忘了说，居住用的房间与堡塔是连通的，内部常常有一条通道。

德拉·雷比亚家的堡塔和房屋占据着皮耶特拉内拉村广场的北边；巴里齐尼家的堡塔和房屋则在广场南边。从北边的堡塔到水池子，是德拉·雷比亚家的散步场，而巴里齐尼家的散步场，则在相对的南边。自从上校的妻子下葬后，人们从来没见过一家中的任何一个人出现在另一家的散步场上，而在广场上，两部分散步场所的划分是经过双方默认的。

这一天，为了避免多绕弯路，奥尔索正要从镇长家门前经过，他妹妹急忙提醒他，让他走另一条小街，这样，不需要穿越广场就可以到达家里。

"为什么自找麻烦呢？"奥尔索说，"广场难道不是大家公有的吗？"说着就要催马向前。

"真有种！"柯隆巴低声说道，"……我的父亲，您的报仇雪恨指日可待了！"

到了广场之后，柯隆巴走在巴里齐尼家的房屋和她哥哥之间，她的眼睛一眨都不带眨地盯着敌人家的窗户。她注意到，这些窗户不久前都被封闭起来，窗上还开辟了一些箭眼。所谓的箭眼，指的是在用来封死窗户下半部分

---

① 这里的尺指法尺，1尺合0.325米。参见《马铁奥·法尔科内》中的前注。

的大木块之间，留出来的枪眼形状的窄口子。当人们担心某种进攻时，他们就建筑这样的堡垒，在粗大木块的保护下，他们可以躲在后面向来犯者射击。

"胆小鬼！"柯隆巴说，"您瞧，哥哥，他们已经开始防卫了；他们建筑了堡垒！但是，总有一天他们要出来的！"

奥尔索在广场南半边的出现，在皮耶特拉内拉村引起了一阵哗然，它被认为是一种无所畏惧的表现，甚至近乎于胆大妄为了。对那些到了傍晚就聚集在碧绿的橡树附近的中立派来说，这成了一个没完没了的议论话题。

"实在真是幸运啊！"有人说，"巴里齐尼家的儿子们还没有回来，要知道，他们可不像律师那样沉得住气，他们可能不会允许他们家的仇敌这样不付出代价，就大摇大摆地通过他们的地盘。"

"邻居，您还记得我曾对您说过的话吗？"一个老人补充说，他是镇里的预言家，"今天，我仔细观察了柯隆巴的面容，她的脑子里可有不少的想法。我已经闻到空气中的火药味了。用不了多久，在我们的皮耶特拉内拉，鲜肉铺里就要有便宜肉了。"

奥尔索很年轻时就离开了父亲，难得有时间同父亲见面。他十五岁时离开皮耶特拉内拉村，去比萨读书，又从那里进入军事学校。那时，他父亲吉尔福乔正随着帝国的鹰旗征战于全欧洲。在大陆，奥尔索有过很少几次机会见到父亲的面，而只是在1815年，他才加入到父亲指挥的军团中。但是上校在军纪方面毫不留情，铁面无私，对待儿子就如对待所有其他的军官那样，也就是说，非常非常严厉。奥尔索对他留下的记忆只有两类。一类是在皮耶特拉内拉，父亲打猎归来时，把马刀递给他，让他帮着卸下猎枪的弹药，还有，就是让当时还是小孩子的他第一次坐到家庭的饭桌上来。再一类，就是他因某种过失而遭到德拉·雷比亚上校的禁闭惩罚，那时候，父亲只称他为德拉·雷比亚中尉。

"德拉·雷比亚中尉，您擅自离开战斗岗位，禁闭三天。""您的阻击兵离预备队的距离远了五米，五天禁闭。""到了中午十二点零五分，您还戴着军便帽，禁闭八天。"

仅仅只有一次，在一个叫四条臂①的地方，父亲对他说："很好，奥尔索。不过要多加小心。"此外，这最后的一类回忆并不是皮耶特拉内拉村留给他的。看到童年时代熟悉的地方，看到他曾那么热爱的母亲使用过的家具，他的心灵深处不禁涌出一股股甜蜜而又辛酸的激情。随后，他想到前途依然黯淡的未来，想到妹妹在他心中激起的朦胧的不安，还有一个超乎于一切之上的想法，那就是内维尔小姐将要来到他的家里，而目前，这个家在他的眼中是那么的狭小，那么的破烂，那么的不舒适，不会适合于一个过惯了豪华生活的人，她可能会由此看不起他。所有这些想法，在他的脑子里乱成一团，使他从心底里感到气馁。

　　他坐到一把很大的发黑的橡木扶手椅上，准备吃晚饭，那是以前一家人吃饭时他父亲坐的家长席位。他看到柯隆巴犹豫了一下才同他坐在一起用餐，便朝她微笑起来。他很感激柯隆巴在吃饭时一直保持了沉默，饭后又迅疾离开了饭桌，因为他感到自己实在很激动，担心柯隆巴会发动一场舌战，而他又应付不了。好在柯隆巴放过了他，给他留了一点点时间静静心。他手托着脑袋，久久地一动不动地待在那里，脑海中回闪着半个月来他所经历的一幕幕场景。他惊恐地看到，每一个人似乎都在期待着，看他对巴里齐尼家会做出什么举动。他已经发现，对他来说，皮耶特拉内拉的舆论开始成为了社会的公论。他必须动手复仇，否则就会被人认定为一个懦夫。但是，向谁复仇呢？他无法相信，巴里齐尼家的人是杀他父亲的凶手。实际上，他们是他家的世仇而已，但是，要把他们定为凶手，就得拥有他那些同胞们所拥有的粗野的偏见。

　　有时候，他注视着内维尔小姐送给他的护身符，低声地重复着那句格言："生命就是战斗！"最后，他语气坚定地对自己说："我一定要成为胜利者！"带着这种愉快的想法，他站了起来，拿着油灯，上楼准备到他的房间去。

　　这时，有人敲起门来。时间已经太晚了，不会有客人来访。柯隆巴闻声立即赶来，身后跟着伺候他们的女仆。

　　"没什么事。"她一边奔向大门，一边说。

　　不过，在开门之前，她还是问了一声谁在敲门。

　　"是我。"一个温柔的嗓音回答道。

---

①　四条臂是比利时的一个小村庄。1815 年 7 月 16 日，法军和英军在此有过一次激烈的战斗。

横插在门上的木门闩立即被取了下来，柯隆巴回到了饭厅里，身后跟着一个十来岁的小姑娘，她赤着脚，破衣烂衫，脑袋上包着一块破旧的手帕，手帕底下露出一绺绺长长的黑头发，就像是乌鸦的翅膀。孩子很瘦，脸色苍白，皮肤被太阳晒得发亮；但她的眼中却闪耀着智慧的光芒。看到奥尔索时，她腼腆地停住脚步，按农妇的方式朝他行了一个礼。然后，她低声地同柯隆巴说话，并把一只刚刚猎得的野鸡递到她的手中。

"谢谢你，吉莉，"柯隆巴说，"谢谢你的叔叔。他还好吧？"

"很好，小姐，他向您问候。我不能够更早一点来，因为他回来就已经晚了。我在丛林里等了他三个钟头。"

"你还没有吃饭吗？"

"当然！我还没有，小姐，我没有时间吃。"

"我给你弄点吃的来。你的叔叔还有面包吗？"

"不多了，小姐，不过，他更缺的还是火药。眼下，栗子熟了，他现在需要的就只有火药了。"

"我给你一块面包，还有一点火药，你给他吧。告诉他省着点用，火药可是很贵的。"

"柯隆巴，"奥尔索用法语说，"你这样大方地送东西给谁呢？"

"给村里一个可怜的强盗，"柯隆巴也用法语回答说，"这个小家伙是他的侄女。"

"我觉得，你行善应该选择更合适的对象。为什么把火药送给一个为非作歹的坏蛋，让他去作恶呢？要不是这里的人对强盗都有那么一种可悲的怜悯心，那么，他们早就在科西嘉销声匿迹了。"

"我们家乡最坏的人可不是那些落草①的人。"

"假如你愿意的话，尽管给他们面包好了，面包嘛，我们对谁都不能拒绝。但是，我不明白，为什么要给他们军火？"

"我的哥哥，"柯隆巴以一种低沉的语调说道，"您是这个家里的主人，这个屋子里的一切都属于您。但是，我要告诉您，我宁可把我自己的美纱罗给这个小姑娘，让她把它卖了，也不愿拒绝把火药给一个强盗。拒绝给他火药！这不等于把他出卖给宪警吗？除了弹药，他还有什么办法抵抗他们呢？"

----

① 所谓落草，指的是去当强盗。强盗不是一个令人憎恶的词；它的意思是被放逐者，即英国叙事诗中的绿林好汉。——原注。

参见《马铁奥·法尔科内》中有关"强盗"的前注。

这时候，小姑娘正狼吞虎咽地吃着一块面包，一边吃，一边还认真地轮番注视着柯隆巴和她的哥哥，试图从他们的眼神中弄明白他们到底在说什么。

"你的那个强盗到底做了什么？因为什么罪才躲进了丛林？"

"布兰多拉乔根本就没有犯什么罪，"柯隆巴叫嚷起来，"他杀死了焦万·奥皮佐，因为，当他在军队中服役时，焦万·奥皮佐杀死了他的父亲。"

奥尔索扭过了脑袋，拿起油灯，一声不吭地上了楼。这时，柯隆巴把火药和食物给了小女孩，一直送她到大门口，并一再叮嘱她说：

"千万让你的叔叔照看好奥尔索！"

十一

奥尔索在床上辗转反侧，好久后方才入睡。这样，第二天早上他醒得很晚，至少对一个科西嘉人而言是很晚。刚刚起床，映入他眼帘的第一个物件，就是他们仇敌家的房屋，还有他们刚刚垒筑起来的箭眼。他下了楼，去找他妹妹。

"她在厨房里浇铸枪弹。"女仆萨薇丽娅回答他。

这样，他所走的每一步，都不能不受到战争阴影的追随。

他见到柯隆巴坐在一把小矮凳上，身旁堆着刚刚浇铸的子弹，正在切子弹的铅皮浇口。

"你在做什么见鬼的东西？"她的兄长问道。

"上校送您的那把枪里已经没有子弹了，"她嗓音柔和地回答道，"我找到了一个子弹模子，今天，您就能有二十四枚枪弹了，我的哥哥。"

"我不需要它们，谢天谢地！"

"有备无患嘛，奥尔斯·安东，您忘记了您的家乡，忘记了团结在您周围的人们。"

"还没等我忘记，你就会很快提醒我的。告诉我，几天之前，是不是有一个大箱子运到了？"

"是的，哥哥。要不要我把它搬到您的楼上？"

"你！把它搬上去？你连把它扛起来的力气都没有……这里有男人可以帮着搬一下吗？"

"我还不像您想象的那样娇柔吧。"柯隆巴说着，便卷起了袖子，露出了一段又白又圆的胳膊，模样极其完美，但却显出一种非凡的劲力。

"来，萨薇丽娅，"她对女仆说道，"来帮我一把。"

说话间，还没等奥尔索赶过来，她已独自一人扛起了沉重的箱子。

"我亲爱的柯隆巴，在这个箱子里，"他说，"有一些给你的东西。请你原谅，我送给你的礼物实在太微薄了。不过，一个只领半饷的中尉的钱包实在是不太鼓的。"

说着，他打开了箱子，拿出了几件衣服，一条披肩，还有一些年轻姑娘用的物品。

"多么漂亮的东西啊！"柯隆巴叫了起来，"我得赶快把它们藏起来，免得弄脏了。我要把它们留到结婚时再用，"她补充了一句，脸上露出一丝忧郁的微笑，"因为，现在，我还在戴孝。"说着，她吻了一下她哥哥的手。

"我的妹妹，你那么长时间还戴着孝，这未免有些太做作了吧。"

"我发过誓的，"柯隆巴坚定地说，"要让我除孝，除非……"说着，她看了一眼窗外巴里齐尼家的房屋。

"除非等到你结婚的那一天吗？"奥尔索接过话头，以避免她把下半句话都说出来。

"要让我嫁人，"柯隆巴说，"除非嫁给一个能做到这样三件事的人……"她始终神情悲哀地凝望着仇敌家的房屋。

"我真奇怪，柯隆巴，像你这样漂亮的姑娘，怎么到现在还没有结婚。好吧，你告诉我，有谁看上了你。再说，我也总会听到求爱的夜曲的。这歌必须唱得十分精彩才行，才能赢得你这样一个著名丧歌女的喜欢。"

"谁会要一个可怜的孤女？……何况，能让我脱下孝服的男人，必须让那一家的女人穿上孝服！"

"这简直是在发疯！"奥尔索心说道，但是他什么都没有说出来，怕引起争吵。

"哥哥，"柯隆巴语气温存地说，"我也有一些东西要送给您。您在那边穿的衣服，在我们乡下穿就显得太漂亮了。如果您穿着漂亮的燕尾服进丛林，那恐怕用不了两天，它就会变成烂布条了。必须留着它，等内维尔小姐来了再穿。"

随后，她打开了一个大衣柜，从里头拿出一套猎装来。

"我给您做了一件绒布上装，还有一顶便帽，是我们这里的时髦式样。很早以前我就为您绣了花边。您愿不愿意试一试？"

她给他穿上一件绿色绒布的宽大上装，背后还带有一个大口袋。她往他头上戴上黑绒布的尖顶帽，帽子上用煤玉和黑色的丝线绣了花边，尖顶上有一个缨子似的东西。

"这是我们父亲用过的子弹带①，"她说，"他的匕首放在您上装的口袋中。我给您把手枪找来。"

"我真像是喜剧杂演剧院②里的一个强盗，"奥尔索一面说道，一面照着萨薇丽娅递给他的一面小镜子。

"您这副样子真是太好了，奥尔斯·安东，"老女仆说道，"连伯科尼亚诺和巴斯泰里卡最最漂亮的尖帽哥儿③都不如您美。"奥尔索穿着他的新衣服吃饭，饭间，他告诉他妹妹，他的箱子里还有一些书。那些书是他专门从法国和意大利为她买的，是想让她好好用功读一读。

"因为，柯隆巴，"他又补充说，"在大陆上，有些事情是孩子们一断奶就学会了的，而要是一个像你这样的大姑娘还不懂得的话，那就有些难为情了。"

"您说得有道理，哥哥，"柯隆巴说道，"我知道自己还缺少什么，我不求别的，只求能够学会，我尤其希望您能帮助我学习。"

几天过去了，柯隆巴的嘴里还没有提到巴里齐尼这个姓氏。她总是在忙着照料她的兄长，常常跟他说到内维尔小姐。奥尔索为她读法国的和意大利的作品，有时候，他对她那些见解的准确和通情达理感到惊讶，有时候，他又不禁为她对最普通事物的深深无知感到诧异。

一天早上，吃完早饭后，柯隆巴出去了一会儿，回来时不是带着一本书和纸张，而是头上披上了美纱罗。她的神情比平时要严肃得多。

"我的兄长，"她说，"我请您跟我一起出去一下。"

"你要我陪你上哪里？"奥尔索说着，把胳膊伸给她挽着。

"我不需要您的胳膊，哥哥，但是，请带上您的枪和您的子弹盒。一个男人永远都不能出门时不带武器。"

"好吧！应该顺应时兴的潮流。我们去哪里？"

柯隆巴一句话都不说，抓紧了脑袋上的美纱罗，唤上看家狗，就出了门，身后紧紧跟着她的哥哥。她大步流星地出了村子，走上一条低洼的路，

---

① 子弹带，是放子弹用的腰带。左边还可以插一支手枪。——原注。
② 喜剧杂演剧院是一家专演情节喜剧的剧院。
③ 当地人把那些戴尖帽子的人叫尖帽哥儿。——原注。

在葡萄园中蜿蜒前行。她对跟着的狗做了一个手势，放它跑到前面去，那狗大概明白她的意思，因为它当即就左拐右拐地跑起了之字形，一会儿向左穿越葡萄园，一会儿又从右面穿越，但始终离它女主人五十步左右，有时候它还停在路中央，一边远远地望着她，一边摇着尾巴。看样子，它十分完美地完成了自己的侦察任务。

"假如穆斯凯托吠叫起来，"柯隆巴说，"哥哥，您就枪弹上膛，站着别动。"

拐弯抹角地走了多时，离村庄约有半里远的时候，柯隆巴突然在一条道路的拐弯处停住脚步。那里，隆起着一个小小的金字塔形的树枝堆，有些树枝依然发青，有的已经完全枯干，堆得大约有三尺来高。人们可以看到，它的顶部露着一个漆成黑色的木头十字架的尖头。在科西嘉的许多区镇，尤其是在山区，还保留着一个极其古老的风俗，兴许还跟异教的某种迷信有关，它要求每个过路的人，在曾经有人横遭暴死的地方，放上一块石头或者一截树枝。长年累月，只要这个人悲惨的结局仍还留存在人们的记忆之中，这一奇特的献奉就仍然日复一日地堆积下去。人们把这个叫做某个人的堆。

柯隆巴在这一堆枝叶前停下来，随手摘了一段野草莓树的枝条，把它添加到金字塔上。

"奥尔索，"她开口说，"我们的父亲就是死在这里的。我的兄长，让我们为他的灵魂祈祷吧！"

说着，她跪了下来。奥尔索赶紧学着她的样子也跪下来。这时候，村子里的钟缓缓地敲响了，那是昨夜有人死了。奥尔索泪飞如雨。

几分钟之后，柯隆巴站了起来，眼睛里干干的，但是神情很激动。她匆匆忙忙地用大拇指画了一个科西嘉人十分熟悉的十字，人们画这种十字时，一般都伴随着要起一个庄严的誓。然后，她拉着她的哥哥，走上了回村的道路。

他们沉默无语地回到了家中。奥尔索上楼到他自己的房间去。不一会儿，柯隆巴也上楼来找他，带来了一个小小的首饰盒，放在房间里的桌子上。她打开了首饰盒，从中拿出一件沾满了血迹的衬衣。

"这是您父亲的衬衣，奥尔索。"

她把它扔在他的膝盖上。

"这是打中他的铅弹。"她把两颗生了锈的子弹放在衬衣上。

"奥尔索，我的兄长！"她高叫着，扑到他的怀中，用力地拥抱他，"奥尔索！您要为他报仇！"

她疯狂无比地拥抱着他，亲吻着子弹和衬衣。然后，她走出房间，留下她的哥哥傻愣愣地待在椅子里。

奥尔索一动不动地待了好一会儿，不敢把那些可怕的遗物从身上拿开。最后，他鼓足了勇气，把它们重新放回首饰盒里，跑到房间的另一角，一头倒在床上，脑袋冲着墙，脸埋在枕头中，仿佛拼命躲避着，怕见到一个幽灵似的。妹妹的最后几句话一直回响在他的耳畔，他仿佛听到了一声命定的、不可避免的神谕，向他索要鲜血，索要无辜者的鲜血。我就不准备详述这个可怜年轻人的种种感受了，反正这些感受混沌一团，乱得跟一个疯子的头脑那样乱七八糟。他久久地保持着同一种姿势，不敢转过脑袋来。最后，他站起来，关上了小盒子，急急忙忙地出了家门，跑到田野里，糊里糊涂地向前走着，根本不知道要去哪里。

渐渐地，清新的空气使他轻松下来；他变得平静一些了，冷静地分析着自己的处境以及摆脱困境的方法。他根本不怀疑巴里齐尼家的人是凶手，这一点我们已经清楚了。但是他猜想，他们很可能伪造了强盗阿戈斯蒂尼的信笺。而正是这一封信引起了他父亲的死亡，至少他是这样认为的。不过，追究他们的伪造罪，他又觉得是不可能的。有时候，假如当地人的偏见和本能回头向他袭来，明明白白地告诉他，在一条小路的拐弯处施行报复是很容易的，这时，他就会厌恶地避开它们，而竭力回想起他军团里的战友，回想起巴黎的沙龙，尤其是回想起内维尔小姐。随后，他会想到他妹妹的指责，他性格中存留的科西嘉特性会帮他证明这些指责的正确，并使它们变得更为刺人。在他的良知与他的偏见的这一搏斗中，唯一留存的希望，就是寻找一个随便什么借口，挑起同律师的某个儿子的一次争吵，并且同他作一决斗。用一颗子弹或者一记击剑打死他，这一办法协调了他的科西嘉观念和他的法兰西观念。这一权宜之计找到后，他就该考虑实施的方法了。这时，他已经有一种如释重负的感觉，而另外一些更为温和的想法使得他狂热的激情更进一步平静下来。西塞罗在他女儿图丽娅的死讯面前绝望至极，头脑中充满了所有那些他可用来赞颂女儿的美丽辞藻，竟然忘记了自己的悲痛。项狄先生失去了他的儿子，他也用同样的方法谈论生与死的问题，以期安慰自己[1]。奥

---

[1] 项狄是英国作家斯泰恩（1713—1768）的小说作品《特里斯川·项狄的生平与见解》中的主人公。老瓦尔特·项狄在失去大儿子后，曾仿写一封古人致西塞罗的信，以期减轻自己的痛苦。

尔索心想，他可以对内维尔小姐描绘一番他内心的情感，而这样的描绘说不定会引起那个美人儿的极大兴趣，这么一想，他的热血便冷静了下来。

本来，他已经不知不觉地远离了村子，这时，他又返回往村里走。他正走着，突然听到有一个小姑娘在丛林边上的一条小路上唱歌，她肯定以为四下里只有她一个人。那是一首缓慢而又单调的歌，正是那种哭丧歌。小女孩唱道：

> 给我的儿子，给我远在他乡的儿子，——保留好我的十字勋章和我血淋淋的衬衫……

"你在唱什么呢？小家伙？"奥尔索突然出现在她的面前，愤怒地问道。

"是您啊，奥尔斯·安东！"小女孩叫喊起来，吓得不知所措，"……这是柯隆巴小姐编的一首歌。"

"我禁止你再唱这首歌。"奥尔索厉声喝道。

小女孩左看看，右看看，似乎在考虑她可以从哪个方向逃脱。她脚边的草地上放着一个很大的包袱，很显然，要不是为了照应那个大包袱，她恐怕早就溜之大吉了。

奥尔索为自己的粗暴感到羞惭。

"我的小姑娘，你那包里是什么东西？"他问道，让语气尽可能地温和一些。

由于吉莉娜犹豫不决，他便解开了包袱皮，发现是一大块面包，还有别的食物。

"你给谁送的这面包，我可爱的小宝贝？"他问她。

"先生，您是知道的，是给我叔叔。"

"你的叔叔不是强盗吗？"

"为您效劳，奥尔斯·安东先生。"

"假如宪警碰上你，问你上哪里去呢？……"

"我就对他们说，"小女孩毫不犹豫地说，"我带些吃的东西给卢克瓦人①，他们正在丛林里伐木。"

"要是你碰上饿坏了的猎人，想抢你的食物吃，那可怎么办呢？……"

---

① 卢克瓦人指来科西嘉干活的意大利农业工人。

"没有人敢这样。我会说，这是给我叔叔的。"

"很不错，他确实是不会让人抢走他的晚餐而无动于衷的……你的叔叔，他爱你吗？"

"噢！是的，他很爱我。自从我爸爸去世后，就是他来照顾我们家：照顾我妈妈，我妹妹，还有我。妈妈还没得病的时候，他向富人家要些活儿给妈妈干。我叔叔跟镇长还有本堂神甫谈过话后，镇长每年都给我一件衣裙，本堂神甫给我读教理问答。但是，待我们特别好的，还是您的妹妹。"

这时，一条狗出现在小路上。小姑娘把两根手指放到嘴巴里，打了一个尖厉的唿哨。那条狗立即跑到她跟前，磨蹭了她一会儿，然后又一头扎入到丛林中。很快，两个穿戴得破破烂烂，但却全副武装的男人从离奥尔索只有几步远的一丛新长的树木后站起身来。可以说，他们是从盖满了地面的一团团岩蔷薇和香桃木中，像游蛇一样地爬行过来的。

"噢！奥尔斯·安东，欢迎您，"两个人中的年长者说道，"怎么！您不认识我了吗？"

"认不出来。"奥尔索说，一直盯着他看。

"真是奇怪，一把大胡子，一顶尖帽子，就会把一个人给您变了！来吧，我的中尉，仔细瞧一瞧。难道您真的忘了滑铁卢的老战友吗？您不再记得布兰多·萨维里了？他在那个不幸的日子里，跟您肩并肩地打完了多少盒子弹呀！"

"怎么！是你？"奥尔索说，"你不是在1816年开小差了吗？"

"正像您所说的，我的中尉。天哪，军队生活真叫人厌烦，再说，我在这个地方还有一笔账要清算。哈哈哈！吉莉，你真是一个勇敢的姑娘。快给我们拿吃的来，我们可是饿坏了。我的中尉，您可想象不到，在丛林里，人们的胃口会变得何等的好。谁给我们送来这个的？是柯隆巴小姐还是镇长？"

"都不是，叔叔。这一次是磨坊老板娘，她把吃的送给你们，还送给我妈妈一条毯子。"

"她要我们做什么？"

"她说，她雇来的砍伐丛林的那些卢克瓦人，现在向她要三十五个苏，还有栗子，因为在皮耶特拉内拉那一带正在流行疟疾。"

"一帮无赖！……我瞧着办吧。——中尉，请不要客气，您愿意和我们一起分享这顿饭吗？我们曾经在一起吃过更糟糕的饭呢，那还是我们那个可怜的同乡得势的时代，可惜他被人赶出了军队。"

"非常感谢。——我也被迫离开了军队。"

"是的，我听说了。不过，我敢打赌，您可是并没有为此而发怒。您也有一笔必须清算的账。——来吧，神甫，"强盗对他的一个同伙说，"来吃饭吧。奥尔索先生，我向您介绍一下，这位是神甫先生，这就是说，我不知道他是不是神甫，但是他有着神甫的学问。"

"先生，鄙人只是一个研究神学的穷学生，"第二个强盗说，"人们不让我选择自己的志向。不然，谁知道呢？我或许已经成为教皇了，是不是，布兰多拉乔？"

"是什么原因使教会没有得到您的智慧呢？"奥尔索问道。

"一件微不足道的小事，一笔账要清算，就像我的朋友布兰多拉乔所说的那样。我在比萨大学啃书本的时候，我的一个妹妹却在家中行为荒唐。我不得不回到家乡，把她嫁出去。可是，那个未婚夫却太急了一点，在我赶回老家的三天前，就患疟疾一命呜呼了。于是，我就去找死者的兄弟，若是您处在我的地位，您恐怕也会这么做的。但是，人家告诉我，他已经成家了。我该怎么办呢？"

"确实，这是非常棘手的。您怎么办了呢？"

"在这种情景下，就只有靠火石①了。"

"也就是说……"

"我把一颗子弹送进了他的脑袋。"强盗冷冷地说。

奥尔索做了一个表示厌恶的动作。然而，兴许是由于好奇，兴许是想晚一点儿再回家，反正他留了下来，继续和那两个人谈着话，眼前的每一个男人至少都在良心上有一桩杀人案。

布兰多拉乔趁着同伴说话的当儿，把面包和肉放在了面前；他自顾自地吃了起来，随后，他又喂他的狗。他向奥尔索介绍说，他的狗叫布卢斯科，天生有奇特的直觉，认得出任何一个巡逻兵，不管他怎么化装都无济于事。最后，他割了一块面包和一片生火腿肉给他的侄女吃。

"强盗的生活真是美好！"神学生吃了几口后，高声嚷嚷道，"也许有一天，您也会尝试一下的，德拉·雷比亚先生，您将会看到，一个人能够不听任何主子的命令，而只凭自己的意愿行事，是多么美妙的事情啊！"

直到现在，强盗说的都是意大利语，他接着用法语说：

---

① 指长枪，这是很流行的说法。——原注。

"对一个年轻人来说，科西嘉不是一个很有趣的地方，但是，对于一个强盗，事情则完全不同了！女人们疯狂地爱上我们。就如您所看见的那样，我在三个不同的区镇，有三个不同的情妇。无论我走到哪里，哪里都是我的家。甚至有一个女人还是宪警的妻子呢。"

"您通晓不少语言吧，先生？"奥尔索声调低沉地说。

"假如我说法语，那是因为，您知道，必须给予儿童以最大的尊重①。布兰多拉乔和我，我们早就说好了，不能让她听懂，我们要让这小姑娘行为规矩，做个好人。"

"等到她十五岁时，"吉莉娜的叔叔说，"我就把她嫁一户好人家。我心里已经有了计划了。"

"由你自己去向人提亲吗？"奥尔索问。

"当然啦。您以为假如我去对本地的一个大户人家说：'我，布兰多·萨维里，如若我能看到贵公子娶米吉莉娜·萨维里为妻，我将不胜荣幸。'他会迟迟地不予理睬吗？您以为会这样吗？"

"我不会劝他这样做的，"另一个强盗说，"因为我的同伴出手很厉害。"

"就算我是一个混蛋，"布兰多拉乔继续道，"是一个流氓，一个骗子，我只要打开我的褡裢，金币就会像雨点一般落到里头。"

"这么说来，在你的褡裢中，"奥尔索说，"有什么东西能吸引金钱吗？"

"什么都没有，但是，假如我写一张条子给一个有钱人，就像有人做过的那样，写上：'我需要一百法郎'，他就得忙不迭地给我送来。但是，我是一个珍惜荣誉的人，我的中尉。"

"您可知道，德拉·雷比亚先生，"被他的同伴叫做神甫的那个强盗说，"您可知道，在这个风俗淳朴的地方，也有那么一些卑鄙的家伙，利用我们借助于我们的护照（他指了指他的长枪）而赢得的声望，伪造我们的签名，去提取汇票。"

"这我知道，"奥尔索语气粗暴地说，"不过，是什么样的汇票呢？"

"六个月以前，"强盗继续说，"我当时正在奥雷扎那一带散步，一个乡下人向我走来，他老远就摘下帽子，朝我招呼：'啊！神甫先生（他们总是这样称呼我），请原谅我，请您再宽容我一些日子，我现在只有五十五法郎，但是，说实在的，这是我所能攒积的全部钱了。'我听了莫名其妙，便说：

---

① 原文为拉丁文。语见古罗马讽刺诗人尤维纳利斯的《讽刺诗集》，第十四卷，第47页。

'可鄙的人，你说的是什么意思？什么五十五法郎？'他回答我说：'我要说的是六十五法郎，您向我要的一百法郎，我实在无法弄到。''什么？真见鬼！我向你要过一百法郎吗？我根本就不认识你！'于是，他交给我一封信，或者不如说，一张脏兮兮的纸条，在信中，有人让他把一百法郎送到一个指定的地点，不然的话，乔坎多·卡斯特里科尼就要烧毁他家的房屋，杀死他家的母牛，而乔坎多·卡斯特里科尼正是我的姓名。他们无耻地假冒了我的签名！最让我来气的是，信是用土语写的，通篇都是拼写错误……我难道还会把字母拼写错！我获得过大学里所有的奖！我当即就给了那个混蛋一个耳光，把他打得原地转了两圈。'啊！你把我当成了一个小偷，你这可恶的无赖！'我对他说。我还朝他您知道的那个地方狠狠地踢了一脚。稍稍消了气之后，我问他：'他们让你什么时候把钱放到指定地点的？''就是今天。''很好，你马上就给我送去。'地点指示得清清楚楚，就在一棵松树的脚下。他带走了钱，把它们埋在大树底下，然后回来找我。我在附近埋伏下来。我跟我那个可怜的人，在那里待了整整见鬼的六个钟头。德拉·雷比亚先生，要是有必要的话，我甚至可以等他个三天三夜。六个钟头过后，出现了一个巴斯蒂亚佬①，一个无耻的高利贷者。他正低下身子，准备去取钱时，我开了火，我打得那么准，他的脑袋立即就开了花，倒在刚刚从地下挖出来的金币上。我对那个农民说：'傻瓜东西！赶紧把你的钱拿走，从今以后，千万不要再怀疑乔坎多·卡斯特里科尼会做出这等卑鄙的事情。'那可怜的家伙，抖抖索索地捡起他的六十五法郎，连擦都不擦一下。他向我道了谢，我又狠狠地踢了他一脚，作为临别的纪念。他一溜烟地跑了。"

"啊！神甫，"布兰多拉乔说，"我真羡慕你的这一枪。你一定笑得连嘴也合不拢了吧？"

"我打中了那个巴斯蒂亚佬的太阳穴，"强盗接着说，"这使我想起了维吉尔的诗句：

> ……熔化了的铅弹穿透了他的太阳穴
> 使他直挺挺地倒在沙土中死去。②"

---

① 山区里的科西嘉人特别憎恨巴斯蒂亚的居民，不把他们当做自己的同胞。山区的人们从来不把他们叫做巴斯蒂亚人，而是叫做巴斯蒂亚佬：大家知道，称呼某某佬一般含有轻蔑的意思。——原注。

② 原文为拉丁文。见维吉尔的《埃涅阿斯纪》，第九篇，第587—588行。

"熔化了的铅弹！奥尔索先生，您以为一颗在空中轨道上迅速穿行的铅弹，会由于速度过快而被熔化吗？您学习过弹道学，您应该能告诉我，诗人这么写是犯了错误，还是揭示了真理？"

奥尔索更愿意讨论这个物理学上的问题，而不愿同那个学士争论其行为是否符合道德规范什么的。布兰多拉乔对这一类科学问题明显不感兴趣，便打断了他们的话，提醒说太阳已经偏西了：

"既然您不愿意和我们一起吃晚饭，奥尔斯·安东，"他说，"我劝您还是早早回家，免得让柯隆巴小姐等得太久。再者说，太阳下山的当儿在路上乱跑，可不总是一件好事情。您出门为什么不带枪呢？在这附近一带，常常有歹徒出没，您一定要小心。今天，您没有什么可担心的；因为巴里齐尼家的人在路上碰到了省长，把省长请到他们家去了。他要在皮耶特拉内拉村待上一天，然后要去科尔特安放第一块石头，就像人们说的……其实是一件蠢事！他今天夜里要睡在巴里齐尼家里，但是，明天他们就有空了。他们中有一个叫文琴泰罗，是个坏种，还有一个叫奥尔兰杜乔，比他兄弟也好不了多少……您一定要分别找他们，今天这个，明天另一个；不过，一定要小心提防。我能对您说的就只有这些了。"

"谢谢你的告诫，"奥尔索说，"不过，我们之间并没有任何的纠葛，除非他们前来找我，我没有什么可跟他们说的。"

强盗带着嘲讽的神气，把舌头吐出在嘴边，向脸上一甩，发出啪嗒一记声响；但他却什么都没有说。奥尔索站起身来，准备回家。

"还有，"布兰多拉乔说，"我还没有感谢您给的火药呢。它来得正是时候。现在，我什么都不缺了……也就是说，只缺少一双鞋子……不过，这几天里，我会用岩羊的皮给自己做一双的。"

奥尔索悄悄地把两枚五法郎的钱币塞到强盗的手中。

"送你火药的是柯隆巴，这些是给你买一双鞋的。"

"别干蠢事，我的中尉，"布兰多拉乔叫了起来，把两枚钱币还给了他，"难道您把我当成了乞丐？我接受面包和火药，但是我不要任何别的东西。"

"在老战友之间，我本来以为可以相互帮个忙的。那么好吧，再见！"

可是，在离开之前，他还是趁强盗稍不注意，就把钱放进了他的褡裢里。

"再见，奥尔斯·安东！"神学家说道，"说不定过几天我们还会在丛林里见面的，到时候，我们再继续我们关于维吉尔的研究。"

奥尔索离开他那两位正直的同伴已经有一刻钟了，突然又听到有一个人拼命地从他身后跑来。原来是布兰多拉乔。

"我的中尉，您是不是有些过分啊？"他气喘吁吁地喊道，"实在有些过分了！给您十个法郎。如果换成了别人，开这样的玩笑我可是不依不饶的。替我向柯隆巴小姐多多地问候。您简直让我追得喘不过气来！好吧，再见！"

十二

奥尔索发现，柯隆巴对他久久逗留在外有些惊慌不安。但见到他之后，她重又恢复了她平素常有的那种忧郁的平静神态。吃晚饭时，他们只谈了一些无关紧要的事情。奥尔索被他妹妹宁静的神色刺激起了胆量，便跟她谈起了他跟两个强盗的邂逅，甚至还斗胆开起玩笑来，嘲笑那个小姑娘吉莉娜，说是在她叔叔以及他那位可尊敬的同伴卡斯特里科尼先生的照应下，她会受到什么样的道德和宗教教育。

"布兰多拉乔是一个正直的老实人，"柯隆巴说，"但是，说到卡斯特里科尼，我听人说，他是一个没有原则的人。"

"我认为，"奥尔索说，"他比起布兰多拉乔来，可说是彼此彼此，谁也高不了多少，谁也低不到哪里去。两个人都是公开与社会为敌的人。他们犯下的第一桩罪从头一天起就把他们拴在了一系列其他的罪行中。而实际上，他们并不比许多不住在丛林中的人们更有罪。"

一道喜悦的光彩闪耀在他妹妹的额头上。

"是的，"奥尔索继续说道，"这些可怜的家伙有着他们自己的荣誉观。是一种冷酷的偏见，而不是一种卑鄙的贪婪迫使他们过着入林为寇的生活。"

一阵沉默。

"哥哥，"柯隆巴给他倒了一杯咖啡，说道，"您可能已经听说了吧，夏尔－巴蒂斯特·皮耶特里昨天夜里死了？是的，他死于沼泽热。"

"这个皮耶特里是谁？"

"他是本镇的一个居民，玛德莱娜的丈夫，爸爸临死之前就是把皮夹子交给玛德莱娜的。这家的寡妇今天来求我参加守灵，同时为他们唱一点什么。您最好也一起去。他是咱们家的邻居，在我们这样的小地方，这点礼节是不应该免去的。"

"让你的守灵见鬼去吧，柯隆巴！我根本就不喜欢我的妹妹这样抛头露面地当众现丑。"

"奥尔索，"柯隆巴回答道，"每个人都有自己纪念死者的方式。哭丧歌是从我们的祖先传下来的，我们应该尊重它，如同尊重一个古老的习惯。玛德莱娜没有唱丧歌的天赋，而老菲奥尔蒂丝皮娜，本地最好的哭丧歌女，恰恰又患病了。总得有人去唱哭丧歌吧。"

"你以为，假如没有人在他的棺材前唱一些糟糕的诗歌，夏尔－巴蒂斯特就不能在另一个世界中找到他的道路吗？如果你愿意的话，你尽管去守灵好了，柯隆巴；如果你认为我应该去，那我就跟你一起去好了；不过，不要再即兴哭丧了，这在你的年龄是不合适的，而……我求求你了，我的好妹妹。"

"可是，哥哥，我已经答应人家了。您也知道的，这是我们这里的风俗，而且我要再对您重复一遍，这里只有我能即兴哭丧。"

"愚蠢透顶的风俗！"

"这样去唱，其实我心里也很痛苦。它使我回想起我们所有的不幸。明天，我会因此而病倒的；但是，必须这样做。哥哥，请允许我这样做吧。您还记得吗，在阿雅克修，您还对我说，让我为那个英国小姐即兴唱上一段来的，她还嘲笑我们的古老风俗呢。而今天，难道我就不能为那些可怜的人们即兴演唱吗？他们将会感激我，这将有助于减轻他们的悲伤。"

"好吧！你想怎么做就怎么做吧。我敢担保，你已经编好了你的哭丧歌，你不想让它白白消失掉。"

"不对，我不可能事先把它编好的，哥哥。我必须来到死者面前，心中想着尚还存活着的人们。这样，眼泪才会涌出我的眼眶，那时，我才唱得出从心中涌上来的词句。"

这整个一番话说得那么的简洁明了，令人无法怀疑柯隆巴小姐心中存有诗意才华上的丝毫虚荣。奥尔索被说服了，跟他妹妹一起来到皮耶特里家中。

死者躺在家中最大一间房中的一张桌子上，露着脸。所有的门窗全都大开着，桌子周围燃着许多蜡烛。寡妇守在死者的头部旁边，她的身后，是一群妇女，把房间的整整一半挤得满满当当；另一半站着几排男人，都不戴帽子，眼睛直盯着尸体，保持着深沉的寂静。每个新来到的客人都要走到桌子前，拥抱一下死者①，向寡妇和孝子点头致意，然后一言不发地站到圈子里头去。时不时地，某个吊唁者会打破庄严的寂静，向死者说上几句话。

"你为什么丢下了你贤惠的妻子？"一个老大娘说，"难道她伺候你还不算周到吗？你还缺少什么呢？为什么不多等一个月呢？你的儿媳妇就要给你添一个孙子了。"

一个高个子年轻人，皮耶特里的儿子，紧握着他父亲冰冷的手叫喊道："噢！为什么你不是横死②呢？不然，我们就可以为你去报仇！"

这就是奥尔索刚刚进门时听到的头几句话。见到他进来，人们就让开了道，一阵好奇的喃喃嘀咕表明，等待已久的人们被哭丧歌女的到来激奋起了情绪。柯隆巴拥抱了寡妇，拉着她的一只手，眼睛低垂着，沉思了好几分钟。然后，她把美纱罗向后一撩，死死地盯着死者，慢慢地向尸体俯下身来，脸色几乎跟死人一样苍白，开始唱起来：

> 夏尔－巴蒂斯特！愿基督接受你的灵魂！——活着，就是受苦。——你将到达的地方——既没有阳光，也没有寒冷。——你不再需要你的砍柴刀，——也不需要你那笨重的十字镐。——再没有活儿要让你干。——从此后，你所有的日子都是礼拜日。——夏尔－巴蒂斯特，愿基督拥有你的灵魂！——你的儿子现在管起了家。——我看见橡树倒下——被利比乔风③吹得干枯。——我想它已经死去。——我再次经过，——而它的根上长出了新芽。——新芽变成了一棵橡树，——枝繁叶茂。——在它强有力的枝杈下，玛德莱娜，你憩息吧，要思念那棵已经不在了的橡树。

听到这里玛德莱娜不禁放声痛哭起来，还有两三个男人，平时在迫不得已之际也能极度冷静地向基督徒开枪，就像他们开枪打山鹑那样，此时却在他们黧黑的脸上抹着大滴的泪珠。

柯隆巴就这样继续唱了好一会儿，时而唱给死者听，时而唱给他家里人听，中间还以哭丧歌中经常采用的拟人法，以死者本人的口吻说话，安慰他的亲友，或给他们以忠告。随着她的即兴演唱，她的脸上显现出一种崇高的

---

① 这一风俗至今（1840）仍流行在伯科尼亚诺。——原注。
② 横死，即暴力致死。——原注。
③ 利比乔风是从利比亚一带刮来的炎热的东南风。

表情；脸色变成一种透明的玫瑰色，越发衬映出牙齿的晶亮和眼睛里的光芒。这简直是一个站在三角鼎上的古希腊占卜女子。众人全都簇拥在她的周围，除了几声凄厉、几声叹息，人群中几乎听不到任何低微的声响。尽管比起在场的其他人来，奥尔索对这野蛮的诗歌感到更难接受，他仍然很快地被全场一致的激情所感动。他退到厅堂中一个阴暗的角落，像皮耶特里的儿子那样哭泣起来。

突然间，听众中发生了一阵轻微的骚乱，人们围成的圈子闪开了一条缝隙，进来了好几个陌生人。从人们对他们表现出的敬意中，从人们给他们让道的匆忙中，显然可以看出，来者都是一些重要人物，他们的来临为这一家人的脸上增添了光彩。然而，出于对哭丧歌的尊重，没有人对他们说一句话。

第一个走进来的人约莫有四十来岁。他那黑色的衣服，他那别在衣领上的红色玫瑰花结勋带，还有他脸上显露出来的威严和自信的神色，使人一下子就猜想，他就是省长。他的身后跟着一个老头，腰板佝偻，脸色蜡黄，虽然戴着一副绿玻璃片的眼镜，却很难遮掩他那腼腆而不安的目光。他也穿着一身黑色的衣服，尺寸明显过大，尽管仍然簇新，但显然是好几年之前做的。他总是寸步不离地跟着省长，简直可以说是想躲进省长的身影里去。最后，在他后面进来的，是两个身材魁梧的年轻人，脸被太阳晒成古铜色，脸颊上长满了浓密的络腮胡，目光傲慢而放肆，体现出一种缺乏礼貌的好奇。奥尔索本来已经忘记了村里人的相貌，但是，一见到那个戴绿色眼镜的老头，陈旧的回忆立即在内心里被唤醒。老头跟在省长身后出现，这一点就足以叫人认出来。他是巴里齐尼律师，皮耶特拉内拉的镇长，他和他的两个儿子前来让省长见识一下哭丧歌的表演。此时此刻，奥尔索心中闪现而过的东西，是很难形容清楚的。但是他父亲仇人的出现引起了他的某种嫌恶之情，经过长时间抑制的怀疑又涌现出来，而且比任何时候都更甚。

而柯隆巴，一见到不共戴天的仇敌，她那变化多端的脸容立即换成了一种可怖的表情。她的脸色刷地变得煞白；她的嗓音变得沙哑，刚要出口的诗句消失在了嘴边……不过，很快地，她又带着一种新的激情，继续唱起了哭丧歌：

当雄鹰面对空荡荡的窝巢——悲痛地哀鸣，——椋鸟盘旋在它的周围，——羞辱着雄鹰的哀痛。

唱到此时，忽听人群中传出一阵窃笑；那是刚刚进来的两个年轻人发出来的，无疑，他们觉得这一隐喻实在过于大胆了。

> 雄鹰终将清醒过来；它要展开它的翅膀，——它要在鲜血中洗净它的尖喙！——而你，夏尔-巴蒂斯特，愿你的朋友们——向你致以最后的告别。——他们的眼泪已经流得够多了。——只有可怜的孤女不流眼泪。——她为什么要为你哭泣呢？——你整日整日地沉睡——在你的家人中间，——准备着去见——万能的天主。——孤女哭的是她的父亲，——他被怯懦的凶手暗算，——从背后遭到袭击；——她的父亲流下鲜红的血——流在碧绿的树叶下面。——但是她汇集了他的鲜血，——这一高贵而又无辜的鲜血；——她把它洒在皮耶特拉内拉，——好让它成为致命的毒药。——皮耶特拉内拉将永远显示着这鲜血——直到凶手的血——把无辜者的血迹抹除干净。

这些歌词一唱完，柯隆巴便轰然倒在一把椅子上，用她的美纱罗拍打着自己的脸，人们听到她失声痛哭。哭泣中的妇女们赶紧团团围住了即兴演唱者；许多男人则将愤怒的目光投向镇长和他的儿子；几个年长者喃喃低语，抱怨他们不该来到这里引起公愤。死者的儿子分开密集的人群，准备去恳求镇长尽快离开此地；但镇长还没有等他开口恳请，就一步溜出了门。他到了门口时，两个儿子就早已经在街上了。省长对年轻的皮耶特里说了几句哀悼安慰的话后，也立即溜之大吉。

奥尔索走到他妹妹身边，挽着她的胳膊，搀着她走出了厅堂。

"送他们回去，"年轻的皮耶特里对他的几个亲友说道，"小心在意，别让他们出什么事！"

两三个青年人赶紧把匕首塞到上衣的左袖里，护送奥尔索和他的妹妹，一直到他们家门口。

十三

柯隆巴气喘吁吁，精疲力竭，累得连一句话都说不出来。她的脑袋倚靠在哥哥的肩上，两只手紧紧地握着他的一双手。奥尔索心中尽管对她哭丧歌的最后几句唱词不甚满意，但还是十分警觉，没有对她说任何埋怨的话。他静静地等待着她神经质发作的结束，这时，忽然听见有人敲门。萨薇丽娅走了进来，惊慌不安地通报说：

"省长先生来了。"

一听到这个消息，柯隆巴立即硬撑着站了起来，仿佛为自己的虚弱而感到羞耻，她站立着，一手扶着椅子，椅子在她的手下明显地颤动着。

省长先是说了一番平庸的客套话，为自己不合时宜的来访表示歉意，接着便慰问了一下柯隆巴小姐，并谈到了过分激动的危害，谴责了葬礼中哭丧的恶习，说是哭丧女的才华使这一恶习在送葬者的心中变得更为难受；他还巧妙地插了几句轻描淡写的批评，指责了即兴歌词最后几句的倾向性。然后，他口气一转，说：

"德拉·雷比亚先生，您的英国朋友托我向您转达他的问候。内维尔小姐还特地要我向令妹小姐致意。她还让我捎一封信给您。"

"一封内维尔小姐的信？"奥尔索喊了起来。

"可惜，那封信我现在没有随身带来，不过，过五六分钟我就派人给你们送来。她父亲病了。我们有一阵子担心他患上了我们这里可怕的热病。幸亏他痊愈了，您自己就可以看到这一点，因为我想，您很快就将看到他了。"

"内维尔小姐想必担了很大的心吧？"

"很幸运，她是在他脱离了危险之后才得知实情的。德拉·雷比亚先生，内维尔小姐常常跟我谈起您和令妹小姐。"

奥尔索欠了一下身子。

"她对你们二位怀有很深的友情。她的外表十分优雅，行为有些轻松随意，但她内心中有着极强的理智。"

"这是一个十分可爱的人。"奥尔索说。

"我几乎是在她的请求下才来这里的，先生。因为，谁也不比我更熟悉那一段我极不愿意在他们面前提起的不幸故事。既然巴里齐尼先生仍然还是皮耶特拉内拉的镇长，而我，我仍然还是这个省的省长，而我就不必对你们说，我对某些实情是有所猜疑的。假如我得到的消息属实，我的猜疑被一些冒冒失失的人告诉给了您，而您却出于愤慨而拒绝相信，这我知道，以您的地位和您的性格，您有这样的愤慨是可以预料的。"

"柯隆巴，"奥尔索说道，在他的椅子上不安地扭动，"你实在太累了。你该去睡觉了。"

柯隆巴摇了摇头表示否定。她已经恢复了平时的冷静，火辣辣的眼睛死死地盯着省长。

"巴里齐尼先生非常希望看到，"省长继续说，"这样的一种敌意关系……也就是说，你们彼此之间疑虑不定的状态能够消除……就我而言，如果我能够看到，您和他之间将建立起常人应该有的那种相互尊重的关系，那么，我将不胜荣幸……"

"先生，"奥尔索激动地打断了他的话，"我从来没有指责过巴里齐尼律师是杀害家父的凶手，但是他却做了一件事，这事将永远妨碍我跟他建立任何的正常关系。他曾经盗用一个强盗的名义，伪造了一封恐吓信……至少，他曾在暗中散布说，这封信是家父所写。而这封信，最终，先生，很可能就是他的死的间接原因。"

省长沉思了一阵子。

"当初，在令尊大人同巴里齐尼先生打官司的时候，由于令尊生性爱冲动，他也曾经这样以为，这当然是情有可原的。但是，从您这方面来说，同样的盲目便是不能容忍的了。请您仔细想一想，巴里齐尼伪造这样一封信是根本得不到好处的……我就不跟您说他的性格了……您根本就不认识他，您对他早就有反感……但是，您无法设想一个懂得法律的人……"

"可是，先生，"奥尔索站了起来，说道，"请您想一想，对我说这封信不是巴里齐尼写的，就等于说这是家父写的。先生，他的名誉就是我的名誉。"

"先生，谁也比不上我，"省长继续道，"更确信德拉·雷比亚上校的名誉……可是……这封信的作者现在已经查到了。"

"谁写的?"柯隆巴叫喊道，一步逼到省长跟前。

"一个混蛋，已经犯了好几个案子……都是你们科西嘉人认为不可饶恕的案子，一个窃贼，他的名字叫托马索·比安基，现在关押在巴斯蒂亚的监狱里，他承认那封该死的信是他写的。"

"我不认识这个人，"奥尔索说，"他写信的目的是什么?"

"他是本地人，"柯隆巴说，"是我们家一个磨坊师傅的兄弟。他是一个坏蛋，一个专门撒谎的人，他的话不能相信。"

"你们将会看到，"省长说，"他在这件事中得了什么好处。令妹小姐刚刚提到的那个磨坊师傅，他的名字，我相信，叫做泰奥多尔，他向上校租用磨坊，就是在巴里齐尼先生同令尊大人打官司争夺的那条河流上的磨坊。上校平素为人慷慨大方，几乎没有拿这磨坊来盈利。然而，托马索却以为，假如巴里齐尼先生获得了这条河的所有权，磨坊师傅就得付一笔数目可观的租金给他，因为人人都知道，巴里齐尼爱钱如命。总之，为了帮他兄弟一个忙，托马索便盗用强盗之名伪造了那封信，事情就是这样。您知道，在科西嘉，家族的亲戚关系十分强有力，有时候，它们甚至可以使人去犯罪……请您读一读这封信，是检察长写给我的，它会向您证实我刚刚对您说的一切。"

奥尔索浏览了一遍这封详细记述了托马索供词的信。柯隆巴同时也越过她哥哥的肩头把它读了一遍。

当她读完信后，她就叫喊起来：

"一个月之前，当人们听说我哥哥就要回来时，奥尔兰杜乔·巴里齐尼就去了一趟巴斯蒂亚。他一定去找了托马索，并且买通他撒了这个谎。"

"小姐，"省长有些不耐烦地说，"您总是用讨厌的假设来解释一切，难道这就是发现真理的办法吗？您嘛，先生，您还算冷静，请对我说，您现在是怎么想的？您是像小姐那样以为，一个只是犯了轻罪而不会判重刑的人，为了帮一个他甚至并不认识的人的忙，竟然会乐意承担伪造证书的罪行吗？"

奥尔索重读了一遍检察长的信，以异乎寻常的认真态度，对每个字都斟酌了一番，因为，自从他见到巴里齐尼律师之后，他感觉到自己比几天之前更加难以说服。最后，他不得不承认，信中的解释看起来是理由充足的。

可是，柯隆巴使劲地叫喊起来：

"托马索·比安基是一个滑头鬼。我敢担保，到最后，他是不会受惩罚的。要不然，他准会从监狱里逃走。"

省长耸了耸肩膀。

"先生，我已经把我得知的情况告诉给您了，"他说道，"我走了，请您三思。我期待着您的理智来开导您自己，我希望，您的理智将比令妹的……假设更有力量。"

奥尔索说了几句请原谅柯隆巴的话之后，再一次重复了他的确信，他现在认为托马索是唯一有罪的人。

省长站起来准备走了。

"假如时间不是太晚了，"他说，"我会请您跟我一起去拿内维尔小姐的信……趁那个机会，您还可以把您刚才说过的话对巴里齐尼先生也说一说。这样，一切纠葛就全了结了。"

"奥尔索·德拉·雷比亚永远也不迈进巴里齐尼家的门！"柯隆巴冲动万

分地叫喊道。

"看起来，小姐是贵府的领头羊①啦！"省长带着嘲讽的口气说道。

"先生，"柯隆巴嗓音坚定地说，"您受骗了。您还不了解律师这个人。他是男人中最狡猾、最会撒谎的人。我请求您，不要让奥尔索去做一件将给他蒙上耻辱的事。"

"柯隆巴！"奥尔索叫了起来，"激动冲昏了你的头脑。"

"奥尔索！奥尔索！看在我亲手交给您的首饰盒的面上，我恳求您了，请听我的话。在您跟巴里齐尼家的人之间，有一笔血债要了结。您绝不能去他们家！"

"妹妹！"

"不，我的兄长，您不能去。不然的话，我就离开这个家，您将永远也见不到我……奥尔索，可怜可怜我吧！"

她跪倒在地上。

"我很遗憾，"省长说道，"德拉·雷比亚小姐如此不通情理。我相信，您一定会说服她的。"

他打开了门，又停住脚步，仿佛在等着奥尔索跟他一起走。

"我现在不能离开她，"奥尔索说，"……明天吧，假如……"

"明天我一大早就要动身。"省长说。

"哥哥，至少，"柯隆巴喊道，双手合十，"等到明天早上吧。让我再看一看父亲的文件……您总不能拒绝我的这个要求吧。"

"那好吧！你今天晚上看文件，但是，至少，你不要再拿这一荒唐的仇恨来折磨我了……省长，实在很抱歉……我自己也觉得十分难受……最好还是等到明天吧。"

"静夜出主意，"省长一边说着，一边离开，"我希望明天您不要再犹豫不决了。"

"萨薇丽娅，"柯隆巴招呼道，"拿灯笼，送一送省长先生。他会交给你一封给我哥哥的信。"

她又对萨薇丽娅耳语了几句。

"柯隆巴，"等省长走远了，奥尔索说道，"你真叫我为难。难道你要永

---

① 当地人就是这样来称呼羊群中带领群羊走路的公羊，它的脖子上一般系着一个小铃铛，人们还拿这个称呼来比喻一个家庭中主持所有重要事务的人。——原注。

远拒绝明摆着的事实吗?"

"您答应我等明天再说的，"她回答说，"我的时间太少了，但是我仍然抱有希望。"

随后，她拿着一大串钥匙，匆匆地跑到楼上的一个房间里。接着，人们听到那里传来抽屉一个紧接着一个被打开的声音。然后，又是一阵翻腾书桌的声音，早先，德拉·雷比亚上校把他的重要文件都锁在那个书桌中。

十四

萨薇丽娅去了很久没有回来。正当奥尔索的不耐烦到了极点的时候，她终于回来了。她手里拿着一封信，身后跟着小姑娘吉莉娜，小女孩正揉着眼睛，因为她刚刚从好梦中被唤醒。

"孩子，"奥尔索说，"这么晚了你还到这里来做什么?"

"小姐让我来的。"吉莉娜回答道。

"真见鬼，她又想干什么?"他思忖道。不过这时，他所做的是急忙拆开莉迪娅小姐的信，当他读信的当儿，吉莉娜上楼找他妹妹去了。

内维尔小姐在信中写道：

先生，家父偶患小疾，更何况他平素懒于动笔，我便不得不充当他的秘书。那天，他没有跟我们一起去欣赏风景，您知道，他只是在海边湿了湿脚，而在你们这美丽神秘的岛上，仅此一点就足以让他发起寒热来了。我能看到您读到此时脸上的表情，您肯定要去摸您的匕首，但是我希望，您再也没有匕首了。总之，家父只是发了一点烧，而我却为此惊恐万状。那位让我觉得很是和蔼可亲的省长，给我们派来一个同样十分和蔼可亲的医生，他用了两天时间，便把我们拉出了痛苦。寒热没有再发作，家父又想去打猎了。但我依然严禁他出去。

您觉得您那山中的城堡如何? 您那坐北朝南的堡塔一直还在老地方吗? 那里有很多的鬼魂吗? 我向您问这些问题，是因为家父还记得，您答应过他可以打黄鹿、野猪、岩羊……那种怪兽是不是就叫这个名字? 当我们到巴斯蒂亚上船的时候，我们准备到贵府去打扰几日。我希望，您所说的如此陈旧、如此破烂的德拉·雷比亚城堡不会在我们的头顶上倒塌，虽然在这里，省长是那么的可爱，跟他在一起不愁没有话题可谈，随便说一句①，令人高兴的是，我已使得他有些神魂颠倒。

我们经常谈起阁下您来。巴斯蒂亚的司法人员把一个关押在铁窗后的坏蛋的某些供词送给了省长，这些供词的内容可以使您消除您心中最后的那些疑虑；您的有时让我忧虑不安的敌意，从此就可以完全消失了。您真的想不到，这会使我多么高兴。当您随同那位美丽的哭丧女出发时，手中紧握长枪，目光阴沉，您在我的眼中就显得比平时还更富有科西嘉气质……甚至过于科西嘉气了。算了！我给您写得太长了，都是因为我心情厌烦的缘故。省长就要出发了，真可惜！当我们上路去你们那里的山区时，我们会给您发个信的。另外，我还要斗胆给柯隆巴小姐写信，向她要一份十分特别的烤奶酪。眼下，请代我向她多多问候。她送我的匕首派上了大用场，我用它来裁开我带来阅读的小说的纸页；但这可怕的铁器对这一用途不屑一顾，把我的书裁得面目全非。

再见了，先生；家父向您致以他最最亲切的问候②。听省长的话吧，他是一个很有主意的人，我相信，他是为了您而专门绕道而行的。他要去科尔特参加一个奠基仪式；我想象，这可能是一次十分壮观的庆典，我非常遗憾不能亲自去看一看。一个绅士先生，身穿绣了花边的衣服，脚穿丝织的长袜，披挂着白色的肩带，手里拿着一把抹灰泥的镘刀！……还有一篇演说；仪式结束之际，人们千遍万遍地高呼：国王万岁！

看到我写了满满的四页纸，我恐怕会为此而自命不凡了吧；但是，先生，我再对您重复一遍，我实在是烦闷透顶，出于这一理由，我允许您也给我写很长很长的信。顺便提一句，您至今还没有向我通告一声您已经幸福地达到皮耶特拉内拉城堡，这使我觉得十分意外。

莉迪娅

又及：——我请求您听省长的话，按照他的意思去做。我们一起商定好了，您必须这样去行事，而这样会使我非常高兴。

奥尔索把这封信看了三四遍，每看一遍，都要在心中细细地作无数的分析。然后，他写了一封很长的信作为答复，他叫萨薇丽娅把信交给本村一个当夜就动身去阿雅克修的人。他早已经把跟妹妹说好的事置之脑后，根本就

---

① 原文为英文。

② 原文为英文。

不想去讨论巴里齐尼家喊冤是真是假的问题，莉迪娅小姐的来信使他把一切都看得十分光明；他再也没有怀疑，再也没有仇恨。他等着他妹妹重新下楼，但等了好一阵子，一直没有见她出现，便回屋睡觉去了。长久以来，他的心境第一次是那么轻松平静。吉莉娜得到柯隆巴的秘密吩咐，回家去了。柯隆巴花了大半夜的时间来阅读旧文件。拂晓前不久，她听到小石子打在窗户上的声音，按照这一暗号，她下楼来到花园，打开一扇暗门，把两个面有菜色的男子引进家里。她做的第一件事情是把他们领到厨房，给他们吃的东西。这两个男子究竟是什么人，且听我慢慢道来。

十五

清晨六点左右，省长的一个仆人来敲奥尔索家的门。柯隆巴接待了他，他告诉她，省长就要出发了，正等着她的哥哥呢。柯隆巴毫不犹豫地说，她哥哥刚才下楼时摔了一跤，扭坏了脚，一步都走不了，他请求省长先生原谅，如若省长肯屈尊到他家来一下，那他将十分感激。那仆人带着这一信息走后不久，奥尔索下楼来，问他妹妹，省长有没有派人来找他。

"他请您在这里等他。"她不露声色地说。

半个钟头过去了，巴里齐尼家那边没有传来丝毫的动静；此时，奥尔索又问柯隆巴，她在文件里是不是发现了什么东西。她回答说，她会当着省长的面解释的。她装出十分镇静的样子，但她的脸色和眼神却显出一种狂热的激动。

终于，人们看到巴里齐尼家的大门打开了，省长身穿行装第一个出来，身后紧跟着镇长以及他的两个儿子。皮耶特拉内拉村的居民们从太阳刚升起时，就守候在家门口，准备亲眼看一看省长——省里的第一号长官——是如何出发的，可是，当他们看到他由巴里齐尼家的三个人陪同着，径直地穿过广场，来到德拉·雷比亚的家时，他们是多么的惊讶啊！

"他们讲和了！"村里的政治家们叫嚷起来。

"我早对你们说过，"一个老头子说，"奥尔索·安东尼奥在大陆上待得太久了，做起事情来已经不像一个有胆量的男人那样了。"

"不过，"一个雷比亚派分子说道，"请注意，是巴里齐尼家的人来找他的。他们来求饶了。"

"是省长把他们大家全都给哄骗了，"老头子反驳道，"今天的人们已经没有胆量了，年轻人对他们父亲流的血漠不关心，就像他们都是别人的杂种似的。"

省长看到奥尔索好端端地站立着，行走毫无困难，不由得有些惊异。柯隆巴赶紧用两句话承认自己撒了谎，并请求他原谅。

"假如您住在别的地方，省长先生，"她说，"家兄昨天就前去登门问安了。"

奥尔索也糊里糊涂地赔不是，同时声明说，在这一可笑的诡计中没有他什么事，他为之感到深深的歉意。省长和老巴里齐尼看到他一脸糊涂的样子，又看到他对他妹妹的责备，仿佛相信了他悔疚的真诚。但是镇长的儿子们却大为不满：

"甭想寻我们的开心。"奥尔兰杜乔说，声音相当的高，故意要叫人听到。

"假如我的妹妹这样地作弄我，"文琴泰罗说，"我很快就让她下回绝不敢再犯。"

这些话语，还有说话时的声调，惹得奥尔索心中老大不高兴，使他心中的善良愿望稍稍有几分减退。他同巴里齐尼家的两个儿子互相瞪了几眼，目光中全无一点点的善意。

此时，大家落了座，只有柯隆巴没有坐，她站在厨房的门旁。省长首先开口，讲了几句关于当地人世俗成见的老生常谈后，提醒说，绝大多数不共戴天的仇恨其实都是由误会造成的。随后，他对镇长说，德拉·雷比亚先生从来没有认为，巴里齐尼家曾直接或间接地参与了使他丧父的那个不幸事件；实际上，他只是对两家诉讼案中一个特别的情况保留有某些疑问。鉴于奥尔索先生长期在外，并且由于他所获悉的消息的不可靠性，这一疑问是完全可以理解的。而最近得到的一些材料证词已经使他彻底消除了这些疑问，他表示完全满意，并愿意跟巴里齐尼先生及其儿子们建立起睦邻友好关系。

奥尔索神情不太自然地欠了欠身；巴里齐尼先生嘟嘟囔囔地说了几句谁也听不懂的话；他的儿子们则抬头望着屋上的横梁。省长正要继续他的长篇大论，准备换个角度，代巴里齐尼家这方面向奥尔索致辞，不料柯隆巴从她的方头巾底下抽出几张纸，神情严峻地走到双方当事人前面，开口说道：

"如果真的能看到我们两家之间战争的结束，这当然是一件令我十分高兴的事。但是，要获得真诚的和解，就得把一切解释清楚，不要遗留下任何的疑点……——省长先生，我完全有理由怀疑托马索·比安基的供词，这是一个声名狼藉的人。——我早就说过，您的儿子也许到巴斯蒂亚的监狱里探望过那个人……"

"胡说八道，"奥尔兰杜乔打断说，"我根本就没有见过他。"

柯隆巴朝他瞥去轻蔑的一眼，外表看来十分平静，继续说道：

"您曾解释了托马索为什么要以一个凶险的强盗的名义来威胁巴里齐尼先生，您说他是要让他的哥哥泰奥多尔继续保留我们家磨坊的租用权，因为我父亲的租费很低……是不是？"

"这是显而易见的嘛。"省长说。

"这种事情，出自一个像比安基这样一个无赖的手，是不难解释的。"奥尔索说，他妹妹的温和神态迷惑住了他。

"那封伪造的信，"柯隆巴继续道，她的眼睛开始放射出炯炯的光芒，"写的日期是7月11日，那时候，托马索正在他哥哥那里，就是说，在磨坊中。"

"是这样的。"镇长说着，开始有点不安。

"那么，托马索·比安基写这信究竟有什么好处呢？"柯隆巴带着一种胜利喜悦叫喊道，"他哥哥的租约已经期满；我父亲通知他7月1日起不再续约。这里是我父亲的登记簿册以及不再续约通知的原本，还有阿雅克修一个商人的来信，他给我们介绍了一个新的磨坊师傅。"

她一边说着，一边把手里的文件交给省长。

一时间，全场惊讶，鸦雀无声。镇长的脸色明显地变得苍白。奥尔索皱起了眉头，走上前去，把省长拿在手中仔细阅读的文件看了一遍。

"这是在寻我们的开心！"奥尔兰杜乔又一次叫喊道，他气冲冲地站起身来，"我们走，父亲，我们根本就不应该到这里来！"

只需片刻时间，巴里齐尼先生的头脑就恢复了冷静。他要求检查一下文件；省长一言不发地把纸张递给了他。这时，他把绿色的眼镜抬起来架在额头上，带着一副无所谓的神态把文件浏览了一遍。柯隆巴则在一旁死死地盯着他，眼睛瞪得如同一头母老虎那样，仿佛看到一头黄鹿走近了有着虎崽的巢穴。

"可是，"巴里齐尼先生放下了眼镜，把文件还给省长，说道，"或许，托马索得知如今已故的上校先生是个好心人……他以为……他一定这样以为……上校先生会改变先前不再续约的主意……实际上，他们还占有着磨坊，所以说……"

"那是我，"柯隆巴用轻蔑的口吻说，"是我把磨坊给他留下的。家父死了，我在我自己的位置上，应该照顾一下我们家的客户。"

"然而，"省长说，"这个托马索承认，那封信就是他写的……这一点是很清楚的。"

"我认为很清楚的是，"奥尔索插入道，"在这件事的背后，一定隐藏着可耻的勾当。"

"我还有一点要反驳一下这几位先生。"柯隆巴说。

她打开了厨房的门，立即走进房间的是布兰多拉乔、神学学士和他们的狗布卢斯科。两个强盗都没有带武器，至少表面看来如此。他们的腰带上别着子弹盒，但却没有手枪这一必不可少的配器。走进厅堂之后，他们毕恭毕敬地脱下帽子。

人们可以想象，他们的突然出现会引起什么样的效果。镇长差点儿仰天摔了一跤；他的两个儿子勇敢地挡在了他的身前，手伸到衣服的口袋中，去掏他们的匕首。省长正要往门口走去，这时，奥尔索一把抓住布兰多拉乔的衣领，朝他吼道：

"混蛋，你到这里来做什么？"

"这是一个圈套！"镇长一面叫喊，一面试图夺门而出。但是萨薇丽娅早已经从外边把门给锁上了两道锁，人们后来才知道，这是两个强盗的命令。

"各位好心人！"布兰多拉乔说道，"请不必害怕，我的心并不像我的脸那么黑。我们没有一丝一毫的歹意。省长先生，我很愿意为您效劳。——我的中尉，请松开手，您简直把我掐死了。——我们到这里是来作证的。快，说话呀，说你呢，神甫，你的舌头不是很灵巧的吗？"

"省长先生，"神学士说道，"我以前无幸认识您，实在失敬。我名叫乔坎多·卡斯特里科尼，更多的人管我叫神甫……啊！您记起我来了吧！这位小姐，我以前也无幸认识，是她让我来，给你们谈一谈某个叫托马索·比安基的人的情况，三个礼拜之前，我就是跟那位老兄一起待在巴斯蒂亚的监狱里。我要告诉你们的是……"

"请不必说了，"省长说道，"对像您这样的人，我连一句话都听不进去……德拉·雷比亚先生，我很愿意相信，您与眼下这一可耻的阴谋没有一点关系。不过，您还是不是这个家的主人？请让人打开这道门！令妹或许应该说明一下，她为什么要跟这些强盗保持那么奇特的关系。"

"省长先生，"柯隆巴大声嚷道，"请您屈尊听一听这个人说的话。您在这里是为了替众人主持公道，而您的责任是寻求事实真相。您说吧，乔坎多·卡斯特里科尼。"

"别听他的！"三个巴里齐尼齐声喊道。

"假如众人一起齐声说话，"强盗微笑着说，"那可不是让大家听明白的好办法。我在监狱里，跟刚才谈到的那个托马索·比安基关在一起，我们不是朋友，只是关在一起。他常常接受奥尔兰杜乔先生的探望……"

"胡说！"两个兄弟一齐喊叫道。

"两个否定等于一个肯定，"卡斯特里科尼冷静地评论道，"托马索很有钱。他吃香的，喝辣的，尽是好东西。我也总是爱好美食（这是我的一个小缺点），所以，尽管我不太情愿同这个怪家伙来往，我还是跟他一起吃过几次饭。为了感谢他的盛情，我向他建议跟我一同越狱逃跑……一个小姑娘……她早先得过我一点点的帮忙，给我提供了逃跑的办法……我不想牵连任何人，所以不能告诉你们她叫什么。托马索拒绝了我的建议，他对我说，他对自己的案子很有把握，还说巴里齐尼律师替他向所有的法官都说了情，说他一定会清白无辜地获释，而且还会有银钱进项。至于我，我还是相信走为上计。我的话完了。①"

"这个人说的是一派胡言，"奥尔兰杜乔坚决地重复道，"假如我们是在荒野中，每人身上都扛着枪，看他还敢不敢这么说。"

"这么说那就太愚蠢了！"布兰多拉乔喊道，"听着，别跟神甫闹翻了，奥尔兰杜乔。"

"德拉·雷比亚先生，您到底还让不让我出去啊？"省长不耐烦地跺着脚说。

"萨薇丽娅！萨薇丽娅！"奥尔索喊道，"快把门打开，真见鬼！"

"请稍微等一等，"布兰多拉乔说，"让我们先走一步，我们先走我们的。省长先生，这是规矩，当双方在共同的朋友家见面时，离开时彼此应该留有半个钟头的休战。"

省长朝他投去轻蔑的一瞥。

"愿为诸位效劳，"布兰多拉乔说道，接着，他的胳膊平伸开，对他的狗招呼道："来，布卢斯科，为省长先生跳一个。"

狗跳过了他的胳膊，强盗们急忙到厨房去取了他们的武器，穿过花园走

---

① 原文为拉丁文，为演说、作证、辩护的结束语。

了。随着一声尖利的嗯哨，厅堂的门像中了魔法似的自行打开了。

"巴里齐尼先生，"怒火中烧的奥尔索说道，"我认定您就是伪造信件的人。从今天起，我就要向检察官对您提出起诉，控告您伪造文书，控告您勾结收买比安基。也许我还要用更严重的罪名控告您。"

"而我，德拉·雷比亚先生，"镇长说，"我要控告您设下圈套陷害好人，还要控告您勾结强盗，图谋不轨。而现在，省长先生会把您交给宪警看管的。"

"省长自然会尽到自己的责任，"省长严厉地说，"他要保证在皮耶特拉内拉正常的秩序不受扰乱，他要努力使正义得到伸张。先生们，我这番话是对你们大家说的！"

镇长和文琴泰罗早已出了厅堂，奥尔兰杜乔倒退着跟着他们走出去，这时，奥尔索低声地对他说：

"您父亲已经年老，我一个巴掌就能把他拍死；我只有找你们算账了，您和您的兄弟。"

作为回答，奥尔兰杜乔拔出匕首，像一个疯子那样扑向奥尔索；但是，还没等他举刀刺来，柯隆巴就拉住了他的胳膊，用力一拧，同时，奥尔索一拳打在了他的脸上，打得他连退好几步，重重地跌在门框上。匕首从奥尔兰杜乔的手中飞了出去，但是，文琴泰罗拔出了他的匕首，返回屋里。柯隆巴飞身过去抓起一把长枪，向他们表明，两人对付一人是不平等的。同时，省长也插身到了搏斗者中间。

"等着瞧，奥尔斯·安东！"布兰多拉乔恶狠狠地喊道，猛地把厅堂的门一拉，然后用锁锁上，以便自己有时间从容撤退。

奥尔索和省长整整有一刻钟时间一声不吭，各自待在厅堂的一个角落。柯隆巴的额角上闪耀着胜利的高傲之光，轮流地打量着他们俩，倚靠在决定了胜利的那杆长枪上。

"居然还有这样的地方！这样的地方！"最后，省长嚷嚷道，神情激动地站起来，"德拉·雷比亚先生，您已经错了。现在我请求您以您的名誉担保，不再使用任何的武力，等待着由法律机构来对这该死的案件作出判决。"

"好的，省长先生，我不应该揍这个混蛋小子；可是，我最后还是把他给揍了，我不能拒绝他提出的要求，我只能满足他。"

"哎！不，他不想跟您决斗！……但是，要是他暗害您的话……那完全是您自己的所作所为导致的。"

"我们会小心提防的。"柯隆巴说。

"奥尔兰杜乔在我看来是一个勇敢的小伙子,"奥尔索说,"省长先生,我推测他将来一定很有出息。他拔匕首时迅疾无比,但是,处在他的地位,我会做得同样的漂亮。我所庆幸的是,舍妹有着相当的腕力,不像是一个文弱小姐的样子。"

"你们不能够决斗!"省长叫喊起来,"我禁止你们决斗!"

"请允许我向您说,先生,凡牵涉名誉的事,我不服从任何别的命令,只听从我的良心。"

"我对您说,你们不许决斗!"

"先生,您可以把我抓起来⋯⋯也就是说,如果我愿意被人抓住的话。但是,即使发生了这样的事情,您也只是把眼前这不可避免的事件推延一下而已。省长先生,您是珍惜名誉的人,您知道,事情只能如此,不可能有别的结果。"

"假如您把我的兄长抓起来,"柯隆巴补充说,"半个村子的人都会站到他的一边,我们就会看到一番热闹的枪战了。"

"先生,我预先通知您,"奥尔索说,"我请求您,不要以为我只是在吹大牛;我告诉您,假如巴里齐尼先生滥用他镇长的权力,要把我抓起来,我是要抵抗的。"

"从今天起,"省长说,"巴里齐尼先生暂停履行镇长的职责⋯⋯我希望,他能够证明自己的清白⋯⋯听着,先生,我对您很感兴趣。我对您的要求并不太高:安安静静地待在您自己家里,直到我从科尔特回来。我只离开三天时间。我会带着检察官一起回来,到那时,我们再一起彻底搞清楚这桩不幸的案件。您能不能答应我,在此期间不采取任何敌对行动?"

"先生,我不能担保,假如奥尔兰杜乔如我所想象的那样,要求跟我见面过招呢?"

"怎么!德拉·雷比亚先生,您,一个法国军人,您想跟一个您怀疑伪造了信件的人决斗吗?"

"先生,我已经揍了他。"

"可是,假如您揍了一个苦役犯后,他来向您挑衅,您也会同他决斗吗?行了,奥尔索先生!那么好吧!我再向您让一步:您不要先去找奥尔兰杜乔⋯⋯假如是他先来约您的话,我可以准许您跟他决斗。"

"他肯定要来找我决斗的,我毫不怀疑。但是,我可以向您保证,我不会再扇他巴掌，刺激他来决斗。"

"还有这样的地方！"省长重复道，来回踱着大步。"我什么时候才能回到法国呢？"

"省长先生，"柯隆巴用她尽可能温和的嗓音说，"时候不早了，您能否赏光在舍下用饭？"

省长不禁笑了起来。

"我在此耽搁的时间实在太长了……看来像是有些偏袒你们了……还有那该死的奠基石！……我必须走了……德拉·雷比亚小姐……您今天的行为可能已为将来准备了多多的不幸！"

"省长先生，至少您应该给舍妹一个公道，她相信的事情是有根有据的，而且，我现在也可以肯定，您也相信了她的断言是有根有据的了。"

"再见了，先生，"省长说道，向他挥了挥手。"我预先告诉您，我会命令宪警队监视您的一切行动。"

省长走后，柯隆巴说："奥尔索，您在这里可不是在大陆上。奥尔兰杜乔对您所谓的决斗会根本不屑一顾，更何况，像他那样的混蛋，是绝对不会像一个勇敢者那样去决斗而死的。"

"柯隆巴，我的好妹妹，你真是一个女中豪杰。我从心底里感激你，你救我免吃了一刀。把你的小手给我，让我亲吻它。但是，你知道，应该让我去行动。有些事你是不明白的。给我准备早饭；只等省长一动身启程，就把小姑娘吉莉娜给我找来，看来，她真的十分能干，什么任务都能完成得好好的。我需要她为我送一封信。"

趁着柯隆巴前去督促饭菜的准备，奥尔索上楼进了他的房间，写了这样一张便条：

> 您想必急于与我约定决斗；我也有同样急迫的心情。明天早晨六点钟，我们可以在阿瓜维瓦山谷见面。我使手枪异常娴熟，因此我不建议用手枪决斗。听人说，您使长枪打得很好：那我们就各自带一把双响长枪吧。我会由一个村里人陪同前来。假如令兄弟愿意陪同您来，那么就请再带一个证人，同时预先通知我。在这种情况下，我也要有两位证人。

> 奥尔索·安东尼奥·德拉·雷比亚

省长在副镇长家里待了一个钟头后，走进巴里齐尼家又待了几分钟，然后便出发去了科尔特，随身只带了一名宪警。一刻钟之后，吉莉娜带了上述的那封信，亲自交到了奥尔兰杜乔的手中。

复信迟迟未见，直到傍晚时分才送到。信的落款是老巴里齐尼先生，他告诉奥尔索，他要把那封恐吓他儿子的信交给王家检察官。在回信的末尾，他还附上一句：

"我问心无愧，静候法庭判决您的诽谤罪。"

这时候，柯隆巴已经叫来了五六个牧羊人，来驻守德拉·雷比亚家的塔楼。尽管奥尔索再三抗议，他们还是在朝向广场的窗户上凿了一些箭眼，整个晚上，镇上都有各种各样的人前来自愿帮忙。强盗神学家甚至也写来了一封信，他以他的名义以及布兰多拉乔的名义答应说，假如镇长动用宪警的话，他就前来插手干涉，信的末尾还有这样的附言：

"我斗胆问您一句，不知省长先生对我的朋友给予小狗布卢斯科的优良教育有些什么想法？除了吉莉娜，我还从来没有见过到比它更加温顺听话、更有天赋的学生了。"

十六

第二天平平静静地过去，没有发生敌对行动。双方均采取了防守姿态。奥尔索不出家门一步，而巴里齐尼家的大门也始终紧闭。人们看到，留守在皮耶特拉内拉的五名宪警在广场上，在村庄周围走来走去，辅助他们的还有一名乡村警察，他一个人代表着镇上的民兵。副镇长时时刻刻都佩戴着他的肩带。但是，除了敌对的两家窗户上的箭眼，就没有一丝战争的迹象了。只有一个科西嘉人才会注意到，在广场上，在绿色橡树的周围，能看见的人只有女人。

到了吃晚饭的时候，柯隆巴喜气洋洋地递给她哥哥一封刚刚送到的内维尔小姐的信：

亲爱的柯隆巴小姐，我十分高兴地从令兄的来信中得知，你们的敌对行为已然结束。请接受我衷心的祝贺。自从令兄离开阿雅克修后，家父便无法忍受那里的生活，因为无人跟他谈论战争，无人同他一起打猎。我们今日出发，傍晚要到令亲戚府上投宿，我们已有一信给她。后天，大约十一点，我就要前赴贵府，请求品尝山区的烤奶酪，您曾说过，它的味道要比城里奶酪的味道好得多。

再见，亲爱的柯隆巴小姐。

您的朋友，莉迪娅·内维尔

"她难道没有收到我的第二封信吗？"奥尔索叫了起来。

"您瞧，从她信的日期来看，当您的信达到阿雅克修时，莉迪娅·内维尔小姐已经在路上了。您对她说让她不要来了吗？"

"我对她说，我们已经处于围困状态。在这样的情景下，我看不太适合接待客人吧。"

"嗨！这些英国人都是一些古怪的人。我在旅店她房间里度过的最后那个晚上，她对我说过，如果不看到一场精彩的族间仇杀就离开科西嘉，她会很遗憾的。奥尔索，假如您愿意的话，我们可以向我们仇敌的家发起进攻，让她好好地观看一场战斗。怎么样？"

"你知道吗，"奥尔索说，"柯隆巴，造化让你生为女子，实在是大错特错了！你本来可以成为一个卓越的军人的。"

"也许吧。不管怎么说，我得去准备我的烤奶酪了。"

"不必了吧。必须派人前去通知一下，在他们出发之前就把他们阻止住。"

"是吗？在这样的天气，您还要派一个送信的去吗，您想让山洪把他连同您的信一起冲走吗？……在这样的风雨天里，我真同情那些可怜的强盗们！幸亏他们还有皮罗尼①……奥尔索，您知道应该怎么办吗？假如暴风雨停止了，您明天清晨就早早出发，在我们的朋友还未上路之前赶到我们的亲戚家。这对您来说不算什么太难的事，莉迪娅小姐总是睡到很晚才起床的。您把我们家发生的事讲给他们听；假如他们还坚持要来的话，我们当然十分欢迎。"

奥尔索急忙表示赞同这一计划，而柯隆巴呢，沉默了一会儿之后又开口说：

"奥尔索，刚才我对您提起攻打巴里齐尼家，也许您以为我是在开玩笑

---

① 这是一种带有风帽的十分厚的呢外套。——原注。
在《马铁奥·法尔科内》一作中，作者也曾描述过皮罗尼。

吧？您知不知道，我们人多势众，两个对一个起码还富富有余？自从省长让镇长停了职，这里的所有人都站到了我们这一边。我们可以粉碎他们。很容易挑起事端来的。假如您愿意的话，我就到水池子那里去，我去羞辱他们家的女人；这样，他们就会出来……也许……因为他们是那么的懦弱！也许他们会从箭眼里向我开火；他们打不中我的。这时候，我们就有话说了：是他们先打起来的。战败者只好活该战败：在一场混战中，到哪里去寻找击中目标的人？奥尔索，请相信您妹妹的话吧；那些穿黑衣袍的①到这里来只会舞文弄墨，废话连篇。结果什么都解决不了。那个老狐狸倒能找到办法，让他们在大中午时看到满天星星。啊！如果当时不是省长用身体挡着文琴泰罗，我们可就少了一个敌人啦。"

说这番话的时候，她十分平静，就如她刚才说要去准备烤奶酪一样。

奥尔索惊得目瞪口呆，死死地盯着他妹妹看，目光中混杂着敬佩和害怕。

"我温柔的柯隆巴，"他从桌子前站起来，说道，"我真怕你是一个魔鬼的化身。不过，你还是放心吧。假如我不能让巴里齐尼家的人吊死，我也会找到别的办法让他们受个够的。不是火热的子弹，就是冰冷的刀刃②！你看，我并没有忘记科西嘉话。"

"越早越好，"柯隆巴微笑着说道，"明天您骑哪匹马，奥尔斯·安东？"

"黑马。你为什么问这个？"

"我好给它喂一点大麦。"

奥尔索回到他的房间去了，柯隆巴打发萨薇丽娅以及牧羊人去睡觉，自己一个人留在厨房里准备烤奶酪。她时不时地竖起耳朵，仿佛很不耐烦地等着她哥哥的入睡。最后，当她确信他已经熟睡时，便拿起一把小刀，试了试刀刃，觉得还挺锐利，便把一双大鞋穿在自己小巧的双脚上，然后蹑手蹑脚地来到了花园里。

花园有围墙围着，围墙外连着一片相当宽阔的空地，空地用栅栏围住，用来放马。要知道，在科西嘉，养马从来不用马厩。一般情况下，人们把马放在田野里，任由它们凭着自己的聪明智慧，去寻觅吃食，去躲避风雨和寒冷的侵袭。

---

① 指法官和检察官，因他们穿着黑色的衣服。
② 这是当地人常用的说法。——原注。

柯隆巴小心翼翼地打开了花园的门，走进了空地，轻轻地打了一个唿哨，便把马群引到了身边，她常常这样喂它们面包和盐。等到那匹黑马来到她身边，她一把抓住它的鬃毛，一刀下去，割破了它的耳朵。黑马猛地一跳，蹿得老高，尖利地嘶鸣着飞跑开去，就像它的同类感到痛楚时通常所做的那样。柯隆巴感到很满意，回到了花园里，这时，奥尔索打开了窗子，喊道："谁在那里？"同时，她还听到他推子弹上膛的声音。对她来说，幸运的是，花园的门处在一片漆黑之中，而且还被一棵巨大的无花果树挡住了一部分。很快，她看到她哥哥的房间里微光一闪一闪的，知道他正在点灯。她赶紧关上花园门，沿着墙根溜回来，使她黑颜色的衣服和贴墙栽种的果树那阴暗的枝叶混杂成一团。终于，还没等到奥尔索出来，她已经回到了厨房中。

"出了什么事？"她问他。

"我好像觉得，"奥尔索说，"有人打开了花园的门。"

"不可能。这样的话，狗会吠叫的。不过，我们还是去看看吧。"

奥尔索在花园里兜了一圈，看到花园通向外面的门锁得好好的，便有些为自己过分的警觉感到羞愧。他正要回自己的房间去，柯隆巴开口说：

"我的兄长，我很高兴看到您这样谨慎，以您现在的地位，您确实应该小心在意。"

"这都是你培养的结果，"奥尔索说，"晚安！"

翌日清晨，奥尔索起床后准备出发。他的衣着既体现出一个准备去见自己心爱女子的男人的风度，也反映出一个时刻准备复仇的科西嘉人的谨慎。他身穿一件腰身卡得很窄的蓝色礼服，在绿色的丝带上，斜挂着一个装弹药的白铁皮小盒子；他的匕首插在旁侧的口袋中，手上握着那杆曼顿式长枪，枪膛里上满了弹药。当他匆匆忙忙地喝着柯隆巴为他倒上的一杯咖啡时，一个牧羊人出门去为他备马。奥尔索和他妹妹随后也跟着出去，来到那片空地。牧羊人已经抓住了马，但转眼之间，他手中的马鞍和缰绳便都落在地上，仿佛被吓坏了似的。而那匹马，似乎也记起了头天夜里受的伤害，怕在另一只耳朵上再挨一刀，就猛地直立起来，又是使劲尥蹶子，又是嘶鸣不已，折腾得不亦乐乎。

"赶快，你倒是快点儿啊！"奥尔索对他喊道。

"嗨！奥尔斯·安东！嗨！奥尔斯·安东！"羊倌大声地说，"我的圣母，真见鬼了！"

接下来，便是一连串恶毒的咒骂，没完没了，而且大部分都无法翻译。

"出了什么事了？"柯隆巴问道。

大家伙都围到马儿身边，看到它耳朵豁了一个口子，鲜血淋漓，不禁感到惊讶和愤慨，异口同声地发喊起来。要知道，对于科西嘉人来说，残伤敌手的坐骑既是一种复仇行为，也是一种挑战，或者一种死亡威胁。"除了射出的枪弹，没有什么东西能够惩罚这类的罪行。"

奥尔索尽管长期居住在大陆上，比起其他人来，对这样的侮辱并不看得如此严重，但是，假如眼下有某个巴里齐尼派分子在跟前，他很可能立即还他以颜色，因为他认定，这一侮辱是敌手故意加到他头上的。

"这帮胆小如鼠的混蛋！"他叫喊道，"在一头可怜的畜生身上撒气，怎么就不敢当面站出来跟我斗一斗！"

"我们还要等什么？"柯隆巴神情激昂地说，"他们来向我们挑衅了，伤害了我们的马匹，而我们竟然还不还击！你们还是男人吗？"

"报仇！"羊倌们齐声回答。"把那马牵到村里去游行，马上向他们的房子发起进攻！"

"有一个盖着麦秆的谷仓，紧挨着他们家的塔楼，"波罗·格里弗老头说，"只要翻一下手心，我就能把它给点着火。"

另一个人建议到教堂去，把钟楼的梯子拿来；第三个人则建议，用人家放在广场上的一根准备造房子的梁木，来撞开巴里齐尼家的大门。在这一片愤怒的喧嚣声中，人们听到柯隆巴的声音，她向喽啰们宣布，在动手之前，每个人都可以从她那里得到一大杯茴香酒。

不幸的是，或者幸运的是，她对那匹可怜的马儿施行残酷手段所期待得到的效果，在奥尔索身上却失去了一大半。他丝毫不怀疑这一野蛮的残伤行为出自他的某个敌人之手，他尤其怀疑是奥尔兰杜乔所为；但是，他不相信，那个年轻人在遭受他的侮辱和打击之后，会通过割破一匹马的耳朵而抹却自己的羞耻。相反，这一卑劣和可笑的复仇反而增加了他对他敌手的蔑视，现在，他的想法跟省长有些一致了：像那样的可鄙小人，实在不值得去认真对待。

等到众人能听到他说话声音的时候，他立即向乱哄哄的同情者宣布说，他们应该放弃好战的意图，司法当局马上就来到，他们会为受伤的马耳朵讨回公道的。

"我是这里的主人，"他口吻严峻地补充了一句，"我希望大家能听我的命令。谁要是再敢说去杀人放火，我第一个就把他火烧了。去吧！叫人给我备那匹灰马。"

"怎么，奥尔索？"柯隆巴把他拉到一旁问道，"您竟容忍了他们对我们的侮辱！在我们的父亲在世时，巴里齐尼家的人从来不敢损毁我们家的牲口。"

"我向你担保，他们终归要后悔的；但是，对那些只有勇气伤害牲口的胆小鬼，应该由宪警和狱卒去惩罚。我已经对你说了，司法机关会替我向他们复仇的。……否则的话……你就不必提醒我，问我到底是谁的儿子……"

"要有耐心！"柯隆巴叹了口气，说道。

"我的妹妹，你记住了，"奥尔索继续道，"等我回来后，假如我发现有人对巴里齐尼家做了什么手脚的话，我是不会饶恕你的。"

随后，他换了一种口气，温和地说：

"很有可能，甚至几乎可以肯定，我会和上校及其女儿一起回来的。你准备整理一下他们的房间，把午饭做好了，最后，要让我们的客人不感到任何的不舒适。柯隆巴，你有勇气，这是一件好事，但是，一个女人还得善于持家才行。来吧，拥抱我，乖乖听话。瞧，那灰马已经备好了。"

"奥尔索，"柯隆巴说，"您不能一个人走。"

"我不需要任何人，"奥尔索说，"我再一次告诉你，我不会让人割掉耳朵的。"

"噢！在打仗的时候，我决不允许您单独一个人出门。嗨！波罗·格里弗！吉安·弗兰切！梅莫！拿着你们的枪，好好护送着我的兄长！"

经过一阵相当激烈的争论，奥尔索不得不软下来，同意让一小队人马伴随着他出发。他在他那些最活跃的羊倌中，挑选了几个喊打喊杀嚷得最响的人。随后，他又对他妹妹以及留守家中的羊倌们细细叮嘱了一番，便上了路，这一次，绕了一个大弯，以避开巴里齐尼的家。

他们已经远远地离开了皮耶特拉内拉村，匆匆地赶着路程，在经过一条通向沼泽地的小溪流时，波罗·格里弗老头发现几头猪舒舒服服在躺在烂泥塘中，同时享受着温暖的阳光和阴凉的水。他立即瞄准了最肥的一头，一枪打中了它的脑袋，当场就把它打死了。其他没死的同类立即跳起身，以惊人的灵敏迅捷逃奔而走。虽然另一个羊倌又开了一枪，它们还是全都安然无恙地逃进了矮树林中，消失不见了。

"蠢货！"奥尔索嚷道，"你们把家猪当做野猪了！"

"不是的，奥尔斯·安东，"波罗·格里弗回答说，"我们知道，这群猪都是巴里齐尼律师家的，这是为了教训他一下，好让他知道不该损伤我们的马。"

"怎么，混蛋！"奥尔索愤怒异常地叫喊起来，"我们竟然学着敌人的样子，也干那种下流事！混蛋，你们走开，离我远远的！我不需要你们。你们只配跟猪啰过不去。我向天主发誓，如果你们胆敢再跟着我，我就砸烂你们的脑袋！"

听了这话，两个羊倌惊愕万分，不禁面面相觑。奥尔索用马刺狠狠刺了一下马，马儿如箭一样飞驰而去，没了影子。

"得了！"波罗·格里弗说，"真是开玩笑！你去爱人家吧，可人家就这样待你！上校，他的父亲，有一次埋怨你，因为你瞄准了律师而……你这大傻瓜，却没有开枪！……而他的这个儿子……你看到，我都为他做了什么……他却说要砸烂我的脑袋，就像要砸烂一个不能再装酒的葫芦似的。瞧瞧，这就是人们在大陆学到的东西，梅莫！"

"是啊，假如人家知道你杀死了这头猪，人家一定要找你打官司，而奥尔斯·安东却既不愿意向法官说情，也不愿意花钱为你请律师。幸亏没有人看见你开枪，圣女内加在此，会保佑你平安无事的。"

经过一阵短暂的商量，两个羊倌决定，最谨慎的做法是把那头死猪扔到山洞里，于是说干就干，当然，他们在把猪扔下山洞去之前，每人都在德拉·雷比亚家和巴里齐尼家仇恨的这个无辜牺牲品身上割了好几块肉，准备回去烤着吃。

十七

摆脱了他那不遵纪守法的卫队以后，奥尔索继续赶路，一颗心更多地沉浸在与内维尔小姐再次见面的喜悦中，而不怎么担心会遇上敌人。

"我要跟这帮混蛋巴里齐尼家的人打官司，"他自忖道，"不得不到巴斯蒂亚走一趟。为什么我不陪内维尔小姐一起去呢？为什么不再从巴斯蒂亚一起到奥雷扎温泉地去呢？"

突然间，童年的回忆使得这地方如画的风景清清楚楚地映现在他的脑海中。他想象自己坐在绿茵茵的草坪中，在百年老栗树的脚下。油光发亮的绿草地上，星星点点地开放着蓝色的花儿，好像一双双朝着他微笑的眼睛，他仿佛看到了莉迪娅坐在了他的身边。她摘下了头上的帽子，金黄色的头发披散下来，比丝线更纤细、更柔软，在透过树枝树叶洒下来的阳光下，像金子一样闪闪发光。她的眼睛透着一种纯洁的蓝色，在他看来似乎比苍天更蓝。她的脸颊托在一只手上，全神贯注地聆听他战栗着向她倾诉的情话。她还穿着上一回他在阿雅克修看到她穿的那件又薄又轻的衣裙。在衣裙的褶皱下，露出她那双小巧玲珑的脚，脚上穿着黑色的缎子鞋。奥尔索对自己说，要是能吻一吻这双小脚，他就感到十足的幸福。但是，莉迪娅小姐有一只手没有戴手套，手里拿着一朵雏菊花。奥尔索从她手中接过雏菊，莉迪娅的手就握住了他的手。他吻着雏菊，然后，吻着她的手，她没有生气……

所有这些想象使他根本就注意不到他正走着的路，然而他还是始终在路上飞马而行。在想象中，他正要第二次去吻莉迪娅小姐洁白的小手时，突然明白到，实际上，他要去吻的却是他那猛然停住脚步的坐骑的脑袋。原来是小姑娘吉莉娜挡在了路中央，拉住了马缰绳。

"您这是要去哪里啊，奥尔斯·安东?"她问道，"您难道不知道，您的敌人就在附近?"

"我的敌人!"看到自己的美梦在最得意的一刻被打断，奥尔索愤怒地喊叫起来，"他在哪里?"

"奥尔兰杜乔就在附近。他正等着您呢。您快回去吧，回去吧。"

"啊! 他正在等我! 你看到他了吗?"

"是的，奥尔斯·安东，当他走过的时候，我刚好躺在草丛中。他正用望远镜四下里到处张望呢。"

"他朝哪个方向去了?"

"他朝那边去了，就是您现在要去的方向。"

"谢谢你。"

"奥尔斯·安东，您就不等一下我的叔叔吗? 他很快就会来的，跟他在一起，您就会平安无事的。"

"你别担心，吉莉，我不需要你的叔叔。"

"假如您愿意的话，我走在您的前头。"

"不用了，谢谢，不用了。"

奥尔索策马而行，很快地沿着小姑娘指给他看的道路前进。

他的第一个反应，是胸中燃烧起一股无名火。他对自己说，命运给了他一个极佳的机会，可以好好地教训一下那个为报挨巴掌的仇，竟然把气撒在马身上的懦夫。随后，他一边往前走，一边想起了他他自己对省长做出的承诺，他尤其还担心会错过内维尔小姐的拜访，这些犹豫和担忧使他的心境起了变化，几乎使他做出决定，不再去找奥尔兰杜乔。但过了一会儿，他又想起了他的父亲，想起了对他的马所作的侮辱，想起了巴里齐尼家的种种威胁，这又激起了他的怒火，刺激他去寻找自己的敌人，去向他挑战，迫使他跟自己决一死战。他就这样被矛盾的心境折腾得激动不安，一边思考着，一边继续向前走着。不过，眼下他变得小心翼翼，仔细察看着灌木丛和绿篱，有时候甚至停下步子，聆听着乡野中传来的模糊声响。

离开吉莉娜十分钟后（现在大约是早上九点钟），他来到一个十分陡峭的山坡边上。他脚下的道路，或者不如说，一条还没有完全开辟出来的小径，要穿过一片新近焚烧过的丛林。在这片林子里，地上满是一堆堆的白灰，东一搭西一搭地有被火烧得发黑的小树苗和粗大树干，完全没有了枝叶，尽管都已经死去，却还直立在那里。看到这片被烧毁的丛林，人们会以为自己来到了严冬季节中的北方，被火焰燎过的那片林地的满目疮痍，同四周郁郁葱葱的密林形成鲜明的对照，更是增添了几分凄凉与悲哀。但是在这片风景中，奥尔索现在只注意到一样东西，确实，在他目前的处境中，只有一样东西是十分重要的：大地光秃秃的，不可能藏有埋伏，一个时刻担心会从树丛里伸出一支枪来对准自己的胸膛的人，总是把一片一览无余的单调平地看成是沙漠中的绿洲。在这片烧焦的丛林后，是一连好几大块耕种了的田地，它们都按照当地的习惯，用大约齐腰高的石头矮墙围住。小径要从这些围墙中间穿过，那里，零零散散地种植着一些巨大的栗树，远远地看去，好像是茂密的树林。

由于斜坡太陡，奥尔索不得不下马步行，他把缰绳撂在马脖子上，很快地从灰土上滑了下去；刚刚到达离路右的一堵石头矮墙约二十五步远的地方时，他发现，恰恰就在他的正前方，先是有一杆长枪从墙的垛口伸出来，然后出现了一个人的脑袋。那杆枪向下一低，他认出了奥尔兰杜乔，那家伙正准备开火呢。奥尔索迅速做出防御反应，两人各自瞄准了对方，死死地盯了好几秒钟，情绪是那么的紧张，在这不是你死就是我活的紧要时刻，连最最勇敢的人也会感到紧张。

"可耻的胆小鬼！"奥尔索叫骂道……

话音未落，他就看到奥尔兰杜乔的枪口上发出了一团火，差不多同时，从他的左边打来了第二枪，来自小径的另一边，是他没有发现的另外一个人开的枪，射手就躲在另一堵墙的后面。两颗子弹都击中了他：一颗，奥尔兰杜乔的那颗，穿过了他的左胳膊，就是他用来托枪瞄准的那条胳膊；另一颗打到了他的胸脯上，撕开了他的衣服，但是，很幸运，子弹打在了匕首的刀刃上，滑落下来，只是轻轻地擦伤了他的表皮。奥尔索的左胳膊垂落下来，一动也不动地贴着他的大腿，刹那间，他的枪口往下一低。但是他紧接着就把枪一抬，只用他的右手挪动着枪，朝奥尔兰杜乔开了火。他只看得见眼睛的那颗敌人脑袋，随即消失在墙后面。奥尔索急忙转向左边，朝他刚刚能发现的、处在一团硝烟中的一个人开了枪。这张脸也随即消失了。

这四声枪响连接得是那么的迅疾，简直令人难以置信，即使是训练有素的士兵，从来没人能用那么短的间隙连续射击。奥尔索的第二枪打完后，四下里复归于寂静。从他枪口上冒出来的烟，缓缓地升上天空；石墙后没有一点儿动静，连最轻微的声响都没有。如果不是感觉到胳膊上的疼痛，他可能会以为，他刚刚开枪还击的，是他大白日天做梦碰见的鬼。

奥尔索一面等着对方的第二次射击，一面朝前走了几步，以便隐蔽到丛林中一棵已经烧焦，但却依然耸立着的树背后。在这掩体后面躲藏好后，他把枪夹在两个膝盖间，迅速地上好弹药。这时，他的左胳膊传来钻心的疼痛，仿佛有千斤重担压在他的身上。他的敌手怎么样了？他无法弄清楚。假如他们逃跑了，假如他们受伤了，他肯定会听到一些声响，一些在树丛中弄出的动静。那么，他们是死了？或者，他们是躲在墙后，等待机会再次朝他开火？在半信半疑的犹疑中，他感到自己的力气在慢慢地减弱，于是，他右膝跪下，把他受伤的胳膊放在左膝上，倚靠着烧焦的树干上一根叉出去的树枝，架枪瞄准着。他的手指头按在扳机上，眼睛死死地盯着石墙，耳朵注意地捕捉着任何细微的声音，就这样，他纹丝不动地待了好几分钟，在他看来，时间好像过了一个世纪。

终于，他身后很远的地方传来一声叫喊，紧接着，一条狗像一支离弦之箭飞奔下山坡，忽地停在了他的身边，高兴地摇着尾巴。这是布卢斯科，强盗们的弟子和同伴，它的出现无疑宣告着它的主人即将来到；从来没有正人君子像这样被人焦急地等待过。那狗把鼻子伸出来，转向最近的围墙那一边，不安地嗅闻着。突然，它发出一阵低沉的咆哮，便纵身一跃，跳过了矮墙，几乎同时又跳上了垛口。从那里，它直直地盯着奥尔索看，在它的眼睛中表露出一种惊异，一条狗表露得最清楚的惊异莫过于此了。随后，它把鼻子伸向空中，这一次是朝着另一边围墙的方向，接着，它就跳到那堵墙上去了。一秒钟之后，它又出现在垛口上，表现出同一种惊奇与不安。随后，它跃入了丛林中，尾巴紧紧地夹在后腿之间，两眼一直盯着奥尔索看，慢慢地侧退着离开他，一直退到离奥尔索相当远的地方。这时，它才奔跑起来，爬上山坡，速度快得几乎跟它刚才跑下来时一样，它奔跳着迎接着一个男子，那男人正不顾陡峭地从山坡上迅速跑下来。

"到我这里来，布兰多！"奥尔索一俟认为那人已经能听到他的声音时，便放声大叫道。

"噢！奥尔斯·安东！您受伤了！"布兰多拉乔气喘吁吁地跑到他跟前，问道："伤在哪里？是身体还是四肢？……"

"胳膊上。"

"胳膊上！这不碍事。那一个呢？"

"我想他被我打中了。"

布兰多拉乔跟着他的狗，跑到最近的那堵墙那边，俯下身去察看墙的另一面。从那里，他摘下了帽子。

"向您致意，奥尔兰杜乔老爷，"他说，然后转身向着奥尔斯·安东，紧接着向他致意，一脸严肃的神态："瞧瞧，这就是我所说的，一个被恰到好处地安顿好了的男人。"

"他还活着吗？"奥尔索问道，艰难地喘着气。

"哦！他可实在活不了啦，您一枪打中了他的眼睛，他可是太伤心了。圣母马利亚！多大的一个洞啊！好枪法，没说的！多大的口径啊！简直可以打飞一个脑袋！您说说，奥尔斯·安东，当我先是听到砰！砰！两下枪声，我对我自己说，该死，他们要把我的中尉杀死了。随后，我听到嘣！嘣！又是两记枪声。啊！我说，这一下是英国枪在说话了，他在还击……可是，布卢斯科，你还要我干什么？"

那狗把他带到另一堵矮墙前。

"对不起！"布兰多拉乔惊诧地大声叫道，"两发两中！真的是这样！见鬼了！但我们看得出来，火药是很贵的，因为您真的很节省。"

"出了什么事，老天啊，我还真的不知道呢！"奥尔索问道。

"得了，得了！我的中尉，您可不要再开玩笑了！您把猎物扔在地上，您让我们把它给捡起来……今天，会有人在吃饭时得到一份滑稽的甜食啦！这个人就是巴里齐尼律师。新鲜的肉，你要不要？这里有的是！现在，谁来继承那份见鬼的遗产呢？"

"什么！文琴泰罗也死了吗？"

"死了，一点不错，死了。愿我们没死的人身体健康①！跟您打交道的好处，在于您不让他们太遭罪。您过来瞧瞧文琴泰罗：他仍跪在地上，脑袋靠着墙壁呢。他就像是睡着了那样。这种情况下，我们可以说：'铅的沉睡，可怜的魔鬼！'"

奥尔索厌恶地转过了脑袋。

"你敢肯定他已经死了吗？"

"您真像是桑皮埃罗·科尔索，他从来只打一枪。您来瞧瞧，这里……在胸脯上，左边一点，看见了吗？就像芬奇莱奥内在滑铁卢战役中中弹时一样。我敢打赌，子弹离心脏不远。两发两中！……啊！我以后都不敢再打枪了。两颗子弹打中两人！……一枪一个！……两个兄弟！……要是再打第三枪，就连老爸也搭上了……下一次，还要打得更漂亮……多好的枪法，奥尔斯·安东！……实在想不到啊，像我这样一个勇敢的男子汉，却从来没有对宪警们来一个两发两中！"

这强盗一边说着，一边检查奥尔索的胳膊，还用匕首把他衣服的袖子割开。

"没什么，"他说，"只不过这一件礼服要让莉迪娅小姐好好补一补了……哎！我看见什么了？胸前的衣服怎么有些钩破？……没有什么东西进去吗？不，肯定没有，要不，您就不会这样精神了。让我们试一试，您活动一下手指头……当我咬住您的小手指头时，您觉不觉得我的牙齿在使劲？……不太觉得吗？……这都一样，没关系的。让我来替您拿着手帕和领带吧……瞧，您的礼服算是完了……见鬼的，您为什么穿得那么漂亮？您是要去参加婚礼吗？……来吧，喝上一口酒……您为什么不带上酒葫芦？难道一个科西嘉人会不带酒葫芦就出门吗？"

然后，他在包扎伤口的当儿，又停下手来感叹道：

"两发两中！两个人全都死得干净利落！……这下要轮到神甫发笑了……两发两中！啊！瞧，这小乌龟吉莉娜终于来了。"

奥尔索一声不吭。他的脸色像死人那样苍白，四肢不停地颤抖着。

"吉莉，"布兰多拉乔喊着，"快到这堵墙后看一眼。怎么样？"

小姑娘手脚并用地爬上墙头，她一看到奥尔兰杜乔的尸体，便赶紧画了一个十字。

---

① 这一表达法一般紧接在说完死人之后，用来缓和一下语气。——原注。

"这里没有什么，"强盗继续喊道，"到再远处看看，那边。"

女孩子又画了一个十字。

"是您打死的吗，叔叔？"她腼腆地问道。

"我！我不是老早就成了一个老废物了吗？吉莉，这是先生的杰作。快去祝贺他吧。"

"小姐知道了，还不定有多高兴啊！"吉莉娜说，"可是，奥尔斯·安东，她要是看见您受了伤，一定会生气的。"

"来吧，奥尔斯·安东，"强盗替他包扎完毕之后，对他说，"吉莉娜已经把您的马牵回来了。跟我一起上山吧，到斯塔佐纳丛林中来。在那里，要是还有人能找到您，那他可真算是太狡猾了。在那里，我们会好好待您的。等我们走到圣克里斯蒂娜十字架那里，我们就必须下马。到时候，您把您的马交给吉莉娜，让她去通知小姐，这样，在路上，您就可以把口信告诉她。奥尔斯·安东，您尽可以把一切都对她说，这小家伙宁可千刀万剐，也不会出卖朋友的。"

他又以温和的口吻对小姑娘说：

"去吧，小坏蛋，愿你被逐出教门，愿你受到咒骂，你这小捣蛋鬼！"如同许多强盗一样，布兰多拉乔十分迷信，担心给孩子以祝福和赞美会给她招来灾难，因为，要知道，主持着魅惑①的神秘强力有一种坏习惯，它专门做出与我们的意愿相悖的事情来。

"你要我上哪里去啊，布兰多？"奥尔索嗓音微弱地问道。

"见鬼，您必须做出选择：或者进监狱，或者入丛林。但是，一个德拉·雷比亚家里的人是不认识去监狱的路的。去丛林吧，奥尔斯·安东！"

"那么，我就要跟我所有的希望永别了！"受伤者痛苦异常地叫喊着。

"您的希望？活见鬼！难道您还能希望比两发两中更好的事情吗？……啊！您难道希望他们有什么见鬼本事能打中您？还希望那些家伙有比猫更强的命②吗。"

"是他们首先开的枪。"奥尔索说。

"这倒是真的，我忘记了……砰！砰！然后，嘣！嘣！……单手发枪，

---

① 指一种不自觉的迷惑力，它或者由眼神发出，或者由话语发出。——原注。

② 西方有俗话，称"猫有九条命"。

两发两中①！……要是还有谁打得更准，我情愿上吊去死！来吧，骑上您的马……在出发之前，先看一看您的杰作。就这样不辞而别离开团队，是不太礼貌的。"

奥尔索用马刺刺了几下马，他实在不愿意去看刚刚死于他手的那两个可怜家伙，连一眼都不想看。

"听着，奥尔斯·安东，"强盗说着，一把抓住马缰绳，"您愿不愿意听我坦率地跟您谈一谈？好吧！我不怕得罪您，这两个可怜的年轻人实在令我伤心。请您原谅我……他们那么英俊……那么强壮……那么年轻！……奥尔兰杜乔好多次同我一起打猎……四天前，他还给过我一盒雪茄烟……文琴泰罗总是那么好脾气！……的确，您做了您应该做的事情……再说，枪法也实在太好了，叫人没有什么可遗憾的……可是我，我没有参与您的复仇……我知道您做得很对；当你有了敌人时，你就得干掉他。但是，巴里齐尼家也是一个古老的世家……可现在，说绝后就绝后了！……而且是被一杆枪同时打死的！真叫惨啊。"

就这样，布兰多拉乔一边向巴里齐尼家致着悼词，一边带领着奥尔索、吉莉娜以及猎狗布卢斯科，急急忙忙地朝着斯塔佐纳丛林赶去。

十八

与此同时，在奥尔索出发后不久，柯隆巴从她的密探那里得知，巴里齐尼家正在准备战斗，便顿时坐立不安起来。只见她在家里四处乱走，从厨房走到为客人准备的卧室。看起来忙得要命，实际上却什么事都没有做。她不断地停下步来，仔细观察着，看看村子里是不是有什么异常动静。大约十一点钟的时候，一大队人马进了皮耶特拉内拉村，那就是英国上校、他的女儿、他们的仆人，以及向导。柯隆巴前去迎接他们时，说的第一句话就是：

"你们看见我哥哥了吗？"

接着，她又问向导，他们走的是哪一条路，是几点钟出发的。听了向导的回答之后，她怎么也弄不明白，他们在路上为什么没有遇到奥尔索。

"兴许您哥哥走的是上面的那条路，"向导说，"而我们，我们走的是下

---

① 如果有哪一个猎人不信我的话，怀疑德拉·雷比亚先生的两发两中，我会邀请他到萨尔泰纳来，给他讲一讲，这个城市中的一位最杰出、最可爱的居民，在左胳膊受伤的情况下，是如何孤身一人地摆脱至少同样危险的境地。——原注。

面那条路。"

但是柯隆巴摇了摇头，又重新问了一遍。尽管她生性坚强，在陌生人面前又要高傲地掩饰自己的弱点，但眼下还是无法遮盖内心的焦虑不安。当她告诉他们，双方的和解谈判没有取得什么好结果时，她心中的不安便很快感染了上校他们，尤其是莉迪娅小姐。内维尔小姐激动异常，主张派人四处寻找，她的父亲自告奋勇地建议，他带上向导骑马去找奥尔索。客人们的担忧反倒提醒了柯隆巴，使她想起了自己家庭主妇的职责。她强装出笑脸，催促着上校到桌前坐下，随便找着各种各样的理由，解释着她兄长的迟迟不归，可是，一会儿之后，她自己又把这些理由一一推翻。上校认为，自己作为男子汉，有责任千方百计地想办法来安慰女人们，便也提出了自己的解释。

"我敢打赌，"他说道，"德拉·雷比亚一定是碰上了好猎物；他抵御不住诱惑，我们将看到他背着满满的猎物袋回来。当然了！"他补充说，"我们刚才在路上听到了四声枪响。其中有两声特别的响，远远要比另外两声响，那时，我对我女儿说：我担保，这是德拉·雷比亚在打猎。只有我的枪才能打得那么响。"

柯隆巴的脸色刷地变得煞白，一直在认真地打量她的莉迪娅，毫不费力地就猜出了，上校的推测引起了柯隆巴心中何等的疑虑。经过一阵好几分钟的沉默，柯隆巴又急匆匆地问道，那两记特别响的枪声是在另两声枪响之前，还是在之后。但是，上校也好，他女儿也好，向导也好，都没有对这关键的一点加以特别的注意。

到了一点钟，柯隆巴派出去的人一个都没有回来。她聚集起自己的全部勇气，请她的客人们入席就餐；但是，除了上校，谁都吃不下饭。只要广场上传来一丝丝的动静，柯隆巴都要跑到窗前，然后又神情忧愁地回到饭桌上。她更为忧愁地勉强继续着跟她朋友们的谈话，不过谈话失去了任何意义，谁都没有注意它的实际内容，时不时地还间隔有好长一阵沉默。

突然，人们听到一阵急促的马蹄声传来。

"啊！这一次，一定是我哥哥。"柯隆巴说道，站了起来。

但是，她看到的却是吉莉娜骑着奥尔索的马。

"我的哥哥死了！"她发出一声尖厉的惨叫。

上校手中的酒杯掉了下来，内维尔小姐大叫一声，所有人都跑到大门口。吉莉娜还没来得及跳下马背，就已经被柯隆巴像一根羽毛那样轻轻接住，紧紧搂定，搂得简直喘不过气来。小姑娘明白了她可怕的目光，她的第一句话，就是《奥塞罗》的合唱曲中的那一句："他活着！"①

柯隆巴的手一松，吉莉娜像一只小猫那样轻捷地跳落到地上。

"别的人呢？"柯隆巴嗓音沙哑地问道。

吉莉娜用食指和中指画了一个十字。立即，柯隆巴脸上的颜色由死人一般的苍白变成了鲜活的绯红。她向巴里齐尼家的房子投去一道热辣辣的目光，微笑着对众人说："让我们都回去喝咖啡吧。"

强盗们的伊里斯②滔滔不绝地说个没完。她的土话先是由柯隆巴翻译为意大利语，然后再由内维尔小姐从意大利语翻译成英语，听得上校嘴里连连咒骂不已，听得莉迪娅连连叹息不已。但是，柯隆巴却丝毫不动声色地倾听着，只是把手中的缎纹布的餐巾拧来拧去，简直都快扯拦了。她五六次地打断小女孩的话，让她反复地叙说布兰多拉乔说过的话，即奥尔索的伤势不要紧，像这样的轻伤他见得多了。最后，吉莉娜转达说，奥尔索迫切地需要一些纸张用来写信，他请求他妹妹转告一位可能已经到了他家的小姐，请她在接到他的信之前不要离开他家。

"这是叫他心里最苦恼的，"小姑娘补充说，"我已经上了路，他却又把我叫了回去，又仔细叮嘱了一番，他已经反复叮嘱我三次了。"

柯隆巴听了她哥哥的这道命令，微微一笑，紧紧地握住了英国小姐的手，那小姐已经哭成了一个泪人，认为叙述的这一部分不适宜翻译给她父亲听。

"是的，我亲爱的朋友，您一定要留下来跟我们在一起，"柯隆巴喊道，去拥抱内维尔小姐，"您一定会帮助我们的。"

随后，她从一个大衣柜里掏出许多旧衣物来，准备裁剪成绷带和纱布团。只见她眼睛闪闪发亮，精神焕发，一会儿忧心忡忡，一会儿又冷静自若，很难说清楚，她是更多地为她哥哥的伤势担忧呢，还是为仇敌的死亡而兴奋。一会儿，她为上校斟上咖啡，并向他炫耀自己煮咖啡的本领；一会儿，她又给内维尔小姐和吉莉娜派针线活做，鼓励她们缝制绷带，卷纱布团；她还第二十次地问，奥尔索的伤势是不是让他痛苦。她在干活的当儿停下手来，对上校说：

"两个那么机灵、那么可怕的敌人！……他独自一人，受了伤，只有一

---

① 见罗西尼根据莎士比亚的悲剧改编的歌剧《奥塞罗》第二幕末尾，这是合唱队对黛丝迪莫娜唱的合唱曲中的一句。

② 伊里斯为希腊神话中的彩虹女神，是众神的信使。

条胳膊……他却把那两个人全打死了。这是何等的勇敢啊，上校！……这难道不是一个英雄吗？啊！内维尔小姐，生活在一个像你们国家那样安宁的地方，真是一种幸福啊！……我敢肯定，您还不太认识我的兄长！……我早就说过：雄鹰终将展开他的翅膀！……您会被他那么温柔的外表所迷惑……那是因为，内维尔小姐，只有在您的身边……啊！假如他看到您为他忙活，他真的可要……可怜的奥尔索！"

莉迪娅小姐已经无心干活了，她一句话也说不出来。他的父亲问，人们为什么不赶紧去官府报案。他谈到了验尸官①的检查，还有人们在科西嘉感到同样陌生的许多其他事情。最后，他想知道，那个前去帮助受伤的奥尔索的好心的布兰多拉乔先生，他的乡野别墅是不是离皮耶特拉内拉村很远，还有，他能不能亲自到那里去一次，去看看他的朋友。

柯隆巴以平素的冷静神态回答说，奥尔索现在在丛林中，有一个强盗帮着照料他；假如在弄清楚省长和法官们将采取什么措施之前，上校就抛头露面的话，他会冒很大的风险。最后，她会想办法，让某个医术高明的外科大夫偷偷地到奥尔索那里去治疗的。

"尤其重要的是，上校先生，您要记住，"她说道，"您听到了四声枪响，而且您对我说过，奥尔索是后来开枪的。"

上校对这里头的奥秘一点儿也搞不明白，而他的女儿只是连声叹气，抹着眼泪。

当一行沮丧的队伍进入村庄的时候，天色已经很晚了。人们给巴里齐尼律师带回了他两个儿子的尸体，每一个都横驮在骡子的背上，由一个农人赶着送来。一大群这家的客户和游手好闲的人跟随着这一惨兮兮的队伍。人们看到，跟他们一起来的，还有一些宪警，他们总是来得太晚。副镇长朝天举起他的双臂，不断地重复道：

"省长先生该会说什么！"

有几个妇女，其中包括奥尔兰杜乔的奶妈，揪扯着头发，声嘶力竭地哭喊着。可是，她们震天的嚎叫声，远远比不上一个人沉默的绝望更能激动人心，众人的目光全被吸引到了他的身上。他就是那个可怜的父亲，他从一具尸体旁，走到另一具尸体旁，托起他们沾有泥土的脑袋，亲吻着他们发紫的嘴唇，抬起他们已经僵硬的四肢，仿佛是为了避免路途的颠簸。有时候，人

---

① 原文为英文。

们看到他张开嘴巴，像是要说些什么，但嘴里却发不出一声叫喊、一句话语。他的目光始终不离开儿子的尸体，磕磕碰碰地走着，绊上了石头，撞上了树木，碰上了挡在一路上的所有障碍。

当他们来到看得见奥尔索家房屋的地方时，女人们的哀哭和男人们的咒骂越发地来劲了。几个雷比亚派的羊倌开始时还胆敢发出一阵表示胜利的欢呼声，而对手们却也已经怒不可遏了。

"报仇！报仇！"几个声音大叫起来。有人扔石头，还有人朝柯隆巴和她的客人待的客厅的窗口开了两枪，打穿了护窗板，打得碎木头片乱飞，其中一片还飞到了两个女人围坐的桌子上。莉迪娅小姐惊叫了一声，上校一把拿起了长枪，而柯隆巴，不等上校把她拦住，便已一个箭步冲到大门口，猛然把大门一开。她站在高高的门槛上，伸出两只手，诅咒着她的敌人。

"胆小鬼！"她喊叫道，"你们竟然朝女人开枪，朝外国人开枪！你们还是不是科西嘉人？你们还是不是男人？你们这些混蛋，只知道从人背后放冷枪，有种的出来！我不怕你们。我只有一人；我的哥哥远不在此。杀死我吧，杀死我的客人吧，你们做得出这种事情……你们不敢了吗，你们这些胆小鬼！你们知道，我们总要复仇的。快呀，快哭吧，像女人那样地哭吧，你们还应该感谢我们没让你们流更多的血呢！"

在柯隆巴的嗓音和行为中，有着某种咄咄逼人、令人生畏的东西。看到她时，人群惊恐地向后退去，就仿佛见到了人们在科西嘉冬季守夜时常常讲述的可怕故事中作恶的仙女。副镇长、宪警以及相当数量的一部分妇女，利用人们后退的机会，插到了双方的中间；因为雷比亚派的羊倌已经准备好了武器，一时间里，广场上很可能会爆发一场大规模的械斗。但是，两大派都是群龙无首，而科西嘉人，即使在怒火燃烧的时候也十分守纪律，只要内战的主要角色不在场，便很少能动起手来。何况，柯隆巴因为胜利到手，已经变得小心谨慎，约束住了她的那支小部队。

"让那些可怜的家伙哭去吧，"她说道，"让这老头子带走他的皮肉吧。何必要杀死这个老狐狸呢？他已经没有牙齿来咬人了。——久迪切·巴里齐尼！你要记住8月2日！你要记住那个血淋淋的皮夹子，他在那上面亲手伪造了笔迹！我父亲在那上面记下了你的欠债；你的儿子今天还清了账。老巴里齐尼，我把收据给你！"

柯隆巴双臂交抱着，嘴唇上挂着轻蔑的微笑，看着人们把尸体搬进仇敌的家里，看着人群慢慢地散去。她关上门，回到餐厅里，对上校说道：

"先生，我替我的同胞们向您道歉。以前，我从来不相信科西嘉人会朝里头有外国人的一座房屋开枪，我为我的家乡感到惭愧。"

晚上，莉迪娅小姐回到了她的卧室，上校跟随她进来，问她，第二天是不是应该立即离开一个人们的脑袋随时都可能挨上一枪的村庄，是不是应该尽早离开一个人们只看到仇杀与背叛的地方。

内维尔小姐好一会儿回答不出来，很明显，父亲的建议在她心中引起的不是一种一般的为难。最后她说道：

"在这位不幸的姑娘那么需要安慰的时刻，我们怎么可以离开她呢？我的父亲，您难道不觉得这样做太残忍了吗？"

"我的女儿，我这样说，完全是为你好，"上校说，"假如我知道你们在阿雅克修的旅馆里会平平安安的，那么我向你们担保，在没有握一握这位勇敢的德拉·雷比亚的手之前，我是不愿意离开这该死的岛屿的。"

"好吧！我的父亲，就让我们再等一等吧。在出发之前，我们得看一看到底能不能帮他们一点什么忙。"

"善良的心哦！"上校说着，吻了吻他女儿的额头，"我很高兴看到你这样，宁肯做出自我牺牲，也要减弱别人的不幸。让我们留下来吧。人们是决不会为做过的好事善举而后悔的。"

莉迪娅小姐在床上翻来覆去地睡不着觉。一会儿，耳中听到的模模糊糊的声音使她以为是敌人在准备攻打她家；一会儿，她又静下心来，想起了那个可怜的受伤者，这时刻他很可能还躺在冷冰冰的地上，得不到其他人的帮助，只能求助于一个强盗的善心。她想象着他浑身是血，在可怕的痛楚中苦苦挣扎，尤其奇怪的是，每一次奥尔索的形象出现在她的脑海中，都是最后一次离开她时的那副模样，他拿着她送给他的护身符，紧紧地贴在嘴上，深情地吻着……接着，她又梦想着他的英勇壮举。她对自己说，他刚刚躲避过的恐怖危险，都是由于她的缘故，他是为了尽早地看到她，才不惜冒了如此大的危险。再差一点，她简直就以为，奥尔索是为了保护她的安全而被打断了胳膊。她为他受的伤而谴责自己，但是，她为此而更加地崇敬他。假如说，在她的眼中，那两发两中的辉煌成就还不如在布兰多拉乔和柯隆巴的眼中那么具有价值，那么，她倒也认为，很少有小说中的英雄能够在如此巨大的危险中，表现出像他那样的勇敢，像他那样的冷静。

她现在住的房间原来是柯隆巴的卧室。在一个橡木跪凳上方的墙上，在一张祝过圣的棕榈叶的旁边，挂着一幅奥尔索身穿少尉军官服的肖像细密画。内维尔小姐摘下了这幅肖像画，久久地凝视着它，最后，把它放在自己的床边，而不是挂回原处。直到天色蒙蒙亮时，她才入睡，等她醒来的时候，太阳已经升得老高了。她睁眼后，发现柯隆巴站在床前，正一动不动地等着她睁开眼睛呢。

"好了！小姐，在我们简陋的家中，您可能住得不太舒服吧？"柯隆巴问她，"我担心您这一夜没有睡好。"

"我亲爱的朋友，您有没有他的消息？"内维尔小姐一边坐起来，一边问。

她发现了奥尔索的肖像，赶紧扔过去一条手绢，想把它盖住。

"是的，我有他的消息。"柯隆巴微笑着回答道。然后，她拿起肖像。

"您觉得画得像吗？他本人比肖像还要强。"

"天哪！……"内维尔小姐羞惭万分地说，"我不经意……把这肖像……拿了下来……我这人有个毛病，什么东西都乱动……动了又不再放归原处……您的哥哥怎么样了？"

"情况相当不错。乔坎多今天早上四点以前来过这里了。他给我带来了一封信……是给您的，莉迪娅小姐。奥尔索没有给我写信。信封上写得很清楚：烦交柯隆巴；但在下面又有一行字：转交 N……小姐。当妹妹的是绝不会嫉妒的。乔坎多说，他写信时十分吃力。乔坎多写得一手好字，向他建议，由奥尔索口述，他来书写。但奥尔索不愿意。他仰躺在地上，用一支铅笔来写。布兰多拉乔帮他拿着纸。每次我哥哥想欠一欠身子，只要稍微一动弹，他受伤的胳膊就剧烈地疼痛起来。乔坎多说他实在可怜。喏，这是他的信。"

内维尔小姐读起了信，信是用英文写的，无疑是出于谨慎的考虑。信的内容如下：

小姐：

　　一个厄运之神在推动着我；我不知道我的敌人们会说什么，也不知道他们会制造什么流言蜚语。这一切全都无所谓，只要您，小姐，您不相信它。自从我见到您以来，我做了不少荒唐的梦。直到此番灾难降临，才让我看出我自己的疯狂；而现在，我已经恢复了理智。我知道等待着我的是什么样的未来，我将会逆来顺受。您送给我的这个戒指，我以前一直认为是能赐福的护身符，而现在我不敢继续保留它了。我担心，内维尔小姐，您会后悔把礼物送错了人；或者，我担心它会让我回想我疯狂的时刻。柯隆巴会把它还给您的……别了，小姐，您将离开科西嘉，我将再也不会见到您；但是，希望您能告诉我妹妹，我依然值得您的看重，而我，我要十分确信地说，我永远值得您的看重。

O. D. R. ①

莉迪娅小姐转过身子读着这封信，而柯隆巴则在一旁仔细地观察着她，然后把那枚埃及戒指交给她，用目光询问她这里头包含的意思。但是，莉迪娅小姐不敢抬起脑袋，她忧愁地打量着戒指，一会儿把它戴在自己的手指头上，一会儿又把它摘下来，如此反复不已。

"亲爱的内维尔小姐，"柯隆巴说，"我能不能知道我哥哥都对您说了些什么？他对您谈到他的伤势了吗？"

"可是……"莉迪娅小姐说着，脸红了，"他没有谈到……他的信是用英文写的……他让我对我父亲说……他希望省长能够处理好……"

柯隆巴狡猾地笑了一下，坐到了床上，抓起内维尔小姐的两只手，用她锐利无比的目光注视着她。

"您有没有一颗善良的心？"柯隆巴对她说，"您会给我哥哥回信的，是吗？您将给他带来那么大的安慰！当他的信送到的时候，我在一时间里真想立即把您叫醒，但后来我没敢这样做。"

"您可是错了，"内维尔小姐说，"假如我的一封信能使他……"

"现在，我不能给他送信。省长来了，皮耶特拉内拉村到处是他的武装侍从。等以后再说吧。啊！内维尔小姐，假如您真的了解了我的哥哥，您就会像我爱他那样地爱他了……他是那么的善良！那么的勇敢！想一想他所做的事情！独自一人对付两个敌人，而且还负了伤！"

省长回来了。他是听了副镇长派去的特使汇报后，带着宪警和巡逻队回来的，他还带来了王家检察官、书记官以及其他人，准备调查这一新的、可怕的惨案。这次祸事使得皮耶特拉内拉两大家族间的世仇越发复杂化了，或者不如说，使得它走向结束。他到达后不久，见到了英国上校和他的女儿，当着他们的面，他并不掩饰自己的担心，他怕事态发展的趋势越来越糟。

"你们知道，"他说，"那次枪战没有证人；那两个不幸的年轻人的敏捷和勇敢是尽人皆知的，谁都不会相信，德拉·雷比亚先生在没有强盗帮助的

---

① 这是"奥尔索·德拉·雷比亚"的缩写字母。

情况下能把两人都打死，人们说，他现在正躲在那些强盗那里呢。"

"这是不可能的，"上校喊了起来，"德拉·雷比亚先生是一个看重名誉的小伙子，我可以为他作保。"

"我相信您，"省长说，"但在我看来，王家检察官（那些先生总是怀疑他人）的意见于您的朋友十分不利。他手中有一件对您朋友来说非常糟糕的证物。那是一封致奥尔兰杜乔的威吓信，在信中，他约他作一次决斗……而在检察官看来，这一约会可能是一个圈套。"

"这个奥尔兰杜乔，"上校说，"拒绝像个上等人那样出面应战。"

"这不符合本地的习惯。在我们这里，暗中伏击、背后杀人才是流行的方式。不过，倒也有一个对他有利的证词。有一个小姑娘肯定地说，她听到了四响枪声，其中后两响比前两响要更为响亮，是德拉·雷比亚先生那杆枪这样的大口径武器打的。可惜的是，这个女孩是被怀疑为同谋的某个强盗的侄女，她的证词可能是受人唆使的。"

"先生，"莉迪娅小姐打断了他的话，她的脸涨得通红，一直红到了眼白，"打枪的时候，我们正好在路上，我们听到的枪响也是这样的。"

"真的如此吗？这一点倒是很重要。那么您呢，上校，您想必也同样注意到了枪声？"

"是的，"内维尔小姐急忙说，"我父亲对武器很有经验，是他对我说：这是德拉·雷比亚打响了我送的那把枪。"

"您听出来的那几声枪响，真的是最后打的吗？"

"是最后那两下，我的父亲，不是吗？"

上校的记忆力不太好；但是，无论如何，他都不愿意背着女儿的意思。

"上校，必须马上把这一点告诉王家检察官。另外，我们等着外科医生今天晚上来验尸，最后证实死者的伤是不是由刚才说的武器所导致。"

"是我把那杆枪送给奥尔索的，"上校说，"我倒希望它早已沉入了海底……我是说……勇敢的年轻人！我很高兴他手中有这杆枪，因为，要是没有我的曼顿枪，我真不知道他会如何逃脱险境。"

十九

外科医生稍稍来得晚了些。在路上，他遇到了意外。他被乔坎多·卡斯特里科尼截住，这个强盗彬彬有礼地邀请他去给一个受伤者治疗。他被带到奥尔索的身边，给他治了伤。然后，强盗又把他带到很远的地方，跟他谈起了比萨城最最著名的教授，说他们都是他最亲密的朋友，使医生听后茅塞顿开。

"大夫，"分别的时候，神学家说，"您十分值得我的敬重，所以我不必在此特别提醒您，一个医生应该跟一个听忏悔神甫同样的守口如瓶。"说到这里，他玩了一番他的步枪。"您已经忘记了我们有幸与您见过面的地方。别了，很高兴认识您。"

柯隆巴请求上校也参加尸体剖检。

"您比任何人都更熟悉我哥哥的枪，"她说，"您的在场是特别管用的。另外，这地方有那么多坏心眼的人，假如没人为我们的利益辩护，我们就实在太冒险了。"

等到只剩下她独自跟莉迪娅待在一起时，她便推说自己头疼得厉害，建议她一起去村子里溜达溜达。

"新鲜空气对我有好处，"她说，"有很长时间我没有呼吸到新鲜空气了！"

她一边走，一边对莉迪娅小姐谈起她的哥哥；莉迪娅小姐对这一话题十分感兴趣，谈着谈着，竟没有发觉她们俩已经走得离皮耶特拉内拉很远了。等到她发现过来，太阳早已经下山了，这时，她便催着柯隆巴往回赶。柯隆巴说她认得一条岔路，可以少绕好多弯路；于是，她们离开了刚才走的小径，走上了另一条从外表看很少有人走的小路。很快，她们便开始向一个小山丘上爬，山坡是那么的陡，柯隆巴为了稳住身子，不得不不断地用一只手去抓树枝，另一只手把她的同伴往她身边拉。这样艰难地攀登了整整一刻钟后，她们来到一方小小的高地上，周围长满了香桃木和野草莓树，再旁边则团团地矗立着大块大块的花岗岩。莉迪娅小姐已经疲劳不堪了，村庄还是不见踪影，天色几乎已经全黑了。

"您知道吗，我亲爱的柯隆巴？"她说，"我担心我们可能迷路了。"

"不用害怕，"柯隆巴回答说，"我们继续走吧，您只要跟着我就行。"

"可是，我敢说，您弄错了。村庄不可能在这个方向。我敢打赌，我们正在背着村子的方向走。您瞧，我们看到的远处的那些灯光，那才是皮耶特拉内拉村。"

"我亲爱的朋友，"柯隆巴神情激动地说，"您说得对。但是，离这里二百步远……在这片丛林里……"

"您说什么？"

"我的兄长就在那里；假如您愿意的话，我就可以见到他、拥抱他了。"

内维尔小姐惊讶得不禁一抖。

"我走出了皮耶特拉内拉村，"柯隆巴继续说，"而没有被人注意到，这是因为我跟您在一起……不然的话，就会有人跟踪我……离他已经那么近了，竟然还不去看看他吗？……您为什么不跟我一起去见我那可怜的哥哥？他见了您会十分高兴的！"

"可是，柯隆巴……这对我来说不太适宜吧。"

"我明白了。你们这些城里女人，总是担心什么适宜不适宜的，而我们乡下女子，我们只考虑这样做好不好。"

"可是，天太晚了！……还有您的哥哥，他见了我会怎么想呢？"

"他会想，他根本没有被他的朋友所抛弃。而这会给予他勇气来忍受痛苦。"

"那我父亲呢，他会担忧的……"

"他知道您跟我在一起……好吧，您拿主意吧……今天早晨，您还看着他的肖像呢。"她补充说，脸上闪着狡黠的微笑。

"不……真的……柯隆巴，我不敢……那些强盗就在那里……"

"好啊！那些强盗又不认识您，有什么关系呢？您可是一直想见一见他们的！……"

"我的天！"

"瞧您，小姐，赶紧拿个主意吧。把您一个人留在这里吧，我又不能，谁知道会出什么事呢。要不一起去看奥尔索，要不一同回村里去……天知道，我再见到我哥哥……要等到什么时候……兴许永远都见不到了……"

"您说什么呢，柯隆巴？……好吧！我们一起去！不过，只待一分钟，我们马上就回来。"

柯隆巴没有回答，只是握住了她的手，开始疾步向前走，速度快得叫莉迪娅小姐几乎跟不上。幸亏柯隆巴很快就停住了脚，对她的同伴说：

"在没有事先通知他们之前，我们别再往前走了，不然的话，我们兴许会吃上一颗枪弹的。"

她把手指头含在嘴里，打了一个唿哨，顷刻之间，他们就听到了一条狗的吠叫，紧接着，强盗们的这一游动前哨出现了。那正是我们的老相识，猎犬布卢斯科，它当即就认出了柯隆巴，高兴地为她指路导向。在丛林里狭窄的小径中拐了好几道弯之后，两个武装到了牙齿的男子过来迎接她们。

"是您吗，布兰多拉乔？"柯隆巴问道，"我的哥哥在哪里？"

"在那边！"强盗回答道，"不过，请走得轻一点，他已经睡着了，自他负伤之后，这还是头一次睡着呢。天主永在！我可看到了，俗话说得没错：魔鬼能去的地方，女人也能去。"

两个女人蹑手蹑脚地过去，在周围用干燥石头围了一道矮墙，以便小心地挡住火光的一个火堆边，她们看见奥尔索躺在一堆蕨类植物上，身上盖着一件厚厚的皮罗尼。他的脸色十分苍白，急促的呼吸声清晰可闻。柯隆巴在他身旁坐下来，双手合捧，静静地注视着他，仿佛在默默地为他祈祷着。莉迪娅小姐用手绢捂着自己的脸，紧紧地靠着她的身体，但时不时地抬起头，从柯隆巴的肩膀上面望去，看那个负伤者。一刻钟就这样悄悄地过去了，没有人开口说话。神学家做了一个手势，布兰多拉乔便和他一起钻入了丛林之中。这使莉迪娅小姐十分高兴，她第一次觉得，强盗们的大胡子以及装备实在太有地方色彩了。

终于，奥尔索动了一下。柯隆巴立即朝他俯下身子，拥抱了他好几下，连连问了好几个问题，伤势怎么样啦，还痛不痛啦，需要一些什么啦，等等。他先是回答说，他已经好得再好也没有了，随后就接着反问内维尔小姐是不是还在皮耶特拉内拉村，她是不是给他写了信。柯隆巴俯身挡在奥尔索身上，把她同伴完全给遮藏住了，再加上四周一片黑暗，他很难认出什么来。柯隆巴一手拉着内维尔小姐，另一只手轻轻地扶起受伤者的脑袋。

"不，我的哥哥，她没有让我给您捎信……不过，您总是想念内维尔小姐，您很爱她吗？"

"我当然很爱她，柯隆巴！……但是，她……她现在很可能瞧不起我！"

这时，内维尔小姐使劲地想挣脱自己的手，但是要想让柯隆巴松手，可不是一件容易的事情；尽管她的手很小，长得也好看，但力气却不小，我们以前就已经领教过了。

"瞧不起您！"柯隆巴嚷了起来，"在您干了这一切之后，还瞧不起您！……正相反，她说了您的好话……啊！奥尔索，我有许多她的事情要告诉您。"

那只手还在试图挣脱，但是柯隆巴把它拉得离奥尔索越来越近。

"不过，不管怎样，"受伤者说，"她为什么不给我回信？……哪怕只写一行字，我也会很高兴的呀。"

柯隆巴使劲地拉着内维尔小姐的手，终于把她的手放到了她哥哥的手中。这时候，她突然一闪身躲开，哈哈大笑起来：

"奥尔索，小心不要说莉迪娅小姐的坏话，因为她听得懂科西嘉话。"

莉迪娅小姐立即抽走了她的手，结结巴巴地嘟囔了几句。奥尔索以为自己是在做梦。

"内维尔小姐，原来您在这里！我的主！您怎么敢到这里来？啊！您真使我感到幸福！"

他挣扎着支起身体，想离她更近些。

"我是陪同令妹来的，"莉迪娅小姐说，"……是为了不让人怀疑她的去处……而且，我也想……证实一下自己……嗨！您这地方糟糕透了！"

柯隆巴坐到了奥尔索的身后。她小心翼翼地扶起他来，把他的脑袋靠在自己的膝盖上。她用胳膊搂住他的脖子，做了一个手势让莉迪娅小姐凑近一些。

"再近些！再近些！"她说道，"不要让一个病人太大声说话。"

见莉迪娅小姐还在犹豫，她一把抓住她的手，迫使她坐得那么的近，使她的衣裙都碰到了奥尔索，她那只始终被柯隆巴抓住的手，被放在了奥尔索的肩膀上。

"这样很好，"柯隆巴神情快活地说道，"不是吗，奥尔索？这样一个美丽的夜晚，在丛林中露营，不是很好吗？"

"噢，是啊！多么美丽的夜晚！"奥尔索说道，"我永远不会忘记它的！"

"您一定非常痛苦吧！"内维尔小姐说。

"我不再痛苦了，"奥尔索说，"我真愿意就这样死在这里。"

他的手慢慢地凑过去，伸向依然被柯隆巴抓在手中的莉迪娅小姐的那只手。

"必须立即把您送到能进行治疗的地方去，德拉·雷比亚先生，"内维尔小姐说，"我现在看到您睡在这么糟糕的地方……在露天……我就将再也睡不好觉了。"

"要不是因为怕遇到您，内维尔小姐，我早就设法回皮耶特拉内拉自投罗网了。"

"哎？您为什么怕遇到她呢，奥尔索？"柯隆巴问道。

"因为我没有听从您的话，内维尔小姐……所以我现在不敢见到您。"

"莉迪娅小姐，您知不知道，您只要想让我哥哥做什么，他就会做什么?"柯隆巴笑着说,"我将阻拦您再见他了。"

"我希望,"内维尔小姐说,"这一不幸的事件将得到澄清,希望不久后您就不用担心什么了……假如,等到我们离开时,我能知道,法庭已经还您以公道,人们已经承认您的忠诚如同承认您的勇敢,那时,我将十分高兴。"

"您要走,内维尔小姐!不要再说这个字啦。"

"这又有什么办法……家父不能永远地打猎……他想走了。"

奥尔索松开了他那碰触着莉迪娅小姐的手的手。接着,是一阵沉默。

"呵!"柯隆巴说道,"我们不会让你们这么快就走的。在皮耶特拉内拉,我们还有许多东西要让你们看……何况,您曾答应过,要给我画一幅肖像的,而您还没有开始动笔呢……还有,我也答应过您,要给您作一首有七十五段歌词的小夜曲……还有……嗨,布卢斯科怎么又叫起来了?……原来是布兰多拉乔跟着跑来了……我去看看出了什么事。"

她立即站起身来,毫不客气地就把奥尔索的脑袋搁在了内维尔小姐的膝盖上,跑到强盗那里去了。

内维尔发现自己扶着一个漂亮的青年男子,独自和他一起待在丛林的深处,不禁有些惊讶。她实在不知道怎么办才好,因为,要是突然间抽出自己的身体,她又怕弄痛了受伤者。但是,奥尔索自己主动离开了他妹妹提供给他的柔和的倚靠物,用右胳膊硬撑着,支起身子。

"莉迪娅小姐,您就这样将很快离开这里吗?我一直就不认为您应该在这倒霉的地方多逗留……然而……自从您来到这里后,每当我想到要对您说再见,我就感到万分痛苦……我是一个可怜的中尉……毫无任何的前途……眼下又有家难归……莉迪娅小姐,在这种时刻,我如何开口对您说我爱您……但是,现在无疑是我对您说出这句话来的唯一机会了,既然我已倾诉了我的心声,我就轻松了,我自己仿佛也觉得不那么难受了。"

莉迪娅小姐扭转了脑袋,似乎黑黑的夜色还不足以遮掩她脸上的红晕。

"德拉·雷比亚先生,"她嗓音发颤地说道,"我难道还会上这地方来吗,要是……"一边说着,一边把那个埃及戒指塞到奥尔索的手中。

然后,她做出极大的努力,才恢复了平日习惯的开玩笑口吻:

"奥尔索先生,您这样说可真坏……在丛林深处,在您的强盗们中间,您很清楚,我是绝不敢对您发脾气的。"

奥尔索动弹了一下,去吻把戒指塞给他的那只手,谁知莉迪娅小姐抽手抽得太快,他一下子失去了重心,身体倒在那条受伤的胳膊上。他禁不住发出一声痛苦的呻吟。

"我的朋友，您摔疼了吗？"她喊了一声，连忙把他扶起来，"这是我的错！请您原谅……"

他们又低声说了好一会儿话，彼此靠得更近了。柯隆巴急急忙忙跑回来时，发现他们恰恰处于她离开时他们保持的姿势。

"巡逻队来了！"她嚷道，"奥尔索，想办法站起来，走一趟，我来帮您。"

"别管我，"奥尔索说，"告诉强盗们，叫他们快跑……让巡逻队抓住我好了，没关系；但是，你快把莉迪娅小姐带走：我的天，千万不要让人看见她在这里！"

"我决不能把您一个人留下，"跟在柯隆巴后面的布兰多拉乔说，"巡逻队的队长是律师的教子；他可能不逮捕您，却把您打死，然后，他会说，他不是故意这样的。"

奥尔索试着站了起来，甚至还走了几步，但却立即停了下来：

"我走不了，你们都快跑吧。再见了，内维尔小姐，伸手给我，再见了！"

"我们不离开您！"两个女人齐声喊道。

"假如您不能走，"布兰多拉乔说，"就让我来背您。快，我的中尉！拿出勇气来；我们还来得及从山后的沟谷中逃走。神甫先生会给他们制造一些麻烦的。"

"不，让我留下来，"奥尔索说着，躺在地上，"柯隆巴，看在天主的份上，快把内维尔小姐带走！"

"柯隆巴小姐，您很强壮，"布兰多拉乔说，"您来扛他的肩膀，我来扛他的脚；好！使劲，向前走！"

他们不顾他的抗议，一下子便把他抬走了。莉迪娅小姐跟随着他们，惊吓得不知所措。突然，响起了一声枪响，跟着就有五六记枪声随即打响。莉迪娅小姐惊叫了一声，布兰多拉乔骂了一句，但立即加快了步伐。柯隆巴学着他的样子，拼命奔跑在丛林之中，根本顾不上迎面而来的树枝，任由它们抽打着她的脸，或者撕扯着她的衣裙。

"低下身子，低下身子，我亲爱的，"她对她的女伴说道，"不然，您会被子弹打中的。"

就这样，他们一口气走了——或者还不如说，跑了——大约五百步。这时候，布兰多拉乔宣称，他实在走不动了，便立即倒在地上，任凭柯隆巴怎么鼓励、怎么责骂，也不再动弹了。

"内维尔小姐呢？"奥尔索问道。

内维尔小姐已经被枪声吓蒙了，每时每刻都被茂密的丛林挡住去路，不一会儿就见不到前面奔跑的人的踪影了。一个人落在后头，战战兢兢，惶恐不安。

"她落在后头了，"布兰多拉乔说道，"但是她不会迷路的，女人是永远也不会迷路的。仔细听，奥尔斯·安东，神甫拿您的枪弄出了多么大的声响啊！可惜的是，我们一点儿也看不到，在黑夜里乱开一通枪是不会有什么事的。"

"嘘！"柯隆巴叫喊起来，"我听到了马蹄的声音，我们得救了。"

果然，一匹在丛林吃草的马，被打枪的声音吓坏了，靠近了他们这边。

"我们得救了！"布兰多拉乔重复道。朝马奔过去，抓住马鬃毛，给它嘴上套一根带结的绳子当做缰绳，这对一个强盗来说，是一眨眼就能完成的事，更何况还有柯隆巴的帮助呢。

"现在，我们该通知一下神甫了。"他说。

他打了两记嗯哨；远远的回传了一声嗯哨，于是，那支曼顿造的枪停止了它那大嗓门的发言。这时候，布兰多拉乔一跃飞身上马。柯隆巴帮着把她哥哥放在强盗身前，强盗用一只手紧紧地抱定他，另一只手用来驾驭他的坐骑。那匹马尽管驮着两个人，但当它的肚子被狠狠地踢了两脚之后，还是敏捷地出发了，飞快地跑下一个陡峭的山坡。只有科西嘉的马才有那样的灵巧，换成别的马，早就在陡坡上摔死一百回了。

这时，柯隆巴转身往回走，全力呼喊着内维尔小姐的名字，但是却没有任何嗓音回复她的呼叫……她这样胡乱走了好一阵子后，还是寻不到刚才走过的道路，在一条小径上，她碰上了两个巡逻兵。巡逻兵大声问她是哪一个。

"哎呀！各位先生，"柯隆巴用开玩笑的口吻说，"这里可真热闹呀。打死了几个人呢？"

"您曾和强盗待在一起，"一个士兵说，"请跟我们走一趟吧。"

"太愿意啦，"她回答道，"但是，我这里还有一个女朋友，我们必须先找到她。"

"您的女朋友已经被抓到了，您就跟她一起去坐监牢吧。"

"坐监牢？我们倒要看一看了，不过，眼下，请把我带到她那里去吧。"

于是，巡逻兵们把她带到了强盗的营地，他们正在那里搜集着战利品，也就是说，奥尔索盖过的皮罗尼，一口旧锅，一个盛满水的瓦罐。内维尔小姐正待在那里，她被士兵们遇上时，已经吓得半死，当他们问她到底有几个强盗，都往哪个方向逃了等等问题时，她什么都说不出来，只是一个劲地流泪。

柯隆巴扑上前去抱住她，对她耳语道："他们得救了。"

随后，她对巡逻队队长说：

"先生，您看得很清楚，这位小姐对您提的问题一无所知。让我们回村庄去吧，家里人等我们都等得急死了。"

"我们会把你们带回去的，而且比你们希望的还要更早，我的小宝贝，"队长说，"但你们必须说清楚，在这一时间里，你们跟那些刚刚逃走了的强盗一起在丛林做什么。我真不知道那些混蛋使了什么魔法，竟然把年轻姑娘都迷惑住了，因为，哪里有强盗，哪里就肯定能找到漂亮的小姐。"

"您可真风流，队长先生，"柯隆巴说道，"但是您说话可得要有些分寸。这位小姐是省长的亲戚，您可不该拿她打趣啊。"

"省长的亲戚！"一个巡逻兵对他的头头喃喃说道，"确实，她还戴着帽子呢。"

"帽子不帽子的没有关系，"队长说道，"她们俩都跟那个叫神甫的强盗在一起，他可是当地勾引女人的第一号老手，我的责任是把她们俩带走。这样，我们在这里就没有什么可干的了。要不是那个该死的托品下士……那个法国酒鬼，不等我把丛林包围住就露了面……要是没有他，我们早把他们像瓮中捉鳖一样一网打尽了。"

"你们一共七个人吗？"柯隆巴问道，"先生们，你们可知道，万一冈比尼、萨罗基和泰奥多雷·波利三兄弟①在圣克里斯蒂娜十字架那边，同布兰多拉乔以及神甫会合的话，他们就会让你们尝尝麻烦的滋味。假如你们必须同乡野司令②对话一番，我可不愿意在场。因为在夜里，子弹可是不认人的。"

一想到他们可能会同柯隆巴刚刚提到那些令人畏惧的强盗相遇，巡逻兵

---

① 这三人都实有其人，其中泰奥多雷·波利最有名，占据丛林长达八年（1819—1827）。
② 这是泰奥多雷·波利自取的头衔。——原注。

的心中不禁蒙上了一层阴影。队长一边不停地咒骂下士托品，那个法兰西狗杂种，一边下令撤退，于是，他那支小部队便带着皮罗尼和锅子，走上了回皮耶特拉内拉的道路。至于那个瓦罐，早就被他们一脚踢破了。一个巡逻兵想抓住莉迪娅小姐的胳膊，但却被柯隆巴一把推开了。

"谁都不许碰她！"她说，"你们难道以为我们还想逃跑吗？来吧，莉迪娅，我亲爱的，您靠在我的身上，别像孩子一样哭个没完。这可是一次奇遇，但它不会有坏结局的。再过半个钟头，我们就可以吃晚饭了。我嘛，我已经饿坏了。"

"人们会对我怎么想呢？"内维尔小姐低声说道。

"人们会想，您在丛林中迷了路，还能有什么？"

"省长会怎么说？……尤其是，家父会怎么说？"

"省长？……您就叫他把他的那个省管好吧。至于令尊呢？……从您跟奥尔索交谈的方式上，我似乎觉得，您可能有什么话要对令尊说。"

内维尔小姐抓住了她的胳膊，没有回答。

"我的哥哥，"柯隆巴在她的耳边喃喃低语道，"难道不是很值得人爱吗？您难道没有爱上他一点点吗？"

"啊！柯隆巴，"内维尔小姐回答道，尽管已经羞涩难堪，但还是微笑着，"您背叛了我，可我是那么的相信您！"

柯隆巴伸出一条胳膊搂住她的腰肢，在她的脑门上亲吻了一下：

"我的好姐姐，"她低声说道，"您肯原谅我吗？"

"当然肯原谅了，我的可恼的妹妹。"莉迪娅答道，还了她一个亲吻。

省长和王家检察官住在皮耶特拉内拉的副镇长家里；上校实在担心女儿的安全，已经跑来有二十次，向他们打听她的消息。当他又一次来到副镇长家时，正好碰上一个由巡逻队长派来的信使。信使向他们叙述了与强盗激烈鏖战的经过，但在激烈的恶战中，却既没死人，也没伤人，他们只是在那里缴获了一口锅、一件皮罗尼，还有两个待在那里的姑娘，他说，她们肯定是强盗的情妇，要不就是他们的眼线。于是，两个女俘虏便由卫兵武装押送上来。人们猜想得到柯隆巴神采飞扬的表情，她的女伴的羞惭神态，省长的诧异反应，以及上校的欢快与惊讶。王家检察官怀着狡猾的心计，肆意地作弄可怜的莉迪娅，让她忍受了一番审问，直到她完全失去了常态时才告停止。

"我认为，"省长说，"我们可以释放所有的人。这些小姐是去散步的，在这么晴朗的天气里，再没有比散步更自然的事情了。她们偶然遇上了一个受了伤的可爱的年轻人，这也是再自然不过的事了。"

然后，他把柯隆巴拉到一旁问道：

"小姐，您可以告诉令兄，就说他那案子的情况比我期望的还要好。尸体的剖检，以及上校的证词，都证明了他当时只是还击，而且在枪战时，只有他一人在场。一切都会顺利解决的，但是，他必须尽快地离开丛林，出来自首。"

等上校、他女儿和柯隆巴坐下来吃晚餐时，时间已是夜里十一点钟了，饭菜早就凉了。柯隆巴一边津津有味地大吃着，一边嘲笑着省长、王家检察官以及巡逻兵。上校一言不发地吃着，眼睛直盯盯地注视着女儿，女儿始终低着头看着盘子，不敢抬起眼睛来。最后，上校用温柔但却严肃的口吻说道：

"莉迪娅，"他说的是英语，"您是不是跟德拉·雷比亚订了婚约？"

"是的，爸爸，今天刚刚订的，"她红着脸答道，但是语气十分坚定。

随即，她抬起眼睛，在父亲的脸上，她没有发现一丝愤怒的痕迹。她一下子扑到他的怀中，拥抱着他，就像所有有教养的小姐在类似场合下所做的那样。

"很好，"上校说道，"他是一个好小伙子；但是，我的老天！我们可不能住在这见鬼的地方！不然，我就不答应了。"

"尽管我不懂英语，"柯隆巴说，她一直在一旁十分好奇地注视着他们，"但是我敢说，我已经猜到你们在说什么了。"

"我们在说，"上校回答说，"我们要带您到爱尔兰去旅行。"

"好极了，我非常愿意，那么我就将是柯隆巴小姑了。这件事定了没有，上校？我们要不要击掌敲定？"

"在这种情况下，我们应该互相拥抱。"上校说。

二十

那次使皮耶特拉内拉全镇陷入惊愕（报纸上都这么说）的两发两中事件发生后，又过了几个月。一天下午，一个年轻人，左胳膊上缠着绷带，骑马出了巴斯蒂亚城，向卡尔多村进发，该村以温泉而闻名遐迩，夏天，它给城里体弱的人们提供清冽的甘泉。一个身材苗条、相貌俊美的年轻女子陪同着他，她骑着一匹小黑马，内行人一眼就能看出那黑马腿力健强，体态优雅，但不幸的是，一只马耳朵却莫名其妙地因什么事故撕破了。到了村子里后，年轻女子轻巧地跳下马来，在帮她的同伴跳下坐骑之后，她把绑在马鞍后的几个相当沉重的囊袋卸了下来。把马儿交给一个农人看管后，那女子把囊袋藏在自己的美纱罗底下，年轻男子带着一把双响长枪，两人便沿着一条十分陡峭的小径向山上走去，那条路看起来似乎不会通向任何一户人家。

来到盖尔乔山的一处高台阶之后，他们就停住步子，两人都在草地上坐下来。他们像是在等什么人，因为他们不时地抬起头来望着山上，那个年轻女子还频繁地往一块漂亮的金表上瞧一眼，兴许她既是为了欣赏一下她拥有时间还不太长的一件宝物，同样也是为了知道约会的时刻到了没有。他们并没有等待太久。一条狗从丛林中蹿出来，年轻女子喊了一声"布卢斯科"，它就赶紧跑过来跟他们磨蹭亲热。不一会儿后，出现了两个大胡子汉子，肩上挎着枪，腰带上别着子弹盒，胯上还斜插着手枪。他们那打满了补丁的褴褛衣衫，同他们身上所带的大陆名牌厂家制造的闪闪发亮的武器，恰成极其鲜明的对照。尽管从外表上看来，眼前这四个人的地位明显不平等，他们却如同老朋友那样亲密无间。

"好啊！奥尔斯·安东，"强盗中的年长者对年轻男子说，"您的案子总算了结了。不予起诉。祝贺您了。我真遗憾，律师那老家伙不再住在岛上了，我倒真想看到他发狂的情景。您的胳膊怎么样了？……"

"他们说，再过半个月，"年轻男子回答说，"我就不用再吊绷带了。——布兰多，我的老伙计，我明天就要出发去意大利了，我要对你，也要对神甫先生说再见了。所以我请你们特地来一趟。"

"您走得可真匆忙啊！"布兰多拉乔说道，"昨天刚对您宣布不予起诉，明天您就要动身？"

"我们有事情嘛，"年轻女子欢快地说道，"先生们，我给你们带好吃的来了，吃吧，不要忘了我们的朋友布卢斯科。"

"您把布卢斯科惯坏了，柯隆巴小姐，不过，它可是知恩图报的。您等着瞧吧。过来，布卢斯科，"他说道，把手中的长枪平举着，"为巴里齐尼家跳一个！"

那狗待在那里一动也不动，舔舔自己的嘴脸，看着它的主人。

"为德拉·雷比亚家跳一个！"

于是，那狗立即跳了起来，跳得比枪杆还高了两尺。

"听我说，我的朋友们，"奥尔索说，"你们从事着一种糟糕的职业；即便你们不是在我们从这里望去就能看到的这一广场①上结束你们的生涯，你们能得到的最好结局，也就是在丛林中被宪警的一颗子弹击中倒下。"

"好啊！"卡斯特里科尼说道，"怎么死还不都是死吗？不过，这样死去终归比患热病死在床上，而你的财产继承人在你身边真心真意或假心假意地嚎哭要更好。当一个人像我们那样过惯了露天的生活，他就会觉得，再没有比穿着鞋死去更好的了，就像我们村里的人说的那样。"

"我真愿意，"奥尔索说，"看到你们离开这个地方……而过着一种更为宁静的生活。比方说，你们为什么不到撒丁岛去呢？你们的好多伙伴不是都去那里安家了吗？我可以帮你们想办法的。"

"去撒丁岛！"布兰多拉乔喊叫起来，"那些可怜的撒丁人！②让魔鬼把他们，还有他们的土话都一块带了去吧！这样的同伴实在太糟糕了！"

"在撒丁岛，也没有什么活路，"神学家接着说，"反正，我蔑视撒丁人。为了围捕强盗，他们组织了民兵骑兵队；这就使他们同时遭到了强盗和乡亲们的痛骂③。让撒丁岛滚他妈的蛋吧！德拉·雷比亚先生，您是一个有趣味、有学识的人，但是在您品尝过了我们这样的生活之后，您竟然不接受我们的丛林活法，这可真叫我大感不解了。"

"可是，"奥尔索微笑着说，"当我有幸成为你们的同餐者时，我其实并没有过于珍惜你们所处地位的魅力。当我回想起，在一个美妙的夜晚，我像一个褡裢那样被横放在一匹没有备鞍的马的背上，让我们的朋友布兰多拉乔指挥着逃跑时，我的肋骨现在还在隐隐作痛呢。"

"还有逃脱了追捕时的欢乐呢，难道您不把它当一回事了吗？"卡斯特里科尼紧接着说，"在我们这里如此美好的天气里，过着绝对自由的日子，对这样的一种诱惑力，您怎么可能无动于衷呢？拿着这个令人八面威风的家伙（他指了指手中的枪），只要在子弹打得到的地方，我们到处都能称王。我们发号施令，我们拨乱反正……先生，这是一种十分符合道德意义的娱乐，而且十分有趣，我们可绝不想放弃。当我们比堂·吉诃德还拥有更好的武器，更富理智的头脑，那么，还有什么生活比流浪骑士的生活更美妙的呢？您听

---

① 指在巴斯蒂亚执行死刑的广场。——原注。

② 原文为拉丁文。

③ 对撒丁岛的这一批评意见，是我从一个以前当过强盗的朋友那里听到的。只有他一个人才能对这句话负责任。他想说的是，那些被骑兵抓到的强盗都是一些傻瓜，一支骑马追捕强盗的民兵队是连强盗的影子都碰不上的。——原注。

我说，有一天，当我得知，小姑娘丽拉·路易齐的叔叔，那个老吝啬鬼，不愿意给她出一份嫁资，我就给他写了一封信，信中当然没有半点恐吓，恐吓不是我的方式。行啦！那家伙一下子就服了：他把她嫁了出去。我给两个人带来了幸福，请相信我，奥尔索先生，世界上没有任何东西能与强盗的生活媲美。啊！要是没有某个英国女郎的话，您或许会成为我们中的一员，那个英国女郎，我只模模糊糊地见过一眼，可是在巴斯蒂亚，人人都在羡慕地谈论她。"

"我未来的嫂子不喜欢丛林，"柯隆巴笑着说，"她在丛林里担惊受怕够了。"

"反正，"奥尔索说，"你们是想留在这里了？那么好吧。请告诉我，我能为你们做些什么呢？"

"什么都不用，"布兰多拉乔说，"只要您能时不时地想着我们。您给我们的已经足够多了。吉莉娜已经得到了一份嫁资。用不着我的朋友神甫写一封不带威胁的信，她就能嫁一户好人家了。我们知道，您的佃户们会在我们需要的时候提供面包和火药。就这样吧，再见了。我希望不久后能在科西嘉再见到您。"

"在某个紧急关头，"奥尔索说，"几枚金币可以带来很大的好处。既然我们已经是老熟人了，你们一定不会拒绝我这颗小小的子弹吧，它可以为你们生出别的子弹来。"

"我们之间不谈钱，中尉。"布兰多拉乔口吻坚定地说。

"在这世界上，金钱是万能的，"卡斯特里科尼说，"但是在丛林里，我们看重的只是真诚的心，还有百发百中的枪。"

"我实在不想离开你们而不留下什么纪念品，"奥尔索又说，"瞧瞧，我能为你留下什么呢，布兰多？"

强盗挠了挠脑袋，朝奥尔索的枪臀去斜斜的一眼：

"哎，我的中尉……假如我胆敢……不过，算了，您太珍爱它了。"

"你想要什么？"

"没什么……东西算不了什么……还得看人怎么使。我总在想那次见鬼的两发两中，而且只用一只手……噢！那是不会再有的啦。"

"你是要那杆枪吗？……我把它给你拿来；不过，你要尽量省着点使。"

"哦！我不敢吹嘘能使得像您那么好；但是，请您放心，等到另外一个人得到它的那一天，您尽可以说，布兰多·萨维里已经一命归天了。"

"那么您呢，卡斯特里科尼，我能给您什么呢？"

"既然您一定要为我留下一件物质纪念品，我就不客气地请您给我一本开本尽可能小的贺拉斯的集子。这将会给我带来消遣，而且会不让我忘掉拉丁文。在巴斯蒂亚的码头上，有一个卖雪茄的小姑娘，您把书给她就行，她会转交给我的。"

"您会得到一个艾尔泽维尔版本①的集子，博学的先生，我想带走的书中正好有这么一本。——好吧！我的朋友们，我们该分手了。握一握手吧。假如你们有一天想起撒丁岛了，就给我写信吧；N. 律师会把我在大陆上的地址给你们的。"

"我的中尉，"布兰多说，"明天，当你们出了港口后，请朝山上看，朝这个方向看；我们会在这里的，我们会挥舞起手帕向你们道别的。"

于是，他们分了手。奥尔索跟他的妹妹取道回卡尔多，强盗们则返回山上。

二十一

四月里一个晴朗的早晨，上校托马斯·内维尔爵士，他的新婚不久的女儿，还有奥尔索和柯隆巴，一起坐着敞篷四轮马车，出了比萨城，去参观一处伊特鲁里亚人的地下坟墓，它是新近发掘出来的，所有的外国人都跑去看。下到建筑物地下的墓穴后，奥尔索和他妻子便拿出铅笔，临摹起里面的壁画来；而上校和柯隆巴，他们俩对考古学谁都没有兴趣，便留下那对夫妻做他们的作业，自己到周围散步去了。

"我亲爱的柯隆巴，"上校说，"我们是绝不可能及时赶回比萨吃我们的午饭了。您不饿吗？瞧奥尔索跟他妻子专心于他们的古董；当他们一起开始画起画来，那就没完没了啦。"

"是啊，"柯隆巴说，"不过，他们还从来没带回过一幅像样的画。"

"我的意见是，"上校继续道，"我们到那个小农庄里去。在那里，我们可以找到面包，或许还会有阿莱阿蒂戈②，谁知道呢？甚至还可能找到奶油和草莓，然后，我们就耐心地等着我们的画家。"

---

① 艾尔泽维尔本是荷兰的一个书商世家，以出版袖珍书出名。当时，人们用艾尔泽维尔版本来称呼那些开本特别小的、印刷于16世纪末17世纪初的荷兰的书册。

② 阿莱阿蒂戈是用托斯卡纳地方的葡萄酿制的一种葡萄酒。

"您说得有道理，上校。您和我，我们是家里最富理智的人，我们不应该为那两个只生活在诗情画意中的恋人而牺牲我们自己。把您的胳膊给我。看，我不是把我培养出来了吗？我会挽胳膊了，我戴帽子了，我穿时髦的衣裙；我有了首饰，我学会了不知有多么多的东西，我再也不是一个野姑娘了。您看，我披上这条围巾多么有风度……那个金黄头发的小伙子，那个前来参加婚礼的你们军团的军官……我的天！我都忘记了他的名字，那个卷头发的高个子，我一拳就可以把他打翻在地……"

"是那个查特沃思吗？"上校说。

"对了，就是他！但我总是读不好这个音。对了！他已经疯狂地爱上我了。"

"啊！柯隆巴，您可真变得会卖弄风情了……我们不久又该有一场婚礼了。"

"我！结婚？那等到奥尔索给我一个侄子时……谁来抚养他呢？谁来教他说科西嘉话呢？……对了，他将说科西嘉话，我还要给他戴上一顶尖角帽子，好气气你们。"

"让我们先等您有了一个侄子再说吧；然后，假如您愿意的话，您就去教他怎样玩匕首好了。"

"再见吧，匕首，"柯隆巴开心地说，"现在，我有了一把扇子，当你们要说我家乡的坏话时，我就用它来敲打你们的手指头。"

就这样，他们一边说着，一边进了农庄，果然，他们在那里找到了酒、草莓和奶油。柯隆巴帮着农妇采摘草莓，而上校则在一旁喝着阿莱阿蒂戈。在一条小路的拐弯处，柯隆巴看见有个老头子坐在一把草垫椅子上晒太阳，一副病恹恹的样子，因为他脸腮凹陷，眼窝成了一个深洞，全身瘦骨嶙峋；他的纹丝不动，他的苍白脸色，他的呆滞目光，使他看起来更像是一具尸体，而不是一个活人。好几分钟时间里，柯隆巴一直十分好奇地注视着他，结果引起了农妇的注意。

"这个可怜的老头，"她说道，"是您的一个同胞，因为我从您的说话中听出来，您是科西嘉人，小姐。他在他的家乡遭遇了不幸，他的儿子们都死于非命。听人说，请您原谅我这么说，小姐，您的同胞在对待仇人时都不心慈手软。所以，这个可怜的老人只剩下孤独一人，到比萨来投靠一个远房亲戚，她就是这个农庄的女主人。这位老人家神经有些不太正常，都是不幸和忧伤的结果……这对于喜爱接待宾客的我家太太来说，实在有些碍事。她便把他打发到这里来了。他是很温和的人，从来不碍人家的事；他一整天都说不上三句话。他的脑子有些糊涂了。医生每礼拜都要来诊视，医生说，他活不了多久了。"

"啊！他已经没治了吗？"柯隆巴说，"照这样的话，早早死了倒还是福气。"

"小姐，您应该跟他说一说科西嘉话；听到乡音后，他的心情兴许还会好一些。"

"那可不一定，"柯隆巴说着，脸上露出一丝狡黠的微笑。

她走到老头身边，一直到她的身影挡住了他的阳光。这时，可怜的白痴抬起了脑袋，直直地盯着柯隆巴看，她也同样盯着她看，始终微笑着。一会儿工夫后，老头把手举到额头上，闭上了眼睛，仿佛是为了躲避柯隆巴的目光。随后，他又睁开眼睛，但却睁得特别的大；他的嘴唇颤抖起来；他想伸出手来；但是在柯隆巴的震慑下，他像被钉在了椅子上一样，既不能动弹，又说不出话来。最后，大滴的眼泪从眼睛中流出，胸膛中传出几声呜咽。

"我可是头一次看到他这个样子，"农妇说道。接着，她又对那个老头说："这位小姐是您家乡的一个姑娘；她是来看您的。"

"饶命啊！"老头儿嗓音嘶哑地说，"饶命啊！你还不满足吗？那张纸……被我烧了……你怎么可能读到呢？……但是，为什么把两个都打死呢？……奥尔兰杜乔，对他，你可拿不出任何的证据……总该给我留下一个吧……仅仅一个也好啊……奥尔兰杜乔……你没有读到他的名字……①"

"我必须要两个，两个都要，"柯隆巴低声地，用科西嘉方言对他说，"树枝被砍掉了；而要是树根不腐烂，我一定要把它连根拔了。行了，不要哭怨叫屈了；你受苦的日子不长了。而我呢，我痛苦了整整两年！"

老头迸发出一声叫喊，他的脑袋垂在了胸脯上。柯隆巴一转身，缓缓地返回农舍，嘴里还含糊不清地唱着一首哭丧歌中的几句："我要那只开枪的手，那只瞄准的眼睛，那颗起歹念的心……"

等农妇赶紧跑去救那老头子时，柯隆巴容光焕发、目光炯炯地在上校对面的饭桌前坐下。

"您怎么啦？"他说，"我发现您的神色有些像是在那一天，就在皮耶特

---

① 从这段坦白中，读者可以看到，杀害吉尔福乔·德拉·雷比亚上校的是文琴泰罗，奥尔兰杜乔没有参与其中。

拉内拉村，正当我们吃饭的时候，有人向我们开枪的那一天。"

"那是科西嘉的往事闪现在了我的脑海中。但是现在已经完了。我将当教母了，是吗？噢，我将给孩子起一个多么美丽的名字啊：吉尔福乔－托马索－奥尔索－莱奥纳！"

这时候，农妇进来了。

"怎么样？"柯隆巴十分冷静地问道，"他是死了，还是仅仅昏了过去？"

"没什么事了，小姐。可是，真奇怪，您的目光竟然使他变成那样。"

"医生说，他活不了多久了吗？"

"兴许连两个月也活不到。"

"这也算不上是太大的损失。"柯隆巴评说道。

"您说的是谁呢？"上校问。

"一个白痴，我的同胞，"柯隆巴毫不在乎地说，"他寄住在这里。我会经常派人来询问他的情况。可是，内维尔上校，不要把草莓都吃了，给我哥哥和莉迪娅留一些啊！"

当柯隆巴离开农舍，重新上马车时，农妇的目光尾随了她好一阵子。

"你看见这个长得那么漂亮的小姐了吗？"农妇对她的女儿说，"好吧！我对你说，我担保她有一只谁见了谁就倒霉的毒眼①。"

---

① 所谓毒眼，是当地的一种迷信说法，被长有这种毒眼的人盯过，人们就得倒霉，尤其是妇女和儿童。

卡尔曼情变断魂录

[法国] 普罗斯佩·梅里美　著

柳鸣九　译

一

历来的地理学家都如是说，芒达一役①古战场位于巴斯菊里人与迦太基人②聚居的地区之内，靠近马尔贝拉以北七八公里之处，即当今的蒙达镇附近，敝人一直怀疑他们言之无据，信口开河。根据佚名氏所著的《西班牙之战》③一书以及在奥舒纳公爵④丰富的藏书楼里所获得的某些史料，细加研究之后，窃以为当年恺撒破釜沉舟与共和国元老们一决生死的古战场，应该到蒙第拉⑤附近去探寻才是。时值 1830 年初秋，敝人正好来到安达卢西亚地区⑥，为了弄清楚心中尚存疑点的一些问题，便在整个地区考察了一大圈，寄希望于自己即将发表的地理考古论文，将使得那些有执著追求的考古学家们脑子里的疑团都一扫而光。但在该文最终将全欧学术界这一悬而未决的地理学难题彻底加以解决之前，敝人且先给诸位讲一个小故事，此故事绝不会对芒达古战场究竟位于何处这个有趣的问题，造成先入为主的成见。

我在哥尔多⑦雇了一名向导，租了两匹马，行囊里只装一本恺撒的《高卢战纪》和几件衬衣，就这么轻装上路了。有一天，在加希纳平原⑧的高地

---

① 公元前 45 年，恺撒与庞培会战于西班牙的芒达，前者大获全胜。
② 巴斯菊里人与迦太基人，均为古代部族，居于北非与地中海沿岸，包括西班牙滨海地区。
③ 出自古罗马时期一佚名军官之手笔，是记载恺撒远征西班牙的珍贵史料。
④ 奥舒纳公爵（1579—1624），西班牙政治家，曾藏有大量古希腊罗马的典籍与手稿。
⑤ 蒙第拉，西班牙南部的城市。
⑥ 安达卢西亚，乃西班牙南部一大省区，上文所提及的城镇，皆在此省区的境内。
⑦ 西班牙南部安达卢西亚省的一个城市。
⑧ 指加希纳小河沿岸的平原。

上巡察，骄阳似火，肌肤灼痛，疲惫不堪，几近瘫倒。正口渴难耐，如受煎熬，恨不得将恺撒和他的对手统统咒进地狱，忽见小路远处有一小块青绿的草地，其间稀稀疏疏长了些灯芯草与芦苇，我预感到附近定有水泉。果然，继续前行，就见草地原来是一片沼泽，正有一道泉水暗涌潜淌于其中。那道泉水似乎是出自加布拉山脉中两面峭壁之间一个狭窄的峡谷。我断定，沿此泉流而上，水质当更为清冽纯净，蚂蟥与青蛙当更为稀少，或许在山崖岩石之间，还能找到若干绿荫凉爽之处。刚一进峡谷，我的马就昂首嘶叫，引得另一匹我尚未看见的马也回应了一声。我又往前走了百余步，峡谷口豁然开朗，眼前出现了一大块天然形成的圆状空地，四面皆有高崖峭壁拱立，恰把这空地笼罩在阴影之中。旅人不是想坐下来歇歇息息吗？再也找不到比这更美妙的处所了。峭壁之下，泉水突涌飞溅，直泻一小潭之中，水潭细沙铺底，洁白如雪。潭边有橡树五六株，雄伟挺拔，浓荫如盖，掩映于小潭之上，生态如此繁茂，皆因经年累月受群峰遮挡，免遭劲风骤雨之害，又近水楼台，幸得清泉滋润所致也。更有妙者，水潭四周，细嫩的青草铺陈于地，如绿茵卧席，你休想在方圆几十里之内任何上佳客店里找到如此美妙的床榻。

　　但是，慧眼识佳境的并不只有我。在我来到之前，便已有人捷足先登了。显而易见，我进入峡谷时，那人还在呼呼大睡，他被马嘶声惊醒了，就站起身来，向自己的马匹走去，那畜生趁主人熟睡之际，正在周边的草地上大啃大嚼。这汉子年轻力壮，中等身材，体格结实，目光阴沉，神情桀骜不驯。他的肤色本来很好看，可惜被骄阳晒得黝黑，比头发还要黑。他一手抓着坐骑的缰绳，一手握着一管铜制的短铳。说老实话，他那管短铳与一副凶神恶煞的样子，颇使我吓了一跳，但我不相信是碰上了土匪，因为我老听说有强盗却从来没有遇见过。何况，老实本分的庄稼人全副武装去赶集的事，我也见得多了，总不能一见到枪就神经过敏，怀疑对方定有歹意吧。再说，我那几件衬衣和那本埃尔才维版的《高卢战纪》，他拿去有什么用呢？这么一想，我便朝那拿枪的家伙，亲切地点了点头，笑着问他，我是否打扰了他的好梦。他未作回答，只把我从头到脚打量了一番。感到放心后，他又仔细打量那个随后来到的向导。不料那向导突然脸色煞白，惊慌失措，呆立不动。我心想，"坏了，碰上了强盗！"但为谨慎起见，我决定不动声色，不流露出任何惊恐不安。我下了马，吩咐向导卸下马辔，然后来到泉边跪下，把头和双手浸在水里，再喝上一口凉水，肚皮朝下往草地一趴，就像基甸手下那些没出息的兵丁①。

我仍留神观察我的向导和那个陌生汉子。向导很不乐意地走了过来，那汉子似乎对我们并无恶意，因为，他把自己的坐骑放走，本来他是平端着短铳，现在也枪口朝下了。

我觉得不应该因为对方没有太搭理自己而动气，便往草地上一躺，态度挺随和地问那持枪汉子身上可有火石，同时就掏出了我的雪茄烟盒子。那汉子一言不发，在衣袋里搜了搜，取出火石，主动替我打火。显而易见，他的态度和缓了一些，竟在我的面前坐下，不过，短铳仍不离手。我点着了雪茄，又在盒子里挑了一支最好的，问他抽不抽。

"我抽，先生。"他回答说。

这是他说的第一句话。我发觉他念 S 这个音不像安达卢西亚人②，由此，我断定他和我一样，也是一个外乡的过路人，只不过不是从事考古职业的。

"这一支您一定会觉得不错。"说着，我递给他一支正牌的哈瓦那③上等雪茄。

他向我稍微点了点头，用我的雪茄点燃了他自己的那一支，又点点头表示谢谢，然后高高兴兴地抽将起来。

"啊！我好久没有抽烟了！"他说着，慢吞吞把第一口烟雾从鼻孔里、嘴里吐放出来。

在西班牙，一支雪茄的一递一接，就足以建立起友谊，正如在近东，朋友之间分享面包和盐一样。出乎我的意料，那汉子倒是挺爱说话。他自称是蒙第拉地区的居民，但对该地区的情况并不太熟悉。我们当时歇脚的那个清幽的峡谷叫什么名字，他也不知道；附近有哪些村落，他也举不出来。最后，我问他是否在周围见过什么断壁残垣、卷边瓦当、石头雕塑，他回答说从来没有注意过这类东西。但另一方面，他对坐骑马术这一道却很是在行。他把我那匹马大大评论了一番，当然，这并非难事；但接下来，其行道之精就毕现无余了。他向我大谈特谈他那匹马的家族世系，说它出自赫赫有名的哥尔多养马场，据说，其血统高贵，耐力极强，曾经有一天跑了一百二十多

---

① 典出《旧约·士师记》第七章，耶和华命基甸挑选士卒抗敌，以在河边饮水的姿势为标准，凡跪下饮水者为不合格。

② 安达卢西亚人发 "S" 音时，与发柔音 C 与 Z 并无区别，西班牙人将柔音 C 与 Z 发得像英文中的 th，故听 "Senor" 一字，便能辨出是否安达卢西亚口音。——作者原注

③ 古巴首府，其雪茄蜚声全球。

里，而且不是飞奔就是疾走。正说到兴头上，他突然停住，仿佛有了警觉，感到后悔：怎么口无遮拦，竟说了这么多话。他有点局促不安，弥补了一句，说："那是因为我急着要赶到哥尔多去，有一桩官司要求求法官。"他一边这么说，一边盯着我与向导，而那向导一听此话，就低下眼睛朝地上看。

既有绿荫，又有清泉，真是不亦乐乎，我情不自禁想起蒙第拉的友人们送别我时，塞了几片上等火腿在我向导的褡裢里，便要他取出来，请那汉子随便吃点。刚才他说很久没有抽烟，我看他至少有四十八小时没有进食了。果然，狼吞虎咽，像个饿鬼。我想，这可怜的家伙那天遇上了我，真可谓天公赐福。但我的向导吃得不多，喝得更少，一声不吭，虽然一上路我就发现他是个无与伦比的话匣子。这陌生人在场，似乎使他感到不舒服，他们两个各怀戒心，互相回避，其原因何在，我不得而知。

最后一些面包渣、火腿屑也都一扫而光，我们每人又抽了一支雪茄。我吩咐向导把马套上，准备向我这位新朋友告别，这时，他突然问我打算在哪儿过夜。

向导赶紧对我做了个暗号，我没来得及注意便脱口告诉那汉子，我打算去库埃尔沃客店。

"先生，那客店太糟，对您这样的人不合适……我也要到那边去，如果允许我奉陪，咱们可以结伴同行。"

"太好了，太好了。"我一边上马，一边回答。

向导替我扶着脚蹬，又向我使了个眼色，我耸了耸肩作为回答，好让他明白我是泰然处之，满不在乎的，于是，一行三人就上路了。

向导安东尼奥神秘的暗号，不安的表情，陌生人说漏了嘴的某些话，特别是他一天赶了一百二十里的故事以及对此的牵强解释，已经使我对这位旅伴的身份心里有数了。我毫不怀疑自己是碰上了一个走私犯，或者是个强盗，可是这有什么关系呢？我对西班牙人的性格已经了解得入木三分，对于一个跟你在一块抽过烟、吃过饭的人，你是大可以放心的。有这条汉子同路，反倒是一种安全保证，不会被别的坏人所害。再说，我也很想见识见识土匪强盗究竟是怎么一种人，这类好汉可不是经常能够碰得见。与危险人物在一起也不无某种妙趣，尤其是在这个主儿和善而斯文的时候。

我想慢慢套出那汉子的真心话，所以根本不去理睬向导频频向我使出的眼色，而故意把话题引到拦路剪径的强人身上，当然用的是很有敬意的语气。当时在安达卢西亚出了个赫赫有名的大盗，名叫何塞·马利亚，他作下的案件，真可谓家喻户晓，脍炙人口。"说不定我身边的这个主儿就是何塞·马利亚。"我这么思忖着。于是，我大谈特谈这位好汉的传闻故事，专拣赞赏颂扬的话来讲，表示对他的勇敢大胆、仗义行侠佩服得五体投地。

"何塞·马利亚只不过是无赖的小人一个。"那汉子冷冷地说。

"这是他的自我鉴定还是过谦之词呢？"我心里这样想。因为一经仔细打量，我发现这位旅伴的相貌，与张贴在安达卢西亚许多城门口的告示上说的十分相像。对！一定是他……金色头发，蓝色眼睛，大嘴巴，牙齿整齐，双手细巧，穿优质布料衬衣，披条绒外衣，上缀有银色纽扣，脚蹬白皮套靴，骑一匹红棕色马……一点也不假，准就是他！不过，他既然要隐匿自己的真实身份，那么我们就不必去点破吧。

一行三人到了小客店。我的旅伴说得没错，这小店简陋到了极点，实为我从未遇见过的。只有一间大屋子，既是厨房，也兼作饭厅与卧室。房中间有一大块石板，那就是生火煮饭的地方，屋顶上有一个窟窿，炊烟就从那里出去，有时烟只停滞在离地面几尺的空间，像聚成了一团云雾。靠墙壁的地上，铺着五六张旧骡皮，就算是客铺了。整个屋子，就这么一大间，屋外二十步，有一个棚子，权作马厩使用。这家美妙的宾馆，当时只有两个人，一个老婆子和一个约莫十岁到十二岁的小姑娘，她们的皮肤又黑又脏，像是烟煤，衣服破烂不堪。我心想："古代蒙达·波蒂卡①居民的后裔竟沦落到现在这副模样！唉，恺撒呀，塞斯土斯·庞培②呀！假如你们死而复生，见此情景，定会惊讶不已！"

老婆子一见我那位旅伴，不禁惊叫了一声，脱口喊道："啊，唐·何塞大爷！"

唐·何塞皱起眉头，威严地摆了摆手，老婆子就乖乖地不吭声了。我转过头去偷偷向向导递了个眼色，让他明白，对于这位将与我同榻而眠的旅伴，我已经了如指掌，用不着他再向我道明什么。出乎我的意料，晚饭倒还比较丰盛。饭菜摆在一张一尺高的小桌上，先是鸡丁炒饭，辣椒放得很多，然后是油炒辣椒，最后是"加斯巴丘"，一种辣椒拌的沙拉。三道菜都很辣，我们不得不老是打开酒囊靠美味的蒙第拉葡萄酒解辣。酒足饭饱之后，见墙上挂着一把曼陀林，这是西班牙到处可见的一种乐器，我便问侍候我们的小

---

① 蒙达·波蒂卡，乃古罗马帝国的一行省，即今安达卢西亚。

② 塞斯土斯·庞培，古罗马的历史人物，庞培大将之次子，庞培死后，其子仍与恺撒为敌。

姑娘会不会弹奏。

她回答说："我不会，可是唐·何塞弹得好极啦！"

我便邀请他赏脸弹唱一曲，说："敝人对贵国的音乐爱得入迷。"

"先生你是一位仁人君子，用这么名贵的雪茄款待我，您什么事情我都不该拒绝。"唐·何塞兴高采烈地喊道，说着，他要过曼陀林，自弹自唱起来。声音粗犷，但悦耳动听，曲调凄凉而古怪，至于歌词，我一个字也没有听懂。

"如果我没有猜错的话，您刚才唱的并不是西班牙歌曲，倒像我在外省地区听见过的《佐尔齐科》，歌词大概是巴斯克语。"

"是的。"唐·何塞脸色阴郁地答道。

他把曼陀林放在地上，手臂交叉在胸前，呆呆地盯着快熄灭的火，脸上有一种异样的忧郁的表情。经小桌上的灯一照，他的脸显得既高贵又凶猛，使人想起弥尔顿诗中的撒旦。也许，我这位旅伴也像撒旦一样，在想着自己离别的家园，想着自己一失足而不得不流亡漂泊的生活。我想再挑引他打开话匣子，他却缄默不语，而完全沉浸在自己沉郁的默想之中。这时，老婆子已经在屋里一角睡下，那个角落拉了一根绳子，上面挂着一条破破烂烂的毯子，聊作为遮掩妇女卧榻的幕幔。随后，小姑娘也钻进了破毯子的后边。我的向导站起身来，要我陪他到马房去，一听这话，唐·何塞突然警觉起来，厉声问他要上哪里去。

"上马房去。"向导答道。

"你要干什么？马不是都喂饱了吗。你在这里睡下吧！先生会同意的。"

"我怕先生的马病了，希望他自己去瞧瞧，也许他知道该怎么办。"

显而易见，安东尼奥是想私下跟我说几句话，但我并不愿意由此引起唐·何塞的疑心，我觉得当时的情况下，最好是对他表示深信不疑，因此，回答向导说，我对马的事一窍不通，再说，我也很想睡觉了。于是，唐·何塞跟着向导去了马房，不一会儿，他自己就单独回来了，告诉我说，那马明明是好端端的，但那向导却把它当宝贝，硬要用自己的上衣去给它擦身，引它发汗，居然自得其乐，准备干上一通宵。我已经倒卧在骡皮上，用斗篷将身体裹得严严实实，唯恐脏毯子贴着皮肤。唐·何塞说了声对不起，就在我身旁躺下，正对着门口，而且没有忘记将短铳的雷管重新顶上，放置在当枕头用的褡裢下面。我们互道了晚安，五分钟后，两人都沉沉入睡。

我想自己实在是太累了，居然还能在如此简陋的条件下睡得着，可是，个把钟头之后，我浑身奇痒难忍，便醒了过来，我弄清楚了是臭虫在作祟，心想与其宿在这么一间令人难受的房子里，还不如去露天下打发下半夜。我踮着脚尖走到门口，从呼呼大睡的唐·何塞身上跨过，我的动作极其小心翼翼，居然没有惊醒他就出了屋子。屋外有一条宽宽的长凳，我在上面躺下，准备就这么度过下半夜。正当即将再次进入梦乡的时候，我似乎感到有一个人影、有一匹马影先后从我跟前走过，悄无声息。我赶紧坐起，认出是安东尼奥。见他半夜三更跑出马房，我大感惊奇，便站起来向他走过去。他先看见了我，就立即站住了。

"他在哪儿？"安东尼奥低声问我。

"在屋子里睡觉，他倒是不怕臭虫。你为什么把马牵走？"

这时，我才发觉，他为了走出马房时无声无息，已用毯子的破片小心翼翼地将马蹄裹上。

"看在上帝的份上，您小声点，"安东尼奥对我说，"您还不知道这家伙是谁吗？他就是何塞·纳瓦罗，安达卢西亚鼎鼎有名的土匪。今天一天，我向您做了好些暗示，您却不愿意理会。"

"是不是土匪，不关我的事，"我答道，"他又没有抢我们，我敢打赌，他绝无害我的心思。"

"好吧，不过把他举报出来，便可得到二百个金币的奖赏。我知道离这儿五六里路，有一个枪骑兵的驻扎所。天亮以前，我可以带几个精壮的汉子回来。我本想把他那匹马骑走，但那畜生很厉害，除了纳瓦罗，谁都没法靠近它。"

"你见鬼去吧！他有什么对不起你的？这可怜的家伙，你竟要告发他，再说，你能肯定他就是那个大盗？"

"绝对可以肯定，刚才，他跟着我进了马房，对我说：'你好像认得我，如果你同那位好心的先生说出我是谁，我就要把你脑袋打开花。'先生，今夜您别走，就留在他身边，您不用害怕，只要他见您在这里，他就不会疑心。"

说着说着，我们离开那个客店已经有了一大段距离，不会有人听得见马蹄的声音了，于是，安东尼奥扯掉马蹄上裹着的破毯，准备上马出发。我再做最后的努力，连央求带威胁想要他止步。

"先生，我是个穷光蛋，"他回答我说："不能轻易放弃二百个金币，何况，还能为本地除掉一大害。不过，您自己要当心，如果那家伙醒过来，他必定会操起短铳，那您就得留神了！我嘛，我已经走到这一步，没法后退了，您自己想办法去对付吧！"

那混蛋翻身上马，两腿一夹，很快就消失在黑夜之中。

我对这向导固然很恼火，但心里着实有些不安。先思索了一会儿，我打定了主意，就回到屋里。唐·何塞仍在呼呼大睡，显然是因为最近几天颠沛流离而疲惫不堪，好不容易补偿补偿。我只得用力把他摇醒。我永远也不会忘记他那凶狠的眼神与扑向短铳的动作，幸好我防了他一手，先把他的武器放在离卧榻稍远一点的地方。

我对他说："先生，很抱歉把您叫醒，但我想冒昧地问一句，如果有五六个官兵来到这里，您是不是会不乐意?"

他猛地一跃而起，厉声喝道：

"这是谁告诉您的?"

"只要消息准确，别管它是哪儿来的。"

"您的向导把我出卖了，我饶不了他！他在哪儿?"

"我不知道，……也许在马房里……是别人告诉我的……"

"谁告诉的? ……不可能是老婆子……"

"是一个我不认识的人……别多说啦，您要不要等那些大兵来，如果不要，那就别耽误时间，不然的话，但愿您今晚平安无事，我把您吵醒了，抱歉抱歉。"

"咳，您的那个向导，那个向导，我早就对他起了疑心……可是……这个账我是要跟他算的……先生，后会有期。您帮了我一个大忙，上帝会保佑您的。我并不全像您所想的那么坏……是的，我天良未泯，还有些地方值得仁人义士的同情怜悯……再见啦，先生，我感到很遗憾，未能报答您的恩情。"

"如果您想报答我，那就请您答应我，不要怀疑任何人，也不要老想报复。喏，我还有几支雪茄，您拿去在路上抽：祝您一路平安!"说罢，我向他伸出手去。

他一声不吭地握了握我的手，拿起短铳与褡裢，用我听不懂的土话跟老婆子说了几句，然后就去了马房。不一会儿，就听见他在平原上飞奔了。

我回到长凳上躺下，但再也难以入眠。我扪心自问，把一个强盗甚至是一个杀人犯从绞刑架上救出来，仅仅因为我跟他在一起吃火腿与瓦伦西班式炒饭，这样做是否恰当? 那个向导倒是在维护法律，我不是把他出卖了吗? 不是会给他招来恶人的报复吗? 可是，朋友之间总该讲义气呀！对此，我又想，此乃野蛮人的偏见陋习也；难道强盗以后犯了罪，也得要我负责……但是，种种冠冕堂皇的道理都难以容忍的这种内心良知，难道果真就是偏见？也许，在我当时所处的那种尴尬境况下，不论我怎么做，事后都难免会感到后悔。正当我在为自己的行为是否合乎道德规范而在反复思量时，忽见来了六个持枪骑兵，安东尼奥则小心翼翼地走在后面。我迎将上去，告诉他们，强盗逃跑已经有两个多小时了。老婆子在班长的盘问下，回答说，她的确认识纳瓦罗，但她一个人势单力薄，不敢冒生命危险去告发，还说，那家伙每次来，照例在半夜就离去。至于我这个证人，则必须走上十几公里，将护照交给区里的法官检验检验，再签署一份证词，然后才获得允许，可以继续我的考古勘察。安东尼奥对我颇有怨恨，疑心是我断了他二百金币的财路。但回到哥尔多巴后，我与他还是客客气气分手了；因为我在自己财力所容许的条件下，大大地给了他一笔厚重的报酬。

二

我在哥尔多巴停留了几天，有人告诉我，多明俄教派的图书馆里藏有一部手稿，可能给我提供关于芒达地区的重要资料。和善的神甫热情地接待了我，白天我便待在修道院里查阅资料，傍晚则到城里去闲逛。在这个城市，夕阳西下时，很多闲人都挤在瓜达基维尔河的右岸上。那儿有一股浓烈的皮革味，自古以来，当地就以制革业而闻名遐迩。在这河岸边，你还可以观赏到以下这么一道别有风味的景色，晚祷的钟声敲响前几分钟，就有一大批妇女聚集在河边高高的堤岸上，只等晚钟一响，大家以为天黑了，所有的女人在最后一响钟声落定之际，就纷纷脱掉衣服，跳进水中。于是，叫喊声嬉笑声汇成一片，闹得不亦乐乎。河岸上，男人们把眼睛睁得大大的，从高处盯着浴女戏水，可惜什么都看不清。深蓝的河水上，有影影绰绰的乳白色出水芙蓉，这就足以使有诗意的人悠然神往、浮想联翩。你只要略加想象，就不难将当前的情景当做狄安娜与仙女们的天浴，而用不着害怕自己碰上阿克泰翁那样的命运①。据说，有一天，几个轻薄无赖凑了些钱，买通寺院的敲钟人，将晚祷的钟声提前二十分钟敲响。虽然当时天色尚甚为明亮，但瓜达基

---

① 狄安娜为希腊神话中的狩猎女神。阿克泰翁乃一猎手，他因偷窥狄安娜入浴，被女神变成一头牝鹿，遭猎犬咬死。

维尔河岸上的仙女们对晚祷声比对太阳更为信任，便毫不迟疑，泰然自若换为"浴装"，而她们的"浴装"自古以来就是最最自然简单的。那一次我没有在场。我在哥尔多巴期间，敲钟人从来不收贿赂，况且，暮色朦胧，只有猫的眼睛才能在一大群浴女中分辨出哪是年纪最大的卖橘子女人，哪是哥尔多巴城中最漂亮的女工。

一天傍晚，夜幕已经降下，我正在堤岸凭栏抽烟，忽然，沿着从河边延伸上来的石阶，过来了一个女人，在我身边坐下。她鬓间插着一大束素馨花，在夜色里发出一股醉人的香气。穿着朴素，甚至有点寒酸，一身黑衣服，就像大多数女工晚间所穿的那样。如果是大家闺秀，那就是早晨穿黑色衣服，而晚上则一身法国装束了。那刚出浴的女子来到我身边时，故意让披在头上的纱巾轻轻滑落在肩上，我借着朦胧的星光，看出来她很年轻，身材娇巧匀称，有一双大眼睛。我立刻将雪茄扔掉。她明白这是典型的法兰西礼貌，便赶紧对我说，其实她很喜欢闻烟草的味道，如果遇上味道醇和的卷烟，她还能抽上几口呢。正巧，我烟盒里有几支这种烟，便赶紧递了过去。她果然取出一支，花了一枚小钱向一个小孩取了个火，把烟点上。我跟这漂亮的浴女一边抽烟一边聊天，不觉时间过了许久，堤岸上几乎只剩下我们两个。这时我想，如果邀请她到冷饮店吃点冰激凌，大概不至于有唐突冒昧之嫌。她略微谦让了一下也就接受了，但先问了问我几点钟了。我把弹簧表一按，表就发出了铃声，她对此大感惊奇，说：

"你们外国人发明的玩意儿真有意思！先生，您是哪国人？一定是英国人吧！"

"在下是法国人。您呢？是小姐还是夫人？大概是哥尔多本地人吧？"

"不是的。"

"我想您该是耶稣国人氏，离天堂仅两步之遥。"（即指安达卢西亚也，这一隐喻的说法，我是从好友、著名的斗牛士弗朗西斯科·塞维利亚那里学来的。）

"得了吧！天堂！……本地的人都说，这天堂属于他们，而不是给我们准备的。"

"那么，您是摩尔人啰，要不然就是……"我打住了，不敢说犹太人这几个字。

"算了！算了！您明明知道我是波希米亚人。怎么，要不要我给您算个命？您可听见过人称卡尔曼小姐的？那就是我。"

早在十五年前，我就是一个不信邪不怕鬼的主儿，即使巫婆就站在我身边，我也不会被吓跑。这时一听卡尔曼的自白，我心里就这么想："好哇，上星期才跟拦路抢劫的大盗共进过晚餐，而今何妨带上一个魔鬼的女徒去饮冰纳凉。行走江湖，什么事都该见识见识。"除此以外，还有另一个动机促使我进一步跟她结交。说来惭愧，我中学毕业后还曾浪费过不少时光研究巫术，甚至还玩过几回召神唤鬼的把戏。虽然这种怪癖早已戒掉，但我对一切迷信活动仍兴趣不减。若能见识见识波希米亚人的魔术修炼到了几层，真乃一大乐事也。

　　交谈之间，我们走进了冷饮店，找了一张小桌子坐下。桌上有一个玻璃罩，里面点着一支蜡烛。这时，我才有工夫仔细打量这个吉普赛姑娘，屋里有几个正在喝冷饮的顾客，见我有如此一个美人做伴，脸上都露出惊讶的神情。

　　我怀疑卡尔曼小姐并非纯粹的波希米亚人，至少她比我遇见过的同族妇女要美丽很多倍。据西班牙人说，一个美女必须具备三十个条件，换句话说，必须当得起十个形容词，而每个形容词还要适用于她身上的三个部位。例如，必须有三黑：眼睛黑、眼皮黑、睫毛黑；有三细：手指细、嘴唇细、头发细；等等。详见布朗托姆的论述①。我面前这位波希米亚姑娘当然不是如此十全十美。她的皮肤虽然很是光洁柔美，但肤色近若黄铜。她的眼睛大得美轮美奂，但有点斜视；她的嘴唇略厚，不过线条极美，露出一口比杏仁还白的牙齿。她的头发也许有点粗，但又黑又长又亮，像乌鸦的翅膀闪映出蓝光。为了避免描写流于琐细冗长，招惹看官生烦生厌，我可以总括一句，她身上每一个缺点都伴随着一个优点，两相对照，反倒更衬托出美。那是一种别具一格的野性的美，她那张脸，初见之际使你感到惊讶，继而就永远难忘了。尤其是她的眼神，既妖媚又凶狠，我从没见过像她这样的眼神。西班牙人有谚语曰，波希米亚人的眼是狼眼，此语观察入微，准确传神。如果列位看官无暇去动物园研究狼眼，只需观察您府上的猫儿捕麻雀时的眼神就行了。显然，在咖啡馆里算命不免叫人笑话。因此，我要求到这位美丽的女巫的家里去进行，她立即满口答应了，但要知道是几点钟了，要我把弹簧表再打开一次。

---

① 布朗托姆（1535—1614），法国贵族，著有《名人名将传》、《风流贵妇传》、《名媛录》等，其《名媛录》第二卷，记述了西班牙人关于美女的种种标准。

"是纯金做的吗?"她专注地端详着那只表,问道。

我和她离开咖啡馆时,夜幕已经完全垂下,大部分店铺已经关门,街上几乎没有行人了。我们走过瓜达基维尔大桥,一直走到城关的尽头,在一所毫无奢华体面可言的房子前停了下来。一个孩子出来开门。波希米亚姑娘跟他讲了几句话,我听不懂他们在讲什么,后来才知道他们讲的是"罗曼尼"或"奇波里卡",亦即波希米亚人的土话。那孩子听了后立刻就走了,将我们留在一间相当宽敞的房间里,房里有一张小桌、两把小凳和一个柜子,我不该忘了,还有一罐水、一堆橘子和一捆洋葱。

房间里只有我们两个人,波希米亚姑娘从柜子里取出一副已玩得很旧的纸牌、一块磁石、一条枯干的四脚蛇和其他几样法器,吩咐我手拿一枚钱币画个十字,接着,她便开始作法行术。她口里念念有词且不细表,仅从她的架势动作来看,显然绝非一个半吊子女巫。

可惜法事未行多久,就受到了打扰。突然,房门猛然一声打开,一个身裹棕色斗篷、只露出两只眼睛的男子走了进来,很不客气地对那姑娘大声呵责。我没有听懂他在说什么,但他的音调表明他很恼火。吉普赛姑娘见了他,既不惊讶,也不生气,只迎了上去,用她刚才在我面前讲过的神秘土话,滔滔不绝地说了一堆。我只听出她重复了好几次"外国佬"这个词,知道那是波希米亚人对一切异族人的称呼。我猜想大概是在谈论我,看样子,来者不善,我会碰上麻烦,于是,我抄起一张凳子的腿,准备找准时机朝那男人头上扔去。他把波希米亚姑娘粗暴地推开,向我走近,接着又后退一步,嚷嚷道:

"哦!先生,原来是您!"

我仔细端详,认出了这男子就是唐·何塞,我那位朋友。这时,我真有些后悔上次没让大兵把他抓去吊死。

"啊!老兄,原来是您!"我笑着对他说,尽可能笑得自然点,"小姐正在给我算命,正好被你打断了。"

"她的老毛病,非得要她改一改。"他咬牙切齿,目露凶光,直瞪着那姑娘。

波希米亚姑娘继续用土语跟他说话,而且越来越激动,两眼充血,凶光毕露,脸色陡变,还不停地跺脚,看样子似乎是在逼唐·何塞干一件事,而他却犹豫不决、裹足不前。究竟是什么事情,我也心知肚明,因为她一再用她的纤纤小手在脖子上抹来抹去。我断定这手势是指要割断一个人的脖子,而这个人就是我。

对这姑娘滔滔不绝的一大堆话，唐·何塞只斩钉截铁回答两三个字。姑娘非常轻蔑地盯了他一眼，然后就走到房间一个角落里盘腿而坐，拣了一个橘子，剥了皮，吃了起来。

唐·何塞抓着我的胳膊，打开门，把我带到街上。我们俩谁也不吭声，走出二百来米，他用手一指，对我说：

"您一直往前走，就到大桥了。"

说完，他转过身去，很快走了。我回到客店，颇感尴尬，闷闷不乐。更糟的是，脱衣时发现怀表已不翼而飞。

出于种种考虑，我第二天没有去索回我的表，也没有要求本地当局去替我找回。我在多明俄修道院结束了对那份手稿的研究，便动身去塞维利亚。在安达卢西亚漫游了好几个月之后，我就准备返回马德里了，而哥尔多巴正在必经的路上。这次我并不想在那里久留，因为这座美丽的城市与瓜达基维尔河岸的出水芙蓉，都已经使我心存反感。但是，我有几个朋友要拜访，有几件别人委托的事要办，我不得不在这个回教的历代古都至少还要逗留三四天。

我又到多明俄修道院去了，有位对我研究芒达古战场一直很关心的神甫，立刻张开双臂迎了上来，大声说道：

"感谢上帝！欢迎欢迎，老朋友，我们都以为您已经不在人世了，我告诉您吧，为了超度您的亡灵，我已经念了好些天的祷词。您能平安归来，我白念了一场也不后悔。这么说来，您没有被人谋害啰，因为您遭人抢劫的事，我们是知道的。"

"你们是怎么知道的？"我有点惊讶，问道。

"可不是吗，您知道，您有一只报时表，从前您在敝院图书馆工作期间，每当我们告诉您该去听唱圣诗，您便按机关报时，好啦，那只表要物归原主了，待会儿就还给您。"

"这就是说，"我丈二金刚摸不着头脑，急不可待地发问："我丢了的那只表是……"

"抢表的那个坏蛋已经被关进牢里了，谁都知道，他这种恶人，哪怕只为了抢一枚小钱，也会朝一个基督徒开枪的。我们都担心他把您杀了。回头我就陪您到市长那里去，把您那块漂亮的表领回来。这样，您回去后就别说西班牙的司法当局效率不高！"

"实不相瞒，"我对他说，"我宁愿丢了那块表，也不愿意出庭指证一个穷光蛋，让他被吊死，尤其是因为……因为……"

"噢，您大可放心，那家伙罪有应得，只吊死他一次，他不亏。说吊死不够准确，抢您手表的那人是个贵族，所以后天他是受绞刑①，当然，绝不赦免。您瞧，多抢一次少抢一次，根本就不影响他的判决。如果他只抢劫，那还得多感谢上帝！但是他呀，血债累累，一桩比一桩残酷。"

"他叫什么名字？"

"本地人叫他何塞·纳瓦罗。但他还有另一个巴斯克语②的名字，发音别扭，你我休想念得出来。真的，此人倒值得一看，既然您喜欢探胜猎奇，饱览本地风光，那就该乘此机会去见识见识在西班牙是怎么打发坏蛋离开人世的。他目前关在小教堂③，马丁内斯神甫可以领您去。"

这位多明俄会的修士一再要我去看看"挺有意思的绞刑"是如何按部就班进行的。他的盛情难却，我便随人去看那个死囚，但请他原谅我去探监要带一盒雪茄。

我被领到唐·何塞的跟前时，他正在吃饭。他冷冷地向我点了点头，很有礼貌地谢谢我送他的雪茄，挑出了几支后，把其余的还给我，说这么多他抽不完。

我问他是不是花点钱，或者靠我跟有关人士的交情，能替他减减刑。他先是耸耸肩膀，苦笑了一下，然后又转了念头，托我找人为他做一台弥撒，超度他的灵魂。

"您能否……"他又怯生生地追加一个要求："您能否为一个得罪过您的人，另外再做一台？"

"当然可以啦，朋友，可是，我实在想不出本地有谁得罪过我。"

他握起我的手，神情严肃地握着，沉默了一小会儿，又说道：

"您能再替我办一件事吗？……您回国的途中，也许会经过纳瓦拉④。至少会经过维多利亚，这两地相距不远。"

---

① 1830 年时，犯死罪的贵族，享有被处绞刑而非被吊死的特权，而在立宪政制下，平民亦获受绞刑的待遇——作者原注。

② 巴斯克乃分属法国与西班牙的一个地区。

③ 西班牙法律规定，死刑犯在刑前三天关在教堂进行忏悔。

④ 西班牙一省，居民大多是巴斯克人。

"是的，"我对他说，"我肯定得经过维多利亚。绕道去一趟班布罗那①，也不是办不到的事，为了您，我乐意绕这个弯。"

"好极啦！如果您去班布罗那，一定可以看到不少您感兴趣的东西……那是一个美丽的城市……我把这枚徽章交给您，"说着，他用手指着挂在他脖子上的一枚银质徽章，"请您用纸包好……"他又停了一下，努力调控自己激动的情绪，"请把它交给一老妈妈，她的地址我待会儿给您，您只告诉她，我死了，别说是怎么死的。"

我答应他一切照办。第二天，我又去探监，和他度过了大半天，下面这个悲惨的经历就是他亲口告诉我的。

三

他的讲述如下：

我名叫唐·何塞·里萨拉哥亚，出生于巴兹坦②盆地的艾里仲多。先生，您对西班牙的情况很熟，一听我的名字就能知道我是巴斯克人，而且，祖祖辈辈都是基督徒。我姓氏前面的"唐"字并非我冒充的③，而是我的本分，如果是在艾里仲多我的老家，我可以向您出示羊皮纸的家谱为证。我的家庭想让我进教会当神甫，送我上学，但我一点也不上心。我玩心太重，特爱打网球，这就断送了我的前程。我们这些纳瓦拉人，一打起网球来，什么都忘得一干二净。有一天，我赢了球，一个阿拉瓦省的小伙子向我寻衅，两人都动了铁棍，在这场恶斗里我又是赢家，但是伤了人，闯了祸，就不得不逃离家乡躲风。路上碰到了龙骑兵，我便入伍进了阿尔曼萨骑兵营。我们这些山民习武打仗一学就会。我不久便当上了下士，上级正要提升我为中士时，倒霉的事情来了。我被派往塞维利亚烟草厂当警卫。如果您去塞维利亚，一定会看到城外瓜达其维尔河边那座大建筑，时至今日，我觉得那烟草厂大门与旁边的警卫室，仿佛仍历历在目。西班牙大兵值班时，不是打牌便是打瞌睡，我这个老实巴交的纳瓦拉人，却总想找点正事做做。有一天，我正在用黄铜丝编织一根链子，以用来拴住我枪上的铳针，忽听见弟兄们在嚷嚷："敲钟了，敲钟了，姑娘们快回来干活啦。"先生，您知道，烟厂里足足有四

---

① 西班牙纳瓦拉省的首府。
② 西班牙一富饶省区，居民多有贵族头衔。
③ 在西班牙，贵族的姓氏前均有"唐"字为标志。

五百女工，都在一个大厅里卷雪茄。任何男性若无"二十道条纹①"的批准，皆不得入内，因为天热的时候，女工们都衣衫不整，尤其是年轻的。女工们吃过午饭回厂时，很多年轻小伙子都会观看她们招展而过，还油嘴滑舌地跟她们搭讪打诨。姑娘们对塔夫绸头巾之类的礼物，从来都不拒收。风流浪子只需以此为诱饵，上钩的鱼儿即可俯身而拾。大伙争相观赏之际，我正坐在大门旁边的板凳上。那时我还年轻，总思念自己的家乡，总认为不穿蓝裙子、肩上不搭着两条长辫子的姑娘②，绝对算不上漂亮。况且，安达卢西亚的女孩子也叫我害怕，她们尖酸刻薄，没有一句正经话，这种作风使我很不适应。所以，当时我仍埋着头编我的链子，忽然，听见围观的人嚷嚷起来："瞧呀！那个吉普赛妞儿来啦！"我抬起眼睛，一下就看见了她，我永远不会忘记，那天是一个星期五。我瞧见的那个妞，便是您所认识的卡尔曼，几个月前，我就是在她家里遇见了您。

她穿一条红色的超短裙，露出一双破了好几个窟窿的长筒丝袜，脚上是一双漂亮的红皮鞋，上面系着火红的丝带。她撩开了头巾，露出她的肩膀与插在衬衣上的一束金合欢花。她嘴角上也叼着一朵小花，柳腰款摆，招摇而行，活像哥尔多养马场里一匹小牝马。若在我的家乡，大家看见一个如此装束的女人，都会惊骇得画十字，但在塞维利亚，她的体态风情却博得了每个人带轻薄意味的奉承；而她，则一唱一和，还两手叉着腰，向众人大抛媚眼，那种放浪淫荡的劲头，真不愧为地道的波希米亚妞。我起先并不喜欢她，便又埋头做我的活计。但是她呀，像所有的女人，像所有的猫儿，你叫她们，她们不来，你不叫她们，她们偏要来，她竟然在我跟前停下，跟我搭讪：

"大哥，"她用安达卢西亚的方式称呼我，"你的链子能不能送我，给我系钱柜上的钥匙？"

"这是我系铳针用的。"我回答说。

"你枪上的铳针！"她大肆嘲笑地嚷嚷，"哦，你老兄原来是做挑绣活计的，怪不得要用上钩针③呀！"

在场的人哄然而笑。我满脸通红，尴尬得答不上话来。

---

① 即西班牙城市警察局局长兼行政长官也。——作者原注。

② 纳瓦拉省与其他巴斯克省的农村妇女的普通装扮皆为穿蓝裙子、搭长辫子。——作者原注。

③ "铳针"原文为"epinglette"，"钩针"原文为"epingle"，人物利用两词的相近，用作双关的戏谑语。

她得寸进尺，说："来呀，我的心肝，替我钩七尺黑色花边做一块头巾吧，亲爱的钩针师傅！"

说着，她取下嘴角上的小花，用大拇指一弹，正好将花弹中我的鼻梁。先生，那花简直就像一颗子弹……我无从躲闪，挨个正着，像呆在那里的一根木头。她走进工厂后，我才发现那朵花已落在地上，正好在我两脚之间，我不知是中了什么魔，竟趁着弟兄们不注意的时候，将花捡了起来，如获至宝地放进上衣口袋。这是我干下的第一桩蠢事！

过了两三个小时，我还沉浸在对这件事的回味中，突然，一个看门人气喘吁吁、面无人色地跑进警卫室来，报告说卷雪茄的大厅里有一个女人被杀，必须赶快派警卫去管。排长命令我带两个弟兄进去。我领着人上楼，先生，您能想象吗，我一进大厅，首先看到的是，三百个只穿着衬衣或几乎只有衬衣蔽体的妇女，正在又叫又嚷、指手画脚闹成一片，声响震耳，即使天上打雷，大厅里也听不见。有个女人躺在地上，仰面朝天，浑身是血，脸上被人用刀划了个大十字，几个心肠好的女工正在忙着救护。靠近伤者的另一旁，卡尔曼已被五六个同事逮着。受伤倒地的那个女人嚷道："快叫神父来，我快死了！我要忏悔！"卡尔曼则一声不吭，咬紧牙关，眼珠滴溜溜乱转，活像四脚蛇一样。

"怎么回事？"我问道。

女工们七嘴八舌，同时向我讲述，我好不容易才听清楚事情的经过。大致上是这样的，那受伤的女人夸口自己兜里有许多钱，足可以在特里亚纳①集市上买一头驴子。多嘴好事的卡尔曼取笑道："嘿！你有一把扫帚②还不够吗？"对方一听便恼，认为此语恶毒伤人，也许是由于扫帚一词犯了自己的忌讳，便针尖对麦芒，反击说，她对扫帚一窍不通，既没有荣幸做波希米亚人，也当不上撒旦的干女儿，不过，将来卡尔曼小姐陪市长大人去散步，屁股后面跟着两个仆人轰苍蝇的时候，就会很快跟她买下的驴子混熟的。卡尔曼一听对方的反唇相讥，便说："那好吧，我先在你脸上挖几个槽让苍蝇喝水，还想给你脸上画一个棋盘哩。"说时迟，那时快，她拿起一把切雪茄烟的刀，咔嚓两下，让对方的脸上开了花。

案情一清二楚，我抓住卡尔曼的胳臂，彬彬有礼地对她说："大妹子，

---

① 塞维利亚城郊一吉普赛人聚居点。

② 在欧洲民间传说中，女巫是靠骑扫帚而在夜间飞行的。

你得跟我走。"她瞅了我一眼，似乎认出了我，乖乖地说："那就走吧，我的头巾呢？"她系上头巾，只露出一双大眼睛，柔顺得像一头绵羊，跟随我的两个兄弟走了。到了警卫室，排长认为案情严重，得把她关进监狱。押解的差事又落到我头上，我命令两个龙骑兵一边一个，把她夹在中间，而我则按押解犯人的规矩，一人殿后。我们一行人就这么朝城里进发。起初，那波希米亚女子一声不吭，但到了蛇街——这条街您是认识的，弯弯曲曲，真是名副其实——一进街口，她故意让头巾滑落在肩上，让我看见她那迷人的脸蛋，而且老扭过头来，和我说话：

"长官，您要带我去哪儿？"

"去监狱，可怜的小家伙。"我尽可能以柔和的口气回答她，一个好军人对待囚犯，尤其是女犯，理当如此。

"哎哟，那我将来会变成个什么呀，长官大人，可怜可怜我吧。您这么年轻，这么和气……"然后，她压低声音说道："放我逃吧，我会给您一块'巴拉齐'，它可以使所有的女人都爱您。"

先生，"巴拉齐"是指一种磁石，据波希米亚人说，掌握了某种秘诀，可以用它施展许多法术。例如，刮下若干粉末掺入一杯白葡萄酒里让女人喝下，她就会任你摆布。当时，面对卡尔曼以上的诱劝，我摆出最最一本正经的面孔，对她说：

"在这儿废话少说，要把你关进监狱，这是命令，绝无通融。"

我们巴斯克人说话有口音，一听就知道不是西班牙人。相反，西班牙人也没有一个能把"巴伊，姚纳"① 这句话说得清清楚楚。所以，卡尔曼很容易就能猜出我是个外省人。先生，您知道，波希米亚人没有自己的祖国，四海为家，到处流浪，能讲各地的语言，他们大部分人定居在葡萄牙、法国、外省和加塔罗尼亚。他们甚至和摩尔人、英国人也能对话。卡尔曼的巴斯克语讲得相当好。她突然操这种语言对我说：

"拉古纳，埃内，比霍察雷那②，我的心上人，您跟我是同乡吗？"

先生，我们的巴斯克语实在是太美了，客为异乡，一听到自己的家乡话，便不由得全身激动……（说到这里，那唐·何塞压低声音加了一句："我希望有一个外省神甫来听我的临终忏悔。"接着，他又说下去。）

---

① 原文为巴斯克语，意为："是的，先生。"
② 原文为巴斯克语。

"我的老家是艾里狄多。"我听她讲我的家乡话，心里特别感动，便用巴斯克语回答说。

"我嘛，我的老家是艾查拉尔，"她说道。（她讲的这地方，离我的家乡只有四个小时的路程。）"我是被波希米亚人拐骗到塞维亚利来的。我在卷烟厂当女工，想挣些钱作路费回到纳瓦拉我妈身边去。我妈只有我这么一个依靠，家里只有一个巴拉切阿①，种了二十棵酿酒用的苹果树。唉，要是我能回到家乡，站在白雪皑皑的山峰前，那该多好啊！刚才那些人辱骂我，就因为我不是本地人，跟那些流氓骗子与卖烂橘子的小贩不是同乡。那些臭娘们齐心合力跟我作对，因为我毫不客气地告诉她们，即使她们塞维利亚所有的'雅克'②手执刀枪一齐上，也敌不过咱们家乡一个头戴蓝贝雷帽、手执马基拉的汉子。喂，好伙计，好朋友，您就不能给同乡妹子帮个忙吗？"

这妞撒谎，先生，她撒谎成性，真不知道这妞一辈子是否讲过一句真话。但只要她一开口，我就信以为真，一物降一物，我自己也无能为力，虽然她的巴斯克语说得很蹩脚，我却真相信她是纳瓦拉人。其实，光看她的眼睛，还有她的嘴巴与肤色，就知道她是波希米亚人，当时，我真是鬼迷心窍，对所有这些都视而不见。我心想，如果西班牙人敢说我家乡的坏话，我也会像她刚才对付同伴那样，用刀子划破他的脸。总而言之，当时，我在她面前如痴如醉，说起话来傻里傻气，眼看就要干蠢事了。

她又用巴斯克语对我说："老乡，如果我一推您，您只要往地上一倒，那两个卡斯提尔傻小子就休想抓得住我……"

我的天呀，我把押解犯人的命令忘到九霄云外，对她的鬼主意竟表示了同意："那么，乡妹子，小乖乖，您不妨试试看，但愿山上的圣母保佑你！"

说着，我们正经过一条小巷，在塞维利亚，这样的小巷遍布全城。说时迟，那时快，卡尔曼霍地一转身，给我当胸一拳。我立即故意仰面一倒。她则乘势一蹦，从我身上跃过，拼命就跑，只容得我们看见她飞奔的两条腿……俗话说得好，巴斯克人有飞毛腿，果然不假，她那两条腿堪当此称，无半点逊色……不但跑得飞快，而且姿势优美。我当即赶快爬了起来，却故意将长枪一横，挡住了去路，两位兄弟正想去追，却被耽误了一下。然后，我才开始在后头追去，而他俩则尾随我后。我们三个追捕者，脚穿带马刺的

---

① 原文为巴斯克文，意即：小园子。
② 原文为巴斯克文，意即：爱炫耀武力、好斗成性的小伙子。

军靴，腰挎军刀，手持长枪，要追上她？休想！不到我跟你讲这句话的工夫，那女犯就逃得无影无踪了。况且，附近街坊的妇女瞎起哄，也大大有助于她逃之夭夭，那些女人要么在旁边大肆嘲笑追捕者，要么故意给指错方向。害得我们来来回回搜索了好几趟，最后完全落空，只好返回原单位警卫室，不言而喻，未能带回监狱长收押女犯的收条。

跟随我的那两个弟兄，为了脱离干系，免受处分，供出了卡尔曼曾用巴斯克语和我交谈，而且，那么娇小的女子一拳就轻而易举将我这样的壮汉撂倒，看来其中也有诈。所有这一切，都十分可疑，明眼人一看便心里有数。我下了岗，被撤了职，送去蹲一个月监狱。这是我入伍后第一次受罚，本以为十拿九稳的排长一职，从此以后就彻底告吹。

入狱后的头几天，我情绪低沉，心境悲凉。当初两个同乡，龙加与米纳，他们早已是将军了。还有夏巴朗加拉，他和米纳一样，也是个造反派①，后来也逃亡到贵国去了，居然也当上了上校，他有个兄弟，跟我一样是个穷光蛋，我们在一起玩网球不下二十次之多。一进监狱，我就对自己说，你过去那些奉公守法的日子，全都付诸东流啦。现在，你的档案上有了污点，你要恢复你在长官们心目中的良好形象，就必须比你刚入伍时多花十倍的苦功！为什么我会受此处罚？仅仅是为了一个对我冷嘲热讽的波希米亚小婊子。说不定这臭娘们正在城里某个地方偷东西呢。偏偏我没有出息，还在念想着她。先生，您能相信吗？她逃走时腿上那双有窟窿的丝袜，仍然老在我眼前晃来晃去。我从监狱的铁窗向街上望去，见那些来来往往的妇女，竟无一人比得上这个鬼婆娘。我不由自主地还在闻着她扔给我的那朵金百合花的香气，花虽已经干瘪，但芳香仍在……如果世界上真有妖女巫婆的话，她准是其中的一个。

有一天，狱卒走进来，递给我一块阿尔加拉面包②，对我说：
"拿着，这是你表妹给你送来的。"

我接过面包，心里很是纳闷，在塞维利亚我并没有什么表妹呀。我看着那块面包，心想这也许是有人给弄错了。但是，那块面包美味诱人，令人垂涎欲滴，我也顾不上是哪儿来的，是谁送的，决定吃了再说。我用刀一切，却碰上了一块硬硬的东西。我发现原来是一片小小的英国锉刀，那是在和面

---

① 此二人均为19世纪初西班牙游击队的领导者。
② 阿尔加拉是离塞维利亚约八公里的一小镇，所烤制的小面包，美味可口，据称，系得益于该地优质水泉之故也，此种面包，每日均大量运往塞维利亚销售。——作者原注。

时塞进去的。另外，还有一枚值两元钱的金币。显而易见，是卡尔曼送进来的。对于她那个种族的人来说，人身自由比什么都重要，为了少坐一天牢，他们宁可把整个一座城市都烧得一干二净，那鬼婆娘她真狡诈，用这么一个面包就把狱卒骗过去了。要不了一个钟头，我就可以用这小锉刀把铁窗上最粗的那根铁条锯开，揣着那块金币，到最邻近的一家旧衣店，用身上的军大衣换上一套便服。您不难想象，一个常在自己家乡悬崖峭壁上掏鹰巢的小伙子，要从不到三丈高的窗口下到街道上，那简直就是轻而易举的事。但我不愿意逃，我还有军人的荣誉感，认为当逃兵是罪大恶极的行为。不过，卡尔曼这种讲义气之举使我着实感动。要知道，一个人被关在牢房里，想到外面有人在念想你，总是很高兴的。只有那块金币使我不快，真想把它退回去，但谈何容易！到哪里去找这个塞钱给我的主儿呢？

革职程式举行之后，我自认为不会再受什么羞辱了；没想到还有一桩丢脸的事要我去硬扛，出了监狱后重新上班，却是被派去和小兵一样站岗。你很难想象，这对于一个要脸面的男人来说，是多么难堪的事。我甚至觉得还不如被枪毙拉倒。至少你在行刑之时，可以昂首走在前头，一排士兵跟在屁股后面，围观的人都瞧着你，你觉得自己颇像个人物。

我被派到上校门外站岗。他是个有钱的年轻人，脾性随和，喜爱玩乐。营里所有的年轻军官常聚在他家里，还有许多平民百姓，也有一些女人，据说都是女戏子。我觉得似乎是全城的人都不约而同到他家门口来观赏我。喏，上校的马车来了。马车夫的旁边坐着上校的贴身男仆。您猜，从车上下来的是谁？就是那个吉普赛女人。这一回，她打扮得花枝招展，浓妆艳抹，衣裙上金光闪闪，彩饰飘飘，整个人包装得就像一个圣人遗骸盒。裙子上装点着亮晶晶的缀片，蓝色的鞋子上也饰有闪亮的晶片，全身上下，不是彩绣便是花带。她手里拿着巴斯克鼓，与她一道的还有两个吉普赛女人，一老一少。按惯例，领头的是一个老婆子，还有一个吉普老头抱着一把吉他，是专门负责给她们的舞蹈伴奏。您知道，有钱人聚会时常把波希米亚姑娘招来，要她们跳她们所特有的罗马利斯舞，此外，往往还要她们提供其他的乐子。

卡尔曼认出了我。我俩互相看了一眼，不知怎的，这时我真恨不得躲进地底下去。

"阿居，拉居纳，"① 她跟我打招呼道："长官，你怎么像小兵一样站岗守门啦！"

还没等我回应一声，她就已经进屋子去了。

来寻欢作乐的人都聚在院子里，虽然人多，我仍隔着铁栅栏②把里面的情形看得一清二楚。我听见鼓声，响板声，笑声，喝彩声；偶尔当卡尔曼击着巴斯克鼓往上蹦的时候，我还能看见她的脑袋。我还听见有几个军官跟她在讲一些不堪入耳的淫词秽语。她作何回答，我就不得而知了。从那一天起，我便迷上了她，因为我有那么三四次，真想冲进院子里去，拔出军刀朝那几个调戏她的轻薄小子捅上几下。我受煎熬足有一个时辰；之后，那一班吉普赛人才办完差事出来，仍由马车把他们送走。卡尔曼从我面前走过时，用您知道的她那双大眼睛瞅了瞅我，悄声对我说：

"老乡，你想吃美味的炸鱼，就到特里亚那去找里拉斯·帕斯提亚。"

说完，她便轻捷得像一只小山羊，钻进了车子。车夫给骡子抽上一鞭，就把这班嘻嘻哈哈的艺人不知送回哪里去了。

您一定能猜出，我一下班就到特里亚那去了。事先，我刮了胡子，刷了衣服，就像去接受检阅。卡尔曼果然在里拉斯·帕斯提亚那人的家里。他是一个卖炸鱼的老头，也是波希米亚人，皮肤像摩尔人一样漆黑，上他那儿吃炸鱼的人很多，我想，特别是卡尔曼在他店里落脚之后人就更多了。

她一见我，就向老板告辞：

"里拉斯，今天我什么也不干了。明天的事明天再说③，老乡，咱俩出去溜达溜达吧。"

她用面纱遮住自己的脸，我俩就到了街上，漫无目的地闲逛。

"小姐，"我对她说，"我该谢谢你送进监狱的那件礼物。面包我已经吃掉了，锉刀我可以用来磨磨枪头，还可以留作纪念，可是那钱，我得还给你。"

"瞧！你竟把钱留着没花掉，"她一边说着一边大笑，"不过也好，我正

---

① 巴斯克语，意即："你好，伙计。"

② 塞维利亚的房屋，大多数都有院子，四面有游廊围着。夏天，大家都待在院子里。院子顶上张着布篷，白天往上洒水，晚上撤去。朝街的大门终日敞开。大门与院子之间的通道叫做"萨朱安"，有一道雕刻精致的铁栅栏，整天都关着。——作者原注。

③ 此为西班牙谚语——作者原注。

缺钱，管它是谁的钱，能跑得动的狗就不会饿死①。来，咱们把这点钱全都吃光，你好好请我吃一顿。"

我们掉转头又返回塞维利亚城。在蛇街的街口，她买了一打橘子，叫我用手巾包着。再往前走，她又买了面包、香肠和一瓶曼萨尼拉酒，最后，走进一家糖果铺，把我还给她的那枚金币加上她口袋里的另一枚以及若干零星银角子，全都往那柜台上一扔，这还不够，她又要我把身上的钱统统拿出来，我倾囊而出，不过是一枚银币、几个小钱而已，囊中如此羞涩，我颇感无地自容。我觉得她大有将整个铺子都要买走之势。她专挑美味可口的，价格较贵的蛋黄酱、杏仁糖、蜜饯果脯等等，直到把我们的钱全都花光。这些东西统统装进了一个纸袋，归我提着。您也许还记得油灯街吧，那儿有一座唐·佩德罗国王的头像，此王有"无私执法者"之称②，他的头像颇值得我反思。卡尔曼与我在这条街的一所房子前停下，她走进过道，敲了敲底层的门，出来开门的是一个波希米亚女人，一看就是地地道道的撒旦女仆。卡尔曼用波希米亚语跟她说了几句话。那老婆子先是咕咕噜噜，卡尔曼为了安抚她，给了她几个橘子和一把糖果，还让她尝了几口酒，然后，把自己的斗篷披在她身上，把她送出门口，用木栓将门插上。一待房间里只剩我们两人的时候，她又是跳，又是笑，像疯了似的，还这么唱道：

"你是我的罗姆，我是你的罗米。"③

我站在房间中央，手里捧着一大堆食品，不知往哪儿放为好。她把这些

---

① 此为波希米亚谚语。——作者原注。

② 唐·佩德罗国王，人称残暴之君，而其信奉天主教的王后伊莎贝尔则称之为"严正执法者"，他喜夜间微服出游，出没于塞维利亚城的大街小巷，像穆罕默德的继承者哈鲁恩·阿尔·拉希德一样。某夜，他至一僻静街道，与一正在献媚求爱的男子发生争执，两人恶斗起来，王一剑将那多情的对手送上西天。一老妇闻声探首窗外，借手中一小提灯之光，得见现场情景，油灯街之名即由此而来。须知佩德罗王虽身手矫捷，勇猛不凡，但体形畸特，行走时，骸骨格格作响，清晰可闻。老妇得听其声，记忆犹新，故易于识别也。次日，昼夜值勤的官员来奏："陛下，昨夜有人于某街决斗，一人丧命。""卿知何人为凶手？""臣知。""何不从速惩处？""臣恭候陛下降旨。""依法不怠。"盖佩德罗王前不久曾颁一法令，凡决斗者必斩首于决斗现场示众。王此言既出，值勤官灵机一动，顿开茅塞，即下令将国王一塑像的首级取下，置于命案街道中央一龛盒之中。对此，佩德罗王及塞维利亚全体臣民莫不欣然称善。老妇既为唯一的目击证人，当时所持的提灯乃成为了该街道命名之由来，此乃民间传说也，与祖尼加的记叙略有出入（见《塞维利亚编年史》第二卷第136页）。不论真实性如何，至今塞维利亚城里仍有一名为"提灯"的街道，街道中央仍有一石雕胸像，据云，此即为佩德罗王也。惜此雕像为近世仿造，盖原来之石塑于17世纪已严重破旧，当时之市政当局曾加以重建，以今日所见的胸像取而代之。——作者原注。

③ 在波希米亚语中，"罗姆"意即丈夫，"罗米"为妻子。——作者原注。

东西都扔在地上，扑上来搂住我的脖子，说："我要把欠你的债还清！把欠你的债还清！这是加莱的规矩！"①

啊，先生，那一天呀，真销魂，那一天！……我现在只要回想起那一天，就会把明天抛到脑后！

那强人沉默了一会儿，接着又点起一支雪茄，继续往下说：

我俩在一起泡了整整一天，又是吃，又是喝，其他更不在话下。她像一个六岁的小孩塞饱了糖果之后，又抓了几把糖放进老妇人的水罐里，说："给她做点果汁饮料"；她还抓了蛋黄酱往墙上扔个一塌糊涂，说："免得苍蝇来干扰我们。"总而言之，刁钻古怪、调皮捣蛋的名堂她都玩尽了。我对她说我想看她跳跳舞，但到哪儿去找伴奏的响板呢？她立即拿起老妇人那仅有的一个盘子，将它砸破，于是就敲打着珐琅碎片，跳起了罗曼丽舞，那碎片的声音清脆响亮，与乌木或象牙制的响板同样动听。我可以向您保证，跟这么一个俏妞待在一起，是不会感到腻烦的。到了傍晚，我听见从营里传来召集归队的鼓声。

"我该回营报到了。"我对她说。

"回营去？"她带着轻蔑神情对我说，"难道你是个黑奴，非得跟着别人的指挥棒转？从衣着到骨子里，你就是一只彻头彻尾的金丝鸟②，去你的吧，胆小如鼠的家伙。"

我当晚便留宿在她那里，做了第二天回营蹲禁闭的思想准备。次日早晨，她首先就向我提出分手的问题。对我说：

"若塞多，你听着，我可还清了欠你的情，按照我们的规矩，我再也不欠你什么了，因为我俩不是一路人；但你长得很帅，招我喜欢。现在你我两清了，再见啦。"

我问她何时能再见到她。

她笑着回答说："等到你不这么傻的时候，"然后又用略为正经的口吻说："小乖乖，你知道吗？我觉得自己有点爱上你了。不过，这长不了。狗跟狼在一起，是过不了几天的。如果你肯入我们的籍，我也许会愿意做你的罗米③。但这些全是废话，根本不可能兑现。唔，小伙子，相信我说的，你

---

① 波希米亚人自称"加莱"，男人叫"加罗"，女人叫"加莉"，两性复数"加莱"，其意为"黑"。——作者原注。

② 盖因西班牙龙骑兵的军装为黄色，故作此一比喻。——作者原注。

③ 意即"妻子"。

走了桃花运，你碰上了妖精，是的，就是妖精。但妖精并非都是一身黑，这妖精也没有弄断你的脖子。我身上披着羊皮，可我不是绵羊①。去给你的马哈里②上一支烛吧，她应该等到你的供奉。得啦，再说一声，再见。别再痴想卡尔曼姑娘了。否则她会害得你娶上一个木腿寡妇③为妻的。"

说着，她拔下门闩，一到街上，就把头巾往身上一裹，转身便扬长而去。

她说得不错，我应该放聪明一点，对她断了念想；但是，自从在油灯街过了那一天后，我日思夜想，心里只有她。我整天整天东游西荡，希望能碰见她。我不止一次向那个老妇人与卖炸鱼的打听，他们都说她上红土国去了，他们把葡萄牙叫做红土国。也许，是卡尔曼嘱咐他们这么说的。但不久我就发现他们在撒谎。油灯街那天的几个星期之后，一天，我正在一个城门口站岗，离城门不远处，城墙有一个缺口，白天那里有人在干活，夜里有士兵放哨以提防走私。那天，我看见炸鱼贩子里拉斯·帕斯提亚在岗哨附近来回溜达，还跟我的几个弟兄搭讪，他跟大家混熟了，他的炸鱼与炸面团就混得更熟。他走近我身旁，问我是否有卡尔曼的消息。

"没有。"我回答说。

"好啦！老弟，你很快就会有了。"

他说得可准啦。夜里，我被派往城墙缺口处站岗。班长下班一走，我便见一个女人向我走来。我心里知道这一定是卡尔曼，但仍然大喝一声：

"走开，这儿不准通行！"

"别这么横吧。"她边显身露像，边对我说。

"怎么！卡尔曼，原来是你！"

"是的，老乡，废话少说，先谈正事。你想不想挣一块银币？待一会儿有人要带一批货打这里过，你就放行好啦。"

"不行，我不能放。这是上级的命令。"

"命令，命令，那天在油灯街，你怎么不想有什么命令？"

"哎哟，"我一听她重提旧情，便激动得迷糊起来了。"为了那事，忘了命令很值得，为了得到私贩子的钱那可不值得了，我不愿意。"

"得啦，你不愿意收钱，你可愿意到上次那个老婆子家里来再吃一

---

① 此为波希米亚谚语。——作者原注。
② 波希米亚语，意为：女圣人、圣母。——作者原注。
③ 即绞刑架。——作者原注。

顿饭？"

"不，我不干。"我拼命憋着股劲，几乎把自己弄得透不过气来。

"好呀，你既然这么刁难，我知道该去跟谁打交道。我会约请你的长官上老婆子家。他待人和气，我要他调换一个睁一只眼闭一只眼的小伙子来这里站岗。再见啦，金丝鸟儿，有朝一日你上了绞刑架，我才乐呢。"

我心一软，叫她回来，说只要能得到我所想要的报答，即便是给整个波希米亚民族放行，我也愿意。她发誓第二天就兑现承诺，立即就跑去通知她那一帮等在近处的同伙。卡尔曼替他们望风，只待有巡夜的走近，就击响板为号，其实，根本就无此必要。那伙走私犯一共五个人，其中包括炸鱼贩子帕斯提亚，人人身上都背着英国走私货，一眨眼的工夫，他们就把事情办完了，无需卡尔曼望风。

第二天，我如约去了油灯街。卡尔曼让我等了好一阵子才来，而且满脸不高兴。

"我可不喜欢要我磕头作揖的人，"她对我说，"你第一次帮了我一个大忙，但你当时并不知道会有报酬。昨天，你却跟我讨价还价了。我不知道自己今天怎么还会到这里来，因为我已经不喜欢你了。得啦，给你一块银币作报酬，你走人吧！"

我几乎把银币扔在她脸上，我拼命克制自己，才没有动手狠揍她一顿。我俩大吵了个把钟头，我气急败坏，愤然离去，在城里乱逛了一阵，东闯西突，就像疯了一样，最后，跑进了教堂，跪在幽暗的一角，泪如泉涌，大哭起来，这时，我忽然听见有人在对我说话：

"龙①掉眼泪了！我正好取来制媚药哩！"

我抬头一看，卡尔曼正站在我跟前。

"喂，老乡，还在恨我吗，"她对我说，"不论怎么样，我倒真是爱上了你，刚才你一走，我就六神无主了。你瞧，现在是我来问你愿不愿意上油灯街去。"

于是，我俩就这么和解了；但是，卡尔曼的脾气反复无常，像我们家乡的天气，一时阳光灿烂，一时山雨欲来。她答应我再上老婆子家幽会一次，但临时爽约未到。老婆子明确告诉我，她是为了埃及②的事到红土国③去了。

———————————

① Dragon 一词，兼有"龙"与"龙骑兵"之意，而何塞正是一个龙骑兵。故用此双关语。
② 指波希米亚。
③ 指葡萄牙。

凭经验，我明白这话是什么意思，于是便到处去找卡尔曼，凡是她可能去的地方我都去了，尤其是油灯街，一天要去好多趟。我不时请老婆子喝几杯茴香酒，把她收拾得服服帖帖，一天晚上，我正在老婆子家，不料卡尔曼进来了，带来一个年轻的男人，他是我们团里的一个中尉。

"你快走吧。"她用巴斯克语对我说。

我待在那儿发愣，满脸都是怒火。

"你在这儿干什么？"中尉对我说，"你快滚，从这儿滚出去！"

我寸步难移，仿佛得了瘫痪症。那军官见我不走，甚至没有脱帽敬礼，勃然大怒，便揪住我的衣领，狠狠摇晃我。我不知道说了什么冒犯了他，他竟拔出剑来，我不示弱，也持剑相抗。老婆子拽了我胳臂一下，军官便一剑刺中了我的脑门，落下的伤痕至今犹在。我往后一退，胳臂一甩，将老婆子摔个仰面朝天。中尉追了上来，我用剑对准他的身体刺过去，戳了个通透。卡尔曼赶紧灭了灯，用波希米亚话教老婆子快溜。我也逃到街上，不辨方向，拔腿就跑，只是觉得背后老有人跟着。等我定了定神，才发现卡尔曼始终没有离开我。

"金丝鸟大傻瓜！"她对我说，"你只会闯祸，我早就警告过你，你会害得自己倒大霉的。不过，你满可以放心，跟一个罗马的佛兰德女人①交上了朋友，你凡事都可逢凶化吉。你先用这块手巾把头包起来，再把你的皮带扔掉，就在这条巷子里等着，我一会儿就回来。"

她说完就不见了，很快不知从哪里弄来了一件带条格的斗篷，她要我脱下制服，把斗篷套在衬衣上。这么一打扮，再加上头上那条扎伤口的手巾，我就活像一个到塞维利亚来贩卖楚法糖浆②的华朗西亚乡巴佬。她带我走进小巷深处的一所房子，其外观跟老婆子住的那所很相像。她和另一个波希米亚女人替我清洗了伤口，进行了包扎，医技比军营里的大夫还高明，她又给我喝了一种不知是什么的东西，把我安置在一条褥子上，我便沉沉睡去。

她们在我喝的饮料里大概放了秘制的麻醉药，因为我第二天很晚才醒。醒后头痛得很厉害，还有点发烧，好不容易才回想起前一天闯下的大祸。卡尔曼和她的女友替我换了绷带，一同盘着腿坐在我的褥子旁，用土话交谈了

---

① 此语即指波希米亚女人。罗马一词，在这里并非指意大利那长存不朽的名城，而是指波希米亚民族，盖因该族已婚男女皆以自称为"罗马"。最早居住于西班牙的波希米亚人很可能来自荷兰，故亦称为佛兰德人。——作者原注。

② 楚法是一种鳞茎植物的根须，能制成甘甜可口的饮料。——作者原注。

几句，好像是谈我的病情。然后两人都安慰我说，伤口不久就会痊愈，但我必须离开塞维利亚，越早越好；因为万一我被捕，就会就地枪毙。

"小伙子，"卡尔曼对我说，"你得找一个行当来干，皇上不再供给你米饭和鲟鱼①了，你必须考虑自谋生路。你太不机灵，干盗窃是不行的。但你身手敏捷，力气大，如果有胆量的话，可以到海边去走私。我不是说过要害得你上绞刑架吗？那总比吃枪子好一些。况且，如果你混得好，只要不被民团和海岸警卫队抓住，你就可以过得像王爷一样美滋滋。"

这个女妖精就是用这种教唆强迫的方式给我指点了出路：既已犯下了死罪，我确实只有此路可走了。先生，我还用得着跟您明说吗？她没费多大的劲就把我说服了。我预感这种冒险与叛逆的生涯，会使得我跟她的关系更紧密，还认为从此以后我就能够拴住她的心。我常听说过，有些走私好汉身骑骏马，手握短铳，背后坐着情妇，驰骋于安达卢西亚省区，我仿佛也看到自己马上带着这位艳丽的波希米亚女人，策马扬鞭，翻山越岭。每当我向她描绘这一愿景时，她就捧腹大笑，告诉我说，其实最美不过的生活，就是天黑之后，用三个桶箍搭建起一个支架，上面盖上一块遮布，每个罗姆带着自己的罗米往里面一钻，共度良宵。

"如果把你带到山里去，"我对她说，"我对你就放心啦，在那里，就不会有军官来跟我分享。"

"嗨，你还好吃醋呢！真是活该。你怎么这样傻呀？你难道没有看出来我是爱你的吗？我从来没有向你要过钱呀。"

每当她对我这么说时，我简直就想把她掐死。

先生，闲话少说，言归正传。卡尔曼给我弄来一身便装，我穿上便溜出了塞维利亚城，神不知鬼不觉。我带着帕斯提亚的一封介绍信，去到杰莱兹找一个卖茴香酒的商人，此人的家就是走私贩子碰头联络的地点。我和那一帮人相见了，其首领名叫丹卡伊尔，他让我入了伙。我们这一帮就动身去哥山②，跟早先约好的卡尔曼会合。每次我们出动干活，她总是先行去探路摸底，在这方面，她干得最为出色不过。这次从直布罗陀回来，已经跟一个船长讲定，只等我们在海边收下一批英国来的走私货，就装船运走。我们都到埃斯特普纳③附近去等，货到之后，一部分藏在山里，一部分带往龙达。还

---

① 米饭与鲟鱼，是当时西班牙士兵常吃的伙食。——作者原注。
② 哥山，直布罗陀与龙达之间的一小城。
③ 哥山以东三十公里的一港口。

是由卡尔曼打前站，通知我们什么时候进城。这一趟买卖以及后来的几趟都很顺利。由此，我觉得走私贩的生活比当兵的要滋润得多。我常买礼物送给卡尔曼。我有了钱，也有了情妇。我心里毫不悔恨愧疚，正如波希米亚人所说，日子过得舒心，身上长了癣也不痒。我们到处受到盛情款待，同伙的弟兄们对我很好，甚至还怀有敬意。因为我杀过一个人，而他们都没有这等的业绩，尽管它使人在良心上难以释怀。但我在自己的新生涯中，最为得意的则是经常能见到卡尔曼。她对我的情意从来没有这么炽热过，可是，在同伙弟兄们面前，她却不承认是我的女人，还要我指天发誓不跟他们谈论关于她的事。只要一到这女人面前，我就六神无主，俯首帖耳，任其随意摆布。况且，她第一次在我面前表示出她有良家妇女的羞涩之情，我便非常天真地以为，她已洗心革面，一改过去的浪荡行为。

我们这一帮共有十来条好汉，只在关键时刻才聚集碰头，而平时，则三三两两一组，分散在城里或村里。我们每个人表面上都有正式职业，这个是制锅匠，那个是马贩子，而我则是卖针线杂物的，但因为在塞维利亚犯有血案，所以绝不轻易在大地方露面。一天，确切地说，是在一天夜里，我们定在维日山下集合。丹卡伊尔与我两人先到，他显得很兴高采烈。

"我们这一伙又要新添一个弟兄啦，"他这样对我说，"卡尔曼前不久使出了她的一个绝招，让她的罗姆从塔里法①监狱里成功逃出。"因为整天听弟兄们说波希米亚话，我已经能多少听懂一点，"罗姆"这个词当时就使得我心里一震。

"什么！她的丈夫！难道她结过婚？"我向我们这一伙的头头发问。

"是的，"头头答道，"她嫁给了独眼龙加西亚，一个跟她同样机灵诡怪的波希米亚人。那倒霉的家伙被判了苦役，卡尔曼给监狱的外科医生灌了迷魂汤，竟然使得她的罗姆获得了自由。啊，这小姐真有本事，她曾经花了两年的工夫想救独眼龙出来，一直没有成功。最近狱医换了人，她显然很快就得手了。"

您可以想象，我听到这个消息后心里是什么滋味。不久，我就见到了独眼龙加西亚，那真是波希米人生养出来的坏种之中的坏种，皮肤黝黑，良心更黑，我一辈子从未遇见过他这样心狠手辣的流氓。卡尔曼是陪着他来的，一边当着我的面叫他罗姆，一边趁他掉过头时朝我眨眼睛，做怪脸。我很恼

---

① 塔里法是直布罗陀海峡边的一城市，其古代碉堡是有名的监狱。

火，整晚没有跟她讲话。第二天早晨，大伙把私货包扎停当，正在上路时，突然发现有十几个骑兵追踪而来。那几个安达卢西亚的伙计，平日老自吹自擂，说自己杀人不眨眼，这时却哭丧着脸四散逃命。只有丹卡伊尔、加西亚和另一个名叫雷曼达多的漂亮小伙子以及卡尔曼遇险不慌，其他人无不丢下骡子，跳进骑兵追不到的小山沟里逃命。我们既保不住骡队，就赶紧把细软财物卸下来，往肩上一扛，顺着最陡峻的山坡快逃。先把包裹扔下去，再蹲着身子往下滑。这时，追兵向我们一阵射击。我是生平第一次听见子弹在耳边嗖嗖地飞过，但并不在乎。不过，我这般视死如归是不足为奇的，因为有个美人就在眼前。结果，我们都成功逃脱，只有倒霉的雷曼达多腰上中了一枪。我把包裹扔掉，想去搀扶他。

"傻瓜，"加西亚朝我大声嚷道，"咱们背具死尸干什么？把他结果掉算了，别把货丢掉啦。"

"把他扔下！把他扔下！"卡尔曼也冲我大叫。

我累得要死，只好把雷曼达多放在岩下歇一口气。加西亚走过来，用短铳对准雷曼达多的脑袋连发了一梭子弹。

"现在看谁还有本领能把他认出来。"他看着那张被十二发子弹打得稀烂的脸这么说。

您瞧，先生，这便是我所过的美好生活。晚上，我们逃到一个荆棘丛生的小林子里歇下，筋疲力尽，没吃没喝，骡子全都丢了，血本无归。您猜那个像魔鬼一样凶残的加西亚怎么着？他从口袋里掏出一副纸牌，借着一堆篝火的微光，与丹卡伊尔赌起钱来。这时，我躺在地上，仰望星空，思念着雷曼达多，心想，倒不如像他那样也干脆。卡尔曼则盘着腿坐在离我不远的地方，不时敲起响板，哼哼唱唱。稍后，又走过来，像是要凑到我耳边说悄悄话似的，不由分说地亲了我两三下。

"你是个魔鬼。"我对她说。

"是的。"她答道。

休息了几个钟头之后，她先行动身到高辛去了。第二天早晨，一个放羊娃给我们送些面包来。我们在原地待了一整天，夜里偷偷向高辛前进，等着卡尔曼探路的情报。但她杳无音讯。天亮时，一个骡夫赶着两匹骡子，上面坐着一个女人，衣着体面，撑着一把阳伞，随行的是一个像女仆的小姑娘。加西亚对我们说：

"圣尼古拉给咱们送来两匹骡子两个女人，我倒宁可只要骡子，不要女人，管他妈的，我照单收下就是。"

他拿起短铳，借灌木丛做掩护，沿着一条小路逼近。我与丹卡伊尔紧跟在他后面。等我们一靠近那一行人。便一齐跳了出来，喝令骡夫停步。我们的装扮本来是够吓人的，但那女人看见我们不仅不害怕，反而哈哈大笑起来。

"嘿，你们这些笨蛋，把老娘当贵妇人啦！"

定睛一看，原来是卡尔曼，她化装得实在太好，如果用另外一种语言来讲话，我简直就会认不出她。她跳下骡子，跟丹卡伊尔与加西亚低声讲了几句话，然后对我说：

"金丝鸟，在你没有上绞刑架以前，咱们还会见面的。我现在要去直布罗陀去办埃及的事，很快就会有消息通知你们。"

她告诉我们在哪个地方可以暂躲几天之后，就离去了。这小姐真是我们的救星，使大伙得以脱离了困境。此后不久，我们便收到她派人送来的一笔钱，还有一个更有价值的消息：某一天，将有两个英国爵爷从直布罗陀到格林纳达去，会从某一条道路经过。俗话说得好，消息灵通，生意火红。那两个英国人有的是亮晃晃的金币。加西亚要杀掉他们的，我与丹卡伊尔都反对。最后，我们只取了他们的钱财与手表，还剥掉了他们的衬衣，这才是我们所急需的。

先生，一个人变坏是不知不觉的。一个漂亮的女人害得你神魂颠倒，你为她决斗，闯了大祸，不得不上山落草，根本没来得及考虑就从走私贩变成了强盗。我们犯下英国爵爷这一桩案子后，自知在直布罗陀一带不宜久留，便躲进龙达山中。先生，您不是跟我说起过何塞·马利亚吗，巧得很，我就是在龙达山认识了他。他每次出行都带着自己的情妇。那个姑娘美丽、温顺、谦和、举止文雅，从不说粗话，对他忠心耿耿！……相反，何塞·马利亚却使她受尽了折磨。他见一个女人就追一个，还经常虐待这个姑娘，有时则醋劲大发。一次，他扎了这姑娘一刀，这倒好！她反而更爱他了。女人天生就是如此。那姑娘对自己胳臂上的刀痕感到自豪，把它当做世界上最美的东西展示给大家看。除此以外，何塞·马利亚还是个最不讲义气的家伙！……在一次大家合伙干的买卖中，他耍了个手段，使收益全归他自己，而损失与麻烦则由我们其他人承担。好啦，我不扯远了，还是言归正传吧，从卡尔曼走后，我们再也没有得到她的消息，丹卡伊尔出主意说：

"咱们必须有一个人去直布罗陀走一趟，打听打听消息，她一定是策划好什么买卖了。我倒想去，可是直布罗陀认识我的人太多。"

"我也是的，"独眼龙说，"那里的人也都认得出我，那些龙虾们①我可没有少涮，再说，我只有一只眼，也不容易化装。"

"这么说，该我去啰？"轮到我说，一想到能见到卡尔曼，我就不禁心花怒放，"说吧，咱们该怎么进行？"

他们对我说：

"乘船去或者走陆路经过圣洛克去，随你的便。到了直布罗陀，往码头上打听一个名叫罗约娜的巧克力小贩住在哪里，找到她后，就能知道那边的情况了。"

于是，大伙商定先一道去高辛山里，然后，我把他们撇下，自己装扮成一个水果贩子独自上直布罗陀。在龙达，我们的一个内应替我弄了一张护照。在高辛，又有内应给我弄来一头驴，我装满了橘子和甜瓜就上路了。到了直布罗陀，我发现许多人都认识罗约娜，不过，她已经死了，要不就是去了"天涯海角"②。她的失踪，据我看，便是我们与卡尔曼失去了联系的原因。我把驴子寄放在一个牲口棚里，自己背着橘子上街假装叫卖，其实是想试试能否碰见熟人。直布罗陀是世界各国的流氓盗匪聚集之地，简直就是一座巴别塔③，在街上走上十步就能听见十种语言。我看见不少埃及人，但不敢贸然相信。我试探他们，他们也试探我。双方都猜出彼此彼此是一路货色；重要的只是要搞清楚是否同属一个帮派。我就这么白跑了两天，有关罗约娜与卡尔曼的消息一点也没有打听得到。于是，我采购了一些什物，打算回到两个同伙那里去，没想到，傍晚我在街上溜达时，忽听见有个女人在窗口叫我：

"卖橘子的！……"

我抬头一看，见卡尔曼肘靠在一个阳台上，旁边站着一个穿红色制服的军官，他佩戴金色肩章，一头卷发，像个大贵人。卡尔曼也穿得很华贵，大披肩，金梳子，浑身绫罗绸缎；那婆娘一如既往，轻狂依旧，正在那里笑得前仰后合。那个英国人憋出了两句西班牙语，叫我上去，说太太要买橘子；而卡尔曼则用巴斯克语对我说：

---

① 英国士兵的制服为红色，故西班牙老百姓戏称为龙虾。——作者原注。

② 监狱或下落不明。——作者原注。

③ 典出《旧约·创世纪》，诺亚之后人拟建一高塔以通天，上帝不满，使建塔者讲各种不同的语言，无法完成此一工程。

"上来吧，别大惊小怪！"

说实话，她花样太多，我已经见怪不怪。与她异地重逢，我说不上心里是喜是忧。把门的是一个英国仆人，高高大大，头上扑着粉，他将我引进一个豪华的客厅。卡尔曼立刻用巴斯克语命令我：

"你装作一句西班牙语也不懂，跟我也不认识。"

然后她转身对那英国人说：

"我不是告诉您，我一眼就看出他是巴斯克人，您听听他说的话多古怪。他长得呆头呆脑的，是不是？好像一只在食柜里偷东西吃的猫，被人当场抓住了。"

"哼，你呀，"我用巴斯克语顶撞她，"你的样子就像一个无耻的小淫妇，我真想当着你姘夫的面，用刀在你脸上划几道。"

"我的姘夫！"她反驳我说，"你真聪明，亏你想得出来！你是在跟这个傻瓜吃醋吗？自从咱俩在油灯街过了几夜以后，你就变得愈来愈蠢了。你这笨蛋，难道没有看出我正在做埃及买卖，而且手段更加高明了吗？这幢房子是我的，这只龙虾的金币也将归我所有。我正在牵着他的鼻子走，我要把他带到有去无回的境地。"

"我嘛，"我对她说，"如果你还用这种手段做埃及买卖，我会叫你永远再也干不了这一行。"

"哎哟！你是我的罗姆吗？敢这么来命令我！独眼龙觉得我这种办法很好，我这么干与你无关，你已经成了我的独家明哥罗①，难道你还不满足吗？"

英国人问道："他在说些什么？"

卡尔曼答道："说他口渴得很，想喝一杯水。"

说罢，她倒在长条沙发上，因自己的翻译大笑不止。

先生，当这个女人笑起来时，谁都会神魂颠倒，都会跟着她笑。这时，那个大个子英国人也笑了，笑得像个傻子，他叫人拿酒给我。

我喝酒时，卡尔曼对我说：

"你看见他手上的那枚戒指了吗？如果你想要，将来我把它给你。"

我回答说：

"我宁愿自己砍断一根手指，只要能把你的这位贵人弄到山里去，每个

---

① 明哥罗：Minchoroo，波希米亚文，意即我的情人、我的心肝宝贝。

人手里拿一根玛基拉①比试比试。"

"玛基拉，是什么意思？"傻乎乎的英国人问。

"玛基拉嘛，"卡尔曼大笑不止地说："就是橘子呀。把橘子叫做玛基拉不是太可笑吗，这小子说要让您吃吃橘子。"

"是吗，"英国佬说，"那好，明天再带些玛基拉来吧！"

我们正在这么说着，仆人进来禀报晚饭已经准备好了。英国佬站起来，赏给我一枚银币，伸出胳臂让卡尔曼挽着，似乎她自己不会走路。卡尔曼还在格格发笑，对我说：

"小伙子，我不能请你吃饭啦，可明天，你一听见阅兵的鼓声敲响，就带着橘子上我这里来。你会见到一个卧房，陈设要比油灯街的那一间好得多，而且你还会明白我还是不是你的小心肝。然后，咱们再谈埃及买卖。"

我没有搭腔，走到街上时，那英国佬还朝着我喊道："明天带点玛基拉来！"接着，我又听见卡尔曼的大笑声。

我走出那幢房子，不知干什么好。夜里，我睡不着，第二天早晨，我对这坏婆娘恨得咬牙切齿，真不想去找她，准备径直回直布罗陀去。但是，听见第一通阅兵鼓敲响，我的意志就彻底瓦解了，立即背着橘子篓直奔卡尔曼的住所。她的百叶窗半开着，她正睁着大黑眼睛在东张西望。头上扑了粉的仆人把我领进去。卡尔曼打发他上街办事。一等房间里只有我们俩，她就像鳄鱼般张开嘴大笑起来，一把搂住我的脖子。我从未见过她这么漂亮，装扮得像仙女，芳香扑鼻……家具配有绸缎的面料，窗口挂着绣花的帷帘……唉！而我却像一个盗贼。

卡尔曼对我说："我的心肝，我真想把这房子砸个稀巴烂，放一把火烧掉，然后逃到山里去。"

接着，我俩巫山云雨，百般温存！欢笑不止！而后，她又是跳起舞来，又是把衣服上的饰物扯下，还翻筋斗、做鬼脸，淘气胡闹，花样层出不穷，比猴子更顽皮。恢复了正经严肃后，她对我说：

"你听着，我得跟你讲清楚这一单埃及买卖。我要他陪我上龙达，那里有我一个做修女的姐姐……（说到这里，她又咪咪笑出声来）我和他要经过什么地点，我会提前派人通知你。到时候，你们一拥而上，把他抢得精光。最好将他宰掉。"她说完，脸上露出一个狞笑，这笑谁见了都不会陪她去笑

---

① 巴斯克人使用的一种铁棍。——作者原注。

的，"你知道该怎么办吗？你让独眼龙先上，你们几个靠后一点，这只英国龙虾勇猛矫健，还有几把好枪，你们几个往后靠一点，让独眼龙先上……你明白吗？"

她没有把话讲完，就哈哈大笑起来，这使得我不禁毛骨悚然。

"不，"我对她说，"我恨独眼龙，不过他终归是我的同伙。也许，将来有朝一日，我会替你把他除掉，但我与他之间的过节得用我们家乡的规矩了断。我卷进埃及买卖是偶然的；在很多事情上，我仍然是一个地道的纳瓦拉汉子，正如俗话所说的那样。"

卡尔曼说："你真是个蠢货，是个傻瓜，是地地道道的乡巴佬。你就像个侏儒，以为自己能把痰吐得远一点就是高个子①了。你并不爱我，你走吧！"

当她下了这逐客令时，我却寸步难移。我答应很快就动身，回到我那几个同伙身边，等那个英国佬上钩。而她，则答应在英国佬这里装病，一直到离开直布罗陀动身去龙达为止。

我在直布罗陀又住了两天。卡尔曼曾大着胆子，化了装到小客栈来会我。我终于离开了直布罗陀，心里也打定了自己的主意。我得到了英国佬与卡尔曼将在什么时间途经什么地点的确切消息后，便返回约定的地方跟丹卡伊尔与独眼龙会合。我们在一个树林里过夜，用松果烧起一堆旺火。我向独眼龙提议打牌赌钱。他同意了。玩到第二局，我说他作弊，他就嘻嘻哈哈笑。我把牌扔在他脸上。他想掏枪动武，被我一脚踩住。我对他说："听说你的刀法和马拉迦②最棒的小伙子一样厉害，想跟我比试比试吗？"丹卡伊尔赶紧劝架。我揍了独眼龙几拳，他一怒之下壮起了胆，便拔出了刀。我也操刀在手。两人都叫丹卡伊尔站开，让我们公平交手，见个胜负。他眼见无法制止一场恶斗，只好闪开。独眼龙弓着身子，做出猫扑老鼠的态势，右手持刀前挺，左手以帽作为遮锋，这是他们安达卢西亚人常用的一招。我则使出纳瓦拉的架势，笔直地挺立在他的面前，左手上举，左腿向前，快刀则紧贴右腿，自己觉得威猛胜过巨人。独眼龙像箭一般扑过来，我把左腿一转，他扑了个空，而我的快刀已直插入他的咽喉，刺戳得那么深，以致我的手竟触及他的下巴。我把刀猛然一转，用力过大，刀刃戛然而断。决斗告终，胜负

---

① 波希米亚谚语。——作者原注。
② 安达卢西亚的一城市港口，濒临地中海。

已定。一股像手臂一样粗的血流，把断刃从伤口冲了出来。独眼龙像一根柱子似的扑倒在地。

"你干的什么好事？"丹卡伊尔对我说。

"你听着，"我回答说，"我跟他势不两立。我爱卡尔曼，不愿意她有另外的男人。再说，独眼龙是条恶棍，他用什么手段打死可怜的雷曼达多，我至今还记得。现在只剩咱们两人了，但咱们都是好汉。咱们说说，你愿不愿意跟我结为生死之交"？

丹卡伊尔向我伸出了手。他比我年长，有五十岁了。

"男欢女爱，去他妈的！"他大声嚷道，"如果你要他把卡尔曼让给你，本来只需向他付一个银币就行啦。现在只剩下咱们两个人，明天咱们怎么办？"

"让我一个人来扛，"我答道，"现在我是天不怕地不怕。"

我们埋了独眼龙，转移到二百步开外的地点露宿。第二天，卡尔曼跟她那个英国佬带着两个骡夫与一个仆人过来了。我对丹卡伊尔说：

"我对付那个英国佬，你去吓唬其他人，他们都没有武器。"

那英国佬颇为厉害，要不是卡尔曼推了他的胳臂一下，他肯定会把我打死。总而言之，那一天，我又把卡尔曼夺回来了。我劈头第一句话，就是告诉她已经成了寡妇。当她弄清楚事情的经过后，对我说：

"你永远是个傻瓜！独眼龙本可以把你杀死，你那种纳瓦拉的防守招式，只不过是花架子，比你强的人死在他手下的多着呢。这一回是他的死期到了。你的死期也快来了。"

我立即回了她一句："如果你不规规矩矩做我的老婆，你的死期也就到了。"

她答道："好呀，我已经不止一次从咖啡渣里观测出，咱俩注定会同归于尽的，管他妈的！听天由命吧。"

说完，她便敲起响板，每当她想驱走某个烦人的念头时，总是这么做的。

一个人谈自己时，往往忘乎所以。这些鸡毛蒜皮的细节您一定是听烦了，不过，我很快就可以讲完了。我们那种非法生涯过了相当长的时间。丹卡伊尔与我又找了几个比原来的同伙更可靠的弟兄，专门从事走私，不瞒您说，有时也在大道上拦劫，但只是在山穷水尽、被迫无奈的时候。而且，我们只抢钱财，不伤性命。有那么几个月，我对卡尔曼很是满意。她继续为我们一伙当耳目，对我们的买卖很有用处。她有时在马拉加，有时在哥尔多，有时又在格林纳达。但只要我捎个信去，她就丢下一切，到某个偏僻的小客栈，甚至到帐篷来跟我相会。只是有一次，她在马拉加，使得我很不放心。我得知她勾搭上了一个富商，可能想故伎重演，玩她那次在直布罗陀的把戏。我不顾丹卡伊尔苦口婆心的劝阻，径直在一个大白天闯进马拉加。我找到卡尔曼后，立即就把她带走了。我俩为此大吵了一架。

"你知道吗?"她对我说，"自从你成为我真正的罗姆以后，我就不如你当情郎的时候那么爱你了。我腻烦别人的干预，我更不能忍受别人的发号施令。我要的是自由自在，爱干什么就干什么。小心别把我逼急了。如果你使我烦了，我会去找一个棒小伙子，用你对付独眼龙的法子来对付你。"

丹卡伊尔把我俩劝和了。但两人彼此伤害的一些话使我们都耿耿于怀，情爱大不如前了。不久，又来了一件倒霉的事。我们碰上军警，丹卡伊尔和两位弟兄丢了性命，另外两个被抓去，我则受了重伤，要不是我的坐骑跑得快，也一定会落在军警的手里。我筋疲力尽，有颗子弹还留在体内，跟唯一尚存的一个弟兄躲进了一个树林。一下马，我便晕倒过去，心想自己一定会像中了枪的野兔那样死在灌木丛里。那位弟兄先把我背到一个我们熟悉的山洞，然后就去找卡尔曼。那时，卡尔曼在格林纳达，闻讯后立即赶来。整整有半个月之久，她在我身边步不离，她难得合眼入睡，对我悉心照料，无微不至，即使是一个女人对自己最最心爱的男人也莫过如此。待我稍有康复，刚能站起来的时候，她便极为保密地带我到了格林纳达。要知道，波希米亚女人到任何地方都能找到藏身之处。就这样一连六个星期，我都藏在一所房子里，与下令通缉我的市长的府第仅有两个门面之隔。好几次，我就在百叶窗后面看见他走过。后来，我把伤养好了，但在养伤过程中，我经过反复考虑，打算改一个活法。我对卡尔曼说，我们不如离开西班牙，到新大陆①去安安分分过日子。她对我的想法不屑一顾地说:

"咱们这种人生来就不是耕田种地的，注定要靠走江湖行骗为生。告诉你吧，我已经和直布罗陀的纳当·本·约瑟夫讲定了一桩买卖。他有一批棉织品，只待你去运过来。他知道你还活着，一心一意倚靠你来做。你如果失信撒手，咱们对直布罗陀的那些合伙人该怎么交代?"

我被她牵着鼻子走，又重操起非法买卖。

---

① 指美洲。

我躲在格林纳达期间，城里举行了斗牛，卡尔曼去看了。回来后她津津乐道，特别是大说特说一个名叫卢加斯的斗牛士，说他本领很高，他的马叫什么名字，他绣花上衣很值钱，等等，事无巨细，她都了如指掌。我起先没有在意。过了几天，我身边唯一的患难弟兄茹安尼托告诉我，他在查卡丹一家商店里看见卡尔曼与卢加斯在一起。我立即警觉起来，质问卡尔曼是怎么认识那个斗牛士的，为什么要跟他交往？

她回答我说："那小子，咱们可以打打他的主意。只要河里有声响，不是水在流，就是掉进了石子①。他斗牛挣了一千二百块钱。要么把这笔钱弄过来，要么招他入伙，两个办法，任选其一。他骑马的身手很好，胆子又大，咱们的弟兄一个个都死了，你得补充人手，就把他招进来吧。"

我断然拒绝道："我既不要他的钱，也不要他这个人。我不许你再跟他来往。"

"我警告你，别人不许我做的事，我很快就要去做！"

幸亏那个斗牛士去了马拉加，而我也忙着准备把犹太人的棉织品偷运进来。这一趟买卖要做的事很多很多。卡尔曼也忙得很。于是我忘掉了斗牛士，也许卡尔曼也把他忘了，至少暂时如此。正是在这段时间，先生，我遇见了您，先是在蒙第拉，然后是在科尔多瓦，最近一次见面就不用我说了。您也许比我知道得更加详细。卡尔曼偷了您的表，还想要您的钱，尤其是您手上戴的这只戒指，据她说，这是一个神奇的指环，对她的巫术很有用，一定要把它弄到手，我俩大吵一顿，我动手打了她。她脸色煞白，哭了。这是我第一次见她哭，这使得我当时颇为震惊。我请求她原谅，但她一整天都不搭理我。我动身返回蒙第拉时，她甚至不愿跟我吻别。我心里很难受；但三天之后，她来找我，满面春风，欢声笑语，快活得像一只燕雀。所有的不愉快都抛到脑后去了，我们又亲亲热热，像一对热恋的情人。

分别的时候，她对我说：

"哥尔多正在举行节庆活动，我要去赶集，很快就会弄清哪些人身上带着钱，我会通知你的。"

我让她去了。剩下我一个人的时候，我想了想这个节会，想了想卡尔曼何以心情突然大变，认定她一定是先对我狠狠出了一口气，才跑来迁就我的。正好一个老乡告诉我，哥尔多城里有斗牛，我一听就血液沸腾，立即像

---

① 波希米亚谚语。——作者原注。

疯了似的赶到现场。有人把卢加斯指给我看，我从靠边墙的观众席上，看见了卡尔曼。只需看上一眼，便知我的判断不错。果然不出我之所料，卢加斯斗第一条牛时，便当众献殷勤，把牛身上的绸结①扯下来献给卡尔曼，卡尔曼立即戴在头上。但那条牛却替我报了仇。卢加斯连人带马被公牛当胸一撞，翻倒在地，还被牛从身上踩过。我再去看卡尔曼，她已经离位而去。人群拥挤，我走不出，只好等到比赛散场。我跑到您所认识的那所房子里，从傍晚直到深夜，我一直待在那里。清晨两点钟左右，卡尔曼回来了，看见我觉得有点意外。

"跟我走！"我对她说。

"好吧！"她答道，"咱们走吧！"

我把马牵来，将她扶上去。我俩走了半夜，互相不说一句话。天亮时分，我俩来到一个僻静的小客栈歇下，附近正好有个静修神甫的住所。我把她领到那里，对她说：

"你听着，我对你既往不咎，过去的事就不提了，但你一定要对我发誓，跟我到美洲去。在那边过安分守己的日子。"

"不！"她以赌气的腔调回绝说，"我不愿意去美洲。我在这里觉得很好。"

"这是因为你在这里可以接近卢加斯；但是，你好好考虑考虑，即使他的伤能够医好，也活不了太长。再说，为什么我要跟他去纠缠呢？你的情人一个又一个我都杀腻了；再杀的话，我就该杀你了。"

她用野性十足的目光盯着我说：

"我早就想到你会杀我的。第一次见到你之前，我在自己家门口就碰见了一个神甫。昨天夜里从哥尔多出来时，你没有看见有一只野兔从路上蹿出来，正好从你的马脚之间穿过。都是不祥之兆，命中注定。"

我问她："小卡尔曼，难道你不爱我了吗？"

她一声不吭，只是盘腿坐在席子上，用手指在地上乱画。

我恳求她说：

"卡尔曼，咱们换一种生活吧，住到一个咱俩永不分离的地方去。你知道，离这儿不远的一棵橡树下埋着一百二十盎司黄金……另外，咱俩在犹太

---

① 用丝绸系成的结，其颜色标明公牛出身的牧场，绸结用钩子钩在牛皮上，从活牛身上摘取此结送给一位女人，是公开的最大胆的示爱。——作者原注。

人本·约翰夫那里还存有钱。"

她笑了笑，答道：

"反正先是我死，然后是你死。我知道结果一定如此。"

我接着说：

"你再想想，我的耐心与勇气都快到头了。你作决定吧，否则我可要下决心了。"

我从她身边走开，缓缓向神甫的隐修所踱去，发现神甫正在做祈祷。我也真想祷告，但我做不到。我等他祈祷完毕，他站起来时，我向他走去，对他说：

"神甫，您愿意为一个命在旦夕的人做祈祷吗？"

"我为一切受苦难的人祈祷。"他答道。

"有一个灵魂也许很快就要去见上帝了，您能为她做一次弥撒吗？"我问。

"可以。"他回答说，眼睛直盯着我，见我神色有点不正常，便想引我开口，说：

"我好像在哪儿见过您。"

我把一块银币放在他的凳子上，问他："您什么时候做弥撒呢？"

"半小时以后。那个小客栈老板的儿子要来帮我做辅助工作。年轻人，告诉我，您良心上是否有什么不安？您愿不愿意听听一个基督徒的劝告？"

我觉得自己快要哭出来了。我告诉他等会儿再来，说完便赶紧溜走。我去躺在草地上，一直等到听见钟声敲响才回去，但我并没有走进小圣堂。弥撒做完后，我回到客栈，巴不得卡尔曼已逃之夭夭，因为她满可以骑上我的马跑掉……但我发现她仍在那儿。她一定是不愿意别人说她惧怕我。我刚才不在的时候，她拆开自己裙子的贴边，取出里面的铅块。现在，她正坐在桌前，正瞅着一个水钵中的铅块，那是她刚刚熔化之后又倒进水钵的，她全神贯注于她的巫术，竟没有发觉我回到了她的身边。她时而取出一块铅，愁容满面地将它翻来覆去，时而又哼起一首神秘的歌子，这歌在对波希米亚人尊为至高无上女王的马利亚·帕狄亚进行祈求，她原本是唐·佩德罗王的情妇[1]。

---

[1] 世人曾指责马利亚·帕狄亚以巫术蛊惑国王唐·佩德罗。据民间传说云，她将一条金腰带献给王后（波旁家族的白朗施），在国王中了魔的眼睛里，此腰带成为了一条活蛇，从此，国王深恶这位不幸的王后。——作者原注。

"卡尔曼，"我对她说，"请跟我走。"

她站了起来，扔掉水钵，披上头巾准备要走。店伙计把我的马牵来，她坐在马后，我们就上路了。

走了一段路，我对她说：

"这么说来，我的卡尔曼，你是愿意跟我远走高飞啰，是吧？"

"是的，我是跟你去死，但绝不跟你再生活在一起。"

我们到了一个偏僻的山口，我勒住马。

"就在这儿？"她问道。

她纵身跳到地上，摘下头巾，把它扔在脚下，一手叉腰，傲然挺立，两眼直瞪着我，说道：

"我看得很清楚，您想杀我，这是注定了的，但要我让步，你办不到！"

"我求你了，"我对她说，"你要放理智些，听我说，过去的一切都一笔勾销，不过你知道，是你断送了我，我是为了你才变成土匪和杀人犯的。卡尔曼！我的卡尔曼！让我来挽救你吧！让我在挽救你的同时把我自己也挽救出来吧！"

"何塞，"她回答说，"你的要求，我办不到。我已经不爱你了，可你还在爱我，因此要杀我。我完全可以对你撒个谎，哄哄你，可我不想再费这个事了。我们之间的缘分已经完啦，你是我的罗姆，有权杀死你的罗米，但卡尔曼永远是自由的，她生来是加莱，死也是加莱。"

"这么说你是爱卢加斯啰？"我问道。

"是的，我爱过他，就像爱过你一样，但只是爱过一阵子。如今，我谁都不爱了，我恨我自己曾经爱过你。"

我扑倒在她脚下，抓住她的手，泪如雨下，泪珠落在她的手上。我向她重提过去我俩在一起的幸福时光，答应她为了讨她喜欢我愿意继续当强盗。先生，一切，所有的一切我都答应她，但求她仍然爱我！

她却对我说：

"仍然爱你，不可能。和你生活下去，我坚决不干。"

我怒上心头，狂暴失控，拔出刀子，这时，我但愿她表示害怕，向我求饶，但这个女人简直就是个魔鬼。

我朝她嚷道：

"我最后再问你一次，你愿不愿意跟我走？"

"不！不！不！"她一边说一边跺脚。接着又从手指上捋下我以前送给她的戒指，往荆棘丛里一扔。

我立即扎了她两刀。那是我从独眼龙那儿抢来的刀子，我自己的那一把早已弄断了。扎到第二刀，她一声不出地倒下。她那双又黑又大的眼睛直瞪着我，至今我仍历历在目。她的眼光逐渐暗淡模糊，接着双目闭上。我失魂落魄，在她尸体前待了好一个时辰。我想起了卡尔曼常对我说她喜欢死后被葬在一个树林里，便用刀挖了一个坑，把她安放下去。我又去找她那只戒指，找了好半天终于才找到。我把那戒指也放进坑里，就在她的身边，还在坑外插上一个小小的十字架。也许，我这么做有违波希米亚人的习俗。

完事后，我翻身上马，直奔哥尔多城，向最先碰上的第一个兵站自首。我供认自己杀了卡尔曼，但我不愿说出把她埋在何处。那位隐修的神甫真是个圣人，居然为卡尔曼做了祈祷，还为她的灵魂做了一次弥撒……可怜的孩子！把她教养成这个样子，完全是加莱的罪过。

四

此种流浪民族，名称繁复，不一而足，或称波希米亚人，或称茨冈人，或称吉普赛人，或称齐格奥内人，他们散布于全欧各国，当今尤以西班牙数量最多，其所聚居或漂泊之地区，多为南部与东部各省，诸如安达卢西亚、埃斯特拉马杜以及穆尔西，此外，加泰罗尼亚省亦为数不少，其中一部分往往由此流入法国，故可在我们南方各集市上常见其踪影。男子多从事贩马、兽医、为骡子剪毛等营生，亦有修补锅子与铜器的，当然，走私与干不法勾当者自不乏其人。女人则是算卦、行乞与贩卖各种有害无害的药物。

波希米亚人之体征，易于辨识而难以描叙。只需见过一例，即可从一千人中分辨出与他同种的那一个。和居住在同一地区的其他种族相比，他们的相貌与表情迥然迥异，格外醒目。肤色黝黑，颜色总比当地其他种族的为深。因此，他们常以"加莱"即"黑皮肤的人"自称①。眼睛又黑又大，明显睑视，睫毛修长而浓密。其目光大可与野兽相比，狂野与怯缩兼而有之；就此点而言，他们的眼睛充分反映出本民族的性格：狡诈而放肆，但像巴汝奇②一样，"天生怕挨打"。男人大多身躯健美、矫健敏捷。我从未见过一个

---

① 据我看，德国境内的波希米亚人虽然完全理解"加莱"一词的含义，但并不喜欢别人以此来称呼他们，他们之间互称为"罗玛内·查维"。——作者原注。

② 16世纪法国作家拉伯雷的长篇小说《巨人传》中的主人公。

身材肥胖的。德国的波希米亚女人一般都很漂亮，而西班牙的吉普赛女人则绝少美色天姿，年轻时虽丑，但不无几分可取，一旦生了孩子，便令人望而却步了。不论男人女人，无不脏得难以置信。谁要未曾见过波希米亚女人的头发，就想象不出它是怎么回事，即使比喻为最粗硬、最油腻、最灰黑灰黑的马鬃，亦不过分。在安达卢西亚的某几个大城市里，一些稍有几分姿色的姑娘较为注重打扮，她们以跳舞谋生，所跳的舞很像我们狂欢节公开舞会上禁跳的那些舞。英国传教士波罗先生，曾得教会的资助向西班牙境内的波希米亚人传教布道，写过两部兴味盎然的书，断言吉普赛姑娘绝不会失身于一个异族男子。窃以为，波罗先生如此颂扬她们的坚贞，实在言过其实。首先，绝大部分吉普赛姑娘都像奥维德①笔下的丑女子，正如诗人所言，"无人问津的女人当然贞洁"②。至于那些貌美的，则像所有的西班牙女人一样，选择情人时十分挑剔。既要能得到她们的芳心，又要男才女貌，两相般配。波罗先生举了一个事例以证明西班牙吉普赛姑娘的道德观，其实倒正是证明了他自己的道德观，尤其是他的天真。他说，他认识一个拈花惹草成性的浪子，出了好几盎司黄金给一个吉普赛女子，结果却未能如愿以偿。我把这个事例告诉了一个安达卢西亚人，他说，这个浪子如果只拿出两三个银币，说不定倒能马到成功，因为将几盎司黄金献给一个波希米亚女人，实无法使其确信不疑，正如答应送一两百万钱财给一个小客栈的姑娘一样。不论怎么说，吉普赛女人对自己丈夫确实忠心耿耿，一旦需要，她们赴汤蹈火，在所不辞。波希米亚人对自己民族的称呼之一是"罗梅"，其原意是"夫妇"，在我看来，便足以说明该民族对婚姻关系的重视。总的来说，他们在与同族人的交往中很重乡情，也就是很讲义气，竭诚互助，患难与共，出事时严守秘密，不出卖同伙，凡此种种，实乃他们的主要优点。不过，在一切不法的帮派社团之中，亦何尝不是如此呢。

几个月前，我在孚日山③区，访问过一个定居在该地的波希米亚部落。在一个女族长的小屋里，住着一个与她非亲非故的波希米亚男子，他患了不治之症，宁可离开照料甚好的医院，也要死在自己的同胞中间。他在这个家已经卧床十三个星期，得到的待遇比那家的儿子和女婿还要好。睡的床用干草与藓苔铺得柔软舒适，被褥洗得干干净净，而家里其他十一个人，却都睡

---

① 奥维德，公元前1世纪的罗马诗人，《爱经》是他的名作。
② 原文为拉丁文，出自奥维德《爱经》第一章。
③ 孚日山，法国东部的山脉，在法国与德国的边境。

在长不过三尺的木板上。他们待客的情义可见一斑。那个老妇如此仁爱，但却当着病人的面这样对我说："快了，快了，他快要死了。"究其根由，实因这些人生活极为贫苦，故不畏言死亡也。

波希米亚人的另一特点，就是对宗教信仰甚不在乎，这并非因为他们桀骜不驯或对宗教持怀疑态度。他们从不标榜自己信奉无神论，恰恰相反，他们居住在某个国家，便信奉那个国家的宗教。移居到另一个国家，就改信另一种宗教。开化程度低的民族往往以迷信代替宗教信仰，但波希米亚人却并不迷信。说实在的，利用别人的轻信以欺骗为生的人，怎么会迷信呢？但是，我发现西班牙的波希米亚人很害怕接触尸体，他们很少有人会为了钱而把死者抬往墓地。

我说过，大部分波希米亚女人都以算卦为生。她们很长于此道，但她们最大的生财之道是出售媚药与春药。她们用手逮住蛤蟆的腿声称可以拴住朝三暮四的心，还拿磁石粉末来使得对你无动于衷的人爱上你，甚至能够在必要时念咒施法把神魔招来助一臂之力。去年，一个西班牙女人给我讲了这样一个故事：有一天，她心事重重、神情忧郁，正从阿尔加拉大街上走过，一个盘腿坐在人行道上的波希米亚女人朝她喊道："美丽的夫人，您的情人背叛您了。"实际上确有其事。"要不要我帮您使他回心转意？"不用说，这位夫人欣然接受了。对于一个能够一眼就看透你心事的人，怎么能不信赖呢？由于在马德里这条最热闹的大街上不便施展法术，两人便约好第二天见面。见了面后，那吉普赛女人说道："要使得您那负心汉浪子回头实在太容易了。他给您送过什么手帕、围巾或面纱之类的东西吗？"那位太太拿出一块头巾。"现在您用深红色丝线在头巾的一角缝上一枚银币，在另一角缝半块银币。这儿缝一个小钱，那儿缝两个小钱，最后在中央再缝一枚金币，最好是一枚高面值的。"那位太太一一照办不误。"现在把这块头巾交给我，等到半夜的钟声敲响，我就把它送到坟场去，如果您想亲眼见识见识我的法术，不妨跟我一道去。我向您保证，明天您就准能见到您的情人了。"后来，那波希米亚女人独自拿了头巾到坟场去了，那位太太不敢奉陪。至于这位被情人抛弃的女人能否收回自己的头巾，能否再见到她的情人，那就只好由读者自己去猜了。

尽管波希米亚人穷困且往往招人反感，但在开化程度甚低的人群中，倒受到相当的敬重，对此，他们甚感自豪，自认为在聪明才智上高人一等，并从骨子里瞧不起接纳了他们的当地东道主民族。

"这些当地人蠢得很，作弄作弄他们，真是轻而易举的事。"孚日山区的一个波希米亚女人这么对我说，"有一天，一个乡下女人在大街上喊住我，我跟她走进她家。原来是家里的炉子冒烟，求我念咒施法。我先是向她索取了一大块肥肉，然后就用波希米亚语念念有词，其实是这么骂她：你是笨蛋，生来就是笨蛋，死了也是笨蛋……走时，我在门口用地道的德语奚落她说，你要炉子不冒烟，最好的办法就是不生火……说完，我撒腿就跑。"

波希米亚人的历史至今仍是问题。众所周知，约在 15 世纪初，他们最早的群落，零散地出现在欧洲东部，人数不多；谁也说不清他们是从哪儿来的以及为什么到欧洲来的。更为奇怪的是，他们分散在相距甚远的不同地区，居然能在短短的时期里，繁殖如此神速。波希米亚人对自己民族的渊源，并没有任何世代相传的传说。他们大都称埃及是他们远古的祖国，不过，这是一种由来已久的古老说法，他们只是信从采纳了而已。

研究过波希米亚人语言的东方学学者们，大都认为他们发源自印度。的确，罗曼尼的许多词根与语法形式，皆可在一些从梵语派生而来的方言中找得到。不难想象，波希米亚人在长期漂泊中吸收了很多外族的词语。罗曼尼的各种方言中便有大量的希腊语词汇，例如：骨头、马蹄铁、钉子等等。今天，波希米亚人散居于欧洲各地，彼此分隔，有多少群落，几乎就有多少种方言。他们讲当地的语言比自己的方言更为流利，而且，他们只是在有外族人在场时才讲自己的方言，以便于本族人的沟通。德国的波希米亚人与西班牙的波希米亚人互不往来已有好几个世纪，但如果将两者所操的方言加以比较，即可发现共同的词汇数量极多。然而，因为这些流浪的族群不得不使用所在地的语言，所以他们原来的语言与当地文明程度较高的语言接触之后，便产生了明显的变化，只是或多或少不同而已。一方面是德文，一方面是西班牙文，从两方面使得罗曼尼大大有所改观，因而，居住在黑森林区的波希米亚人便难以与安达卢西亚的波希米亚同胞交谈，虽然他们只要一张口说几句话，便可知他们不同的方言实同出一源。我认为，有一些常用词在他们不同的方言中都是相同的，例如，在我所见到的所有波希米亚方言的词汇中，"pani"都指水，"manro"都指面包，"mas"都指肉，"lon"都指盐。

数词则几乎到处一样。我认为德国的波希米亚方言要比西班牙的纯得多，因为其中保留了很多原有的语法形式，不像西班牙的吉普赛人采用了加斯提诺语①的语法形式。但有几个词是例外，足以证明波希米亚语最初是统一致的。在德国的波希米亚方言里，过去时态是在动词命令式的末尾加上"ium"，而命令式永远是动词的词根。西班牙的波希米亚方言中，动词则全部按加斯提诺语第一人称变位法的动词变位。原型动词"jamar"（吃）按规则变为"jamé"（我吃了），原型动词"lillar"（拿）变为"lillé"（我拿了）。但是，有一部分波希米亚老人都例外，仍读成"jayon"，"lillon"。我不知道还有什么其他语言的动词也保留了如此古老的形式。

既然敝人在此炫耀了关于罗曼尼的浅薄知识，不妨例举几个法语土话中的词汇，那是法国盗贼从波希米亚人那里学来的。《巴黎的秘密》②使得我们上流社会知道"chourin"一词的意思是"刀子"。这就是一个地道的罗曼尼词汇。"tchouri"这个词在波希米亚人各种不同的方言中也都有。维多克③把马叫做"grès"，这个词在波希米亚各种方言中有多种变化，如"gras"、"gré"、"graste"、"gris"。还有"罗曼尼歇尔"这个词，它在巴黎的土话中就是指波希米亚人，是"rorrmmané tchave"（意即"波希米亚小伙子"）的变音。但使我感到沾沾自喜的是找到了"frimousse"（意即"脸蛋"、"面孔"）一字的词源，这是我那个时代的小学生以至当今的小学生经常用的一个词。首先请注意，在乌丹1640年所编的那本猎奇性的字典里，就收入了"frilimousse"这个词。而"菲尔拉"（firla）、"菲拉"（fila）在罗曼尼中，便是脸孔的意思，"摩伊"（mui）也与此同义，正等于拉丁文中的"奥斯"（os）。把"firla"与"mui"组合在一起成为"菲尔拉摩伊"（firlamui），任何一个酷爱纯粹母语的波希米亚人一听这个词就能明白，而我个人认为这个组合词也正符合波希米亚人兼收并蓄的语言特点。

够了，对于《卡尔曼》的读者来说，我在罗曼尼方面的学识已经炫耀得足矣，正好有一句波希米亚谚语可引以为戒："嘴巴紧闭，苍蝇难入"④，就让我以此作为全书的结束吧。

---

① 加斯提诺语，是西班牙中部地区的方言，构成了现代标准西班牙语的基础。
② 法国19世纪著名作家欧仁·苏所写的著名长篇小说，对巴黎下层社会与盗贼帮派有诸多描写。
③ 法国19世纪有名的不法分子，犯案甚多，当过警察局的线人与侦缉队长，后又因不法去职，他署名的《回忆录》一书，曾名噪一时。
④ 原文为波希米亚语。

古老的法兰西

[法国] 罗歇·马丹·杜伽尔　著

郭宏安　译

　　罗歇·马丹·杜伽尔（Roger Martin du Gard，1881—1958），法国小说家，生于塞纳河畔纳伊，父亲是巴黎塞纳区法院的诉讼代理人。大学时曾入巴黎大学文学系，后转入巴黎文献学院。以鸿篇巨制八卷本《蒂博一家》（1922—1940）闻名于世，并获 1937 年诺贝尔文学奖。《蒂博一家》写作长达 16 年，卷帙浩繁、规模宏大、资料丰厚。小说围绕两个家庭成员的不同经历，展示了 20 世纪初到 1918 年期间法国社会生活的画卷。人物性格鲜明丰满，心理刻画细腻深刻，历史氛围准确真实。相形之下，《古老的法兰西》（1933）则是一篇构思奇特的作品，一双邮差的眼、一辆邮差的车，见识了一个小镇各式各样的人物，他们的身世、他们的苦恼、他们的希望以及他们的追求。这是一个愚昧、迟钝、落后的世界，却不是一个与世隔绝的封闭的世界。这个行将崩溃的世界是与外界相通的，人们感到了外面的暴风雨正无情地袭向这个衰朽的角落。作品疏朗中有细节，冷静中见褒贬，平淡中生突兀，行文中不时闪露讽刺与幽默。

谨以此简单的农村速写集献给克里斯蒂阿娜和马赛尔·德·考拜。

一

　　若阿纽划着了一根火柴。

梅丽怒气冲冲地朝墙翻了个身。

"几点了?"

"一刻。"

他嘟嘟囔囔,下了床,推开窗户。太阳已经升起——7月末,太阳比邮差起得还早。天是玫瑰色的,沉睡的房屋是玫瑰色的,空无人迹的广场也是玫瑰色的,那里,树木拖着长长的影子,如同傍晚一样。

若阿纽穿上裤子,到院子里去小便。这是个大个子农民,淡棕色的头发,乱蓬蓬的,飞扬的尘土和风吹日晒使他毛发褪色,颜面不清。

三分钟工夫,他就准备妥当,套上护腿,戴上帽子,一直到晚上都将是这身打扮。

由于天热,梅丽只穿着短袖衬衣。她的一只滚圆的膀子撂在单被外面。

"轻一点儿,你会弄醒约瑟夫的。"

车匠学徒睡在上面阁楼里;因为邮差没有孩子,那阁楼本来也闲置着不用的。

若阿纽没有应声。他可不在乎是否会弄醒那孩子。那孩子也不在乎自己被弄醒。他已经站了起来,穿着衬衣,光着脚,竖起耳朵听着。

他一听见邮差走了,就像猴子似的奔了下来,直到房间的门口:

"若阿纽太太,几点了?"

她正等着他。她两眼不安地盯着没有插上的插销,不敢出气地说:

"马上就半点了。"

好像门是玻璃的。她看见他站着,一只手搔着乱蓬蓬的头发,小鸡一样的细皮嫩肉,衬衣敞开着,忽闪着睫毛,半张着厚厚的嘴唇。

"好。"片刻之后,他说。他还在那儿站了一会儿,跟她一样,听着动静。然后,他三蹦两跳,衬衣在风中飘着,爬上了阁楼——傻瓜。

若阿纽太太听见他关上门,上了床。她嘘了口气,腰一伸,打了个哈欠。然后,她插上门,开始梳洗。

骑车子,从车站到莫拜卢邮局只要五分钟,可是,从莫拜卢邮局到车站却足足要十五分钟,因为要经过的洛朗树林是上坡路。

若阿纽背着邮包,穿行在无声的房屋中间。

村镇狭长,只有一条路,为了环绕教堂,在村中心被加宽了,很难看。这个时辰,莫拜卢还在沉睡。广场上咖啡馆的主人包斯,是起得最早的人之一，他也还没有拉开百叶窗，甚至面包房也还关着门。面包师的日子过得悠闲懒散：两个老光棍，麦拉维涅兄弟俩，晚上轮流把面包放进烤炉，但是早晨两个人都睡觉，因为一个已经烤完，另一个还没开始卖。

费茹总是起得很早。他已经在柴堆前劈柴了，劈完再去干活。

"你早，老兄。"若阿纽喊道。

养路工伸了个懒腰，点点头作为回答。他的后脖颈老是弯着，仿佛背了一口袋面粉。这费茹可是个人物：去年，他出走了十七天，十七天杳无音讯，警察都介入了。人家不得不在路桥局的公告上把他列为失踪。可是后来，一天早晨，人们又看见他了，在路中间埋头弄着卵石，自行车放在沟里，背包晾在草丛中。没有人知道这件事的底细——甚至连若阿纽也不知道。他同维尔格朗德的娘儿们鬼混去了吗？他一个人走的吗？他是心血来潮、自己愿意走的吗？他丢下四个娃娃、生病的老婆、上司、养路的小车，是为了忘掉一切，重新开始更好的生活吗？是什么原因又把他拖回到他的石子前的？悔恨？苦难？习惯？还算运气，由于他家人口多，区长阿纳尔东才算争取到督察员不砸他的饭碗。

只剩下最后几幢房子了，再过去就是公墓。坟墓中间，一尊为纪念死者而用花岗岩雕的正在拼刺刀的士兵像，总是喜气洋洋。这是个老伙伴了，像个气压表——下雨的日子，他全身黑色；下雾，他就具有石板的颜色；而在灿烂的阳光下，他就变成蓝色。好家伙，恰恰是天蓝色，他的撒满碎玻璃碴儿的头盔，正闪闪发亮。

他用力一蹬，经过一座小木桥，过了叶莱特河；然后过总是那么清凉的伊勒河，那是一段沼泽地，夹在河的大小两个支流间，现在还笼罩在早晨的水汽之中；然后腿上再一使劲儿，越过叶尔河上的一座拱形老石桥。现在该上坡了，直到车站，中间经过一片乌鸦盘旋的田野。早晨的大自然洁净、安详，百鸟啁啾，已感到炎热的威胁，尽管它们还在高空中翱翔；路上，空气温和、凝滞，还有些凉意，犹如春光明媚的那些日子。路旁的野草沾满尘土，被羊啃过，被昨天的太阳晒得焦黄，仿佛趁着夜晚和露水又绿了起来。

邮差推着自行车，低着头，大步爬上山坡。他熟悉路上所有的坑坑洼洼，每一块重修的地方，每一堆石子，每一丛灌木。什么也不能使他内心的思考分神。然而，在路的拐角，他总要停下几秒钟，以主人的身份，朝洛朗树林那边山坡上他的葡萄园望上一眼。葡萄园坐落在一株枝叶婆娑、其冠如盖的大核桃树和一排迎风挺立的桃树之间。

火车五十五分才进站。若阿纽总是提前到。十二年中，火车和他只有一次没有碰上，差了三分钟：那一天，若阿纽以为面包房失火了。再说，人们永远也不会知道麦拉维涅兄弟和他们的小女佣那一夜在炉子里烧了些什么，肯定不是木头或面包皮。一窝小猫，像他们自己说的那样？这倒可能，因为有一股烧焦了的动物尸体的臭味儿。

车站到了，在山坡上。屋顶上冒出一缕轻烟，飘荡在梧桐树的枝叶间。独身的站长正在生火煮咖啡。

二

候车室从昨天晚上就关着门，里面充满烟斗和脏衣服的气味。

货栈的棚子底下，搬运工弗拉马尔，一个大力士，正把一筐一筐的蔬菜往小车上装。每天早晨，菜农鲁特尔在他的伙计的帮助下，从他的小卡车上把这些蔬菜卸下来。

若阿纽朝这三个人走去。

"一会儿路上就该热了！我说！"

"婊子天气！"满身大汗的大力士一边干活，一边嘟囔着。

鲁特尔没有应声。不过，他扁平的脸上也是汗流不止。但是，太阳越是晒，对蔬菜越是好：只要浇水就行了。在菜农的园子中央，有股永不枯竭的泉水。

弗拉马尔把一筐香喷喷的甜瓜拖向磅秤。鲁特尔去办公室办手续。

只剩下那伙计了。邮差懒洋洋地卷着一支烟。

"嗯，过一会儿，太阳就毒了！我说，德国兵！"

那伙计把车篷扣上。

"太阳就途（毒）了，系（是）啊……"

大家都叫他德国兵，他是巴伐利亚人，因为战争流落在此地。他身材奇特，发育不好，什么都长歪了。脑袋太沉，总是朝肩膀歪着。脖子又长又白，令人想到那些由于发育不良而成为同类的出气筒的家禽，脖子上的毛被啄得精光。然而，他却有一双梦幻般迷惘的眼睛，模样儿也讨人喜欢。他坐在汽车的踏板上，小声地唱起来。草帽的边儿在他头上宛如一圈光环。金褐色的眼睛盯着邮差，一抹笑意经久不逝。他像在睡梦中一样重复着：

"太阳就途了，系啊，雅（若）阿纽先星（生）……"

邮差走近弗拉马尔。他一个人正在磅秤前摆弄那些秤砣。为了不弄错，他大声地数着："二百五十二加二十，二百七十二……"他那公羊似的脸上的肉好像煮熟的一样，两眼深陷在鼓起的脑门和突出的颧骨之间，又圆又小，又蓝又呆——是醉鬼的那种呆，辈汉的那种呆。

"我得跟你谈谈。"他称完以后说。

若阿纽跟着他走向灯具室。

在这个属于大家的车站里，搬运工给自己留了这一角地方放煤油灯。在这油腻的抹布和渗油的灯之间，他可以安安静静地吃饭，尽情地想他自己的事。每天，第一班车到来之前，他拉来邮差吃点东西。他老婆给他安排好了：筐子里总是有两个人吃的。若阿纽也乐得享用，一年以来，他省去了早点。

在油腻肮脏的木板上，弗拉马尔摆上面包、酒和一盒沙丁鱼，他只一改锥就把罐头开了膛。两个人坐下了。窗外响起了尖细的铃声。

"离开梅居了。"若阿纽说。

他们照老样子、老规矩，不慌不忙地把一片面包放在左手心上。他们轮流地，弗拉马尔在先，若阿纽在后，用刀尖扎住一条油腻的鱼，在面包上摊开。然后，他们从面包片上切下一小方块，麻利地放进嘴里，在开始用力大嚼之前，两个人都不忘用手背擦一擦小胡子。

搬运工不吃了，俯下身来：

"臭娘儿们，她想收拾顶楼。"

若阿纽刀子举在半空中，想了片刻，问道：

"干什么用？"

"改成一间屋子，她说。改成一间屋子好出租。"

弗拉马尔把两只粗壮的手举到胸前，咔嚓一声合上；然后，在一片沉寂中说：

"可我说：'不！'"

若阿纽小心翼翼地停留在泛泛而谈上：

"你得交租房税吗？"

"谈不上。臭娘儿们会算计，她比你我都内行。她说，所有费用付清，每个月可以给我带来至少三百、三百五十法郎。你算吧！"他给邮差时间去估量牺牲的大小，咬着牙重复说："去它的钱吧。我说：'不！'"

"是啊……"若阿纽说。

他们面面相觑，彼此打量了一会儿，仿佛相互憎恨一样，其实是在揣摩对方。但是，比弗拉马尔还要狡猾的人都得放弃去猜测若阿纽脑袋里的玩意儿。他的毛茸茸的牧羊神般的脸从不泄露真情。他的眼睛有双重保险，不仅隐蔽在睫毛下面，而且藏在弯弯的眼皮缝里，至于嘴的表情，总是躲在一副警察式的小胡子底下。他慢慢吞吞地，像一架复杂的机器开动所有的齿轮那样，又开始大嚼。弗拉马尔却不然，这一切使他心慌意乱，连吃都不关心了。

弗拉马尔过去当过步兵下级军官。他娶的这位驻地的姑娘替他在铁路上谋了份差事。现在她在距车站四公里的地方开了个零售店，一幢孤零零的破房子坐落在三岔路口上。一些开车的人在那儿落脚。窗户总是半开半掩。人们说，那里面什么事都有。"婊子"独自一人，可以整天整天地背着她男人胡搞。弗拉马尔心里明白。疑心折磨着他，但他受制于列车时刻表，只能在他的灯具间里暴跳如雷。何况，"婊子"自有办法：零售店赚钱很多，多得弗拉马尔不管说什么，却从未认真考虑过放弃这桩买卖。为了至少可以监督信件的往来，他去年把心事向邮差和盘托出，其代价是他拿出了早餐的二分之一。若阿纽却是个谨慎的同谋，作为交换，他让他看些这儿那儿来的无伤大雅的明信片。

"过路的人也罢了，"弗拉马尔突然喊道，"如果让一个人住在那儿，我可就完了！"

他的脖子变成紫红色。眼珠滴溜溜转。幻象朝他袭来。他胸中发出了一阵意想不到的咯咯声：

"总有一天他要从我手里把她夺走，我的这个婊子！"

若阿纽冷笑一声。然而他错了：尽管他眼尖耳灵，他不明白，大力士嘴唇发抖，那是激动多于愤怒，那咯咯声是一阵绝望的抽泣。

窗外铃声戛然而止。火车近了。

弗拉马尔站起来，在大圆面包上揩净刀子，折起来。

"在你送信之前，若阿纽，我跟你说这些，是让你能顺路跟那婊子说一声。"

"这倒可以。"若阿纽说。

他窃笑不止。今天早晨他本来就打算去零售店，因为他正好要向弗拉马尔太太传递一封私人信件。

一扇镶玻璃的门开了，站长身着制服，扣着扣子，出现在站台上。

"你好，站长！"若阿纽说。

老头机械地把两只手指放在帽檐上。

"早安，若阿纽。"

他为人热情，却不与人深交。这是个忧郁的站长。他躬着腰，背着手，出于习惯，侧着身子迎着火车走去。

邮车上，一个职员穿着背心，从窗口递出一个上了挂锁的邮袋。

若阿纽把他的递过去：

"再见，白尔戎！你倒凉快！"

那是个老头，一副患佝偻病的样子，倚在车门上，在手心里磕净烟斗，吐了口黑唾沫，没有回答。

那边筐子都装上了。弗拉马尔汗流浃背。火车头叫了。火车刚一开动，一个人大喊一声，只见弗拉马尔从车厢里一下子拉出一笼毛羽散乱、半死不活的母鸡，当它们撞在地上的时候，最后又惨叫了一声。

若阿纽骑上自行车。

站长回去写他的账目；弗拉马尔回到他的灯具室里。

空无一人的站台上，太阳光下，撞得半死的母鸡挤在笼子里奄奄一息。

三

六点半的钟声刚刚打过，镇子已经骚动起来。百年来的习惯，比懒惰更有力量，它冷酷地把人们从睡梦中拖起来，让他们重新像关在笼子里的松鼠一样骚动不已。

厨房在邮局办公室后面，梅丽刚刚梳洗过，嘴里啃着一大块抹上黄油的面包。是什么使她有了这一副娇艳的样子？她的健康的牙齿，她的小发卷，她的轻薄的内衣，还是她的姿态？对于一个短腿、肥胖的女人来说，她是惊人的轻盈。

若阿纽侍弄园子去了。八点钟他才开始送信。

梅丽利用这段时间爬上阁楼去收拾学徒的床。这从未包括在租金中，但是人们知道十六岁的孩子是什么：如果无人给他把东西弄干净……每天早晨，一次不落，梅丽总上去抖抖约瑟夫睡过的单子，翻一翻还是温热的、上面压出了一个窝儿的羽毛褥子。

除非对被奴役状态有种邪恶的兴趣，否则，收发这种生活只是在他有个老婆，而这老婆还能管办公室的情况下才是可能的。若阿纽把梅丽训练出来了。最艰巨的是让她放弃生孩子：一个女人总是想崽子的，像母兽一样。然而，生儿育女与规律的邮递服务不能相容，这很容易明白。梅丽为这事哭过多少个夜晚啊。他不得不同意她养些小狗，何况，若阿纽将它们出售，还挺赚钱。

余下的，她完全跟上趟儿了。她会收发电报、查阅邮费、处理各种票据存根。

尽管有栅栏，窗户上镶的是毛玻璃，可邮局终究不是监狱。只是墙角有些起硝，墙的上部贴满了悦目的通知和布告。气味也是好闻的，是那种公共场所的气味。事实上，办公室里人来人往，感到无聊的时间永远不会长的。

教堂自然要晚于区政府。因为区政府的大钟已经到了七点十分，凡尔纳小姐才决定敲钟。

凡尔纳小姐是神父的姐姐，掌管着教堂的钥匙；夜里，她把它藏在枕头底下。早晨，是她打开十字形耳堂的矮门，第一个钻进轰响的拱弯底下。那是一个无与伦比的骄傲的时刻，仿佛上帝只属于她，像对一个宠儿一样地对她说着话。唯独她有特权，可以用她的木底皮面套鞋打破中殿神圣的宁静，可以拉住钟绳向还在安眠的镇子发出晨祷的钟声。在她打钟做弥撒的时候，她弟弟才来。当他打开圣器室，准备祭坛时，只见两个黑影先后穿行在廊柱间，过来跪在凡尔纳小姐身后——那是马索小姐和赛莱斯蒂娜。三位圣女每日都参加祭礼，因为神父先生常常没有儿童唱诗班，她们就每人一天，轮流去做。

如果仁慈的上帝唤回其中的一位，幸存的两位将会轮得更经常些；然而，这是个罪恶的希望，每当它一出现，就会受到她们每个人的排斥。

做弥撒的钟声一响，若阿纽便收拾好工具，回到办公室去。

他把邮袋里的东西都倒在那张大黑桌子上，戴好眼镜。他喜欢把信件分类这营生。整个地区都在那儿，在他面前，连同当时的小秘密，若阿纽总是怀着新鲜的乐趣东搜西查。他一个一个地拿起那些信封，随意检查，然后在后面打上湿漉漉的邮戳，根据永远不变的路线分好。他嗅觉很灵，差不多知道大部分信件中写的是什么。十二年，只要有点眼力，就能注意、联想、回忆和猜到些东西。

不时地，当他拿起某一封信的时候，他会突然停住。他把它翻过来、掉过去，掂一掂，对着亮光看一看、闻一闻。如果这封信执意不肯泄露秘密，他也不坚持，因为他知道终归是他说了算。他不把它放在信堆里，却迅速地塞进外衣的口袋里。过一会儿，面对面地了结这桩公案吧：如果求助于开水的话，只要加上必要的时间，没有一封信不最终走上招供的道路。

四

八点钟刚打第一响，若阿纽就斜挎着邮包，歪戴着帽子，脚后跟着两只西班牙种猎犬，穿过广场，穿过学校的院子，进入空空的教室，叫道：

"埃纳伯格先生！"

小学教师立刻过来拿他的和区政府的信。他不愿意让邮差一直进到厨房，那儿，他全家正在进早餐。埃纳伯格先生从未给过邮差一支烟，也没给过两条狗一块骨头。若阿纽不喜欢他。对于他本人，对于他的思想，也没有什么好反对的；但这是一个冷漠阴沉的东部人。

若阿纽走了，小学教师回到厨房。炉子上晾着尿布。狭窄的房间里充满了煮沸的牛奶、碱水和刷锅水的气味。三个孩子挤在桌子的一头，争抢着食物，像一窝饥饿的小鸡。埃纳伯格太太穿着短上衣，笑着、骂着，在每一个伸过来的小盆里舀进一点儿木薯粉羹。她棕色头发，丰满得连皮肤甚至头发都是油腻腻的。接连不断地生孩子，使她体形大变。这倒也不算什么，只是由于不断生孩子使她天性中所有庸俗的本能一个接一个地解放，如同解放魔鬼一样。

埃纳伯格先生默默地重新坐在他的位置上。他打开报纸，放在他妹妹的碗和他的碗之间。

埃纳伯格先生和他的妹妹长得很像。两个人都同样瘦小、苍白、金发。一样的目光，清澈然而近视。一样的白斑狗鱼般的牙床骨，一样的说话方式，口开得不够。一样的挖苦人的微笑，一样的有点傲慢的笑声，闭着嘴，从鼻孔里短促地哼出来。

莫拜卢的女教师正好是埃纳伯格先生的妹妹，这真是运气。她没有结婚，和这一家子一同吃饭，这也是运气。她把大部分薪俸交给嫂子，让出厨房供洗衣服用，让出一间小房子让大侄女住，这还是运气。没有这些，小学教师、他老婆和三个孩子简直不能在国家提供的私人住房（一间卧室，一间办公室，一间厨房）里生活下去。

埃纳伯格先生和他妹妹被共同的希望、共同的愤慨和共同的怨恨联系在一起，他们俯身向着党报，一同谈着这个世界的新闻，这个世界的组织在他们看来是罪恶的，更是荒谬的。不时地，无需互相表示，他们一同耸耸尖尖的肩膀，从鼻孔中哼出共同的嘲讽。

"妈妈！"大女儿叫道。

埃纳伯格太太一把抓住最小的一个，开开通向小胡同的门，蹲在门槛上，伸开胳膊把着孩子。孩子被撩起衣服，在阳光下蹬着小腿。

"我连一块干尿布都没有换的了，"她叹了口气，站起来，"如果阿纳尔东先生当选的话，最终，这一切也许会改变的。"

埃纳伯格先生不是不知道他老婆如何把孩子的尿布与区长在省议院中当选联系起来。她希望丈夫晋升，离开这个收入不多的职位。她一天骂他二十次不去找门路。但是，小学教师明白他极少有运气能找到这样一个区，他妹妹能与他同时被委任为教员，而埃纳伯格小姐和他的联系，比他自己想的还要重要：他们的和睦、他们的感情、他们共同的信仰，多少抵消了每日里因婚姻、事业和社会生活缓慢地加之于他的失望。

八点半，在各自所在的学校，埃纳伯格先生和埃纳伯格小姐准时地擦净黑板，开始上课。但是不间断的木底鞋的嘎嘎声和学生吵吵嚷嚷地来来去去，一直要闹到九点钟。开始的时候，每个迟到的学生都要受罚。家长们提出抗议，区长毫不犹豫地支持他们的抗议——尽管每一次发奖的时候，他照例要在这些家长们的掌声中，颂扬共和国对儿童的义务和民主施于全民的教育，他还是不得不让步。两个小学教员原则上继续给坏分数，只是没有任何惩罚了。唯独他们俩对每节课缩短半小时给予某种重视，在区里，唯独他们俩认真对待非宗教教育和义务教育。

五

同邮局、区政府相比，咖啡馆是广场上第三个主要的吸引人的地方。

咖啡馆主人包斯总是有信，至少人家把左翼报纸送给他看。

若阿纽推开门。两条西班牙种猎犬先进去了。

"这儿来，比克！这儿来，米拉包尔！"

两条狗已将半个身子伸进垃圾箱中。

"让它们去吧。"包斯太太同情地说。

若阿纽也不坚持。他早就明白，一个邮差如果养着纯种狗的话，应该从送信中捞取什么好处，只要他多少被人认为是可畏和谨慎的。他的一对狗知道每个主妇的习惯和当地每个垃圾箱的准确位置。跑这一圈，一方面是它们的锻炼，一方面也是它们的饭食。出售小狗是一桩几乎净赚的买卖。

包斯在镇议会中的最热烈的追随者都认为，这个咖啡馆主人有一张苦役犯的外貌：窄额头，蛤蟆眼，可怕的下巴颏儿。总之，他很容易驾驭，但是好记仇。

他在柜台后面，俯身在漏斗上，正神秘地倒着各种饮料。他停下来，倒了两杯罗姆酒。这是每日的什一税。若阿纽可是一个强有力的人物。

正在擦瓷砖的包斯太太，也把抹布浸进桶里，走进柜台。

她头上缠着棕色的发带，目光锐利，动作琐碎，鼻子像鸡冠一样红，好像一只黑母鸡正要下嘴啄什么。

"这是真的吗，若阿纽先生？人们说的关于戴涅大妈的事？"

"什么事？"若阿纽含糊地问。

她兜了个圈子：

"这老东西该有多大岁数了？还是七十六、七十七吗？"

若阿纽由他打褶儿的眼皮掩护着，不动声色，但随时准备向任何一个猎物扑过去。

"看她那瘘管，那股恶臭，"包斯太太说得更明白，"谁都明白她担心前景啊！不是吗，艾米尔？"

包斯在等着机会说话。他稍微扬了扬头，把他那杯罗姆酒一下子倒进肚里。

沉默。

包斯太太明白她该摊牌了：

"据说她考虑卖掉她的破房子？考虑给盖洛尔家钱，以便终身生活在他们家？这会是真的吗？若阿纽先生？"

"人家跟我讲的有这点儿意思。"若阿纽说。

包斯声音嘶哑地冲口而出：

"我看，这是神父的姐姐暗中搞的！"

"这样，"包斯太太以一种突如其来的温柔接下去，"可怜的戴涅老妈妈可就错了。如果她想安静地死去，想在死之前受到适当的照顾，像在正经人中间那样，可不应到一个教堂的臭虫，像盖洛尔那样懒的人家里去呀！"她伸长了脖子，撅起嘴结束道："我说就是这样。"

"这可能！"若阿纽说，口气是说："明白了！"

丈夫和妻子迅速地交换了一下眼色。

"反正，"包斯太太叹了口气，又去干她的活儿，"不能强让人享福啊……不是吗？艾米尔？"

若阿纽喝完了酒，正一正邮包，用口哨招呼他的狗，但胳膊肘却不从柜台上抬起来。

于是，包斯俯下身来：

"听着，若阿纽，你了解我。我不大知道我们能把它，戴涅大妈的别墅，卖个什么价钱。但是，谁能让老太太改变主意，一旦事情做成，谁就拿百分之十，这是真的，就像我们俩在这儿一样真。"

"是这样……"若阿纽郑重地说，"你我之间，谈不上这个，艾米尔。如果我能在这上面帮你的忙，我会高高兴兴去干的。"他那双狡黠的眼睛眯得更厉害，有气无力地补充说："剩下的，哥儿们之间，总是好说的。"

两个人伸出手，好像签订了一项协定。

六

面包房和食品店好像是对过儿。但是，从咖啡馆走，却是先到面包房，后到食品店，再说，若阿纽送信的时候，总是不自觉地先进面包房，然后再到克萨维埃太太那儿去。

昨天夜里，是小麦拉维涅烤面包，那就该大麦拉维涅卖了；或者更确切地说，是他看着埃尔奈斯蒂卖，埃尔奈斯蒂是他们的女佣，是个头发乱糟糟的邋遢鬼，还不满十七岁。

这对孪生兄弟中，大的眼皮上有个疣，人们据此把他们区别开来。除此以外，什么都是一样的：勾鼻子、没有血色的脸、灰色的山羊胡子沾满面粉，在毛衣的开口处卷曲着。

生意不佳，没有办法对付维尔格朗德的供应站，那儿的小卡车装满热面包，早晚停在教堂的广场上。办事员给的分量好，可以赊一点儿账，而且不直勾勾地看女人。麦拉维涅兄弟俩就是另一码事了，老是哭丧着脸，要现钱，眼睛直看到女顾客的衣服底下，还把走了味儿的面包在炉子里弄湿，然后偷偷塞给你。只有近邻，因为害怕报复，还去面包房。若阿纽知道这一切没有好结果，因为最近他在信箱里发现了一封可疑的信，他得悉了内容：一封寄给供应站经理的匿名恐吓信。人家都说，麦拉维涅兄弟俩什么都干得出来。镇上的人都怕他们，也说不出为什么。本地的姑娘没有一个愿去他们那儿干活。维尔格朗德的职业介绍所向他们提供像埃尔奈斯蒂那样的小破鞋，他们把她关在那儿六个月，悄悄地训练她适应他们的需要，然后某一天，再把她带到城里去换一个更新鲜的。

克萨维埃太太，食品店主，已经坐在店铺后间的尽头了，两眼一动不动，双手放在围裙的凹处。看见邮差进来，她没有动——只是看见顾客进来，她才站起来。因为，当邮差给她拿来报纸时，她知道自己是邮差的顾客。

看得出来，克萨维埃太太有点儿疯疯癫癫。就是在休息时，散乱的头发下面，她的脸也好像在不停地动，被痛苦折磨着。她还夜游，夜里，她女儿把她关起来，免得吓着了邻居。不止一个饶舌的女人，虽然不敢直说她是一个像古代那样的女巫，却都认为她那样的一双眼睛会带来不吉利，所以从来没有一个大肚子女人进食品店。

克萨维埃太太的天性像猫，可她却讨厌猫，见了就赶。像猫一样，她在静止的、窥伺的梦中怡然自得，像猫一样，她似乎具有一个与人类不相通的世界。当她跨进一个门时，哪怕是她自己房间的、一天要进二十次的门，她也要本能地犹豫一下，以怀疑的目光左顾右盼。夜里，在厨房里，她都小心翼翼地坐在尽头，背靠着墙，正好是看得见人进来的位置。当她吃饭的时候，哪怕是她自己刚做好的炖肉，她也要先闻闻盘子，用牙咬一小块尝尝，好像害怕中毒一样。

同这样一个女鬼共同生活，毫无愉快可言。因此，美丽的爱斯贝朗斯，她的女儿，早在结婚年龄之前，就已幻想着婚姻了，就像因犯想着解除监禁一样。但只是徒然地等待。爱斯贝朗斯实在是太漂亮了。她贫穷，可人家知道她订了一份时装杂志。所有的小伙子都围着她转，但没有一个会娶她。

七

戴涅太太的破房子虽说只有两扇窗户，却早在它被画在施工图的方格纸上的时候、早在今天靠年金生活的戴涅太太还在省城一个公证人的壁炉前出汗的时候，就已被称为别墅了。然而，别墅这一雅号被当地接受，却是以后的事。那是在一扇黄门上修了玻璃挡雨披檐之后，披檐仿淡色橡木，饰以银色插销，犹如富人的棺材一样。特别是当若阿纽在镇上传遍了老厨娘的一位爱开玩笑的通信人写来的一封信之后。那信封上写着：戴涅太太，昂斯－杜－巴尼埃别墅。

戴涅太太躺在床上，身穿短衫和衬裙。十年前，她长了一个明显的瘘，人们一跨进别墅的门槛，就不由自主地想到它。戴涅太太的卧室肮脏而风骚：一个带镜子的衣柜，椅子附有一张式样轻佻的茶几，前面铺着一方钉着的地毯。

"打搅您了，戴涅太太，而且是为了一件小事，我跟您说！不过是一份广告单……但是，公事公办。"（若阿纽的邮包里总有些无用的印刷品，这使他可以任意闯进任何人的家里。）

"啊，若阿纽先生，可怜可怜我吧，静脉曲张真叫我的腿难受，好人啊！我甚至连做饭的力气都没有了。我买了一个小羊头，还有酸醋龙蒿汁，大热天吃了很补的……可是，我还没来得及吃，虫子却饱餐了一顿……你相信吗，昨天我吃饭时，刚刚能在葡萄酒里泡两块饼干，我站不住啊！……啊，好人啊！——要是腿碍事的话，白有东西，白住得好，若阿纽先生……"

"我要说您住得不好，那可是说谎了，戴涅太太，"邮差附和道，坐在尽量离床远的地方，"可是，不管怎么说，根据您的年纪和病，我还是更喜欢看见您在人们活动的中心，周围有能帮助您的人，而不是像您现在这样，与世隔绝，孤孤单单地在您的漂亮别墅里！"

老太婆满腹狐疑地看了若阿纽一眼。她萎缩的肌肉使眼皮底下形成两个小囊，腮帮上有几根灰毛卷曲着，稀稀拉拉的头发罩在大眼的白棉发网下面，好几处露出了像小猪崽皮一样粉红色的头发。

"您为什么跟我说这些，若阿纽先生？您是想到了盖洛尔家吗？"

"想到盖洛尔？"

他的神情那么天真，她说出来几乎后悔了。但是，无论如何，这是个精明人，能出个主意。

"啊，若阿纽先生，我离不开我的房子，这简直不能令人相信，就是这个让我发愁啊……在别人家里我永远也不会习惯！"

"那么有这个问题喽，戴涅太太？……在盖洛尔家？您听见人家说什么来着？人家对我说——在包斯家。"

老太婆睁大了眼睛：

"在包斯家？"

"是呀！说真的，这真让我为您担心啊……但是在盖洛尔家，但愿如此……在他们的小楼里，真的吗？再没有比这幢小楼对您更好的了……园子尽头，肯定有些潮湿，是啊……再说，您只要生好火，一年到头……"

"在包斯家？"老太婆重复着，挑起来的眉毛似乎永远也回不到原处了。

"既然您有了盖洛尔家的小楼，就别再跟我说包斯家了，戴涅太太。为了心平气和，安安静静，您在方圆十里以内再也找不到更好的地方了！您可以待在里面，整天整礼拜听不见一声驴叫，看不见一个人。而且在您这个年纪，应该注意点儿饮食。盖洛尔夫妇，他们可是正经人，关心人的人啊：他们什么也不吃，只喝汤，吃一小块奶酪。不用担心人家给您吃各种加汁的小菜，把肠子弄得乱七八糟的！"

"那在包斯家呢？"

"别再跟我说包斯家了，戴涅太太。那儿跟您的需要正相反。首先，住在一个广场上，对上年纪的人来说是太闹了——您会整天躲在窗帘后面看着人们来来往往。其次，在一个咖啡馆里，总是人来人往，聊天、唱歌、自动钢琴！一个人上了年纪，就不能再娱乐了。可是，最坏的我还没说——那就是饮食。"

"为什么，若阿纽先生？"

"因为您是烹调行家，戴涅太太，据说您口味精细。当烩肉香喷喷的，人家直让您吃，好像每天都吃结婚宴会一样，要忍住可是难啊。只要吃得好，包斯两口子可是什么也不顾的。"

"如果您知道包斯太太扔给我的狗什么东西：土豆炖菜，其他人简直会当做星期天的好菜呀！"

若阿纽站起身来：

"我跟您说：别想包斯家了，戴涅太太。我往您脑袋里灌了这么多老生常谈，我真会后悔一辈子的……算了！身体健康，好好享受！我真希望您已经住在老实的盖洛尔家里了。"

"听着，若阿纽先生，我也不强求，您从架子上把那蓝色的瓶子拿下来吧。您总还有点时间的，咱们来一块儿喝点儿。"

"为了不拂您的好意，戴涅太太。再说，应该及时享受啊……当您去了盖洛尔家，您就避免了这些有害的诱惑了。已经有人参加同盟了，像神父一样……"

"参加同盟？"

"是啊，好太太，我很荣幸！盖洛尔太太有她的道德准则：她每年都向反对饮酒同盟交费！"

老太婆使了使劲，坐到床垫的沿上。她喃喃地说：

"好人啊！反对饮酒同盟？"

八

理发师兼化妆品商人费尔迪南先生正望着他的儿子小弗朗西在理发室中唯一的座椅周围撒新鲜的锯屑。

"你好，费尔迪南！"邮差喊道，"你的臭报纸来了！"

费尔迪南先生是"反动委员会"的积极分子，只给他的顾客看正派的报纸。

他身材矮小，大腹便便，灰色的小胡子早晨起来用铁钳卷起，一具假发遮掩着秃头，否则会影响洗发剂的出售。

父亲、祖父和曾祖父都是理发师，他却因生了一个满头乱蓬蓬的红棕色头发的儿子而懊恼得无以复加，那头发硬得像麦秸，直把祖传的职业随随便便抛诸脑后。

"剪子到你手里就变得发愁了。"他总是绝望地重复着。因为费尔迪南先生宣称一个天生的理发师能从他剪子的喀嚓声中认出来，那应该像复活节的钟声一样欢乐。他却也证明了：剪子在他的指尖飞舞，叽叽喳喳，像春天鸟儿的鸣叫响在顾客耳边。

费尔迪南先生热爱他的手艺。他技术熟练，刮脸用大拇指和用手是一样的。这种最新的方式更现代化，但不保险，反而更贵，在莫拜卢不大受欢迎，尤其是因为费尔迪南先生出于卫生，总是让大拇指接受水龙头的洗礼，然后再伸向顾客的颊下。

由于咖啡馆是反教会的左派公认的中心，而且镇上独此一家，右派就选择了费尔迪南先生的理发馆来开会。事实上，因为每个人都要星期六刮脸，星期天找喝的，所以左派和右派轮番在包斯的咖啡馆和费尔迪南的理发馆里对峙。

左派倒也有一理由宽待理发师：费尔迪南太太是当地唯一的接生婆。她以臂力大著称，接生不分党派，剪左派的脐带和剪右派的脐带一样灵巧。

除了有集市的日子外，五金店里总是空无一人。若阿纽总是想办法不见过分笃信上帝的盖洛尔夫妇。他进了铺子，铃响了；但是，还没等人从屋子里出来，信已经放在桌子上，邮差也已走远了。

懒虫，如同包斯太太所说。他们比镇上其他居民活动得少，人们因此而不原谅他们。天气凉爽的时候，盖洛尔在铺子里或在园子里转转，天热的时候就睡午觉。而他老婆从早到晚坐在厨房里给手巾缲边，缝补抹布，用破烂的旧料子给女儿吕西缝裤子，那是一个浑身散了架似的、戴眼镜的大姑娘，厌恶针线活，整天躲在角落里读女教师借给她的书。

三个月来，夫妻俩就在反复商量俘获戴涅大妈。盖洛尔太太酷爱衣物，她已打定主意要获得她的衣柜。盖洛尔则上百次地盘算着："卖掉别墅……抚养老太婆……作最坏的打算，就算她再活五年或六年吧，收益还是不小……"

如果说若阿纽几乎从不进赛莱斯蒂娜的门，他的狗可总是钻进去喝喂猫的奶。

可是今天门却关着。赛莱斯蒂娜该是早就做完了家务吧。

赛莱斯蒂娜坐在床上哭。

可真是一桩不幸的事啊。

换工的那一天，在圣·约翰，赛莱斯蒂娜去市场，在那儿丢了她从领圣体以来一直戴着的项链。她从来也不出门，她到人堆里去干什么？肯定是那一天魔鬼附了身！……她一声未吭，点上了祝福的蜡烛，许下愿：

"善良的圣·安多尼，如果您还给我项链，我捐给教堂一座您的塑像。"第二天，一个小牧童给她带来了那玩意儿。于是，她向维尔格朗德订购了一座四十法郎的塑像，月底可以拿到。昨天晚上，她听到消息：盖洛尔太太，杂货商的老婆，跟神父先生说好在教堂里放一尊圣·安多尼的塑像。塑像穿过整个镇子，立在一辆独轮小车上，在一个有孔的箱子里。盖洛尔两口子把它放在院子里的棚子底下。据说塑像有真人一般大小，遍身涂上了颜色。

赛莱斯蒂娜在恐惧和祷告中过了一夜。怨谁呢？她谁也没告诉：她本想给神父先生来个冷不防，可是，总不能在教堂里放两尊圣·安多尼啊……

她哭哭啼啼，以为要下地狱了。

突然，她抬起头，跳下床，甚至没有穿衬裙，直上到她的阁楼。她一直攀到小窗口。越过一片房子，她的目光落到一条小胡同里。那儿有一排矮篱笆，稍远些，有一个棚子；棚子与篱笆之间，有一垛干木柴。一根火柴，一张纸就够了……

她在那儿呆呆地站了好一会儿，扭着脖子。她的眼睛——已经——射出火焰……那棚子是盖洛尔家的。

九

神父的住宅位于院子和园子之间。如果在正门按铃，不可避免地要碰上凡尔纳小姐。所以，门铃没响过几次。

凡尔纳小姐天生是一个神父的姐姐：不知趣，常有理，老而葆其童贞。她管理教区，以全镇大多数人为敌，她恨他们，他们也毫不客气地回敬她。她说话武断，领导着一个为所有教堂所卵翼的反动的、抵抗一切进步的小团体。

哪怕是冬天，一进入小胡同，若阿纽也准能看见神父先生在他的园子里。他站在车镫子上，隔着篱笆叫道：

"凡尔纳先生！"

神父浑身一颤，放下铲子，东摇西摆地走过来。这些年来，即便是讲道时，他的身体也是这样乱摆。"那不是个神父，"掘墓人帕斯卡隆说，"那是个大木偶。"

凡尔纳神父礼貌地摘下绒线帽，接过他的信。信经常是迟到一天。若阿纽对"黑衣人"的通信给予特殊的关照。"黑衣人"也料得到，他接受了，并加以饶恕，既出于无所谓，也出于仁慈。

神父先生是位黑皮肤的老人，目光热情，身材瘦削，是个病态的神经质的人。

三十五年前，他落脚在莫拜卢，这个神学院学生胸怀着年轻使徒的热情。最初，他千方百计地要在信徒中建立基督徒的互助精神，与这古老僵化的地方对宗教的冷漠作斗争，但终属徒劳。这里的人只想自己，想自己的小营生，想自己小小的积蓄，想自己小小的安全。所有的人，甚至那些从事宗教活动的人，都回避他的倡导。他在理论上建立的教养院、缝纫工厂、慈善委员会，从未成立过，因为没有人。重新激励这些追逐蝇头小利的劳动者是不可能的。多少代以来，平日奉行的生存经济窒息了他们所有的仁慈的天性。现在，贪婪像溃疡一样吞噬着这些多疑、嫉妒、精于盘算的人们。是古往今来一直如此吗？这是神父常常满怀焦虑地向自己提出的问题。几个世纪中，小小的法兰西人民的确曾前来跪倒在教堂里，今天却背弃了它。究竟是什么引他们去那里呢？爱？信仰？现已衰退的精神上的需要？……难道不是说恐惧更为恰当吗？恐惧上帝，恐惧教士？对已建立的秩序习惯性的尊重？凡尔纳神父清楚地知道，这些杠杆业已折断。何况，他也对使用它们感到厌恶。

渐渐地，普遍的冷漠战胜了他的勇气，他的耐心——他的健康。于是，他反躬自省，制订了一套自用的苦修会会士的准则。他的庇护所，就是这方菜园子，上天有眼，给了他这面积广大、水源充足、土地肥沃的菜园。每天十个钟头，他都在侍弄他的地。由于额外收入微乎其微，他就种些时鲜菜蔬，贱卖给鲁特尔，这足以过活——甚至还做些施舍。

他不经战斗，就将神父住宅、教堂，直至教区拱手送给他专制而整日大吵大闹的姐姐。只是在做日课的时候，人们才能在教堂里看见他。每个礼拜日做大弥撒的时候，不管参加的人多少，他还是自觉地登上讲坛，尽其所能地向几个忠于凡尔纳小姐、忠于上帝的女人和老姑娘说教。

住宅的一扇窗户"啪"的一声开了。

"快来！"凡尔纳小姐喊道。

神父从醋栗丛中站起来，放下篮子，急忙扣上长礼服的扣子。

炉子旁边，赛莱斯蒂娜正倒在一张椅子上抽抽搭搭地哭。

"神父先生，我是在她以前许下的愿！"

凡尔纳小姐总是准备好要探测别人的心和掂量别人的良心，她信心十足地解释和评论着事件。

"您不要这样，我可怜的孩子，"神父说，"我有全权解除您许下的愿。您可以给教堂另一件馈赠，比方说，一尊圣女贞德的像……您就会如愿了。"

但是，赛莱斯蒂娜绞着手，哭得更凶了。想到贞德可把她吓坏了。

"圣·安多尼永远不会明白这一点，神父先生。为了惩罚我，他会让我的一切生意都完蛋的！"

神父控制着自己。他的脸比以往抽搐得更厉害，他坐立不安，在两个泪流满面的圣女周围转来转去。

凡尔纳小姐拿他出气：

"都怪你！你为什么让盖洛尔两口子捐那塑像？去找他们！你跟他们说去！"

盖洛尔太太正在厨房里女儿吕西的身边做针线。厨房里苍蝇成群，一股白菜味儿。

盖洛尔太太拉过一把椅子：

"请坐，神父先生……"她心里想，"是戴涅大妈让他来的吗？"她随便支开吕西，让她去园子里摘生菜。

神父坐下，又站起来，最后还是站着。他两只脚乱动，抽着鼻子，像一只从水里爬出来的狗一样晃着肩，说明来意。

"您是个好心肠的女人，盖洛尔太太，我呼吁您的仁慈。可怜的姑娘以为要下地狱了：她睡不着觉，她要病倒的。看普通人，应该看他们的意愿……"

盖洛尔太太脸红了，望着地，胳膊紧抱着上身。

"当然了，如果早知道，就不会破费了……可是，生米做成熟饭了，神父先生。底座已经镶上，牌子上也作为捐赠者写上了我们的名字！"她的声音变得越来越尖，"人家花了钱，人家至少要得到好处吧，不是吗？"

"她提出担负垫款呀！"

"全部担负？"

"全部担负。"

这下子，盖洛尔太太犹豫了：

"我得叫掌柜的。"

还在床上想入非非的盖洛尔跳下床，系好吊袜带。这是个梨形的、盘腿打坐的菩萨，头又小又尖，下巴颏好像融化进脖子里，脖子融进肩膀里，上身越往下越宽，直至裤裆。如果他坐在地上，任什么也掀不倒他。

他一听说，就跟老婆迅速地交换了一下眼色。

"神父先生，我是这样一个人，如果老婆同意，我就帮忙。只是，天呀，这很贵啊，我们本想把事情办好。我们的塑像，是花了二百法郎的塑像，我一会儿给您看价目表。加上运费和虚价，总共二百二十法郎，而且是现钱。您就不用管底座上的牌子了，我会用胶泥涂上的，看在上帝的面上……"

凡尔纳神父高兴得手舞足蹈。这桩愚蠢的公案可算了结了。

盖洛尔一声不吭地盘算着。塑像加上雕刻的底座，正好花了他二十个苏：盖洛尔太太曾经——话说回来，那还是够冒失的——买了一张圣童会的彩票，她赢了，可以到一个做宗教物品的作坊里买价值二百法郎的东西。运送是免费的，但是，汽车司机喝了一杯红葡萄酒。整个算起来，这个早晨没有白过。

他还不知道他最大的收益呢，如果他说不，夜里他的棚子就会大火冲天。

✝

教堂后面，一缕烟掠过屋顶升起来。那是从车匠普约德家里冒出来的。

普约德每三个月才干一回给车轱辘包铁皮的活儿，因为得等订货多到值得一干的时候，而每干一次，邻居们都大饱眼福。若阿纽今天尽管既无信也无报给普约德家送，但也抵挡不住诱惑，还是钻进小胡同，在那些好奇的人们中停留了一会儿。车匠的院子里一片忙乱。普约德老头有儿子尼古拉和学徒约瑟夫做帮手，正在一堆巨大的、燃烧着的炭火周围咆哮着、喘息着，那堆炭火简直像古代土平台上焚尸的柴堆。

车匠是个长得像田径运动员的老人。一圈灰色的胡子勾勒出一张烟熏火燎的脸，使他活像一只海狼。谁也没见他笑过。他老婆在忍受了十五年的奴役之后死了，他使她过的生活实在是太艰苦了，结果她死于肺痨。他和儿子尼古拉一道生活，尼古拉瞧不起手艺，想学耍笔杆儿，但他从未敢跟老头子说。在当地，普约德名声不好，人们说他没有朋友，但这并不妨碍他的手艺直到维尔格朗德都赫赫有名。

活儿打昨天就开始了。普约德已经在一堆干草和木柴上放了十来个铁圈，摆成一摞；里面，用几个老树桩填满，周围竖起三层木柴，直到铁圈消失在一大堆木头里。今天早晨，只剩下在那上面倒上半桶煤油，点上火。

木头劈啪乱响；黑烟像长长的羽毛翎子一样冒出来，在院子里盘旋，然后在热气中舒展开来，久久地飘荡在屋顶上。

当若阿纽走近的时候，有几处烧成炭的木头已开始塌陷，露出一摞摞在红红的火炭上的铁圈。普约德正等着这个时候开始干呢。他乖戾而专制，什么都是他干，两个孩子只是递家伙或听他粗暴的呵斥。他喊道：

"拿来！"

尼古拉和约瑟夫跑去拿第一个要上铁箍的车轮。他们把它直推到火堆旁，平放在一大堆铁板上，用一木桩通过毂固定住。于是，三个人各执一带钩的长铁棍，在火堆周围等距离地站好。

"一、二、三！"老头发号施令。

同时，他们从炉子里拉出一个白炽的铁圈，放到其直径与铁圈差不多的轱辘上面，准确地套上去。轱辘边缘的木头一接触烧红的铁，立刻燃烧起来。

"快！"普约德喊道。

两个盛满水的洗衣桶就放在手边。尼古拉和约瑟夫把喷壶伸进大桶，急忙把水浇在燃烧的轱辘上。一片水汽升起来，嘶嘶地叫，遮住了一切，使看热闹的人纷纷后退。火在一端熄灭，又在另一端冒出来；喷壶装满水又倒干，水流如注。两个孩子在泥水里踩着，与轱辘周围死而复生的火焰搏斗。普约德则用一个长柄木槌敲打着铁圈，直到它与轱辘的边缘紧紧贴在一起。立刻，在一片白色的水汽中，所有的火苗都熄灭了，铁圈变冷变紧，不可分割地裹住了木头。第一个轱辘上了铁圈。

"嗨！"老头儿喊道。

两个孩子小心翼翼地抬起轱辘，普约德在毂中穿进一条铁棍，滚到一个人字形的架子前，那架子装在盛满水的戽斗上方。在那上面，普约德放好轱辘，使它能长时间地自己转，最后冷却。果然，劈啪声越来越小，轱辘最后无声地沉入水中。

小约瑟夫已经精疲力竭。疲劳使他的目光直冒火。他的蓝布裤子一直湿到膝盖，汗水把衬衣粘在脊背上。

"下一个！"车匠喊道。

"加油啊，小伙子们！"若阿纽喊道，一边吹口哨唤他的西班牙猎犬。

十一

马索太太的住宅和生活都是朴素的。从街上，人们只见一堵外表阔气的高墙，大家都叫它马索墙，正面开了一道监狱似的门。马索太太和女儿有钱，可是似乎唯独她们俩不知道这一点，过着圣洁的穷人一样的生活，日夜恐惧着有一天没钱用。

若阿纽领着狗，勇敢地深入到这座教权派的堡垒中。

石板铺砌的院落三面环屋，院中有一个三十五岁、有男子气的健妇，顶着太阳，头上戴着用报纸折成的两角帽，正在清理一个大鸟笼。

"您母亲有一个挂号的包裹，小姐。需要她签字。"

马索小姐放下喷壶。她满怀着敌意，惊愕不止地打量着邮差。她仿佛同时准备好或者让位给他，或者向他进攻，把他推出门外。然而，她却点了点头，转身登上台阶。若阿纽跟着她。他们穿过铺着石砖的前厅，那里像座地窖一样凉快，踏上一段梯级已被脚步磨平了的古老石阶。

马索太太闭门不出，更兼耳聋，正在背着关起的百叶窗打毛线。她穿着宽大的罗缎袍子，像肖像画一般，只是袍子已经穿破。一整天，甚至在夜里，她都在数针眼，在毛线里沙沙地穿着长针，因为她几乎不睡觉了。二十五年来，镇上所有的孩子（和战时本区所有的士兵）都在马索太太一双虔诚的手织就的袜子、裤子、背心或围脖中出过汗，但他们毫无感激之情。这是她唯一的破费，她因此而买到了说"我的可怜的人"的权利。

聋子甚至没有听见开门。她女儿在她耳边大吼一声，把她吓了一跳：

"妈妈，这是邮差，要您签字。"

那张苍白的，脆弱得像绢纸的老脸惊恐地转向若阿纽，然后又转向她女儿。

马索小姐明白了。她问：

"这至少不要付现款吧？"

"不要，小姐。"

"什么钱也不花。"马索小姐用令人放心的声音喊道。

于是，马索太太以一种意想不到的活泼劲儿站了起来，从裙子底下掏出一串钥匙，一蹦一跳地走到文件橱前，打开。她从里面拿出一个小玻璃瓶，小心翼翼地拧开盖儿，把一只生了锈的笔尖浸进去。

"这儿……"若阿纽说，指着他册子上该签字的地方。

墨水的颜色已经褪得使他只能吹气，而不敢使用吸墨纸。

两个女人又交换了一下眼色。不，对反教会的邮差不给小费。

小院子里没有树阴，只有金丝雀在叽叽喳喳地叫着，两只西班牙猎犬嗅完鸟笼，舔完喷壶上的水，到处搜寻而一无所获之后，便伸着舌头，趴在滚烫的石板上。

马索小姐站在台阶上，看若阿纽是否关好了大门。

当马索太太和她的女儿搬进这所她丈夫的故祖母留下的长期无人居住的房子时，当地没有一个人认识她，人们着实散布了些令人不快的流言。但是，谁会相信这个虔诚的总是钉在教堂里的人，在她放荡的青年时代，曾经在马赛的咖啡馆音乐会上唱过歌呢？谁会相信她轻盈的大腿，像人们说的那样，曾经在南阿尔及利亚驻军中引起一场决斗，而使马索上尉丧了命呢？

这已是二十五年前的事了，谁都不再去想它了。二十五年来，马索太太独自与女儿住在这座老宅子里，房子和她一样，散发着樟脑、皮手套、长年关着的箱子底的气味。两个女人只住了两间房子。铺石板的走廊，堆满空纸盒的壁橱和那些白墙上镶着粗糙的护壁、摆放着摇摇晃晃的椅子和带帐子的床的房子，都为蛀虫、苍蝇、老鼠和灰尘所占据。窗前一堆堆黑色的东西，微风吹过，就响起一片沙沙的枯叶声：原来是死苍蝇——死于无聊。

马索太太站在房中央，在木偶般的手指间把那小小的挂号包裹翻过来掉过去。对于任何需要率先行动的事情，她都要依赖那个粗壮、骨骼粗大、多血质的姑娘，她会泵水、锯木头、打烟筒、擦地板、在弥撒中作答、跟收税人说话，甚至在需要的时候，能麻利地宰兔子，同时用刀尖儿把眼睛剜出来。

马索小姐很快就打开了包裹。但是，足足十五分钟以后，两个女人才明白是怎么回事；她们生活中的这个不速之客原来是一支铅笔，一个无害的牙膏样品，卷在一本化妆品的厂商样本里。

终于，一度动荡起来的生活又恢复了常态：母亲又去打她的毛线，女儿则去照管她的金丝雀。

她现在有三十多只。春天，阵阵骚乱不断地把她吸引到鸟笼前，这个活跃的姑娘可以几小时不动地站在鸟笼前，望着鸟窝。雌鸟在里面孵蛋，当小鸟孵出来的时候,她的不可告人的快乐是在上衣里藏一只热乎乎的小鸟,然后装作若无其事的样子去干她的活儿。有一次,她居然去教堂也带了一只!

每天,冬季三点钟,夏季五点钟,人们可以看见她从十字形耳堂的小门进入教堂。她直奔忏悔室,从帘子底下拿出围裙和头巾。一般地说,凡尔纳小姐总是在她前头。不慌不忙地,像两个喜欢干活儿,慢慢品尝着乐趣的女工一样,两个女人扫地、擦凳子、摆椅子、往圣灯里添油。瞻礼前夕对她们来说已经是节日了,那些天中,整个下午都要干活:要擦亮枝形大烛台、换祭台的台布、检查饰物、往装树枝和花的瓶子里灌水。她们总是想办法在一起干活儿,像两个洗衣妇一样不停地闲谈;当天的所有新闻都要从她们的富有感化力的严峻中细细地过一遍,但是,她们的声音那么低、那么单调,像是在念经;每次经过神殿时,她们都一边说着别人的坏话,一边行一下屈膝礼:这是一种礼貌的表示,既敬重又亲切,因为她们觉得自己不是外人。

马索小姐不漂亮,但她自己不知道。她筋肉强健,母马一样的脖颈,浓眉,一双仿佛是因生冻疮而红肿的手;难看到家的却是嘴角上一抹黑黑的汗毛。近几年来,她常常感到有一股火直冲两颊;一块块红斑在她的脖子上、肩膀上、胳膊上,也许还在身体的其他部位上生而复失,失而复生。她倒是真想去找医生,但是要她在一个男人的眼皮底下脱衣服,她宁愿去死;原因很多,其中有一个就是她的下部的状况。当她每月第一个和第三个星期天换内衣的时候,她总是打开带镜子的衣柜的门,以免受到自我观看的不庄严的诱惑;她用牙叼着该换的衬衣,等到穿上了干净的衣服之后,才让它滑落到地上。

人们若问她是否幸福,她准会大吃一惊,脸上的表情多半是不安;有些时候,一种奇怪的活力使她两眼发亮;而她看孩子们时的目光常常充满着过分的温情。

夏日的一个晚上,她给养路工费茹的老婆送婴儿长袖衫回来,走上了河边的一条小路。三个男孩子从水里出来,四仰八叉地躺在草地上。她得从他们中间过去。其中一个,那个最大的,已经不是个孩子了……

几个月中,马索小姐都骚乱不已:睡觉之前,总是不由自主地想到那件事。事情虽然已经过了五六年,她却再也没有走过那条小路。

十二

　　鲁特尔一家住在沼泽边上，那儿总是没有别处热。菜贩的房子很花哨，收拾得很好——是那个德国兵，星期天，修了房顶，给窗户涂了漆，做了些小风车，涂上光怪陆离的颜色，一有点儿小风，它们就在篱笆的所有桩子上转起来。

　　若阿纽推开门栏：

　　"你好，小家伙！"

　　棚子底下，一个小男孩坐在一堆筐子上，用柳条修理筐盖的边儿。

　　孩子顶着日头走上前来，弯下腰抚摸着两条狗，用清脆的声音叫道：

　　"妈妈！"

　　他的脸晒得黝黑，映照之下，目光像泉水般清澈，金色的鬈发几同白色。

　　"请到客厅里去吧，若阿纽先生，"鲁特尔太太说，她刚刚出现在门口，"男人们正好有话跟您说。去，叫他们，艾里克！"

　　孩子敏捷地一跳，越过门栏，跑着走了。

　　园子一直伸展到沼泽，分割成一块块长方形的田畦，四周的水在阳光下闪闪发亮；可以望见两个肩并肩穿着背心的脊背；只见孩子双脚一并，跳过好像排列整齐的火罐一样的圆钟形的菜罩，走近他们。

　　战前，鲁特尔一家以放牧为主，没有孩子，辛辛苦苦地养着几只奶牛，把奶卖给镇上的人。女人继承了这栋破烂不堪的房子和几公顷淤泥中的草地。

　　战争来了。刚过几个星期，鲁特尔从德国写信来说，他和他们全班的人都成了俘虏。鲁特尔太太只得自谋生路。牲口很好卖，她扩大了放牧，她要了一个德国俘虏来帮忙。

　　德国兵年轻时一直在巴伐利亚一个菜农那里干活。他手巧、勤快，一眼就看出了可以从这片沼泽地里得到的好处。在邻居的嘲笑声中，他挖沟、排水、晒地，别出心裁地用铁锹做成小闸门，利用斜坡建成了一套灌溉系统。鲁特尔太太像一个男子汉一样跟他一块儿干。两年工夫，柔软的草地变成了肥沃的良田，鲁特尔太太求利心切，找到销路后，开始经营蔬菜种植。

　　镇上的人不再嘲笑了，他们心怀敌意和妒忌看着他们事业的成功，于是就在这一对男女身上风言风语以示报复。一个男孩的诞生使丑闻达到了顶点。人们悻悻地等着战争结束和丈夫的归来，他们知道他脾气粗暴。停战了，出乎大家意料，这不害臊的女人居然没有撵走她的德国兵。

一天，鲁特尔突然回来了。五十二个月的集中营生活使这个鲁汉子变成了一个苍白、懒惰的病人，只想喝酒和安逸。他发现他女人胖了、富了，房子重新翻盖了，桌上食物丰盛，买卖也兴旺发达，在一个德国兵用柳条编的摇篮里，一个现成的小崽子来得正是时候。他惊呆了，看着这一切，并不发怒，在他窄窄的额头里，他掂量着是否应该反对，特别是是否应该赞成。

"别装傻，"女人对他说，"你要愿意享受，就跟我们一起干，德国兵会教你的。"

鲁特尔一声不吭；但是，过了几天，他屈服了，开始学干活。

事实上，管事的是女人。银行的户头写着她的名字。当说到她丈夫和巴伐利亚人时，她说"我的人"，像个班长一样。

房中两间卧室，各有一张床。鲁特尔太太睡一张，他儿子睡另外一张。但是，谁也不知道两个男人哪一个和孩子睡在一起，也不知道是否总是同一个。

"您来喝一杯凉快凉快，若阿纽先生。"鲁特尔太太说。她那农妇的脸是平静的，略显严厉。她在桌子上放了一把渗出水珠的酒壶，在三个杯子里倒满一种起泡沫的饮料。"这是德国人给我做的，"她说，"用花楸果在蜂蜜中发酵。"

客厅不像当地别的客厅，若阿纽从不敢让他的狗进去。家具、地板都用蜡打成金黄色，麻织的帘子使阳光变得柔和。窗前，五颜六色的木条做成的花盆架上鲜花盛开，这肯定也是德国兵搞的。

两个男人进来了，因为地板的缘故只穿着袜子。他们穿着一样的干净衬衣和人字斜纹布裤子。但是，在德国人身边，五短身材、脊背厚实的法国农民，却像个帮工。

"慢慢喝，这么热的天气可得小心呀。"女人以命令的口吻说。她环视了一下，慢慢地退出了。

三个男人默默地在桌旁坐下。

"你得帮帮忙，若阿纽，"鲁特尔说，眼睛像螺旋钻似的，鼻子尖儿像尾巴根一样地朝上翻卷着，使他看起来比实际上还要狡猾，"事关德国人，我们想使他归化。"

巴伐利亚人的脑袋歪向一边，眼睛望着地板。

"什么？"鲁特尔叫道，好像若阿纽已经表示出惊讶，"别说不行，这对大家都好。"他喝了一口，停了一会儿，又继续说："我们不知道怎么办手续。得你去向区长说，替我们尽快地搞成。"

若阿纽感到德国兵金褐色的目光和鲁特尔蓝色的目光一同盯着他。

"我马上就跟你说，若阿纽，"鲁特尔又说，"你为这件事费的时间，自然不会白费的。女人也同意了。帮忙总是帮忙，钱也总是钱啊。"

"谈不上这个，"邮差说，"德国人是我敬重的人。你若愿意，我去向区长说。不过，我跟你说，今天谈归化，可要花大钱的。"

"真的？"

"我是这样想。"

德国人重又望着地，用他骨节粗大的手指笨拙地摸着他那鸟一样拔了毛的脖子。鲁特尔垂下眼皮，摆弄了一会儿空杯子。然后，他站起来：

"这样的话，你看，得首先知道价钱。这原本是女人的主意。据我看，这笔花费并不急。你去打听打听……我们再看看值不值得。"

"好。"若阿纽说，拿起了他的邮包。

鲁特尔太太一直站在门后，她的脸色比刚才还要严峻。她直盯着邮差：

"那么，我们就指望您了，是不是，若阿纽先生？这个小瓜，甜得像糖，拿回去给您太太午餐时吃吧。"

十三

两个比利时人总是比公鸡醒得早，可是两个人起床得费好几个钟头。老婆子第一个下床。她的腰弯成了直角形，得难受好半天才能站起来。使一下劲儿休息一会儿，她终于穿上长裤和衬裙。

老头儿躺在床上看着，他想帮她一把。然而女人需要他，他却更需要女人。她好不容易收拾停当，就掀开被子，把她男人沉重的双腿拖出床垫。然后，她走到床后面，脚后跟蹬在踏脚板上，而老头儿则抓住吊在天花板上的绳子，她于是把手放在他的背上，用尽气力推他。他们一块儿互相鼓励着："嗨，嗨……"老头儿的上身起来又倒下，反复许多次。她生气了，骂他，说他没心肝，说他自私，有时，她甚至失望得哭了。终于，他猛地一冲，摇晃好大一会儿，站了起来。他站着，光着腿，两膝外翻，加上勾鼻子和像木套鞋底子一样的下巴，活像个小丑。但是，最艰巨的已经过去了。他拄着棍子，走到墙边，倚在上面。于是，她在他前面坐下，给他穿上袜子和裤子。他用粗糙的手摸摸她的后脖颈，表示感谢。

他们彼此搀扶着，迈着小步，走到外面坐下。一天开始了。一整天，比利时老两口都待在院子里。

他们是 1914 年 8 月来到莫拜卢的。同他们一起来的那些难民早已都离开此地了。而他们俩，买了这幢有些孤零零的小房子，留下来终老。他们对所有的人都彬彬有礼，遇事肯帮忙，跟谁都不来往。大家不怎么喜欢他们，因为总是见他们卖东西，从不见他们买点什么。尽管那么大年纪，老婆子去年还毫不犹豫地每月一次跑上二十四里地，从莫拜卢到维尔格朗德，为了一对鸽子或一篮子克洛德李子能多卖上二十五个苏。可现在是真老了。老头儿总是卧床或躺在稻草编的椅子上，老婆子蜷缩在他身旁，非起来不可时才起来——烧点汤、提壶水、拿夜壶，或者给兔子窝里仅存的最后一只兔子撒一把糠。

若阿纽看见他们坐在厨房前。

从前收拾得干干净净的院子，现在长满了土灰色的荨麻。两个老人周围，一株枝叶干枯的刺槐投下一片稀稀落落的树阴。不过，他们变冷的血已经不怕阳光了。

"你好，邻居！"

老头儿微笑了。自从若阿纽买下洛朗树林坡上的那片葡萄园以后，因为那片葡萄园恰恰与老头儿的葡萄园相邻，他就叫若阿纽"邻居"了。

"家乡来信了，"邮差说，一边打开背包，"不用嘱咐，得把邮票给我留下，站长集邮。"

老婆子忧愁地晃着脑袋。在她褪了色的黑草帽下面，人们会打赌说那是个骷髅头，可笑地披着白色的发卷儿。

"老了真愁人，若阿纽先生。特别是像我们俩这样，七十多岁了，又孤零零地远在他乡……您坐一会儿，我们不常有人来……夜里，您可以相信，有时候我真害怕，算了……要是我们俩有一个死了，比方说我吧，他会怎么样呢，一个人，孤孤单单的？……我跟您说，若阿纽先生，他一个人连大小便都不能啊！"

老头儿一动不动，手杖夹在两个高耸的膝盖之间，清澈如水的目光盯着邮差，流露出羞耻和恐惧。

"你们为什么不用一个女仆呢？"

老婆子绷紧了嘴唇。

"多谢！那得付她工钱啊！我们租出园子的一半和葡萄园，好容易弄点儿钱，还要流到另一个人的腰包里吗？没门儿！啊，正直的若阿纽先生，我们俩常常这样说——应该做的，是趁着我们还能活动的时候，找一个好姑娘，健康、稳重。我们对她说：'来同我们一道生活吧，当然什么也不挣。而我们死后，把一切都留给您：房子、园子、洛朗树林的葡萄园——甚至还有一笔小小的积蓄！……'"她绞着一双干枯的手，叹了口气，"本来是应该这样做的，若阿纽先生，可现在，太晚了。今天要找这样一个姑娘，简直是让我不戴眼镜穿针线啊……"

"仁慈的上帝啊！"若阿纽心里说，"房子、园子……葡萄园……"

他出了镇子，顶着烈日，又蹬向岔路口弗拉马尔太太的零售店。

一个小姑娘躺在山坡上，让她的山羊顺着一道篱笆吃草。那是莫里索特的女儿，人们称痨病鬼莫里索的老婆做莫里索特。小姑娘十五岁了，长就一副好身材，这从她破烂的小罩衫底下，那刚刚长出来的胸脯上就能看出来。

若阿纽跳下车子，很高兴找到一个借口喘口气。

"家里好吗，孩子？"

她看着他过来，一动也不动。她乱蓬蓬的头发被汗水粘成一片，明亮的眼睛，长长的睫毛，黝黑的皮肤，使她活像一个年轻的波希米亚人。

她耸了耸肩：

"昨天夜里，他又吐血了。"

邮差看见两条狗闻着女孩的腿肚子。

"是为了逗狗还是招蚊子，你才这样晾着大腿呢？"

她收回腿，朝裸露的膝盖拉拉裙子，嘲弄道：

"这跟你有什么关系？"

"嘴真他妈厉害，"若阿纽快活地说，"我肯定你连裤衩都没穿……真该在你这小婊子的屁股上打一巴掌！"

她已经站起来，像小山羊一样，跳到一边。

"等着瞧吧！"

在她周围，炽热的空气好像在人们白日点燃的火上颤动着。

邮差眯起了眼睛：

"等我有一天看见你一个人在树林里，我的小鹿，你大概不会像在大路上那么神气了！"

他笑着，擦去额上的汗，跨上车子，又上了路，还念念不忘房子、园子、葡萄园……尤其是那片葡萄园在他脑子里打转：一块好地，我的天，正朝阳，正贴着他的葡萄园……突然，他猛蹬了一下："莫里索特，真的！"他摇晃着，又直起腰，一踏儿骑下去，吹着口哨。

他不再感到太阳烤着脊背了，身后，两条狗在尘土经久不散的路上小步跟着。他现在完全是在田野上了，一个人也没有，只有车轮发出的咝咝声和两条狗的喘息声打破了沉寂。右边，一片刚收割过的土地在阳光下泛着金黄色；左边，没有一棵树，只见一排排的甜菜，肥大的甜菜仿佛露出了牙床的臼齿，拱出了憋着它们的干燥的土地。蓦地，一群山鹑，扑楞楞地飞过去，为了省力气，它们紧贴着地面，落到最近的一排篱笆的阴影里。

若阿纽没有直奔岔路口，而是穿过田野拐进一条小路。

莫里索的破房子位于一片田地中间。一个三十岁的棕发、健壮的女人，正在井边刷锅。看到两条狗走近，她站起来，转身走了。

"他在哪儿？"若阿纽喊道，"能看看他吗？"他压低了声音，"我有两句话跟你说，莫里索特……"

他们只有一间烟熏火燎的屋子，还散发着酸味儿。在屋子凹进去的地方，那快死的人直挺挺地坐在一张草垫子上，上身夹在两个装满草的破口袋之间。没有碗橱，也没有椅子，一口箱子翻过来，当做饭桌，前面只有一条长凳。一个角落里，另有一张草垫子，那是小波希米亚人的。窗子开着，进来一股浓厚的被太阳晒透的粪水气味。狗在屋子里转了一圈，在快死的人身上闻了闻，然后朝门口走去。

"不见好吗？"邮差问。

"见好。"莫里索说，声音好像是从坟墓里发出来的一样。他挑战似的看了他女人一眼："我明天就起来！"

妻子和丈夫恶狠狠地互相打量着，旁若无人。

"除了要酒喝，他才不起来呢，混账东西，"莫里索特嘘道，"可这儿一滴酒也没有了，他要去镇子里喝酒，我倒放心了，走不到酒馆，他就得死十回！"

莫里索气得直打嗝，紧咬着牙关。他被钉在那儿，无能为力。真是乾坤倒置。六个星期以前，不为什么，仅仅为了取乐，他还可以对这个娘们饱以老拳，现在他却不得不受她的捉弄。他气得喘不过气来——那是一种野兽掉进了陷阱里的无可奈何的愤怒。

此地人们早就认识他们：两个孤儿，就在附近长大，区里的视察员使他们结了婚。她原是旅店的侍女，十七岁上怀了孕；而他是个壮工，偷猎者，名誉不好，没人不怕，经常没有工作，因为很少有人愿意雇用一个孤儿，一个私生子。他没有办法，在得病以前，接受了最苦的工作和最低的工钱。他为了解闷消愁，晚上就在包斯那儿把工钱全喝光。人醉了，钱袋空了，酒馆主人就把他赶到外面。他跌倒在沟里，手脸被篱笆划破，回到他的破房子。为了消气——或消他的羞耻——他把老婆从床上揪起来，动手就打。然后，当他打够了的时候，一个念头攫住了他，他就把她翻倒在草垫子上。

孩子被惊醒了，又恨又怕，牙齿咬得咯咯响。她也经常挨揍，但最近几个月来，她却受到抚爱。母亲为了安静，自己睡去了，由他去干。"你不是他的女儿，"她说，"不然的话，我就让他蹲监狱。"

若阿纽手扶车把，在路中间走着。他迈着大步，解释那桩买卖。莫里索特不说话，小跑跟着他。最后，她喃喃地说：

"这太美了，简直不是真的。"

"别当傻子！"若阿纽咕噜道，"让我去搞，你懂吗？你一半，我一半。如果我把你放到比利时人那儿去，你给我签个字据，你继承财产的时候，我要葡萄园。"

他们走到大路上。她在他前面，脚上一双木鞋，站得稳稳的。她的腋下，衬衣湿了一大片。邮差的眼睛甜滋滋地看着那宽大的屁股、高耸的乳房。你一半，我一半，这些已经行了。下一步就是要搞成。

他招呼两条狗，闻了闻闷热的空气，尽管天上没有一丝云影，他却说："要来暴风雨了……"

她又上了小路，脑袋里一团火，踉踉跄跄，充满了希望。让那个快死的人在那儿叫吧，哪怕他把肠子都吐在草袋子上呢！如果她能有结果他的办法，而且别久拖……

十四

　　岔路口的零售店，是一座低矮的房子，上面写着"酒与饮料"，坐落在三条路的交叉口上，周围一片轮伐林。

　　门窗都关着。邮差在窗前刹住车，敲敲窗板：

　　"弗拉马尔太太！"

　　里面一阵轻轻的骚动，然后，一个声音有点喘息地喊道：

　　"来了……"

　　钥匙吱地一响，门开了：

　　"啊，是您哪，若阿纽先生？请进……我刚穿好衣服。"

　　她穿着丝衬裙，在她随时可以奉献的胸脯上，她正在扣一件粉红色的短上衣，上衣的领口慷慨地开着。

　　屋子里很凉快，近于昏暗，弥留着柠檬水和化妆品的酸味。若阿纽侧耳倾听，似乎听见朝树林开的后门轻轻地一关。

　　"我打搅您了吗？"他问道。

　　她好像没有听见。她从柜台上拿出一瓶白葡萄酒和两个杯子，过来对着他坐下了。

　　他一言不发，径直地把一封信放在她面前。

　　"可这是给弗拉马尔的呀？"

　　"只管打开。"

　　她服从了。当她拆信封的时候，邮差的眼睛惬意地看着那双裸露的胳膊，白得像大腿，嵌着三个撩人的牛痘瘢痕。然后，他的目光向上移动，看着脖子上层层的皱褶，搽了粉的面颊，螺旋形的、油光光的发髻，上面插满了玻璃别针和精雕细刻的梳子。不管怎么说，弗拉马尔太太是口美味啊。

　　她抬起头，把信递给他：

　　"是哪个流氓写的这东西？"

　　他早在她之前就读过"这东西"了，但他还在装傻：

　　"没署名？我料得到的……鼻子尖的话，很远就能闻到匿名人的味儿。"他正了正眼镜，装作看信的样子。

　　一只光溜溜的胳膊突然落到桌子上：

　　"这是古凡！"

"不该没有把握地控告一个人，弗拉马尔太太，"若阿纽教训地说，"尤其是一个宣过誓的人！"

她脸上冒火，重复说：

"是他！是那个乡警！……我自有理由！"

"这样的话……"若阿纽说，他拿起信，漫不经心地查看着，微笑了，"好小子古凡！"

乡警是邮差的敌人。他原是国防军的一个士官长，他在包斯那儿参加了领战争抚恤金的那一伙，对于在洗劫柏林之前就签订停战协定大为不满。若阿纽疑心他正在为德·比埃勒先生进行一场阴险的宣传，后者在省议院的选举中是区长的对手，他因此严密地监视着古凡，特别使他痛恨的是乡警的那套制服，他因为自己不是镇上唯一戴军帽的人而十分恼火。

他把信放回邮包。现在，他可有了一件武器来反对古凡了。

"不要紧！"他说，"要是没有我，这会让您倒霉的！"

"倒霉？"她骄傲地笑了，突然用你来称呼邮差：

"你别为我操心，伙计！弗拉马尔的嫉妒，让我来管！谁要能真的让弗拉马尔生我的气，那他得比你们大家起得都早！"立刻，她又后悔说了这些话："您还是做得很得体，若阿纽先生。因为这准会让他苦恼的，我感谢您使他避免了这件事。"

若阿纽卷了一支烟，望着弗拉马尔太太的下部，抽着鼻子，仿佛嗅着什么，决心正面进攻：

"说句知心话，弗拉马尔太太，为什么您过着这样的生活？"

"什么生活？"

当她这样抬起头来，她的张开的、一动一动的鼻孔，令人想到一只小牝牛的鼻子。

"得了，得了，"若阿纽傻乎乎地说，"不该跟我耍花腔……既然谈到这件事，我甚至要直截了当地说出我的想法。一个能够每天晚上同一个像弗拉马尔那样的壮汉睡觉的女人，应当心满意足了，应当安安静静地过日子了！"

"是吗？"

弗拉马尔太太并不生气。她的厚嘴唇上浮动着一丝快乐的、令人心慌意乱的微笑，好像并非对别人而发，只是内心欢悦的反映。她在自己肥胖的胳膊上按死一只苍蝇，弹到地上，未说话之前先看了看邮差。

"您是可以交谈的人，若阿纽先生，因为您不是一个说话左躲右闪的人……那好，我来告诉您一件好事：弗拉马尔，他不是个男子汉。这使你惊讶，我的孩子？可这是真的。不管他多么壮，他跟女人也什么事都没有。我们一块睡了六年，他从未……碰我一下！"

她喝了一口酒，慢慢地放下杯子，若有所思地继续道：

"甚至可能正因为这样，我才倾心于他，如果您愿意我说的话……在我的婊子生活中，有过许多男人，我并不隐瞒——本性难移。但是弗拉马尔与众不同，这是个我一见钟情的人。他围着我转了一年，每天晚上都到小咖啡馆里去，带着花、小礼物……但是，当我对他说'跟我上床'的时候，他却孩子一样地逃了。真的！……而当我终于知道他为什么那样胆小的时候，您会不知道，不，您不会知道这使我怎么样。我发誓抛弃一切与他生活在一起，我说话算话，我甚至从没后悔过！如果我弄钱让人说坏话，这不是为了我自己！当然，尽管我像大家一样喜欢赚钱。这是为了我男人……我比他大十二岁，看不出来，但是这起作用。应该明白，我干的事不能永远继续下去。而我，我愿意我的小伙子日后，甚至在我死亡后，面包上有黄油，咖啡里有酒，烟斗里有烟，永远不会缺什么！"

她把胳膊肘放在桌子上，手捧着她的双下巴，严肃地凝视着邮差。后者眯起眼睛，一言不发。

"事情就是这样，伙计。问题在于理解，不要仓促判断看见的事情……"

"原来这样！"若阿纽喃喃道，惊讶不已。

十五

当若阿纽在零售店的时候，不过一刻钟之间，天空突然乌云密布。林子里烘箱般地闷热；蚊子成阵，如同傍晚；蘑菇的气味刚刚钻出地面。在松林中，发红的土地在车轮底下像面包粉一样发出轻微的响声，一丝风也没有，藏草新弱的茎上，宽大的叶子纹丝不动。

"加油，比克！加油，米拉包尔！"邮差对着两条狗喊，它们跟着他，伸着舌头，不断地软塌塌地摔倒，又立刻气喘吁吁地爬起来跟上。

维尔格朗德那边，乌云在天际翻滚。当若阿纽回到镇上的时候，远远的雷声宣告暴雨终于来了。

在晒得滚烫的墙壁和关闭的窗户后面，在空气凝滞满是苍蝇的房子里，莫拜卢的人们骚动不已，汗流浃背；潮湿之中，散发出一种洞穴的霉味儿，人们从早到晚地忙乱着。这是生命的节奏，愚蠢而古老。男人们额上一道道忧虑重重的皱纹，不知疲倦地跑个不停，从柜台到马厩，从打铁炉到马车房，从工作台到地窖，从菜园到干草房；而女人们，犹如固执的蚂蚁，同样不知疲倦地往来穿梭，从摇篮到鸡窝，从生炉子到洗衣服，为了一个有用的动作，要完成十个无用的动作，从来不能做一件有持续性的工作，从来不能拿出一小时从容地娱乐一下。所有的人都匆匆忙忙，好像为活着而动就是大事，好像去赶最后的约会，一分钟也不容浪费，好像面包真的只能用汗水换得。

若阿纽穿越广场的时候，狂风骤起，卷得尘土飞扬，直升到教堂的房顶。百叶窗和门都呼嗒呼嗒地响着。天暗如铅。雷声更加清晰，更加频繁。

"点上蜡烛吧，费尔迪南，要变天了！"若阿纽对理发师说，后者站在空无一人的铺子门口，察看着天色。

"……要下雨了。"包斯太太说着，跑过去了。

办公室前，邮差碰到一个胖子，血色很盛，花白头发，头戴一顶黑色军帽，脚穿皮靴，正是乡警古凡。

他直冲他说：

"你还在这儿干什么，上尉？快去吧！你还不知道吗？弗拉马尔杀了他老婆！"

古凡一下子愣住了，脸白得像大油。寂静之中响起一声惊雷。若阿纽正面盯着他，突然笑起来：

"别激动，笨蛋！这是开玩笑……现在，我知道了我想知道的事了。"

他转过身去，唤回吃饱了的狗，扣好衣服扣子，准备去"汇报"。每天早晨，送信回来之后，他都要进区政府去见阿纳尔东先生。

办公室里，区长正在共和女神的胸像下面来回走着，嘴上衔着烟斗。埃纳伯格先生的课完了，正坐在办公室里处理日常事务。

"说准确……不要吹牛……我绝不允许省当局试图这样对市议员施加压力……蔑视公民投票不因时间而失效的原则……他们在省里会看到我的手段！……这个我们明天再写……把您的座位给我，亲爱的，让我来签您那些玩意儿。"

他说话简短，语句尖锐："办事果断！""直截了当！""少说话，多行动！"——还有其他果断的口头禅，意在表示阿纳尔东先生是个知道往哪里去，不兜圈子的领袖。

他年近六十，毛发还没有一根变灰。五官端正，像是用砍刀在硬木上削砍而成。眼睛是蓝色的，目光准确，然而不深沉。小胡子剪得很短，衬托出一张像扑满口一样的嘴。这张僵硬的脸只有冷漠的表情，这是一种除了向上爬的野心其余都不存在的人的那种冷漠。

小学教师站着，把纸一张一张地往区长的笔下塞。每签一份，他便机械地盖上区政府的印鉴。他灰心丧气地想着，越来越多的公文表格日甚一日地阻碍着社会机器的运转，一个陷在这种官僚主义之中的制度是注定要完蛋的。然而，这只是他深藏不露的想法。长期以来，他根据区长的所为来判断他。他知道，在这位实践家身上，军人的坦率、男子汉的正直，掩盖着一个夸夸其谈的吹牛家的形象——没有方法，没有理论，没有性格，也不光明正大。由于区政府秘书这一职务的束缚，他闭口不言，他对他的所见感到羞耻，对人家让他干的事情感到厌恶，但是，他内心痛苦。无论如何，埃纳伯格还保持着青年活动家的信仰。他诚心诚意地相信人类的尊严，相信公民理论上的平等，相信通过世俗的民主的胜利而能获得最后解放，相信人民的主权，相信人有权自由思想，有权自己管理自己，自己保卫自己，同时不断反对在资本主义政党的共和伪装下随时可能再生的旧制度。然而，这正是阿纳尔东先生在他的演说中不厌其烦，滔滔不绝地重复的词句。在埃纳伯格看来，这恰是最致命的伤口：他不能原谅法国所有的阿纳尔东们的，正是他们成为一种政治理想可笑的化身，而为这种政治理想，埃纳伯格明天却可以在一场内战中英勇地献身于街垒之上。

阿纳尔东先生毫不疑心小学教师心怀不满。但是，已经好几次了，若阿纽——他偷拆信件——向他报告过：

"区长先生，我跟您说，您的埃纳伯格，不单不讲交情，还是个假兄弟！"

十六

广场上，大滴大滴的雨珠已经无声地落在尘土之中。狂风摇动着栗子树的树枝，打落了那发红的叶子。

邮差急忙回家吃午饭。

梅丽端来饭菜，若阿纽在桌旁坐下。

他稳稳地坐在椅子上，下巴颏凑近盘子，皱着眉头，两眼在浓密的眉毛和睫毛的覆盖下半闭着，不说话，既不着急也不停下来，什么也不管，甚至连正敲打着窗户的暴雨也不理会，他嚼着，考虑着他的手段，宛如那生活在仓库里的毛茸茸的蜘蛛，白天趴在蛛网的中央，一动不动，令人生畏，只要这张开的罗网稍微一动，便随时一跃而起。

梅丽已经习惯于这种沉默。在家里，这个由于能说会道而博得全镇信任的话匣子，只是吃、喝、打呼噜时才张嘴。面对他坐着，她也在捉摸自己的琐事，对于菜，也是这儿叼一点那儿叼一点，并无胃口，她用眼角瞟着丈夫，适时地递给他酒或面包片：这是一种不关痛痒的关照，已成为本能，纯粹是夫妻间的服侍。

突然一声惊雷，震得屋子的一切都跳动起来，酒杯在搁板上颤动不已。

梅丽哆嗦了一下。一片寂静之中只听她喃喃说道：

"雷大概落得不会很远……"

可是，雷声已经过去了。风突然停了，雨也几乎立刻停止了。

喝过咖啡——去车站前总是如此——邮差进了他的房间，关上门睡午觉。他很少在床上磨蹭。这个时候，保证不会被打搅，他在酒精灯上烧一点水，用他那指甲发黄的手指灵活地揭开那些引起他兴趣的信封。

今天收获不坏：猎物表上，有一封给古凡的信，它终于带来了若阿纽几个月前就嗅到的贩卖的证据，区长先生会高兴的。

但是，尽管有这桩意外的所得，邮差还是心神不定。他斜躺在床上，眼望着天花板，堕入幻梦之中。梅丽刚吃完饭，脸上略微有些发红，她走过来倒咖啡的时候，若阿纽粗暴地一拉，把女人连同咖啡壶一起拉到自己身上，但是，梅丽灵活地挣脱了。

"你疯了，嗯？再使点劲儿，你就烫了我的手了！"

他看她生气了，便笑起来，然后一声不吭地喝了他的咖啡。

十三点，若阿纽戴上军帽，下了床，去接十三点二十七分的火车。

正是最热的时候，雨下的时间太短，只是压了压尘土；空气凉爽了一会儿，很快又变得烫人了。公墓里，花岗岩士兵，在太阳底下闪着蓝光。

突然，当若阿纽手扶着自行车，停下来擦额上汗水的时候，那块暗中燃烧的小火炭又出乎意料地烧起来，一下子燃遍了这个大个子邮差的全身，他伫立在路旁：那边，远远的，通向洛朗树林的那条小路的头上，一个红头巾刚刚消失在一片轮伐林中。那戴头巾的，是菲利伯尔特，她捡干柴去了。

"好。"若阿纽说，朝火车站那边直冲过去。

公务第一。

十七

从路堤底下拐个弯，越过站台齐胸高的栅栏，就看到站长在散步。从他那前倾的侧影和唐·吉诃德一样瘦削的身材上，人们远远就认出了他，但这只是一个老唐·吉诃德，没有一点征服者的神态。

他叫住邮差：

"早晨没有我的信吗？"

"有。"若阿纽大胆地答道，走过去把车子放好。

他在长长的胡子底下暗自笑道，他知道站长半个月来等着什么。那个官方的黄信封，上面的字歪歪扭扭，他那天从车站的箱里拿出来时，就觉得可疑，他认为应该在寄走之前先看一下：天哪，可真是他一生中最令人愉快而又惊讶的发现之一！

站长急忙走上前去。

"这就是。"若阿纽说。他不慌不忙地从口袋里掏出那张比利时邮票。

"没别的了吗？"

老人失望了，望着地上。这种态度，在他是习以为常的，并无特别之处，但是，由于他下垂的鼻子、沉重的眼皮、山羊胡子和驼背，他好像总是比别人往下看得更低。

"那么，站长，"若阿纽嘲弄地说，"快了吗，退休？"

老人含含糊糊地摇了摇头，他把邮票塞进帽子的饰带底下，大步回到他的小屋里。

若阿纽直奔灯具室。他看见弗拉马尔正在等火车，他抽着烟斗，汗流浃背。

"路上真热，我说！"若阿纽说。

搬运工倒了一杯酒，作为回答。

"你看见她了吗？跟她谈了吗？"

若阿纽擦了擦后脖颈，坐下，微笑着，右手舒舒服服地握住凉爽的酒杯。他从一进来，就想着弗拉马尔太太泄露的秘密，现在他带着开心的想法望着这个巨人。

"我看见她了，是的，我们谈了……在某种意义上说，你知道，她没错……应该想想。"

弗拉马尔喘着气，好像一头被追赶的公牛。在紧贴着肉的背心下面，胸脯像个患哮喘病的女人的胸脯那样一起一伏。突然，他握紧了拳头，噘起了嘴：

"我没说她不对，笨蛋！但讨厌的是当王八！"

两个人不说话，意味深长地互望一眼，然后，都细心地思索起来。

"钱总是钱。"邮差最后说。

旁边，办公室里，关着的小窗后面，站长坐着，端详着他两只皮鞋间的地板。

是啊，不出两个月，他就要退休了。另一位站长将坐在这儿，登记货物，掌管一切。而他，他将去哪儿呢？

他穿公司的制服已经三十年了。三十年中，没受一次批评；三十年中，没登错过一次。而现在，要退休了，这并不比死亡更容易躲啊。

在他身后，一种职业结束了——火车站长的生涯结束了，这并不是件大事，但是他希望这是一个堪为表率的生涯。三十年中，他唯一的乐趣就是好好地完成任务；他英勇地抵制了一般人不能抵制的所有坏习气。他不抽烟，不要情妇，甚至合法的妻子也不要。（只要掌握一点儿权力，为了运用它，就应该表现出无情，不要流露出任何软弱的迹象。）他允许自己享有的两种消遣都属于精神方面的：集邮和书籍。两次列车的间隙中，他整理邮票或者翻阅他教父——一个戏剧爱好者遗赠给他的十四卷合订本的《斯克里伯全集》。除此之外，一切都为这理想而牺牲了——做一个完美的火车站长。而今天，在离开这一切的前夕，在活着入土的前夕，完成使命的满足之感竟没有给他的绝望带来丝毫酬报。

外面，警报器在拼命地、哆哆嗦嗦地响着。二零九次列车不远了。幸好还有公务，否则……

站长戴上帽子，走到月台上。如果有什么事可做，比如运输，或者旅客，那该多好！可是，这个模范站长的月台上总是空空如也。

若阿纽在灯具室油腻的窗户后面看见站长过去了，一道嘲讽的目光在睫毛间闪出来，随即消失。

他想着半个月前，老人寄给小报纸的一则广告：

> 某先生，若许年纪，独身，积蓄若干，小笔退休金，性情随和，意有助于一严肃、体贴、眷恋、温柔妇人之幸福。信寄报社办公室。C. V. 349。急。

十八

若阿纽走出车站。为什么不呢？……他一只脚站在人行道上，屁股坐在车座上，蹬车之前，先卷了一支烟，思想早已经飞到洛朗树林了。

菲利伯尔特是南方的一粒黑橄榄。她瘦削，有一个神经质的肉体，吵吵嚷嚷的，不很漂亮，但像一头山羊一样机灵。一到夏天，她都光着大腿，穿着一双草绳底帆布鞋，走遍这个地方，再热的天，她也戴着那条红围巾，把它在下巴颏底下打个三角形的结。

看得出来，她不是本地人。她是被镇上的一个小伙子带来的，一次征兵碰巧把他征去，派到那包纳去服役。小伙子突然死了，已经两年了，从此，她带着两个年幼的女儿，灾难重重。因为有孩子，她不能到别人家里去做工。菲利伯尔特住在一个茅草房里，那房子坐落在属于镇上的一片荒地上。根据机会，她或者靠施舍或者以偷窃为生。下午，她把两个孩子捆在摇篮里，自己出去拾干柴。

若阿纽只要兴致一来，总能知道在哪儿会找到她。他穿过树林，来到轮伐林，口里吹着一首猎歌。她总是等不了多久就露面了。她驯服地，然而没有一丝笑容地跟着他走进林子的最隐蔽的地方。他要她干的事情，她都不情愿地干了；否则，如果他愿意的话，他能让区长把她从茅草房里赶出去。再说，他总是给她二十或三十个苏，反正，这钱挣得也快。三十个苏，可以买两天的面包。况且，自己也应该明白：这种事情，不会持续很长时间，等到孩子大一些，她可以把她们送进学校，自己去给人家洗衣裳，因为现在很难找洗衣裳的女人。那时，六个月的工夫，她就能攒钱回鲁巴涅，在那包纳附近。在鲁巴涅，她还有个残废婶子，鲁巴涅，每天晚上睡觉时都梦见的地方，那儿的人，我向你们保证，不像这儿的人那样。

从山坡的高处下来时，他看见他们了，那三个人，在水边上，蹲在柳树丛中。他们是镇上的三个懒汉，三个拿战争抚恤金的人，三个阿纳尔东先生在演说中称为"我们的英雄"的人——帕斯卡隆、杜尔和胡斯丹。

若阿纽把车子靠桥头放好，悄悄地走近三个钓鱼的人。他们三个每碰到一起就要吵架，但是白费，一种秘密的力量总使他们三个聚在广场上的同一个角落里，咖啡馆的同一张桌子旁，或者河岸的同一棵树下。

帕斯卡隆跛足，尤其是当他穿过镇子的时候。他是三个人中拿抚恤金最少、最不懒惰的人。他是掘墓人和修鞋匠。战争的第一年他就回到镇上，他会利用这一机会，在区政府召见他的当天晚上，就使区里任命他为公墓的看守，住在公墓里一片松树阴蔽下的一间小棚子里。他独自过活，但是他的敌人，那三个因战争失去丈夫的女人，声称晚上在小棚子里发生的事根本与丧事无关。帕斯卡隆顶住这些流言，并且还以此为乐。当天气凉快，瘸子感到自己还想干点活儿的时候，他就坐在教堂的阴影里，一边回忆着他从前得挣口饭吃时所从事的职业，一边给皮鞋上底，胡乱补补套鞋——挣的钱也够他胡闹了。他身材矮小，一根头发也没有了，粉红的圆脸上闪烁着一对轻浮的眼睛。当他不在公墓，也不靠着教堂坐着的时候，他就泡在咖啡馆里。所有的顾客都给他喝一杯，如何抵挡得了他呢？他一瘸一拐地围着桌子转，眨着眼睛，声音嘶哑地说："你好，伙计！没什么润润嗓子吗？"

杜尔，少了一只胳膊——少了右胳膊，这不妨碍钓鱼，但不能干活。法国和他姐姐包斯太太，咖啡馆主人的老婆，养活着他。他住在咖啡馆里，中午才起床，看交易所的行情。星期天，他扎上围裙，装作帮忙的样子。他的专长是引人投钱让自动钢琴演奏。重要的是收到更多的钱，除了维护钢琴的需要，多余的部分是他一星期的烟钱。至于国家的钱，那可是神圣不可侵犯的，他存了起来。

第三个是胡斯丹，中过毒气。他最受嫉妒，因为他身上的东西什么也没少，还拿那么多钱。他身材高大，金发，软绵绵的，衣衫不整，脸上总有一层稀稀拉拉的茸毛。他走路时塌着胸，不住地轻轻咳着，这是他的习惯（那几个战争中失去男人的寡妇说），他每月都得在一个复员委员会面前为自己辩护而养成的习惯。他留在镇上的老婆，在战争期间，带着家具跑了。他回来只看见自己的房子和加里巴勒迪——他的狗：发黄的长卷毛乱七八糟，跟它的主人一样，这是一只真正的马戏团的狗，能赚钱，晚上，胡斯丹让它在广场上耍把戏。

一阵淤泥的新鲜气味从潮湿的草地上冒出来。芦苇丛中，河水流畅、澄澈，暗绿色的波浪冲弯蒿草，像头发一样地梳拢着它们。

"要是鱼……"

"别说话。"杜尔悄悄地说。

"……像蚊子那样爱咬就好了！"帕斯卡隆喃喃地说。

那个中毒气者，在稍远的地方，靠在一株柳树上。他本能地找了一块肮脏的地方，河水在那儿拐了个弯，积聚起来的水沫好像一层疮痂。为了凉快，他把光脚伸进腐臭的泡沫中。他睡意蒙眬。幸好加里巴勒迪坐在那儿，嘴上衔着一只小桶，看着浮子。

若阿纽站着，不理会成群的蚊子在耳边嗡嗡，看了一会儿流水。

帕斯卡隆朝他转过头来，露出一口坏牙，微笑着：

"没什么润润嗓子吗？"

十九

若阿纽到了区长宅前。二层楼的一扇窗子开着，里面一组小调琶音，在呼哧呼哧的琴键上跌跌撞撞，犹豫的音符断断续续地直传到街上。

若阿纽在栅栏前按了铃，琶音立刻中止，阿纳尔东小姐出现在窗口。尽管她刚过三十，可已经是个老姑娘了，而且一眼即可看出。她朝着邮差微笑了，仿佛任何微小的意外都会立即给她带来欢乐似的。

"你好，若阿纽先生，我就下去。"

阿纳尔东先生很早就死了太太，一直没有再娶。玛丽·冉娜是他的二女儿，只有她还跟他生活在一起。

两姐妹一直属于莫拜卢人所说的世上幸福之人。事实上，她们从没"缺什么"。

小时候，她们有幸被送到维尔格朗德进寄宿学校，接受了一种终生受用的良好教育。刚进入青年的那个春天，她们回到莫拜卢，等待结婚，她们在诺埃米婶婶宽容的监督下，过着无忧无虑的生活。诺埃米婶婶是个老姑娘，独自一人住在老宅的另一端。

　　年复一年，两个姑娘早都过了二十五岁，姐姐泰雷兹，害怕像诺埃米婶婶那样老而无夫无子，终于嫁给一个和她父亲一般年纪的人，那是个埃洛阿镇的大农场主，死了老婆，身边只有一个未婚的女儿。她在那边继续过着令人艳羡的幸福生活，从早到晚在庄园里忙忙碌碌，身边一个性情粗暴的老人，一个对她的闯入不能原谅的心怀妒意的继女。但总有可以抱怨的事情：泰雷兹感到绝望，丈夫实在太老了，不能指望生孩子。

　　姐姐的明智榜样并没有使玛丽·冉娜在婚姻中寻求幸福，反而使她陷入老姑娘自私自利的常轨之中。她替父亲管家，消极地一天一天拖下去。据邻居说，她很任性，几乎不知控制自己的异想天开。她自幼幻想着学音乐，但是为了不损害父亲的政治地位，她却连教堂里的风琴都未能一试，不过她还是让他父亲给她买了一架钢琴，那琴盖着一层印花布套和一层灰尘，在马索太太的客厅里睡了足足几代：一架令人肃然起敬的乐器，几乎不响了，只是低音部分还有着像中国锣一样美妙的音色。维尔格朗德的调琴师，既老且瞎，好像他该瞎了，有着熟练的音乐家的声誉，竟逐渐地调出了大部分音；一不做，二不休，他还每两星期给玛丽·冉娜上一次课。进城成为老姑娘每月两次的乐事，她事先弹琶音，用汽油洗手套，做好准备。她还保持着易于激动的天性，每次进城之前，一夜都不能成眠，起来的时候，眼睛睁不开，两颊比往日更红。但是，管它呢，有点儿疯狂，生活才有味儿……邻居说得不错：玛丽·冉娜再正经，还是喜欢寻欢作乐。

　　阿纳尔东只住了一间楼下的房子——餐厅。当他不在地方上跑来跑去握手的时候，他就坐在那儿，面前的餐桌从来也不收拾，桌上，文件挨着脏盘子、黄油碟子、面包筐。虽然他极瘦，他可是全区第一号大吃家，也许是全省的第一号大吃家。他从没有连续两个小时不吃东西的时候。一天十次，他推开门，朝楼梯上大喊："玛丽·冉娜，我要吃东西！"玛丽·冉娜也习惯了，她端来一碗汤，里面两个荷包蛋，或者一盘冷肉，或者单单一块羊奶酪，在灰里发得恰到好处。

　　但这只是些小点心。应该看看每顿正餐开始时的区长。女儿一放好餐具，只见他站着，把一盘颇肥的熟肉酱抹在新鲜面包上，用一把小木铲就着钵子，狼吞虎咽起来，据他说这是解第一阵饿。奇怪的是他并不因此而身体不好，甚至也没有消化不良。所有的菜都吃光了，他才离开桌子，喝满满一碗咖啡，两杯白兰地，点着烟斗，上茅房，然后回来办公，就像只吞了一个鸡蛋一样轻松。

邮差进来了，阿纳尔东先生放下报纸，抬起头：

"说吧，若阿纽……"就语气之简捷和亲切，区长是独一无二的，"准备好跟我去……警察局接着一封关于帕格家的检举信，控告他们虐待老人。队长报告我说他一会儿去白磨房。"

"看热闹吧。"邮差说，一边坐下了。

是他检举的，但这与任何人无关。

"您哪，若阿纽，有什么新闻？"

"有啊……"邮差咕噜道，他准备着更好的效果，"您该说我唠叨了，区长先生……留神乡警，他跟您的对手有联系。"

阿纳尔东先生耸耸肩膀。

"可是您没有给我拿出证据来……"

若阿纽从桌上拿起烟盒子，夹在两腿间，不慌不忙地卷一支细长的烟。然后，他从口袋里拿出一张纸，不动声色地说：

"证据？……这就是。"

阿纳尔东先生小声地念道：

莫拜卢
乡警
古凡先生

比埃勒先生委托我转告您已获知您本月二十二日信中向他提供的机密情报，这些情报对他的竞选活动是宝贵的。他嘱我向您转达他的谢意以及他对您的忠实感情。

民族主义委员会书记
法布尔

若阿纽用眼角溜着区长，他等待着夸奖。但是，阿纳尔东是个领袖，他把信放在桌上，严厉地说：

"不该截这封信，若阿纽，应该截二十二号的那封。"

若阿纽并不慌乱：

"别急……我在那头有个伙伴，他已发现了线索。"

这一回，阿纳尔东先生赞许地点点头。

于是，邮差弯下腰，伸直胳膊，手指碰到桌沿。

"这还没完，区长先生，问题在于想想我，我需要钱。"

"还要？"

"还要？从六月份以来，我没见过一个子儿。应该通情达理啊。您看得清楚，我出了力并不讨价还价，不是吹牛，我脚踏实地地为您的当选而工作。但是，我把时间都用上了，我甚至一天中找不出一个钟头侍弄我的园子。梅丽什么都得买，甚至青菜也得买。生活费用很高，我很快就没有酒喝了，收获葡萄之前，我还得买半桶酒，相应地……"

区长看着邮差说话。他眉头紧皱，厚而突出的下嘴唇耷拉着，小口小口地抽着烟斗，烟像气泡一样地吐出来。

若阿纽推出最后一颗卒子：

"如果我想赚更多的钱，我只要说一句话就能提升。我有权这样做。但是，只要我能生活在此地，对党有利，我就待在莫拜卢。只是，我需要帮助。应该通情达理，区长先生。"

区长没有回答，从口袋里掏出钱包，在漆布上摊开一张票子。

过了几秒钟，若阿纽才伸出手，说了声"谢谢"。真笨！不管他在各种场合下是多么自信，只要一见到钱，血就涌上喉咙，令他喘不过气来，一刹那间，他仿佛被雷击了一样。

二十

"西卡涅太太，"若阿纽喊道，"您的神父学徒的消息！"

奥古斯丁·西卡涅在教区神学院学习。

西卡涅太太咬着嘴唇，接过信去，眼睛里充满反感。

邮差急忙缓和气氛：

"小教士字写得好，这我可不说瞎话！"

"当然了！"格戴太太和杜什太太一齐说道。

每天从早到晚，格戴太太和杜什太太都在西卡涅太太家里一道做活儿。三人都是战争中失去丈夫的寡妇，她们差不多一般年纪，每人都有一个由国家抚养的儿子。把她们联系在一起的还有别的理由，诸如她们的黑袍子，她们的虔诚，她们的说长道短，她们对有夫之妇的怨恨，她们对逃避打仗的人的痛恨——即那些战争中幸免于难的人——她们对抚恤的要求，以及她们那先是使身体失常继而使脑子逐渐失常的骄傲的贞操。

她们每日九、十个钟头地缝着粗麻袋，维尔格朗德的工厂却从中捞了大量利润。真是费力不讨好的工作，直干得她们的手指出血，咳嗽不止，而工钱连吃饭都不够；但是，活儿在家做，不禁你抢我夺，竟至必须有区长的保护才能到手，所以她们每个星期都担惊受怕，唯恐丧失工作。

杜什太太身体肥胖，腮帮子好似两块大生肉片。她拥有高级证书，出语不凡，卫生之道不绝于口，自吹为医术行家。儿子被她送到维尔格朗德一个药商那里，向她提供药草、药膏之类。一旦镇上出了病人，杜什太太就立刻飞到他的床前——尤其是，那些居心不良的人说，如果是一个男人病了的话，她就给他脱掉衣服，拍拍这儿，摸摸那儿，检查检查；在肚子上抹糊剂，在腰上拔火罐，在腹股沟上附上水蛭，忍不住还要查查膀胱麻痹。她的忠诚甚至常常超过病人：她自愿送终，自告奋勇地参加守灵。对于年轻夫妇，她提出一系列具体的劝告，不识趣地注意着生育或不生育的夫妇，根据情况，送给他们一些药品目录，那是她秘密地让人寄来的——她想不到若阿纽在她之前早就翻过了。

格戴太太，名叫雷翁蒂娜，是三人之中最年轻的一个。她似乎永远也忘不了她曾经是个金发美人，至今还保护着自己的皮肤免遭日晒。她低垂的眼睛周围有一圈玫瑰色的阴影。她一生围着儿子转，那是个自命不凡、体质孱弱的孩子，她为他请求了一笔助学金进维尔格朗德的职业学校。每逢放假回来，他就穿得漂漂亮亮在镇上傲慢地走来走去；为了陪儿子，她停止一切工作；她不让他跟别人一道去咖啡馆，甚至去理发馆她也要陪着他。圣诞节时，那孩子得了严重的气管炎，杜什太太想给他看看，可是雷翁蒂娜从未让她的朋友进入年轻人的房间。杜什太太通过传播关于格戴太太做母亲的感情的种种骇人听闻的事情，而狠狠地报了仇；格戴太太则对任何人也不隐讳杜什太太想要毁坏她儿子的清白。

三人同盟的中流砥柱是西卡涅太太。由于姓氏的关系，再加上脖子细长，人们都叫她鹳鸟。她高挑着一个忧郁的脑袋，上面高贵地顶着深色的辫子。人人都注意到她呼吸的臭味。自从她的儿子奥古斯丁进了神学院，这个圣洁的莫尼克在忧郁之上又加了一重庄严。她紧闭成一条线的嘴唇有种咄咄逼人的东西，好像是说："自从守寡之后，我就从来没有笑过。"褐色的眼睛暗淡无光，像清澈而多变的水，然而是那种深深的不动的水；而她看人的方式，是那种闪电式的，使得镇上没有一个人未曾想过（至少有一次，其中也包括神父先生），西卡涅太太是不是暗中爱上了自己。有趣的是她本人也语义双关地给所有的男人都扣上色鬼的帽子，如果有人亲昵地向她打招呼，她就有意地流露出她又一次地成为淫欲的目标。

尽管西卡涅太太家是反动派腐臭的中心，当若阿纽有机会踏脚于此的时候，他总是暂时藏起不满，并且如果可能，他总要留在那儿，多找几句话说，他很少不带回些颇有味道的闲话。

"过节的那些天，"杜什太太悄悄地说，"好像她从维尔格朗德弄来一些像她一样的娘儿们……"

"……为了吵得更热闹！"格戴太太结束道。

按照惯例，谈话还是围绕着别人来进行。但是，邮差不能马上弄明白哪个女人是她们饶舌的对象。

杜什太太朝他扭过头：

"若阿纽先生关于她能说得更详细，如果他愿意的话！"

"关于谁？"

"关于弗拉马尔屋里人。"

西卡涅太太使劲一咧嘴，松开了嘴唇。她正在读神学院来的那封信，眼睛也不抬，清清楚楚地说道：

"这样的女人，真该在教堂前面的广场上用鞭子抽，像过去有国王的时候那样。"

"我很高兴去干。"若阿纽笑道。

三双眼睛射出一排迅疾的火力，使他不敢再说下去。

街上响过三四匹马不祥的蹄声，分了他们的神。

"警察在巡逻。"邮差以一种洞悉内中底细的神气说。他一把抓起邮包，匆匆告辞。

二十一

警察的马拴在区政府门前，热得在栗树阴下打盹。

消息不胫而走，传遍了全镇："来抓帕格他们了。"

白磨房中发生的事早已让人觉得神秘。即便是若阿纽也从来没有越过庄园的栏杆，因为帕格家有两条狗，令人望而却步。

财产属于帕格师傅，镇上的人都认识他。战争中，帕格老爹失去两个大儿子，他们死在战场上。接着又没了老婆。还剩下一个大家都叫他东京人的二十七八岁的儿子，和一个稍微年轻些的女儿。人们常常远远地看到他们俩在地里干活。人们也常常看到他们身边有个四五岁的小男孩，他在一个冬夜来到世上，神不知鬼不觉，而东京人声称不知孩子的父亲是谁。至于老人，已经好几年没人见到了。说真的，直到今天晚上，人们也没有怎么担心过。但是，警察来了，这可使人们的想象力奔驰起来。是不是老家伙已被干掉了，眼下没人再怀疑了？但尸首他们怎么处理呢？埋在一块田地里，还是在他们的老炉子里烧掉了呢？

队伍威风凛凛。

打头的是队长和两个手下人，然后是区长和埃纳伯格先生，由乡警和邮差陪同。在不远不近的地方，走着镇上的人，不分党派，胡斯丹、杜尔和帕斯卡隆，包斯和盖洛尔，麦拉维涅弟兄和费尔迪南，车匠普约德和学校里所有的孩子。后面跟着女人们，仿佛是参加葬礼一样。还有，在相当远的地方，后卫的末端，好像是偶然散步走到那儿似的，是神父的姐姐凡尔纳小姐，两边是马索小姐和赛莱斯蒂娜。

警察离开大路，一走上通往农庄的小径，拴在院子里的帕格的两条狗就冲出窝来，獠牙毕露，挣着锁链，汪汪狂吠起来，令人毛骨悚然。通过栅栏，人们看到庄园沉重的大门开了个缝儿，立刻又关上了。

队伍停住了。队长外表上不动声色，独自走到栅栏前，在寂静中大声喊道：

"在家吗，帕格？"

看门狗口沫横飞，叫得更凶。胡斯丹得紧紧抓住加里巴勒迪的颈圈——它已经准备蹿出去，支援政府。

过了片刻。

门口出现了一个瘦瘦的小伙子，眼睛吊着，额头黄而窄。人群中喊喊喳喳：

"东京人……"

他关上身后的门，望着队长，并不上前：

"您要干什么？"

"叫住您的狗，给我拿开栏杆。"

语气强而有力，人人心中都感到一种威胁。东京人捻着小胡子，然后，慢条斯理地服从了。

跟着，队长、区长一伙人勇敢地进了院子，其余好奇的人都挤在栅栏前。

"您的父亲还在这儿住吗？"

那人犹豫了，但他转过身来，顶了一句：

"这与任何人无关。"

"对不起，这与我有关。我有话跟他说。"

"说吧，我转达。"

"我要面对面地跟他本人说。"队长坚定地说，同时向房子迈了一步。

东京人在紧闭的大门前站着不动。他眼睛直望着队长说：

"别以为可以这样进我们家！啊，不行！"

队长把手放在手枪套上，人群中响起一阵不赞成的絮语声——大家不怎么喜欢帕格这家人，但是更恨警察。

队长从手枪套中抽出一张纸，在那个农民眼皮底下展开：

"小心点，帕格，这将会对您不利。有人控告您虐待一个无依无靠的老人，我们奉命来此为了把事情搞清楚。让我进去，否则……"

两名警察动了一下，仿佛准备抓住那人，给他戴上手铐似的。他抬起一双被追逼的野兽的眼睛，一个一个地打量着警察、区长和所有进到他院子里的人。他愤怒地晃了晃肩膀，像吐唾沫似的说：

"我才不在乎呢！您高兴进就进吧！"然后，他用拳头敲了敲门，粗暴地命令道："开门！"

人们听见门闩滑动，门在门轴上转开了。

这是一间农村的屋子，特别阴暗，烟气腾腾。

帕格的女儿退到房间深处，那儿有一张床，上方有一个装饰着干黄杨木的基督受难像。她骨瘦如柴，没有屁股。小男孩穿着短衬衣，脑袋藏在妈妈的围裙里，只露着一个红屁股。东京人走过去站在妹妹身旁，好像要保护她似的。一片沉寂。

"好，"队长说，"父亲呢，他在哪儿？"

"在他那儿。"那人说。

"什么地方?"

"在他房间里。"

"在哪儿?"

儿子和女儿同时抬起手,指了指床脚那边的一扇矮门。

"带路。"队长说。

那人朝他妹妹转过身去,然后一直走到门前,把门打开。门通到一个潮湿、黑暗的洗东西的地方,尽头还有一扇门,帕格的儿子用自己的钥匙打开了。

队长弯腰进入一间四平方米的破屋子,里面散发着一股恶臭。

一张小床上,坐着一个老人,他身穿一件崭新的罩衣,仿佛靠它才能保持上身的挺直,两只疙疙瘩瘩的手紧抓着膝盖,眼圈发红,毫无表情,一眨一眨地望着来人。

破屋子是个小偏房,只有门口能让人直起腰来。没有顶棚。在斜铺着的瓦中央,两条椽子当中开了一个透气的死窟窿,装了块玻璃。地是土的,板凳上放着一个干净盒子,破床前,有一个便桶,没有盖,里面空空的,但是冒出一股臭味。

"您好,帕格老爹。"队长说。

老头吓坏了,朝队长抬起头,没有应声。

"您在这小房子里干什么?为什么您不跟孩子们一块在大房子里?"

"他更喜欢在这儿!"女儿粗暴地喊道。

所有的人,甚至老人,都转眼望着她。她是斜眼,这个缺陷似乎更增加了她态度的蛮横。

"我是跟老人说话……让他回答……天气这么好,您为什么待在屋子里,老爹?这有害……您不愿意到外面去?"

老人看看女儿,看看儿子,然后又看看队长。他仍然一声不吭。

"来,"队长说,"站起来。我们来让您呼吸呼吸新鲜空气,我认为您并不高兴待在这儿。"

"正相反!"女儿顶了一句,"他待在这儿才高兴呢!"

队长动手去拉帕格老爹的胳膊,但是出人意料,老人突然挣脱了。

"不!"

她女儿嘲弄地笑了。

"您不愿意别人帮您？那好，那就起来吧，咱们俩到大房子里去谈谈。"

"不！"

"为什么？"

一阵沉默。

"您怕您的孩子们吗？"

"我谁也不怕。"老人咕噜道。

"那么，您为什么让人关在这儿？"

"他没有被关着！"那女儿抗议道。

"对不起，锁只能用钥匙才能开开，而两扇门的钥匙全都在外面。这就叫做被关着！"

"如果他觉得这样好呢？"那女儿尖声叫道，"别找我们麻烦！"

"别找我们麻烦！"老人重复道，声调同样地尖厉。

"算了吧，"队长说，"这一眼就看得出来：您的孩子把您关在这里好自己当家做主，他们代替您享用您的财产！"

"瞎说！"那女儿咬着牙说。

老人望着她，咕噜道：

"瞎说……"

"他老了，"东京人解释说，神气恼怒而狡猾，"他没有力气了，脑袋也糊涂了。他愿意待在那儿，因为他愿意安静……但是，他想吃饱就吃饱，他想有什么就有什么！不是吗，父亲？"

"是。"

女儿插进来了：

"他脚上穿的厚袜子，是我给他织的，因为他老是腿冷，不是吗？"

"是。"

儿子上前一步：

"把你的烟给警察看看。"

老人服服帖帖地在草垫底下摸着，他掏出来一个熏黑的烟袋锅和一个用报纸糊的纸袋，里面装着烟草。

东京人得胜似的说：

"什么也不拒绝他。他想怎么样就怎么样……不是吗，父亲？"

"是。"

队长糊涂了，嘟囔着：

"这反正不正常，得了吧！"

他弯下腰去，一只手放在老人肩上：

"喂，帕格老爹，最后一次，告诉我真相，我们不坑害您。您为什么在这儿？是您愿意呢，还是有人虐待您？"

老人晃了晃肩膀，不说话。

那女儿叫起来：

"这关谁的事？他是这儿的主人，还是他妈的不是？"

"住嘴！"哥哥说。

帕格老爹怨恨地望了女儿一眼，可是他像回声似的重复道：

"我是主人，还是他妈的不是？"

一阵沉默。

队长直起腰，摇摇头，用眼睛询问手下的人，区长、乡警和邮差，最后，他朝门口退去：

"我，我反正是不管了。我来是为了让您从这儿出去，但是，如果您愿意死在这屎窝子里，这是您的事！随您吧！"

……

院子里，十几个大胆的好奇者，顶着太阳聚在门前。

那女儿看见他们，加倍地愤怒：

"让人跟在我们后面也不害臊！"她抬起一只脚，抓住木套鞋，好像要给队长一下子似的。但是，哥哥的手按住了她的手腕，她狂怒地叫了一声，松开了套鞋。

外面，人们开始说笑了，这场戏以闹剧结束。

"走，"队长怒吼道，"别聚在一块！散开！"

他朝区长转过身去，高声说道：

"您看到底是怎么回事，区长先生？我没有更多要说的了，我的差事完了。"

他后面跟着两个警察，庄严地走出院子，穿过人群，好像没听见身后敌意和讥讽的口哨声。

"肮脏的职业……"若阿纽悄悄地说，用胳膊肘给古凡腰上来了一下子，"我跟你说，上尉，我宁肯当个没用的乡警，也不愿当警察！"

二十二

一个细长的驼背老头儿从他的园子的阴影中钻了出来，穿得像个稻草人，这真是一幕奇景。德·纳维埃尔先生无疑是莫拜卢唯一的既不关心帕格一家也不关心警察的居民，今天，他有其他事情要干。

远远的，他一看见邮差，就像个年幼的孩子，垂着一只疲弱无力的手。

"你好，保罗，原谅我……"德·纳维埃尔先生用你称呼全镇的人，而且他仅仅知道他们的名字，"我想托你寄封信……是的……等你再打这儿过的时候……一会儿……我有一封信要寄……"

"这能办。"若阿纽说。

老头儿放心了，又消失在绿阴中。

他住在镇上最老的一幢房子里，房子位于路下面，一片人们称作伊勒阿的沼泽地上，像其主人一样地破败不堪，淹没在一片未砍伐过的森林里的常青藤中，活像弃置不用的公墓中一座举行丧礼的小教堂。

他说的那封信是寄给巴黎卡尔那瓦莱某博物馆馆长先生的：

"……在我变动不定的生涯中，"德·纳维埃尔先生写道，"一种偶然的恩惠使我收集了一组美妙的古董。我希望这些昔日的遗物不至于在我死后被沙漠之风吹得四散飘零。馆长先生，我指的是公开拍卖之风……"

这组古董包括有几米花边，一本耗子咬过的《圣经》，一件带小花边的路易·菲利普式背心，两枚在当地发现的罗马古钱，一本全小牛皮的日课经，德·纳维埃尔先生经过一番支离破碎的考证，估计这些东西曾属于索阿索奈地方的一个议事司铎所有。

他原是一家信用公司的会计，自从退休以来，他生活的一部分就是围着这堆无主的东西转。他把他的收藏放在一个黑梨木箱子里，箱子里面贴了一张写给未来时代的说明书：

> 木柜式样高雅，年代久远，在我殁于 1872 年的叔祖斯坦尼斯拉－路易·德·纳维埃尔之监督下，出自莫拜卢的细木工师傅吉约玛之作坊，其具体年代已不可考。我叔祖在他任美术部专员时，曾荣幸地为巴黎大剧院的建筑师加尔涅效过微劳，也许，至少可以不揣冒昧地设想他对本家具的整体设计曾得到其杰出的朋友的启发。

德·纳维埃尔的年龄比他的柜子还难以确定。这高大而软绵绵的躯体看不出年纪。弧形的眉毛下面一对漂亮的灰色眼睛，对什么都感到惊奇。一个油腻的鼻子，一副白胡子。不论冬夏，他总是在发灰的法兰绒衬衣上面套一件长外套，这件外套已经磨出了经纬，满是污点和头皮。他一个人过日子。自从战争以来，他就失去了经济来源，背了一屁股债，生活在这座家庭墓室的最深处，与一只瞎了眼的老母猫为伴，这伙伴倒是不吵闹，因为它总是缩在一块破毡子里，每两天才动一次，到"书房"的一角去拉屎。尽管这间位于一楼的房间里一本书也没有，可德·纳维埃尔先生却这样称呼它。他在那儿守着一堆满是尘土的旧货杂物，心平气和地等死，阳光透过树叶和发绿的窗户射在上面，发出一种养鱼缸里的光彩。

他习惯于孤独，只是偶尔闪过年老衰颓的念头。为了稍稍克服一下自己的迟钝，他没完没了地对自己说话，渐渐地，那沉浊的声音不但不能使他清醒，反而终于使他睡着了，虽然他吃得不好，他的力气的衰弱却是慢得令人失望。他像他的猫一样，只吃一点泡在奶里的碎面包。他牙齿一直不好，战前，他花钱装了一副假牙，可是后来都脱落了，令他十分难受，他太穷了，修不起，终于弃而不用了。

"啊，"若阿纽想，"我差点忘了老废物。"

一条脚踩出来的小径，弯弯曲曲地穿过一片荨麻，通到德·纳维埃尔先生的小房子。门关着，门口放着一只奶罐子，盖子的凹处放着几枚硬币，好像是为献给林中某个精灵而永远丢在那儿的一份供品。

德·纳维埃尔先生从来也不接待什么人，因此，每次他听见门环响，心里总是一跳，他急忙站起来，焦急地四下望了望，检查一下裤子前面的开口，在前厅的石板地上趿拉着拖鞋去开门。

"你来了，保罗……进来，我的朋友……我就把信托付于你，别弄丢了，里面有说明清单，一式两份。维尔格朗德考古学会会员，德·纳维埃尔先生的遗赠。如果你日后一旦有机会去巴黎……我是指……但是关系不大……这是我的信，把它放在你的包里，这是我为邮票准备的钱……"

他厚厚的舌头在唾沫中汩汩作响，下唇边上不断地出现一滴黏糊糊的东西，仿佛时刻准备掉下来，但是老头儿像魔术师一样准确及时地将它收回。

"好，"若阿纽说，掂了掂那封信，"只是，太沉了，大概要两张邮票。"

"两张邮票？"老头盯着信，眼神失去了光彩，"两张邮票寄一封信，保罗？你没弄错吧？"

他在口袋里找钱。他从裤兜里摸出三个苏，从上衣兜里掏出一个苏，然后又在壁炉上的一个盘子里，在五斗柜的抽屉里，在挂在壁橱门上的背心的口袋里找来找去，一无所获。藏在老猫压着的地毯之下的一个破钱包里倒是有一张未破开的钞票，可那是他们俩下个月的伙食费，无论如何，现在不能动。

"等等，朋友，我一会儿就来。"

他突然想到了他放在奶罐盖上的钱。每天晚上，莫里斯特的女儿在门口放一升羊奶，他总是事先付钱。活该，明天，猫和他只好喝半升奶了。

若阿纽拿了钱，朝门口走去。老头儿坐下了，若有所思：

"钱，看见了吗，保罗，钱，总是钱……我之所以要卖掉我的收藏……但是，我鄙视金钱。这是个不该存在的东西，我知道这是什么，我当了三十年的出纳，我成卷成捆地摆弄过，我对这些事看得很清楚……人们来到我的窗口前，我见过他们的眼睛！……钱，总是钱……这是万恶之源。别人，那边，明白了这一点，你看……我说的是在俄国发生的事……你读报吗，保罗？"

他对世界的演变毫无所知，但是俄国资本的崩溃加速了他的破产，他对俄国的事情有种模模糊糊的好奇心。

"那边，没有钱了。那边，钱不存在了。人人都工作，人人都不拿钱了……"

"那好，我跟您说，"若阿纽嘲笑道，"这对我行不通，对我。"

"为什么？那边，朋友，国家养活你。国家给你房子，给你衣服。国家抚养你的孩子，如果你病了，国家给你治病，如果你老了，国家养活你。不要钱了。不需要钱了，奇怪吗？嗯？……不用欠债了，不用发愁了，不用花钱买奶了，不用抵押了，不用争吵了！你什么都有，什么也不用买……人们很难理解……但是，为什么不呢？实际上，如果一切都这样组织起来？为什么不呢？"

"我更喜欢像我们这儿这样。"若阿纽说，走进前厅。

老头子拖着步子，机械地跟着邮差。他沉溺在自己的思想中，嘟嘟囔囔地，目光茫然：

"不，不……在我们这儿，不像你说的那么好，保罗……钱，这不好，保罗……这是个不该存在的东西……怎么样，朋友？为什么不改变现存的这些东西，既然不好？……"

他站在门口，眨着眼，手放在低下的额头上遮着阳光，他盯着脚边的奶罐子，不理会走远了的邮差，紫色的嘴唇上出现了一丝痴呆的微笑：

"只是，真的，人们难以理解。就说我吧，我老了，我疲倦，我需要人照顾，我需要人给我拿奶来，国家就给我拿来，好……但国家又是谁呢？官员？谁呢？收税的？区长？他们有那么多事情要办……如果他们忘了我的奶呢？如果我待在那儿，没有奶，怎么办呢？……"

二十三

区政府的钟打了十八点，梅丽收拾好存根册子，出去放好窗板，拿下入口处门上的钩式执手。

每逢若阿纽在包斯那儿搞完他的政治之后，他只是为了吃晚饭才回家。

梅丽看了一眼汤，就溜到阁楼上去。她去干什么？她自己知道吗？看看洗的衣服干了没有……正是学徒干完活回来打扮一下准备到广场上闲逛的时候。

梅丽等着。阁楼里发出一股湿衣服的味儿，但也有晒热的瓦片味儿，椴树味儿和耗子味儿。

下边的门啪一响，开了，梅丽叫道：

"是你吗，约瑟夫？递给我一把椅子，行吗？"

她挪到拉门的边上，一丝风吹鼓了她的薄裙。楼梯平台上，学徒抬起头，顿时脸红了。

梅丽说要把绳子拉直，可是，地不平，椅子不稳。

"算了，"约瑟夫说，声音都变了，"我扶着您。"

这回是她脸红了——或者是觉得脸红了。

"你上去吧……我怕摔下来。"

他服从了。

"拉直绳子，再打个结。"

他伸直胳膊，挺直腰，才能够到钉子。他又窄又硬的屁股正对着女人的脸，触到她的脸和一眨一眨的睫毛。从这干完活儿的年轻人身上散发出一种健康的气味，蓝斜纹布裤子上油迹斑斑，紧包着大腿和圆圆的膝头。梅丽垂下眼睛。小伙子光着脚，穿着棕色草绳底帆布鞋，她近得可以看见他细嫩的皮肤下面流动的血管。

他跳下椅子：

"好了。"

"谢谢。"

她离开他，遗憾这么快就完了。

走之前，她摸摸晾的衣服，拿下已经干了的长袜，强笑道：

"虽说这么热，这可不算长！"

他呢，在绳子的另一端，耷拉着胳膊，看着她。他孩子气的厚嘴唇半开着，露出了牙。他还没长胡子，但是在小窗户透进来的阳光照射之下，他的脸蒙上一层毛茸茸的晕光，嘴上面汗津津的。他把手伸进敞开的衬衣中，像猴子一样地搔着胳肢窝，说不出话来。

她从他面前过去，胳膊下夹着衣服。他的眼睛跟着她，而她走下楼梯，嘴里哼着歌儿。

这时他才朝小阁楼走去，半路上，绳子上搭着的一个女人短裤撩着他的脸，他都没有特别在意。

二十四

一天结束了。

广场上，树影依稀，在飞扬的尘土中形成一个个淡淡的圆点。

晚上吃过食，中毒气者的狗加里巴勒迪在包斯咖啡馆的外面表演，使一群孩子和几个好奇的人兴高采烈，永远是这些人，而且总是乐此不疲。

由于白日的炎热而凝滞的空气又开始流动，抚摩着汗水淋淋的前额，令人舒畅。

胡斯丹拍着脑门儿："加里巴勒迪！今晚来盘好生菜怎么样？"那只长卷毛狗就抖着身子，找着一丛青草，挖出来，把它放在主人脚前。胡斯丹命令道："醋！"狗立刻抬起一只爪子放在草上。"油！"加里巴勒迪换了一只爪子，又放在草上。众人大笑。于是，胡斯丹揪着头发："上帝！你忘了胡椒和盐！"狗转过身来，用后爪发狂似的刨地，用沙子把草埋上。众人鼓掌，有几个人扔钱，加里巴勒迪衔回来，吐在中毒气者的口袋里。

邮局前面，若阿纽、梅丽和学徒约瑟夫，坐在一条长凳上乘凉。这正是那些送信晚的人来投信的时候，也常常是围着邮差进行一场有关市政的闲谈的时候。

一群年轻的小伙子，年龄在十八到二十岁之间，走出包斯的咖啡馆。回家之前，他们停下来看小弗朗西跑步，就是费尔迪南的儿子，那个"使剪子发愁"的孩子。红头发，机灵的眼睛，只穿一件麻布短裤，为了找点事情发泄他对于行动的渴望，就每天晚上围着广场跑步。

"你们好，小伙子们！"若阿纽说，他很注意赢得明天的一代。

他们当中有低沟的农民茹的大儿子，一个目光冷酷精力饱满的小伙子，嘴角上总是叼着一截烟头，他已经是个好工人了，模仿巴黎人的样子，两只手插在口袋里。还有尼古拉·普约德，车匠的儿子。

若阿纽愉快地开着玩笑：

"镇上没有姑娘了吗，小伙子都像老头一样聚在咖啡馆里？"

大个子茹从容地反唇相讥：

"我们可不像结了婚的人那么上瘾，若阿纽先生！"

"回得好！"梅丽称赞道。

"这家伙，"若阿纽说，"可不用别人给他磨快舌头！但是，我跟你说，小伙子，等你成为低沟的主人的时候，可得比你父亲随和些！你相信那个吝啬鬼竟拒绝给我一车粪吗？"

"我？"茹说，"低沟的主人？多谢！"

"你不愿意留在田庄上？"

"您还不认识我，若阿纽先生！"

"这，这倒新鲜……那你想去哪儿？"

"随便哪儿……外地！你认为怎么样，尼古拉？"

尼古拉是个不安分的人。他跟约瑟夫在修车铺干活，因为普约德老爹决不会允许有个儿子耍笔杆，但他等着服役好离开——不想回来了。他用刺人的声调赞同说：

"我们年轻，我们想生活，怎么的!?"

"那我们呢，也许我们没活着？"邮差反驳道。

"我们并不反对任何人，若阿纽先生，"大个子茹解释道，"只不过是应该公正，这里，一切都老朽了……反正在大城市，人们不像我们这儿那么落后！"

这时，鲁特尔的儿子在路中心跳下车子。他拿来一篮子被太阳晒得热乎乎的油桃，是他母亲送给若阿纽太太的。一路上，风吹乱了他浅色的秀发，吹干了他那张兴奋的脸上的汗水，他的脸和油桃是一样的颜色。

"落后？"若阿纽说，转向他老婆，"这样一个区，我们总是有百分之九十的选民投左派的票？"

大个子茹笑起来：

"但是，我们既不左也不右，若阿纽先生！"

"政治，谁去管它！"弗朗西宣称，他大部分时间都用来读理发馆里的报纸。

茹吐掉烟头，从口袋里抽出手，目光严厉地盯着若阿纽：

"坦率地说，若阿纽先生，同我们一样，您看得很清楚，事情是怎么发展的。您不会说世界顺利吧，也不会说人们能让它更顺利吧！……我们，如果有朝一日我们介入你们的政治……"

"好一个不在乎的黄嘴小子！"邮差低声道，一边往四下里生气地望了一眼，"鼻子眼里还流奶呢，就已经想什么都改变了！"

"老栗子都熟了，现在，"茹又说，"只需在密处打一竿子，您看那会怎么滚吧！"

尼古拉嘲笑道：

"您还有得看呢，若阿纽先生！"

小鲁特尔倚在车把上听着，脸颊上火辣辣的，两眼放着光——他觉得自己像一张美丽的帆时刻准备着远航。

约瑟夫的脸也变了模样。他突然从凳子上站了起来，好离若阿纽夫妇远一点，离茹、尼古拉和弗朗西近一点。他在这儿过的生活，在车匠的熔炉里过的生活，一下子显得烟笼雾罩，臭气熏天。

"你也一样吗，约瑟夫，你也唾弃这地方吗？"梅丽略显焦虑地问道，她一直在望着他。

"当然！"孩子冲口说道，那响亮的声音是梅丽从未听见过的。

二十五

夜慢慢地临近，它似乎不急于占据白日丢给它的这个潮湿的广场。同样，在生活好像终止了的镇子里，每个人都想凉快凉快，他们拖延着，不愿意回到那闷人的屋子里去，回到那又热、又软、又过于狭窄的床上去。

二十点十二分的火车过去了。火车站有整整一夜可以睡觉。

站长回到房间。他终于脱掉帽子、领子和呢子制服。他坐在床沿上，慢慢地解开粗制皮鞋的鞋带，抚摸着两只浮肿的脚。

落日的余晖染红了开着的窗口。点灯有什么用呢？今晚，站长没有心思读书，甚至连翻看他的集邮册的心思也没有。邮差给他的比利时邮票，他已经有了，并且，正是他可以把无所事事的日子全部用上的时候，他对集邮却几乎不感兴趣了，而平日他对于它，几乎不敢使公务有几分钟的疏忽。

楼下，关得严严实实的温凉适中的灯具室里，一个代替弗拉马尔上夜班的搬运工，像个打谷机似的打着呼噜。

在昔日沼泽地的低洼处，潮湿的田野已经睡去，笼罩着一片黑暗和凉意。第一颗星星透过白杨树闪闪烁烁。鲁特尔太太提着奶桶从草地上回来，然而，无论是夜晚的温暖，还是当她走近房子时那似乎迎她而来的手风琴声，都不能使她精于盘算的、严肃的脸舒展开来。在为利益而奔波的生活中是没有间歇的。

鲁特尔和德国兵已干完了活儿。一筐筐甜瓜装满了小卡车，待明日运走。两个男人在德国兵做的板凳上肩并肩地歇息着。巴伐利亚人哼着一段思乡的小曲，轻轻地自己伴奏着，他伸着拔了毛的鸟脖子，把手风琴压在心口上，拉出一支呼哧呼哧的老调。他俯耳倾听着，因为他拉琴只是为了自己，为了静悄悄的夜。鲁特尔轻声重复着那些他每天都听，然而不懂的外国歌词。

鲁特尔太太把桶放在凳子旁边，手放在屁股上，一动不动地站了一会儿。没有什么迹象显示出她在听这支悲歌。在她身边，刚挤的牛奶的味道混杂着热乎乎的土地肥料和甜瓜的味道。

“明天，”她好像在说给自己听似的，“该开始收豌豆了。”

莫里索特和她女儿躺在破房子后面的坡上，迟迟不愿回屋，屋里痨病鬼发出嘶哑的喘息声。

莫里索特想着比利时人，但愿女儿别弄出丑事来把一切都搅乱！

“如果你真肚子大了，”母亲说，“唯一要做的事情就是让麦拉维涅弟兄俩追你，然后，一上手，我就去让他们招认，剩下的事我来管……但是，不许你讲这里发生的事，甚至他死了——否则我就送你到教养院直到二十岁！"

小波希米亚人听着，仰面躺着，两手放在脑后。她厌恶地想着两个胡子拉碴的面包师。她也想着若阿纽先生，邮差……她把两条光腿伸进凉爽的草丛中，凝视着白日将逝的天上的第一颗星星。

帕格老爹正透过椽子中间挖的天窗望着这同一颗星星，他躺在破床上，吸着已经灭了的烟袋，什么也不想。是星星眨眼睛还是他的眼皮发烫？便桶的气味和盆里发酸的残羹的味道混杂在一起。外面，每夜都来的猫头鹰发出软绵绵的叫声，在谷仓周围寻找猎物。

墙的另一头，老人听见儿子和女儿睡不着觉，在大房子里的大床上骚动和喘息，他怕他们，但更恨他们：就在那张床上，当他还是主人的时候，他在老伴身旁睡了四十年；就在那张床上，当战争杀死他的两个儿子以后，他老伴愤愤地死去了。

院子里，解开链子的看家狗嗅着，对夜里的每一种回声都报以狂吠。在庄园深处，帕格家三个人的血都同样因怨恨而沸腾，他们梦想着复仇，倾听着所有的声响。

在"书房"里，黄昏比别处开始得早。此时，家具与墙壁浑然一色，只有镜子还留得一方光明，德·纳维埃尔不喜欢这个时候。

夜之将近引起老头儿一种等待的惶惶不安，一种空虚的感觉，好像是饥饿时的眩晕，他想是不是忘了喝奶。在他的头脑里，在他不动的四肢中，掠过一种要干点儿什么的念头，似乎是一种想要看到新鲜事物，想要走向陌生的、更好些的人们的欲望，他们也许在某个地方存在着。但是同时——并无遗憾，甚至带着某种宽慰——他感到无能为力。太晚了，什么都太晚了，而这似乎更好。

为了节约，他推迟了点煤油灯的时间。何况，他常常摸黑上床。有时候，他甚至忘了睡觉，晨光熹微中，他躺在破旧的安乐椅上自言自语，两手放在膝盖上，猫趴在脚旁。他可以几个钟头地在充满唾沫的嘴里不知疲倦地摇动着舌头，陷入沉思。因为他爱沉思。他自己也这样说，并引为自豪。但是，他已经生就如此，非大声地道出他的思想不可：

"金钱……金钱……万恶之源，就是金钱。这是个不该存在的东西，不该存在。所有的人都要钱：面包师、收税官、拿着邮票的邮差……总是钱。

但是，谁都没有钱，这是最坏的……过去，还可以行得通，但是现在，世界，政治，行不通了，一点儿也行不通了……那又怎么样呢？为什么不改变？为什么不改变现存的东西呢，既然行不通了？"

他想着国家将给他的奶，不花分文，想到他的假牙，国家将给他修理，不要发票。他又可以咀嚼、撕咬松脆的炸面包块了，他笑了，只要一想到这儿，他就感到甜丝丝的。他啧啧有声地吞下唾沫，犹如一条鲤鱼吞下一块浸水的面包。然后，一切都模糊了。村镇、房屋和他的大脑都变得灰蒙蒙的。他打了一会儿盹，重又醒了。他在自己家里，一切照旧，猫也在那儿。他感觉良好。他又开始想："金钱，我的朋友，金钱……"他感到幸福。

二十六

黑暗渐渐笼罩了神父住宅的院子。围着甘菊茶，在圣·安多尼的庇护下，凡尔纳小姐在马索小姐和西卡涅太太的协助下，刚刚对赛莱斯蒂娜和盖洛尔太太调解成功。

楼上，神父先生在房间里手舞足蹈，他在床与壁炉之间，在桌子与祷告跪凳之中走来走去。神经病使他无法再跪着沉思了。

窗户开着，盖洛尔太太尖利的声音直冲他的耳朵：

"你们要是知道课堂上他借口教他们植物学讲的那些东西！"

"没有上帝的学校！"凡尔纳小姐叹息道。

赛莱斯蒂娜恐惧地重复道：

"没有上帝的学校……"

眼睛望着地，下巴贴着胸，两臂交叉，神父力图静默。

"我的上帝，饶恕我缺乏勇气吧。在这片荒芜之中我感到窒息……我知道，并非所有的工人全都应召到主的葡萄园干同一件事情，其中许多人不该享受收获的喜悦，他们越是满怀信心，不声不响地等待，他们的报酬越优厚……但是，我痛苦……我不甘于您给我选择的使命。我本该爱他人，然而在我身上苦多于爱……帮助我爱这个不信神的种族吧，爱这个忘恩负义的种族吧，他们把您排斥在家庭之外，无论在生活中，还是在他们心中，都不给您丝毫的位置。真是一些糊涂人啊！他们活着，似乎他们自己是永恒的，看不见在他们奔跑的尽头有深渊在等着他们，也看不出他们朝着深渊的奔跑是多么短促！……我该怜悯他们，可我只知道宣判他们——憎恨他们！……我的上帝，饶恕我吧……我有什么权利比您还要严厉呢？您曾说过：'我怜悯这芸芸众生。'您还说过：'饶恕他们吧，因他们不知道他们的所为……'"

楼下，三个圣女的窃窃私语还在继续：

"我去给他买酸馍，"马索小姐说，"中午了，床还没有收拾！"

西卡涅太太更是添枝加叶：

"我从窗口看见他们了，你们想想吧，她多懒，是她丈夫起来煮咖啡。"

"这是个骚货，乱花钱的人，"盖洛尔太太宣布道，"丈夫挣的钱，都让她穿了！"

"这还不像她那守财奴的姐姐，"西卡涅太太讽刺道，"她总是穿得像个穷人！"

"反正，"凡尔纳小姐最后说，"两个毒蛇的舌头！她们总是要说人坏话！"

"对，两个毒蛇的舌头！"赛莱斯蒂娜跟着说。

神父在房间里走来走去，突然跪到受难像前：

"我的上帝，当您要我汇报我的使命之时，我将何以回答您呢？您怎么能宽恕我没有尽职和我的教区没有信徒呢？如果说这块贫瘠的土地寸草不生，那是谁的过错？无疑，另一个教士，不那么不称职，该会使良种生根发芽！……当然，如果我更为虔诚，更配享有您的信任和您的爱，本应该掀倒这渎神的大山，而在这些死灭的灵魂中激发出您曾经在您的创造物心中播下的火花……因为，在您的每一个创造物身上，我的上帝，不是都有您的神明的反映吗？

从院子里传来凡尔纳小姐尖厉的声音：

"预言家们已经宣布：当车开始自己行走，男人开始在天上飞，女人开始想同男人一样生活时，世界将无法拯救，它的末日就要临近了！"

神父站起来，轻轻地走过去，对着无法拯救的世界关上了窗户。

二十七

埃纳伯格先生很久以来不得不放弃他个人的学习，即他的阅读。他在维尔格朗德当药剂师的岳父，给他找了一个有报酬的正经的工作。每天晚上直到深夜，人们可以看到他俯身在灯下——那是沉睡的镇子中唯一的灯光——为当地实验室抛出的药品和肥料编写广告册子。

但是，夏天，在开始工作之前，他总要在教室的门口和他妹妹坐一会儿。

他们前面，在夯实的变色的土地上，栗子树的阴影已经模糊难辨了。不时地，一个熟透了的果子掉下来，在闷声闷气的爆裂声中从莢里蹦出来。

"他们又用栗子砸碎了一块玻璃。"埃纳伯格先生轻轻地说。（最微不足道的修理也得打报告，造预算，填无数的表格；今冬之前，他得自己掏腰包换玻璃。）"总也看不见有人视察……"他沉默了一会儿又说。学年要结束了，如同以往一样，在普遍的冷漠中结束，没有一个人来看看他们的努力，没有一个人来给他鼓鼓劲。

二楼上，在顶棚很低，因放着大床和摇篮而显得过小的屋子里，孩子们热得烦躁，随处拉屎。埃纳伯格太太把她的大女儿推到窗口，狠狠地用她的梳子给她梳绞成一团的头发。孩子大叫，不耐烦地跺着脚。母亲穿着短袖衬衣，满脸是汗，喊着、威吓着，每隔一会儿，打个耳光解解气。在黑暗中，男孩子不说话，两手拍着桶里的水玩，桶里浸满脏尿布。摇篮里，为了吸引人们的注意，婴儿发怒了，两只小拳头在空中舞着。

埃纳伯格小姐比平时更加沉默。

"怎么了，妹妹？"埃纳伯格问。

小学女教师做了个厌倦的手势。

"我接待了盖洛尔太太的来访，"她说，"什么样的女人啊！她对我说：'小家伙已经知道得太多了，太多了对她没有好处！我们不想让她进邮局，更不愿意让她当教师！'"

埃纳伯格先生鼻子里哼了一声，表示嘲笑。

一阵争吵声在一个院子里响起，复又消失。然后，人们听见路上有脚步声；从栅栏上望去，出现了乡警的高大身影，他刚巡逻回来，帽子扣在耳朵上，棍子夹在胳膊底下。

"结果我白让她用功了。"年轻姑娘添了一句。

她没说她多么喜爱这小姑娘。七年中，她第一次在学生中遇到一个能够有点宽宏大量的气度、有求知欲、有进取心的学生。埃纳伯格小姐梦想着使她摆脱堕落的影响，通过接触教育她，使她获得发展。七年的辛苦几乎白费，这就是惩罚……泪水涌上她的眼睛。这一晚上，她自问是否白白地牺牲了她的青春，她的女人的心，她的母亲的禀性，她的幸福。

一个孩子拖着一辆吱吱呀呀的小车走来，埃纳伯格认识他，他是小费茹，养路工的儿子。埃纳伯格期待着他学生的微笑，期待着他看他一眼，可是，孩子吹着口哨走过，甚至没有朝他的学校转一下头。

由于他们同时想着同样的事，埃纳伯格小姐叹了口气：

"你认为法国所有的镇子都是这样吗？"

埃纳伯格先生没有回答，只是用舌头尖儿在牙上碰了几个响，在课堂上，他也是这样来让大家静下来的。有些想法，如果人们想保持住勇气，就非得系统地摆脱掉不可。

天差不多完全黑了下来。

兄妹两个，就这样，紧挨着，在黑暗中又待了一会儿。不时地，天际闪过一道迅疾的光亮。

"一道热的闪电。"埃纳伯格小姐喃喃地说。

小学教员在想他的工作，他的学生和明天的听写；完成任务的兴趣，每天都要比前一天干得多些好些的兴趣，在他身上真是根深蒂固。

年轻姑娘则想着她的孤独，镇上的生活和还在底层爬行的野蛮的人类。"为什么世界是这样？这真是社会的过错吗？……"这可怕的问题，她已提出过好几次了，现在又一次缠住了她，"不会是人类本身的过错吗？……"

但是，她心中保留着一种对于信念的如此强烈的需要和天真的热忱，她不能忍受对于人类本性的怀疑。不，不！……让一个新社会的统治来临吧——组织得更好，不那么不合理，不那么不正义——人们也许终于会看到人类能给予什么！

九点钟在他们头上刚打第一下，埃纳伯格先生就站了起来。

"晚安，妹妹。"

她把前额伸给他，没有回答。她刚刚想起她昨天夜里睡得多么坏。突然，那个荒谬的噩梦，她本来已经完全忘了，又浮现在脑际：她哥哥，穿着衬衣，俯身在一张床上，不声不响地用晾衣服的绳子勒死他的老婆……

局外人

[法国] 阿尔贝·加缪　著
柳鸣九　译

　　阿尔贝·加缪（Albert Camus，1913—1960），法国小说家、剧作家，在贫穷与死亡的阴影中成长的他终身都在与世界和人生的荒谬作斗争。1957 年，加缪因为"作为一个艺术家和道德家，通过一个存在主义者对世界荒诞性的透视，形象地体现了现代人的道德良知，戏剧性地表现了自由、正义和死亡等有关人类存在的最基本的问题"，被授予诺贝尔文学奖。《局外人》（1942）是加缪的成名作，也是荒诞小说的代表作，它是一部关于荒诞和反对荒诞的作品，是对荒诞的证明。《局外人》展示了人与世界的关系的问题：世界是理性的，还是不可理喻的？人与世界的关系是和谐一致的，还是矛盾分裂的？主人公默尔索用自己的遭遇回答了这些问题。《堕落》（1956）里的法官克拉芒斯既审判又忏悔；当忏悔者是手段，当法官是目的。克拉芒斯们为了自己不受审判，就匆忙地审判别人——伪忏悔导致了更迅速的堕落。《堕落》展示的是战后欧洲文明及其知识分子（特别是左翼知识分子）的堕落。

第一部

一

　　今天，妈妈死了。也许是在昨天，我搞不清。我收到养老院的一封电报："令堂去世。明日葬礼。特致慰唁。"它说得不清楚。也许是昨天死的。

养老院是在马朗戈，离阿尔及尔八十公里。我明天乘两点的公共汽车去，下午到，赶得上守灵，晚上即可返回。我向老板请了两天的假。事出此因，他无法拒绝。但是，他显得不情愿。我甚至对他说："这并不是我的过错。"他没有搭理我。我想我本不必对他说这么一句话。反正，我没有什么须请求他原谅的，倒是他应该向我表示慰问。不过，到了后天，他见我戴孝上班时，无疑会作此表示的。似乎眼下我妈还没有死。要等到下葬之后，此事才算定论入档，一切才披上正式悼念的色彩。

我乘上两点钟的公共汽车，天气很热。像往常一样，我是在塞莱斯特的饭店里用的餐。他们都为我难过，塞莱斯特对我说"人只有一个妈呀"，我出发时，他们一直送我到大门口。我有点儿烦，因为我还要上艾玛尼埃尔家去借黑色领带与丧事臂章。几个月前他刚死了伯父。

为了赶上公共汽车，我是跑着去的。这么一急，这么一跑，又加上汽车的颠簸与汽油味，还有天空与公路的反光，这一切使我昏昏沉沉，几乎一路上都在打瞌睡。当我醒来的时候，正靠在一个军人身上。他冲我笑笑，并问我是不是从远方来的。我懒得说话，只应了声"是"。

养老院离村子还有两公里。我是步行去的。我想立刻见到妈妈。但门房说我得先会见院长。由于院长正忙，我就等了一会儿。这期间，门房说着话，而后我就见到了院长：他是在自己的办公室里接见我的。这是个矮小的老头，佩戴着荣誉团勋章。他用那双明亮的眼睛打量打量我，随即握住我的手老也不松开，叫我不知如何抽出来。他翻阅了一份档案，对我说："默尔索太太入本院已经三年了。您是她唯一的赡养者。"我以为他有责备我的意思，赶忙开始解释。但他打断了我："您用不着说明，我亲爱的孩子，我看过令堂的档案。您负担不起她的生活费用。她需要有人照料，您的薪水却很有限。把她送到这里来她会过得好一些。"我说："是的，院长先生。"他补充说："您知道，在这里，有一些跟她年龄相近的人和她做伴，他们对过去时代的话题有共同的兴趣。您年纪轻，她跟您在一起倒会感到烦闷的。"

的确如此。妈妈在家的时候，一天到晚总是瞅着我，一言不发。刚来养老院的那段时间，她经常哭，但那是因为不习惯。过了几个月，如果要把她接出养老院，她又会哭的，同样也是因为不习惯。由于这个原因，自从去年以来我就几乎没来探望过她。当然，也由于来一次就得占用我的一个星期天，且不算赶公共汽车、买车票以及在路上走两个小时所费的气力。

院长还说个不停，但我几乎已经不听他了。最后他对我说："我想您愿意再看看令堂大人吧。"我什么也没说就站了起来，他领我出了办公室。在楼梯上，他向我解释说："为了不刺激其他的老人，我们已经把她转移到院里的小停尸房去了。这里每逢有老人去世，其他人两三天之内都惶惶不可终日，这给服务工作带来很多困难。"我们穿过一个院子，那里有很多老年人三五成群地聊天。我们经过的时候，他们就不出声了。我们一走过，他们又聊起来了，就像是一群鹦鹉在聒噪。走到一幢小房子门前，院长告别我说："默尔索先生，我失陪啦，我在办公室等您。原则上，下葬仪式是在明天上午十点钟举行。我们要您提前来，是想让您有时间守守灵。再说一点，令堂大人似乎向她的院友们表示过，她希望按照宗教仪式安葬。这件事，我已经完全安排好了。不过，还是想告诉您一声。"我向他道了谢。妈妈虽说不是无神论者，可活着的时候从来没有想到过宗教。

我走进小屋，里面是一个明亮的厅堂，墙上刷了白灰，顶上是一个玻璃天棚，放着几把椅子与几个 X 形的架子，正中的两个架子支着一口已盖合上了的棺材。棺材上只见一些闪闪发亮的螺丝钉，拧得很浅，在刷成褐色的木板上特别醒目。在棺材旁边，有一个阿拉伯女护士，身穿白色罩衫，头戴一块颜色鲜亮的方巾。

这时，门房走进屋里，来到我身后。他大概是跑着来的，说起话来有点儿结巴："他们给盖上了，我得把盖打开，好让您看看她。"他走近棺材，我阻止了他。他问我："您不想看？"我回答说："不想。"他只好作罢。我有些难为情，因为我觉得我不该这么说。过了一会儿，他看了我一眼，问道："为什么？"但语气中并无责备之意，似乎只是想问个清楚而已。我回答说："我说不清。"于是，他捻捻发白的小胡子，没有瞧我一眼，一本正经地说："我明白。"他有一双漂亮的淡蓝色的眼睛，面色有点儿红润。他给我搬过来一把椅子，自己则坐在我的后面一点儿。女护士站起身来，朝门外走去。这时，门房对我说："她长的是一种下疳。"因为我不明白，就朝女护士瞧了两眼，见她眼睛下面有一条绷带绕头缠了一圈，在齐鼻子的地方，那绷带是平的。在她的脸上，引人注意的也就是绷带的一圈白色了。

她走出屋后，门房说："我失陪了。"我不知道我做了什么手势，他又留下了，站在我后面。背后有一个人，这使我很不自在。整个房间这时充满了夕阳的余晖。两只大胡蜂冲着玻璃顶棚嗡嗡乱飞。我觉得困劲上来了。我头也没有回，对门房说："您在这院里已经很久了吧？"他立即答道："五年了。"似乎他一直在等着我向他提问。

接着，他大聊特聊起来。在他看来，要是有人对他说，他这一辈子会以在马朗戈养老院当门房告终，那他是苟难认同的。他今年不过六十四岁，又是巴黎人。他说到这里，我打断说："哦，您不是本地人？"这时，我才想起，他在引我到院长办公室之前，曾对我谈过妈妈。他劝我要尽快下葬，因为平原地区天气热，特别是这个地方。正是说那件事的时候，他已经告诉了我，他曾在巴黎待过，后来对巴黎一直念念不忘。在巴黎，死者可以停放三天，有时甚至四天。在此地，可不能停放那么久。这么匆匆忙忙跟在枢车后面去把人埋掉，实在叫人习惯不了。他老婆在旁边，提醒他说："别说了，不应该对这位先生说这些。"老门房脸红了，连连道歉。我立即进行调和，说："没关系，没关系。"我觉得老头讲得有道理，也有意思。

在小停尸房里，他告诉我说，他进养老院是因为穷。自己身体结实，所以就自荐当了门房。我向他指出，归根结底，他也要算是养老院收容的人。对我这个说法，他表示不同意。在此之前，我就觉得诧异，他说到院里的养老者时，总是称之为"他们"、"那些人"，有时也称之为"老人们"，其实养老者之中有一些并不比他年长。显然，他以此表示，自己跟养老者不是一码事。他，是门房，在某种意义上，他还管着他们呢。

这时，那个女护士进来了。夜幕迅速降临。玻璃顶棚上的夜色急剧变浓。门房打开灯，光亮的突然刺激一时使我睁不开眼。他请我到食堂去用晚餐，但我不饿。于是他转而建议给我端一杯牛奶咖啡来。我因特别喜欢喝牛奶咖啡，也就接受了他的建议。过了一会儿，他端了一个托盘回来。我喝掉了。之后我想抽烟。但我有所犹豫，我不知道在妈妈遗体面前能不能这样做。我想了想，觉得这无伤大雅。我递给门房一支烟，我们两人就抽起来了。

过了一会儿，他对我说："您知道，令堂大人的院友们也要来守灵。这是院里的习惯。我得去找些椅子、弄些咖啡来。"我问他是否可以关掉一盏大灯。强烈的灯光照在白色的墙上使我备感困乏。他回答我说，那根本不可能。灯的开关就是这么装的，要么全开，要么全关。之后，我懒得再去多注意他。他进进出出，把一些椅子摆好，在其中一把椅子上，围着咖啡壶放好一些杯子。然后，他在我的对面坐下，中间隔着妈妈的棺材。那女护士也坐在里边，背对着我。我看不见她在干什么。但从她胳臂的动作来看，我相信她是在织毛线。屋子里暖烘烘的，咖啡使我发热，从敞开的门中，飘进了一股夜晚与鲜花的气息。我觉得自己打了一会儿瞌睡。

一阵窸窸窣窣声把我弄醒了。我刚才合眼打盹儿，现在更觉屋子里白得发惨。在我面前，没有一丝阴影，每一件物体，每一个角落，所有的曲线，都轮廓分明，清晰醒目。正在此时，妈妈的院友们进来了，一共有十来个，他们在耀眼的灯光下，静悄悄地挪动着。他们都坐了下来，没有弄响一把椅子。我盯着他们细看，我从来没有这么看过人。他们的面相与衣着的细枝末节我都没有漏过。然而，我听不见他们的任何声音，我简直难以相信他们的确存在。几乎所有的女人都系着围裙，束在腰上的带子使得她们的肚子更为鼓出。我从来没有注意过年老的女人会有这么大的肚子。男人们几乎都很瘦，个个拄着拐杖。在他们的脸上，使我大为惊奇的一个特点是：不见眼睛，但见一大堆皱纹之中有那么一点浑浊的亮光。这些人一落座，大多数人都打量打量我，拘束地点点头，嘴唇陷在没有牙齿的口腔里，叫我搞不清他们是在跟我打招呼，还是脸上抽搐了一下。我还是相信他们是在跟我打招呼。这时，我才发现他们全坐在我对面的门房的周围，轻轻晃动着脑袋。一时，我突然产生了这么一个滑稽的印象：这些人似乎是专来审判我的。

过了一小会儿，其中的一个女人哭起来了。她坐在第二排，被一个同伴挡住了，我看不清她。她细声饮泣，很有规律，看样子她会这么哭个不停。其他的人好像都没有听见她哭。他们神情沮丧，愁容满面，一声不响。他们盯着棺材，或者自己的手杖，或者随便什么东西，但只盯着一样东西。那个女人老在那里哭。我很奇怪，因为我从不认识她。我真不愿意听她这么哭。但是，我不敢去对她讲。门房向她欠过身去，对她说了什么，但她摇摇头，嘟囔了一句，然后又继续按原来的节奏哭下去。门房于是走到我旁边。他靠近我坐下。过了好一阵，他并未正眼瞧我，告诉我说："她与令堂大人很要好，她说令堂是她在这里唯一的朋友，现在她什么人都没有了。"

屋里的人就这么坐着过了好久。那个女人的叹息与呜咽逐渐减弱了，但抽泣得仍很厉害。终于，她不出声了。我的困劲也全没有了，但感到很疲倦，腰酸背疼。这时，使我心里难受的是所有在场人的寂静无声。偶尔，我听见一种奇怪的声响，我搞不清是什么声音。时间一长，我终于听出来，是有那么几个老头子在咂自己的腮腔，发出了一种奇怪的喷喷声。他们完全沉浸在胡思乱想之中，对自己的小动作毫无察觉。我甚至觉得，在他们眼里，躺在他们中间的这个死者，什么意义也没有。但现在回忆的时候，我认为我当时的印象是错误的。

我们都把门房端来的咖啡喝掉了。后来的事我就不清楚了。一夜过去，我记得曾睁开过一次眼，看见老人们一个个蜷缩着睡着了。只有一个老人例外，他的下巴颏儿支在拄着拐杖的手背上，两眼死盯着我，似乎在等着看我什么时候才会醒。这之后，我又睡着了。因为腰越来越酸痛，我又醒了，此时晨光已经悄悄爬上玻璃顶棚。过了一会儿，又有一个老人醒了，他咳个不停。他把痰吐在一大块方格手帕上，每吐一口痰费劲得就像动一次手术。他把其他的人都吵醒了，门房说这些人全该退场啦，他们站了起来。这一夜守灵的苦熬，使得他们个个面如死灰。大大出乎我意料的是，他们走出去的时候，都一一跟我握手，似乎我们在一起过了一夜而没有交谈半句，倒大大增加了我们之间的亲近感。

我很疲乏。门房把我带到他的房间，我得以马马虎虎漱洗了一下。我还喝了杯咖啡加牛奶，味道好极了。我走出门外，太阳已经高高升起。在那些把马朗戈与大海隔开的山丘之上，天空中红光漫漫。越过山丘吹过来的风，带来了一股咸盐的气味。看来，这一定是个晴天。我很久没有到乡下来了。要是没有妈妈这档子事，能去散散步该有多么愉快。

我在院子里等候着，待在一棵梧桐树下。我呼吸着泥土的清香，不再发困了。我想到了办公室的同事们。此时此刻，他们该起床上班去了，而对我来说，现在却是苦挨苦等的时候。我又想了想眼前的这些事，但房子里响起的钟声叫我走了神。窗户里面一阵忙乱，不一会儿就平静了下来。太阳在天空中又升高了一些，开始晒得我两脚发热。门房穿过院子前来传话，说院长要见我。我来到院长办公室。他要我在几张纸头上签了字。我见他穿着黑色礼服和条纹长裤。他拿起电话，对我说："殡仪馆的人已经来了一会儿了。我马上要他们盖棺。在这之前，您是不是要再看令堂大人一眼？"我回答说"不"。他对着电话低声命令说："费雅克，告诉那些人，可以盖棺了。"

接着，他告诉我，他将亲自参加葬礼。我向他道了谢。他在办公桌后面坐下，两条小腿交叉着。他告诉我，去送葬的只有他和我两个人，还加上勤务女护士。原则上，养老者都不许参加殡葬，只让他们参加守灵。他指出："这是一个讲人道的问题。"但这一次，他允许妈妈的一个老朋友多玛·贝雷兹跟着去送葬。说到这里，院长笑了笑。他对我说："您知道，这种友情带有一点儿孩子气，但他与令堂大人从来都形影不离。院里，大家都拿他们开玩笑，对贝雷兹这么说：'她是你的未婚妻。'他听了就笑。这种玩笑叫他俩挺开心。这次，默尔索太太去世，他非常难过，我认为不应该不让他去送葬。不过，我根据保健大夫的建议，昨天没有让他守灵。"

我们默默不语地坐了好一会儿。院长站起身来，朝窗外观望。稍一会儿，他望见了什么，说："马朗戈的神甫已经来了，他倒是赶在前面。"他告诉我，教堂在村子里，到那儿至少要走三刻钟。我们下了楼。屋子前，神甫与两个唱诗班的童子正在等着。一个童子手持香炉，神甫弯腰向着他，帮助调好香炉上银链条的长短。我们一到，神甫直起身来。他称我为"我的儿子"，对我说了几句话。他走进屋去，我也随他进屋。

我一眼就看见棺材上的螺钉已经拧紧，屋里站着四个穿黑衣的人。这时，我听见院长告诉我柩车已在路旁等候，神甫也开始祈祷了。从这时起，一切都进行得很快。那四个人走向棺材，把一条毯子蒙在上面。神甫、唱诗班童子、院长与我都走了出来。在门口，有一位我不认识的太太，院长向她介绍说："这是默尔索先生。"这位太太的名字，我没有听清，只知道她是护士代表。她没有一丝笑容，点了点有瘦削的长脸的头。然后，我们站成一排，让棺材过去。我们跟随在抬棺人之后，走出养老院。在大门口，停着一辆送葬车，长方形，漆得锃亮，像个文具盒。在它旁边，站着葬礼司仪，他个子矮小，衣着滑稽，还有一个举止做作的老人。我明白了，此君就是贝雷兹先生。他头戴圆顶宽檐软毡帽，棺木经过的时候，他脱下了帽子。他长裤的裤管拧绞在一起，堆在鞋面上，他黑领带的结打得太小，而白衬衫的领口又太大，很不协调。他的嘴唇颤抖个不停，鼻子上长满了黑色的小点。他一头白发相当细软，下面露出两只边缘扭曲、形状怪异、奋拉着的耳朵，其血红色衬着的苍白的面孔，使我觉得刺眼。葬礼司仪安排好我们各自的位置。神甫领头走在最前面，然后是柩车。柩车旁边是四个黑衣人。柩车后面，是院长和我。最后断路的是护士代表与贝雷兹先生。

太阳高悬，阳光普照，其热度迅速上升，威力直逼大地。我不懂为什么要磨蹭这么久才迟迟出发。身穿深色衣服，我觉得很热。矮老头，本来已戴上了帽子，这时又脱下来了。院长又跟我谈起他来了，我略微歪头看着他。院长说，我妈妈与贝雷兹先生，常在傍晚时分，由一个女护士陪同，一直散步到村子里。我环顾周围的田野，一排排柏树延伸到天边的山岭上，田野的颜色红绿相间，房屋稀疏零散，却也错落有致，见到如此景象，我对妈妈有了理解。在这片景色中，傍晚时分那该是一个令人感伤的时刻。而在今天，滥施淫威的太阳，把这片土地烤得直颤动，使它变得严酷无情，叫人无法忍受。

我们上路了。这时，我才看出贝雷兹有点儿瘸。车子渐渐加快了速度，这老头儿就落在后面了，其中一个黑衣人也跟不上车，与我并排而行。我感到惊奇，太阳在天空中竟升高得那么快。我这才发现，田野里早已弥漫着一片虫噪声与草簌声。汗水流满了我的脸颊。因为我没有戴帽子，只得用手帕来扇风。殡仪馆的那人对我说了句什么，我没有听清楚。这时，他右手把鸭舌帽帽檐往上一推，左手用手帕擦了擦额头。我问他："怎么样？"他指了指天，连声道："晒得厉害。"我应了一声："是的。"过了一小会儿，他问我："这里面是您母亲吗？"我同样应了一声："是的。"他又问："她年纪老吗？"我回答说："就这么老。"因为我搞不清她究竟有多少岁。到这里，他就不吭声了。我转过身去，看见贝雷兹老头已经落在我们后面五十来米。他急急忙忙往前赶，手上摇晃着帽子。我也看了看院长。他庄严地走着，一本正经，没有任何小动作。他的额头上渗出了一些汗珠，但他没有去擦。

我觉得这一行人走得更快了。在我周围，仍然是在太阳逼射下灿灿一片的田野。天空亮得刺眼。有一阵，我们经过一段新修的公路，烈日把路面的柏油都晒得鼓了起来，脚一踩就陷进去，在亮亮的层面上留下裂口。车顶上车夫的熟皮帽子，就像是从这黑色油泥里鞣出来的。我头上是蓝天白云，周围的颜色单调一片，裂了口的柏油路面是黏糊糊的黑，人们穿的衣服是丧气阴森的黑，枢车是油光闪亮的黑，置身其中，我不禁晕头转向。所有这一切，太阳、皮革味、马粪味、油漆味、焚香味、一夜没有睡觉的疲倦，使得我头昏眼花。我又回了回头，见贝雷兹已远远落在我后面，在一片腾腾的热气中若隐若现，后来，干脆就看不见了。我用目光搜寻他，见他已离开了大路，而后又从田野斜穿过来。我发现在我们前方的大路转了个弯。原来，贝雷兹熟悉本地，他正抄近路追赶我们。果然，在大路转弯的地方，他追上我们了。不久，我们又把他落下了。他仍然是穿田野、抄近路，这样，反反复复，如法炮制了好几次。而我，这么走着的时候，一直觉得血老往头上涌。

后来，所有的事都进行得那么快速、具体、合乎常规，所以我现在什么都不记得了。只记得这么一件事：在村口，护士代表跟我说了话。她的声音奇特，抑扬顿挫而又颤悠发抖，与她的面孔极不协调。她对我说："走得慢，会中暑，走得太快，又会汗流浃背，一进教堂就会着凉感冒。"她说得对。左右为难，不知如何是好。此外，我还保留了那天的几个印象：例如，贝雷兹最后在村口追上我们时的那张面孔。他又激动又难过，大颗大颗的眼泪流在脸颊上。但由于脸上皱纹密布，眼泪竟流不动，时而扩散，时而汇聚，在那张哀伤变形的脸上铺陈为一片水光。此外，还有教堂，还有站在路旁的村民，开在墓地坟上的红色天竺葵，还有贝雷兹的晕倒，那真像一个散了架的木偶，还有撒在妈妈棺材上的血红色的泥土与混杂在泥土中的白色树根，还有人群、嘈杂声、村子、在咖啡店前的等待、马达不停的响声以及汽车开进阿尔及尔闹市区、我想到将要上床睡上十二个钟头时所感到的那种喜悦。

二

我醒来的时候，明白了为什么我请了两天假，老板就一直板着面孔，因为今天是星期六。可以说，我把这事全给忘了，起床时才想起来。老板自然是想到了，加上星期天，我就等于有了四天假期，而这，是不会叫他高兴的。但是，一来，妈妈的葬礼安排在昨天而不是今天，这并非我的过错；二来，不论怎么说，星期六与星期天总该归我所有。即使是这个理，也并不妨碍我理解老板的心理。

昨天实在很累，今早几乎起不了床。刮脸的时候，我想了想今天要干什么，我决定去游泳。我乘电车到了海滨浴场。在那儿，我一头就扎进了泳道。浴场上年轻人很多。我在水里看见了玛丽·卡尔多娜，她以前是与我同一个办公室的打字员。那时，我很想把她弄到手。现在想来，她当时也对我有意，但不久她就离职而去，我俩没有来得及好上。在浴场上，我帮她爬上一个水鼓，扶她的时候，我轻微地碰了碰她的乳房。她躺在水鼓上面，我仍在水里。她的头发遮住了眼睛，她一直在笑。我也爬上水鼓，躺在她身边。天气晴和，我像开玩笑似的把头抬起枕在她的肚子上。她没有说什么，我也就趁势这么待着。我两眼望着天空，天空一片蔚蓝，金光流溢。我感觉到玛丽的肚子在我的颈背下轻柔地一起一伏。我俩半睡半醒地在水鼓上待了很久，当太阳晒得特别厉害的时候，她就钻进水里，我也跟着下水。我赶上她，用手臂搂着她的腰，我俩齐游共泳，她一直在笑。我们在岸上晾干的时候，她对我说："我晒得比你黑。"我问她，晚上是否愿意去看场电影。她仍然在笑，对我说她很想去看费尔南德主演的一个片子。当我们穿上衣服的时候，她见我系着黑领带，显得有点诧异，问我是不是在戴孝。我对她说妈妈死了。她想知道是什么时候，我告诉她："就是昨天。"她吓得往后一退，但没有发表什么意见。我想对她说这不是我的过错，但我没有说出口，因为我想起我对老板也这么说过。其实说这个毫无意义，反正，人总得有点什么错。

晚上，玛丽把这件事抛到了脑后。这个片子有些地方挺滑稽，但实在很蠢。她的腿靠着我的腿，我抚摩她的乳房。电影快散场的时候，我抱吻了她，但没有吻好。出了电影院，她随我到了我的住所。

我醒来的时候，玛丽已经走了。她跟我说过她得到她姨妈家去。我想起了今天是星期天，这真叫我烦，我从来都不喜欢过星期天。于是，在床上翻了个身，努力去寻找玛丽的头发在枕头上留下的海水的咸味，我一直睡到十点钟。然后，仍然躺在床上，不断抽烟，一直抽到了中午。我像往常一样不喜欢到塞莱斯特的饭店去吃饭，因为，那里肯定有一熟人会向我提出种种问题，这我可不喜欢。我煮了几个鸡蛋，就着盘子吃掉了，也没有用面包，面包早就吃完了，我一直不愿意下楼去买。

吃罢饭，我有点烦闷，就在房间里转来转去。妈妈在的时候，这套房子大小合适；现在，我一个人住就显得太空荡了。我不得不把饭厅里的桌子搬到卧室里来。我只用我这一间，几张已经有点塌陷的麦秸椅子、一个镜面已经旧得发黄的柜子、一个梳妆台，还有一张铜床，我就生活在这个空间里，其他的空间我都不管了。又过了一会儿，我为了消磨时光，就拿起一张旧报纸读了起来。我把克吕逊盐业公司的一则广告剪下来，粘贴在一个旧本子上，报纸上种种叫我开心的东西，我都贴在那里面。之后，我洗了洗手，事情告一段落，我来到阳台上。

我的房间正朝着本区一条主要街道。中午，天气晴朗，但马路肮脏，行人稀少而又来去匆匆。我先看见一家家出来散步的人，有两个穿海军服的小男孩，短裤长得过了膝盖，笔挺的服装使得他们举止拘谨。还有一个小女孩，头上扎着玫瑰红的大花结，脚穿黑色的漆皮鞋。在孩子的后面，是他们的母亲，身材高大，穿着栗色连衣裙，父亲则是一个相当瘦弱的小个子，我颇眼熟。他戴着扁平的狭边草帽，领口扎着蝴蝶结，手持一根文明杖。看见他跟他妻子在一起，我明白了为什么这个区的人都说他秀气优雅。过了一小会儿，走来一群郊区的年轻人，头发油光锃亮，打着大红领带，衣服腰身紧俏，装佩着绣花口袋，脚上穿的是方头皮鞋。我猜他们是到城里去看电影的，所以这么早就动身。他们一伙人急急忙忙赶电车，还高兴地说说笑笑。

这一群人过去之后，路上行人渐渐稀少。我想，那些好看好玩的地方开始热闹起来了。街上只剩下了一些商店老板与猫。从街道两旁的榕树上空望去，天空晴和，但并不明朗。在街对面的人行道上，有个烟铺老板搬出一把椅子，放在店门口，跨坐在上面，两臂搁在椅背上。刚才拥挤不堪的电车，现在几乎全都空了。烟铺旁边那个名叫"皮埃罗之家"的小咖啡馆里，厅堂空空荡荡，一个侍者正在用锯屑擦洗地面。真个是一派星期天的景象。

我也把椅子倒转过来，像烟铺老板那样放着，我觉得那样更舒服。我抽了两支烟，又进房拿了一块巧克力，回到窗前吃了起来。过了一小会儿，天空变得阴沉，我以为快要下暴雨了。但是，它又渐渐转晴。不过，一片片乌云飘过，使得街道阴暗了些。我抬头望着天空，一直这么待了好久。

下午五点钟，一辆辆电车在轰隆声中驶过来了，载满了一群群从郊区体育场看比赛回来的人，有些人就站在踏板上，有些则扶着栏杆。跟在后面的几辆电车载的是运动员，我是从他们的小手提箱认出来的。他们使劲地高呼、歌唱，嚷嚷他们的团队将永远战无不胜。好几个运动员朝我打招呼，其中一个对我喊道："我们赢了他们。"我也回喊了一声"没错"，同时使劲点点脑袋。电车过去，街上的小汽车就开始一拥而至了。

天色有点暗了。屋顶的上空变成淡红色，随着暮色渐至，那些假日出游的人陆续往回走。我在人群中认出了那位优雅的先生。他家的几个孩子哭泣着跟在父母的后头。这时，附近的电影院一股脑儿将所有的观众都倾泻在大街上。那些观众中，青年人的行为举止比平日多了几分冲劲，我猜他们刚才看的是一部惊险片。从城里电影院回来的观众则姗姗来迟。他们显得较为庄重。他们也说说笑笑，但显得疲倦并若有所思。他们待在街道上，在对面的人行道上踱来踱去。这一带的少女们，不着帽，披着发，挽着胳臂在街上走，小伙子们则打扮得整整齐齐，为的是跟她们擦身而过。他们不断高声地开玩笑，招得姑娘们格格直笑，还回过头来瞅瞅他们。姑娘们之中有几个我是认得的，她们也在跟我打招呼。

这时，街灯突然一齐亮了，使得在夜空中初升的星星黯然失色。老这么盯着灯光亮堂、行人熙攘的人行道，我感到眼睛有些发累。灯光把潮湿的路面与按时驶过的电车照得闪闪发亮，也映照着油亮的头发、银制的手镯与人的笑容。过了一会儿，电车渐渐稀疏了，树木与街灯的上空，已是一片漆黑。不知不觉，附近这一带已阒无一人，于是，又开始有猫慢吞吞地踱过空寂的街道，我这才想到该吃晚饭了。倚靠在椅背上待的时间实在太久，我的脖子有点酸痛。我下楼买了面包与果酱，自己略加烹调，站着就吃完了。我想在窗口抽支烟，但空气凉了，我略感凉意。我关上窗户，转过身来，从镜子里看见桌子的一角上放着我的酒精灯与几块面包，我想，这又是一个忙忙乱乱的星期天，妈妈已经下葬入土，而我明天又该上班了，生活仍是老样子，没有任何变化。

三

今天，我在办公室干了很多的活儿。老板显得和蔼可亲。他关心地问我累不累，还问我妈妈有多大岁数。为了不把具体的岁数说错，我回答："六十来岁。"我不知道为什么他一听此话就好像松了一口气，并认为这是了结了一桩大事。

我的桌上放了一大堆提单，都得由我来处理。在离开办公室外出吃午饭之前，我洗了洗手。每天中午，我喜欢这么清理清理。到了傍晚，我就不高兴这么做了，因为公用的转动毛巾被大家用一天，已经全湿透了。有一天，我曾经提请老板注意此事。他回答我说，他对此也感到遗憾，但这毕竟是无关紧要的一桩小事。我下班稍晚一点儿，十二点半才跟在发货部工作的艾玛尼埃尔一道出来。公司的办公室面对大海，我们先观看了一会儿阳光照射下的海港里停泊的船只。这时，一辆卡车开过来了，夹带着一阵链条哗啦声与内燃机的噼啪声。艾玛尼埃尔问我："咱们去看看如何?"我就跑了起来。卡车超过了我们，我们跟在它后面直追。我被淹没在一片噪声与灰尘之中，什么也看不见，只感到自己是在拼命地奔跑，进行比赛，周围是绞车、机器、在半空中晃动的桅杆以及停在近旁的轮船。我第一个抓住了卡车，一跃而上。然后，我帮艾玛尼埃尔在车上坐好。我们俩人都喘不过气来。卡车在码头高低不平的路面上使劲颠簸，包围在阳光普照与尘土飞扬之中。艾玛尼埃尔笑得上气不接下气。

我们大汗淋漓地来到了塞莱斯特的饭店。他还是那个样子，大腹便便，系着围裙，蓄着白色小胡子。他问我总还过得下去吧，我回答说是，还说我肚子饿了。我狼吞虎咽，又喝了咖啡。然后，我回到家里，因为酒喝多了，就睡了一小觉，醒来时，我想抽烟。时间已经迟了，我跑着去赶电车。整个下午，我一直闷头干活。办公室里很热，傍晚，我下班出来，沿着码头慢步回家，这时，颇有幸福自在之感。天空是绿色的，我心情轻快，尽管如此，我还是径直回家，因为我想自己煮土豆。

上楼的时候，我在黑乎乎的楼梯上撞着了沙拉玛诺老头，他是我同楼层的邻居。他牵着狗，八年以来，人们都见他与狗形影不离。这条西班牙猎犬生有皮肤病，我想是丹毒叫它的毛都脱光了，浑身是硬皮，长满了褐色的痂块。主人与狗挤住在同一个小房间里，日子久了，沙拉玛诺老头终于也像那条狗了。他脸上长了好些淡红色的硬痂，头发稀疏而发黄。而那狗呢，则学会了主人弯腰驼背的行走姿势，嘴巴前伸，脖子紧绷。他们好像是同一个种族的，但又互相厌恶。每天两次，上午十一时，傍晚六时，老头都要牵狗散步。八年以来，他们从未改变过散步的路线。人们老见他俩沿着里昂街而行，那狗拖拽着老头，搞得他蹒跚趔趄，于是，他就打狗、骂狗。狗吓得趴在地上，由主人拖着走，这时，该老头去拽它了。过一会儿，狗忘得一干二净，再次拽起主人来了，主人就再次对它又打又骂。这样一来，他们两个就停在人行道上，你瞪着我，我瞪着你，狗是怕，人是恨。天天如此，日复一日。有时狗要撒尿，老头偏不给它时间，而是硬去拽它，这畜生就沥沥拉拉撒了一路。如果它偶尔把尿撒在屋里，更要遭一顿狠打。这样的日子已经过了八年。塞莱斯特对此总这么说："这真不幸。"但实际上，谁也说不清楚。当我在楼梯上碰见沙拉玛诺的时候，他正在骂狗："坏蛋！脏货！"狗则在哼哼。我对他道了声"晚安"，他仍在骂个不停。我就问他狗怎么惹他了。他也不回答，只顾骂："坏蛋！脏货！"我见他弯下腰去，在狗的颈圈上摆弄着什么，我又提高嗓门儿问他。他没有转向我，只是憋着火气回答说："它老是那副德行。"说完，便拖着狗走了。那畜生匍匐在地被生拉硬拽，不断哼哼唧唧。

正在此时，又进来了一个同楼层的邻居。附近一带的人都说，他是靠女人生活。但是，有人问他是从事什么职业时，他总是答曰："仓库管理员。"一般来说，他一点儿也不招人喜欢，不过，他常主动跟我搭话，有时，也上我的房间坐坐，我总是听他说。我觉得他所讲的事都很有趣。再说，我也没有任何道理不跟他说话。他名叫雷蒙·桑泰斯，个子相当矮小，宽肩膀，塌鼻子。他总是穿着得很讲究。谈到沙拉玛诺时，他对我也这么说："这真不幸！"他问我，我对那对难兄难弟是不是感到恶心，我回答说不。

我们上了楼，我跟他告别的时候，他对我说："我房里有香肠有酒，愿意来跟我喝一杯吗？……"我想这可以免得自己回家做饭，于是就接受了邀请。他也只有一个房间，外带一间没有窗户的厨房。在他的床上方，摆着一个白色与粉红色的仿大理石天使雕塑，贴着一些体育冠军的相片与两三张裸体女人画片。房间里很脏，床上很凌乱。他先点上煤油灯，然后从口袋里拿出一卷相当肮脏的纱布，把自己的右手包扎起来。我问他是怎么回事。他说刚才跟一个找麻烦的家伙打了一架。

"默尔索先生，"他对我说，"您知道，并非我这个人蛮不讲理，但我是个火性子。那个家伙冲着我叫板：'你小子有种就下电车来。'我对他说：'滚你的，别找碴儿。'他就说我没有种，这么一来，我就下了电车，对他说：'够了，你到此为止吧，不然我就要教你长长见识。'他又朝我叫板：'你敢怎么样？'于是，我就揍了他一顿。他跌倒在地。我呢，我正要扶他起来，他却在地上用脚踢我，我又给了他一脚，扇了他两个耳光。他满脸是血。我问他受够了没有，他回答说够了。"说着这段故事的时候，雷蒙已经把纱布缠好。我坐在床上。他继续说："您瞧，不是我去惹他，而是他来冒犯我。"的确如此，我承认。于是，他向我表示，他正想就此事征求我的意见，他认为我是一条汉子，又有生活阅历，能够帮助他，以后他会成为我的朋友。我什么话也没有说，他就问我愿不愿意做他的朋友。我说做不做都可以。他听了显得很高兴。他取出香肠，在炉子上烹调了一番，接着又摆上酒杯、盘子、刀叉与两瓶酒。做这一切时，他没有说话。我们坐了下来。他一边吃，一边给我讲述他的故事。开始，他有点不便启齿。"我结识了一个太太……这么说吧，她就是我的情妇。"被他揍了一顿的那个人，就是这位太太的兄弟。他对我说，他一直供养着这个女人。我没有搭话。接着他又说，他知道附近一带关于他的流言飞语，但他问心无愧，他确实是一个仓库保管员。

"说到我跟这女人的关系，我发现她一直在欺骗我。"他把整个事情追述了一遍，他供她的钱正够她维持生活，他还替她付房租，每天另给她二十法郎的饭钱。"三百法郎的房租，六百法郎的饭钱，时不时还送她一双袜子，这几项加起来就有上千法郎了。这位女士休闲在家，却振振有词，还说我供她的钱不够她过日子。我常对她说：'你为什么不出去找个半日班的工作干干？那就省得我为你的零星花销操心。这个月，我给你买了一套衣服，每天又给你二十法郎，还替你付房租，而你每天下午都跟你的姐们儿喝咖啡。拿我的咖啡和糖去招待人家。我供养你，我待你不薄，你倒以怨报德。'我这么说她，她还是不出去工作，总说钱不够用，所以，我才发觉其中必定有鬼。"

接着，这汉子告诉我，有一天他在她的手提包里发现了一张彩票，她无法解释她是怎么买来的。不久，他又在那里发现了一张当票，证明她到当铺里当了两只手镯。而他，从不知道她还有两个镯子。"我当然一眼就看穿她一直对我不忠。于是，我就把她休了，不过，我先揍了她一顿，然后才揭穿她的鬼把戏。我对她说，她跟我只是为了寻开心。默尔索先生，我是这么对她说的：'你也不好好瞧瞧大家是多么羡慕我给你的福分，你以后就会明白，你跟着我是身在福中不知福。'"

他把那个女人打出了血。在此以前，他从不打她。"过去也常有过动手的事，但可以说，只是轻轻碰一下而已。她只要稍一叫喊，我就关上窗子，立即罢手，每次都是这样。而这一次，我可是动真格的了，我还觉得对她教训得不够呢。"

他接着又向我解释说，正是为这件事，他需要听听别人的意见。说到这里，他停了下来，去把燃尽的灯芯调了一调。我一直在听他说，慢慢喝掉了将近一公升的酒，喝得太阳穴直发热。我不断地抽雷蒙的香烟，因为我自己的都抽光了。最后的几班电车开过去了，带走了郊区已渐模糊的嘈杂声。雷蒙还在继续说，使他烦恼的是，他偏偏对自己那个姘头还有感情。但他仍想惩罚她。起初他想把她带到一家旅馆去，跟"风化警察"串通好，制造一桩丑闻，害得她在警察局里备个案。后来，他又找了几个流氓帮里的朋友讨主意，他们也没有想出什么法子，不过，正如雷蒙向我指出的那样，跟帮里的人称兄道弟是很值得的，他把事由告诉他们之后，他们就建议他在那个女人脸上"留个记号"。但是，他不想这么损，他要考虑考虑。在此以前，他想问问我有什么主意。现在，尚未得到我的指点之前，他想知道我对整个这桩事有什么看法。我回答说，我没有什么看法，不过我觉得这桩事挺有趣。他问我是不是也认为那女人欺骗了他。我说看来的确是欺骗了他，他又问我，我是不是也认为该去惩罚那个女人，如果我碰见了这种事，我会怎么去做。我对他说，我永远也不可能知道该怎么做，但我很理解他要惩罚那个女人的心理。说到这里，我又喝了一点酒。他点起一支烟，对我讲了他的打算。他想给她写一封信，狠狠地羞辱她一番，同时讲些话叫她感到悔恨。信寄出后，如果她回到他身边，他就跟她上床做爱，"正要完事的时候"，他要吐她一脸唾沫，再把她轰出门外。我说，要是他用这个法子，当然是把那女人惩罚了一顿。但是，雷蒙说，他觉得自己写不好这么一封信，他想请我代笔，见我没有吭声，他就问我马上写我是否嫌烦，我回答说不是。

他又喝了一杯酒，然后站起身，把杯盘与我们吃剩下的一点冷香肠挪开。他仔仔细细把铺在桌上的漆布擦干净，从床头柜的抽屉里取出一张方格纸，一个黄信封，一支红木杆的蘸水笔和一方瓶紫墨水。他把那女人的名字告诉我，从姓名看，她是个摩尔人。我写好了信。信写得有点儿随便，但我尽可能写得叫雷蒙满意，因为，我没有必要叫他不满意。我高声念给他听，他一边抽烟一边听着，连连点头。他又请我再念了一遍。他表示完全满意。他对我说："我早就知道你见多识广。"我开始没有注意到他在用昵称"你"跟我说话。听到他这么说："现在，你是我真正的朋友。"这时我才受宠若惊。这句话他又重复了一遍，我回应了一声"是的"。对我来说，做还是不做他的朋友，怎么都行，而他，看起来倒确实想攀这份交情。他封上信，我们喝完了酒，默默地抽了一会儿烟。街上很安静，我们听见有一辆汽车驶过。我说："时间很晚了。"雷蒙也这么说，他觉得时间过得真快，在某种意义上，的确如此。我实在困了，但我却站不起来。我的样子一定是显得疲惫不堪，所以雷蒙对我说我不该灰心丧气、一蹶不振。起初我不懂他这话的意思。他就给我解释说，他听说我妈妈去世了，但他认为这只是早晚要发生的事。我说，我也是这么看的。

我站起身来，雷蒙使劲握住我的手，对我说，男人与男人，感同身受，心意相通。出了他的房间，我把门带上，在漆黑的楼梯口待了一小会儿。整幢楼房一片寂静，从楼梯洞的深处升上来一股不易察觉的潮湿的气息。我只听见血液的流动正在我耳鼓里嗡嗡作响，我站在那里没有动。沙拉玛诺老头儿的房间里，他那条狗发出低沉的呻吟。

四

整整这个星期，我干活儿很卖劲儿。雷蒙来过我处，告诉我他已经把信发出去了。我与艾玛尼埃尔去看过两次电影，银幕上演些什么，他常看不明白，我得给他解释。昨天是星期六，玛丽来了，这是我们事先约好的。我见了她就产生了强烈的欲望，因为她穿了一件漂亮的红色条纹连衣裙，脚上是一双皮凉鞋，乳房丰满坚挺，皮肤被阳光晒成了棕色，整个人就像一朵花。我俩坐上公共汽车，来到离阿尔及尔几公里远的一个海滩，那里有悬崖峭壁环抱，靠岸的这边，则有一溜芦苇。下午四点钟的太阳，已不太灼热，但海水还很温暖，水光接天，微波荡漾。玛丽教我玩一种游戏，那就是在游泳的时候，迎着浪尖喝一口水含在嘴里，然后转过身将水朝天喷出。那水既像泡沫花带一样在空中稍纵即逝，又像温热的雨丝洒落在脸上，但玩了一会儿之后，我的嘴就被苦咸的海水烧得发烫。玛丽又游到我身边，在水里紧紧依偎着我，她把嘴贴着我的嘴，伸出舌头舔尽了我唇上的咸涩。我俩在水里翻腾搅和了好一阵子。

当我俩在海滩上穿上衣服的时候，玛丽用热烈的眼光瞧着我。我抱吻了她。从这时起，我俩不再说话交谈，我紧搂着她，我俩急于搭上公共汽车，急于回我的家，急于上床做爱。我把窗户大大敞开，感受着夏夜在我们的棕色皮肤上流走，真是妙不可言。

早晨，玛丽没有走，我对她说要跟她一道共进午餐。我下楼去买了点肉。回楼上的时候，我听见雷蒙的房间里有女人的说话声。过了一小会儿，沙拉玛诺老头儿又开始骂狗了，我们听见木头楼梯上响起鞋底声与爪子声，还有"坏蛋！脏货"的骂声，老头儿与狗出了楼到街上去了。我对玛丽讲了老头儿的事情，她听了直笑。她穿着我的睡衣，两袖高高挽起。当她笑的时候我对她又动了欲念。过了一会儿，她问我爱不爱她。我对她说，这种话毫无意义，但我似乎觉得并不爱。她听了显得有些伤心。但是，在做饭的时候，她又无缘无故地笑了起来，笑得我又抱她吻她。正是此时，雷蒙的房间里传来一阵吵架声。

先是听见一声女人的尖叫，接着就是雷蒙的声音："你敢跟我对着干，你敢跟我对着干，我要教你学会怎么对着干！"同时是几记重重的抽打声与女人的号叫，叫得那么惨厉，楼梯口立即就站满了人。玛丽与我也出了房门，听见那女人还不断在惨叫，而雷蒙还不断在打。玛丽对我说，这真可怕，我没有吭声。她要我去找警察，我说我不喜欢警察。但是住在三层的一个做白铁工的房客找来了一个。警察敲了敲门，里面就没有声音了。他又使劲地敲，过了一会儿，女人哭起来了，雷蒙把门打开。他嘴上叼着一支烟，满脸堆笑。那女人从门里冲出来，高声向警察告状，说雷蒙打了她。警察问她："你叫什么名字。"雷蒙替她回答了。"你跟我说话的时候，把烟从嘴上拿掉！"警察命令道。雷蒙没有立即照办，他瞧了瞧我，又抽了一口。说时迟、那时快，警察朝他的脸上狠狠地一个大耳光扇个正着。他嘴上那支烟被扇出几米远。雷蒙脸色大变，但他当时什么也没有说，而是低声下气地问警察，他是不是可以把自己的烟头拾起来。警察说可以，但又补了一句："下次别忘了，警察可不是你闹着玩的。"那女人一直在哭，不断地说："他打了我，他是个男鸨。"雷蒙就问："警察先生，说一个男人是男鸨，这在法律上讲得通吗？"但警察命令他："闭上你的嘴。"雷蒙于是转身向那女子，对她说："你等着瞧，小娘们儿，咱俩后会有期。"警察要他别再吭声，叫那女人离开，叫他待在家里等候警局的传讯，他还说，雷蒙醉成这样，不断打哆嗦，应该感到羞耻。雷蒙听了，辩解说："警察先生，我可没有醉，只是我在这里，在您面前，我才打哆嗦，自己控制不住。"他关上房门，围观的人也都散了。玛丽与我做好了午饭。但她不饿，几乎都让我吃了。她一点钟时走了，我又睡了一会儿。

将近三点的时候，有人敲我的门，进来的是雷蒙。我仍然躺在床上没有起身。他在我的床边坐下。开始时他一言不发，我就问他，他的事怎么闹到了这种地步。他讲述了他如何按预谋行事，如愿以偿，但她回敬了他一个耳光，这么一来，他就揍了她一顿。以下的情况，我都在场看见了。我对他说，我觉得那女人确已受到惩罚，你该感到满意。雷蒙表示同意，而且他认为，警察横加干涉也是白搭，反正那女人已经挨了一顿揍。他还说，他对那些警察了解得很透，知道该怎么对付他们。他问我，当时我是不是等着他回敬那警察一个耳光。我回答说，当时我并没有在等什么，不过，我从来都不喜欢警察。雷蒙听了好像很满意。他问我是否愿意和他一道出去走走。我下了床，梳了梳头。他说我得给他作证。我表示怎么都行，但我不知道该作证些什么。照雷蒙的意思，只需说那个女人冒犯了他就行了。我答应为他提供这样的证词。

我们出了门，雷蒙请我喝了一杯白兰地。后来，他要去打一局台球，我跟着去差一点儿输了。接着，他又要去逛妓院。我说不，因为我不喜欢。于是，我们慢慢地回去。他对我说把情妇惩罚了一顿，他心里真高兴。他对我很热情友好，和他相处，我觉得是一段愉快的时光。

隔着老远，我看见沙拉玛诺老头儿站在大门口，神情焦躁。我们走近时，我发现他没有和他的狗在一起。他正在东张西望，转来转去，使劲儿朝黑洞洞的走廊里看，嘴里嘟嘟囔囔，语不成句，还睁着那双小红眼，仔细朝街上搜索。雷蒙问他怎么啦，他没有立即回答。我模糊听见他低声骂了一句"坏蛋，肮货"，神情依然焦躁。我问他狗到哪里去了，他没有好气地回答说它跑掉了，接着，他却突然滔滔不绝地说起来："我像平日一样，牵着它去练兵场，那些商贩棚子周围全是人。我停下来看了看《消遣之王》。转身要走时，狗就不见了。的确，我早就想给它换一个小一点儿的颈圈，没有想到这个脏货这么早就溜掉了。"

雷蒙对他说，狗可能是迷了路，它不久就会找回来的。他举了好几个例子，说狗能隔十几公里远又跑回主人的身边。虽然听了这些宽心话，老头儿却更为焦急不安了。"可您知道，他们会把它逮走的，如果有人收养它就好了，但那是不可能的，它一身的疮，人见人厌，警察会逮走它的，我敢肯定。"于是，我对他说，应该去招领处看看，付点钱就可以把它领回来。他问我金额高不高。我说不知道。他听了就发起火来："为这个脏货花钱！啊，它还是去死吧！"接着，他又对那畜生骂将起来。雷蒙直笑，钻进了楼里。我也跟着他上楼，我们在楼梯口分了手。过了一会儿，我听见沙拉玛诺老头儿的上楼声，接着，他敲我的房门。我把门打开，他站在门口说："对不起，对不起。"我请他进来，但他不肯。他瞧着自己的鞋尖，长满了疮痂的手在颤抖着。他没有看我，问道："默尔索先生，您说，他们不会把它逮走吧。他们会把它还给我的，是吧，否则的话，我怎么活下去呢？"我对他说，招领处将送去的狗保留三天，等主人去领，三天以后才任意处置。他一言不发地望着我，然后，向我道了一声"晚安"。他关上自己的房门，我听见他在房里走来走去。他的床嘎嘎作响了一下，透过墙壁传来一阵细细的奇怪的声音，我听出来他是在哭。不知道怎么搞的，这时我突然想起了我妈妈，但是明天早晨我得早起。我不饿，所以没有吃晚饭就上床睡了。

五

雷蒙往办公室给我打电话，说他有个朋友曾经听他说起过我，要邀请我到阿尔及尔附近的海滨木屋去过星期天。我回答说很愿意去，但我已经和女朋友约好一起过。雷蒙立即说他那位朋友也请我的女友去。因为那位朋友的妻子一定很高兴在一堆男人中有个女伴。

我本想立刻把电话挂掉，原因是我知道老板不喜欢有人从城里给我们这些雇员打电话。雷蒙要我等一等，他说他本来可以在晚上向我转达那位朋友的邀请，但他有别的事要提前告诉我。他今天一直被一帮阿拉伯人盯梢，那帮人中有一个就是他那前姘头的兄弟。"你今晚回家的时候，如果发现这帮人在我们住处附近活动，你一定要告诉我一声。"我回答说当然不在话下。

过了一会儿，老板派人来叫我，这使我有点心烦意乱，因为我以为他又要教训我少打电话多干活儿了。其实根本不是这么回事，他说他要跟我谈谈一个还很模糊的计划。他只是想听听我对这个问题的意见。他计划在巴黎设一个办事处，负责市场业务，直接与那些大公司做生意，他想知道我是否愿意被派往那儿去工作。这份差事可以使我生活在巴黎，每年还可以旅行旅行，"你正年轻，我觉得这样的生活你会喜欢的。"我回答说，的确如此，不过对我来说，实在是可有可无。于是，他就问我是否不大愿意改变改变生活，我回答说，人们永远也无法改变生活，什么样的生活都差不多，而我在这里的生活并不使我厌烦。老板显得有些扫兴，他说我经常是答非所问，而且缺乏雄心大志，这对做生意是糟糕的。他说完，我又回去工作了。我本想不扫他的兴，但我实在看不出有什么理由要改变我的生活。仔细想来，我还算不上是个不幸者。当我念大学的时候，有过不少这类雄心大志。但当我辍学之后，很快就懂得了，这一切实际上并不重要。

晚上，玛丽来找我，问我是否愿意跟她结婚。我说结不结婚都行，如果她要，我们就结。她又问我是否爱她，我像上次那样回答了她，说这个问题毫无意义，但可以肯定我并不爱她。"那你为什么要娶我？"她反问。我给她解释说这无关紧要，如果她希望结婚，那我们就结。再说，是她要跟我结婚的，我不过说了一声同意。她认为结婚是件大事，我回答说："不。"她沉默了一会儿，无言地瞧着我，然后又说，她只不过是想搞清楚，如果这个建议是来自另一个女人，而我跟她的关系与我跟玛丽的关系同属于一种性质，那我会不会接受。我说："当然会。"于是，她心想自己是不是爱我，而我呢，对此又一无所知。她又沉默了一会儿之后，低声咕哝说我真是个怪人，她正是因为这点才爱我的，但将来有一天也许会由于同样的原因而讨厌我。我没有吭声，无话要补充。她见此，就笑着挽着我的胳臂，说她愿意跟我结婚。我回答说，她什么时候愿意，我们就什么时候结。这时，我跟她谈起了老板的建议，玛丽说她很愿意去见识见识巴黎。我告诉她我曾经在那里住过一段时间，她就问巴黎怎么样。我对她说："很脏。有不少鸽子，有些黑乎乎的院子。人们有白色的皮肤。"

后来，我们出去走了走，逛了全城几条大街。街上的女人都很漂亮，我问玛丽她是否注意到了。她说注意到了，还说由此她对我有所了解了。此后片刻，我们两人都一言不发。但我还是想要她跟我在一起，我对她说我们可以到塞莱斯特那儿去吃晚饭，她说想去，但她有事。于是，在我住处的附近，我对她道了再见。她瞧着我说："你就不想知道我有什么事吗？"我倒很想知道，但我没想去问她，对此，她显出要责怪我的样子。见我有点尴尬，她又笑了起来，把身子往我面前一靠，给了我一个吻。

我在塞莱斯特的饭馆吃晚饭。在我已经吃起来之后，走进来一个怪怪的小个子女人，她问我可不可以坐在我的桌旁。当然可以。她的动作急促而不连贯，两眼炯炯有光，小小的面孔像圆圆的苹果。她脱下夹克衫，坐了下来，匆匆地看了看菜谱。她招呼塞莱斯特过来，立刻点了她要的菜，语气干脆而又急促。在等主菜前的小吃时，她打开手提包，取出一小块纸片与一支铅笔，提前结算出费用，然后从钱包里掏出这笔钱，再加上小费，分文不差，全数放在面前。这时，主菜前的小吃端上来了，她狼吞虎咽，很快就一扫而光。在等下一道菜时，她又从提包里取出一支蓝铅笔与一份本周的广播节目杂志，她仔仔细细把几乎所有的节目都一一做了记号。因为那本杂志有十几页，所以她整个用餐时间都在做这件事。我已经吃完，她还在专心致志地圈圈点点。不一会儿，她吃完起身，以刚才那样机械而麻利的动作，穿上夹克衫就走了。我无事可做，也出了饭店，并跟了她一阵子，她在人行道的边缘上走，步子特别快速而稳健，她径直往前，头也不回。终于，她走出了我的视线，我自己也就往回走了。当时，我觉得她一定是个怪人，但这个念头一过，我很快就把她忘了。

在房门口，我遇见了沙拉玛诺老头儿。我请他进去，他告诉我，他的狗的确丢了，因为它不在招领处。那里的管理人员对他说，那狗或许是被车轧死了。他问到警察局去是否可以打听得清楚。人家告诉他说，这类鸡毛蒜皮的事是不会有记录的，因为每天司空见惯。我安慰沙拉玛诺老头儿说，他满可以另外再养一条狗，可是，他提请我注意，他已经习惯跟这条狗在一起了，他这话倒也言之有理。

我蹲在床上，沙拉玛诺坐在桌前的一把椅子上。他面对着我，双手搁在膝盖上。他戴着他那顶旧毡帽，发黄的小胡子下，嘴巴在咕哝咕哝，语不成句。我有点儿嫌他烦，不过，此时我无事可做，又没有睡意，所以没话找话，就问起他的狗来。他告诉我，自从老婆死后，他就养了那条狗。他结婚相当晚。年轻时，他一直想要弄戏剧，所以在军队里的时候，他是歌舞团的演员。但最后，他却进了铁路部门。对此，他不后悔，因为现在他享有一小笔退休金。他和老婆在一起并不幸福，但总的来说，他俩过习惯了。老婆一死，他倒特感孤独。于是，他便向同事要了一条狗，那时，它还很小，他得用奶瓶给它喂食，因为狗比人的寿命短，所以他们就一同都老了。"它的脾气很坏，"沙拉玛诺老头儿说，"我经常跟它吵架。不过，它终归还是一条好狗。"我说它是条良种狗，沙拉玛诺听了显得很高兴，"您还没有在它生病之前见过它呢，它那身毛可真漂亮。"自从这狗得了这种皮肤病之后，他每天早晚两次给它涂抹药膏。但是在他看来，它真正的病是衰老，而衰老是治不好的。

这时，我打了个哈欠，沙拉玛诺老头儿说他该走了。我对他说他还可以再待会儿，我对他狗的事感到难过。对此，他谢了谢我。他还说我妈妈很喜欢他的那条狗。说到妈妈，他称之为"您那可怜的母亲"，他想必我在丧母之后一定很痛苦，说到这里，我没有吱声。这时，他急促而不自然地对我说，他知道附近这一带的人对我颇有非议，只因我把我妈妈送进了养老院，但他了解我的为人，知道我对妈妈的感情很深。我回答说，我对这种非议迄今一无所知。既然我雇不起人去伺候我妈妈，我觉得送她进养老院是很自然的事（当时我为什么这么回答，现在我也说不清）。我还补充说，"很久以来，她一直跟我无话可说，她一人在家闷得很，到了养老院，至少可以找到伴。"这话不假，沙拉玛诺也这么说。然后，他起身告辞，想去睡。现在，他的生活发生了变化，他简直不知如何是好。他小里小气地向我伸出手来，这是我认识他以来他第一次这么做，我感到他手上有一块块硬痂。他微笑了一下，在走出房门之前，说："我希望今天夜里外面那些狗不要叫，否则我会以为是我的狗在叫。"

六

星期天，我沉睡得醒不过来，玛丽不得不叫我、摇晃我，才使我起了床。我俩没有吃早餐，急于早早去游泳。我感到腹中空空，头也有点晕。抽起烟来也觉得有一股苦味。玛丽取笑我，说我"愁眉苦脸"。她穿着一件白色麻布连衣裙，散披着头发。我对她说，她很漂亮，她听了高兴得笑了。

在下楼的时候，我们敲了敲雷蒙的房门。他说他正要下去。到了街上，由于我感到疲倦，也由于在屋里时没有打开百叶窗，到了街上，光天化日之下强烈的阳光照在我脸上，就像打了我一个耳光。玛丽兴高采烈，欢蹦乱跳，不停地说天气真好。我感觉好了一些，我发现我其实是肚子饿了。我把这话告诉玛丽，她打开她的漆布提包给我看，里面放了我俩的游泳衣和一条浴巾。我们只要等雷蒙了，我们听见他锁门下楼。他穿着蓝色的裤子和白色的短袖衬衫，但他戴的一顶扁扁的狭边草帽，引得玛丽笑了起来。他露在短袖外的胳臂很白，上面覆盖着浓黑的汗毛，我看了有点儿不舒服。他一边下楼一边吹口哨，看样子很高兴。他对我说："你好，老兄。"而对玛丽，他则称"小姐"。

前一天，我与雷蒙去了警察局，我证明那个女人的确"冒犯了"雷蒙。他只受到了一个警告就没事了。警局并没有对我的证词调查核实。在门口，我们与雷蒙谈了谈前一天的事，然后，我们决定去乘公共汽车。海滩并不很远，如果乘车去会到得更快。雷蒙认为，他那位朋友见我们早早就到了必定很高兴。我们正要动身，雷蒙突然做了个手势，要我看看对面的街上。我看见有一伙阿拉伯人正在烟铺橱窗前站着。他们冷冷地盯着我们，不过他们看人的方式总是这个样子，就像被看的是石头、是枯树。雷蒙告诉我，左起第二人就是他说起过的那个家伙。这时，他好像忧心忡忡。但他接着又说，过去的那件事，现在已经了结了。玛丽不大明白我们在谈什么，就问我们是怎么回事。我告诉她这伙阿拉伯人恨雷蒙。她要我们马上就离开。雷蒙挺了挺身子，笑着说是该赶紧离开了。

我们朝汽车站走去，车站离我们有相当远一段距离。雷蒙告诉我，阿拉伯人并没有跟着我们，我回头看了看，果然他们还待在原地未动，仍然冷冷地瞧着我们刚刚离开的那个地方。我们乘上了汽车，雷蒙顿时放松下来，不断跟玛丽开玩笑。我感觉得出来，他喜欢玛丽，但玛丽几乎不搭理他。时不时，她笑笑瞧着他。

我们在阿尔及尔郊区下了车。海滩离汽车站不远，但必须经过一片俯临大海、面积甚小的高地，由此沿坡而下，直达海滩。高地上满是发黄的石头与雪白的阿福花，衬托着蓝得耀眼的天空。玛丽抢着漆布提包，在空中划圈，自得其乐。我们穿过一幢幢小型的别墅，这些别墅的栅栏或者是绿色，或者是白色，有些幢连同自己的阳台，隐没在桎柳丛中，有些幢则光秃秃地兀立在一片片石头之间。快到高地边上时，就已经能望到平静的大海了，还有更远处的一岬角，它正似睡非睡地横躺在清亮的海水里。一阵轻微的马达声从寂静的空中传到我们的耳际，远远的，我们看见耀眼的海面上，有一艘小小的拖网渔船缓慢驶来，慢得像是一动也没有动。玛丽采了几朵鸢尾花。我们顺坡而下，到了海边，看见已经有几个人在游泳了。

雷蒙的那位朋友住在海滩尽头的一座小木屋里。木屋背靠悬崖，前面支撑着屋子的桩柱则浸于海水之中。雷蒙将我们双方作了介绍。他那位朋友名叫马松，是个高高大大的汉子，腰粗膀壮，他的女人身材矮小，胖鼓鼓的，和善可亲，讲话巴黎口音。马松立刻要我们不必客气，说他这天早晨捕了一些鱼，已经油炸好了。我对他说，他的房屋真是漂亮得很。他告诉我，星期六、星期天，还有所有的假日，他都上这里来过，又说："跟我的妻子，你们会合得来的。"确实不错，他妻子跟玛丽已经在说说笑笑了。这时，我萌生出要结婚的念头，这也许是我生平的第一次。

马松想去游泳，但他妻子与雷蒙不想去。我们三人走下海滩，玛丽立即就跳进水里。马松与我，稍为耽搁了一会儿。他说起话来慢吞吞的，而且，不论说什么，都要在前面加一句"我甚至还要说"，其实，他并没有补充什么新意。谈到玛丽，他对我说："她真了不起，我甚至还要说，真是可爱。"接下来，我就不去注意他那句口头语了，一心在享受阳光晒在身上的舒适感。沙子开始烫脚了。我真想下水去，却又继续将就了他一会儿，最后对他说"咱们下水吧"，就一头扎进了水里。他也慢慢地走进海水，直到站不住了，才钻了进去。他游的是蛙式，游得相当糟。我只好扔下他去追玛丽。海水清凉，游起来很舒服。我与玛丽双双游远了，我俩动作协调，心气合拍，共享着同一份酣畅。

到了宽阔的海面，我们仰浮在水上，我的脸朝着天空，微波如轻纱拂面，使嘴里流进了海水，而袭袭面纱又一一被阳光撩开。我们看见马松游回海滩，躺下晒太阳。远远望去，他俨然一庞然大物。玛丽想和我搂在一起游，我就从她身后抱着她的腰，她在前面用胳臂使劲划水，我在后面用脚打水，鼎力相助，轻轻的水声不绝于耳，直到我觉得累了。于是，我放开玛丽，往回游去，姿势恢复了正常，呼吸也就自如了。在海滩上，我俯卧在马松旁边，把脸捂在沙里。我对他说："真舒服。"他表示同意。不一会儿，玛丽也上岸了。我翻过身来，瞧着她走近。她浑身海水淋淋，长发甩在后面。她紧挨着我躺下，她的体温与阳光的热气，使得我昏昏入睡了。

玛丽推醒我，告诉我马松已经回去，该是吃午饭的时候了。我立即站起来，因为我饿了，但玛丽提醒我，今天我还没有吻过她呢。这是实情，不过，我一直是想吻她的。"来，到水里去。"她对我说。我们朝海水跑去，迎着细浪就游了起来。我们蛙泳了几下子，她紧贴着我，我感到她的大腿蹭着我的大腿，这时我想占有她。

当我们回木屋的时候，马松已经在喊我们了。我说我很饿。他立刻向他妻子表示，他喜欢我这么不讲客气。面包香脆可口，我狼吞虎咽，把自己的那份鱼也吃个精光。接着上桌的还有肉与炸土豆。我们一声不吭地吃着。马松不断地喝酒，还老倒给我喝。用咖啡的时候，我的头有点昏昏沉沉了，因此，我抽了好多烟。马松、雷蒙和我，合计八月份再来海边一起度假，费用由大家分担。玛丽忽然对我们说："你们知道现在几点钟吗？才十一点半呢。"我们都有些诧异，但马松说，我们的午饭吃得太早了，不过，这也很自然，肚子饿的时候，也就是该吃饭的时候。我不知道为什么，玛丽听了这话竟笑了起来。现在想来，当时她是喝多了一点儿。马松这时问我是否愿意跟他一道去海边散散步。"我妻子每天午饭后都要睡午觉，而我，我不喜欢午觉，我得活动活动。我总跟她说，这对健康有好处。不过，要睡，是她的权利。"玛丽说她要留下来帮马松太太刷盘子。那个矮个子巴黎女人说，要刷盘子，就得把男人都赶出去。于是，我们三个爷们儿就走了。

太阳几乎是直射在沙滩上，它照在海面上的强烈反光叫人睁不开眼睛。海滩上一个人也没有。散落在高地边缘、俯临着大海的那些木屋里，传出一阵阵刀叉盘碟的声音。石头的热气从地面冒起，叫人喘不过气来。开始，雷蒙与马松谈了一些我不认识的人与事。由此我才知道他们两人相识已经很久，而且，有一段时期还住在一起。我们朝水面走去，然后沿海边漫步。有时，层层海浪卷来，把我们的帆布鞋也打湿了。我什么也不想，因为我没有戴帽子，太阳晒得我昏昏欲睡。

这时，雷蒙跟马松说了点儿什么，我没有听清楚，但就在此时，我看见海滩尽头，离我们远远的，有两个穿锅炉工蓝制服的阿拉伯人，正朝我们这边走来，我看了雷蒙一眼，他对我说："就是他。"我们继续往前走。马松问道，他们怎么会跟踪到这里来的。我猜想他们大概是看见我们上了公共汽车，手里还拿着去海滩游泳用的提包，但我什么也没有说。

阿拉伯人慢慢向前走来，他们已经大大逼近我们了。我们仍不动声色，但雷蒙发话了："如果打起来，你，马松，你对付第二个家伙，我收拾我那个对头。如果再来一个家伙，默尔索，那由你包了。"我应了一声："行。"马松则把双手插进衣袋里。这时我觉得滚烫的沙子就像是烧红了。我们步伐一致地朝阿拉伯人走去。双方的距离愈来愈近。当我们离对方只有几步的时候，阿拉伯人停下来，不再往前走。马松与我也放慢了脚步。雷蒙则直奔他的那个对头。我没有听清他朝那人说了句什么，但见那人摆出一副不买账的样子。于是，雷蒙先发制人，出手一拳，同时还招呼马松动手。马松也向派给他的那个对象扑上去，重重地给了那人两拳。那人被打进水里，头朝下栽，好几秒钟没有动静，只见脑袋周围有一些气泡冒出水面，又很快消失。这时，雷蒙也把他那个对象打得满脸是血。他转身对我说了一句："你盯住他的手会掏什么家伙。"我朝他喊道："小心，他有刀！"说时迟、那时快，雷蒙的胳臂已给划开了口，嘴巴上也挨了一刀。

马松向前一跳。被他打的那个阿拉伯人已经站立起来，退在手里拿刀的家伙身后。我们不敢动了。对方慢慢后撤，仍然紧盯着我们，靠那把刀造成威慑。当他们看到自己已经退得相当远了，扭头飞快就逃，而我们则仍在太阳下原地未动，雷蒙用手按着他流血不止的胳臂。

见此，马松说，正好有一个来这儿过星期天的大夫，就住在高坡上。雷蒙想立即就去找那大夫。但他一张口说话，嘴上的伤口就冒出血泡。我们搀扶着他，很快地回到了木屋。雷蒙说，他只伤着了皮肉，能够走去找医生。在马松的陪同下，他走了。我留下来把打架的经过讲给两位妇女听。马松太太听后吓哭了，玛丽也脸色煞白。给她们讲这桩事真叫我烦，讲着讲着，我就不吭声了，望着大海，抽起烟来。将近一点半钟，雷蒙与马松回来了。他胳臂上缠着绷带，嘴角贴着橡皮膏。大夫说小伤算不了什么，但雷蒙的脸色很阴沉。马松试着逗他笑，他仍然一声不吭。后来，他说要到海滩上去，我就问他要去海滩什么地方。他说只想去透透空气。马松与我都说要陪他去，他听了就发起火来，把我们骂了一通。马松说还是别惹他生气吧。即便如此，我仍陪着他出去了。

我和他在海滩上走了很久。阳光炙热难耐，它照射在沙砾与海面上，金光闪烁。我隐约感到雷蒙知道要奔哪儿去，但这肯定是我的错觉。在海滩远远的尽头，看见有一眼泉水在一块大岩石后面的沙地上流淌。正是在那儿，我们又碰见交过手的那两个阿拉伯人。他们穿着油污的蓝色工装躺在地上。他们的样子看来很平静，甚至很高兴。我们的出现并未惊动他们，那个伤了雷蒙的家伙只是一声不吭地盯着他。另一个家伙则一边用眼角瞟着我们，一边不停地吹一小截芦苇管，那玩意只能发出三个单音，重复来重复去的。

此时此刻此地，只有阳光与寂静，伴随着泉水的淙淙声与芦苇管的三个单音。雷蒙的手伸进口袋去摸枪，但他那个对头并没有动，他俩一直对视着。我则注意到吹芦苇的那小子的脚趾大大地叉开着。雷蒙紧盯着对手的眼睛，问我："我要不要把他崩了？"我想如果我说不，他反而会心里恼火，非开枪不可。我只是说："他还没有向你表示什么，这时向他开枪不妥。"在周围一片静寂与酷热之中，还听得见泉水声与芦苇声。雷蒙说："那么，我先骂他，他一还口，我就把他崩了。"我说："就这么办吧，但只要他不掏出刀子，你就不能开枪。"雷蒙开始有点儿发火了。一个阿拉伯人仍在吹芦苇管，他们两人都紧盯着雷蒙的一举一动。我对雷蒙说："不行，还是一个对一个，空手对空手，你先把手枪给我，如果他们两个打你一下，或者那个家伙把刀掏出来，我就替你把他崩掉。"

雷蒙把他的枪递给了我。阳光在枪上一闪。不过，双方都原地不动地站着，似乎周围的一切已把人严封密扎了起来。每一方都眼皮不眨，紧盯对手，在这里，大海、沙岸、阳光之间的一切仿佛都凝固不动，泉水声与芦苇声似乎也听不见了。这时，我思忖着，我既可以开枪，也可以不开枪。但是，突然间，两个阿拉伯人往后倒退，很快就溜到大岩石后面去了。于是，雷蒙和我也掉头往回撤。他显得高兴了些，还谈起回城去的公共汽车。

我一直陪伴着他回到木屋，他登上木台阶的时候，我却在最低一级的前面站住了。我脑袋已被太阳晒得嗡嗡作响，一想到还要费劲地爬上台阶，然后又要去跟两位妇女周旋，心里就泄气了。但是天气酷热，刺眼的阳光像大雨一样从空中洒落而下，即使站在那里一动不动，我也感到很难受。待在原地或者到别处走走，反正都是一样。稍过了一会儿，我转身向海滩走去。

海滩上也是火热的阳光。大海在急速而憋闷地喘息着，层层细浪拍击着沙岸。我漫步走向那片岩石，感到脑袋在太阳照射下膨胀起来了。周围的酷热都聚焦在我的身上，叫我举步维艰。每一阵热风扑面而来，我就要咬紧牙关，攥紧裤口袋里的拳头，全身绷紧，为的是能战胜太阳与它倾泻给我的那种昏昏然的迷幻感。从沙砾上、从白色贝壳上、从玻璃碎片上，投射出来的反光像一道道利剑，刺得我睁不开眼，不得不牙关紧锁。就这样我走了好久。

我从远处看见那一小堆黑色的岩石，阳光与海上的尘雾在它周围笼罩着一层耀眼的光晕。我一心想着岩石后那清洌的泉水。我挺想再听听泉水的潺潺声，挺想逃避太阳的炙烤与步行的劳顿，离木屋里妇女的哭泣远远的，得到一片阴凉的地方，好好休息休息。但当我走近时，却发现雷蒙的那个对头又已经回到那里了。

他只一个人。仰面躺着，双手枕在脑后，面孔隐在岩石的阴影中，身子露在太阳下。他蓝色的工人装被晒得直冒热气。我颇感意外。对于我来说，刚才打架的事已经了结，我后来就没有把它再放在心上。

他一看见我，稍稍欠起身来，把手伸进口袋。我呢，自然而然就紧握着衣兜里雷蒙的那把手枪。这时，那人又恢复原状躺下去，但仍把手放在口袋里。我离他还相当远，约有十来米。我隐约看见他的目光不时在细眯的眼皮底下一闪一闪。但更多的时候，我感到他的面孔在眼前一片燃烧的热气中跳动。海浪的声音更加有气无力，比中午的时候更为沉稳。太阳依旧，光焰依旧，一直延伸到跟前的沙滩依旧。已经有两个钟头了，白昼纹丝未动，已经有两个钟头了，白昼在沸腾着的金属海洋中抛下了锚。在天边，有一艘小轮船驶过，在我视野的边缘，我觉得它像是一个黑点，因为我一直正眼紧盯着那个阿拉伯人。

我想，我只要转身一走，就会万事大吉了。但整个海滩因阳光的暴晒而颤动，在我身后进行挤压。我朝水泉迈了几步，那个阿拉伯人没有反应。不管怎么说，我离他还相当远。也许是因为他脸上罩有阴影，看起来他是在笑。我等他做进一步反应。太阳晒得我脸颊发烫，我觉得眉头上已聚满了汗珠。这太阳和我安葬妈妈那天的太阳一样，我的头也像那天一样难受，皮肤底下的血管都在一齐跳动。这种灼热实在叫我受不了，我又往前走了一步。我意识到这样做很蠢，挪这么一步无助于避开太阳。但我偏偏又向前迈出一步。这一下，那阿拉伯人并未起身，却抽出了刀子，在阳光下对准了我。刀刃闪闪发光，我觉得就像有一把耀眼的长剑直逼脑门。这时聚集在眉头的汗珠，一股脑儿流到眼皮上，给眼睛蒙上了一层温热、稠厚的水幕。在汗水的遮挡下，我的视线一片模糊。我只觉得太阳像铙钹一样压在我头上，那把刀闪亮的锋芒总是隐隐约约威逼着我。灼热的刀尖刺穿我的睫毛，戳得我的两眼发痛。此时此刻，天旋地转。大海吐出了一大口气，沉重而炽热。我觉得天门大开，天火倾泻而下。我全身紧绷，手里紧握着那把枪。扳机扣动了，我手触光滑的枪托，那一瞬间，猛然一声震耳欲聋的巨响，一切从这时开始了。我把汗水与阳光全都抖掉了。我意识到我打破了这一天的平衡，打破了海滩上不寻常的寂静，在这种平衡与寂静中，我原本是幸福自在的。接着，我又对准那具尸体开了四枪，子弹打进去，没有显露出什么，这就像我在苦难之门上急促地叩了四下。

第二部

一

我被捕之后，立即就被审讯了好几次。但都是关于身份问题之类的讯问，时间都不长。头一次是在警察局，我的案子似乎没有引起任何人的兴趣。过了八天，预审法官来了，他倒是好奇地打量了我一番。但作为开场白，他只询问了我的姓名、住址、职业、出生年月与出生地点。然后，他问我是否找了律师。我说没有，我问他是否一定要找一个才行。"您为什么这么问?"他说。我回答说,我觉得我的案子很简单。他微笑着说:"您这是一种看法,但是,法律是另一回事。如果您自己不找律师,我们就指派一位给您。"我觉得司法部门还管这类细枝末节的事,真叫人感到再方便不过。我把自己的这个看法告诉了这位法官,他表示赞同,并认为法律的确制定得很完善。

开始,我并没有认真对待他。他是在一间挂着窗帘的房间里接待我的,他的桌子上只有一盏灯,照亮了他让我坐下的那把椅子,而他自己却坐在阴影中。我过去在一些书里读到过类似的描写,在我看来,这些司法程序都是一场游戏。在我们进行谈话后,我端详了他一番,我看清楚他是一个面目清秀的人,蓝色的眼睛深陷在鼻梁旁,身材高大,蓄着长长的灰色唇髭,头发浓密,几乎全都白了。我觉得他很通情达理,和蔼可亲,虽然脸上不时有神经性的抽搐扯动他的嘴巴。走出房间的时候,我甚至想去跟他握手,但我马上想起了我是杀过人的罪犯。

第二天,有位律师来狱中探视我。他矮矮胖胖,相当年轻,头发梳得整整齐齐。天气很热,我没有穿外衣,他却穿着深色的套装,衬衣的领子硬硬的,系着一根怪怪的领带,上面有黑白两色的粗条纹。他把夹在胳臂下的公文包放在我的床上,作了自我介绍,说他已经研究了我的案卷。我的案子很棘手,但如果我信任他的话,他有胜诉的把握。我向他表示感谢,他说:"现在咱们言归正传吧。"

他在我的床上坐下,对我说,他们已经调查了我的个人生活,知道我妈妈前不久死在养老院。他们专程到马朗戈做过调查,预审推事们了解到我在妈妈下葬的那天"表现得无动于衷"。这位律师对我说:"请您理解,我实在不便启齿询问此事,但事关重要。如果我做不出什么解释的话,这将成为起诉您的一条重要依据。"他要我帮他了解当天的情况。他问我,当时我心里是否难过。他这个问题使我感到很惊讶,我觉得假若是我在问对方这个问题的话,我会感到很尴尬的。但是,我却回答说,我已经不习惯对过去进行回想了,因此很难向他提供情况。毫无疑问,我很爱妈妈,但这并不说明什么。所有身心健康的人,都或多或少设想期待过自己所爱的人的死亡。我说到这里,律师打断我的话,并显得很焦躁不安。他要我保证不在法庭上说这句话,也不在预审法官那里说。我却向他解释说,我有一个天性,就是我生理上的需要常常干扰我的感情。安葬妈妈的那天,我又疲劳又发困,因此,我没有体会到当时所发生的事情的意义。我可以绝对肯定地说,我是不愿意妈妈死去的。但我的律师听了此话并不显得高兴。他对我说："仅这么说是不够的。"

他考虑了一下。他问我他是否可以说那天我是控制住了自己悲痛的心情。我对他说："不，因为这是假话。"他以一种古怪的方式看了我一眼，好像是我有点儿使他感到厌恶了。他几乎是不怀好意地对我说，无论如何，养老院的院长与有关人员，将作为证人陈述当时的情况，那将会使我"极为难堪"。我提醒他注意，安葬那天的事与我的犯案毫无关系。但他只回答说，显而易见的是我从未与司法打过交道。

他很生气地走了。我真想叫他别走，向他解释我希望得到他的同情，而并非他的强硬辩护，如果我可以说的话，也就是自然而然、通情达理的辩护。特别是，我看出了我已经使他感到很不自在。他没有理解我，他对我有点反感。我挺想向他说明，我和大家一样，绝对和大家一样。但是，说这些话，实际上没有多大用处，而且，我也懒得去费口舌。

过了不久，我又被带到预审法官面前。当时是下午两点钟，这一次，他的办公室亮亮堂堂的，只有一层纱帘挂在窗口。天气很热。他要我坐下，很彬彬有礼地告诉我，我的律师因为"临时不凑巧"而不能来，但我有权对他提出的问题保持沉默，等我的律师将来在场时再回答。我对他说，我可以单独回答。他用手指按了按桌子的一个电钮。一个年轻的书记员进来了，几乎就在我的背后坐下。

我与预审法官都端坐在自己的椅子上。讯问开始了。他首先说人家把我描绘成一个性格孤僻、沉默寡言的人，他想知道我对此有何看法。我回答说："这是因为我从来没有什么值得一说的，于是我就不说。"他像上次那样笑了笑，承认这是最好的理由，马上，他又补充了一句："不过，这事无关紧要。"他沉默了一下，看了看我，然后，有点突如其来，把身子一挺，快速地说了一句："我感兴趣的，是您本人。"我不太明白他这句话是什么意思，也就没有回答。他又接着说："在您的行为中，有些事情叫我搞不明白。我相信您会帮助我来理解。"我说其实所有的事情都很简单。他要我把那天枪杀的事情再复述复述。我就把上次曾经给他讲过的过程又讲了一遍：雷蒙，海滩，游泳，打架，又是海滩，小水泉，太阳以及开了五枪。我每讲一句，他都说："好，好。"当我说到躺在地上的尸体时，他表示确认说："很好。"而我呢，这么一个老故事又重复来重复去，真叫我烦透了，我觉得我从来没有说过这么多的话。

他沉默了一会儿，站起来对我说，他愿意帮助我，说他对我感兴趣，如果上帝开恩的话，他一定能为我做点什么。不过，在这样做之前，他还想向我提几个问题。没有绕弯子，他直截了当问我爱不爱妈妈。我说："爱，跟常人一样。"书记员一直很有节奏地在打字，这时大概是按错键盘，因而有点慌乱，不得不退回去重来。预审法官的提问看起来并无逻辑联系，他又问我，我那五枪是否是连续射出的，我想了想，断定先是开了一枪，几秒后，又开了四枪。对此，他问道："您为什么在第一枪之后，停了一停才开第二枪？"这时，那一天火红的海滩又一次显现在我眼前，我似乎又感到自己的额头正被太阳炙烤着。但这一次我什么也没有回答。接下来是一阵沉寂，预审法官显得烦躁不安，他坐下去，搔了搔头发，把胳臂支在桌子上，微微向我俯身过来，神情古怪地问："为什么，为什么您还向一个死人身上开枪呢？"对这个问题，我不知如何回答。预审法官双手放在额头上，又重复了他的问题，声音有点儿异样了："为什么，您得告诉我，究竟是为什么？"我一直沉默不语。

　　突然，他站起来，大步走到办公室的尽头，拉开档案柜的一个抽屉，取出一个银十字架，一边朝我走，一边晃动着十字架。他的声音完全变了，几乎在颤抖了，他大声嚷道："您认得这个吗？我手里的这个。""认得，当然认得。"于是，他急促而充满了激情地说他是相信上帝的，他的信念是，任何人的罪孽再深重，也不至于得不到上帝的宽恕。但是，为了得到上帝的宽恕，他就得悔过，变得像孩子那样心灵纯净，无保留地接受神意。他整个身子都俯在桌上，几乎就在我的头上晃动着十字架。说老实话，他的这番论证，我真难以跟上，首先是因为我感到很热，又因为他这间房子里有几只大苍蝇正落在我脸上，还因为他使我感到有点可怕。与此同时，我觉得他的论证也是可笑的，因为不论怎么说，罪犯毕竟是我。但他仍在滔滔不绝。终于我差不多听明白了，那就是，在他看来，我的供词中只有一点不清楚：为什么我等了一下才开第二枪。其实一切都很明白，只有这一点，他一直没有……没有搞懂。

　　我正要对他说，他讲的这点并不那么重要，他如此钻牛角尖实在没有道理。但他打断了我，挺直了身子，又一次对我进行说教，问我是否信仰上帝。我回答说不相信，他愤怒地坐下。他反驳我说这是不可能的，所有的人都信仰上帝，甚至那些背叛了上帝的人也信仰。这就是他的信念，如果他对此也持怀疑态度的话，那么他的生活也就失去意义了。他嚷道："您难道要使我的生活失去意义吗?"在我看来,这是他自己的事,与我无关。我把这话对他说了。但他已经越过桌子把刻着基督受难像的十字架杵到我眼皮底下,疯狂地叫喊道:"我,我是基督徒,我祈求基督宽恕你的过错,你怎么能不相信他是为你而上十字架的?"我清楚地注意到他已经称呼我为"你",而不是"您"了,但我对他的一套已经腻烦了。房间里愈来愈热。像往常那样,当我听某个人说话听烦了,想要摆脱他时,就装出欣然同意的样子。出乎我的意料,他竟以为自己大获全胜,得意扬扬起来:"你瞧,你瞧,你现在不是也信上帝了?你是不是要把真话告诉他啦?"我又一次说了声"不"。他颓然往椅子上一倒。

他显得很疲倦,待了好一会儿没有吭声。打字机一直紧追我们的对话,这时还在打那最后的几句。他全神贯注地盯着我,带点儿伤心的神情,低声说:"我从没有见过像您这样冥顽不化的灵魂,所有来到我面前的犯人,见了这个十字架,都会痛哭流涕。"我正想回答说,这正是因为他们都是罪犯,但我立刻想到我也跟他们一样。罪犯这个念头,我一直还习惯不了。法官站起身来,好像是告诉我审讯已经结束。他的样子显得有点儿厌倦,只是问我是否对自己的犯案感到悔恨,我沉思了一下,回答说与其说是真正的悔恨,不如说我感到某种厌烦。当时我觉得他并没有听懂我这句话。不过,谈话没有再继续下去,这天的事情就到此为止了。

在此之后,我经常见到预审法官,只不过,每次都由我的律师陪同。他们限于要我对过去重述过的内容的某些地方再加以确认,或者是预审法官与我的律师讨论对我的控告罪名。但在这些时候,他们实际上根本就不管我了。反正是,渐渐地,这类审讯的调子改变了。预审法官似乎不再对我感兴趣,已经以某些方式把我的案子归类入档了。他不再跟我谈上帝,我再也没有见过他像第一天那么激动过。结果,我们的交谈变得较为亲切诚挚了。提几个问题,稍微与我的律师谈谈,一次次审讯就这么了事。照预审法官的说法,我的案子一直在正常进行。有几次,当他们谈一般性问题的时候,还让我也参加议论。我开始松了一口气。在这些时候,没有人对我不好。一切都进行得很自然,有条不紊,恰如其分,甚至使我产生了"亲如一家"这种滑稽的感觉。预审持续了十一个月,我可以说,使我颇感惊奇的是,有那么不多的几次竟是我生平以来最叫我高兴的事:每次,预审法官都把我送到他的办公室门口,拍拍我的肩膀,亲切地说:"今天就进行到这里吧,反基督先生。"然后让法警把我带走。

二

有一些事情我从来是不喜欢谈的。自从我进了监狱，没过几天我就知道将来我不会喜欢谈及我这一段生活。

过了些时候，我觉得对此段生活有无反感并不重要。实际上，在开始的几天，我并不像是真正在坐牢，倒像是在模模糊糊等待生活中某个新的事件。直到玛丽头一次也是最后一次来探视我之后，监狱生活的一切才正式开始。那时我收到她一封信，她在信里告诉我，当局不允许她再来探视我，因为她不是我的妻子。从这天起，我才感受到我是关在监狱里，我的正常生活已经一去不复返了。我被捕的那天，先被关在一个已经有几个囚犯的牢房里，他们多数是阿拉伯人，看见我进来都笑了，接着就问我犯了什么事。我说我杀了一个阿拉伯人，他们一听就不再吭声了。但过了一会儿，天黑了，他们又向我说明如何铺睡觉用的席子，把一头卷起来，就可以当做一个长枕头。整整一夜，臭虫在我脸上爬来爬去。过了几天，我被隔离在一间单身牢房里，有一张木板床，还有一个木制马桶与一个铁质脸盆。这座监狱建在本城的高地上，通过一扇小窗，可以望见大海。有一天，我正抓住铁栅栏，脸朝着有光亮的地方，一个看守走进来，对我说有一位女士来探视我。我猜是玛丽，果然就是她。

要到探视室去，得穿过一条长长的通道，上一段阶梯，再穿过一条通道。我走进一个明亮的大厅，充足的光线从一扇宽大的窗口投射进来。两道大铁栏杆横着把大厅截成了三段，两道铁栏杆之间有八到十米的距离，将探监者与囚犯隔开。我看见玛丽就在我的对面，穿着带条纹的连衣裙，脸晒成了棕褐色。跟我站在一排的，有十来个囚徒，大多是阿拉伯人。玛丽的旁边全是摩尔人，紧靠着的两人，一个是身材矮小的老太太，她身穿黑衣，嘴唇紧闭；另一个是没戴帽子的胖女人，她说起话来指手画脚，嗓门儿很大。因为铁栏杆之间隔着一大段距离，探监者与囚徒都不得不提高嗓音对话。我一走进大厅，就听见一大片嗡鸣声在高大光秃的四壁之间回荡，强烈的阳光从天空倾泻到玻璃窗上，再反射到大厅里，这一切都使我感到头昏眼花。我的单身牢房又寂静又阴暗，来到大厅里，得有好一会儿才能适应。最后，我终于看清了显现在光亮中的每一张脸孔。我注意到有一个看守坐在两道铁栏杆之间隔离带的尽头。大部分阿拉伯囚徒与他们的家人，都面对面地蹲着。这些人都不大叫大嚷。虽然大厅里一片嘈杂声，他们仍然低声对话而能彼此听见。他们沉闷的低语声从底下往上升起，汇入在他们的头上回荡的对话声浪，构成了一个延绵不断的低音部。所有这一切，都是我朝玛丽走去时敏锐注意到的。这时，她已经紧贴在铁栏杆上，努力朝我微笑。我觉得她很美，但我不知道如何向她表达出这个心意。

"怎么样？"她大声问我。

"就这个样子。"

"身体好吗？需要的东西都有吗？"

"好，都有。"

我俩一时无语，玛丽始终在微笑着。那个胖女人一直对着我旁边的一个人高声大叫，那人肯定是她的丈夫，他个子高大，头发金黄色，目光坦诚。他们的对话早已开始，我听到的只是一个片段：

"让娜不愿意要他！"那女人扯开嗓子嚷嚷。

"我知道，我知道！"那男人说。

"我对她说你出来后会再雇他的，她还是不愿意要他。"

玛丽也高声告诉我雷蒙向我问好，我答了声："谢谢。"但我的声音被我旁边那个男人盖过了，他在大声问道："他近来可好？"他的女人笑着回答说："他的身体从来没有现在这么好过。"我左边的是一个小个子的年轻人，他有一双纤细的手，他一直沉默不语。我注意到他的对面是一个小个子老太太，他们两人非常专注地相视着。但这时，我没有工夫再去观察他们了，因为玛丽在高声对我喊，要我抱有希望。我说了声"对"，同时，我定睛望着她，真想隔着裙子搂住她的肩膀，真想抚摩她身上细软的衣料，我没有明确意识到，除此之外我还该抱有什么其他的希望。但这一点肯定也是玛丽刚才所要表达的意思，因为她一直在向我微笑。我只看着她发亮的牙齿与她笑眯眯的眼睛，她又喊道："你会出来的，你一出来，我们就结婚。"我回答说："你相信吗？"我这不过是没话找话而已。她于是急促而高声地说她相信，她相信我将被释放，我们还将一同去游泳。旁边那个女人又吼叫起来，说她有个篮子遗放在法院的书记室里，说篮子里放了哪些哪些东西，她得去清点查对一下，因为那些东西都很贵。另一旁的那个青年和他母亲两人仍相视无语。阿拉伯人仍蹲在地上继续低声交谈。大厅外的阳光似乎愈来愈强，照射在窗户上闪闪发亮。

我一直感到有点儿不舒服，真想离开大厅。噪声使人难受。但另一方面，我又挺想和玛丽多待一阵子。我不知道过了多少时间，玛丽对我讲她的工作，她一直不断地微笑着。低语声、喊叫声、谈话声混成一片。只有我身旁的小个子青年与他母亲之间，仍是无声无息，就像孤立于喧嚣海洋中的一个寂静的小岛。渐渐地，阿拉伯人都被带走了。第一个人一带走，其他的人就都不做声了。那小个子老太太靠近铁栏杆，这时，一个看守向她儿子做了个手势，他说了声："再见，妈妈！"那老太太把手伸进两道栏杆之间，向儿子轻轻摆了摆手，动作缓慢。

老太太一出大厅，立刻就进来了一个手里拿着帽子的男人，补替她留下来的空位，看守则又带进另一个囚犯。这两人开始热烈交谈，但压低了声音，因为大厅已经安静下来了。看守又过来领走我右边的那个男人，他的老婆仍然扯着嗓子对他说话，全然没有注意到此时已经用不着提高嗓门儿了，她叫道："好好照顾你自己，小心！"接下来就该轮到我了，玛丽做出吻我的姿势。我在走出大厅之前又回过头去看她，她站着未动，脸孔紧紧贴在铁栏杆上，仍然带着那个强颜的微笑。

就在这次见面之后不久，她给我写了那封信。从收到这封信起，那些我从来也不喜欢谈及的事情也就开始了。不论怎么说，谈这些事不该有任何夸大，我要做到这一点倒要比做别的事容易。在入狱之初，最叫我痛苦难受的是我还有自由人意识。例如，我想到海滩上去，想朝大海走去，想象最先冲到我脚下的海浪的声响，想象身体跳进海水时的解脱感，这时，却突然意识到自己是禁闭在牢房的四壁之中。但这种不适应感只持续了几个月，然后，我就只有囚犯意识了。我期待着每天在院子里放风或者律师来和我晤谈。其余的时间，我也安排得很好。我常想，如果要我住在一棵枯树的树干里，什么事都不能做，只能抬头望望天空的流云，日复一日，我逐渐也会习惯的，我会等待着鸟儿阵阵飞起，云彩聚散飘忽，就像我在牢房里等着我的律师戴着奇特的领带出现，或者就像我在自由的日子里耐心地等到星期六而去拥抱玛丽的肉体。更何况，认真一想，我并没有落到在枯树干里度日的地步。比我更不幸的人还多着呢，不过，这是妈妈的思维方式，她常这么自宽自解，说到头来人什么都能习惯。

而且，一般来说，我还没有到此程度。头几个月的确很艰难，但我所做出的努力使我渡过了难关。例如，我老想女人，想得很苦。这很自然，我还年轻嘛。我从来都不特别想玛丽，但我想某一个女人、想某些女人、想我曾经认识的女人、想我爱过她们的种种情况，想得那么厉害，以至我的牢房里都充满了她们的形象，到处都萌动着我的性欲。从某种意义上来说，这使得我精神骚动不安，从另一种意义上说，却又帮我消磨了时间。我终于赢得了看守长的同情，每天开饭的时候，他都与厨房的工友一道进来，正是他首先跟我谈起了女人。他对我说，这是其他囚犯也经常抱怨的头一件大事。我对他说我也如此，并认为这种待遇是不公正的。他却说："但正是为了这个，才把你们投进了监狱。"

"怎么，就为了这个？"

"是的，什么是自由，女人就是自由呀！你们被剥夺了这种自由。"

我从没有想到这一层。我对他表示同意，我说：

"的确如此，要不然惩罚从何谈起？"

"您说得对，您懂这个理，那些囚犯都不懂，不过，他们最终还是自行解决了他们的性欲问题。"看守长说完这话就走了。

还有，没有烟抽也是一个问题。我入狱的那天，看守就剥走了我的腰带、我的鞋带、我的领带，搜空了我的口袋，特别是其中的香烟。进了单人牢房，我要求他们还给我。但他们对我说，监狱里禁止抽烟。头些天，我真难熬，这简直就叫我一蹶不振。我只好从床板撕下几块木片来吮咂。整个那天，我都想呕吐。我不理解为什么监狱里不许抽烟，抽烟对谁都没有危害呀。过了些日子，我明白了这就是惩罚的一部分。但这时我已经习惯于不抽烟了，因此，这种惩罚对我也就不再成其为一种惩罚啦。

除了这些烦恼，我还不算太不幸。最根本的问题，我再说一遍，仍是如何消磨时间。自从我学会了进行回忆，我终于就不再感到烦闷了。有时，我回想我从前住过的房子，我想象自己从一个角落出发，在房间里走一圈又回到原处，心里历数在每个角落里见到的物件。开始，很快就数完一遍。但我每来一遍，时间就愈来愈长。因为我回想起了每一件家具，每一件家具上陈设的每一件物品，每一件物品上所有的局部细节，如上面镶嵌着什么呀，有什么裂痕呀，边缘有什么缺损呀，还有涂的是什么颜色、木头的纹理如何呀，等等。同时，我还试着让我的清单不要失去其连贯性，试着不遗漏每一件物品。几个星期之后，单单是数过去房间里的东西，我一数就能消磨好几个钟头。这样，我愈是进行回想，愈是从记忆中挖掘出了更多的已被遗忘或当时就缺乏认识的东西。于是我悟出了，一个人即使只生活过一天，他也可以在监狱里待上一百年而不至于难以度日，他有足够的东西可供回忆，绝不会感到烦闷无聊。从某种意义上来说，这也是一种愉快。

还有睡觉问题。开始，我夜里睡不好，白天根本睡不着。渐渐地，我夜里睡得好了，白天也能睡得着。我可以说，在最后的几个月里，我每天能睡上十六到十八个钟头。这样，我就只剩下六个钟头要打发了，除了吃、喝、拉、撒，我就用回忆与捷克斯洛伐克人的故事来消磨时间。

有一天，我在床板与草褥子之间，发现了一块旧报纸，它几乎与褥垫粘在一起，颜色发黄，薄得透明。那上面报道了一桩社会新闻，缺了开头，但看得出来事情是发生在捷克斯洛伐克。有个人早年离开自己的村子，外出谋生。过了二十五年，他发了财，带着妻儿回家乡。他母亲与他妹妹在村里开了家旅店。为了要让她们得到意外的惊喜，他把自己的妻子与儿子留在另一个地方，自己则住进他母亲的旅馆。进去时，母亲没有认出他。他想开个大玩笑，就特意租了一个房间，并亮出自己的钱财。夜里，他的母亲与妹妹为了谋财，用大锤砸死了他，把尸体扔进了河里。第二天早晨，他的妻子来了，懵然不知真情，通报了这位店客的姓名。母亲上吊自尽，妹妹投井而死。这则报道，我天天反复阅读，足足读了几千遍。一方面，这桩事不像是真的；另一方面，却又自然而然。不论怎样，我觉得这个店客有点咎由自取，人生在世，永远也不该演戏作假。

就这样，我睡大觉、进行回忆、读那则新闻报道，昼夜轮回，日复一日，时间也就过去了。我过去在书里读到过，说人在监狱里久而久之，最后就会失去时间观念。但是，这对我来说，并没有多大意义。我一直不理解，在何种程度上，既可说日子漫漫难挨，又可说苦短无多。日子，过起来当然就长，但是拖拖拉拉，日复一日、年复一年，最后就混淆成了一片。每个日子都丧失了自己的名字，对我来说，只有"昨天"与"明天"这样的字，才具有一定的意义。

有一天，看守对我说我入狱已经有五个月了，我相信他说得很准确，但对此我颇不理解。在我看来，这五个月在牢房里，我总是过着一模一样的一天，总是做一模一样的事情。那天，看守走了后，我对着我的铁饭盒照了照自己，我觉得，我的样子显得很严肃，即使是在我试图微笑的时候也是如此。我晃了晃那饭盒，又微笑了一下，但照出来的仍是那副严肃而忧愁的神情。天黑了，这是我不愿意谈到的时间，是无以名状的时间，这时，夜晚的嘈杂声从监狱各层升起，而后又复归于一片寂静。我走近天窗，借着最后的亮光，又照了照自己的脸。神情老是那么严肃。这有什么奇怪呢？既然那个时刻我一直就很严肃。但这时，我几个月来第一次清晰地听见我自己说话的声音。我辨识出这就是好久以来一直在我耳边回响的声音，我这才明白，在这一段日子里，我一直在自言自语。于是，我回想起妈妈葬礼那天女护士说过的话。不，出路是没有的，没有人能想象出监狱里的夜晚是怎么样的。

三

我可以说，一个夏天接着一个夏天，其实过得也很快。我知道，天气开始愈来愈热时，我就会碰到若干新的情况。我的案子定在重罪法庭最后一轮中审理，这一轮将于六月底结束。开庭进行公开辩论时，外面的太阳正如火如荼。我的律师向我保证，审讯不会超过两三天。他补充说："再说，到那时，法庭会忙得不可开交，因为您的案子并不是那一轮中最要紧的一桩。在您之后，紧接着就要审一桩弑父案。"

早晨七点半钟，执法人员来提我，囚车把我送到法院。两名法警把我带进一间阴凉的小房间，我们坐在一扇门旁候着，隔着门，可以听到一片谈话声、叫唤声、挪动椅子声，吵吵嚷嚷的，使我觉得像本区那些节日群众聚会、音乐演奏完之后，人们就一哄而上，清理场地，准备跳舞。法警告诉我得等一会儿才开庭，其中的一人递给我一支烟，我谢绝了。不一会儿，他问我是不是"心里害怕"。我回答说不。我甚至说，在某种意义上，我倒挺有兴趣见识见识如何打官司，我这一辈子还从来没有见过打官司呢。另一个法警接我的话茬说："这倒也是。不过，见多了就累得慌。"

过了一会儿，房间里一个小电铃响了。他们给我摘下手铐，打开大门，带我走到被告席上。整个大厅，人群爆满。尽管窗口挂着遮帘，阳光仍从一些缝隙透射进来，大厅里的空气已经很闷热了。窗户仍然都关着。我坐下来，两名法警一左一右看守着我。这时，我才看清我面前有一排面孔，他们都盯着我，我明白了，这些人都是陪审员，但我说不清这些面孔彼此之间有何区别。我只是觉得自己似乎是在电车上，对面座位上有一排不认识的乘客，他们审视着新上车的人，想在他们身上发现有什么可笑之处。我马上意识到我这种联想很荒唐，因为我面前这些人不是在找可笑之处，而是在找罪行。不过，两者的区别也并不大，反正我就是这么想的。

在这个门窗紧闭的大厅里拥挤着这么多人，这真有点使我头昏脑涨。我朝法庭上望了望，没有看清楚任何一张面孔。我现在认为，这首先是因为我没有料想到，整个大厅的人挤来挤去，全是为了来瞧瞧我这个人的。平时，世人都没有注意到我。来到法庭上，我总算明白了，我就是眼前这一片骚动的起因。我对法警表示惊讶说："这么多人！"他回答我说这是报纸炒作的结果。他给我指出坐在陪审员席位下一张桌子旁边的一伙人，说："他们就在那儿。"我问："谁？"他说："报社的人呀！"他认识其中的一个记者，那人也瞧见了他，并向我们走来。此人年纪不轻，样子和善，长着一副滑稽的面孔。他很热情地跟法警握了握手。这时，我注意到大家都在见面问好，打招呼，进行交谈，就像在俱乐部有幸碰见同一个圈子里的熟人那样兴高采烈。我也就明白了自己为什么产生了一种奇特的感受，觉得我这个人纯系多余，有点像个冒失闯入的家伙。但是，那个记者却笑眯眯跟我说话了，他希望我一切顺利。我向他道了声谢谢，他又说：

"您知道，我们把您的案子渲染得有点儿过头了。夏天，这是报纸的淡季。只有您的案子与那桩弑父案还有点儿可说的。"

接着，他指给我看，在他刚离开的那一堆人中，有一个矮个子，那人像一只肥胖的银鼠，戴着一副黑边的大眼镜。他告诉我，此人是巴黎一家报社的特派记者，他说：

"不过，他不是专为您而来的，因为他来报道那桩弑父案，报社也就要他把您的案子也一起捎带上。"

说到这里，我又差点儿要向他道谢了。但一想，这不免会显得很可笑。他亲切地向我摆了摆手，就离去了。接着，我们又等候了几分钟。

我的律师到场了，他穿着法院的袍子，由好几个同事簇拥着。他向那些记者走去，跟他们握手，互相打趣说笑，都显得如鱼得水，轻松自在，直到法庭上响起铃声为止。于是，大家各就各位。我的律师走到我跟前，握了握我的手，嘱咐我回答问题要简短，不要主动发言，剩下的事则由他来代劳。

在左边，我听见椅子往后挪动的声音，我看见一个细高身材的男人，身披红色的法袍，戴着夹鼻眼镜，仔细地理了理法袍坐了下来。此人就是检察官。执达员宣布开庭。与此同时，两个大电扇开动起来，发出嗡嗡的声响。三个审判员，两个穿黑衣，一个穿红衣，夹着卷宗进了大厅，快步向俯视着全场的审判台走去。穿红衣的庭长坐在居中的高椅上，把他那顶直筒无边的高帽放在面前，用手帕拭了拭自己小小的秃头，宣布审讯开始。

记者们已经手中握笔，他们的表情都冷漠超然，还带点嘲讽的样子。但是，他们之中有一个特别年轻的，穿一身灰色法兰绒衣服，系一根蓝色领带，把笔放在自己面前，眼睛一直盯着我。在他那张有点不匀称的脸上，我只注意到那双清澈明净的眼睛，它专注地审视着我，神情难以捉摸。而我也有了一种奇特的感觉，好像是我自己在观察我自己。也许是因为这一点，也因为我不懂法庭上的程序，我对后来进行的一切都没有怎么搞清楚，例如，陪审员抽签，庭长向律师提问，向检察官、向陪审团提问，（每次提问的时候，陪审员的脑袋都同时转向法官席）然后是很快地念起诉书，我只听清楚了其中的地名与人名，然后，又是向律师提问。

这时，庭长宣布传讯证人。执达员念了一些引起我注意的名字，从那一大片混混沌沌的人群中，我看见证人们一个个站起来，从旁门走出去，他们是养老院的院长与门房、多玛·贝雷兹老头、雷蒙、马松、沙拉玛诺，还有玛丽。玛丽向我轻轻做了一个表示焦虑的手势。我还在纳闷儿怎么没有早些看见他们。最后，念到塞莱斯特的名字，他也跟着站起来了。在他身边，我认出了在饭店见过的那个身材矮小的女人，她仍穿着那件夹克衫，一副一丝不苟、坚决果敢的神气。她的眼睛紧紧地盯着我。但我来不及考虑什么，因为庭长开始发言了。他说双方的辩论就要开始了，他相信用不着再要求听众保持安静。他声称，他的职责是引导辩论进行得公平合理，以客观的精神来审视这个案件，陪审团的判决亦将根据公正的精神做出，不论发生什么情况，他将坚决排除对法庭秩序的任何干扰，即使是最微不足道的干扰。

大厅里越来越闷热，我看见好些在场者都在用报纸给自己扇风。这样，就造成了一阵持续不断的纸张哗啦哗啦声。庭长做了一个手势，执达员很快就拿来三把稻草编织的扇子，三位法官立刻就扇将起来了。

对我的审问开始了。庭长语气平和地向我发问，甚至我觉得他带有一丝亲切感。虽然我不厌其烦，他还是先要我自报身份、籍贯、年龄。我自己一想，这也是自然而然、合情合理的，万一把某甲当做某乙来审一通，岂不是一件极为严重的事情？接着，庭长又开始复述了我所犯下的事情，每念三句就问我一声："是这样的吗？"对此，我总是根据律师的嘱咐回答说："是的，庭长先生。"这一个程序拖了很长的时间，因为庭长复述得很详细。在此过程中，记者们都在做笔录。我感到那个最年轻的记者与那个自动机器般的小个子女人，一直用眼光盯着我。像坐在电车板凳上的一排陪审员全都转身向着庭长，专心倾听。庭长咳嗽了一声，翻阅了一下卷宗，一边扇着扇子，一边转向我。

他说他现在要涉及几个表面上跟案子无关，但实际上是关系颇大的问题。我知道他也要谈妈妈的问题了，这时，我感到自己对此是厌烦透了。他问我，为什么要把妈妈送进养老院，我回答说，因为没有钱雇人照料她的生活起居。他又问我，就我个人而言，这样做是否使我心里难过，我回答说，不论是我妈妈还是我自己，并不期望从对方那里得到什么，而且也不期望从任何人那里得到什么，我们两人都已经习惯我们这种新式的生活。于是，庭长说他并不想强调这个问题，接着，他问检察官是否有其他的问题要向我提出。

检察官半转过身来，没有正眼瞧我，说如果庭长准许的话，他想知道我当时独自回到泉水那里，是否怀有杀死阿拉伯人的意图。我说："没有。"他又说："既然如此，那当事人为什么要带着武器，而且偏偏直奔这个地方呢？"我说纯属偶然。检察官着重强调了一句，语气阴坏阴坏的："暂时就说这些。"接着，事情进行得有点凌乱，至少我有这种印象。经过一番私下磋商之后，庭长宣布休庭，听取证词则推迟到下午进行。

我没有时间做过多考虑，他们就把我带走，装进囚车，送回监狱吃午饭。这一切进行得匆匆忙忙，没有花什么时间，待我刚来得及感到很累的时候，他们又来提我上庭了。一切都又重来一遍，我被带进同样的大厅，面对着同样那些面孔。不同的只是大厅里更加闷热了，就像发生了奇迹一样，每个法官、检察官、我的律师与一些记者，都手执一把草扇。那个年轻的记者与那个瘦小的女士也已在座，但这两人却不扇扇子，而是仍然一言不发地紧盯着我。

我擦了擦脸上的汗，直到我听见传唤养老院院长上庭作证时，我才稍微意识到自己所处的场合与处境。检察官问他我的妈妈对我是否常有怨言，他说是的，但又补充说，经常埋怨自己的亲人，这差不多是养老院的老人普遍都有的怪癖。庭长要他明确指出妈妈是否对我把她送进养老院一事有怨言，院长也回答说是。但对这个问题，他没有作补充说明。接着，庭长又向他提出另一个问题，对此，他回答说，他对我在下葬那天的平静深感惊讶。然后，他又被问及他所说的平静是指什么，他看了看自己的鞋尖，说是指我不愿意看妈妈的遗容，我没有哭过一次，下葬之后立刻就走，没有在坟前默哀。他说，还有一件事使他感到惊讶，那就是殡仪馆的人告诉他，我不知道妈妈的具体岁数。说到这里，大厅里一时寂静无声，庭长要养老院院长确认所讲的就是我，院长没有听清楚这个问题，牛头不对马嘴地回答说："这就是法律。"接着，庭长又问检察官还有没有问题要问证人，检察官大声嚷道："噢！没有了，这已经足够了。"他的声音如此响亮，他的目光如此扬扬得意，朝我一扫，使得我多年以来第一次产生了愚蠢的想哭的念头，因为我感到所有这些人是多么厌恶我。

庭长又问了陪审团与我的律师有没有问题要问，然后要养老院的门房上庭作证。门房也像其他人那样，履行了同样的程序。走过我面前时，他瞧了我一眼，就把目光移开了。他回答了向他提出的问题。他说我不想见妈妈的遗容，说我抽了烟、睡了觉、喝了牛奶咖啡。这时，我感到有某种东西激起了全大厅的愤怒，我第一次觉得我真正有罪。庭长要门房把喝牛奶咖啡与抽烟的经过又复述了一遍。检察官看了看我，眼睛里闪烁着嘲讽的目光。这时，我的律师问门房当时是否跟我一道抽烟来着。但检察官猛然站起来，激烈反对这个问题说："在这里，究竟谁是罪犯？这种为了削弱证词的力量而不惜给证人抹黑的做法，究竟是什么做法，但这份证词是无可辩驳的，并不因抹黑伎俩而减色！"尽管如此，庭长仍然要门房回答上述问题。那老头儿难为情地说："我知道当时我也不应该抽烟，但先生递给我一支，我不敢拒绝。"最后，他们问我有没有要补充的。我回答说："没有，我只想说，证人没犯错，当时我的确递了一支烟给他。"这时，门房有点惊奇地看了看我，还带有一种感激的神情。他迟疑了一下，说牛奶咖啡是他请我喝的。对此，我的律师得意扬扬地叫了起来，说陪审团一定会重视这一点的。而检察官却在我们头上像雷鸣一样大声吼道："是的，陪审员先生们会注意这一点，不过他们会认定，一个非亲非故的人完全可以送上一杯咖啡，但一个儿子面对着生他育他的那个人的遗体，就应该加以拒绝。"这时，门房回到自己的座位上去了。

轮到多玛·贝雷兹作证了，执法员一直把他扶到证人席上。贝雷兹说，他主要是认识我妈妈，跟我只见过一次面，就是下葬的那天。法官问他那天我有些什么表现，他回答说："诸位都明白，我自己当时太难过了，所以，我什么都没有看见，难过的感情使我没有去注意。因为对我来说，那是天大的悲痛，我甚至昏倒了。因此，我不可能去注意这位先生。"检察官问他，是不是至少看见了我哭。贝雷兹说没有看见。检察官于是说："陪审团的诸位会重视这一点的。"但我的律师恼火了，他以一种我觉得是颇为夸张的语气问贝雷兹，他是否看见了我没有哭？贝雷兹回答说没有看见。这一问一答引起了哄堂大笑。我的律师一边挽起自己的一只衣袖，一边以不容置疑的口气说："这就是这场审讯的形象，所有一切都是真的，但又没有任何东西是真的！"检察官板着脸，用铅笔在他的文件上戳戳点点那些标题。

审讯暂停了五分钟，这时，我的律师对我说，事情进行得再好不过。接着，法庭传唤塞莱斯特作证，他是由被告方提名出庭的，而被告方，就是我。塞莱斯特不时把目光投向我这一边，手里不停地摆弄着一顶巴拿马草帽。他穿着一身新衣服，那是他好几个星期天跟我一道去看赛马时穿的。但我现在记得他当时没有戴硬领，因为只有一只铜纽扣扣住了他衬衫的领口。庭长问他我是不是他的顾客，他说："是的，但也是一个朋友。"问及他对我的看法时，他回答说我是个男子汉；问及他此话是什么意思时，他回答说谁都知道此话的意思；问及他是否注意到我是一个封闭孤僻的人时，他只回答说我是个从不说废话的人。检察官问他我到他饭店吃饭，是否按时付款。塞莱斯特笑了，他说："这是我与他之间的私事。"又问及他对我的罪行有什么看法时，他把两手放在栏杆上，可以看得出来，他事先对此是有所准备的，他这样答道："在我看来，这是一桩不幸事故。不幸事故，谁都知道是怎么回事。它叫你无法预防。嗨！所以在我看来，这是一桩不幸事故。"他还要继续讲下去，但庭长对他说他已经说得很清楚了，谢谢他。这时，塞莱斯特待在那里，不知所措。他大声表示，他还要继续发言。庭长要求他讲得简短一些。他又重复了一遍，说这是个不幸事故。庭长打断他说："是的，当然是不幸事故，但我们在这里就是为了审理这类不幸事故。我们向您表示感谢。"似乎他已竭尽了自己的心力，充分表现出了作为朋友的善意。塞莱斯特朝我转过身来，我觉得他眼里闪出泪光，嘴唇颤抖哆嗦，那样子好像在问我他还能尽些什么力。我呢，我什么也没有说，也没有做任何表示，但我生平第一次产生了想要去拥抱一个男人的想法。庭长又一次请他离开作证席。塞莱斯特这才回到了旁听席上。在以下的审讯过程中，他就坐在那里，身子稍微前倾，两肘支在膝上，手里拿着巴拿马草帽，听着旁人作证。玛丽被带进来了。她戴着帽子，仍然是那么美，但我更喜欢她长发披肩。从我的位置上，我可以感觉得到她乳房轻轻地颤动，我又回想起了她那微微鼓出的下嘴唇。这时她好像很紧张。刚一上来，庭长就问她是从什么时候认识我的。她说是我们在一家公司里做事的时候认识的。庭长又问她跟我是什么关系，她说她是我的女友，对与此相关的一个问题，她说她的确要和我结婚。正在翻阅卷宗的检察官这时突然问她何时与我发生肉体关系的，她说了那个日期。检察官以一种不动声色的神态指出，那似乎就是我妈妈下葬的第二天。接着，他带着明显的嘲讽意味说，他并不想在一个微妙的问题上大做文章，他也很理解玛丽不便启齿，但是，（说到这里，他的声调大为严厉起来）他认为自己的职责使他不得不超脱某些通常的礼节。于是，他要求玛丽把我们发生关系那天的经过讲述一遍。玛丽不愿意讲，但在检察官的坚持下，她讲了那天我们游泳、看电影与回到我住处的经过。检察官说，根据玛丽在预审中所提供的证词，他调查了那一天电影院放映的节目，他要玛丽自己来说说那天我们看的是什么片子。玛丽的声音都变了，说那是费尔南德的一部片子。她话音一落，全场鸦雀无声。这时，检察官霍地站了起来，神态庄严，用手指着我，以一种我觉得很是激动的声调，咬着一个字一个字地、慢吞吞地叫道："陪审团的先生们，此人在自己母亲下葬的第二天，就去游泳，就去开始搞不正当的男女关系，就去看滑稽电影、放声大笑，我用不着再向诸位说什么了。"他坐下，大厅里仍是鸦雀无声。但是，玛丽突然大哭起来，她说情况并不是这样，还有其他的情况，她刚才的话并不是她心里想的，而是人家逼她说的，她一直很了解我，我没有做过任何坏事，但是，执达员在庭长的示意下，立刻把她架了出去，审讯又继续进行。

接下去是听马松的证词。他宣称我是一个正直的人，"甚至要说，是个老实人。"但这时大厅里的人都不怎么听他的了。轮到沙拉玛诺作证，更没有多少人听了。他说我对他的狗很好，关于我妈妈与我的问题，他回答说，我跟妈妈没有什么话可说，因为这一点，我把她送进了养老院。"应该理解呀，应该理解呀！"他这样说。但没有人表示理解。他也被带走了。

再就是轮到雷蒙了，他是最后一个作证的。雷蒙向我轻轻做了个手势，一上来就说我是无辜的。但庭长立即宣称，法庭不要他下判断，而是要他提供事实，吩咐他先等法庭提问，然后再作回答。接着，首先要他讲清楚他与被杀者的关系。雷蒙趁这个机会说被杀者恨的是他，因为他羞辱了他的姐姐。庭长问他，被杀者是否没有原因对我有什么仇恨，雷蒙说我到海滩去完全是出于偶然。检察官问他，为什么最初酿成了这个事件的那封信是出自我手。雷蒙回答说，这也是出于偶然。检察官反驳说，在这个事件中，偶然性对人类良知的毁坏已经很多了。他想知道，当雷蒙羞辱他的情妇的时候，我没有去劝阻，这是否出于偶然，我为他到警察局去作证，这是否出于偶然，我在作证时所说的话完全是为了讨好人，这是否也出于偶然。最后，他问雷蒙靠什么生活，雷蒙回答说"当仓库管理员"。检察官朝着陪审团大声说，众所周知，此人所干的行当是给妓女拉皮条，而我则是他的同谋、他的朋友。这是一个最下流无耻的事件，由于有道德上的魔鬼在其中掺和而更加严重。这时，雷蒙要进行声辩，我的律师也表示抗议，但庭长要他们让检察官把话讲完。检察官说:"我要讲的话不多了,他是您的朋友吗?"他这样问雷蒙,雷蒙回答说:"是的,他是我的哥们儿。"检察官又向我提出同样的问题,我看了看雷蒙,他仍目不转睛地看着我。我回答:"是的。"检察官于是转身向着陪审团,大声说:"还是这个人,他母亲死后的第二天,就去干最放荡无耻的勾当,为了了结一桩伤风败俗、卑鄙龌龊的纠纷,就随随便便去杀人。"

检察官坐下了。我的律师已经按捺不住,他举起胳臂,法袍的袖子因此滑落下来,露出里面上了浆的衬衣的褶痕,他大声嚷道:"说到底,究竟是在控告他埋了母亲,还是在控告他杀了一个人?"听众哄堂大笑。但检察官又站了起来,披了披自己的法袍,高声宣称,只有您这位可敬的辩护律师如此天真无邪,才能对这两件事之间深层次的、震撼人心的、本质的关系视而不见,无动于衷。他声嘶力竭地喊道:"是的,我控告这人怀着一颗杀人犯的心理葬了一位母亲。"这一声宣判,显然对全体听众起了很大的影响。我的律师耸了耸肩,擦了擦额头上的汗,看来他本人也颇受震撼,这时我感到我的事情不妙了。

审讯完毕。出了法庭上囚车的一刹那间,我又闻到了夏季傍晚的气息,见到了这个时分的色彩。我在向前滚动的昏暗的囚车里,好像是在疲倦的深渊里一样,一一听出了这座我所热爱的城市、这个我曾心情愉悦的时分的所有那些熟悉的声音:傍晚休闲气氛中卖报者的吆喝声,街心公园里迟归小鸟的啁啾声,三明治小贩的叫卖声,电车在城市高处转弯时的呻吟声,夜幕降临在港口之前空中的嘈杂声,这些声音又在我脑海里勾画出我入狱前非常熟悉的在城里漫步的路线。是的,过去在这个时分,我都心满意足,精神愉悦,但这距今已经很遥远了。那时,等待我的总是毫无牵挂的、连梦也不做的酣睡。但是,今非昔比,我却回到自己的牢房,等待着第二天的到来,就像划在夏季天空中熟悉的轨迹,既能通向监狱,也能通向酣睡安眠。

四

即使是坐在被告席上,听那么多人谈论自己,也不失为一件有意思的事。在检察官与我的律师进行辩论时,我可以说,双方对我的谈论的确很多,也许谈论我比谈论我的罪行更多。但双方的辩词,果真有那么大的区别吗?律师举起胳臂,承认我有罪,但认为情有可原;检察官伸出双手,宣称我有罪，而且认为罪不可赦。使我隐隐约约感到不安的是一个东西，那便是有罪。虽然我顾虑重重，我有时仍想插进去讲一讲，但这时我的律师就这么对我说："别做声，这样对您的案子更有利。"可以说，人们好像是在把我完全撇开的情况下处理这桩案子。所有这一切都是在没有我参与的情况下进行的。我的命运由他们决定，而根本不征求我的意见。时不时，我真想打断大家的话，这样说："归根到底，究竟谁是被告？被告才是至关重要的。我本人有话要说！"但经过考虑，我又没有什么要说了。而且，我应该承认，一个人对大家感兴趣的问题，也不可能关注那么久。例如，对检察官的控词，我很快就感到厌烦了。只有其中那些与整体无关的只言片语、手势动作、滔滔不绝的讲话，才使我感到惊讶，或者引起我的兴趣。

如果我没有理解错的话，他基本的思想是认定我杀人纯系出自预谋。至少，他力图证明这一点。正如他本人所说："先生们，我将进行论证，进行双重的论证。首先是举出光天化日之下犯罪的事实，然后是揭示出我所看到的这个罪犯心理中的蛛丝马迹。"他概述了妈妈死后的一连串事实，历数了我的冷漠、我对妈妈岁数的无知、我第二天与女人去游泳、去看费尔南德的片子、与玛丽回家上床。我开始没有搞清楚他的所指，因为他老说什么"他的情妇"、"他的情妇"，而在我看来，其实很简单，就是玛丽。接着，他又谈雷蒙事件的过程。我发现他观察事物的方式不够清晰明了。他说的话还算合情合理。我先是与雷蒙合谋写信，把他的情妇诱骗出来，让这个"道德有问题"的男人去作践她。后来我又在海滩上向雷蒙的仇人进行挑衅。雷蒙受了伤后，我向他要来了手枪。我为了使用武器又独自回到海滩。我按自己的预谋打死了阿拉伯人。我又等了一会儿。为了"确保事情解决得彻底"，又开了四枪，沉着、稳定，在某种程度上是经过深思熟虑地又开了四枪。

"先生们，事情就是这样，"检察官说，"我给你们复述出全部事实的发展线索，说明此人完全是在神志清醒的状态中杀了人。我要强调这一点。因为这不是一桩普通的杀人案，不是一个未经思考、不是一个当时的条件情有可原、不是一个值得诸位考虑不妨减刑的罪行。先生们，此人，犯罪的此人是很聪明的。你们听他说过话没有？他善于应对，他很清楚每个字的分量。我们不能说他行动的时候不知他是在干什么。"

我听着他侃侃而谈，听见了他说我这个人很聪明。但我难以理解，为什么一个普通人身上的优点，到了罪犯身上就成为了他十恶不赦的罪状。至少，他这种说法使我感到很惊诧，于是，我不去听检察官的长篇大论了，直到过了一会儿，我又听见他这样说："难道此人表示过一次悔恨吗？从来没有，先生们，在整个预审过程中，此人从没有对他这桩可憎的罪行流露过一丝沉痛的感情。"说到这里，他向我转过身来，用手指着我，继续对我大加讨伐，真弄得我有些莫名其妙。当然，我不能不承认他说得有根有据。我对开枪杀人的行为，的确一直并不怎么悔恨。但他那么慷慨激昂，却使我感到奇怪。我真想亲切地，甚至是带着友情地向他解释，我从来没有对某件事真正悔恨过。我总是为将要来到的事，为今天或明天的事忙忙碌碌，操心劳神。但是，在我目前这种处境下，我当然不能以这种口吻对任何人说话。我没有权利对人表示友情，没有权利抱有善良的愿望。想到这里，我又试图去倾听检察官的演说，因为他开始评说我的灵魂了。

他说他一直在研究我的灵魂，结果发现其中空虚无物。他说我实际上没有灵魂，没有丝毫人性，没有任何一条在人类灵魂中占神圣地位的道德原则，所有这些都与我格格不入。他补充道："当然，我们也不能因此而谴责他。他既然不能获得这些品德，我们也就不能怪他没有。但是，我们现在是在法庭上，宽容可能产生的消极作用应该予以杜绝，而代之以正义的积极作用，这样做并不那么容易，但是更为高尚。特别是在今天，我们在此人身上所看到的如此大的灵魂黑洞，正在变成整个社会有可能陷进去的深渊，就更有必要这样做。"这时，他又说起了我对妈妈的态度。他把在辩论时说过的话又重复了一遍。但说这事的话要比说我杀人罪的话多得多，而且滔滔不绝，不厌其烦，最后使得我听而不闻，只感觉到这天早晨的天气热得厉害。至少直到检察官停了一下的时候。然后，他又以低沉而坚定不移的声音说道："先生们，我们这个法庭明天将要审判一桩最凶残可恶的罪行，杀死亲生父亲的罪行。"据他说，这种残忍的谋杀简直令人无法想象。他希望人类的正义对此予以严惩而不手软。但是他敢说那桩罪行在他身上引起的憎恶，与我对妈妈的冷酷所引起的憎恶相比，几乎可说是小巫见大巫。他认为，一个在精神心理上杀死了自己母亲的人，与一个谋害了自己父亲的人，都是以同样的罪名自绝于人类社会。在任何意义上来说，前一种罪行是后一种罪行的准备，它以某种方式预示着后一种罪行的发生，并使之合法化。他提高声调继续说："先生们，我坚信，如果我说坐在这张凳子上的人，与本法庭明天将要审判的谋杀案同样罪不可恕，你们决不会认为我这个想法过于鲁莽。他应该受到相应的惩罚。"说到这里，检察官擦了擦因汗水而闪闪发光的脸，他最后说，他的职责是痛苦的，但他要坚决地去完成。他宣称，既然我连这个社会的基本法则都不承认，当然已与这个社会一刀两断；既然我对人类良心的基本反应麻木不仁，当然不能对它再有所指望。他说："我现在向你们要求，取下此人的脑袋，在提出这个要求时，我的心情是轻快的，因为，在我从事已久的职业生涯中，如果我有时也偶尔提出了处以极刑的要求的话，我从未像今天这样感到我艰巨的职责得到了补偿，达到了平衡，并通明透亮，因为我的判断是遵循着某种上天的、不可抗拒的旨意，是出自对这张脸孔的憎恶，在这张脸孔上，我除了看见有残忍外，别无任何其他的东西。"

检察官坐下后好久一会儿，大厅里静寂无声。我因为闷热与惊愕而头昏脑涨。庭长咳了两声，清清嗓子，用很低的声音问我有没有话要说。我站了起来，由于我憋了好久，急着要说，说起来就有点没头没脑，我说我并没有打死那个阿拉伯人的意图。庭长回答说，这是肯定的，又说到目前为止，他还没有搞清楚我为自己辩护的要领，希望在听取我律师的辩护词之前，我先说清楚导致我杀人的动因。我说得很急，有点儿语无伦次，自己也意识到有些可笑，我说，那是因为太阳起了作用。大厅里发出了笑声。我的律师耸了耸肩膀，马上，庭长就让他发言了。但他说，时间不早了，他的发言需要好几个钟头，他要求推迟到下午再讲。法庭同意了。

下午，巨大的电扇不断地搅和着大厅里混浊的空气，陪审员们手里五颜六色的小草扇全朝一个方向扇动。我觉得我的律师的辩护词大概会讲个没完没了。有一阵子，我是注意听了，因为他这样说："的确，我杀了人。"接着，他继续用这种语气讲下去，每次谈到我这个被告时，他都自称为"我"。我很奇怪，就弯下身子去问法警这是为什么，法警要我别出声，过了一会儿，他说："所有的律师都用这个法子。"我呢，我认为这仍然是把我这个人排斥出审判过程，把我化成一个零，又以某种方式，由他取代了我。不过，我觉得我已经离这个法庭很远了，而且，还觉得我的律师很可笑。他很快就以阿拉伯人的挑衅为由替我进行辩护，然后，他也大谈起我的灵魂，但我觉得他的辩才远远不如那位检察官。他这样说："我本人，我也研究过被告的灵魂，但与检察机构这位杰出的代表相反，我发现了一些东西，而且我可以说，这些东西是一目了然的。"他说，他看到我是一个正经人，一个循规蹈矩的职员，不知疲倦，忠于职守，得到大家的喜爱，对他人的痛苦富有同情心。在他看来，我是一个模范儿子，尽了最大的努力供养母亲。最后，由于希望老太太得到我的能力难以提供的舒适生活，才把她送进了养老院。他又补充说："先生们，我很奇怪，有关人士竟对养老院议论纷纷，大加贬损。

说到底，如果要证明养老院这种设施的用处与伟大，只需指出这些机构全是由国家津贴的就行了。"不过，他没有谈到葬礼问题，我觉得这是他辩护词的一个漏洞。由于这些长篇大论，由于人们一小时又一小时、一天又一天没完没了地评论我的灵魂，我似乎觉得，所有这一切都变成了一片无颜无色的水，在它面前我感到晕头转向。

最后，我只记得，正当我的律师在继续发言时，一个卖冰的小贩吹响了喇叭，声音从街上穿过一个个大厅与法庭，传到了我耳边，对过去生活的种种回忆突然涌入我的脑海，那生活已经不属于我了，但我从那里确曾得到过我最可怜、最难以忘怀的快乐，如夏天的气味、我所热爱的街区、傍晚时的天空、玛丽的笑声与裙子。我觉得来到法庭上所做的一切都毫无用处，这使我心里堵得难受，只想让他们赶紧结束，我好回到牢房里去睡大觉。所以，我的律师最后大声嚷嚷时，我几乎没有听见。他说，陪审员先生们是不会把一个因一时糊涂而失足的老实劳动者送上死路的，他要求对我已犯下的罪行予以减刑，因为对我最实在的惩罚，就是让我终身悔恨。法庭结束辩论，我的律师筋疲力尽地坐下。但他的同事都走过来跟他握手，我听他们说："棒极了，亲爱的。"其中的一人甚至拉我来帮腔："嗨，怎么样？"我表示同意，但我的恭维言不由衷，因为我实在太累了。

外面，天色已晚，也不那么炎热了。我听见从街上传来的一些声音，可以想象已经有了傍晚时分的凉爽。大厅里的人都在那里等着，其实大家所等的事情只关系我一个人。我看了看整个大厅，情形与头一天完全一样。我又碰见了那个穿灰色上衣的新闻记者和那个像机器人的女子的目光。这使我想起了，在整个审讯过程中我都没有用眼光去搜索玛丽。我并没有忘记她，而是因为我要应付的事太多了。这时，我看见她坐在塞莱斯特与雷蒙之间，她向我做了个小小的手势，仿佛在说："总算完了！"我看见她那略显忧伤的脸上泛出了一丝笑容，但我感到自己的心已经对外封闭，甚至无法回答她的微笑。

全体法官又回来了。庭长向陪审团很快地念了一连串问题。我听见有"杀人犯"……"预谋"……"可减轻罪行的情节"等。陪审团走出大厅，我也被带到我原来在里面等候的那个小房间。我的律师也来了，他滔滔不绝，以从来没有过的自信心与亲切态度跟我说话。他认为一切顺利，我只需坐几年牢或者服几年苦役即可完事。我问他，如果判决严厉的话，我是否还有上诉的机会。他对我说没有。他的策略是，诉讼当事人放弃提出意见，以免引起陪审团的反感。他向我解释说，不能无缘无故就不服判决，提出上诉。我觉得这是显而易见的道理，也就同意了他的意见。其实，冷静地加以考虑，这也是自然而然的事情，否则，要耗费的公文状纸就会太多。我的律师又说："无论如何，上诉是允许的，但我有把握，判决肯定对你有利。"

我们等了很久，我想大概有三刻钟。最后，又响起了铃声。我的律师先走了，走时对我说："庭长要宣读对双方辩论的评语了，待一会儿，宣读判决词的时候，会让您进去的。"我听见一阵门响，一些人在楼梯上跑过，听不出离我多远。接着，我听见大厅里有一个低沉的声音在读什么。铃声又一次响起，门开了，我一出现，大厅里就鸦雀无声，真是一片死寂，我看见那个年轻的新闻记者把视线从我身上移开，我突然产生一种奇异的感觉。我没有朝玛丽那边看。我已经没有时间去看了，因为庭长用一种奇怪的方式向我宣布，将要以法兰西人民的名义，在一个广场上将我斩首示众。这时，我才觉得自己弄明白了审讯过程中我在所有听众脸上看到的表情意味着什么。我确信那就是另眼相看。法警对我很温和了，律师把他的手放在我的腕上。我这时什么都不想了。庭长问我是不是有话要说，我考虑了一下，说了声"没有"，立刻就被带出了法庭。

五

我已经是第三次拒绝接待指导神甫了。我跟他没有什么可说，我不想说话。反正我很快又会见到他。我现在感兴趣的是逃避死刑，是要知道判决之后是否能找到一条生路。当局又给我换了一间牢房。在这里，我一躺下，就可以望见天空，也只可能望见天空。我整天整天地看着天空中从白昼到黑夜色彩明暗的变化。躺着的时候，我双手枕在头下，等待着什么。我不知想过多少次，是否在那些被判死刑的罪犯中也曾有人逃脱了那部无情的断头机，挣脱了执法者的绳索，在处决之前消失得无影无踪。这样想时，我就责怪自己过去没有对那些描写死刑的作品给予足够的注意。世人对这类问题必须经常关注，因为谁也不知道会有什么事情落在自己头上。像大家一样，我也看过一些报纸上的这类报道。但肯定会有一些这方面的专著，而过去我是从没有兴趣去看的。也许，在那些书里，我可以找到逃脱极刑的叙述。那我就会知道，至少有过那么一次，绞刑架的滑轮突然停住了，或者是出自某种难以防止的预谋，一个偶然事件与一个凑巧机遇发生了，仅仅只发生那么一次，最终改变了事情的结局。在某种意义上，我认为这对我就足够了，剩下的事自有我的良心去料理。报纸上经常高谈阔论对社会的欠债问题。照它们的说法，欠了债就必须偿还。但是，只在想象中欠了社会的债，就谈不上要偿还了。重要的是，要有逃跑的可能性，要一下就跳出那不容触犯的规矩，发狂地跑，跑，就可以给希望提供种种机会。当然，所谓希望，就是在街道的某处，奔跑之中被一颗流弹击倒在地。尽管做了这么一番畅想，但现实中没有任何东西允许我去享受这种奇遇，所有的一切都禁止我做此非分之举，那无情的机制牢牢地把我掌握在手中。

虽然我善良随和，也不能接受这判决咄咄逼人的武断结论。因为，说到底，在以此结论为根据的判决与此判决宣布之后坚定不移地执行过程之间，存在着一种可笑的不相称。判决在二十点钟而不是在十七点钟宣布，就很可能是另一个样子，它是由一些煞有介事、换了新衬衣的人做出的，而且是以法兰西人民（既不是德国人民，也不是中国人民）的名义做出的，而法兰西人民这个概念又并不确切，在我看来，所有这一切就使得这个判决大大丧失了它的严肃性。然而，我不得不承认，从它被做出的那一秒钟起，它就是那么确切无疑，严峻无情，像眼前我的身体所依靠的牢房墙壁一样。

在这个时候，我想起了妈妈对我讲过的一件有关我父亲的往事。我没有见过我父亲。对他这个人，我所知道的全部确切的事，也许要算妈妈告诉我的那些了：有一天，他去看处决一个杀人凶犯。他一想到去看杀人，心里就不舒服，但他还是去了，回来呕吐了一早晨。自从我听了这件事后，我对父亲就有点厌恶了。现在，我理解了，他当时那么做是很自然的事。我过去怎么没有看出执行死刑是最重要不过的事呢，怎么没有看出，使一个人真正感兴趣的，归根结底就是这么一件事呢！如果有朝一日我出了这个监狱，一定要去看所有的执行死刑的场面。我相信，我这样想是错了，不该设想这种可能性。因为，我一想到如果某一天早晨我自由了，站在警察的绳索后面，也可以说，是站在另外一边，充当观众来看热闹，看完之后又呕吐一场，一想到这些，我就感到有一阵恶毒的喜悦涌上心头，但这是不理智的。我不该让自己有这些胡思乱想，因为这样一想，我就感到全身冷得可怕，在被窝里缩成一团，牙齿打战，难以自禁。

当然，谁也不可能做到永远理智。比方说，有好些次，我就制定起法律来。我改革了刑罚制度，我注意到最重要的是要给被判处决者一个机会。即使是千分之一的机会，也足以把很多的事情都安排好。这样，我觉得人就可以发明一种化学合成品，服用后有百分之九十的把握可使受刑者死去（我想的就是受刑者）。条件是，让受刑者本人事先知道。经过反复考虑，冷静权衡，我认为断头台的缺点就是没有给任何机会，绝对没有。一锤落定，绝无回旋，受刑者必死无疑。那简直就是一桩铁板钉钉的公案，一个不可更改的安排，一份已经谈妥了的协议，再没有回旋余地。如果由于特殊情况，那断头机失灵，那就又得再砍一次。因此产生了一个令人烦恼的问题，那就是被处决者还得期望断头机运转正常。我这里说的是不完善的一方面。在某种意义上，事情的确如此。但是在另一种意义上，我不能不承认，整个严密机制的全部奥秘也在于此。总而言之，被处决者在精神上不能不与整个机制配合。他要关心的就是一切运转正常，不发生意外。

我不得不承认，到目前为止，我在这些问题上的想法有些是不正确的。比如说，不知是什么原因，我长期来一直以为上断头台，要一级一级走上去。现在我认为，这是因为1798年大革命的缘故，也就是说，在这些问题上，人们教给我或让我是这么认识的。但是，有一天早晨，我回想起一张刊登在报纸上的照片，那是对一次轰动一时的处决场面的报道。实际上断头机就平放在地上，再简单不过。它比我想象的要窄小许多。我过去没有早看出这点，这真有点怪。照片上那台断头机外观上精密、完美、光洁闪亮，使我大感惊奇。一个人对他所不了解的东西，总是会有一些夸张失真的想法。我应该看到，其实一切都很简单：断头机与被处决的人都在平地上，被处决的人朝机器走过去，他走到它跟前，就像碰见了另一个人一样。当然，这是件讨厌的事。登上断头台，想象力可以发挥作用，把这想象为升上天堂。实际上，断头机毁灭了一切，一个人被处死，无声无息，真有点丢脸，但准确无误，快捷了当。

还有两件事是我牵肠挂肚、念念难忘的，那就是黎明与我的上诉。其实，我一直在说服自己，尽量不再去想它。我躺着的时候，仰望天空，努力对它感兴趣。它变成绿色时，就是黄昏来到了。我再努一把力，转移我的思路。我听见自己的心在跳动，我不能想象伴随着我这么多年的心跳声，有朝一日会停止。我从未有过真正的想象力。但我还是试图想象出心跳声不再传到脑子里的那短暂的片刻。即使如此，我仍然是白费了力气，黎明与上诉还是萦绕脑际。我最后对自己说，最合情合理的办法，就是不要勉强自己。

我知道，他们总是黎明时来提人。因此，我整夜全神贯注，等待黎明。我从来都不喜欢凡事突如其来，措手不及。要是有什么事发生，我更喜欢有所准备，这就是为什么我只在白天睡一睡，而整个夜晚都耐心地等候着日光照上天窗。最难熬的是朦朦胧胧的破晓时分，我知道他们都是此时此刻动手的。一过了午夜，我就等着、窥伺着。我的耳朵从来没有听见过这么多声音，没有分辨出过这么细微的声响。我可以说，在这段时期里，我总算还有运气，没有听见来提我的脚步声。妈妈过去常说，一个人即使倒霉决不会时时事事都倒霉。每当天空被晨光染上了色彩，新的一天又悄悄来到我牢房时，我就觉得她说得很有道理。因为，我本来是可能听到脚步声的，我的心本来也是可能紧张得炸裂的。甚至，最轻微的窸窣声也会使我奔到门口，把耳朵紧贴在门上，狂乱不知所措地等着，听见自己的呼吸粗声粗气，就像狗的喘气声，因而感到非常恐惧，但终究我的心没有被吓得炸裂，我又多活了二十四小时。

整个白天，我就考虑我的上诉。我认为我抓住了这个念头中最可贵的部分。我估量我所能获得的结果，我从自己的思考中自得其乐。我总是设想有最坏的可能，即我的上诉被驳回。"这样，我就只有去死。"死得比很多人早，这是显而易见的。但是，世人都知道，活着不胜其烦，颇不值得。我不是不知道三十岁死或七十岁死，区别不大，因为不论是哪种情况，其他的男人与其他的女人就这么活着，活法几千年来都是这个样子。总而言之，没有比这更一目了然的了。反正，是我去死，不论现在也好，还是二十年以后也好。此时此刻，在我想这些事的时候，我颇感为难的倒是一想到自己还能活上二十年，这观念上的飞跃叫我不能适应。不过，在想象我二十年后会有什么想法时，我只要把它压下去就可以了，将来的事，将来该怎么办就怎么办。既然都要死，怎么去死、什么时间去死，就无关紧要了，这是显而易见的道理。所以，我的上诉如遭驳回，我就应该服从。不过，对我来说，困难的是念念不忘"所以"这个词所代表的是逻辑力量。

这时，也只有在这时，我才可以说有了权利，以某种方式允许自己去作第二种假设，即我获得特赦。麻烦的是，我必须使自己的血液与肉体，不要亢奋得那么强烈，不要因为失去理智的狂喜而两眼昏花。我还得竭力压制住叫喊，保持理智的状态。作此假设时，我也得表现得自然而然，以使得我放弃第一种假设显得较为合情合理。我这样做取得了成功，我也就有了一个钟头的平静，这么做毕竟也是不简单的事。

也正是在这样一个时刻，我再一次拒绝见指导神甫。我当时正躺着，从天空里的某种金黄色可以看出，黄昏已经临近。我刚好放弃了上诉，感到血液在全身正常流动，我不需要见指导神甫。很久以来，我第一次想到了玛丽。她已经好些日子没有写信给我了。这天夜晚，我反复思索，心想她大概是已经厌倦了给一个死刑犯当情妇。我也想到她也许是病了或者是死了。生老病死，本来就是常事。既然我跟她除了已经断绝的肉体关系之外别无其他任何关系，互相又不思念，我怎么可能知道她具体的近况呢？再说，从这时开始，我对玛丽的回忆也变得无动于衷了。如果她死了，我就不再关心她了。我觉得这是正常的，因为我很清楚，我死后，人们一定就会忘了我。他们本来跟我就没有关系。我甚至不能说这样想是无情无义的。

想到这里时，指导神甫进来了。我一见他，就轻微地颤抖了一下。他看出来了，对我说不必害怕。我对他说他今天来没有按惯常的时间。他回答说，这是一次完全友好的访问，与我的上诉无关，事实上他对此也一无所知。他坐在我的小床上，请我坐在他旁边。我拒绝了。不过，我觉得他的态度很和蔼。

他坐了一会儿，把手搁在膝上，低着头，看着自己的手。他的双手细长而又结实有力，使我联想到两头灵巧的野兽。他慢慢地搓着双手，而后，就这么坐着，老低着头，好久好久，有时我甚至忘了他还坐在那儿。

但是，他突然抬起头来，两眼直盯着我，问道："您为什么多次拒绝我来探望？"我回答说我不信上帝。他想知道我对此是否有绝对把握，我说我没有必要去考虑，我觉得这个问题并不重要。他于是把身子往后一仰，背靠在墙上，两手放在大腿上，好像不是在对我说话，说他曾经注意到有的人总自以为有把握，实际上他并没有把握。我听了没有做声。他盯着我发问："您对此有何想法？"我回答说有这种可能。不过，无论如何，对于我真正感兴趣的事我也许没有绝对把握，但对于我不感兴趣的事我是有绝对把握的，恰好，他跟我谈的事情正是我不感兴趣的。

他把眼光移开，身子仍然未动，问我这么说话是否因为极度绝望。我向他解释说我并不绝望，我只不过是害怕，这很自然。他说："那么，上帝会帮助您的。我所见过的处境与您相同的人最后都皈依了上帝。"我回答说，我承认这是那些人的权利，这恰恰说明他们还有时间这么做。至于我，我不愿意人家来帮助我，而且我已经没有时间去对我不感兴趣的事情再产生兴趣。

这时，他气得两手发抖，但他挺直身子，理顺了袍子上的皱褶。然后，称我为"朋友"，对我说：他这样对我说话，并不是因为我是一个被判死刑的人；在他看来，我们这些人，无一例外都是被判了死刑。我打断他说这不是一回事，而且他这么说无论如何也不能安慰我。他同意我的看法，说："当然如此。不过，您如果今天不死，以后也是会死的。您那时还会碰见同样的问题，您将怎么接受这个考验？"我回答说，我今天是怎么接受的，将来就会怎么接受。

听了这话，他霍地站了起来，两眼逼视着我的两眼。他这种把戏我很熟悉，我常用它跟艾玛尼埃尔与塞莱斯特闹着玩，通常，他们最后都把目光移开。指导神甫也深谙此法，我立刻就看穿了他，果然，他直瞪着两眼，一动也不动，他的声音也咄咄逼人，这么对我说："您难道就不抱任何希望了吗？您难道就天天惦念着自己行将整个毁灭而这么苟延残喘吗？"我回答说："是的。"

于是，他低下了头，重新坐下。他说他怜悯我，他认为一个人这么生活是不能忍受的。而我，我只感到他开始令我厌烦了。我转过身去，走到窗口下面，用肩膀靠着墙。他又开始向我提问了，我心不在焉地听着他。他的声音不安而急促。我觉得他是动感情了，因此，我就听得比较认真了。

他说他确信我的上诉会得到批准，但我仍背负着一桩我应该摆脱的罪孽。在他看来，人类的正义算不了什么，上帝的正义才是一切。我向他指出，正是前者判了我死刑。他回答说，它并没有因此就洗刷掉我的罪孽。我对他说我压根儿就不知道何谓罪孽，法庭只告诉我是罪犯。我是犯人，我就付出代价，别人无权要求我更多的东西。我说到这里，他又站了起来，我想，在这么狭小的牢房里，他如果要活动活动，就别无其他选择，要么坐下去，要么站起来。

我的眼睛盯着地面。他向我走近一步，停下来，好像是不敢再往前走。他的眼光穿过铁条望着天空，对我说："您错了，我的儿子，我们可以对您要求更多，我们会向您提出这样的要求，也许会的。"

"那么是什么要求？"

"要求您看。"

"看什么？"

神甫朝他周围看了看。我突然发现他答话的声音已变得疲惫不堪了，他说："所有这些石块都流露出痛苦，这我知道。我没有一次看它们心里不充满忧伤。但是，说句心里话，我知道，你们这些囚犯中身世最悲惨的，都从这些黑乎乎的石块上看见过有一张神圣的面孔浮现出来。我们要求您看的，就是这张面孔。"

我有点激愤起来。我说我每天瞧着这些石壁已经有好些个月了，对于它们，我比世界上任何人、任何东西都更为熟悉。也许，曾经有好久的时间，我的确想从那上面看见一张面孔，但那是一张充满了阳光色彩与欲望光焰的面孔，那就是玛丽的面孔。我白费了力气。现在，彻底完了。反正，从这些潮湿渗水的石块里，我没有看见浮现出什么东西。

指导神甫带着一种悲哀的神情看了我一眼，我现在全身都靠在墙上，阳光照在我的前额上，他说了句什么，我没有听清，接着他很快地问我是否允许他拥抱我，我回答说："不。"他转过身去，朝墙壁走去，慢慢地把手放在墙上，轻言轻语地说："您难道就是这么爱这个世界的吗？"我没有作任何回答。

他背对着我站了好久。他待在这里使我感到压抑，惹我恼火。我正要请他离开，不要再管我，他却转身向我，突然大声叫嚷了起来："不，我不信您的话，我确信您曾经盼望过另外一种生活。"我回答说那是当然的，但那并不比盼望发财、盼望游泳游得更快，或者盼望自己长一张更好看的嘴巴来得更为重要。这都是一回事。他打断我的话，他想知道我是如何设想另一种生活的。于是，我朝他嚷了起来："就是那种我可以回忆现在这种生活的生活。"立刻，我又对他说，我已经受够了。他还想跟我谈上帝，但我朝他逼近，试图最后一次向他说明我剩下的时间已经不多了，我不想浪费时间去跟上帝在一起。他企图变换话题，问我为什么称他为"先生"而不是"我的父亲"，这可把我惹火了，我对他说他本来就不是我的父亲，他到别人那里去当父亲吧。

他把手放在我的肩上，说："不，我的孩子，我在您这里就是父亲。但您不明白这点，因为您的心是迷茫的。我为您祈祷。"

这时，不知是为什么，好像我身上有什么东西爆裂开来，我扯着嗓子直嚷，我叫他不要为我祈祷，我抓住他长袍的领子，把我内心深处的喜怒哀乐猛地一股脑儿倾倒在他头上。他的神气不是那么确信有把握吗？但他的确信不值女人的一根头发，他甚至连自己是否活着都没有把握，因为他干脆就像行尸走肉。而我，我好像是两手空空，一无所有，但我对自己很有把握，对我所有的一切都有把握，比他有把握得多，对我的生命，对我即将来到的死亡，都有把握。是的，我只有这份把握，但至少我掌握了这个真理，正如这个真理抓住了我一样。我以前有理，现在有理，将来永远有理。我以这种方式生活过，我也可能以另外一种方式生活。我干过这，没有干过那，我做过这样的事，而没有做过那样的事。而以后呢？似乎我过去一直等待的就是这一分钟，就是我也许会被判无罪的黎明。没有任何东西，没有任何东西是有重要性的，我很明白是为什么。他也知道是为什么。在我所度过的整个那段荒诞生活期间，一种阴暗的气息从我未来前途的深处向我扑面而来，它穿越了尚未来到的岁月，所到之处，使人们曾经向我建议的所有一切彼此之间不再有高下优劣的差别了，未来的生活也并不比我以往的生活更真切实在。其他人的死，母亲的爱，对我有什么重要？既然注定只有一种命运选中了我，而成千上万的生活幸运儿都像他这位神甫一样跟我称兄道弟，那么他们所选择的生活，他们所确定的命运，他们所尊奉的上帝，对我又有什么重要？他懂吗？大家都是幸运者，世界上只有幸运者。有朝一日，所有的其他人无一例外，都会判死刑，他自己也会被判死刑，幸免不了。这么说来，被指控杀了人，只因在母亲的葬礼上没有哭而被处决，这又有什么重要呢？沙拉玛诺的狗与他的妻子没有什么区别，那个自动机械式的小女人与马松所娶的那个巴黎女人或者希望嫁给我的玛丽，也都没有区别，个个有罪。雷蒙是不是我的同伙与塞莱斯特是不是比他更好，这有什么重要？今天，玛丽是不是又把自己的嘴唇送向另一个新默尔索，这有什么重要？他这个也被判了死刑的神甫，他懂吗？从我未来死亡的深渊里，我喊出了这些话，喊得喘不过气来。但这时，有人把神甫从我手中救了出去，看守们狠狠吓唬我。而神甫却劝他们安静下来，他默默地看了我一会儿。他眼里充满了泪水，他转过身去走开，消失掉了。

他走了以后，我也就静下来了。我筋疲力尽，扑倒在床上。我认为我是睡着了，因为醒来时我发现满天星光洒落在我脸上。田野上万籁作响，直传到我耳际。夜的气味，土地的气味，海水的气味，使我两鬓生凉。这夏夜奇妙的安静像潮水一样浸透了我的全身。这时，黑夜将尽，汽笛鸣叫起来了，它宣告着世人将开始新的行程，他们要去的天地从此与我永远无关痛痒。很久以来，我第一次想起了妈妈。我似乎理解了她为什么要在晚年找一个"未婚夫"，为什么又玩起了"重新开始"的游戏。那边，那边也一样，在一个生命凄然而逝的养老院的周围，夜晚就像是一个令人伤感的间隙。如此接近死亡，妈妈一定感受到了解脱，因而准备再重新过一遍。任何人，任何人都没有权利哭她。而我，我现在也感到自己准备好把一切再过一遍。好像刚才这场怒火清除了我心里的痛苦，掏空了我的七情六欲一样，现在我面对着这个充满了星光与默示的夜，第一次向这个冷漠的世界敞开了我的心扉。我体验到这个世界如此像我，如此友爱融洽，觉得自己过去曾经是幸福的，现在仍然是幸福的。为了善始善终，功德圆满，为了不感到自己属于另类，我期望处决我的那天，有很多人前来看热闹，他们都向我发出仇恨的叫喊声。

堕 落

[法国] 阿尔贝·加缪　著

郭宏安　译

　　先生，我可以不揣冒昧，为您效劳吗？我怕您不知道如何让掌管这家企业的大猩猩明白您的意思。事实上，他只讲荷兰话。除非您允许我为您办这一案子，否则，他是猜不出您要刺柏子酒的。看，我敢说他听懂了我的话：他这一点头，该是表示他对我的论据是折服了。果然，他去了，以一种适度的迟缓来加快脚步。您真运气，他没有嘟囔。当他拒绝服务的时候，嘟囔一声就行了：没有人再坚持。纵情使性，这是大型动物的特权。我告退了，先生，为您效劳，我感到荣幸。谢谢，若是果真不惹人生厌的话，我就接受您的邀请。您太好了。我就把我的杯子放在您的杯子旁边吧。

　　您说得对，他的沉默轰然震耳。这是种原始森林的寂静，笼罩一切，包括嘴巴。我们的寡言朋友对文明语言表示不满，其顽固程度有时令我吃惊。他的职业是在这家阿姆斯特丹的酒吧间里接待各国海员，不知何故，他称这间酒吧为墨西哥城。对如此尊敬这间酒吧的人来说，您不认为他们要为他的无知会使人不快而担心吗？请想象一下那个住在巴别塔①里的克罗－马尼翁人②吧！至少，他会感到离乡背井之苦。啊不，此人并无流落之感，他走他的路，什么也加害不了他。我从他嘴里听到的为数不多的话里有一句是"要就要，不要就拉倒"。该要什么不要什么呢？无疑的，指的是我们这位朋友自己。我承认，这些铁板一块似的生灵吸引着我。当人们或是出于职业需要，或是出于天性，就人这类生灵沉思良久之时，往往会怀念起灵长类来。它们是不打小算盘的。

　　不过，说真的，我们的主人却是有一点小算盘的，尽管相当模糊。由于

---

　　①　据《圣经·创世记》，人类曾拟修高塔通天，上帝为破坏计，使之发生语言上的分歧，卒因彼此不能互通思想而失败，此塔名巴别塔。

　　②　纪元前三万年左右，生活在欧洲的一种猿人。

听不懂人们当他面说的话，他就养成了一种多疑的性格。由此而产生这副满腹狐疑的庄严气派，至少他好像对人和人之间有什么事不对劲起了疑心。这种态度使那些与他的职业无关的谈话不太容易进行。您看，比方说，在他背后墙上，他头顶上方的那块长方形的空白，那是一幅被摘掉的画的位置。事实上，那里原有的一幅画特别引人注目，是一幅真正的杰作。您猜怎么样，主人收到它，又把它让出的时候，我都在场。两次都是同样的疑虑重重，反复思考了几个星期。从这一点看，社会也是有些，应该承认，多少有些败坏了他率直淳朴的天性。

请注意，我并不在审判他。我认为他的疑心有根据，而且，如您所见，如果我的喜怒形于色的天性对此不加反对的话，我将乐于赞同他的疑心。我爱说话，唉！但也随和。尽管我知道要保持适当的距离，但是，一有机会，我就要交换看法。我在法国时，每逢遇见有才智的人，我就不能不立即与之结交。啊！我看见您在对虚拟式未完成过去时①皱眉头。我承认我对这种语态有癖好，一般地说，我对高贵的语言有癖好。请相信，我自己也责备这种癖好。我知道爱好精致的袜子并不一定意味着有一双肮脏的脚。尽管如此，风度却和常常掩盖着湿疹的府绸衬衣相似。我对自己说，无论如何，聊以自慰的是，说话结结巴巴的人也并非纯洁无瑕。对，还是喝酒吧。

您在阿姆斯特丹逗留许久吗？一座美丽的城市，是不是？迷人？这个形容词我很久没听到了。我离开巴黎已经有好几年了。然而，记忆犹新，对我们美丽的首都，还有它的滨河路，我什么也没有忘记啊。巴黎是个真正的假象，是个壮丽的舞台，住着四百万具人形的生灵。据最近一次调查，接近五百万了？当然，他们该生下小的了。这不足为怪。我总觉得我们的同胞有两大狂热：思想和通奸。乱七八糟，姑且这样说吧。不过，我们不要谴责他们；不独他们如此，整个欧洲也这样。我有时梦想着未来的历史学家将如何评说我们。对于现代人，一句话足矣：通奸和读报。我敢说，下了这个有力的断语之后，文章就做尽了。

荷兰人，啊不，他们远非那么现代化。您看看他们，优哉游哉。他们干什么？这些先生靠那些妇人工作为生。这是些公的和母的，非常资产阶级化的家伙，他们来这儿，像平时一样，或是出于说谎癖，或是出于愚昧。总

①　在极讲究的书面语言中使用的一种语态。使用这种语态，表明使用者有很高的文化修养，但有时也表明使用者近乎冬烘的学究气。

之，是由于想象力过于丰富或缺乏想象力。这些先生们不时地玩刀弄枪，然而，别以为他们认为有必要。角色要求这样，如此而已，他们放出最后几发子弹，害怕得要死。除此而外，我觉得他们比其他人更有道德，后者是慢慢地整家整户地杀人。您没有注意到我们的社会就是为了这种灭绝而组织起来的吗？您自然是听说过巴西河流中那些极小的鱼，它们成千上万地一齐攻击粗心大意的游泳者，小口小口地，飞快地清扫他，一会儿工夫，就只剩下一具完整干净的骨架。您看，这就是它们的组织。"您想过一种干净的生活？像大家一样吗？"您自然回答说是。怎么能够说不呢？"同意。人家于是就来清扫您。这是一门职业，一个家庭，一种有组织的娱乐。"小小的牙攻击肉体，直至骨头。我不公正了。不应该说这是它们的组织。这是我们的：争先恐后地清扫别人。

终于给我们拿来了刺柏子酒。祝您健康。是的，大猩猩张嘴叫我博士。在这个国家里，人人都是博士或教授。他们喜欢尊敬，这是出于好意或是出于谦逊。在他们这里，至少恶毒的言行不是一种国家制度。无论如何，我不是医生①。您若想知道的话，我来到此地之前是律师。现在，我是法官——忏悔者。

请允许我介绍一下我自己：若望－巴蒂斯特·克拉芒斯。为您效劳。很高兴认识您。您大概经商吧？差不多？回答得妙！也很确切：我们什么事情都是差不多。这样吧，允许我扮演侦探。您差不多同我一般年纪，有着差不多是饱经世故的四十岁人的深明底细的眼神，您差不多是衣着讲究，也就是说，像我们那里的人一样，而且，您有一双光滑的手。因此，您是个资产者，差不多！是一个讲究的资产者。对虚拟式未完成过去时皱眉头，事实上就证明了您的文化程度，首先是因为您知道它，然后是因为它又使您厌恶。最后，我使您开心，不是自夸，这说明您的脑筋在某种程度上是开通的。因此，您差不多……但这又有什么关系？职业不如宗派那样令我感兴趣。请允许我向您提两个问题，您只需在不觉得唐突的情况下再回答我。您拥有财产吗？有一些？好。您与穷人分享吗？不。那么，您是我称之为保守的犹太人的那种人。我认为，如果您未曾奉行过《圣经》的教导，您是不会晋升得更快的。这使您晋升？那您知晓《圣经》喽？您真使我感兴趣。

至于我……还是您自己来判断吧。从身材、肩膀、人家常说是凶恶的脸

---

① 法文中，医生称为"docteur"，与博士（docteur）是一个词。

来看，我更像个橄榄球员，是不是？但是，如果从谈吐看，应该说我还有些高雅之处。向我的大衣提供毛的骆驼肯定是长了疥；然而，我的指甲修剪得干干净净。我也很世故，但现在却不加提防地，只根据您的模样就讲了心里话。最后，尽管我举止得体，谈吐优雅，我却是滨海区海员酒吧间的常客。算了，别打听了。一句话，我的职业是双重的，和人这类生灵一样。我已对您说过，我是法官——忏悔者。在我身上只有一件事很简单，即我一无所有。是的，我曾经富有过，不，我从未与人分享过什么。这证明了什么？证明了我也曾是一个保守的犹太人……啊！您听见港口的汽笛了吗？今夜，须德海上要起雾了。

您要走？原谅我拖住了您。如果您允许，我来付账。您在墨西哥城，就是在我家里，我在这儿接待您感到非常高兴。我明天晚上一如既往，肯定在这儿，我感激地接受您的邀请。您的路……那么……最简单的是，我陪您一直到港口，您认为有所不便吗？从那儿，绕过犹太区，您就会找到那些漂亮的大街，街上驶过摆满鲜花、音乐声震耳欲聋的电车。您的旅馆就在其中的一条街上，当拉克街。您先走，请。我嘛，我住在犹太区，直到我们的希特勒兄弟们打扫地盘的时候一直这样叫法。什么样的大清洗啊！七万五千犹太人被关进集中营或被屠杀，这是真空清扫。我欣赏这种专心致志，这种有条不紊的耐心！如果没有魄力，就该有方法。这儿，这种方法其效如神，没说的，我住在发生了历史上最大的罪行之一的地方。也许正是这个帮助我理解大猩猩和他的戒心。这样我就可以同我的天性作斗争，它使我身不由己地滑向同情。当我看见一张陌生的面孔时，我身上的某一个我就在敲警钟。"减速。危险。"甚至在同情心最为强烈的时候，我还是保持警惕。

您知道吗？在我小小的故乡，有一次在镇压时，一个德国军官彬彬有礼地请一位老太太在两个儿子中选择一个作为人质枪毙。选择，您想象一下吧。那个？不，这个。眼睁睁地看着他走了。您别坚持，相信我，先生，任何意想不到的事都是可能发生的。我认识一个心地纯良的人，他不愿意怀疑。他是个和平主义者，绝对自由主义者，他以同样的感情爱全人类和所有的动物。一个优秀的灵魂，是的，这是肯定的。在欧洲的最后几次宗教战争中，他归隐田园了。他在门槛上写道："不管您来自何方，请进，欢迎您。"您说，谁答复了这盛情的邀请呢？民兵①，他们如同进了自己的家，开膛掏

---

① 第二次世界大战中，法国维希政府的军事组织，致力于与德国法西斯合作，破坏抵抗运动。

了他的内脏。

噢！对不起，太太！原来她什么也没懂。这么多人，嗯，这么晚了，还下着雨，几天都没有停！幸好，有刺柏子酒，黑暗中唯一的光明。您感到了投在您身上的金色的、紫铜色的光亮吗？我喜欢趁着刺柏子酒的热力，在晚上穿过城市。我整夜整夜地走着、冥想着，无休止地自言自语着。像今天晚上一样，是的，我怕有些使您厌烦了吧，谢谢，您真是彬彬有礼。然而，话真是太多了，我一张嘴就要说。何况，这个国家激发起我的灵感。我爱这里的人民，他们挤满了街道，夹在房屋和水之间的狭小空间里，被雾、冰冷的土地以及像洗衣盆一样冒着气的大海包围着。我爱他们，因为他们是双重的，他们在这里，同时又在别处。

真的，听着他们沉重的、走在油腻的路上的脚步声，看见他们在店铺中间笨重地走过，那里面摆满了金色的鲱鱼和枯叶色的首饰，您一定以为他们今天晚上会在这里吧？您像众人一样，把这些老实人当成一些顾问和商人，怀着长生不老的希望去数他们的钱，而他们唯一的雅兴就在于有时戴着宽大的帽子听讲解剖学？您错了。的确，他们在我们身边走着，但是，看看他们的脑袋在哪儿吧：在那红绿招牌下由霓虹、刺柏子酒和薄荷酒组成的迷雾中。荷兰是个梦，先生，一个黄金和烟雾的梦，白天烟雾弥漫，夜晚金光闪烁，日日夜夜相继如斯，这梦里充塞着洛汉格林①，如同那些心不在焉地骑着车把高高的黑色自行车的人一样，像一群阴郁的天鹅，不停地盘旋在全国各地，大海周围，运河两岸。他们想入非非，头裹在紫铜色的云中，在迷雾的金色的香烟中打着旋儿，高高飞起，睡眼惺忪，他们不在这里了。他们向几千公里外进发，去爪哇，遥远的岛屿。他们向印度尼西亚的那些做鬼脸的神祇祈祷，用它们装点所有的窗户。它们此时正在我们头顶徘徊，然后作为庄严的表征，附在招牌和梯形的屋顶上，提醒这些思乡的移民，荷兰不仅仅是商人的欧洲，而且是大海，通向扶桑国②的大海，在那些岛屿上，人们死的时候疯狂而幸福。

我信口说下去，我在辩护啊！对不起。这是习惯，先生，是天赋，也是我想让您了解这座城市，事物的心脏！因为我们正处在事物的中心。您注意

---

① 欧洲民间传说中人物。他被选中保卫爱尔索·德·布拉邦女公爵。他使她摆脱了敌对的臣属，并与之结婚，他许下诺言，绝不询问她的身世。后来，他未能信守诺言，于是就乘天鹅拖曳的飞舟出走。

② 原文为 Cipango，是中世纪末欧洲人对日本的称呼，似可译为扶桑国。

到阿姆斯特丹的同心的运河好像地狱之圈？资产阶级的地狱，自然是纠缠着噩梦。当人们从外圈开始，一圈深似一圈，生活，亦即罪恶，变得越来越浓厚，越来越阴暗。这儿，我们正处在最后一圈。是……啊！您知道？见鬼，您变得更难于确定等级了。然而，您因此而明白为什么我能说事物的中心正在这里，尽管我们处在大陆的边缘。敏感的人理解这些怪事。无论如何，看报的人和通奸的人不能走得更远了。他们来自欧洲各地，在内海周围黯然无色的沙滩上停下。他们听着汽笛，徒然在迷雾中寻觅船舶的轮廓，然后，再度越过运河，冒雨返回。他们在这里中转，用各种语言到墨西哥城要刺柏子酒喝。我在那儿等着他们。

明天见吧，先生，亲爱的同胞。不，您现在找得到路了；我在这座桥边同您告别。我夜里从来不过桥。这是许了一次愿的结果。反正，您设想某人投水吧。二者必居其一，或者您跟着跳下去救起他，在严寒的季节，您将冒最大的危险！或者您丢下他，逃回家去，有时会感到莫名其妙的酸疼。晚安！怎么？玻璃窗后面的那些女人？梦，先生，廉价的梦，神游印度！这些人涂抹着香料。您进去，她们拉上窗帘，航行于是开始。裸体之上，有神降临，岛屿癫狂，随波逐流，棕榈覆盖，如临风之乱发。不妨一试。

什么是法官——忏悔者？啊！您对我的这个称呼感到奇怪。请相信，其中并无任何戏谑，我可以解释得更清楚些。从某种意义上说，这甚至是我的职务的一部分。但是，我应该首先摆出一定数量的事实，这有助于您更好地理解我的叙述。

几年前，我在巴黎当律师，真的，还颇有名气哩。当然，我没有向您说出我的真实姓名。我专门承揽所谓高尚的诉讼，为寡妇和孤儿辩护。我不知道那是为什么，反正也有行为过分的寡妇和凶恶残忍的孤儿。但是，只需在被告身上闻到一点儿受害者的气味，就足以使我挥动衣袖投入行动。怎样的行动啊！简直是一场风暴！我的心全在那衣袖上了。人们简直真会相信正义每夜都与我同眠。我肯定，您会钦佩我的语气恰当，感情确切，辩护有说服力，还有我的热情以及适度的愤激。身体方面，我也是得天独厚，能随时表现出一种高贵的仪态。再者，有两种真诚的感情支持着我：为站在法庭上代表正义的栏杆的这一方而感到的满足，以及对于所有法官的一种本能的轻蔑。说到底，这种轻蔑也许不是出自本性。现在我知道了它有它的道理。但是，从外表看，它毋宁像一种激情。人们不能否认，至少是眼下，还需要法官，是不是？然而，我不能理解人可以指派自己去担任这种令人惊奇的职务。既然我看见了他，我还是容忍了，有点像我容忍蝗虫一样。区别在于，这种直翅目昆虫的入侵从未给我带来过一文钱，而我却是以和被我蔑视的人对话来谋生的。

这样，我就站在了正义的一方，这足以使我良心安宁。法律的观念，因有理而感到的满足，自尊自重的喜悦，亲爱的先生，这是我得以站住或前进的强大动力。相反，如果您剥夺了人的这些东西，您就把人变成了疯狗。仅仅是因为人因缺少这些东西而忍受不了，就犯下多少罪行啊！我过去认识一个工业家，他有一个十全十美的妻子，人人都钦佩她，可是他却欺骗她。此人的确因为自己理亏而恼火，因为得不到或不能给予自己有德的证明而恼火。他的妻子越是显得完美，他越是恼火。最后，他的理亏变得不能忍受。您想他干了什么？停止欺骗她？不。他杀了她。这样我才和他有了往来。

我的情况更值得羡慕。我不仅没有触犯法网之虞（特别是，我绝无杀妻的运气，因为我是独身），而且我还为他们辩护，唯一的条件是他们是些好杀人犯，如同某些人是些好野蛮人一样。我进行辩护的方式本身给予我极大的满足。我在职业上的确是无可指责的。我从未受贿，这自不待言，我也从未屈尊去找门路。更为罕见的是，我从未同意去奉承任何一位新闻记者，为了使他对我有利；以及奉承任何一位官员，他的友谊可能会有用处。我曾有幸两次或三次被授予荣誉勋位，而我以一种谨慎的尊严拒绝了，我从这种尊严中得到了真正的奖赏。最后，我从未让穷人付钱，也从未就此自我宣扬。亲爱的先生，请不要以为我是自吹自擂。我仍旧是无所作为：在我们的社会里，贪婪代替了宏图大志，这始终引我发笑。我的志向更远大，您将会看到，这种用语对我是贴切的。

然而，您已经在说我自满了。我由着自己的天性，任其发展，我们都知道幸福即在于此，尽管我们为了彼此相安无事，有时以自私自利为名装模作样地谴责这些乐趣。至少，我天性中的这一部分我任其发展，对寡妇孤儿我必然产生共鸣，日久天长，这一感情终于驾驭了我的全部生活。例如，我特别喜欢帮助盲人过马路。远远的，我看见一根手杖在路的拐角犹豫，我就奔上去，抢先一秒钟，伸出仁慈的手，让盲人只接受我的帮助，用我温暖而有力的手引导他走上人行横道，穿过往来的车辆，走向安全的地带，然后，彼此激动地分手。同样，我总是喜欢回答问路的行人，借给他们火，助推车的人一臂之力，推抛锚的汽车，买救世军的报纸，或买老妇人的鲜花，虽然我知道那是从蒙巴纳斯公墓里偷来的。还有，啊，这更难于启齿了，我还乐善好施。我的朋友中有一个大基督徒，他承认，当人们看见一个乞丐走近家门时的第一个感觉是很难受。而我，却喜出望外。我们且不谈这个吧。

还是谈谈我的礼貌吧。那是出了名的，而且不容置疑。礼貌的确给了我巨大的欢乐。如果我有幸，早晨在公共汽车里或地下电车里，给一些看起来应该坐着的人让座，捡起一个老妇人掉在地上的东西，然后带着我惯有的微笑还给她，或仅仅是把我叫的出租汽车让给更急需的人，这样，我的一天就充满了光明。应该说，在这样的日子里我也很快活，在公共交通罢工时，我有机会在我的汽车里拉上几位回不了家的不幸的同胞。在剧场里，让出我的座位好使一对男女坐在一起，在旅途中，把一个姑娘的提箱放在她够不着的架子上，这都是我比别人更经常做的事，因为我更留神这种机会，更会品味其中的乐趣。

我也被认为是慷慨大方的，我也的确如此。公开或私下，我都有赠与。当我该拿出一件东西或一笔钱时，我所感到的远远不是痛苦，而是经久不衰的快乐，有时我看到这些赠与毫无回报以及有可能变成忘恩负义，不免产生某种伤感，但是这与我所获得的哪怕最微不足道的快乐相比也是不可同日而语的。我乐善好施甚至到了这种地步，我憎恶被迫而为。金钱方面的锱铢必较使我厌烦，我容忍了它，但心绪恶劣。我应该有权决定我的赠与。

这是些小事，但是，它们将使您理解我在我的生活中，尤其是在我的职业中发现的持久的乐趣。例如，在法院的走廊上，被一个被告的妻子叫住，该被告之得到辩护仅仅由于我出自正义和怜悯，我是说免费辩护，听这个女人喃喃地说，什么也不能表达对我为他们所做的事的感激之情，我回答说这是很自然的，谁都会这样做，甚至帮他们一把以度过未来的艰难日子，然后，为了打断这种感情的流露，让他们保留一种正义的共鸣，我就吻吻那可怜女人的手。就此停住，相信我，亲爱的先生，这就超脱庸俗的野心而上升到顶点，在那里，存在的确实只有道德。

我们停留在这些顶峰上吧。您现在明白了我说更远大的志向的意思了吧。我说的正是这些顶点，我只能在那上面生活。是的，我从来只是在高尚的境界中才感到怡然自得。哪怕是生活中的细节，我也需要处于高境界中。公共汽车与地下电车，我更喜欢公共汽车；马车与出租汽车，我更喜欢马车；平台与夹楼，我更喜欢平台。我喜欢运动性质的飞机，在那上面，可以把头伸向广阔无垠的天空；我也是船尾楼上的不知疲倦的散步者。在山里，我逃避那山口高地间纵横交错的山谷，我至少还是个准平原上的人。如果命运迫使我选择一种体力劳动的职业，车工或屋面工，请放心，我选择在屋顶上干活，与眩晕为伍。船舱、船台、隧道、山洞、深渊，都令我厌恶。我甚至对洞穴学家怀有一种特别的仇恨，他们居然胆敢占据报纸的头版，他们的活动令我作呕。努力达到负八百米的标高，冒着把脑袋夹在乱石嶙峋的狭窄入口（这些糊涂虫称为虹吸管！）中的危险，我觉得这是性情败坏或受了刺激的人在逞能。那底下隐藏着罪恶。

恰好相反，一个自然形成的阳台，高耸于海面五六百米之上，可以俯视明亮的大海，那是我呼吸最畅快的所在，尤其是当我独自一人，高踞于人类这蚁群之上时。我很容易讲清楚，布道、重要的说教、拜火的仪式为什么要在人迹可至的高山上进行。我认为，在地窖和囚室里，人们是不能沉思冥想的（除非囚室设在塔里，有着广阔的视野），而只是在里面消磨岁月。我理解这个人，他当了教士又还俗，因为他的房门不是如他所愿朝向一片广阔的风景，而是朝向一堵墙壁。请您相信，至于我，我可不消磨岁月。一天里每时每刻，我都在自身中和众人中向高处攀登，在那里点燃有目共睹的火焰，于是，一阵欢乐的致敬声朝我升起。这样，我至少是热爱生活，对我的优秀品质感到满意。

我的职业成功地完成了这种攀登高峰的志愿。它使我摆脱了任何辛酸之感，对那些我总是施恩而从不欠他们什么的人的辛酸之感。它使我高踞于法官之上，该我来审判他们，高踞于被告之上，迫使他们认罪。任何审判都与我无涉，我不在法庭的舞台上，而在某个地方，在舞台的上空，如同人们不时借助机关使之降临，以使情节面目一新并赋予它应有的意义的神明一般。总之，超然在上的生活依然是被大多数人景仰和礼拜的不二法门。

在我的好罪犯中，有几个在杀人时也都是听命于这种感情的。有人阅读描述他们的悲惨处境的报纸，无疑是给予他们一种不幸的奖赏。如同许多人一样，他们对默默无闻感到厌烦，这种焦躁有时也能使他们令人不快地铤而走险。说到底，杀了门房，足以使人出名。不幸的是，这是一种转瞬即逝的名声，因为有那么多理当并且已经挨刀的门房。罪行不断地占据着前台，而杀人犯却是昙花一现，随后即被代替。这些短暂的胜利最后要付出太高的代价。相反，为我们不幸的希望出名的人辩护，才真正是被人承认，是在同一时刻、同一地点，而且是通过更为经济的手段被人承认。这也就鼓励我施展理应得到嘉奖的努力，为使他们付出尽可能少的代价：他们付出的，多少也是代我而付。作为回报，我表现出的义愤、才智和激情偿还了我欠他们的一切。法官惩罚，被告赎罪，而我，除去一切义务，既避免了审判，又避免了惩罚，自由地生活在一片伊甸①之光中。

亲爱的先生，伊甸园不就是直接驾驭的生活吗？这就是我的生活。我从来就不需要学会生活。在这一点上，我是生而知之。有一些人，他们的问题是防备他人，或至少是与他人合拍。对于我，合拍是天生的。需要的时候不拘礼节，必要的时候三缄其口，既能玩世不恭又可庄重凛然，这一切我都得心应手。因此我深孚众望，在上流社会的成功不可胜数。我的仪表也不错，既是一个不知疲倦的舞客，又是一个审慎小心的学者，我能够，谈何容易，同时爱女人和正义，我搞体育运动和美术，打住吧，免得您疑心我骄傲自满。不过，请您想象一个人正在盛年，体魄强健，天赋极厚，体力活动和智力活动一样敏捷，不穷不富，睡得香甜，对自己由衷地满意，而表现出来的却是极其随和。您得承认，我尽管谦虚，但仍可以说我的生活是成功的。

的确，比我更自然者罕有其人。我与生活的和谐是完全彻底的，我全部溶化进去，从上到下，不拒绝生活中任何讥讽、伟大和束缚。尤其是，肌肉，物质，一句话，身体，它使那么多人在爱情中，在孤独中狼狈不堪，灰心丧气，却给我带来了同样的乐趣，并且没有使我奴化。我生来就是为了有一躯体。由此而产生我身上的和谐，这种轻松的控制，人们感觉到它，有时并且承认它有助于生活。因此，人们刻意求我为友。譬如说，人们经常以为早已见过我了。生活，其存在和赠与，迎面而来；我以一种善意的自豪感接受此种敬意。事实上，由于这样充实、淳朴地做人，我觉得自己有些超人的味道了。

我生于正经人家，但并不显赫（我父亲是军官），然而，某个早晨，我谦卑地承认，我感到自己是王子，或者是燃烧的荆棘②。务请注意，这是我确信自己比所有的人都聪明之后的又一种认识。不过，这种信念并无结果，因为那么多笨蛋都有这种信念。不，由于志得意满，我感到，真是不知道该不该承认，感到被选定了。众人之中，唯独我被选定去获得这漫长而稳定的成功。一句话，这是我谦逊的结果。我拒绝将这一成功归于我个人的功劳，我不认为集如此不同而极端的优点于一人是纯粹偶然的结果。这就是为什

---

① 据《圣经·创世记》，上帝在东方设一花园，令人类的祖先亚当和夏娃居住，名伊甸园。

② 据《圣经》，上帝在一片燃烧的荆棘中向摩西显形。

么，我以某种方式感到，我之有权如此幸福地生活，是出于某种上天的旨意。如果我对您说我没有任何宗教信仰，您就会更觉得这种信念所具有的异常之处了。不管这种信念是否平常，它却长期使我超脱于日常琐事之上，我的的确确翱翔于空中许多年，说真的，我由衷地怀念那些岁月。我一直翱翔到晚上……不，那是另一码事了，应该忘掉它。况且，也许我夸大其词。我各方面都舒舒服服，真的，然而，同时又对什么都不满足。每一种快乐都驱使我追求另一种快乐。我参加了一个又一个晚会。有时通宵跳舞，越来越对人和生活入迷。有时，我在这些晚会上滞留很晚，跳舞、低度烧酒、我的发作、众人粗暴的放纵，将我投入到既厌倦又满足的沉醉之中，仿佛在疲倦到极点的一刹那间，我终于知道了人和世界的奥秘。然而，第二天，疲倦消失了，奥秘亦随之而去；我又重新扑了进去。我就这样跑啊，总是心满意足，从不乐极生厌，不知在何处停住，直到那一天，不如说直到那一晚上，音乐中止，灯光熄灭。曾使我幸福过的那些晚会……但是，请允许我招呼我们的原始人朋友。点点头谢谢他，尤其是，请跟我喝酒吧，我需要您的同情。

我看出来这番表白使您惊讶。您从未突然地需要同情、帮助和友谊吗？不，当然。我嘛，我学会了只满足于同情。这更容易得到，又不承担任何义务。"请相信我的同情"，心里这样说，紧接着就是"而现在，咱们谈别的事吧"。这是一种议会议长的感情：廉价地得到，然后就是灾难。友谊，就不那么简单了。需要长时间的、艰苦的努力才能得到，一经得到，就无法摆脱，必须正视。尤其是不要以为您的朋友每天晚上都给您打电话，他们本该如此，这是为了想知道您是否正好那天晚上决定自杀，或更简单些，您是否需要有人做伴，是否不能出门。不，如果他们打电话，请放心，肯定是那晚上您不是独自一人，而生活又是美好的。自杀，倒不如说是他们把您推向它，据他们说，是出于您对您自己所承担的义务。亲爱的先生，上天使我们免于被朋友抬得过高！至于那些出于职责而爱我们的人，我想说父母们，他们算亲属（什么样的用语啊！），所以又当别论了。他们有"必须"这一字眼，但是，不如说这个词成了子弹；他们打电话犹如打冲锋枪。而他们瞄得很准。啊！巴才纳[①]之流！

什么？哪天晚上？我回头再谈，跟我要有耐心。再说，从某种意义上

---

① 巴才纳，法国元帅。1873 年因叛国罪被判死刑，后改为二十年监禁。服刑期间越狱，后逃至西班牙。此处所指不明。

讲，我谈朋友和亲属，恰恰是正题。您看，人家跟我谈起过一个人，他的朋友被关进监狱，他就每天晚上在房里席地而卧，为了不再享受他所爱的人被剥夺了的舒适。谁，亲爱的先生，谁会为了我们而睡在地上呢？我自己能吗？听着，我愿意如此，我也将会如此。是的，有一天我们大家都能够，而普天下也将获得拯救。然而，谈何容易啊，因为友谊朝三暮四，至少是无能为力。它愿意的事，它做不到。也许，说到底，它的愿望还不够强烈？也许我们爱生活还爱得不够？您注意到唯有死亡才能唤醒我们的感情吗？如同我们爱刚刚离开我们的朋友，是不是？如同我们钦佩主人的朋友，他们不说话了，嘴里塞满黄土！于是，尊敬自然而然地来了，他们也许一生都在等待我们的这种尊敬。您知道为什么我们总是对死人更公正、更宽宏大量吗？原因很简单！对他们没有义务。他们让我们自由，我们可以从容不迫，把尊敬穿插在鸡尾酒和可爱的情妇之间，一句话，在闲暇之中。如果他们强迫我们什么，那就是怀念他们。然而我们却是健忘的。不，在我们的朋友中，我们爱的是刚刚死去的人，痛苦的死者，我们的悲恸，最后是我们自己。

我有这样一个朋友，我尽量躲避他。我有点儿讨厌他，再加上他还有道德。不过，您放心，他临死时又看见了我。我那一天没有白过。他死了，对我感到满意，握着我的手死了。有一个女人，老是死缠着我，但终属徒劳，她也很知趣，年纪轻轻就死了。我的心中立刻感到空了一块！再加上又是自杀！上帝啊，多么美妙的骚乱啊！电话畅通，心潮澎湃，语句有意简短，然而大有弦外之音，抑制着痛苦，甚至，是的，有点自我谴责！

人就是如此，亲爱的先生，有两副面孔：既爱别人又爱自己。如果碰巧公寓里有一宗丧事的话，请观察一下您的邻居吧。他们沉睡在自己的小日子中，突然，比方说，门房死了。他们醒了，骚动起来，打听消息，有了恻隐之心。一桩死讯正待发布，戏剧终于开场。他们需要悲剧，有什么办法，天性如此，这是他们的开胃饮料。再说，难道是出于偶然我才跟您谈门房吗？我曾有过一位，真是不讨人喜欢，简直是恶毒的化身，一个分文不值而心怀怨恨的怪物，就是一个方济各会①修道士也会对他失望。我甚至不理他了。然而，仅仅因为他的存在，我平日的兴致就被败坏了。他死了，我参加了他的葬礼。您愿意跟我说说这是为什么吗？

葬礼的前两天颇有意思。门房的老婆病了，躺在那间唯一的屋子里，她

---

① 基督教中的一个教规极严、劝人甚力的教派，发源于意大利。

身旁的架子上放着箱子。房客得自己取信。他们开开门，说一声："您好，太太。"他们听她手指着死者颂扬他，然后拿走他们的信。这没有任何令人高兴之处，是不是？所有的房客都从这间散发着石炭酸味的屋子里走过。他们不派仆人前去，不，他们自己来享用这桩意外的收获。仆人亦然，不过是偷偷地。下葬的那一天到了，箱子太大出不了门。"噢，亲爱的，"门房的老婆躺在床上，带着一种又悲又喜的惊讶说道，"他是多么高大啊！""别担心，太太，"安排葬礼的人回答道，"就会出去的，让他站着。"于是，让他站着出去，然后再让他躺倒，只有我一个人（和一个当过酒馆侍者的人，死者生前每晚都和他喝开胃酒）去公墓，往一具豪华得令我吃惊的棺材上撒鲜花。然后，我去看门房的老婆，为了得到女戏子的道谢。告诉我，这一切有何道理呢？什么也没有，开胃酒而已。

我还安葬过律师团里的一个老同事。他是一个颇受轻蔑的办事员，我总是同他握手。再说，我在哪儿工作，都同那里的一切人握手，能握两次就不握一次。这种平易近人的作风使我廉价地获得所有人的同情，这对我的发展是必要的。安葬我们的办事员，首席律师是不屑一顾的。我却不然，虽然第二天还要出门，并且是一次重要外出。正因为如此，我知道我的在场会引人注目，得到有利的评价。于是，您明白，那天下着大雪也未能使我后退。

什么？我就要说到，别担心，何况我并未离题呀。不过，先让我提请您注意，那个女门房因想更好地感受自己的激动，买了个上好橡木、手把镶银的基督受难像而倾家荡产，一个月之后，她搅上了一个嗓音动听、神气活现的家伙。他打她，人们听见可怕的叫喊，随即，他打开窗户，唱出心爱的歌："女人啊，你们多么漂亮！""活该，"邻居们说。请问活该什么？好，表面上众人都反对这个男中音，女门房也反对他。然而无从证明他们不相爱。也无从证明她不爱她的丈夫。最后，嗓子和胳膊都累了，那个神气活现的家伙飞了，她又颂扬起死者，好一个忠实的女人！反正我还认识别人，表面上众人都拥护他们，他们却并不更忠实，也不更真诚。

我认得一个人，他把一生的二十年奉献给一个轻薄女子，他为她牺牲了一切，友谊、工作，甚至一生的体面，却在一天晚上发现自己从未爱过她。他厌倦了，一句话，像大部分人一样地厌倦了。他为自己硬造了一个复杂悲惨的一生。应该发生点什么事，这就是在大多数情况下人类承担义务的原因。应该发生点什么事，哪怕是没有爱情的奴役、战争或者死亡。丧葬万岁！

我至少没有这种托辞。既然我支配着生活，我就不厌倦。我跟您说起的那天晚上，我甚至可以说比任何时候都不厌倦。不，真的，我不想有什么事情发生。然而……您看，亲爱的先生，那是个美丽的秋夜，城里倒还温和，塞纳河上已经水汽氤氲了。入夜，天色暗淡下来，西方却依然明亮，路灯微弱地闪烁着。我沿左岸的路朝艺术大桥走着。河水在旧书店关闭的书箱中间闪闪发亮①。路上行人寥寥，巴黎已是晚餐时分。我踩着落叶，那枯黄、沾满尘土的落叶还让人想起刚刚逝去的夏天。我走过一杆杆街灯，倏忽闪过眼帘的星辰渐渐缀满天空。我品味着失而复得的寂静、夜晚的温馨和空荡荡的巴黎。我心满意足。这一天过得很好：一个盲人，我所希望的减刑，我的主顾的热烈的握手，下午的几桩善举，在几个朋友面前发表了一篇精彩的即兴演说，评论我们的领导阶级心肠之冷酷和我们的优秀分子之虚荣。

　　我登上此时空无一人的艺术大桥，想要看看深夜中依稀难辨的河水。我面对着弗尔加朗②，俯视着河心小岛。我感到周身涌起一种强大的，怎么说呢，功德圆满的巨大感情，我的心膨胀起来。我挺了挺腰，正要点燃一支香烟，点燃一支满足的香烟，这时，一阵笑声在我背后响起。我大为惊异，猛一转身，悄然无人。我一直走到桥的栏杆旁，既无驳船，亦无小舟。我朝小岛走去，又听见背后的笑声，稍微远了些，似乎正顺流而下。我站在那儿，一动不动。笑声渐渐微弱，但我还是在背后听得清清楚楚，除了从水里，这声音不会来自任何地方。同时，我感到心在急速地跳动。您听明白，这声音没有任何神秘之处，这是一种善意的、自然的、几乎是友好的笑声，它使事情重新变得正常。况且，我很快就什么也听不见了。我又上了滨河路，步入多非那街，买了包我根本不需要的香烟。我昏头昏脑，呼吸紊乱。那天晚上，我打电话找一个朋友，他不在家。出门还是不出门，我犹豫不决，突然，我听见有人在窗户底下笑。我打开窗户。人行道上，果然有些年轻人在快活地告别。我关上窗户，耸了耸肩；无论如何，我还有份卷宗要研究。我进了浴室想喝杯水。我的脸在镜子里微笑，可是，我的微笑似乎具有双重性了……

　　怎么？原谅我，我刚才想到了别的事情。我们明天见，当然。明天，是的，是这样。不，不，我不能留下。再说，棕熊找我商量事情，您看见他在那边。他肯定是个正直的人，警察卑鄙地捉弄他，是出于纯粹的邪恶。您认

---

① 塞纳河畔的书商们多将旧书放在若干铁箱内，置于露天。
② 塞纳河的河心小岛的尖端部分。

为他有个杀人犯的脑袋？您放心，这是一个专干这一行的人的脑袋。他溜门撬锁也同样出色，您若知道这个穴居人也善于倒卖绘画，一定会感到惊奇。在荷兰，人人都是绘画和郁金香方面的专家。此人态度谦虚，是最著名的一次绘画盗窃案的作案者。哪一次？我也许会对您说。别对我的学问感到吃惊。尽管我是法官——忏悔者，我还是这儿的业余小提琴手：我是这些老实人的法律顾问。这并非易事，但是我引起别人的信任，是不是？我的笑声爽朗，握手有力，王牌就在这里。再有，我解决了几宗难案，首先是出于利益，其次是出于信念。如果鸨儿和小偷永远、处处都被定罪，那么正经人就会全部地、不断地自认为无罪。而据我看——您看，您看，我说到了！——这尤其应该避免。否则，就会贻笑大方了。

真的，亲爱的同胞，我感激您的好奇心。不过，我的故事毫无异常之处。既然您坚持，您该知道，几天之内我还有点在想那笑声，随后就忘了。逐渐地，我好像在我身上某处听见了它。不过，大部分时间里，我不费劲就想到了别的事情。

但是，我应该承认，从那以后，我再也不涉足滨河路了。当我乘汽车或公共汽车路过的时候，在我身上出现了某种沉默。我想我是在等待。然而，我过了塞纳河，什么事也没有发生，我松了口气。那时，我身体也有些不好。什么确切的病也没有，只是感到虚弱，难以恢复好兴致。我去看医生，他们给了我一些兴奋剂。我的精神振奋起来，然后又消沉下去。生活变得不那么容易了：当身体不适的时候，心就萎靡不振。我好像忘了一部分我不学而会的东西，然而我原来却知道得那么清楚，我这是想说，我知道如何生活。是的，我的确认为一切都是那个时候开始的。

今天晚上，我也不感到精力充沛。我甚至说话都费劲儿。好像我说得不那么好了，推理也不那么有把握了。无疑，和天气有关。喘不过气来，空气沉闷，压着胸脯。我亲爱的同胞，如果我们出去在城里走一走，您看有所不便吗？谢谢。

晚上，运河多美啊！我爱发霉的水的气息，爱浸泡在运河里的落叶的气味，爱那从摆满鲜花的平底驳船上升起的阴郁的气味。不，不，这口味毫无病态可言，相信我。相反，这在我是一种先入之见。事实是我竭力喜欢这些运河。世界上我最爱的，是西西里①，您听清楚，而且还要在埃特纳火山②上，俯视岛屿和大海。还有刮信风时的爪哇。是的，我年轻时去过那里。一般地说，我爱所有的岛屿，在那儿更容易处于主宰地位。

一座精致的房子，是不是？您看见的是两个奴隶的脑袋。一块招牌。房子原来属于一个奴隶贩子。啊！不，那时这种把戏并没有人想隐瞒！人们高声谈论，说："看，我临街有幢房子，我运奴隶，卖黑肉！"您能想象今天会有人公开地声称这是他的职业吗？多大的丑闻啊！我从这儿就听见我的巴黎同行了。他们在这个问题上的态度是多么顽固啊，他们毫不犹豫地发出两三份宣言，甚至更多！经过考虑，我在他们后面签了名。奴隶制度，啊，那可不行，我们反对！要是不得不在自己家里，或是工厂里建立奴隶制度，那好，顺理成章，可是大吹大擂，那才糟糕透顶。

我很知道人们离不了统治别人和被别人服侍。每个人都需要奴隶，如同需要纯洁的空气一样。统治，就是呼吸，您同意这个观点吗？甚至命运最不济的人也能够呼吸。社会阶梯最底层的人还有其配偶和孩子呢。如果他是光棍，他还有条狗。一句话，能够发怒而另一个不能顶撞，这是根本的。"人不能顶撞他父亲"，您知道这句话吗？从某种意义上说，这句话不可解释。在这个世界上，不顶撞他爱的人顶撞谁呢？但是从另一种意义上说，它又是令人信服的。应该由一个人说了算。否则，任何一种道理都可以有另一种道理与之对立，这样就会没完没了。相反，实力解决一切。我们花了时间，明白了这一点。例如，您该注意到，我们古老的欧洲终于用正确的方法来推究问题了。我们不再像幼稚时代那样说："我这样想。您如何反驳？"我们表达得清晰了。我们用通告代替了对话。"这就是真理，我们说，你们尽可以讨论，这我们不感兴趣。但是，几年以后，将有警察，它将向你们表明我有理。"

啊！亲爱的地球！现在一切都清楚了。我们有自知之明，知道我们自己能干什么。听着，我换个例子，主题不变，我总是喜欢被微笑着服侍。如果女仆神情忧郁，她就毒化了我的日子。无疑，她完全有权不高兴。但是，我想，笑着服务比哭着服务对她更好。事实上，这对我更好。不过，我的推理虽不精彩，也不完全愚蠢。同样，我总是拒绝去中国饭馆吃饭。为什么？因

---

① 地中海中的大岛，位于意大利半岛的西南方。
② 西西里岛上东北部的活火山，为欧洲最高的活火山。

为亚洲人，当他们不说话，而又在白人面前的时候，经常带着一种轻蔑的神气。这样怎能品味烧鸡呢，又怎能一边看着他们，一边想自己有理呢？

这完全是句知心话，奴役，最好是微笑的奴役，实在不可避免。但是我们不能承认。不能没有奴隶的人，他们称奴隶为自由人不是更为有利？首先是为了原则，其次是为了不使他失望。的确应该给他们这种补偿，不是吗？这样，他们将继续微笑，而我们也良心安宁。否则我们将被迫反躬自省，我们将痛苦得发疯，甚至将变得谨慎，什么都得小心害怕。因此，不要挂招牌，招牌会引起公愤。再说，如果所有的人都坐在桌旁，嗯，亮出其真实的职业、身份，人们将不知如何是好了！请想象一张名片吧：杜邦，胆小鬼哲学家，或基督徒业主，或通奸的人文主义者。真的，人们可以选择。但那将是地狱了！是的，地狱应当这样的：街道挂着招牌，但无法解释。人们一经划定等级，终生不变。

比方说您，我亲爱的同胞，想想您的招牌将是什么吧。您不说话？算了，您以后再回答我吧。反正我知道我的：两副面孔，是个可爱的贾努斯①，上面写着家传的格言："别相信。"我的名片上写着："若望－巴蒂斯特·克拉芒斯，伶人。"听着，我跟您说的那晚上以后不久，我出了点事。我帮助一个盲人过马路，当我在人行道上离开他的时候，我向他致敬。这一脱帽致敬显然不是为了他，因为他看不见。那是对谁而发的呢？对公众。演完角色后，致敬。不错吧，嗯？在这一时期的另一天，对一个开车的，他感谢我帮助了他，我回答他说没有人会这样做的。当然，我想说，任何人都会这样做的。但是，这个不幸的口误一直使我耿耿于怀。的确，说到谦逊，我是无与伦比的。

应该谦卑地承认一点，我亲爱的同胞，我总是虚荣得要死。我，我，我，这就是我宝贵的生命之歌，不管我说什么，都听得见它。我永远是一边说话，一边自我吹嘘，特别是以一种我深谙其中奥妙的吵吵嚷嚷的谨慎来自我吹嘘。的确，我总是自由地、强有力地生活。只是，面对所有的人我感到自由，其最充分的理由是我不承认有与我平等的人。我总是自视比所有的人都聪明，这我已经说过，但我以为自己更敏感、更机灵，是个优秀射手，无与伦比的司机，最好的情人。甚至在那些很容易检验出我的劣势的领域中，比如说网球，我只是个差强人意的球伴，我也很难不相信，如果我有时间训

_____

① 贾努斯，罗马神话中的古老神祇，具有阴阳两副面孔。

练，我会超过最高的等级。我只承认我的优越，这就解释了我的善意和坦然。当我照顾他人的时候，那是纯粹的屈尊低就，我有完全的自由，而全部功劳又回到我的手上：我在我的自爱中又升高了一级。

在我同您说起的那天晚上以后的一段时间内，根据其他几件事实，我渐渐发现了这些显而易见的东西。不，不是立刻，也不是十分清楚。首先我需要重获记忆。逐渐地，我看得越来越清楚，我学会了一些我过去知道的东西。在那之前，总是有一种惊人的遗忘能力在帮助我。我忘了一切，而首先是忘了我的决心。实际上，什么都不算数。战争、自杀、爱情、苦难，当环境迫使我去关心，我当然关心了，然而是以一种彬彬有礼、浮光掠影的方式去关心。有时，对一宗与我日常生活无关的案子我装作充满激情。但我的心并未参与进去，当然了，除非我的自由受到妨碍。怎么跟您说呢？悄悄地溜了。是的，一切都悄悄地从我身上溜了。

说句公道话：有时候，我的遗忘还是值得称赞的。您注意到有些人，其信仰在于原谅一切侮辱，他们也的确原谅了，然而却永远不能忘怀。我不是那种原谅侮辱的人，但是我最后总是忘得一干二净。以为被我憎恨的人看到我笑盈盈地向他致敬而感到惊讶不止。根据他的天性，他或者钦佩我精神之博大或者蔑视我的怯懦，却想不到我的理由更为简单：我连他的名字都忘了。于是，使我冷漠或不讨人喜欢的同一种弱点却使我成了一个高尚的人。

因此，过一天算一天，我的生活只有一种持续性，即我，我，我。过一天算一天，搞女人；过一天算一天，行善或作恶；过一天算一天，如同狗一样；但是，每一天都是我，坚守岗位。我就这样浮上了生活的表面，某种程度是在口头上，从来也不是真的。所有那些几乎没有读过的书，那些几乎没有爱过的朋友，那些几乎没有游览过的城市，那些几乎没有占有过的女人！我出于厌倦或出于消遣，有过一些行动。人们跟着，他们想依附，然而一无所有，而这就是不幸。那是对他们来说。因为对我来说，我已经忘了。我从来只记着我自己。

渐渐地，记忆回到我的脑海。或不如说我回到了记忆中，我在那儿发现了回忆，它在等着我。在同您说之前，请允许我，亲爱的同胞，给您举几个例子（我确信它们会对您有用），谈谈我在探索中的发现。

一天，我驾着汽车，在绿灯前启动迟了一秒钟，我们有耐心的同胞立即在我背后发疯似的按喇叭，正在这时，我突然想起了一桩发生在同样情况下的遭遇。一辆摩托车超了我，驾驶的人是个干瘪的小个子，戴着夹鼻眼镜，穿一条高尔夫球裤，遇到红灯，停在我前面。停下的时候，小个子将发动机熄了火，他竭力再打着，可是白费力气。绿灯亮了，我以习惯的礼貌请他把摩托车让一让，我好过去。小个子还在为扑哧扑哧的发动机恼火。于是，他根据巴黎礼节的通例，让我一边歇着去。我坚持着，一直彬彬有礼，只是在声调中有点轻微的焦急。人家立刻让我明白，不管怎么说要把我带走。这时，我背后有几只喇叭开始响了。我的口气更加坚决，要求对方有礼貌和承认自己阻碍了交通。这个暴躁的家伙无疑是由于发动机明显的作对而恼羞成怒，告诉我，如果我想尝尝老拳的话，他称之为松松筋骨，他很乐于奉送。如此的厚颜无耻使我义愤填膺，我出了车子，想要教训教训这个嘴里不干不净的家伙。我不想当胆小鬼（但愿别人也别这么想！），我比对方高出一头，我的肌肉一直为我好好地效劳。我现在还认为与其给人松筋骨还不如被人松筋骨。我在马路上还未站稳，从越聚越多的人群中出来一个人，向我直奔而来，他让我明白我是卑鄙之尤，他不允许我揍一个因骑摩托而处于劣势的人。我面对这位侠客，实际上，我甚至没看清他。我刚一回头，几乎是同时，我听见摩托车又嘭嘭地响了，耳朵上也狠狠地挨了一下子。我还没有记下这一切，摩托已经走远了。我昏头昏脑，木然地朝达达尼昂①走去，这时，一场愤怒的合奏从一长串汽车的喇叭中发出，越来越响。绿灯又亮了。我还有些迷迷糊糊，没有去揪住那个截住我的蠢货，乖乖地回到车子里。我开动了车子，经过那蠢货身旁的时候，他向我致敬，说了句"可怜的家伙"，这句话我现在还记着。

您说这是小事一段？当然。只是我很长时间才忘掉，说明其重要性。然而，我毕竟有自慰的理由。我挨了打而没有回击，人们却不能指责我怯懦。我从两方面遭到袭击和制止，两方面我都闹翻了，最后喇叭又使我糊里糊涂。可是，我感到不幸，仿佛我失去名誉一样。我重新看到自己，上了车，在那群人的一片讥讽的目光下毫无反应，我还记得，我穿了一身极高雅的蓝衣服，那群人因此更加开心。我听见说"可怜的家伙"，我觉得这一称呼毕竟是对的。总之，我当众丢了脸。的确，当时的情况也不作美，但永远是当时的情况啊。事后，我清楚地看到我当时应该怎么办。我看到我给那达达尼昂兜头一拳，将他打倒，然后上车去追那打我一拳的肮脏家伙，追上他，把他的摩托车扔在人行道上，把他拖到一边，理所当然地痛打一顿。我在想象

---

① 法国作家大仲马小说《三个火枪手》的主人公。

中，上百次地，但脚本略有更动，拍摄这小电影。但是太晚了，有几天，我心怀一种卑鄙的仇恨。

瞧，又下雨了。您愿意在这门洞里停一会儿吗？好。我说到哪儿了？啊！对，名誉！当我又想起这段遭遇时，我明白了它意味着什么。总之，我的梦想没有经得起事实的考验。现在清楚了，我曾经梦想成为一个完人，在人格上和职业上都受到尊敬。如果您愿意的话，半是塞尔当①，半是戴高乐。一句话，我愿意在一切事情上都占优势。这就是为什么我摆架子，装模作样，更多地显示身体的灵巧而不是智力的禀赋。可是当众挨打而无反应之后，再想望这种美好的形象于我已是不可能了。如果我曾经是真理和智慧之友的话，如同我自许的那样，这桩已被看客遗忘了的遭遇对我又有什么呢？我差一点承认我无缘无故地生气，既已生气，又差一点承认我由于缺乏机智而不知如何面对我的愤怒所引起的后果。我没有那样做，却急切地希望报复、痛打和战胜对方。好像我真正的愿望不是成为人世间最聪明，最仁慈的人，而只是想打谁就打谁，成为最强大的人，而且还是以一种最粗鄙的方式。事实上，您清楚地知道，任何聪明的人都梦想着当强盗，只以暴力支配社会。由于这不像阅读某类题材的小说那样容易使人相信，一般地说人们就转向政治，投向最残酷的政党。如果能够统治所有的人，使自己的思想变得卑鄙又有何妨呢，是不是？我发现自己正做着压迫人的甜梦。

至少，我知道只有在罪人以及被告的罪过对我毫无损害时，我才站在他们一边。他们的犯罪使我雄辩，因为我并不身受其害。当我受到威胁时，我不仅变成法官，更有甚者，变成一个狂暴的主人，要不顾一切法律，痛责罪人，使其屈服。在此之后，我亲爱的同胞，就很难再郑重其事地认为自己有奉行正义的使命，充当孤儿寡妇的天然保护者了。

既然雨大了，我们还有时间，我敢向您披露不久以后在我记忆里的一个新发现吗？我们坐在这凳子上避避雨吧。数百年来，抽烟斗的人观赏着同样的雨落进同一条运河里。我要向您讲述的却更加困难些。这一次，事关一个女人。首先应该知道，我总是不费力地在女人身上获得成功。我不是说成功地使她们幸福，也不是说我因她们而幸福。不，仅仅是成功而已。我愿意的时候，差不多总能达到目的。想象一下吧，人家觉得我有魅力。您知道什么是魅力，那是一种会不提出任何明确的问题而得到肯定的回答的方法。我当

---

① 塞尔当，法国拳击运动员，曾获 1964 年中量级世界冠军。

时就是这样。这让您感到惊讶？算了吧，别否认这一点。我是心血来潮，这是很自然的。唉！过了一定的年龄，任何人都对自己的面貌负有责任。我的面貌……管它呢！事实如此，人家认为我有魅力，我且利用一下。

然而，我并没有任何小算盘，我是善意的，或差不多。我和女人的关系是自然的、轻松的，如同人们所说，是容易的。其中不掺杂诡计，或仅仅只有诡计，然而是公开的，她们认为是一种敬意。用通行的话说，我爱她们，这就是说，我从未爱过其中任何一位。我一直认为讨厌女人是庸俗的、愚蠢的，而且我认为，几乎所有我认识的女人都比我好。不过，这有什么关系？我把她们抬得这样高，更是经常地利用她们而不是为她们效劳。

当然，真正的爱情是例外，那是百年之中只有二三次的。余下的时间里，只有虚荣或厌倦。至于我，不管怎么说，我不是葡萄牙修女①。我的心并不干枯，差得远呢，相反，却充满了温情，还容易流泪。只是我的热情总是转向我自己，我的温情也是为了我自己。无论如何，说我从未爱过是不对的。至少在我的一生中是有一种伟大的爱情，其对象一直是我本人。根据这一观点，经过了青年时代不可避免的麻烦之后，我很快就打定主意：好色，我的爱情生活中唯有它才存在。我只是寻求作乐和征服的对象。我的体格帮了我的忙，自然待我不薄。我对此颇感自豪，我得到很大的满足，简直不知道该说是感官的满足还是威望的满足。好，您要说我又吹牛了。我不否认，当我把真实的事胡吹一通时，我就更加无法自豪了。

在任何情况下，我的好色，姑且只谈好色吧，都是那么实在，哪怕为了一次十分钟的艳遇，我也会不认爹娘，不顾事后会辛酸地后悔。我说什么来着！尤其是为了一次十分钟的艳遇，更有甚者，尤其是我确信这艳遇好景不长。当然，我有原则，比方说，朋友的妻子是神圣的。只不过是，在几天之前，我会完全真心实意，中止了对丈夫的友谊。也许我不该称这为好色？好色并不令人厌恶。让我们宽容一些，让我们谈谈缺陷，一种生来的无能，是我们在爱情生活中所看到的另一种表现。这种缺陷，说到底，令人惬意。它与我的健忘配合，对我的自由有利。同时，由于某种疏远，由于它所给予我的顽强的独立神气，它提供给我新的成功机会。由于竭力不存幻想，我给予幻想家的食粮是实实在在的。事实上，我们的女友们与波拿巴②有共同之处，

---

① 意思是说，我并非心如古井。语出何典，未详。
② 指拿破仑·波拿巴。

她们总是想在别人都失败的地方成功。

此外，在这种交易中，我还满足了好色以外的东西：我对游戏的爱好。我把女人看成某种游戏中的伙伴，她们起码对天真无邪特别喜爱。您看，我受不了厌烦，我在生活中只看重娱乐。任何一种团体，哪怕是出类拔萃的，很快就使我厌倦，而我对喜欢的女人却从不厌倦。我简直难以承认，我会去拿十次与爱因斯坦的谈话去交换与一个漂亮的女配角的初会。真的，在第十次幽会的时候，我就希望与爱因斯坦谈话了，或是去做艰难的阅读。总之，我从来只是在我的短暂的放纵的间隙才关心大问题。有多少次，我站在人行道上，与朋友讨论方酣，却听丢了人家提出的推理的线索，因为一个迷人的女人正穿过马路。

于是，我就做戏。我知道她们不喜欢朝目标走得太快。如她们所说，首先应该是谈天，温存。作为律师，我娴于辞令，在军队里，我学过演戏，亦颇知温存之道。我经常改变角色，但总是同一场戏。比方说，不可理解的吸引力这一类的节目："我不知道为什么"，"没有理由，我并不想被吸引，我对爱情感到厌倦，等等"。这些节目永远有效，尽管这是最老的节目之一。还有神秘的幸福，任何别的女人也没有给过您，这幸福可能好景不长，甚至肯定不长（因为人们太不能保证了），而它正是不可替代的。特别是我改良了一小段台词，总是受到欢迎，我肯定您也会鼓掌的。这段台词的基本意思是痛苦地、无可奈何地表明，我一无是处，不值得倾心相许，我的生活在别的地方，它不需要通常的幸福，也许我本该热爱这种幸福胜于其余的一切，然而，已经太晚了。这种晚是决定性的，至于其原因，我保守秘密。从某种意义上说，我还是相信我所说的，我生活在我的角色中。于是，毫不足怪，我的伙伴们也热烈地演起戏来。我的女友中最敏感者竭力理解我，她的努力使她愁肠寸断，委身于我。其余的，满意地看到我尊重游戏的规则，因为我具有行动之前先说话的委婉，也就毫不拖延，走向现实。我赢了，而且是双重的胜利，因为除了我对她们的欲望之外，我还每次都通过检验我的魅力而满足了我对自己的爱。

这一切是如此的真实，尽管有时候，某些女人只给予我一些粗俗的快乐，我却努力日渐疏远她和她们重修旧好，无疑是由于分离和随即突然恢复的默契产生了独特的欲望，同时，也是为了验证我们的关系是一直保持着，而这种关系的加强却取决于我。有时，我甚至让她们发誓不再属于其他的任何男人，为了一劳永逸地平息我的不安之感。心灵，甚至想象，都与这不安无涉。某种奢望那么深地体现在我身上，我竟不顾明显的事实，难以想象一个曾经委身于我的女人还能够属于他人。她们向我立下的誓言拴住了她们，却解放了我。因为她们不属于任何人，我于是可以决心断绝，否则，这对我几乎是永远不可能的。对她们的检验从此完成，而我的权利亦长久地得到保障。奇怪，不？然而就是这样，我亲爱的同胞。一些男人喊："爱我吧!"另一些则喊："别爱我吧!"但是，某种最坏的、最卑劣的人说："别爱我，但要忠于我!"

只是，唔，验证永无终止，每逢新人即应重新开始。由于不断地重新开始，人们就习以为常。不假思索，话就来了，随后就是下述反应：有朝一日会处于占有却不真正有欲望的境况之中。相信我，对于某些人来说，不占有自己没有欲望的东西是世界上最难的事。

这正是有一天发生的事，无需跟您说她是谁，只消说她以其萎靡的、贪婪的神气吸引了我，但并未引起我真正的骚乱。坦率地说，这件事平庸无奇，早在意料之中。但是，我从来没有过麻烦，我很快就将她置诸脑后，不再相见。我想她毫无觉察，我甚至没有想到她会有看法。再说，她的消极的神气在我看来使她与众不同。几个星期以后，我却得知她向第三者泄露了我的缺点。我立刻觉得有点被欺骗了，她不像我以为的那样萎靡，她并不缺乏判断力。然后，我耸了耸肩，装作一笑置之。我甚至还确确实实笑了起来；很清楚，这件意外之事并不重要。如果有那么一个领域，在那里谦虚应该成为习惯，这个领域难道不就是性欲及其一切不可预料之事吗？否，即使在孤独之中，也是双方争着要占便宜。尽管我耸肩膀，但事实上我是如何行动的呢？不久以后，我又看见这个女人，为了引诱她我做了该做的事，又重新真正地占有她。那并不困难：她们也不甘失败。从这时起，我也并不很明确地愿意，然而事实上我却开始百般污辱她。我丢弃她，又重新获得她，强迫她在不适当的地点和时刻委身于我，我在各方面都待她如此粗暴，最后竟倾心于她，如同我想象狱卒系于囚徒一样。直到那一天，在一阵痛苦、压抑、狂乱的快乐中，她高声赞颂奴役她的这一切。那一天，我开始疏远她。以后，我就忘了她。

尽管您出于礼貌而沉默，我还是同意您的意见，这场艳遇不太光彩。但是，考虑考虑您的生活吧，我亲爱的同胞！挖掘您的记忆，也许您会发现某个类似的故事，您以后会讲给我听的。至于我，当我想起这件事时，我还发笑呢。但这是另一种笑，相当像我在艺术大桥上听到的那种笑。我笑我的话和我的辩词。比笑我对女人说的话还要厉害地笑我的辩词。对她们，起码，我的谎话少。在我的态度中，本能说话清清楚楚，毫不拐弯抹角。爱的举动，比方说，是一种供词。其中自私在大喊大叫，明目张胆，虚荣则昭然若揭，或者真正的仁慈也在其中显露出来。最后，在这桩令人遗憾的故事里，和我在其他故事里相比，我比自己原先想的还直率，我说了我是谁，我如何才能生活。不管外表如何，我在私生活中，尤其是当我像我跟您说的那样做人的时候，这要比我在论及无罪和正义时表现出来的职业的感情奔放更值得尊敬。至少，可以看到我的为人，我不能弄错我的天性。没有一个人在寻欢作乐中是虚伪的，我这是读到还是想到的呢，亲爱的同胞？

　　这样，当我考虑到我与一个女人彻底分离的困难时，这种困难使我同时有着那么多的关系；我并不谴责我心中的温情。当我的一个女友等待情欲的辉煌胜利等得厌倦，谈起分离的时候，并不是温情使我行动。我立刻前进，后退，变得口若悬河。我在她们身上唤起温情和甜蜜的柔肠，而我所感到的也仅是一种表面现象，我只是为这一拒绝所激动，也为可能失去感情而不安。有时候，我认为我确实感到了痛苦，真的。但是，只要那不听话的女人真的走了，就足以使我轻易地忘掉她，如同她在我身边，而她决定还再来的时候，我忘掉她一样。不，当我面临被抛弃的危险时，唤醒我的不是爱情，也不是仁慈，而仅仅是希望被爱，得到据我看来属于我的东西。我一被人爱上，而我的相好重又被我忘却，我就高兴，我就舒服，我就变得讨人喜欢。

　　请记住，这种感情，一旦我重新获得，我就感到它的重量。在我恼火的时候，我就想理想的出路可能是为我感兴趣的人去死。一方面，这一死终于能固定我们的关系，另一方面，也会对她解脱束缚。然而，人们不能希望所有的人都去死，无论如何，也不能为了享受一种非如此不能想象的自由而使地球灭绝人迹。我的感觉反对，我对人的爱也反对。

　　当一帆风顺，当人们在给我安宁的同时，又给我刚刚离开一个女人的床就同另一个女人更温柔更快活地来去的自由的时候，我在这些艳遇中所体验到的唯一深刻的感情是感激，好像我把刚刚欠下其中一位的债扩展到所有其他女人身上一样。此外，不论我的感情表面上如何混乱，我获得的结果是明确的：我把我周围所有的爱情都维持着，以便随意使用。我承认，我能够生活的唯一条件是，在地球上，所有的人，或者尽可能的大多数，都转向我，他们永远是无人占有的，没有独立的生活，随时准备回答我在任何时候发出的召唤，对毫无结果心甘情愿，直到我屈尊，以我的光明恩赐他们的那一天。总之，为了我生活幸福，我选出的人就该不生活。他们就该越来越只是从我的好兴致中讨生活。

啊！务请相信，我在向您讲述这些时毫无满意之感。我想到那段时期，我要求一切而自己一无所付，我动员了那么多人为我服务，我在某种意义上把他们置于冰箱里，为了使自己某一天可以随手可取，用起来方便，这时候，我不知如何称呼涌上我心头的那种奇怪的感情。不会是羞耻吧？告诉我，亲爱的同胞，羞耻不是有点儿灼人吗？是吧？那么，也许是它，或者是那些与名誉有关的可笑的感情里的一种。尽管我脱离本题，竭力杜撰，但愿您公正地对待这种杜撰，反正我觉得自从我在记忆中发现了那桩艳遇之后，这种感情就再也没有离开过我，我也再不能延宕下去而不去讲它了。

瞧，雨停了！劳驾陪我回家吧。我累了，奇怪，不是因为我说多了，而是因为想到了我还得讲的事情。好吧！要讲我的基本发现，三言两语就够了。为什么要讲更多呢？为了让雕像纤毫毕露，应该抛弃华丽的辞藻。事情是这样的。那天夜里，是在十一月份，在我以为听到背后的笑声的那天晚上前二三年，我到了左岸，通过王家大桥回家。半夜一点钟，下着小雨，说毛毛雨更合适，行人寥寥。我刚刚离开一个女友，此时她肯定已经睡了。我走得兴致勃勃，还有些懒洋洋，周身平和，血液缓缓地流着，如同小雨一般。上了桥，我从一个俯在栏杆上的人后面走过，他好像正在望着流水。走得更近些，我认出了那是个身腰纤细的女人，穿着黑衣服。在深色头发和大衣领子之间，只看见后脖颈，新鲜而湿润，我对此是敏感的。然而，我犹豫了一下，又继续往前走。过了桥头，上了滨河路，朝圣米谢尔走去，我住在那儿。我已经走了大约五十米远，听见身体跃进水里的声音，尽管距离这么远，但在夜的寂静中，我觉得那声音非常宏大。我立即站住了，但未回头。几乎同时，我听见一声呼叫，重复了好几次，顺流而下，然后戛然而止。夜色突然凝固，我觉得那随之而来的寂静无边无际。我想跑，却仍伫立不动。我认为，我因寒冷和惊恐而瑟瑟发抖。我心想应该快快行动，我感到一种不可抗拒的软弱占据了我的全身。我忘了当时我想些什么。"太晚了，太远了……"或诸如此类的东西。我一直在倾听，纹丝不动。然后，我轻移小步，冒着细雨，走远了。我没有告诉任何人。

我们到了，这是我住的房子，我的掩蔽所。明天？好，如您所愿。我将乐意带您去玛尔肯岛，您将看到须德海。十一点在墨西哥城见面。什么？那个女人？啊！我不知道，真的，我不知道。第二天和以后的日子里，我都没有读报。

　　一个玩偶般的小村子，您不觉得吗？不乏秀丽之处。但是，我领您到这小岛上来不是为了看美景，亲爱的朋友。谁都可以让您欣赏女人的帽子、木套鞋，在装饰过的房子里，渔夫们在木器蜡的气味中抽着上等烟草。不，我这样的人为数不多，但却可以向您指出此地所具有的重要性。

　　我们上了堤坝。顺着堤坝，就可以尽可能远地离开这些过于美丽的房子。坐坐吧，请。怎么样？您看，不是吗，最美的否定之景！左边，那一堆灰烬，人们称之为沙丘；右边，灰色的长堤，脚下是苍白的海滩；前面，大海的颜色有如稀薄的洗衣水，广阔的天空反射着灰白的水光。的确是个了无生气的地狱！一切都是水平的，没有任何光彩，天地无色，生命已死。难道不是普遍的消亡、刺眼的虚无吗？没有人，尤其是没有人！只有您和我，存在于这个终于荒芜了的世界面前！天有生命吗？您说得对，亲爱的朋友。它变厚，然后又稀薄起来，打开的是气的阶梯，关上的是云的大门。那是鸽子。您没注意到吗，在荷兰的天空中，充塞着几百万只鸽子，当它们飞在高空中时，无影无踪，它们扇动羽翼，齐上齐下，发灰的羽毛充满空中，犹如一排排宽厚的波浪随风来去。鸽子在高空中等待，成年累月地等待。它们在大地上空盘旋，观望，想落下来。然而除了大海、运河、铺满招牌的屋顶之外，一无所有，没有一个脑袋上可以落脚①。

　　您不明白我的意思？我承认我累了。我语无伦次，朋友们乐于向我表示钦佩我的思想的清晰，现在没有了。我说朋友们，当然，是从原则上说的。我没有朋友了，我只有同谋。作为抵偿，他们的数目在增加，他们是人。在人类中，您是第一个。在这儿的总是第一个。我怎么知道我没有朋友了？这很简单：有一天我发现了这一点，那天，为了开玩笑，多少是为了惩罚他们，我想自杀。但是，惩罚谁呢？某几位可能会感到惊讶，但没有人会感到受了惩罚。我明白我没有朋友了。再说，即便还有，我也觉得于事无补。如果我能自杀而后又看见他们，那么，自杀倒也值得。然而，大地昏黑，木头又厚，葬衣也不透明。灵魂的眼睛，是的，当然，如果有灵魂的话，如果它也有眼睛的话！可问题就在这儿，人们没有把握，从来就没有把握。否则就有了出路，就终于能够让人认真对待自己了。只有您的死，才能使人们相信

---

　　① 指鸽子寻找城里所竖的雕像，然后落其头上。

您的理智、真诚和您的痛苦之沉重。只要您一息尚存，您的情况就可疑，您就只能受他们怀疑。那么，只要确信可以看到那种场面，就值得向他们证明他们不相信的东西，使他们惊讶。然而，您自杀了，他们相信与否又有何干：您不能获得他们的惊讶和他们的悔恨，何况这悔恨又是短暂的，您终于不能根据每个人都有的梦想参加自己的葬礼。为了不再被怀疑，应该不再活着，千真万确。

再说，这样不是更好吗？他们的冷漠使我们感到太痛苦了。"你要为我付出代价！"一个姑娘对她父亲说，他不让她与一个过分讲究的求爱者结婚。于是她自杀了。然而，那父亲根本没付出什么代价。他非常喜欢甩钩钓鱼。过了三个星期天，他下河了，说是为了忘掉那件事。他算得准，他是忘了。说实话，如果相反，那才奇怪呢。人们以为死是为了惩罚他老婆，反而还了她自由。最好是不见这种事为妙。且不说还有可能听到人们为您的行动提供理由。关于我的，我已经听到了："他自杀是因为他受不了……"啊！亲爱的朋友，人是多么不善于虚构啊！他们总是以为人为了一个理由而自杀。然而，自杀完全可以有两个理由。不，他们不懂这一点。那么，自愿地死有什么用？为自己愿意有的关于自己的看法而轻生有什么用？您死了，他们则加以利用，对您的行动赋予一些愚蠢或庸俗的动机。亲爱的朋友，殉道者应当在被遗忘、被取笑或被利用之间进行选择。至于被理解，绝不可能。

然后，让我们开门见山吧，我爱生活，这是我唯一的弱点。我是那样地热爱它，对此外的一切毫无想象力。这样的渴望有种平民味儿，您不觉得吗？贵族总是稍稍离开本人，离开本人的生活来想象自己。需要死的时候去死，宁折不弯。我呢，我弯，因为我还继续爱我自己。喂，我跟您讲了这一切之后，您认为我怎么了？厌恶我自己？哪里，主要是别人厌恶我。肯定，我知道我的过失，我感到遗憾。但是，我继续忘却它们，那种顽强劲儿是颇值得赞扬的。与此相反，针对他人的诉讼却不断地在我心中进行。这肯定使您不快吧？您大概想这不合逻辑吧？但问题不在于合乎逻辑。问题在于从中间滑过去，特别是，噢！对了，问题在于逃避审判。我不说逃避惩罚。因为不经审判的惩罚是可以忍受的。况且，有一个词可以保证我们的无辜：不幸。不，相反，问题在于中止审判，避免总是被审判而总是不宣读判词。

然而，中止谈何容易。今天，我们随时都准备进行审判，正如随时都准备通奸一样。至于过失的区别，则毋庸担心。如果您表示怀疑，请您在八月份，留神听听海滨旅馆餐桌上的言谈，我们的仁慈的同胞到那儿去医治厌倦。如果您还犹豫不决，读读我们那些时髦的大人物所写的东西吧。或者观察一下您自己的家庭，您就会明白了。亲爱的朋友，我们别给他们借口来审判我们，一点儿也别给！否则，我们就会粉身碎骨。我们被迫要同驯兽者一样谨慎。如果他在进入兽笼之前不幸用剃刀把脸刮破，那对野兽来说将是一顿怎样的美餐啊！有一天，我犯了疑，也许我不是那么值得钦佩，于是我恍然大悟。从此，我变得满腹狐疑。既然我已经流了点血，我就会全部流尽：它们要吞食我了。

我和同时代人的关系看起来也是这样，但是变得微妙地不协调。我的朋友们没有变。一有机会，他们总是吹嘘在我身边感到的和谐与安全。但我却只感到不协调和充满我全身的混乱，我觉得自己有弱点，并在公众的控告之下暴露出来。在我看来，我的同类不再是我习以为常的那种毕恭毕敬的听众了。以我为中心的圈子破裂了，他们站成一排，如在法庭上一样。自从我悟出我身上有可以受审的地方之后，我终于明白了，在他们身上有一种不可抵抗的审判别人的倾向。是的，他们还在那里，一如既往，然而在笑。或不如说我觉得他们每个人都看着我，暗自窃笑。那段日子里，我甚至觉得人们对我下绊子。事实上，有两三回，我去公共场所时，不明不白地绊了脚。有一次，我竟然跌倒了。作为一个笛卡儿主义的法国人，我立刻镇定下来，并将一切意外归咎于唯一讲得通的神意，我想说是偶然性。管它呢，我还是满腹狐疑。

我的警觉被唤醒，不难发现我有敌人。首先是在我的职业中，然后是在我的社交生活中。对一些人来说，我对他们施恩，对另一些人来说，我是不得不施恩。总之，这一切都是自然的，我发现了也不感到太伤心。但是，对我来说，更困难、更痛苦的是承认我在一些几乎不认识或根本不认识的人中有敌人。我总是怀着一颗我已给过您几次证据的淳朴之心在想，如果这些不认识我的人来同我交往，他们肯定会不由自主地爱我。其实不然！我尤其是在那些只远远地见过我而我根本不认识的人中间感到敌意。他们显然是疑心我的生活很充实，自由地沉溺在幸福中，而这是不可饶恕的。成功的神气，当它被以某种方式表现出来时，会使驴子发怒。再说，我的生活满得要胀破，因为没有时间，我多次回绝了别人的趋奉。基于同样的理由，我随即也忘了我的回绝。然而，这些趋奉是那些生活不充实的人做出的，他们基于同样的理由，记着我的回绝。

这样，算下账来，女人就让我付出了太大的代价。姑且仅举一例。我用于她们身上的时间，不能再给男人，而他们并不总原谅我。怎么办呢？只有您同意与他们分享，他们才谅解您的幸福和成功。然而，为了幸福，就不该太多地顾及别人。至此，出路被堵塞了。要么因幸福而被审判，或是被免诉而悲惨。对于我，受到的不公正则更为严重：我因过去的幸福而被判罪。我长期生活于普遍和谐的幻境中，满面春风，无所用心，来自各方的审判、利箭和嘲笑都遇我而消融殆尽。从自我警觉的那一天起，我清醒了，同时遍体鳞伤，一下子失去了力量。于是，在我周围普天下人都开始嘲笑我。

这是任何人（除了那些不生活的人，我说的是智者）也忍受不了的。唯一的防身武器存在于邪恶之中。于是，人们为了自己不被审判，就匆匆忙忙地审判别人。有什么办法？人类最自然的念头，天真地出现的，犹如来自他本性的深处，是他自己的无辜。根据这一观点，我们大家都像那个小法国人，他在布森瓦尔德①执意要向文书提交一份申请书。文书本人也是俘虏，登记他的到来。一份申请书？文书和他的伙伴笑了："没用，老兄。这儿的人不提申请。""问题是，先生，"小法国人说，"我的情况特殊。我是无辜的！"

我们都是特殊情况。我们都求救于某种事情。每个人都宣称无辜，不惜一切代价，甚至为此而指控人类和上苍。您恭维某人为变得聪明和仁慈而付出的努力，这仅使他一般地高兴。相反，如果您欣赏他天性仁慈，那他就会心花怒放。反之，如果您对一个罪犯说，不是天性，也不是性格，而是环境使他犯了罪，他会狂热地感激您。在辩护中，他甚至会选择这一时刻流泪。然而，正直和聪明都没有与生俱来的价值。正如人们出于天性犯罪肯定不比出于环境犯罪负有更多的责任一样。但是，这些骗子希望得到赦免，也就是不负责任，他们肆无忌惮地为天性辩护或以环境为借口，尽管二者相互矛盾。根本点在于他们是无辜的，他们的品德，由于一生下就具备，因而不致受到怀疑，他们的过失出于瞬间的不幸，永远只是暂时的。我跟您说过，问题在于中止审判。由于难以中止，难以让人既钦佩又原宥它的本质，人们就都设法致富。为什么？您问过自己吗？当然是为了权力。尤其是，财富使人免于马上受审，把您从乘地铁的人群中解脱出来，关进镀镍的汽车里，让您处于宽敞的花园里，卧铺车厢里，豪华的办公室里。亲爱的朋友，财富还不

---

① 布森瓦尔德，德国魏玛附近的一个大集中营，设立于 1937 年，死于其中的人超过五万。1945 年 4 月被美军解放。

就是开释，但已是缓刑了，得到它总是好的……

特别是，当您的朋友要求您真诚地对待他们时，别相信他们。他们只是希望您把他们看成他们自以为的那副好样子，向他们提供一种补充的确实性，而这种确实性是他们在您对于真诚的保证中汲取的。真诚怎么能成为友谊的一个条件呢？不惜代价地追求真相的爱好，是一种什么也不放过，什么也抵抗不了的情欲。这是罪过，有时是舒适，或是自私。因此，如果您处于这种情况之中，不要犹豫，要答应说真话，尽可能圆满地撒谎。您回答他们深切的期望，向他们双倍地证明您的感情。

我们很少信任比我们好的人，这可太真实了。我们宁肯避免与他们往来。相反，最为经常的是我们对和我们相似，和我们有着共同弱点的人吐露心迹。因此，我们并不希望改掉我们的弱点，也不希望变得更好，我们大概首先应该被判犯了错误。我们只是希望在我们的道路上受到怜悯和鼓励。一句话，我们希望不再有罪，同时对自己的纯洁不作努力。不要够多的无耻，也不要够多的道德。我们既无力作恶亦无力为善。您知道但丁吗？真的？见鬼。那您知道但丁在上帝和撒旦的争执中接受了中立的天使。他把他们置于不确定的地带，在他的地狱的某种前厅里。亲爱的朋友，我们正在这前厅里。

耐心？您大概说得对。我们应该有耐心等待着末日审判。可是，您看，我们多急啊。急得我不得不当了法官——忏悔者。然而，我首先得和我的发现一致，要和我的同时代人的讪笑了结。从我被召唤的那天起，因为我确实被召唤了，我不得不回答，至少要寻求答案。那不容易，我徘徊良久。首先，这笑声和发笑的人应该教会我对自己看得更清楚，教会我发现我并不是单一的。不要笑，这事实并不像它所表现的那么原始。人们称那些在其他事实以前发现的事实为原始事实，如此而已。

反正是经过了我对自己的长期研究之后，我把人类的深刻的两重性大白于天下。我在记忆中搜索之后，明白了，虚心佐我闪光，谦卑助我制胜，德行辅我压迫。我通过和平的手段进行战争，最后通过无私的手段获得了我觊觎的一切。比方说，我从不抱怨人家忘了我的生日；人家甚至怀有一种钦佩之情对我关于此事的缄默感到惊讶。然而，我的无私之原因却更不引人注目：我想被人忘却，以便我能够自怨自艾。那是我熟悉的、最光荣的日子之一，几天之前，我就戒备着，不泄露任何东西，以免引起我期待着过错的那些人的注意和唤起他们的回忆（有一天我不是企图假造一份日历吗？）。由于我很好地显示了孤独，这才能够沉溺于一种雄伟的忧郁的魅力之中。

这样，我所有的德行就有了一个不那么威严的反面。从另一种意义上说，我的缺点转而对我有利，这是真的。比方说，我被迫掩盖我生活的罪恶部分，使我装出一副冷淡的、人们常常混同于德行的那种神气，我的冷漠使人们爱我，我的自私在我的慷慨大度中达到顶点。我停下吧：太多的类比会妨害我的证明。什么！我装作铁石心肠，我不能拒绝奉献给我的一杯酒或一个女人！我被视为活跃的、有力的，我的王国是床第。我高喊我的忠实，我认为，没有一个我爱的人，最后我也从未背叛过。当然，我的背叛并不妨碍我的忠实。我由于萎靡不振而完成了一件巨大的工作，我由于发现了乐趣而不断地帮助我的邻人。我徒劳无益地重复说这些显而易见的事，我只是从中得到了不关痛痒的慰藉。某些早晨，我审理案子直到结束，我得出结论，我精于轻蔑。那些我最常帮助的人，是最受轻蔑的人。彬彬有礼地、怀着充满激情的友爱，我每天都往所有的盲人脸上吐唾沫。

坦率地说，这有理由辩解吗？有一个，但是太卑鄙了，我不能考虑利用它。无论如何，理由是这样：我从未打心眼里相信人类的事务可以是严肃的。严肃在哪里，它不存在于我所见的一切东西里，除此之外我一无所知，我只觉得我见到的事就像一种游戏，或者令人开心，或者惹人生厌。那种我永远也不理解的努力和信念的确存在着。我总是以一种惊奇的、略带怀疑的神气看着那些奇怪的人为金钱而死，因失去某种"地位"而绝望或者神气凛然地为家庭的兴旺而献身。我更理解的是那位朋友，他带头戒烟，凭着意志而成功了。一天早晨，他打开报纸，读到第一颗氢弹爆炸了，知道了它的值得钦佩的威力，就立即走进一家烟店。

没有疑问，有时候我装作严肃地对待生活。但是，严肃本身的轻佻很快就显现出来，我只不过是尽可能好地继续演我的角色。我装作能干、聪明、讲道德、富于公民心、愤怒、宽容、友爱、循循善诱……我就此打住，一句话，您已经明白，我像那些荷兰人一样，他们既在那儿又不在那儿：我不在，同时又占据了最大的位置。只是在我运动的时候，在团里，当我在为了取乐而演的戏中扮演一个角色的时候，我才是真诚的、热情的。在这两种情况下，有一种游戏的规则，它并不是严肃的，只是人们把它看做是严肃的来开心。现在仍然如此，一个进行着星期天比赛的挤得满满的体育场，一个我总是以一种无可比拟的热情喜爱的剧场，这是世界上仅有的、我在其中感到自己清白无罪的两个地方。

然而，当事关爱情、死亡、穷人的工资的时候，谁会承认这种态度是合法的呢？可是怎么办呢？我只在小说中或舞台上才想象得出绮瑟①的爱情。我觉得垂死的人有时候是深入到他的角色中去了。在我看来，我的穷主顾的辩解总是出自同一个稿子。从此，我由于生活在人们中间但不赞同他们的利益，而不能够相信我所承担的义务。我的礼貌、我的懒散，足以回答他们在职业、家庭、公民生活中对我的期待，然而，有一次，却因某种心不在焉最后就把一切都弄砸了。我在双重气氛中度过我的全部生活，我最重大的行动常常是那些我参与最少的行动。我所不能原谅自己的、使我蠢上加蠢的，难道不是这个吗？它使我最凶猛地抗拒正在我身上和我周围进行的、迫使我寻求出路的审判。

　　在一段时间内，我的生活表面上一如既往，仿佛毫无变化。我沿着轨道前进。好像由于巧合，关于我的赞扬加倍地增多。灾难恰恰在此。您记住："当所有的人都说您的好话时，您就倒霉了！"啊！那个人谈的是金玉良言！我倒霉了！机器于是开始不听话，莫名其妙地停停走走。

　　这时，死的念头闯入我的日常生活。我计算着距离末日的时间。我寻找和我同龄的、已经死去的人。我将没有时间完成我的使命，这个念头折磨着我。什么使命呢？我毫无所知。坦率地说，我的所作所为值得继续吗？然而，并不确切的是这个。事实上，一种可笑的恐惧追逐着我：人不能不招供他所有的谎言就死去。不是对上帝，也不是对他的代表，我超然在上，您想得到的。不，是向人招供，比方说，向一个朋友，或向一个所爱的女人。否则，哪怕一生中只有一个谎言被隐瞒，死就会使它变得不可改变。既然唯一知道它的人是长眠于他的秘密之上的死者，那就再不会有人知道事情的真相了。一种真相被绝对地戕杀，这使我头晕目眩。今天，顺便说一句，它更可以说是给我一些微妙的快乐。例如，想到只有我一个人知道所有的人都试图知道的事，想到我保有一件让三个警察局疲于奔命的东西，真是妙不可言。但是，别说这个了。当时，我没有找到办法，我痛苦。

　　当然，我没有束手待毙。在多少代人的历史中，一个人的谎言有什么关系！企图将犹如沧海一粟的一桩卑鄙谎言带进真相的光明之中又是多大的奢望啊！我也想到，躯体的死亡，如果根据我之所见来判断，其本身就是一种足够的惩罚，它饶恕一切。人们通过垂死挣扎的汗水获得了拯救（也就是彻

---

　　① 法国中世纪传奇小说《愁斯丹与绮瑟》的女主人公，被后人视为痴情女子的典型。

底消失的权利）。它阻止不了不安的加重，死亡在我的枕畔逡巡不去，随我一道起床，恭维变得越来越不堪忍受。好像谎言与恭维并长，如此地过分，以致我永远了结不了这笔账。

我支持不住的那一天来了。我的第一个反应是混乱的。既然我是说谎者，我要将这公之于世，在那些笨蛋尚未发现我的两重性时，向他们劈头盖脸地掷去。我既已被挑动坦白，我就将回答挑战。对于众人的嘲笑，我就设想自己陷入普遍的讥讽之中。一句话，问题还在于中止审判。我想把笑我的人拉到我这边来，或者至少是我站到他们那边去。比方说，我打算在街上冲撞盲人，通过我感觉到的阴暗的、意想不到的快乐，我发现我灵魂中对他们的憎恶已到什么程度：我捉摸着把残废人的小车的轮胎扎破，到工人干活的脚手架底下大喊"肮脏的穷鬼"，到地铁里给婴儿吃耳光。我这一切都想过，但没做一件，或者，如果我做了某件类似的事，我也忘了。反正是正义这个词将我投入奇怪的狂怒之中。我不可避免地继续在辩护中使用这个词。但是，我通过公然污蔑人类精神来解我心头之恨；我宣布将发表一份宣言揭露被压迫者对正人君子的压迫。有一天，我在一家饭馆的平台上吃龙虾，一个乞丐缠着我，我叫来了老板撵他走，对这个伸张正义的人的话大鼓其掌："您打扰了别人，"他说，"您处在这些先生女士们的位置上试试看！"我则对任何愿意听的人说，很遗憾我再也不能像我曾钦佩其性格的俄罗斯地主那样行事了：他命人同时鞭打向他行礼的农民和不向他行礼的农民，以惩罚他认为在这两种情况下均属冒犯的放肆。

我还想起更为严重的放肆。我开始写作《颂歌献给警察》和《铡刀颂》。特别是，我必须按时去那些专门的咖啡馆，那儿聚集着我们的职业人文主义者。我的良好的经历使我自然而然地受到欢迎。在那儿，我若无其事地说了句粗话："感谢上帝……"或更简单："我的上帝……"您知道我们的咖啡馆无神论者是多么怯懦的领圣体者。我这句粗话说出之后，接着就是一片惊愕，他们面面相觑，呆若木鸡，然后一阵大乱，一些人逃出咖啡馆，另一些人义愤填膺，什么也不听，只是嗷嗷大叫，所有的人都由于痉挛而扭曲着身体，犹如圣水之下的魔鬼一般。

您该认为这是幼稚的。然而，也许这些玩笑中有一个更为严肃的理由。我打算搅乱这游戏，特别是，对，破坏那个美化了的声誉，一想到它我就怒气冲冲。"一个像您这样的人……"人们亲切地对我说，而我的脸都白了。我不愿要他们的尊重了，因为它不是普遍的，然而它怎么能是普遍的呢，既然我不能与人共享？那么，最好是把它们，审判和尊敬，都盖上一层可笑的外衣。我将千方百计地消除这个使我窒息的感情。为了把肚子里的东西暴露于众目睽睽之下，我想把我这具到处招摇的漂亮的人体模型打碎。就这样，我又想起一次谈话，那是我该同年轻的见习律师进行的一次谈话。替我作介绍的首席律师不着边际的溢美之词使我恼火，我再也坐不住了。我怀着人们期待于我的、我毫无困难地应约交付的奔放和激情开始了。但是，我突然劝他们将大杂烩用作辩护的方法。我说，不是那种现代宗教裁判所使之臻于完善的大杂烩，这种大杂烩既审判窃贼又审判老实人，而以前者的罪过来制服后者，相反，是通过使老实人的罪行成立而为窃贼辩护，具体地说，就是靠律师。关于这一点，我的意思说得十分清楚：

"假定我接受为一个令人怜惜的公民辩护，他因嫉妒而杀了人。我将说，法官先生们，当一个人在看到他天性中的善良正被狡猾的性欲考验时，请考虑他处在愤怒中时可以宽恕的地方。相反，处于栏杆的这一方，在我自己的椅子上，我从未善良过，也从未受过骗，这不是更严重吗？我是自由的，你们的严酷我是幸免了，然而我是什么样的人呢？说到骄傲，我是太阳国公民，我是一个色情狂，一个震怒的法老，一个懒散的王。我没有杀死一个人？当然还没有！然而，我没有让一些有功劳的人死去吗？也许。而可能我准备好再干。而这个人，看看他吧，他不再干了。他还因为那么好地工作过而惊讶不止呢。"这番话在我那些年轻同事中引起了一点儿波动。过了一会儿，他们还是决定一笑置之。当我作出结论，雄辩地援引人类及其假定的权力时，他们完全放心了。那一天，习惯战胜了一切。

我重复这些可爱的胡闹，只是使舆论有些狼狈。并非解除舆论的武装，更非解除我的武装。我所见到的听众普遍的惊讶，他们的有些回避的窘迫，相当像您所表现出来的那种——不，别抗议——没有给我带来任何平静。您看，为了证明自己无辜，自己认罪已经不够，如果我不是一只纯洁的羔羊的话。应该采取某种方式来认罪，我花费了很多时间才制订出这套方式，在我陷入最完全彻底的弃绝之前还没有发现它。直到那时笑声继续在我周围回响，我的杂乱的努力未能除掉其中善意的以及差不多还是亲切的成分，这些都使我难受。

我觉得涨潮了。白日将尽，我们的船不能延宕不走了。看，鸽子集聚在高空，紧挨着，几乎不动，而天色暗下来了。您愿意我们不说话来品味这一相当险恶的时刻吗？不，我使您感兴趣？您真老实。再说，我现在有使您真正感兴趣的危险了。在我解释关于法官——忏悔者的看法之前，我将跟您谈谈放荡和难受。

您弄错了，亲爱的，船走得很好。须德海是个死海，或者差不多是个死海。它的海岸平直，消失在雾中，不知道它始于何处，止于何处。因此，我们的航行没有任何参照物，不能估算出速度。我们前进，一切都毫无变化。这不是航行，这是梦。

在希腊半岛，我有相反的印象。新的岛屿不断地出现在水平线上。无树的山梁画出了天际，嶙峋的海岸清晰地呈现在海上。毫不混淆；在明朗的光亮中，一切都可供参照。日日夜夜，我站在小船上，眼前掠过一个又一个岛屿，在水花飞溅、笑声四起的航行中，小船轻轻移动，我却觉得是跳上了那短促清凉的海浪之巅。从此，希腊就在我身上的某个地方漂动，在我记忆的边缘，不知疲倦地……嘿！我也在那儿漂动，我变得抒情了！让我停住吧，亲爱的，我求求您。

顺便说一句，您了解希腊吗？不？更好！请问我们在那儿干什么？在那儿应该有颗纯洁的心。您知道，在那里，朋友双双在街上散步，手拉着手。是的，女人待在家里，人们看见一些人，成熟，可敬，留着小胡子，步履庄严地在人行道上走着，拉着朋友的手。在东方有时候也这样？但是，告诉我，在巴黎的街上，您会拉着我的手吗？这是笑谈。我们讲究仪态，然而污垢却掩饰着我们。我们到希腊的岛上之前，应该好好洗一洗。那儿的空气是贞洁的，大海和娱乐是明朗的。而我们……

让我们坐在这些横渡大西洋的船上吧。好大的雾！我觉得我那时正在走向难受牢房。是的，我将对您说那是什么。在我挣扎一番之后，在我耗尽了我的目中无人的神气之后，我因徒劳而灰心丧气，决定离开人类社会。不，不，我没寻找荒岛，这已不复存在了。我只是栖身在女人身旁。您是知道的，她们的确不谴责任何弱点，她们更多的是侮辱我们的力量并使之丧失战斗力。这就是为什么女人不是对战士的而是对罪犯的奖赏。这是他的避风港，他的落脚处，一般地说，他是在女人的床上被逮捕的。难道她们不是地上乐园留给我们的唯一的东西吗？我狼狈不堪，向我的天然避风港跑去。我不再夸夸其谈了。由于习惯，我还演点儿戏，但已穷于杜撰了。我不知道该不该招供，生怕再说出些粗字眼儿，那时候，我真觉得我需要爱情了。下流，是不是？反正我感到一种暗暗的痛苦，某种使我变得更加空虚的匮乏，它使我半是被迫、半是好奇地承担某些义务。既然我需要爱和被爱，那我就认为自己陷入了爱情。换句话说，我装傻。

我常常对提一个问题感到惊讶，这个问题，我作为过来人总是加以回避的。我想问："你爱我吗？"按照惯例，在这种场合应该回答："你呢？"如果我回答是，我就承担了超越我的真实感情的义务。如果我竟敢说不，我就有不再被爱之虞，我因此而痛苦。我希望得到休息的感觉越是受到威胁，我越是向对方要求它。因此，我被引向越来越明确的许诺，我竟至于向我的心强求一种越来越巨大的感情。就这样，我被一个迷人的、大惊小怪的女人的虚假热情抓住了，她熟读爱情文章，对爱情很健谈，并像一个知识分子宣布无阶级社会那样有信心。您不会不知道，这种信念具有诱惑力。我也试着谈情说爱，最后我自己也深信无疑。至少，直到她成了我的情妇，直到我明白了爱情文章教人谈情说爱，却不教人如何行动的时候为止。爱上了一只鹦鹉，我却得和一条蛇睡觉。于是，我到别处去寻找书本上才有的而我在生活中从未遇到过的爱情。

但是，我缺乏训练。我排他性地爱我自己已经三十余年了。怎么能指望丢掉这样一种习惯呢？我根本没有丢掉，我还是一个在爱情上只想不做的人。我增加了许诺。我同时搞几次艳遇，如同我过去同时保持许多关系一样。我积聚了比我在冷漠的黄金时代更多的不幸，当然是对别人来说。我的鹦鹉失望之余想要绝粒而死，我跟您说过吗？幸好我及时赶到，忍气吞声地握住她的手，直到她遇到了从巴黎旅行归来的、两鬓灰白的工程师，那是在她心爱的周刊上描写过的。反正，我离激动还差得很远，在所谓永恒的情欲中获得宽恕后，我更增加了自己错误的分量，更加迷失了道路。我也因而对爱情怀有一种厌恶，一听到《玫瑰色的生活》和《殉情的绮瑟》就咬牙切齿。于是，我试图以某种方式放弃女人而贞洁地生活。无论如何，她们的友谊对我也该够了。可是，这就等于是放弃了演戏。除了欲望，女人令我厌烦到无以复加的地步，显然，我也令她们厌烦。没有了戏，没有了剧场，我无疑是处于真相之中了。然而真相，亲爱的朋友，是令人十分厌倦的。

对爱情和贞洁感到了绝望，我终于想到还剩下放荡，它足以代替爱情。它消弭讪笑，带回安宁，尤其是它使人永生。深夜，清醒地沉醉到某种程度，睡在两个姑娘之间，发泄了全部欲望，希望不再是劳役，您看，精神无时不在，生之痛苦一去不返。从某种意义上说，我一直生活在放荡中，也从未停止过长生不老的想法。我跟您说的不正是我深刻的本性以及我对自己的伟大的爱的证明吗？是的，我想长生想得要死。我太爱我自己了，不能不希望我的爱情的宝贵对象永不消失。由于人们在警觉的情况下，或者在稍许清醒一点的时候，看不出有可以成立的理由将长生不老赐给一只淫荡的猴子，所以，应该给自己找到代用品。因为我希望无限地生活，所以我同婊子睡觉，彻夜痛饮。早晨，当然，我嘴里有一股人总有一死的苦涩的味道。然而，我长时间地飞翔，非常幸福。我敢向您承认吗？我还柔情脉脉地回忆起那几个晚上，我去一个低级酒馆找一个变相的舞女，她的宠爱使我感到荣幸，我甚至还为了她跟一个吹牛皮的乌龟大打出手。每天晚上，在红色的灯光和这极乐之地的灰尘中，我都在柜台前面炫耀，像一个拔牙的人那样撒谎，长时间地喝酒。我等着黎明，最后倒在我的公主的永远不整的床上，她机械地纵情于快乐，然后立即睡去。阳光慢慢地照亮了这场灾难，在那光荣的早晨，我起了床，呆立不动。

酒和女人，让我们承认吧，给我提供了我配享有的唯一慰藉。我向您透露了这个秘密，亲爱的朋友，您别害怕会滥用它。您将看到真正的放荡是解放，因为它不产生任何义务。人们在其中只拥有自己，因此它是那些爱恋自身的伟人最喜欢的事情。它是一座丛林，既没有过去亦没有未来，尤其没有许诺，没有立即到来的惩罚。它进行的场所远离众人。人们进去时，把恐惧如同希望一样扔在门外。谈话不是必须的，人们来寻觅的东西不用说话就能得到，是的，甚至经常不用钱。啊！请您让我向那些不相识的、被遗忘的、而那时帮助过我的女人们致以特别的敬意。今天，依然有某种类似尊敬的东西混杂在我对她们的回忆中。

反正，我毫无节制地运用这种自由。人们甚至看到我在一个旅馆里，在人们称为罪孽之中纵情声色，我同时和一个中年妓女，一个上流社会的年轻姑娘一道生活。我在前者面前扮演殷勤的骑士，使后者能够认识某些现实。不幸，那妓女有着相当强的资产阶级天性，打那以后，她同意为一家对现代思想非常开放的教会报纸写回忆录。那年轻姑娘则结了婚，以满足她脱了缰的本能，使她杰出的天赋得以施展。那时候，我也不无自豪地作为平等的一分子被一经常遭到诬蔑的男性团体所接纳。我是滑到那上面去的：您知道，甚至很聪明的人都以比他的邻座多喝一瓶酒为荣。我本来可以最终在逸乐中得到安宁和解脱。但是，我又在逸乐中碰到一个我自身的障碍。那是我的肝，突然出了毛病，还有疲倦，厉害得至今还缠着我。人们装作长生不老，而数星期之后，甚至都不知道能不能拖到第二天了。

当我放弃我的夜间功勋的时候，这次经验的唯一益处是生活对我来说不是那么痛苦了。疲倦噬咬着我的肉体，同时腐蚀了我心内许多生命点。每一种过度的行为都削弱生命力，因而也减轻了痛苦。与人们的看法相反，放荡毫无狂热之处。它只不过是一次长眠。您应该注意到，对于真正因嫉妒而痛苦的人来说，最急迫的事情莫过于同被认为欺骗了他们的那个女人睡觉。当然，他们愿意再一次确信他们的宝贝一直属于他们。如同人们所说，他们愿意占有这宝贝。不过，紧接着，他们就不那么嫉妒了。肉体的嫉妒是想象的结果，同时也是人们施于自身的审判。人们把自己在同样场合也会有的丑恶思想加诸于对方身上。幸好，过度的享乐削弱想象力和判断力。于是，痛苦与男子气概一道睡下，而且睡得同后者一样地长久。同样的道理，青年人同他们最初的情妇在一起而失去了先天的不安，同时，某些婚姻，这是经过行政权力批准的放荡，变成了大胆和手段的单调的枢车。是的，亲爱的朋友，资产阶级的婚姻使我们的国家不守礼仪，很快就面临死亡之门。

我夸大其辞？不，但是杂乱无章。我只是想告诉您我从这花天酒地的几个月中所得到的好处。我生活在迷雾中，笑声变得喑哑，终于觉察不到了。本来已在我身上占据了如此位置的冷漠再也碰不到障碍而扩大了它的僵化。再无激动了！总是一样的脾气，或者根本毫无脾气。生了结核的肺干枯了，也就痊愈了，渐渐窒息了它的幸运的主人。我亦如是，平静地死于痊愈。尽管我的声誉由于辩护词的偏差而受到极大损害，正常地履行职务受到不规律的生活的干扰，我仍操本行。然而，有意思的是我注意到人们对我夜生活的过度不像对我的言语的挑衅那么忌恨。我有时在辩护中引证上帝，纯粹是口头上的，使我的主顾产生不信任。他们无疑是害怕上天不能够像一个在法律条文上无懈可击的律师那样好地照管他们的利益。从这里到作出结论，即我根据我无知的程度援引神明，只有一步之遥。我的主顾注意到这一点，逐渐稀少了。我还在辩护，但已越来越无力了。有时候，我忘了我已不相信我说的话了，我就辩护得好。我自己的声音拖着我，我跟着它；不像过去那样真正地飞翔，只是略高于地面，我在降落。最后，在职业范围以外，我很少见人，只保持着一两个苟延残喘的疲沓的关系。甚至有时候，或是度过纯属友谊的晚会而毫无兴致，或是强忍厌倦，几乎不听人家跟我说的话，差别仅此而已。我胖了一些，我可以最后相信危机业已结束。剩下的只是衰老了。

然而有一天，我邀一女友旅行，我并没有告诉她那是为了庆祝我的痊愈。我在一艘横渡大西洋的轮船上，自然是处于最高的甲板上。突然，我在铁色的洋面上发现了一个黑点儿。我立刻掉转目光，心开始怦怦跳动。当我竭力凝视时，那黑点儿却消失了。我正要喊叫，愚蠢地呼救，我又看见了它。那是轮船丢下的一块残物。但是，我看着它心里难受，立刻想到那是一个淹死的人。于是，如同一个人早就知道一个念头的真实含义而就是对它无可奈何一样，我乖乖地明白了，几年前，在我背后，在塞纳河上回响着的喊声，被河水带着奔向海峡，不断地在世界上前进，越过大洋无边的水面，正在这儿等着我，直到这一天我碰到它。我也明白了，它将继续在所有的海上、河上等着我，总之在我苦涩的洗礼水所在的任何一处等着我。请告诉我，这里，我们不是在水上吗？不是在平平的、单调的、无边无际的、其边沿与大地的边沿合而为一的水面上吗？如何能相信我们将到达阿姆斯特丹？我们将永远出不了这个广阔的圣水盘。听！您听不见那杳无踪迹的大海鸥的叫声吗？如果它们朝我们叫，那是呼唤我们做什么呢？

　　但是，那一天，仍是那些大海鸥在叫，它们已经在大西洋上呼唤过，那一天，我最终明白我没有痊愈，我一直动弹不得，我得顺应这种情况。光荣的生活结束了，而愤怒和激动也结束了。应该屈服，认罪。应该在难受牢房中生活。真的，您不知道地沟里的小牢房，中世纪时人们称之为难受牢房。这种牢房有别于其他牢房的是其巧妙的尺寸。其高不足以使人直立，其宽不足以使人横卧。必须采取侏儒的姿势，沿对角线的方向过活。打盹儿就跌倒，守夜得蹲着。亲爱的，发现这么简单的事，要有天才，这个字我是掂量过的。日复一日，由于这种使关节僵硬、永远不变的束缚，犯人知道他是有罪的，而无辜就在于愉快地伸展四肢。您能够想象一个习惯于高峰和最高甲板的人因在这样的牢房里吗？什么？人们可以在这种牢房里生活而无罪？难以想象，极其难以想象！否则我的推理将一败涂地。无罪被归结为驼着背生活，我拒绝考虑这种假设，一秒钟也不考虑。况且，我们不能肯定任何人的无辜，却可以肯定一切人的罪状。每个人都是他人的罪行的见证，这就是我的信念，我的愿望。

　　相信我，宗教在其树立道德、宣布戒律的当时就错了。对确立罪状和惩罚来说上帝是不必要的。在我们自己的帮助下，有我们的同类就足够了。您刚才说末日审判①。请允许我毕恭毕敬地付之一笑。我正站稳脚跟等着它呢：我见识过更可怕的、人类的审判。对他们来说，没有可以酌量减刑的情节，

---

　　① 基督教认为，世界毁灭之前，人类面临最后的审判，以别善恶。

甚至最良好的意图也归于罪恶之列。您至少听说过唾沫牢房吧，那是一个民族最近想象出来的，以证明他们是地球上最伟大的人民。一个砖砌的场所，囚徒在里面站着，但是不能动。一座齐额的坚固的门把他关在这水泥壳中。人们只能看见他的脸，每个经过的看守都往他脸上肆意吐唾沫。囚徒被夹在牢房中，不能拭脸，不过他被允许闭眼睛，这倒是真的。怎么样，亲爱的，这是一桩人类的发明。他们为了这件小小的杰作并不需要上帝。

那么？那么，上帝的唯一用途将是保障无辜，我则更将宗教看成一座大洗衣场，但它作为洗衣场存在了很短一段时间，恰恰是三年，而那段时间里它并不叫做宗教。以后，肥皂匮乏，我们的鼻子脏了，我们相互擤鼻涕。大家都是懒虫，大家都受到惩罚，我们互相吐唾沫吧。嘿，进难受牢房！人人争先恐后地吐，如此而已。我要告诉您一桩大秘密，亲爱的。别等末日审判了。它每天都在进行。

不，没什么，在这神圣的潮湿中，我有点儿打战。再说，我们已经到了。到了。您先请。请您再待一会儿，陪陪我。我还没说完，应该继续。继续，这才是难事。听着，您知道为什么人家把他钉上十字架吗？另一位，您现在想到的那个人。也许知道？好，这有一大堆理由。谋害一个人总是有理由的。相反，却不能为他活着找出理由。这就是为什么总可以找到律师为犯罪辩护，而为无辜辩护却只是有时候可以找到。然而，在两千年间人家给我们很好地加以解释的理由之外，却有一个极大的理由来解释这痛苦的挣扎，而我不知道人为什么要这样细心地来掩盖它。真正的理由是他知道，知道他自己也不是全然无辜。如果他没有人们指控他的过失，他也是犯了别的过失，哪怕他不知道是什么。他不知道吗？不管怎么说，他知道原委；他该是听说过某次对无辜者的大屠杀。犹太的儿童被杀害，正是在他们的父母带他们去安全地点的时候，如果不是因为他，他们为什么死？当然，他并不愿意。那些嗜血的士兵，那些被砍为两段的儿童，都使他厌恶。但是，像他那样的人，我肯定他不会忘记他们。而那忧郁，人们在他所作所为中猜到的忧郁，难道不是那个人的不可救药的忧郁吗？他整夜整夜地听见拉结①哀哭她的孩子们，听见她拒绝安慰的声音。怨恨之声在黑夜中升起，拉结呼唤着为他而死的孩子们，而他却活着。

因为他了解他知道的事，洞悉人类的一切——啊，谁会相信让别人死而

①　《圣经》中的人物。

自己不死不是一桩罪过！——日夜面对着自己无意的罪过，所以，立定脚跟，继续下去，对他来说已变得太困难了。最好是了结，不为自己辩护，死去，以便不再独自活着，到别处去，到那也许他会得到支持的地方去。他没有被支持，他心怀怨气，而为了结束一切，人们对他的话进行了删节。是的，那是第三位福音传播者①，我认为是第三位福音传播者开始删除他的怨言。"为什么你抛弃了我？"这是造反的喊声，不是吗？于是，拿剪刀来！记住，如果路加什么也没有删除，人们将不大会注意到这件事；这件事将不会占这么重要的地位，不管怎么说。这样，删节者喊出了他删掉的东西。世界的秩序因此暧昧不明。

这并不妨碍被删节者继续下去。而我，亲爱的，我知道我在说什么。有一段时间，对每一分钟，我不知道如何挨到下一分钟。是的，人们能够在这世界上进行战争，装作去爱，折磨他的同类，在报纸上自我炫耀，或只是一边打毛衣一边说说邻居的坏话。然而，在某些情况下，继续下去，仅仅是继续下去，那就已是超人的事。而他不是超人，这您可以相信我。他为他的死叫喊，这就是为什么我爱他，朋友，他连死了都不知道。

不幸的是他撇下了我们，我们得继续下去，无论发生什么事，哪怕是因居在难受牢房里。我们知道了他之所知，却不能为他之所为，不能像他那样死去。自然，人们试过多次以他的死来互相帮助。"你们不光彩，好，这是事实。那好，不零卖。要一股脑儿在十字架上处理掉！"无论如何，对我们说这样的话的确是高招。但是，眼下在十字架上攀登的人太多了，不过是为了人们能从更远的地方看到他们，哪怕为此而践踏一下已在那儿待了许久的人。为了行善而放弃慷慨的人太多了。噢，不公正，人们待他的不公正，使我心碎的不公正啊！

算了，看我又来了，我又要辩护了。请原谅我，要知道我有我的理由。瞧，几条街之外有一座博物馆，叫做"我主在阁楼里"。当时，他们在阁楼里设置地下经堂。有什么办法，这儿的地下室都被水淹了。可是今天，请放心，他们的天主不再住阁楼了，也不住地下室。他们把他高高挂在法庭上，放在他们心中的隐秘之处，他们钉钉子，尤其是他们审判，以他的名义审判。他温和地对女罪人说："我也不，我也不判你的罪。"这什么也挡不住，

---

① 《圣经·新约》第三章的作者，该章称《路加福音》。路加系公元1世纪的人，原是异教徒，后改宗基督教。

他们依然判罪，他们不宽宥任何人。以天主的名义，这就是你的账。天主？他不要求这么多，我的朋友。他愿意人们爱他，仅此而已。当然，有人爱他，甚至在基督徒中也有。然而，人家清查他们。何况他也预料到了，他有幽默感。彼得①，您知道，那个粗汉子，彼得背弃他："我不认识这个人……我不明白你是什么意思……"真的，他过分了。而他却搞了个文字游戏："在这块石头②上，我盖我的教堂。"没有比这句讽刺的话更厉害的了，您不觉得吗？可是不然，他们还有更大的胜利呢！"你们看，他说了！"他的确说了，他很了解这个问题。然后，他永远地走了，让他们去审判和判决，嘴上是宽宥，而心里是惩罚。

因为不能说没有怜悯了，不，伟大的神，我们就不停地谈论着怜悯。只不过是，人们不宣告任何人无罪。无辜已经死去，法官泛滥成灾，各式各样的法官，基督教的，反基督教的，他们是一丘之貉，在难受牢房上妥协了。因为不应该只折磨基督徒。其他人也有份儿。在这座城市中，有几座房子曾经庇护过笛卡儿，您知道其中之一变成什么了吗？一座疯人院。是的，这是普遍的疯狂，还有迫害。我们也一样，自然，我们是被迫下水。您可以意识到我不放过任何东西，从您那方面，我知道您所想的也不亚于我。从此，既然我们都是法官，我们在彼此面前就都有罪，我们都以卑鄙的方式当基督，一个一个地被钉上十字架，而总是不明白。至少我们将被钉上十字架，如果我，克拉芒斯，没有找到出路的话。这是唯一的解决办法，真相大白……

不，就说到这儿吧，亲爱的朋友，什么也别怕！况且，我要离开您了，我们已到了我的门口。有什么办法，在孤独中，再加上疲倦，人很愿意把自己当成预言家。反正，这正是我，栖身荒漠，那里乱石嶙峋，大雾弥漫，臭水纵横，这正是我，平庸时代的空虚的预言家，没有使命的以利亚③，遍体发烧，满肚烧酒，背靠着发霉的门，手指向低矮的天，满嘴是无法无天、不能忍受任何审判的人的诅咒。因为他们不能忍受这一切，亲爱的，这就是全部问题。赞成法律的人并不害怕使他重新守法的审判。然而，人类最高的痛苦是没有法律而被审判。我们正在这一痛苦之中。法官们失去了惯常的抑制，任凭偶然的摆布，两口并作一口吃。因此，该去试试要比他们走得快，不是吗？这就是大混乱。预言者和治病者成倍增加，他们匆匆忙忙，为了带

---

① 耶稣的使徒之一。

② 法文中，彼得写作 Pierre，与石头（la pierre）一词同形。

③ 以利亚，公元前 9 世纪希伯来预言家。

着一部好法律或一个完美无缺的组织在大地荒芜之前赶到。幸好，我赶到了！我既是结局，又是开端，我宣布法律。总之，我是法官——忏悔者。

是的，是的，我明天跟您说这美好的职业是干什么的。您后天走，那我们的时间就很紧了。请到我这里来吧，您按三下铃。您回巴黎吗？巴黎很远，巴黎很美，我没有忘记它。我记得它的霞光，差不多是那个时候。夜幕落到烟雾缭绕的蓝色屋顶上，干燥而轧轧作响，城市低沉地轰鸣，河水仿佛倒流。我那时在街上游荡。现在他们也在游荡，我知道的！他们在游荡，装作匆匆走向厌倦的妻子、严厉的家……啊！我的朋友，您知道孤独地在大城市中游荡是什么滋味吗？……

躺着接待您，真是惭愧。没什么，有些发烧，喝点儿刺柏子酒就会好的。这种突然发作我已经习惯了。我认为，这是我当教皇的时候得的疟疾。不，只一半儿是玩笑。我知道您想什么：从我的叙述中分辨真伪很困难。我承认您想得有道理。我自己……您看，与我接近的一个人将人分为三等：喜欢无可隐瞒胜于被迫说谎者，喜欢被迫说谎胜于无可隐瞒者，同时喜欢说谎和隐私者。我让您去选择对我最合适的情况。

说到底，这又有什么关系呢？谎言最后不也通向真理吗？而我的故事，或真或假，不是都朝着同样的结局、具有同样的意义吗？如果在两种情况下，它们都表明了我过去是什么人，现在是什么人，它们是真是假又有何妨呢？有时候，人们看一个说谎的比看一个说真话的还要清楚呢。真相，如同光亮，炫人眼目。谎言则相反，是一抹美丽的霞光，它使每样东西都显出价值。随您怎么看，反正我曾在一个俘虏营里被委任为教皇。

请坐。您看看这间屋子。家徒四壁，的确，然而干净。一幅维尔麦尔①的画。没有家具，没有锅。也没有书，我很长时间不读书了。从前，我的房间里满是读了一半的书。这跟那些人吃肥鹅肝吃一半扔一半一样可恶。况且，我也不喜欢忏悔，那些忏悔的作者们写书主要是为了不忏悔，为了不道其所知。当他们声称要坦白时，也正是他们要提防的时候：他们要给死尸化装了。相信我，我是金银匠。我说话斩钉截铁。没有书了，一切无用的东西都没有了，只剩下严格的必需品，清晰、光亮有如棺材。此外，这些荷兰床，如此坚硬，铺着崭新的、用贞洁熏过的单子，人已经裹在尸布里死了。

---

① 维尔麦尔（1632—1675），荷兰画家，其作品以精确的形式和浓郁的诗意见称。

您很想知道我当教皇的遭遇？您知道，平淡无奇。我还有劲儿跟您谈吗？是的，我觉得在退烧。那是很久以前的事了。在非洲，多亏隆美尔先生，战事如火如荼。我没有参加，不，请放心。我已避开了欧洲的战事。我当然被征入伍，但是我从未见过战火。从某种意义上说，我很遗憾。也许那会改变许多事情？法国军队不需要我上前线，它只要求我参加撤退。后来，我又看见巴黎了，还有法国人。差不多在我发现自己是个爱国者的时候，我想参加人们已经开始谈论的抵抗运动。您笑？您错了。我是在沙特莱的地铁里发现这一点的。一条狗在迷宫里迷了路。那狗个子大，毛硬，一只耳朵断了，眼睛里喜洋洋的，它跳跃着，嗅着行人的腿肚子。我怀着一种古老的、忠实的温情喜欢狗。我爱它们，因为它们总是宽大为怀。我叫它，它犹豫着；显然，它被征服了，在我前面几米远的地方，起劲地摇尾巴。这时，一个年轻的德国兵轻快地走过我身旁。他走到狗跟前，抚摸着它的脑袋。那狗不犹豫了，以同样的热情跟上他的脚步，消失了。据我对德国兵所感到的嫉妒和愤怒来看，完全应该承认我的反应是爱国主义的。如果狗跟上一个法国老百姓，我甚至想都不想了。我想象那可爱的畜生成了德军某团的护身符，这使我义愤填膺。因此，测验是有说服力的。

　　我到南方去，想打听一下抵抗运动的情况。可是到了那里，了解了情况，我又犹豫了。我觉得事情有些疯狂，说穿了，是想入非非。我认为地下活动和我的气质不符，也不合我对空气流通的高峰的爱好。我觉得人家是要我整日整夜地在地下室里织地毯，等着一些畜生把我从那儿撵出去，先是拆了我的地毯，然后把我拖到另一个地下室去直打到死去活来。我钦佩那些热心于这种深处英雄主义的人们，然而不能仿效。

　　我于是到了北非，模模糊糊地想从那儿去伦敦。可是，在非洲，形势不明朗，我觉得敌对的政党都有道理，就两方都不参加。根据您的表情，我看出来您认为我对于这些有意义的细节匆匆带过。这么说吧，我根据您的真实价值判断您，我匆匆带过是为了让您更好地注意到它们。总之，我到了突尼斯，一位可爱的女友保证了我的工作。这女友是个极聪明的人，搞电影工作。我跟她到了突尼斯市，盟军在阿尔及利亚登陆后我才知道她的真实职业。登陆那天，她被德国人逮捕，我也同时被捕，但是我并无这种愿望。我不知道她后来怎么样了。至于我，他们未动我一根毫毛，我万分焦虑，后来才知道那主要是一种安全措施。我被关进的黎波里①附近的一座集中营，那里，除恶劣的待遇外，更为痛苦的是口渴和缺乏物品。我不跟您描绘了，我们这些人，世纪中期的孩子，无需图画就能想象这种地方。一百五十年前，人们一听到湖和森林就会顿生柔情。今天，我们有牢房抒情诗。因此，我相信您。您只需增加某些细节：酷热，直射的阳光，苍蝇，沙子，缺水。

跟我一起的有个年轻的法国人，他有信仰。是的！简直是个童话。是杜盖斯克林②那类人物，如果您愿意的话。他为了战斗，从法国到了西班牙。天主教的将军把他关了起来。他看到在佛朗哥的监狱中，埃及豆，如果我敢说，是经罗马祝福过的，就陷入极深的忧郁之中。无论是非洲的天，他后来在那里碰了壁，还是营里的娱乐，都没有使他摆脱忧郁。他的思考，加上太阳，使他有些失去常态。有一天，在一顶如熔铅般滚烫的帐篷底下，我们十几个人在蝇阵中喘着气，他又激烈地抨击起他称为罗马人的那个人。他好几天没刮胡子，望着我们，目光游移。他裸露的上身汗水淋淋，手在历历可见的肋条上移动着，像在弹奏似的。他向我们宣布，应该有一个新教皇，这个教皇要生活在不幸的人中间，而不是在教皇座上祈祷，而且越快越好。他一边摇头，一边用茫然的目光盯着我们。"对，"他说，"尽可能地快。"然后，他突然平静下来，有气无力地说，应该在我们中间挑选，找一个人，要全面，既有缺点又有优点，大家向他宣誓服从，唯一的条件是他答应使我们，在他身上和在别人身上的共同的痛苦永远具有生命力。"在我们中间，"他说，"谁的弱点最多？"我出于玩笑，抬了抬手指，而且只有我一个人这样。"好，若望－巴蒂斯特干这事。"不，他没这样说，因为我那时有另外一个名字。至少，他宣布说，我那样自告奋勇意味着最大的德行，建议选举我。其他人同意，虽说视同儿戏，但也带着一点庄严的意味。事实上是杜盖斯克林把我们震住了。我自己并不觉得完全可笑。我首先发现我的小预言家有道理，然后就是太阳，累死人的劳动，抢水的战斗，一句话，我们情绪不佳。总之，教皇权力我行使了好几个星期，而且是越来越认真。

教皇的权力是什么？我的天，我是某种类似队长或支部书记的东西。不管怎么说，其他人，甚至那些没有信仰的人都习惯于服从我了。杜盖斯克林痛苦，我对他的痛苦则加以引导。我于是觉察到当教皇并不像人们所想的那

---

① 利比亚城市，第二次世界大战中，那里是轴心国的重要军事基地。

② 杜盖斯克林（1320—1380），法国军事家，他被视为骑士精神和爱国热情的体现者，民间有许多关于他的英雄业绩的传说。

么容易。昨天跟您讲了关于法官，我们的兄弟，那么多轻蔑的话之后，我又想起了这一段。集中营里的大问题是水的分配。其他的团体也成立了，有政治的也有宗教的，每个团体都优待自己的同志。因此，我也被迫优待我的同志，这已经是小小的让步了。即便在我们之间，我也不能维持完全的平等。根据我的同志们的状况，以及他们要干的活儿，我多给这人或那人一些。这种区分后果严重，您可以相信我。但是，我累了，无意再想这段日子了。这么说吧，我在喝了一个奄奄一息的同志的水的那一天大功告成了。不，不，不是杜盖斯克林，他已经死了。他放弃得太多。如果他在那儿，看在他的份上，我还可以忍耐得更久，因为我爱他，是的，我爱他，至少我觉得。但是，我喝了水，这是确实的，我自己说服自己，其他人需要我，比起那个反正要死的人来说更需要我，我应该为他们而保存自己。亲爱的，帝国和宗教就是这样在死亡的阳光下诞生的。为了修正一点儿我昨天讲的话，我要告诉您一个伟大的思想，它是在我说那些不知是经历过还是梦想过的事情的时候产生的。我的伟大思想是，应该原谅教皇。首先，他比任何人都需要原谅。其次，这是居于他之上的唯一方式……

噢！您关严了门吗？是的。请您检查一下。请原谅，我老是害怕门闩出毛病。在我入睡的时候，我总是不知道是否插上了门闩。每天晚上，我都得起来检查一下。人们什么都不放心，我跟您说过了。请别以为，这种对于门闩的担心在我是一种担惊受怕的有产者的反应。过去，我不锁门，也不锁车。我不紧抓着钱，也不老惦记着我的东西。说真的，我对有一些财产感到害羞。曾几何时，我在社交场合的谈话中，充满信念地高喊："财产，先生们，就是谋杀！"我因为没有足够伟大的心灵让一个值得赞助的穷人来分享我的财富，于是就把它留给可能来的小偷了，希望这样用偶然来改正不公。何况今天我已一无所有了。因此，我不担心我的财产，却担心我自己和我的机智。我念念不忘的是杜门谢客，在这个封得严严实实的小天地里为王，当教皇，做法官。

还有，请您打开那个壁橱。那张画，是的，看看它。您认不出来？这是《铁面无私的法官们》。您不觉得奇怪？难道您的文化修养不够？如果您读报的话，您会记得，1934 年，根特①圣－巴封大教堂里著名的范·埃克②所绘

---

① 根特，比利时城市，城中有著名的圣－巴封大教堂，藏有名画《神秘的羔羊》。
② 范·埃克，比利时十五世纪画家。

祭坛嵌板中的一块,《神秘的羔羊》被窃。那副嵌板就叫做《铁面无私的法官们》。它表现法官骑马去瞻仰圣畜。后来就以一极好的复制品来代替,因为原作已不可寻。您看,这就是。不,我在其中毫无干系。一个墨西哥城的常客,那天晚上您看见过的,有一个晚上,他酩酊大醉,以一瓶酒的价钱卖给了大猩猩。我先是劝我们的朋友把它挂在一个好位置上,挂了很久。正当人们在全世界寻找他们的时候,这些虔诚的法官却威镇墨西哥城,高踞于醉汉和乌龟之上。后来,根据我的请求,大猩猩将它存放在这里。他有些不乐意,但是我跟他讲了这些事,他害怕了。从此,我就单独和这些可敬的法官为侣。那边,您看见了,在柜台上方,他们留下了一片怎样的空白啊。

为什么我没有归还这副嵌板?哈哈!您有警察的反应,您!那好,我像回答预审法官那样回答您,假如有朝一日某人发现这幅画在我的房间里的话。第一,因为它不属于我,而属于墨西哥城的老板,他和根特城的主教同样有资格拥有它。第二,因为人们从《神秘的羔羊》前面走过,没有人会识别复制品与原作,因此,没有人会因为我的过错而受到损害。第三,因为我以这种方式居于统治地位。假法官被抬出来供全世界瞻仰,唯独我知道真法官。第四,因为我将有幸被投入监狱,从某种意义上说,这是一个令人垂涎的念头。第五,因为这些法官去与羔羊会面,而羔羊已不复存在,无辜亦然,因此,偷了这幅嵌板的窃贼成了不被人知的正义的工具,还是以不违背正义为宜。最后,因为通过这种方式,我们就处于秩序之中了。正义与无辜永远分离,后者在十字架上,前者在壁橱里,我有了根据我的信念而工作的自由天地。我可以良心安宁地履行法官——忏悔者这一困难的职业,我在其中摆脱了那么多的失望与矛盾,而现在是,既然您要走了,是我向您说出这一职业是什么的时候了。

请允许我坐起来,这样呼吸畅快些。噢!我多累啊!把我的法官们锁起来,谢谢。法官——忏悔者这职业,我现在来履行。习惯上,我的事务所在墨西哥城。但是,伟大的使命超出工作地点。甚至在床上,甚至在发烧的时候,我都工作。何况,这种职业,简直不是干,而是时时刻刻在呼吸着它。其实您别那么想,五天之内我跟您说了那么多话仅仅是为了开心。不,我过去说得已经够多了,可以不再说了。现在,我的话是有目的的。显然,它要抑制笑声,并使自己逃避审判,尽管表面上没有出路。避免受审的最大障碍难道不是我们自己第一个出来对自己宣判吗?因此,应该一视同仁,将宣判扩及所有的人，以达到事先冲淡它的目的。

没有谅解，绝没有，对任何人都没有，这就是我开始时的原则。我否认良好的动机，值得尊敬的错误，失足，可以酌情减刑的情节。我这儿不祝福，不给予宽恕。我只是算账，然后说："是这么多。你是个恶棍，色情狂，说谎癖，同性恋者，异想天开的家伙，等等。"就是这样。就是这样生硬。在哲学上如同在政治上，我同意任何一种拒不承认人是无辜的理论，同意任何一种把人视同罪人的实践。亲爱的，您在我身上看到一个关于奴役的明智拥护者。

说真的，没有奴役，就没有最后的解决。我很快就明白了这一点。过去，我只有嘴巴是自由的。我在早餐时把它扩大到面包片上，我一整天咀嚼着它，我在世界上带来一股因自由而甘美、清凉的气息。谁反驳我，我就用这个大词猛击过去，我用它来为我的欲望和我的势力服务。我在床上，在我的女伴们的耳畔轻轻地说着这个词，它帮助我把她们甩开。我偷偷地把它……算了，我兴奋起来了，失去了节制。反正，我给自由派了一个更加无私的用场，甚至，看我有多天真，我甚至为它辩护了两三次，当然还没有到为它献身的程度，可也担了些风险。应该原谅我的这些冒失，我不知道我干了些什么。我不知道自由原来不是一种奖赏，也不是一枚人们喝香槟酒来祝贺的勋章。它不是一件礼物，也不是一盒能给您口腹之乐的甜食。啊！不，相反地，那是一种苦役，一次长跑，极为孤独，令人精疲力竭。没有香槟酒，没有一个朋友温情地挽留您，为您举杯。独自一人在阴沉的大厅里，在小酒吧间里，面对法官，独自作出决定，面对着自己或者面对着别人的裁判。在任何一种自由后面都有一篇判词；这就是为什么自由太沉重了，担负不了，尤其是在发烧，受苦，或不爱任何人的时候。

啊！亲爱的，对于一个孤独、没有上帝、没有主人的人来说，岁月沉重得难以忍受。因此应该为自己择一主人。上帝不时髦了。况且这个字已无意义，不值得冒使人不快的风险。还有，我们的道德家，如此正经，爱他们的邻人和一切，总之，如果不是因为他们在教堂里不布道，什么也不能使他们与基督徒的身份区别开。据您看，是什么阻止他们皈依宗教呢？尊重，也许是对人的尊重，对，尊重人。他们不愿引起公愤，他们为人而保留自己的看法。我认识一位不信神的小说家，他每天晚上都祈祷。这并不妨碍什么：在他的书里，他对上帝干了些什么啊！怎样的松筋骨啊，我不知道是什么人说的了！一个活跃的自由思想家，我曾对他推心置腹的活跃的自由思想家，他并无恶意地朝天举起双手："您什么也没有教会我，"这个宣传自己学说的人叹息道，"他们都是这样。"据他看，我们百分之八十的作家，如果他们可以不署名的话，他们会写上帝之名并对它顶礼膜拜。然而，他们署名，据他说，是因为他们爱自己，如果他们对什么都不礼拜，是因为他们厌恶自己。由于他们毕竟不能不审判，于是，他们就在道德方面争先恐后。总之，他们具有合乎道德的恶魔精神。真是一个古怪的时代！思想被搞乱了，我有一个朋友，当他是一个无可指责的丈夫的时候不信神，与人通奸之后就皈依了宗教，这有什么可以大惊小怪的呢？

啊！阴险的小人，戏子，伪君子，一副可怜相！相信我，甚至当他们放火烧天的时候，他们也都是这副样子。不管他们不信神还是虔诚，莫斯科人还是波士顿人，他们都是基督徒，父子相传。可恰恰是没有父亲了，没有规矩了。人是自由的，那就得自己想办法。由于他们特别是不愿要自由，不愿要它的判词，他们就请求人家把自由放在他们手上，他们发明可怕的规则，他们竞相建造焚尸的柴堆以代替教堂。他们是些萨沃纳罗拉①，我跟您说。但是，他们只相信罪恶，从来不相信宽宥。当然了，他们也想望宽宥。他们所愿要的是：宽宥，肯定，放弃，生之幸福，还有谁知道什么东西，订婚，鲜艳的少女，正直的男子，音乐，因为他们多情善感。比方说我吧，我不多情善感，您知道我梦寐以求的东西是：全心全意的完全的爱情，日日夜夜，在不间断的拥抱之中的、享乐的、令人狂热的爱情，就这样连续五年，然后死去。唉！

因为没有订婚，没有不间断的爱情，于是就有粗暴的婚姻，带着强力和鞭子。最根本的是，如同在儿童眼中，一切都变得简单了，每个行动都被判决，善与恶被武断地、因而是明显地抬出来。而我，尽管我是西西里人和爪哇人，我同意基督徒是分文不值，虽然我对第一个基督徒怀有友情。然而，在巴黎的桥上，我也知道了我害怕自由。不管主人如何，为了替代上天的律条，还是主人万岁吧。"我们的父，您暂时在此……我们的导师，我们令人愉快的严厉的领袖，哦，残酷而敬爱的引路人……"最后，您看，最根本的是不再自由，是怀着悔恨之心服从比自己更为狡黠的人。当我们都是罪人的时候，那就是民主了。亲爱的朋友，还不算应该为孤独地死去而进行的复仇。死是孤独的，而奴役则是集体的。与我们同

---

① 萨沃纳罗拉（1452—1498），意大利宣教者，他布道的内容为对个人犯罪的反省和淡泊的生活。

时，其他人也有他们的账，这是重要的。所有的人终于聚集起来，然而是跪着、低着头。

像社会上其他人那样活着不是很好吗？为此，其他人不是该与我相像吗？威胁，耻辱，警察，是这种相像的圣礼。我被蔑视、被追捕、被压抑，因此，我能够大显身手，享受真实的我，最后，回归自然。这就是为什么，亲爱的，我在庄严地向自由致敬之后，悄悄地决定应该立刻将它还给随便什么人。只要我能够，我就在我的墨西哥城教堂里宣讲，我要良民们顺从，要他们谦卑地设法获得奴役的舒适，哪怕将奴役表现为真正的自由。

但是，我并未发疯，我清楚地意识到，奴隶制度不是明天就会有的。那是未来的一宗善举，如此而已。从现在起到那时，我得与现实合拍，找一个解决的办法，哪怕是临时的也好。因此，我得找到另一种办法将审判扩及所有的人，以减轻它在我肩上的重量。我找到了这办法。请把窗子开开一点儿，这里热得出奇。别开得太大，我还冷呢。我的思想既简单又丰富。如何将所有的人都拉下水而自己有权在太阳底下晒干？我要登上讲坛，如同我的许多著名的同时代人那样，诅咒人类吗？那太危险了！一天，或一个夜里，笑声会突如其来地爆发。您给别人的判词最终会落到您的头上，打个正着，造成一些损失。您说怎么办呢？那好，这儿有这样一个高招。我发现，在等待主人及其笞杖的时候，我们应当像哥白尼一样，倒过来推理以求胜利。既然人不审判自己就不能判决别人，那就得自己攻击自己以获得审判别人的权力。既然任何一位法官有朝一日都得成为忏悔者，那就应该走相反的路，当忏悔者，以便能够最后成为法官。您跟得上吗？好。为了说得更清楚，我跟您讲讲我如何工作。

我首先关闭了律师事务所，离开巴黎去旅行；我试图化名，在某个不缺少练习机会的地方安身。世界上这样的地方很多，但是，偶然、方便、嘲讽以及某种苦修的必要使我选择了一个水流纵横、大雾弥漫的都会，它被运河紧紧箍住，出奇地拥挤，汇聚着来自世界各地的人们。我在海员区的一个酒吧间里设下事务所。来自港口的主顾五花八门。穷人不去豪华的街区，而有身份的人总是，至少一次，您见过的，最后流落到声名狼藉的地方。我特别留意资产者，迷途的资产者；和他们，我发挥出最大的能量。我以高手的姿态，使他们奏出最文雅的音调。

因此，一些时日以来，我就在墨西哥城干我这有用的职业。您已经有了经验，这职业首先在于尽可能经常地进行公开忏悔。我上下左右、全面地认罪。这不困难，现在我记性很好。但是注意，我并不捶胸顿足，粗野地认罪。不，我机灵地航行，色调多变，横生枝节，最后，我谈话因人而异，引导他们与我竞相忏悔。我把涉及我的事与涉及别人的事混在一起。我博采共同的特点，一同经受过的痛苦，共有的弱点，时兴的气派，时下的名人，如同它在我身上和在别人身上存在的那样。我用这些制造了一幅既是所有的人、又不是任何个人的肖像。一句话、一个面具，颇像狂欢节上的那种，既忠实又简化，在他面前，人们心里说："瞧，我遇见过他。"肖像完成了，比如今晚，我不胜悲痛地将它拿出来："看，唉！我就是这副样子。"公诉状已经完成，而同时，我展示给我同时代人的肖像变成了一面镜子。

我满身污秽，慢慢地揪着头发，脸上划过一道道指甲印，然而目光敏锐，站在全人类面前，回顾我的耻辱，同时盯着我所制造的效果，说："我是无耻之尤。"于是，神不知鬼不觉，我在谈话中从"我"过渡到"我们"。当我到了说"我们就是这副样子"的时候，把戏就搞成了，我可以说出他们的真相了。我跟他们一样，当然了，我们在一个锅里。然而，我优越的地方是我明白，这给我谈论的权利。您看得到这好处，我肯定。我越是认罪，我越是有权审判你们。更有甚者，我激起你们自己审判自己，这使我感到轻松。啊！亲爱的，我们是奇怪而可悲的人，只要我们回想一下我们自己的生活，使自己惊讶和反感的机会就不会少。试试吧。请放心，我将怀着深厚的博爱之情倾听您的忏悔。

别笑！是的，您是个挑剔的主顾，我一眼就看出来了。但您会来的，这是不可避免的。大多数人不那么聪明，更容易动感情；我立刻就把他们搞糊涂了。对于聪明的人，需要时间。然而，深入地给他们解释方法也就够了。他们忘不了，他们思索。这一天或那一天，半是游戏，半是混乱，他们坐到了桌旁。您，您不只是聪明，您的神气是圆滑的。但是，您承认您今天觉得不如五天以前对自己那么满意了吗？我现在等着您给我写信或者再来。因为您会再来的，我肯定。您将发现我毫无变化。而且，既然我找到的幸福对我是合适的，我为什么要变呢？我接受了两重性，而不为此感到痛苦。相反，我安顿下来，在这儿找到了我毕生追求的舒适。实际上我错了，不该对您说最根本的是避免审判。最根本的是能够为所欲为，哪怕不时地大声宣扬自己的卑鄙。我重又为所欲为，这一次没有笑声了。我没有改变生活，我继续爱自己，利用别人。只是我忏悔过失使我得以更轻松地重新开始，得以享受两次，先是我的天性，其次是迷人的悔恨。

自从我找到了解决办法之后，我就沉醉于一切，女人、傲慢、厌倦、仇恨，甚至沉醉于寒热病，我此时正以无上的快乐感到热度在上升。我终于处在支配地位，而且永远如此。我还发现了一座高峰，我独自攀登，从那儿，我可以审判所有的人。有时候，当夜色确实美妙的时候，我远远地听见一阵笑声，我重又起了疑心。但是，我很快就将一切，创造物与创造，置于我自己的缺陷的重压之下，我于是复归常态。

　　我将在墨西哥城等待您的问候，需要多久我就等多久。拿掉这床被子，我想喘口气。您会来的，是不是？我甚至将告诉您我的具体的做法，因为我对您有一种友爱之情。您会看到我整夜教他们知道他们是令人厌恶的。从今晚起，我将重新开始。我离不了也不能剥夺自己这样的时刻，这时，他们当中的一个醉倒在地，双手捶胸。这时，我高大起来，亲爱的，我高大起来，自由地呼吸，我站在高山之巅，平原在我的眼底伸展。我感到自己是上帝，感到自己在颁发放荡生活的最后证书，这是多么的令人陶醉！我高踞在我的卑鄙的天使之上，在荷兰天空的顶点，我看见大批人经过末日审判，穿过雾与水，朝我升起。他们缓缓上升，我看见其中的第一个已经到了。在他迷惘的脸上，用一只手半掩着，我看见共同的命运所产生的忧伤以及因不能避开它而感到的绝望。而我，我怜悯而不宽宥，理解而不原谅，尤其是，啊，我终于感到人们崇拜我！

　　是，我很激动，我怎么能老老实实地躺着呢？我得比您高，我的思想托起了我。那些夜里，不如说那些早晨，因为堕落在黎明时分发生，我出了门，步履迟钝地沿着运河走着。灰白的天空中，羽毛层变得稀薄，鸽子飞得更高，齐屋顶一抹绯红的光亮，预示着我的新的创造的一天。在当拉克街上，第一辆电车在潮湿的空气中发出铃声，在欧洲的边隆唤起了生活，在这欧洲，同一时刻，几亿人，我的臣民，艰难地从床上爬起来，嘴里充满苦涩的味道，去干那毫无乐趣的工作。于是，我的思想飞翔在这不知不觉中臣服于我的这块大陆上，啜饮着正在来临的、浸透着苦艾酒的一天，最后沉醉在恶意的言语中，我幸福，我幸福，我跟您说，我不许您不相信我是幸福的，我幸福得要死！噢，太阳，海滩，信风吹拂下的岛屿，回忆为之绝望的青春！

　　我又躺下了，原谅我。我害怕激动起来，但我不流泪。人有时迷路，有时怀疑明显的事实，甚至在他发现了过好日子的秘密的时候。当然，我的解决办法并非理想。但是，当他不爱他的生活，当他知道需要改变，他不能选择，是不是？怎样才能成为另一个人？不可能。应该什么人也不是，应该为了某个人而忘掉自己，至少一次。但是怎么办呢？别过分地凌辱我。我像那个老乞丐一样，那一天在咖啡馆的平台上，他不愿意放开我的手："啊！先生，"他说，"并非我是个坏人，但我失去了光明。"是啊，我们失去了光明，失去了早晨，失去了那个自我原谅的人的纯真。

看哪，下雪了！我得出去！在银白的夜里入睡的阿姆斯特丹，覆盖着雪的小桥底下暗玉砌就的运河，阒无人迹的街道，无声无息的脚步，那将是纯洁无瑕，然而转眼就变成明日的泥泞。您看巨大的雪团打在窗上散成一片。这是鸽子，一定是。它们终于决定下来了，这些小宝贝，它们用厚厚的一层羽毛覆盖了运河、屋顶，它们扑打着所有的窗户。怎样的一次入侵啊！让我们希望它们带来好消息！所有的人都将获救，嗯，不止是选民和富人，苦难将被分担，而您，比方说，从今天起，每天晚上为了我睡在地上。纯粹的诗情！算了，承认吧，如果有一辆车从天而降，将我带走，如果突然白雪燃起大火，您将惊讶不止。您不相信？我也不相信。但是，我还是得出去。

好，好，我安心地躺着，您别担心！别太相信我所流露的情感，也别太相信我的疯狂。它们都是有节制的。喂，现在您要跟我谈您自己了，我将知道我热情洋溢的忏悔的目的之一是否已经达到。的确，我一直希望我的对话者是个警察，他将因《铁面无私的法官们》盗窃案而逮捕我。除此之外，任何人也逮捕不了我，是不是？但是，这宗窃案将使人落入法网，我为了成为同谋而安排好一切，我藏着这幅画，谁愿意看谁就看。您逮捕我吧，那会是一个好开端。也许其他的事人家也要管，比方说，我将被斩首，我就不再害怕死亡了，我也将获救。在聚集起来的人民头上，您将举起我的依然新鲜的脑袋，以使他们从中认识自己，而我则再度统治他们，杀一儆百。一切都将完成，无人看见，无人知晓，我将结束我的在荒漠中呼喊而拒绝走出去的伪预言家的生涯。

但是，您当然不是警察，否则那就太简单了。怎么？啊！您看，我早有所料。我感到对您怀有的奇怪的友爱之情这就有了意义。您在巴黎操律师这一美妙的职业！我清楚地知道我们是同一类的人。我们不是都一样吗？不停地说，不对着任何人说，总是去会商同样的问题，而我们事先早就知道答案。那么，跟我讲讲，我求求您，有天晚上您在塞纳河畔的路上遇到的事，您如何做到从不冒生命危险。您自己说出那话吧，多年来，这些话不断地在夜里回响在我的耳畔，而我最后将通过您的口说出："唉，年轻的姑娘，再往水里跳一次吧，让我第二次有机会来使我俩都得救！"第二次，嗯，多冒失啊！假定，亲爱的大律师，假定人们根据我们的话看待我们呢？应该勉为其难吧。哎哟……水这么凉！但是，让我们放心吧！现在太晚了，将永远是太晚了。谢天谢地！

图书在版编目（CIP）数据

法国经典中篇小说/盛宁主编；冯季庆选编．—北京：
文化艺术出版社，2012.1
（世界经典中篇小说系列）
ISBN 978 - 7 - 5039 - 5300 - 2

Ⅰ．①法…　Ⅱ．①盛…　②冯…　Ⅲ．①中篇小说—
小说集—法国—近代　Ⅳ．①I565.44

中国版本图书馆 CIP 数据核字（2011）第 271819 号

法国经典中篇小说

主　　编　盛　宁
选　　编　冯季庆
责任编辑　陶　玮
封面设计　姚雪媛
出版发行　文化艺术出版社
地　　址　北京市东城区东四八条52号　100700
网　　址　www. whyscbs. com
电子邮箱　whysbooks@ 263. net
电　　话　（010）84057666（总编室）　84057667（办公室）
　　　　　　　　84057691—84057699（发行部）
传　　真　（010）84057660（总编室）　84057670（办公室）
　　　　　（010）84057690（发行部）
经　　销　新华书店
印　　刷　国英印务有限公司
版　　次　2012 年 3 月第 1 版
　　　　　2012 年 3 月第 1 次印刷
开　　本　700×1000 毫米　1/16
印　　张　22
字　　数　320 千字
书　　号　ISBN 978 - 7 - 5039 - 5300 - 2
定　　价　39. 80 元